本书是国家哲学社会科学基金重大项目：
国民语文能力研究暨测试系统分类建设（批准号：15ZDB081）
阶段性成果

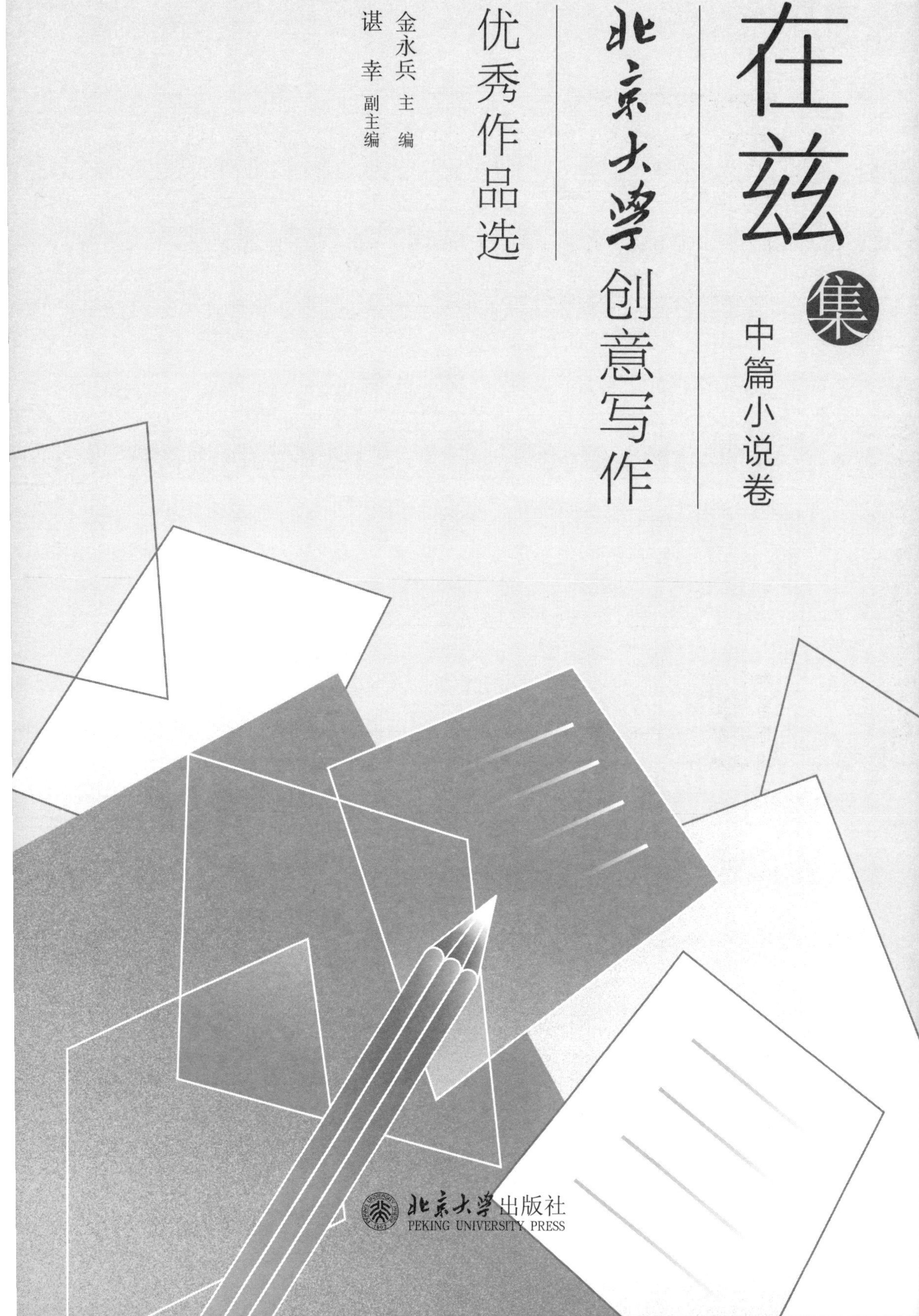
在兹集
中篇小说卷
北京大学创意写作优秀作品选
金永兵 主编
谌幸 副主编
北京大学出版社
PEKING UNIVERSITY PRESS

**图书在版编目(CIP)数据**

在兹集：北京大学创意写作优秀作品选. 中篇小说卷 / 金永兵主编. —北京：北京大学出版社，2023.7

ISBN 978-7-301-33728-8

Ⅰ. ①在… Ⅱ. ①金… Ⅲ. ①中篇小说–小说集–中国–当代 Ⅳ. ①I217.1

中国国家版本馆CIP数据核字(2023)第018843号

| | |
|---|---|
| **书　　名** | 在兹集：北京大学创意写作优秀作品选（中篇小说卷）<br>ZAI ZI JI: BEIJING DAXUE GHUANGYI XIEZUO YOUXIU ZUOPIN XUAN(ZHONGPIAN XIAOSHUO JUAN) |
| **著作责任者** | 金永兵　主编 |
| **责任编辑** | 朱丽娜 |
| **标准书号** | ISBN 978-7-301-33728-8 |
| **出版发行** | 北京大学出版社 |
| **地　　址** | 北京市海淀区成府路 205 号　100871 |
| **网　　址** | http://www.pup.cn　　新浪微博：@ 北京大学出版社 |
| **电子信箱** | zln@pup.cn |
| **电　　话** | 邮购部 010-62752015　发行部 010-62750672<br>编辑部 010-62759634 |
| **印 刷 者** | 北京鑫海金澳胶印有限公司 |
| **经 销 者** | 新华书店 |
| | 720 毫米 ×1020 毫米　16 开本　31.75 印张　560 千字<br>2023 年 7 月第 1 版　2023 年 7 月第 1 次印刷 |
| **定　　价** | 108.00 元 |

---

# 未尽之意（代序）

陈跃红

收在这集子里的，都是北大中文系创意写作研究生们的创作成果。金永兵教授把这集子编好的稿子掷过来，叮嘱我无论如何要写上几句，我应承了。

但是写点什么呢？这又成了个问题，于是面对屏幕键盘竟然踌躇良久。自2016年8月卸任离开北京南下深圳已经整整4年。4年来，南方科技大学这所新型学校几乎每周“997”，基本没有假期的忙碌学术创业生活，让人完全无暇回头，此前北大的许多人事场景都已渐渐模糊。也罢，不妨就说一说办学初衷吧。

开办创意写作硕士专业的主张虽非我始作俑，但不可否认，真正推动实施却就是在我们这届班子。

“中文系不培养作家”，历来是本系众人口口相传的故事，可同时一个悖反的现象却是，系里师生中总是不断出现作家、诗人、散文名家等，这又是屡见不鲜的事实。20世纪八九十年代，中文系破过一回戒，办了几轮本科学历的作家班，来就读的多数是各地新生代的作家和诗人，有的还颇有名气，系史里有他们的毕业合影照片。后来不知怎么的就停办了。

本世纪初，系里有老师提出过办文学讲习所的建议，但因为这样那样的原因，到目前为止也还没有成为现实。

轮到我们班子想这件事儿的时候，学校正在教育部的推动下，开始如火如荼掀起开办各种应用型专业硕士教育的热潮。大趋势是，学术型研究生将以博士为主，应用型研究生则以硕士为主，北大许多院系通过办专业硕士教育增加了大批研究生名额，令人眼馋！于是我们也动心了。

我个人虽然坚信，作家，尤其是纯文学、经典类型的作家和诗人等，注定是不能靠学历教育来培养的。创作这东西，多数靠天分、兴趣、历练、持之以恒的努力和那么一点点灵感运气。但是写作作为一种知识结构，一种复杂的技巧，一类职业性自觉写作意识，似乎还是可以通过训练和培养得以提高。

尤其是所谓类型化创作，诸如科幻、侦探、冒险、游历、侠义、奇幻、传记、历史演义等许多所谓类型化文本的创作，应该还是有基本“套路”可寻的。特别是当代流行类大众文学艺术的兴起，影视剧动漫游网络文学各种新文类的市场性巨大需求，推动了类型化创作的规模性发展。作为一种文化产品的生产，创意写作的行为和这类写作的职业认定，作为特定文类产品的学科技术性培养属性，应该还是可以通过学习和训练去完成和获得的。我以为，这正是类型化文学创作教育和文化创意类学科在当下高校萌生发展的理由，同时也是我们最后决意要开办创意写作研究生班的主要动机。我想，与其任由低俗和粗制滥造的类型化影视剧和动漫游覆盖市场，败坏大众胃口，倒不如培养些高水准、专业化的制作者出来，努力去改变这种状况。譬如在美国众多的大学文学院里就开设了不少称之为MFA( Master of Fine Arts )的创意写作硕士学位专业。事实上，在庞大的好莱坞编剧和美国类型化文类的作家中，许多人都经过专业训练，拥有MFA类学位。应该说，在一定程度上，好莱坞电影和美国大众文学能够流行和影响世界，多少还是与他们的编剧队伍很“专业”有关。这种办学想法一经提出，很快得到了班子的倾力支持。

北大中文系历来都不是一个热心追潮流的系科，坚守传统、传承学术是本系第一位，也是最重要的工作，至于创新嘛，一般总是选择看准了再说。这样，当我们要启动开办创意写作研究生教育的时候，相关的“专业学位”研究生的办学热潮已经过去，我们只是赶了个“晚集”，当初研究生院把学额大把送上门，求着大家办学招生的机会已经消散，“专硕”因为好招生、好分配、收费高，已经成了各家争夺的香饽饽。当我们去研究生院讨论开办事宜的时候，主管领导的回答竟是，开办可以，但每增加两个专业学位指标，就减少一个学术硕士学位指标，也就是说，减一个，换两个。学校的目的很清楚，就是要借机实现他们压减学术硕士招生员额的目标，这是当时学校研究生办学的既定方针。

中文系的老师们其实都是通情达理的，尽管有疑虑，但是经过研讨、协商，最后还是达成了一致，经学校批准，实现了以20名学术硕士员额向学校置换40名创意写作硕士招生指标的开办要求。接下来，除了制定培养计划、课程安排，确定各单位导师和名额分配等一般事务之外，还有几件重要问题要解决，尤其是收费标准和学位授予权的取得。今天事后看，当时我们尽管有思想准备，但还是把这些问题看简单了。学位授予问题，由于中国语言文学一级学科下面以前并没有设立“创意写作”的次一级研究生学科学位，一时成了难以搞定的死结，至今都没有办法解决。我们曾经试图联络国内中文院系向教育部提出申请，但几次都是无功而返。最后，只好先是求助艺术学院学科的相关学位支持，后来又得到新闻传播学院的专业学位设立新方向的支持，好歹总算解决了一时燃眉之急。我们曾经寄希望于2-3年内能够通过努力，获得中文一级学科下的“创意写作”专业硕士学位授予权，彻底改变学位授予依赖兄弟学科的局面，但是，直到本届班子卸任，该难题也没有得到解决，这是一桩我至今深以为憾的事。

但无论如何，两年制的创意写作专业硕士研究生班在中文系毕竟开办了这么些年，在全系老师，尤其是创意写作硕士导师群体负责和精心的指导下，同学们不断成长毕业。每年招生40名，算起来也有数百名同学经由这一学位的训练走上了职业之路，他们中目前不乏在影视剧和网络文学领域小有所成和前途看好的同学。该专业毕业的同学深受社会欢迎，就业率高居本系硕士研究生前列，未来依旧可以期待他们当中有人能够在创作领域大有作为，取得理想的成就。

此刻，翻阅着同学们的这些创作学习的实践成果，不时被他们创意的新奇、结构的精巧、人物的个性和文笔的丰沛流畅所感染。

于是我相信，说不定某一天，在他们当中会有人写出真正有重要影响的类型化文学惊世大作来。

我始终满怀期待！

2020 年立秋日于深圳南方科技大学教师公寓

# 目录

# 1.五线城市

韩煦-14级专硕

## 一、回乡初见闻

恶俗。

在这五线小城市新开的酒吧里，灯光剧烈地和可以做心脏复苏的震耳音乐交错，梅果感觉自己有点像《子夜》里被“大城市”和“摩登”震惊的老爷子，只差一命呜呼了。梅果百无聊赖地盯着台上跳舞的性感女郎，或者说，是在观察，只穿着胸罩和内裤的舞女随着节奏摆弄身姿，粉红色的内衣丝毫没有少女感，上面缀着乒乓球大小的毛球，在台下候舞的一个女郎背对着梅朵，离她很近时，梅朵这才看清那肥硕的屁股被紧身肉色丝袜勒得呼之欲出，刚下肚的百威就要涌出嗓子眼儿了。身为社会学专业的研究生，在震天响的酒吧里，梅朵虽然想逃，但还是因为朋友的面子勉强坐下来，忍着吵闹而恶俗的音乐，开始了她常和好朋友玩的游戏：看人。看人游戏其实非常简单，就是对周遭来往的人判断各种信息，比如职业、家庭、性格等等，甚至可以脑补出一个故

事。旁桌的一群学生模样的男女生在讨论考研，显然是放假回来聚在一起的中学同学；那个仪表堂堂把头发梳得一丝不苟的男人大概是生意场上的，压力大的时候来酒吧放松猎艳；还有一些浓妆艳抹的女孩拥挤在一起，抽烟、喝啤酒或者夸张地大笑，看起来是那种虚伪的闺蜜……

梅朵神游了半天，台子上的女郎们还在挤眉弄眼，最引人注目的是一个剪着黄色蓬蓬头的姑娘，戴着兔耳头饰，她的身材比之其他女生更薄一些，粉色内衣中并没有被勒出赘肉，胸和臀也还算丰满，再加上笑得弯弯的眼睛，时不时非定向地朝着人群送去撩人的秋波。梅朵并不会低看这些人，她在北京上大学和研究生，修习社会学专业，为了课程需要经常做深访，在一个越轨与犯罪的讨论课中，她曾和多名所谓的“失足女孩”“问题男孩”进行过深入的交流，童年的不幸福确实是越轨行为产生的重要原因。带梅朵来酒吧的是父亲朋友的孩子，和梅朵相仿的年纪，从深圳回来的小哥哥非常尴尬，第一次见面就带“纯洁少女”梅朵来了这样一个“乌七八糟”的地方，不断地向梅朵解释，是他朋友开的，他也是第一次来捧场。梅朵摆摆手，笑了。

梅朵只是有些惊讶，这是梅朵放寒假刚从北京回家乡的第一天，她心目中的这个城市单纯得如嫩得掐出水的青芽儿，或是夏日早晨还在荷叶中雀跃的露珠，总之，是闭塞的、保守的，却又是真诚的、美好的。所以，梅朵不太敢相信，在她的印象中，这小城的娱乐一直是贫瘠的。梅朵跟一个才从美国回来的小姐姐说，她在这城市生活了十八年，一直觉得这城市就是很多的棋牌室和茶馆，一些迎合年轻人的KTV，一个聚集了各种艺术班的文化宫，还有市中心那个有着漫长历史的中心公园，似乎就没有其他的娱乐了。小姐姐笑着说，看来你对家乡了解得还是太少了，这里一直都有这种声色犬马的场所，各种娱乐的地儿也不少，尤其是新区那边，你有兴趣可以到处逛游逛游。梅朵笑了，知道自己对这座城市太陌生太不熟悉了，整个天地就局限在学校和家之间的区域——尽管作为一个“土著”她不愿意承认。

## 二、关于小城市

小城市的生活对于梅朵而言，是一种难言之事，想起这二十年生活的地方，她竟然找不到可以概括的词语，似乎所有的概括都会显得太过浅薄，一个词语说出口就好像将这丰富的城市压榨成一片薄薄的铁片，作为一个内心相当丰满的文科女生，梅朵更愿意去感受和聆听这座城市，哪怕说出来的都是只言片语不成章句，也不愿意用定义去界定范围，她矫情地把这些当做是“冒犯”。

梅朵的家乡是山区四五线小城市，城市人多了，难免会有些“混杂”：民风淳朴的也有，穷山恶水出的刁民也有。其实以往梅朵觉得家乡的一切都是清莹的，整座城市都单纯得有点傻，平铺直叙的道路和平铺直叙的思维，即使有市井小民买个菜还要问菜贩子把个蒜头，好求得一种匪夷所思的心理平衡，梅朵也固执地认为这里因为山脉天然的屏障而变得纯洁和沉静。但现在梅朵有些动摇了，开始用一点嫌恶的眼神打量城市，其实这种嫌弃和厌恶都是非常微妙的，有不可示人的羞耻，所以需要力量去抑制将翻的白眼、将嗤笑的鼻孔和将歪嘴的一撇。这种想法是梅朵最近才有的，尤其是在家乡坐公交车，市民们的素质让梅朵只能用“堪忧”来形容。熙熙攘攘的人群若仅仅是拥挤也就罢了——这在北京何尝不是常态呢，可那司机和售票员总是一副你欠他一百万的嘴脸，冲着乘客大呼小叫，尤其是对那些有点缩手缩脚的农村老头儿老太太，他们在车上问路大多是不搭理的，有时候理了则是用方言吼着。不懂规矩不知道要到站下车的乘客，则是随意地要求停车，甚至拍打车门和脾气暴烈的司机师傅杠上了，司机索性连车也不开了，一把停在马路边，相互用难听的方言把对方八辈子祖宗都给问候了一遍。最后在其他乘客的言辞抗议当中，司机师傅才又开了车，故意急刹车猛拐弯地让一车人前歪后倒。梅朵生气极了，自己刚刚穿的新鞋子被踩上了灰黑色的印子，一天的好心情荡然无存，只剩下心里的愤恨：狗日的X城！

其实仔细想想，X城也没有那么不堪。它的历史很久，从春秋战国时期就是楚国领地，有山有水，或许也有那么一点文化吧，诸侯将相曾在此觥筹交

错，高呼王侯将相宁有种乎的鸿鹄之众也曾在此振臂举旗群集响应；战火纷飞过，现世安稳过；有诗人路过留下拈花一笑的诗句，也有隐者在此择一荒山终老……总之，X城并不是一座拔地而起的新城，而是历史和过往一层一层堆叠的沉积岩，无论它是否被新风新雨风化剥蚀褪色，它是有历史厚重感的，是可以有颤巍巍白胡子老爷爷讲一个关于过去的故事的地方。梅朵也曾为自己的家乡感到无比的骄傲，尤其是刚刚从X城考入北京，开始崭新的大学生活，她总是特别骄傲和自豪地说自己是X城人，那里的风景有多好，各种特色的小吃有多好吃，而听者多没有听说过X城，甚至会讶异地说有这样的地方么？因为它太小了，是这个国家没有存在感的一个省份里不起眼的小城市，所以没有外人关注也是再正常不过了。有一段时间，有一句话流行在异乡学子之间，“从此故乡只有冬夏，没有春秋”，其实也就是说，这些在外求学的孩子们只有寒假和暑假在家里过了。这句话梅朵曾经是极爱的，像所有那些中二文艺气质的小女生一样，她也曾把这句话当做自己的社交网络的签名。后来梅朵觉着自己长大了，应该说一些有思想的话，戒掉文艺的小腔调，这话太矫情太文艺，虽然那么真实地描画着她这六年多的北京求学生活。

今年寒假，其实是梅朵学生时代最后一个寒假了。以前的每个寒假，梅朵都会和之前的朋友聚会，像是一个心照不宣的约定，最开始和那几个感情深的中学旧友——其实平时在各自的学校，他们也是比较密切地用网络联络着，就盼着回家后聚在一起深聊，想想这群情深义厚的同学们像是异地恋的男女，见了面总是热烈而夸张，在假期总是反复聚，单独的或者组局的。有了微信群之后更是如此，拉上几个人就是一桌麻将或者一局桌游。在本科的时候，大家放寒假都会回来，所以还会有班级的大聚，而现在研究生了，好多人已经工作，假期就变得奢侈，在同学聚会中也就逐渐消失了。所以梅朵每次回来聚的也就是那几个，但却也是时间淘下来有个一分半情的真友谊。有时候，梅朵觉得，这小小的X城，就像一个小小的发射场，把那些好像有梦想，又好像很迷茫的青年人一个个地送向北京、上海、广州，甚至东京、纽约、伦敦……而在这有着春节的寒假，把这些年轻人一个个地召唤回来，聚在一起。这个时候，梅朵又开始发挥自己社会学的特长——深访，虽然这么说有些怪怪的，但是梅朵真的是一个非常善于聊天的人，在这最后一个寒假，她和往日旧友们聊天玩耍，听他们讲故事，上学的故事、爱情的故事、成长的故事、离乡的故事……总之，那么多熟悉的旧友，在他们讲述故事的时候，梅朵感到了熟悉背后意料之外却又情理之中的陌生。梅朵一直以为，她和他们见证了彼此从小小少年到青年人的成长，但转念一想，自己又何曾不是这样，多么多的故事只有自己知晓，多么多的人生也只能和自己分享。

是的，这是一些关于小城市青年人离乡和回乡的故事，关于梦想和现实的故事，关于暗恋和失恋的故事。是每个人独一无二的自传。

## 三、凌霄

凌霄。

凌霄其实算不上梅朵的同学，更准确的意义应该是发小。小时候就住在一个机关大院的同一栋楼，只是在不同的单元。凌霄比梅朵大一级，年龄相仿又住得近，俩人玩得极好。又因为凌霄和梅朵这两个“如花”般的名字，大院里的叔叔阿姨爷爷奶奶们见了这两个大头大脸的小姑娘时，总是亲切地喊着“姐妹花”。凌霄和梅朵上的是同一所幼儿园、学前班、小学和初中，但是在中考的时候，凌霄没有发挥好，去了另一个区的区重点，从此过上了住校的生活，而那个高中素来以管理严格著称，每半个月放假一天，凌霄才能短暂地回家一次，有时候父母去学校看她就索性不回了；而成绩一向优异的梅朵考上了市里最好的高中，虽然离家也有些远，但也还是走读，能够在家里吃上早餐和夜宵，所以两人的交集不那么多，交情也变淡了许多。偶尔见面也是匆匆地打个招呼，聊上几句就“各回各家，各找各妈”了。毕竟在小城市，高中的生活真的是简单到只有成绩好不好的忧愁，所以这个时候的梅朵和凌霄都是蛮积极向上的姑娘，连忧伤也不会太久。幸运的是，凌霄和梅朵都考上了北京的大学，学校离得也不算远，然而让梅朵意外的是，大学毕业后的凌霄回到了X城，最开始在一所职业技术学校里代课，后来考了公务员。

在X城文化宫的一家小日料店，凌霄和梅朵坐着，筷子随意地夹着不正宗的天妇罗，或者挑几根改良得有些奇怪的日式拉面，心不在焉地，边喝梅酒，边聊天。

凌霄最开始在这所相当不错的大学里成绩很好，学的是国际贸易，在大学一年级的时候，还拿过专业第一和国家奖学金。所有的优秀对于资质平庸者而言，大概靠的是努力。寝室里的北京妹子喜欢吆喝着大家一起逛街玩耍，而那时，凌霄还保持着中学时代的肥胖模样。真的是胖，本来就又方又大的脸因为活跃的脂肪被撑得更大，而本来就不大的眼睛却被挤得更小了，脂肪在这脸上好像有些不开心似的，挤来挤去，颧骨上嘟着一个又红又大的脸泡儿，总之，是很不好看的；其实单纯的胖也就罢了，可似乎凌霄脸上并没有那种和气的甜蜜的笑容，而是一种清奇的蔑视，和她的爸妈一样，那种爱讲冷幽默的脸色奇异地印刻在凌霄的脸颊。所以，凌霄真的是那种特别不讨喜的姑娘，和她说几句话就会被呛到。

大概是因为太胖了，凌霄心里对这种集体的逛街出游活动还是很抗拒的，所以她还是保持着高中时的良好习惯。每天早上，天蒙蒙亮，室友们还在昨日的酣眠中，凌霄已经默默地起床洗漱了，清理好书籍和草稿本，背上高中时代的有些发灰的双肩包，去图书馆自习。图书馆离宿舍楼是有一定距离的，在这个距离上，凌霄恰好可以去食堂买上包子、鸡蛋和粥，美美地吃上早餐。其实还是六点钟的光景，图书馆的门还没有开，但是凌霄就是特别喜欢站在图书馆门口等待开门的时刻，那个时候，她真的觉得自己是幸福的人，是一个有作为的人。虽然这种骄傲有些天真和可爱，像高中时候有一股子不服输的倔强劲儿，但凌霄能够抢到自认为最好的位置：那是在图书馆三楼社科阅览室靠窗子的位置，桌子很大，阳光特别的充足，去卫生间和水房也不那么远。安顿好位置，凌霄会去泡上一杯浓烈的咖啡，在刚刚结束酣眠的早晨有助于提神——这貌似也是高中时代留下来的习惯，毕竟这么紧锣密鼓地学习，把生命填满了知识，高强度的脑力劳动小小人儿怎么可能不觉得累，不觉得困呢？上午的时光

会比较清醒，所以凌霄一般会学习高等数学、概率论这样的“理科课程”，中午去食堂饱餐一顿，再在这暖暖的窗边睡上一会儿午觉，下午会看看经济学、贸易学之类的书籍，吃过晚餐，凌霄会看看文学书，或者学学日语。

凌霄寝室的人都打趣她是“披星戴月”的人，所以在大家都刚从高中枯燥忙碌生活中解脱，忙着庆祝这心动而难得的“清闲”时刻的时候，凌霄依然保持着“清教徒”般禁欲而节制的生活。这种克己，凌霄跟梅朵讲过，觉得特别像他们这种高考大省出来的孩子所普遍拥有的质素。所以凌霄觉得这种生活太正常了，对得起自己，也对得起父母，过起来也是很安心的。然而，在她寝室的女孩子们眼中，自然成了一个异类，是一个过分朴素或者更不客气地说就有点土的独行侠，有意无意地会排斥和远离她。凌霄是不介意的，她每天有那么多事情要做，也没有这个心和空闲去介意这些影响不到自己的事情。

按照一般故事讲述的情节，安静的生活总会被某一些不可控的因素所搅扰。对凌霄生活造成搅扰的因素出现得很及时，缘于大一暑假初中同学聚会。聚会这种东西，特别需要有组织者、领头羊，班上最好热闹的家伙在班级的qq群里吼了几声，放假在家无所事事的大伙儿就群集响应，很快就定下了吃饭和唱歌的场子，组织者还别有用心地在群里“艾特”出了班里最受欢迎的大学霸男神，特意嘱咐他要给面子出场，毕竟“对于班里很多女生，你可是青春时的梦啊”。

男神叫段昊天，是凌霄的小学和初中同学，也是梅朵的学长。段昊天成绩很好，高中时物理竞赛保送到了清华大学计算机系。男神很聪明，在中学时代就呼风唤雨，再加上长得白白净净，也算是一表人才，喜欢他的小女生多了去了。女生会因他而结盟，也会因他而吵架，段昊天像是黏合剂，也像是导火索。其实段昊天自己是不知道的，大概是处于风暴眼的那个人，总是最安静的人，而这种看似不受外界干扰的安稳，更让那群蹦蹦跳跳的小女孩儿为之倾倒、为之入迷。段昊天没有让众多女生失望，出席了这次“被”翘首以盼的聚会。男神好像有些变了，大概是大家都长高了，而他却还没有，刚过一米七的身高，发际线已经变得很高，瘦瘦的白白的，嘴边的胡茬也没有刮干净，

竟然有一些小老头的模样了。但是段昊天的五官还是有一种清冷却熨帖的风骨，不得不承认，还是好看的。女孩子们还是一下子涌了上来，不乏几个单身至今的，大概是想着有些“落魄”的男神会不会因此而垂青于她们吧。凌霄还听说，有一个有了男朋友的姑娘，本科毕了业为了段昊天来到了北京，还经常去清华看他，买些吃的什么的——也是够痴情。听了这些，凌霄更不敢和男神靠近了，虽然她自己清楚，段昊天是她心中十几年的梦，从小学时期开始，但是因为自卑，又因为段昊天太过优秀，虽然他们俩是同桌，凌霄只是默默地在一边仰望他，帮他整理一下书桌，借他看粗心忘带的课本。但对他的喜欢却是深深埋在心中，她会看其他活泼好看成绩又好的女生来段昊天的座位“调戏”他、“谄媚”他，这个时候，凌霄都是默默地离开座位，自觉把座位让给那些有备而来的女孩——即使这样，那些女孩还是嫉妒她，对呀，谁让她那么一个灰姑娘般的人物，和年级有名的校草学霸同桌呢。对于这个老同桌，段昊天倒是很亲切，问她的现状，当得知她也在北京读大学的时候，他还是蛮开心的，并约好之后在北京一起吃喝玩乐。

“我其实一直都知道你在哪儿，”凌霄心里默默地说。凌霄自己太清楚自己的位置，在这个世界的位置，在男神心目中的位置。像是每一个怀春的少女，努力地克制自己的感情外露，但是却会偷偷地查看他的空间动态，在百度里输入过无数遍他的名字，或者和其他同学聊天时不经意地提起他，装作毫不在意的样子，却竖起了耳朵，努力把有关他的蛛丝马迹悄悄地记下。而对于男神，自己大概就是一个面目模糊的甲乙丙丁。

回了北京，凌霄和男神也会偶尔聚会，当然并不是两个人，往往还会有一两个其他的同学。在这样的时候，凌霄又紧张又欢喜。吃饭的时候一改以往狼吞虎咽的坏习惯，细嚼慢咽，一点声响也不敢发出，而男神呢，则是常态地吃面喝粥都有吸溜吸溜的声音；凌霄也好像突然爱美了，懂得自己身上那肥大的牛仔裤和运动衣太过土气，让热衷于打扮的北京室友带着她一起去选了几套淑女的衣服，并且开始努力减肥了。女生嘛，开始努力变得美好的时候，好像大多数并不是为了自己的生活更充实、未来更美好，而是因为喜欢上了一个人——这么一想，其实真是又好笑又悲哀了，虽然好多失恋了的姑娘会奉“希望能够遇到一个人，他爱你本来的样子”为圣经，然而，现实就是那么残酷，男人就是这么肤浅的视觉动物，你若是不美，大概他连去深入了解你的愿望都没有。所以有时候梅朵也会讶异为何身边那么多想要恋爱的好姑娘却总也寻不到良人。聚会多了，凌霄和段昊天也就熟悉了起来，段昊天是从来也没有喜欢过凌霄吧，所以相处起来总像是哥们儿，而实际上，凌霄确实是一个“女汉子”，为了讨男神一笑，营造自己平易近人热情开朗的性格形象，平时那些抖机灵的荤话也一段一段地冒出来。恰好两个人也都喜欢玩游戏，喜欢看动漫，可以聊的话题似乎很多，从游戏技巧剧情、聊到动漫cp，凌霄暗暗为这种“聊得来”而欣喜，却又焦虑，何时段昊天能和她聊聊感情呢。

凌霄和段昊天两个人也约出来一起看过漫展，走在一起的时候，凌霄还是很拘谨的，内心戏不断上演，凌霄自己都能感觉到看男神的眼神那浓浓的爱慕之情，感觉情感的汹涌如欲滴的花朵，吞噬掉了所有的克制。男神似乎感觉到了凌霄的不一般，看完漫展回来，他不再主动找凌霄聊游戏和动漫，凌霄主动找他也往往得到的是“嗯”“哦”“好的”的平淡回复。

男神毕竟是男神，对凌霄很明确地疏远，而敏感的凌霄却不知道怎么办，在室友和小姐妹们的鼓动下，鼓起了勇气表了白，“我蛮喜欢你的”简简单单的六个字真的是删了又打、打了又删，最后心一横，闭着眼睛按了enter键。男神也很不客气地直接拒绝：你不是我的菜啊。这种拒绝其实是很伤人心的，凌霄知道男神是嫌弃自己长得胖又丑，这又不能怪谁，大家不都是说，不要怪别人注重外表而不注重内在，你的脸还没有达到别人想去探究心灵的地步。可怜的凌霄，这漫长的十几年的爱慕，就这样一瞬间被击垮，她不知道要如何寻求安慰，或者说她也不想，把所有的自尊和骄傲通通打碎，一片一片地咽下去，哪怕喉咙、食道、胃部被割得伤痕累累血流成河。她选择了沉默。

凌霄沦陷了。或者说，沉沦了。迷上了打游戏的凌霄，变得非常的……不堪？凌霄打的是男神最爱的剑三，在打游戏的片刻，那是一晌贪欢么？凌霄并不觉得是，而是钻入骨髓咬噬人心的寂寞、孤独，和生无可恋的茫然。不会

记得吃饭，不会记得喝水，也不会去上厕所，听不见别人说话，也不想和任何人说话，甚至连阳光都不想见。整日都窝在没有拉窗帘的寝室里，不想做其他的事情，就是打副本、升级，和游戏中的人聊天，好像这样就可以忘却现实的生活。长久对着闪烁的屏幕，凌霄也会觉得难受、恶心，这种恶心不是从胃壁中慢慢生长起来的那种泛着酸的恶心，而是从心脏里拔节而出。心脏突突地跳着，明显是心率过快，看一眼手机上的时间，已经凌晨四点。凌霄也不知道，为什么时间会过得这样快，即便这样，她似乎还在期盼时间能够更快一些。室友们好像也习惯了凌霄这样360度的急剧转变，并没有人跟她说话，大家也都睡觉了。这个时候，夜应该是格外深的，寝室外的走廊也格外的安静，寝室里的空气实在不那么好闻，而且沉得好像要让人窒息。凌霄关掉了游戏，并且感到了胃部空空荡荡的疼痛，“好饿啊，”凌霄自言自语，然而这个时候，并没有什么温热的东西可以抚慰一下受到严重创伤的胃，只有那已开袋的饼干歪歪斜斜地放在书架上。凌霄用温水就了几块干涩涩的饼干，窸窸窣窣地咬着，艰难地吞咽下去，好像有些舒服了。然后去水房刷了个牙，洗了把脸，外面实在太安静了，天也是那么的黑，空气却变得轻盈而爽口了，但凌霄却有点害怕，这种无人的静总让她有眩晕之感，好像马上从哪个角落就会睁开一双胡桃般黑亮的眼睛默默地盯着她。凌霄逃也似的回到了寝室，钻进从来没有叠过的被窝，把脑袋也缩了进去。一直睡到下午一两点，醒来，又是重复同样的颓废而颓唐的生活。

后来大三的暑假，凌霄在一家小型的live秀场做兼职，有一个眉清目秀的教唱歌的老师，叫小谱，可依照之后的情节发展模式，是一个相当不靠谱的人。不知道是寂寞还是无聊，或者说是纯粹的荷尔蒙驱动，小谱跟凌霄表了白，让她做他的女朋友，在这种看脸的时代，凌霄也未能幸免，再度沦陷。像所有初恋的小女孩儿一样，凌霄对小谱真是特别特别的好，纯情得一心一意，他教唱歌的时候，凌霄乖乖地在一边听着，不时倒一些蜂蜜柠檬水给他润嗓子，吃完饭会切好水果给他吃，小谱爱吃山核桃，凌霄的指头都抠出了血，把山核桃一颗颗剥成完整的果仁儿，用纸巾包好给小谱。即使这样，小谱还是跟

凌霄说了分手，甚至和老板娘一起偷看了凌霄的日记，并把她骂得狗血喷头，因为凌霄在日记里说了老板娘作为商人的精明。凌霄离开了这间秀场，做了一个纪念小谱的视频，送给小谱，并且没有向老板娘要兼职的几千块。小谱再也没有联系过她，凌霄又过上了深宅的生活。

这样的生活持续到快要毕业，凌霄蓦然发现，自己挂了两门课，需要补考，否则拿不到毕业证。而此时的凌霄，既没有选择考研，同时在这招聘季，也没有在北京正经地找过工作。这时候凌霄才有些慌张，面对未来，她感觉到了比游戏之后无所事事更盛大的虚空和无力。竟然到了这般田地，凌霄心里出现悔恨的声音，却又转瞬即逝。这又有什么用呢，自己种的苦果流着泪也要吃下去。最后随便投了几家公司，笔试面试走了走过场，拿了一家小银行的offer，但是父母那边却是犹豫了。毕竟只有这一个独女，虽然从小到大，父母都不怎么管她，然而到了五十多岁，却能深刻地感受到膝下无人的悲凉，更迫切地希望女儿能够回到自己的身边。打了几日的电话，平日严肃的父母甚至掉了眼泪，然后想到了在北京的两段伤心往事，似乎这座城市也没什么可以留恋的。于是凌霄一毕业就回了X城。

最初回到X城，凌霄真的不知道要做什么好，一起长大的伙伴们都离开了家，奔向远方，只有她一个人选择了回到——天知道那些留在X城的大部分都上的是本省的大学，而她却在祖国的心脏读了四年不错的大学。郁闷的心情是有的，更多的是无聊，这种无所事事的烦恼让凌霄讨厌极了。父母给她在本地的职业技术学院找了一份代课老师的兼职，这完全是托了母亲在里面工作的情面。里面的学生大多是高中生的年纪，比她小几岁，基本上都是一些不学无术的痞家伙儿，也有一些从农村来的朴素的孩子，自然是班里被孤立的对象。凌霄代大学语文课和国际贸易课，虽然显得有些滑稽，但是对付这些孩子还是绰绰有余。凌霄有时候也觉得这些小孩子太烦了，比如他们会在课堂上相互吵嚷，调戏或者挑衅老师，这些都是常见的事情。然而代课费是寥寥的，但是好在凌霄住在家里，并不需要租房子住，吃饭也是蹭父母的，省下来的钱凌霄除了买衣服外，基本上都用在了学画画和养猫上。可后来，妈妈不让凌霄养猫了，嫌那毛茸茸的活物在家里窜来窜去，有一种不寒而栗的感觉，一定要凌霄把猫丢掉。没有伙伴玩的凌霄自然是不愿意的，更何况那猫是她的“二爷”。

固执的凌霄一气之下跑到交通尚属方便的郊区租了房子，小小的单间很简单，但被凌霄布置得很温馨，每天喂猫的开销占据了凌霄不多的收入，虽然这种“独立”带来的是要每天坐公交车再走上十几分钟才能去上班，但在凌霄看来也值了。后来，凌霄遇到了“经济危机”，倔强的她拒绝向母亲低头，这样她之前的坚持岂不是白费了，学经济的凌霄终究还是有一些腼腆的经济思想，她在淘宝用低价批发了一堆各式各样的手机壳，在夜幕将降临的X城步行街天桥上，铺上废弃的床单，摆上这些手机壳，用相对较低的价格招徕买家。生意总是非常的冷清，每天的毛收入也不过几十块，有时候甚至只有几块、十几块，凌霄的内心不得不说是苦楚的，想当年她何时在意过这些“小钱”，而在单位里也算小官的父母又何曾愿意让她过这样“底层人”的生活。有一次凌霄在摆摊，有几个男青年过了她的摊儿后，复又折返，弯着腰去盯凌霄的脸，然后嬉皮赖脸地对她说：“哟，这不是凌老师么。”凌霄竟不知道该接什么话，所以只好什么也不说，摆摆手让他们几个走了。

后来，凌霄的妈妈还是向自己的女儿屈服了，她实在是心疼女儿的，要不然也不会千里迢迢把女儿从北京召唤回来。她也看不得女儿一个人租房、养猫、卖手机壳，过这般苦而累的生活。凌霄搬回家住了，开始复习公务员考试，毕竟在职业技术学院里也需要硕士文凭才能转正，一个本科生——哪怕你是重点大学的本科生，在一个五线小城市也无力极了。好在凌霄本身的底子并不差，稍微用心地复习，能力还是强过很多人，她考了农村经济调查队，被统计局给借调了。

进入“体制内”，尤其是五线城市体制内的生活，真的是单纯又乏味吧。X城的行政中心早在几年前新区发展之时，被整体迁移过去。X城新的行政中心占地极大，建筑也特别雄伟。以一座市政府大楼为中心，其他各个事业单位依次排开，整体的风格是高大上和肃穆的。而新建的博物馆、音乐厅和会堂，简直是复刻了国家博物馆、国家大剧院、人民大会堂的建筑，这种模仿真是又自大又自卑，一个五线城市对于大城市的渴望从这种硬线条低创意的复制中窥见，似乎盖了这些建筑，整个城市的格调就会提升很多，好像就完成了“现代化”的接轨，而在新区之外，老城区依然是拥挤而破旧，挤着大多数的X城人，按部就班、循规蹈矩地过着普通而无所求的生活。在这些建筑中，尤为突出的是那个会堂，有时候凌霄路过的时候，就恍然觉得自己还在北京，还像才来到北京那样，会去天安门朝圣一般。然而，凌霄自己是知晓的，这里离祖国的心脏有千里之远，那四年荒诞而不堪的时光需要被自己认真折叠，压在人生的箱底。

凌霄其实也不能说自己不喜欢X城的体制内生活，这种生活其实也算得上“现世安稳”。统计局的审计一般到了月底才开始忙碌，中旬之前几乎就是无所事事的状态。早上七点多从家坐了班车，晃到单位，在整个行政大区是有一个专门的公务员食堂，环境整洁明亮，品种多样好吃。作为一只单身狗，凌霄对单位食堂有着“血浓于水”的深情。早餐的各类包子、鸡蛋、豆浆、粥品，还有油条、米线、馄饨、胡辣汤和热干面，总之选择很多，而自助餐的价格只要一元钱。在单位无所事事地做一些报表、看一会儿杂志，晃荡到了十一点多，就可以花上两元钱在食堂美美地吃午餐，中午食堂的食物也是非常丰富，而且每天也不一样，作为一个吃货，这样的好福利，凌霄的内心也是满足的。吃完饭，回到办公室，把单位发的折叠椅打开，就可以美美地睡上一个午觉了。下午上班累了，还有单位发的水果。作为清水衙门的统计局，请客吃饭的局并不是很多，偶有请客，科长是一个父辈的叔叔，非常关照她们这些小女孩儿，也不会让她们喝酒，并且让她们随心所欲点自己想吃的、平时舍不得吃的菜。

这样的生活，惬意得不像话，却也单调得不像话，每到下班后，凌霄外地来的同事们总会聚在一起，到处寻觅这座城市的美食。凌霄最开始也是惊讶的，这座小小的X城对凌霄而言熟悉得不得了，她根本想不出来有什么好吃的。后来凌霄加入了几次这样的活动，发现这群异乡人的痛快之处，大概因为对生活还有热情，对这种城市还有探索的激情，或者不想面对一个人不知为谁洗手做汤羹的孤独，所以他们才乐于社交，从城市这头到那头，从一个街巷到另一个角落，无论是装修精致文艺的新店铺，还是传说中有压轴菜的苍蝇小馆子，他们都乐意尝试。在觥筹交错之间，筷子起落之间，假装与这座城市融为一体。

而在周末，除了偶尔和同事约着逛街吃东西，大部分的时光，凌霄还是会选择宅在家里，打打游戏、看看动漫或者去画室画画，总之，她现在已经没有那种为任何事情着迷的深刻和专情，一切都是淡淡的，有时候她会觉得，这本来就是生活的常态。虽然凌霄也与同事保持着不咸不淡、不冷不热的交往，但同事毕竟是同事，像是隔了一层一般，没有了学生时代切肤的情感，所有的心事都会憋着或者微信给远方的旧友。

凌霄跟梅朵说，在小城市，从外地上学回来的女生，都会遇到一个“世纪性”难题：恋爱婚姻。与大城市不同，优质的单身女性和男性数目都很大，只是很多工作太忙，无暇顾及；加上很多人都是硕士博士才走进社会，婚恋嫁娶的年龄也自然会比较大。而在X城，大部分姑娘20出头就嫁了人，所以从外地读书回来的重本生、硕士生，只要是女生都在忙不迭地到处相亲，而相亲对象大多是本地不学无术的孩子，学历高一些的男生大多是集中在X城唯一的一所二类本科大学的新进老师，那些形象欠佳、家庭背景颇多槽点的男博士们在这小城市居然成了香饽饽，相亲了不少颜值高、学历高、家境好的女孩子，但是囤货居奇，乱花迷眼，所以口味越来越挑剔，对女孩子的颜值身材工作家庭都特别苛刻，一副皇帝的儿子不愁娶的样子。总之，在X城，优秀的女孩子是难嫁的，匹配的总是让自己和父母都不那么满意的男生，毕竟X城优秀的男生都义无反顾地奔向了大城市，回来的寥寥无几，更不会有优秀人才愿意来到这山区的五线城市。

凌霄回来之后，相过几次亲。最开始对爱情还抱有期待的凌霄，会拾掇拾掇自己，化个淡妆，穿上裙子，梳一些美美的发型。这个时候的凌霄已经很瘦了，没有了身材上的自卑。但实际上，五官还是不那么讨喜，一张肉肉的方脸，和冲天的小猪鼻，还有肉肉的眼睛，好像就没有那么好看了。更何况，X

城在省内一向以出肤白貌美的女孩子出名。凌霄自然是知道无颜值上的优势，但既然都到了相亲的地步，似乎双方一对一地比拼条件才比较符合小城市的现状。即便父母都是事业单位的职工，自己也是公务员，在这所小城市也算是体面的人家，然而，大概是没有缘分，相亲的对象，凌霄大部分是不满意的，这种歹毒的挑人眼光从她喜欢多年的清华男神以及和音乐老师小谱的短暂恋爱上都可以看到。凌霄觉得单身的生活蛮好，没有人管，也不需要为其他人牵挂。这种逍遥而不用考虑现实的日子，过一天是一天，凌霄心里默默地想，所以之后对于相亲或者认识新的男孩、开始一段新的恋情，并没有太多热望。话虽然这么说，凌霄的父母是不可能不替她考虑一些现实的问题，比如职业规划，于是花了钱、请了客，凌霄也默默复习了一段时间，考了X城那所二本文学院的古代文学方向的研究生。

“你喜欢文学么？”梅朵是好奇的。“嗯，说不上喜欢或者不喜欢吧。就是觉得，需要硕士学历镀金，作为文科生总觉得文学的研究生还是好考一些的吧。”凌霄倒是非常的诚实。“那为何不去好一点的大学呢，毕竟你的本科学校那么好，现在上这个二本的研究生，不觉得很亏么？”梅朵还是不解。凌霄笑得很勉强，好在是多年的姐妹情谊，不会一本正经地说一些打发人的胡话，“怎么可能不觉得失落呢？落差……那肯定是有吧。可我又能怎样呢，在这样小的城市，在统计局里上个班已经让周围的人很羡慕了，这么稳定的饭碗和可观的福利，谅我大概也是不敢轻易放弃。所以就在本城读一个研究生，学校也有很多老师是父母的熟人，不会耽误我上班吧。”梅朵沉默地看着凌霄，凌霄也沉默地看着梅朵。一时无话。

一瓶梅酒很快地被梅朵和凌霄喝完了。其实酒的度数极低，但大概是因为喝得有些快，有些多，梅朵和凌霄都有微醺的醉态。耳朵和脑子一起发热，嗓子也是堵着的，胃部有灼烧的痛感，但却没有那么难受。两个从小一起长大的女孩子相对而望，不知道说什么，也不想再说什么了。窗外开始淅淅沥沥地下起了雨，雨很稀，冬天的空气水分总是不那么充足的，所以也没有那么多潮湿而伤心的故事。只是平淡地述说，然后很快地在空气中凝结、冻裂，碎成粉末，消失在这个世界。

未来嘛，是继续留在X城，还是逃离父母，去传说中年轻人的乐土深圳，开始新的生活，凌霄还没有想清楚。

## 四、刘亚泽

刘亚泽。

刘亚泽应该是梅朵成长过程中最重要，也是感情最深的朋友了。用一辈子的知己来形容毫不夸张，这种深情厚谊植根在双方的生命里，父母也都知道彼此的存在，也因此一起吃过饭。梅朵其实很早就听说过刘亚泽，因为小时候在一起参加过英语比赛，不过只有一个名字的印象。后来高二分了文理科，两个人就成了同班同学，是那种会一起约着上厕所的“好闺蜜”，即使性别不同。再后来高考结束，梅朵去北京读了本科和硕士，刘亚泽高考选择复读了一年，之后考上了本省的大学，研究生选择去了日本留学。每个寒假和暑假，梅朵和刘亚泽的聚会都是频率最高的，有时候甚至达到了几乎天天都见的状态，虽然有一些“不怀好意”的同学质疑过这纯洁的友谊，但是两个人都知道和了解彼此的真意，所以才总有说不完的话题、聊不完的天。这个寒假，正在准备院生考试的刘亚泽本来是不打算回国度春节的，因为之前要跟的东大的老师退休了，需要转学到大阪大学。但是经不住思乡，加上四月份才开学，除夕当天，刘亚泽飞到了成都，然后从成都转机回了家。虽然春节是折腾地过完的，但是好在人是回来了，聚会也自然而然地约了起来。除了每次聚会必备的看班主任和数学老师的项目，刘亚泽和梅朵主要都是看电影、去汉口公馆吃饭以及去甜品店聊天。

梅朵和刘亚泽第一次照面的时候，应该是高二才开学报到的时候，他在图书馆门前，和高翔宇嬉笑打闹。梅朵是认识高翔宇的，那个非常活泼外向的姑娘，她和刘亚泽是初中同学。当时的梅朵是对刘亚泽的长相有着深刻的印象——当然不是被帅气的高颜值所震晕，而是太像维尼熊了。包括那凸起的肚子和有些可爱的五官。总之，长相和神态都特别憨态可掬，这种憨厚的气质是从内到外自然散发出来的。也确实如此，正因为刘亚泽的憨厚，他和梅朵才能有如此长久的友谊。当然，友谊的最开始总是有一些说不清的缘分，主要是他们两个都是班主任萱姐特别宠爱和偏心的学生，所以她每次调位总是把梅朵和刘亚泽安排在很近的座位，比如前后桌或者隔着一条走廊。大概是“地缘”，加上梅朵当时确实是称霸全校的第一名，有些傻气的刘亚泽就对梅朵有着一心一意的崇拜，比如总会问很多数学问题和地理问题，而恰巧“高处不胜寒”的梅朵对愿意亲近自己的伙伴是心怀感激的，热情而细致地给刘亚泽讲题，她总能找出又快速又巧妙的解题技巧，这让刘亚泽几乎患上了“梅朵依赖症”。而梅朵得到的“好处”，除了有一个能够陪着一起吃饭上厕所的好朋友，还有刘亚泽向梅朵源源不断地“进贡”着各种各样的好吃的——这大概是对准了好吃的梅朵的“致命软肋”吧。

在这五线城市中，不知为何，忽然新涌现了一大批小资情调的咖啡厅，一种是美式挑高的loft风格，木制的桌椅，刷上深沉的漆，工业风的灯具，以及视野很好的落地窗，另一种则是田园风格，色泽明亮的桌椅，鲜艳的花朵和软塌塌的沙发，窝着什么不做也会觉得很惬意。这天，刘亚泽和梅朵吃完午饭，刘亚泽提议去他心目中X城最棒的咖啡厅，他说那里的豆子很好，在二楼窗前坐下，点了拿铁和美式，两个人又开始“喋喋不休”地聊天了。

第一年的高考，刘亚泽没有考出一个好的成绩，甚至连一本也没过。犹豫很久，刘亚泽决定复读。暑假决定复读后，刘亚泽请了梅朵还有其他任课老师一起吃了个饭，梅朵把她高中所有的笔记全部赠送给了刘亚泽，并且叮嘱他要好好学习，希望他也考到北京，这样，以后的日子还能一起吃吃喝喝玩玩乐乐。

复读班换的是一个“宅心仁厚”的数学老师老马，老马虽然如老马一样勤勤恳恳，但绝不是那种愚钝而平庸的老师，他讲数学仿佛有一套绝招，所有繁杂的题目，在他的口中都能够用极其精妙而易懂的方式讲出来。比那些所谓的参考答案要简单清晰和有趣很多倍，这让这一班子数学不好的文科生很是佩

服。尤其对于刘亚泽而言，他高一高二的数学老师是一个毫无经验而又糊涂的老师，很多题目自己也搞不懂，作为数学课代表的梅朵常常承担了班里数学的讲解任务，而梅朵数学的优异在于她高一的时候是理科竞赛班的学生，学的就是数学竞赛，而其他的同学数学几乎差得一塌糊涂，每次都有一多半的同学不及格。所以，面对老马，这群孩子像是干涸已久的鱼找到了水般，急切地向老马汲取数学上的知识。老马的魅力还在于他的人格魅力，不像之前的老师对于同学的成绩有着锱铢必较的敏感，也不会强迫同学去做一些“规定”的事情，而是更注重学生内里自我的成长，比起成绩更关注他们是否快乐，所以下课的时候，他们不会像以前宅在教室不敢出去，而是大家成群结队在外边玩耍透气，周末的时候，老马还会组织一些住校的学生去爬学校的后山。

所以，虽然是复读班，刘亚泽并没有感受到如应届班时的无形的压力，同学之间也没有应届时刻意的距离，彼此都是亲昵的。主要的原因还得益于一个有着和谐力的班主任，老马把整个班级都调和得温馨，同学之间少了勾心斗角的矛盾和竞争，一起对大学、对大城市保持着浓厚的向往。这个时候刘亚泽有了一个非常好的朋友，叫高仲祺，是一个又聪明又特别的男生，他最常说的话就是，他上北大是历史的选择——虽然到最后他也没考上北大，但是不可否认的是，他真的特别聪明、特别渊博。刘亚泽固然佩服成绩优异的梅朵，但是梅朵是那种骨子里仍然循规蹈矩的人，走着一般人眼里令人羡慕而体面的道路；而高仲祺不一样，他并不会去搞题海战术，甚至作业也不那么用心地完成，他沉迷在读自己喜欢读的书当中，除了西方哲学，他最大的爱好就是研究《易经》，有时候会“装神弄鬼”地给同学们占卜，尤其是在考试之前或者是出门之前，高仲祺会让对方放空，然后写下第一个想到的字，然后他就会翻书，给那个人算一下最近的运势和需要注意的地方。按理说这些学习“历史唯物主义”的年轻人们是不会去相信这些被贬斥为“封建传统”的东西，而偏偏意外的是，不管是男生还是女生，都对高仲祺的“中式占卜”特别迷，大概是他说的那些“神神叨叨”的东西应了验。老马是个开明的人，他不会去管高仲祺，只是跟他说，有时候也别把同学们搞得神秘神道的，自己玩就玩吧，其他同学

还是要把命运把握在自己的学习上的。

不过刘亚泽还是挺迷高仲祺的。他是一个对“优秀”很有感觉的人，不过刘亚泽并不是那种为了和优秀的人交往而委曲求全的“心机boy”，实际上，因为刘亚泽本身是非常忠厚老实而脾气又好的人，他身上的优秀品质吸引了别人，让人愿意和他一起玩，而他自己却是不自知的。在高考之前，高仲祺给刘亚泽和自己都卜了一卦，他告诉刘亚泽说，他今年是上不了北大了，刘亚泽应该是刚过一本。刘亚泽嫌高仲祺嘴臭，对他呸呸呸了好久。然而，最后高考成绩出来，高仲祺果然再次考得不太理想，他家里是X城周边农村的，还有一个弟弟也在读书，高仲祺大概是不好意思再继续读下去了吧，去了南开大学读了金融。即便如此，高仲祺所有的课余时间仍然用在了研究易学上，此外，他还去读一些理工科的书，说要去通晓古今、纵贯文理，总之，是一个思维跳跃而奇怪的人——之后刘亚泽也与他渐渐断了联系，不过这都是后话了。当年高考刘亚泽也果然是成绩刚刚过一本线，并不能够上好的大学，所以就选择了本省相对还行的S大。

最开始来S城读大学的时候，刘亚泽心里是一万个不乐意的。S城不是省城，在历史上倒曾经是个帝王之都，有过片羽的热闹和繁荣，但是由于位置特别偏僻，又不在主要的交通线上，所以在大发展时期，整个城市的框架和格局没有铺展开，内里的建设也落了伍。最为头疼的是，市民的素质太过低下，街边乱扔的垃圾、灰突突的行道树……整座城市除了守着几个著名的景点，没有什么工业，也没有什么服务业，至于传统农业这地儿也未免过于贫瘠，总之，这座城市靠着古人留下的那些残羹冷炙向各地的游客讨着一碗饭，经济自然是凋敝而破落的。整个城市的风貌，在刘亚泽看来，也就像X城下属的县城一般，甚至更破落一些。尤其是作为一个还算有名的地级市，作为对外形象的窗口，城市唯一的一座火车站还保持着电影中80年代的模样：生了锈的铁栅栏将这座小小的火车站围着，墙体是薄薄的，好像大风一吹就能够连根拔倒，火车站的外墙虽然是新装修过的，但是已经有了很深的水渍，在灰色的建筑之外又淋了一层深深浅浅的印记，有一种不干净不利索不体面的即视感。而进了火车站里更是让人大跌眼镜，候车室还是那老旧的木条椅，很多都被坐得光滑得发亮，但是也掩盖不住木质的斑驳，区隔各排座位的是细密的涂了白漆的铁栅栏，四周的墙被刷了一米多高的绿色漆。刘亚泽觉得S城土极了，没有X城万分之一好，这车站就像是回乡下奶奶家时坐过的。火车站候车室的人群也让刘亚泽有“满目疮痍”之感，还有空气里浓郁的泡面味道混合着发酸发臭的人的气息，刘亚泽真想哭着回家，再也不要来这么可怕的地方。大概是“厌屋及乌”的缘故，刘亚泽觉得这座城市的人也分外土气。S城的本地人被称为“土著”真的是再恰当不过了，大概是由于地处无水的平原，城市是干燥的，人的皮肤也是干燥无水的状态，又粗糙又黑；而且这里的人，不论男女，都体格高大，个子其实也未必高，但人是真的胖，肥大的脸颊凑上来和你说话的时候，感觉就像要把你吃掉，而身体的肥硕带来的是走路姿势的臃肿和好笑，穿衣服更是喜欢鲜艳的色彩，和那肤色搭配起来，有一种难以言表的违和；还有就是那说话的口音，刘亚泽能够虽然能够听得懂，但是这么硬朗的粗话，有一种直白的乡土气息，和家乡婉转的小调完全是两重天，总之，就是长得也土、说话也土、穿衣也土。而这番内心真实的独白让刘亚泽也很讶异，一向随和而温顺的自己，怎么突然变得如此的恶毒而挑剔。他想不明白，但好像也有点明白。

刘亚泽高中的时候的确是想离开X城去外地的，至少去一个更大的、陌生的城市，去追寻梦想。而S城的破落是他想象之外的，但是事已至此，似乎一切都被定下了基调。从那个时候，刘亚泽实际上内心是知道的，他会离开这里，去更大的城市读研究生和博士。刘亚泽当时录取的是金融专业，这是父母的意思。父母都是X城的小官员，一个在公检法系统，一个在电力系统，所以当时给刘亚泽很明确地说，要么读经济类，要么读法律类。迫于父母的压力，和周围同学报考金融经济的热潮，高中时代就热爱文学的他在志愿表上选择了金融。这种违背自己意愿的痛苦，其实并没有想象中的那么盛大，真的是如蜗牛爬过，留下湿湿的印记，等天一晴，就立刻消失掉踪影。所以，刘亚泽没有和父母闹，因为他迅速地忘掉了这样的抗争。

刘亚泽第一年的大学生活过得极其痛苦，他有时候会怀疑，老师不都说了么，进了大学之后你们就解放了，就自由了。然而，刘亚泽却感觉自己的生命被这个叫做“金融学”的专业捆绑，束缚得自己开始怀疑起自己的智商，进而又开始怀疑大学，接着就是生命的意义。其实刘亚泽也说不上到底是因为不喜欢金融，还是因为实在学不会而不喜欢。刘亚泽知道的是，每次去上专业课，坐在第一排看着教授们讲课的模样，自己心里像是一片茫然的无边的草原，他听不进去他们在说什么，即使勉强地把那些字一颗一颗地嵌入自己的脑海里，好像每个字都是认识的，但是串起来就变得陌生。而如果坐在最后一排，似乎连听的心思也没有了，发呆也不愿意发呆，而是去玩手机、看闲书，总之，一切与课程无关的东西都是可爱的、有趣的。而恰巧这一年的寝室生活也是极其不愉快的。刘亚泽的室友都是那种对经济非常敏感的人，大部分是农村或者县城的孩子，真的没有任何地域的歧视，加上刘亚泽确实是那种心很大、又能够与各种人友好相处的人，而偏偏，他与室友们总是隔了点什么。刘亚泽和梅朵聊qq，吐槽了很多次他寝室的怪现象：“每次我一穿耐克或者阿迪达斯的衣服和鞋子，他们总会说我，好有钱啥的，我真的不懂诶，耐克和阿迪达斯不是很普通么。”“我的一卷卫生纸！才打开！就没有了。”“我了个大去啊，室友居然偷我的内裤穿……”对于诸如此类的吐槽，梅朵一般会采用社会学的方式，而且会有非常坚定的刘亚泽立场，她从童年家庭角色缺失到个体性格塑造到社会阶层等等开始分析，告诉刘亚泽，面对这种问题一定要有自己明确的态度。对偷穿内裤的室友要坚决地抵制，要讲理要赔偿；卫生纸用完锁到抽屉里；衣服鞋子照样穿，不必理会别人。当然，虽然在和梅朵吐槽聊天的时候，刘亚泽信誓旦旦地表示一定会按照此方行动，但是真的面对那一个个“活生生”的室友的时候，他又怂了，索性什么也不说，但是心里的小九九确实就此结下了，开始对室友的行为变得非常敏感。而这种对于“他人眼光”的过分关注，导致了刘亚泽活得越来越不自我，也越来越难受。

然而，刘亚泽也算是幸运的。他最终还是说服了自己，也说服了父母，他和梅朵彻夜长谈，为了转系这个决定。梅朵知道，这时候的刘亚泽是脆弱的，需要得到支持的。梅朵一直觉得，能够做自己喜欢的事情才是最幸福的，而刘亚泽的天赋也在于此，再说，家里也并不需要他着急去挣钱，所以，梅朵这次是倾尽全力支持刘亚泽，并且作为他的头号好友，还帮助给刘亚泽父母进行了“洗脑”。大二那年，刘亚泽如愿以偿地转入了文学院，研读他热爱的文学。尽管这个时候，刘亚泽读文学的认识还很浅，还停留在欣赏式的爱好，他喜欢读诗词，也喜欢读鲁迅，还喜欢读当代文学作品，总之口味很杂。

刘亚泽进入文学研究的“门”其实还是得益于梅朵吧，那个时候梅朵也修了中文系的双学位，开始她的文学之旅。梅朵对文学作品的感知其实是很脆弱的，尤其是其中的遣词造句、一波多折，还有那细微的感觉和欲说还休的情感，梅朵觉得自己是感知不到的，像是一个麻木的人。而从理论下手的文学作品的解剖却是正中梅朵下怀，所以她选了很多文艺学和当代文学的课程，而这些课程的作业她会发给刘亚泽帮忙鉴定。大概是因为梅朵所上的中文系是全世界最好的中文系，老师们确实非常有水平，在高起点之上，让刘亚泽对梅朵这个非中文科班出身的妮子更加刮目相看，觉得梅朵简直太厉害了，那些学术论文中的“学术黑话”用起来游刃有余，而且将很多社会学理论和文学文本结合，聚合出奇妙的化学效应。刘亚泽觉得梅朵的论文写得比他的老师们还要好，这个时候S大文学院还依旧停留在让学生们手写3000字论文的“原始”或者说“朴素”的教学模式之上，所以有时候刘亚泽偷懒，选择了将梅朵的论文摘抄一部分交上去。有一篇copy梅朵关于非洲文学的论文得到了一百分和老师的赞扬，这让刘亚泽又喜又愧，当然，这些感情都是转瞬即逝的，恒久不变的则是他坚定了多多“借鉴”梅朵论文的念头——这让梅朵哭笑不得。

转入文学院读书的刘亚泽其实是如鱼得水的，他觉得生活一下子有了光亮，未来也逐渐变得清晰。他开始心满意足地将课余时间投入S大校报，而他扎实的基础知识和优秀的文笔，让他在校报里脱颖而出，做了记者团的团长。也因此吸引了一挂的小女生，甚至有一个美丽的女孩子锲而不舍地去追求刘亚泽，犹豫再三的刘亚泽还是拒绝了别人，每次和梅朵谈及此事，他都自嘲道：“真的不想去祸害女神啊。”但其实，刘亚泽的骨子里是极其骄傲的人，他看不上那一群为官职斤斤计较、蝇营狗苟的人，所以这个团长的位置没坐几天，他就去找辅导老师辞掉了，说想要好好搞学术，以后想考北京的研究生。课余时间，刘亚泽特别喜欢读小说，徐则臣是梅朵推荐后新喜欢上的一个作者，尤其是他的那本《耶路撒冷》，刘亚泽读了好几遍。“去世界看看”，小说一起笔，就有这么浓烈的世界意识，让刘亚泽这个不安分的少年内心骚动不已。他从来没有出过国，可是，他突然也很想去世界看看，这样的想法倏地占据了他的心，然后就挥之不去了。他开始在心里默念着，是保研在本校，还是考研去北京，还是……去世界看看呢？似乎心里有了答案。而恰巧此时，刘亚泽遇到了一个非常欣赏自己的老师，也是一个刚刚从哥大东亚文学毕业的博士，比自己大不了几岁，看了刘亚泽的作业（其实应该是在梅朵作业基础上的删改版），觉得是一个可塑之才，所以经常会让刘亚泽去他办公室里聊天，他会给刘亚泽推荐一些经典的书籍，还建议他年轻的时候出去走走。当刘亚泽告诉这个哥大博士，自己想要在研究生的时候出国走走的时候，男老师是很赞成的：“那你以后想读哪个方向？东亚文学？古代文学？现代文学？当代文学？或者语言学？文艺学？教育学？……”老师一系列的发问，让单纯沉浸于想象的刘亚泽清醒起来，“大概……还是想读现代文学吧，五四那一段的，自己确实很喜欢。”“平时读谁的书比较多呢？”“鲁迅吧，还会读一些周作人。”“那……就去日本吧。”

“世界那么大，我想去看看”，看似是戏谑之言，其内核仍然是小城市的少年对于世界的渴望，构成了他们这一代人常见的历史轨迹，从中国的任意一个乡镇/城市走出的少年，他们是不愿留在故乡，而是越来越远，到祖国的中心，甚至世界的中心。其实刘亚泽也并没有那么深的抱负、那么大的野心，这是他和梅朵讨论，然后深思熟虑后的结果，毕竟他是愿意一辈子在书斋里的那种人，社会的艰险和打拼，他不乐意；和一群争名逐利人的共事，他也不乐意。他是想能够回S大教书的，纵然他不是那么喜欢S城——毕竟与他的X城在“精神风貌”上差得太远。但是回到S大教书的可能性，就是成为国内一流大学的博士或者海归博士。在这个决定上，刘亚泽有时候觉得自己是在偷懒，或

者说是怯懦的，梅朵总是召唤他考来北京，刘亚泽觉得自己是断然考不上梅朵的大学，甚至她隔壁的大学，那里中文系的竞争太激烈了。考研所付出的努力和成本，刘亚泽很清楚，他也清楚自己的好逸恶劳和害怕失败，所以他会为自己选择一条相对轻松的、但要花钱的出国之路。想起罗伯特·弗罗斯特那句著名的诗——一片树林里分出两条路——而我选择了人迹更少的一条，从此决定了我一生的道路。哈，刘亚泽在心里自嘲，我选择的是那条人迹少而相对便捷的路吧。

人总是在不断地改变，改变自己的口味、改变自己的风格、改变自己喜欢的人，然后变成了自己也想不到的模样。就像刘亚泽，曾经一同玩耍的好朋友，大多数慢慢地淡了，曾经讨厌的城市，后来变得喜欢。刘亚泽要离开S城的时候，他写下了这样一段话：

> 现在还记得我四年前走进S城的时候，心里难以抑制地蹦出了“我操”这两个清晰的字眼。两条铁轨、一个地下通道、一个小出口的火车站、满街乱跑的“蹦蹦”（电动三轮车，本地人叫法）让我内心极度地澎湃。四年后的今天当我滚出S城的时候，心里还是忍不住爆一句粗口，跟这个城市做一个告别，跟我还没吃够的西司锅贴、黄家包子、红薯泥说一声再见。

初来日本，刘亚泽对东京还是有比较好的印象，尤其是从北京飞到东京，一下飞机空气就明显的湿润和干净，天空也是别样的蓝。在之后的游览中，刘亚泽发现日本的古迹保存得更加完整，对外开放的程度也更高。不过东京也有让刘亚泽不太满意的地方，比如街道太窄，山路也有些多，电车站的站口总是挤满了人，就像他在北京转机的几次经历一样，不过好在居住区是非常安静的。为了尽快学习日语、适应日本，刘亚泽读了一所语言学校，在东京还有发小宋高阳的照顾。宋高阳来东京要早很多，他在北语读日语，所以在本科三年级就来日本交换，之后研究生就一直顺其自然地读了下去，对于日本、对于东京，他要熟悉很多。刘亚泽办理了健康保险和在留登录，这两个证明的办理拖了刘亚泽好几周，他不得不感慨，原来曾经眼中高效率的“资本主义发达国

家”其实并不是想象中那样“高大上”。

在东京的街头走路，刘亚泽看到周遭的人群都行色匆匆，慌忙地赶路，感觉非常别扭，好像自己稍微走慢一点就会落下好大一截的人生一样。一向习惯于慢悠悠和同学一边聊天一边在大街晃荡的刘亚泽，对这样的场景稍微感到不太适应。不过好在年轻人总是能够很快地克服心里的障碍，他也开始能够一个人快步地走向地铁，和所有其他人一样，在忙碌之中保持着高度的自制——尽管有时候累了，刘亚泽会观察身边的人们，他们好像真的很礼貌、很规矩，让人有一种舒服的彬彬有礼，但是却很快感受到了礼貌背后的冷漠和压抑，和你友好交谈的人们笑容里充满了距离和节制，有时候急于表达自己情感的刘亚泽会努力地顿一顿，让自己看起来好像跟其他人没有什么差异。刘亚泽跟梅朵说，他现在已经失去了通过表情判断别人感情的能力，每个人都掩饰得那么好，弄得他也没有心情去笑，哪怕有想笑的瞬间，也努力地像小时候在课堂上那样，狠狠地憋住，怕被老师训斥一般。在日本的第一年，刘亚泽会在学校的自修室学习到很晚，毕竟是一个人在异乡，语言的不通让他有特别大的压力去急速地追寻新的东西，晚上回去的时候，刘亚泽下了地铁会走一段不长也不短的夜路，到处都是喝得醉醺醺的男人，瘫软如泥，歪歪斜斜地倒在墙根边或者马路中央，没有人去问他们，大家都很规矩地走自己的路。这样的“自私”而淡漠，让身在人情社会的刘亚泽感觉怪怪的，不过自己也不敢去真的做什么，也学着那些普通的日本人，做自己的事情，走好自己的路，礼貌地和邻居打招呼，彼此不过问对方的生活。

刘亚泽白天搭地铁去上学的时候，遇到过无数次的地铁跳车事件，当梅朵好奇地问他：“那你去的这一年多，有几次呢？”“无数次……数不清。”“你也太夸张了吧！”“是真的，几乎每天东京地铁都有人跳车，最开始我还震惊和同情，后来真的觉得……好耽误我的事儿……”“呃……好吧……在北京地铁跳车事件一般都是大新闻，而且发生的很少诶。”刘亚泽虽然抱怨很多，但他对日本还是有很多欣喜之处的，比如他爱喝酒爱喝咖啡，日本的7-11总是有又便宜又好喝的咖啡，星巴克也很便宜，不过时间久了，刘亚

泽更愿意去那些现磨咖啡豆的店铺，选上自己喜欢的酸度和香度，磨成粉，回来自己冲；在夜晚写字学习的时候，刘亚泽喜欢喝酒助兴，每次买到喜欢的酒，都会拍下照发给梅朵，积攒一年多居然有十几种。他突然能够理解那些古人诗中的句子，“举杯邀明月，对影成三人”的寂寞，“举杯销愁愁更愁”的无物，“两人对酌山花开”的愉悦，“窗外正风雪，拥炉开酒缸”的惬意，这些诗中的情境和诗中的情感一一在刘亚泽的身上再现，让他有一种奇妙的时空感，躺在床上的时候，会想一些很渺远的事情，似乎也不太像往日总是纠结于一己之悲欢，心变大的时候，天地也开阔了。不过刘亚泽并不是恶劣地酗酒，他喝酒是很有节制的，一般是用小的马克杯，倒上清酒、烧酒、啤酒或者葡萄酒，一边看书一边喝酒，有时候买一些花生豆助酒兴，偶尔郁闷或者酣畅的时候，会不醉不休，好在喝酒的行为一般是在家里进行的，所以不用有“落难”街头的担忧。酒酣心自开，大概是刘亚泽颇为深刻的体验。

在日本上学的好处，就是学生很少，可以和老师有比较深的了解和交流。对刘亚泽这种从小学开始，就在如沙丁罐头般七八十人的大班里挤着的人而言，真的是人太少了。尤其刘亚泽在日本读中国文学，很多课就三五个学生，所以老师和学生之间更多的不是教授与被教授的关系，而是讨论的关系，这一点让习惯于被管束和被灌输知识的刘亚泽很不适应，在最初的课堂中，他不知道开口说什么，直到后来，他才逐渐适应这种相对“平等”的师生关系。一般开学前会有一个固定的日程表，每个人做presentation的日期是固定下来的，大家会围绕着自己的学术题目进行阅读，要准备和查询大量的资料，然后在研讨会上研究发表，发表结束之后，老师和同学们会对发表进行提问和质疑。刘亚泽说，他后来真的喜欢上这种能够使人真正掌握知识，并且被不断催促着进步的学习方式，在准备的过程中积攒了很多自己的疑问，这些疑问也可以放在课堂上，与老师和其他同学一起交流，这种踏实的掌握知识、回答疑问的方式是他这么多年来一直所缺失的。

刘亚泽在本科的时候，因为受到梅朵的影响，更喜欢研究一些当代文学的作品。但实际上，自己的趣味更偏向现代文学，毕业论文也是做的民国书报刊。到了东京之后，想要跟的老师是做鲁迅、李昂和安妮宝贝的老头子，作为一个求学上的“乞讨者”，刘亚泽所能想到的只能是去“谄媚”老爷子，用相同的旨趣来营建“惺惺相惜”之感。于是，刘亚泽做了一篇李昂的报告，并请求梅朵帮自己修改之后，发给了老爷子，还附上了一封“情真意切”的信，表达了对他的如滔滔江水绵延不绝的崇拜之情。老爷子之前收了很多学习日语的学生，所以他们普遍都是日语能力有余，而文学研究的禀赋太差，所以难得看到一个写学术论文还有些像模像样的学生，尽管吐槽了刘亚泽日语能力不好，不过还是跟他说，让他好好努力去考他的研究生。

在考取院生之前，刘亚泽在东大做起了研究生，跟着老爷子研读郁达夫日记，老爷子要求他们细致地去读文本，把文本里所提到的所有地名、人名都做详细的考证。日复一日地诵读，其实是很辛苦的事情，刘亚泽也清楚，做学问最初只是因为不想去探查社会的“艰险”，想要一劳永逸地在学校过上单纯而安宁的日子，虽然也会有枯燥、有些烦躁，但是从书本中获得的知识的满足感，和与作者相通的喜悦，这些点点滴滴的小幸福，让刘亚泽虽然有时候会有自暴自弃或者回家的念头，但是他觉得必须混出点样子来，觉得要珍惜。刘亚泽其实并不是那么喜欢郁达夫，与他的气场不合，郁达夫太过阴郁，有一种偏执的阴鹜。有时候读他的日记，会逐渐把刘亚泽带到无望之地，那种情绪的推动是不受控制的，绝望的情感像汹涌的冰冷海水，一个呼啸，刘亚泽就有一种迎门灭绝之恐怖，好像马上要泅在这凄凉的深渊之中。回过神的刘亚泽往往努力平复自己受到惊吓的心情，猛喝几口温水，懒懒地躺在柔软的羽绒被上，开始神游，也开始惊讶这种负面情绪的巨大的攫取力量。他的同学们看郁达夫的日记都称他是“猥琐男”，他对郁达夫的好感度也很低，但是他不得不佩服，他文字中细腻而勾人的部分，是需要安静地、一个字一个字地品读，而这种认真的情绪也让最开始有些浮躁的刘亚泽渐渐沉潜下来了。

刘亚泽读的学校不是很靠市中心，在郊区一片山原相间的地方。学校的建筑也因此没必要建得拥挤，稀稀落落却又有秩序地排列，和周边的风景搭配得非常和谐，蓝天、青草、树木和白色的楼群，真的很美。刘亚泽很喜欢这里，

觉得有一种静谧和安宁的舒适，虽然他自嘲大概是“年纪大了”，更喜欢安静的地方。有时候刘亚泽会去学校后的一大片平原上散步，他在这平原上见过落日的余晖将麦子的最后一缕金黄残忍地收割，也见过早晨的时候，岚气微蒙蒙地笼罩在绿色的汁液上，像催奶似有晶莹的露珠。这个时候，四面并没有人影，偶尔有几声犬吠或者鸟鸣，远远地飘过来，让读现代文学的刘亚泽恍然觉得自己好像回到了郁达夫的那个时代，在《沉沦》里有着相似的场景。

在日本的日子，让刘亚泽感触最深的就像他自己在随笔里写的：

> 我觉得在东京有点印象深刻的是，五四时期的那一批人，都在日本待过，很多都是从东大走出来的。我在那里学习，总会不自然地有一种跨越时空的相通感。一个可能是研究的对象，另一个可能性我想也是走出国门之后所谓的“共同体”认识。

他有时候也会羞愧地表示，觉得自己在日本变得“矫情”起来，每次回家出去玩或者吃饭，有太多“看不惯”的行为。刘亚泽说他已经“手撕”了好几家餐厅的服务员了：要求更换不干净的碗碟；服务生上菜的时候手碰到了菜要求更换，而且要求重新炒完菜之后，再把现在的这盘撤下去；咖啡厅的拿铁做成了摩卡，一向随和的他也会要求重做……总之，他现在自己都说自己是“事儿逼”：现在同学聚会去的餐厅他也会考察是否干净，在外边坐公交车也要用纸巾将车座儿擦上一擦，在饭店遇到吸烟人士也会上前请求不要吸烟……要知道当年梅朵和刘亚泽一起去重庆玩，谅有多少人插队，他也只是嘀嘀咕咕，并不多言语。梅朵忍不住吐槽刘亚泽真正地变成了他曾经的外号“鸡婆”，刘亚泽笑了，可能是一些表面的皮毛或者其他什么，他理不清楚，也不想去理清楚，就这样舒服地生活就够了。

因为跟的导师即将退休，没办法再带学生，刘亚泽如果跟他可能面临着多年无法毕业的窘境。所以过完春节回去，刘亚泽就开始着手准备转校了，去大阪大学读书。他去大阪专门考察过，这个城市让他更觉得亲切，像中国一样热闹而随意，他的内心是向往的。但听说，他要读的那一科，学校和住宿都在山上，在田地的边缘，他想到自己在春天，熏风逐渐吹绿池水、樱花飘粉的时节，稻田里是微微泛黄的翠衣，就觉得美极了。他想自己种一些蔬菜，一箪食一瓢饮，取之于己的应该是踏实的农人的幸福。他想着自己可以拿着喜欢的文学书，坐在田埂上或者无人的半山间，悠然地喝着酒，开心了可以哼一曲儿歌，看看碧落和云朵，看看山花和野草，或许有鸟鸣，也或许只有风吹树木的吱呀，但这清冷却是自在的，是祥和的。“我很期待未来的生活呀，一个人做很多事情，应该不会像郁达夫那么敏感而阴郁吧，”刘亚泽笑着说。

刘亚泽是学文学的，是有理论基础的人，所以很多时候，和他聊天，梅朵不需要刻意地去翻译语言，也不需要去转换思维。当梅朵问到他未来的路的时候，刘亚泽能够说出一些“现成的话”，似乎有一些矫情，也似乎有一些深刻，梅朵想要改写，却又觉得是没有必要的：

“在日本有另一种情愫，我不确定是不是所有出国的人都会有这个感觉。从小城市走入东京，之前是对这个超大都市充满向往的，但无法产生认同，这与你在北京只要不想车房就能很好活下去的感受不一样。我想回北京读博士是因为我不想去到一个跟现在差不多的地方读书，但是事实上我没有在北京闯荡过，它对我而言与其他中国城市在此时都是完全一样的符号，只是一个我想回到的地方而已。

“所以说，我并不是想去北京发展。它真的只是承载了太多我所希望的东西的一个能指罢了。也许等我都读完了，我还是会回到二、三线城市。因此，对于北京，我觉得只能算是我此时的一个想回归的地方而已。或者说这就是一种异乡人的感觉。

“出国之后，异乡的感觉才会被落实到城市之间，到了这个时候，房子等一切现实的压力才会再次袭来。当面对这些可能会很失望，有些会选择重新出国，为了生存，有的会回到真正的家乡，拒绝大城市的压力，当然也有留在北京的。

“但对于我来说，我觉得等我读完书后，我并不想回到北京，更愿意去找一个适合自己发展的地方去待着。当然，我也不会回到X城。”

所以，还能说什么呢，对一个知道自己想要什么的人，唯有祝福。“无雨

哪能见晴之可爱，没有夜也将看不见昼之光明”。

## 五、方曼曼

方曼曼。

方曼曼和刘亚泽、梅朵都是高中同学，是班级里学习不错的女孩儿之一。她家在X城下的一个县，父母是当地颇有威望的生意人，家里很有钱，也非常重视方曼曼的学习。所以在方曼曼小学毕业之后，就托人将她送入X城最好的初中，甚至在学校旁边买了一套新房子，方便方曼曼上学。在梅朵眼中，方曼曼的性格非常优柔寡断，做事慢条斯理、不疾不徐，一切事情都有自己的步调，是一个能够远离干扰的人。高中时代，方曼曼的理想是考北大或者清华，不过高考成绩不够理想，去了帝都另一所重点高校。最开始的三年是在偏远的沙河度过，但是方曼曼真的是一个有非常明确自我规划的人，她选择了学习托福，并到哥大自费交换了一年，修了北大的经济学双学位，大学毕业去了加州大学伯克利分校读公共政策。

方曼曼和梅朵的关系并没有那么亲密，至少没有到和刘亚泽那么亲密吧。毕竟，方曼曼骨子里和梅朵其实是很不一样的人：方曼曼人如其名，是一个十足的慢性子，做什么事情都比别人慢半拍，而这在急性子而很有时间观念的梅朵看来，简直是“不守时”“浪费别人的时间”的典型代表——当然她还不太愿意把事情的严重程度上升到“不诚信”，但其实也有那么几次，因为事情确实蛮严重而引发了信任危机。不过好在彼此也不是那种斤斤计较的小心眼之人，生气闹别扭了几日，也就过去了，彼此还是和和气气地做朋友。在高中的时候，两个人虽然表面上是竞争关系，毕竟都是班里成绩极好的孩子，但实际上，梅朵一般都高居第一名，只是到高三有几次失了手“败落”给了方曼曼。而那个时候，梅朵其实是很脆弱的，因为太过骄傲，以及一贯的“高处不胜寒”带来的敏感，她是很难以承受失败的——尽管根本就算不得失败，她会消沉，有时候也会哭。而这个时候善良的方曼曼向梅朵伸出来友谊之手，她用自己歪歪斜斜的、还很稚嫩的字，给梅朵用心写了一封长信，在信中鼓励她、安慰她，给梅朵灌了很多她也知晓的“心灵鸡汤”；后来在学习上，会为梅朵讲解她薄弱的文综，会约梅朵一起去背书；她还会给梅朵带一些水果吃，体育课一起打羽毛球，要知道曾经体育课梅朵总是和刘亚泽他们一起窝着逛操场吃零食——这大概是后来无论方曼曼怎么让梅朵“抓狂”，她都会固执地说方曼曼的好话，在困顿之时，一颗心对另一颗心的“拯救”，这种高尚与真诚，知恩图报的梅朵是永远牢记在心。

梅朵已经很久没有见到方曼曼了，因为她在美国是圣诞节放假，所以总是完美地和梅朵的假期错开。而今年寒假，因为家里突然发生了一些意外，带她长大的外婆生病过世，一向以学习为重的方曼曼也请了假，临时买了高价的机票飞回了祖国。处理好外婆的后事，疲惫的方曼曼在家里待着，好像什么也不想做，但是又觉得心里空荡荡的。面对梅朵的邀约，慢性子的方曼曼纠结了很久，最终还是同意出来坐一坐，权当叙旧和整理心情了。

两人约在了方曼曼家门口新开的咖啡厅，美式loft风格，这家的甜品很好吃，梅朵猜想应该很对一向“崇美”的方曼曼的胃口。两人上次相见还是方曼曼来梅朵学校拍经双的毕业照偶然的遇见，这么算下来，确实是两年多不曾相见了，记忆还是停留在那个和煦温柔的小姑娘模样。再见到方曼曼时，梅朵吓了一大跳，变化实在太大了，那种惊愕是不能掩饰的，所以方曼曼调笑道：“怎么，那么久不见都不认识我了。我知道，风格变了呗。”高中到大学时期的方曼曼是一个非常文静而低调的姑娘，虽然也不至于到“朴实无华”的地步，但至少和“性感”“妖娆”是没有什么关系的。两年时间不见，曾经那个梳着马尾辫，脂粉不施的姑娘已经变了模样：头发是拉直的中分，黑色的头发里挑染了绿色和蓝色的一撮，画着很浓的妆，眨眼的时候能看到扑闪着的、厚实的假睫毛，嘴唇涂成了有些暗黑的姨妈红色。梅朵一时半会儿接受不了方曼曼几乎360度的变化。方曼曼脱掉大衣，是紧身低胸的黑色蕾丝裙，拿出Burberry的经典格子大围巾当披肩，将自己裹成一团，好像会暖和一些。

在谈话中，梅朵也惊愕地发现了方曼曼思想上的变化，她不再是那个单纯而执着的姑娘，虽然说话仍然是慢慢的，但是说出的话风已经转变了模样，话里话外都是奇异的挑衅感，这让梅朵很不适应。温和如小溪的方曼曼变成了一个刺儿头一样的姑娘，她甚至不自觉地想要点烟，梅朵提醒她咖啡厅里是不让吸烟的，她才作罢。

“你觉得我变了是么？”方曼曼手里盘弄着咖啡杯，突然放开，整个人软在沙发上，翘起脸，笑着对梅朵说：“你变美了，不过人还没变。”一时间，梅朵竟然不知道该说什么好，有一种尴尬的气息悠悠地从杯中升起，氤氲在两人之间。“我知道你想听故事，”方曼曼变得放开了很多，一种典型的美式妹子的感觉。

实际上，高考后的那个暑假，方曼曼痛苦和纠结得很。别人看到她不错的高考成绩都是羡慕的，在帝都的985学校学习经济，的确秒杀了很多人。可是她却不开心，她以为自己踏踏实实地每一步会送自己入清华或者北大，这才是她奋斗17年的目标。更何况，她小学的小伙伴黄佳月并没有像她那样为了上更好的学校，迁到X城，而是在县里读了初高中，拿到了省级优秀学生的20分加分，于是顺顺利利地考上了清华。这让方曼曼不能接受，从小到大她都习惯地在自己的能力范围内选择最好的，她也是家里小伙伴里最优秀的，她觉得自己的，还有家人的付出都成了“东流水”。被学校的老师劝说复读一年，第二年考北大的时候，方曼曼是切切实实地动心了，而方曼曼的爸爸是一个很识大体、很明事理的人，他坚决不让方曼曼再读一年高中，在这个既精明又儒雅的商人眼中，高中的重复知识并没有什么太大的作用，更何况方曼曼即将入学的C大也是非常好的金融院校了。

所以，方曼曼刚进大学的时候，内心是有“怀才不遇”的悲愤的，所以当时是立志要考北大的研究生，总之，关于北大的梦想是要圆的。所以方曼曼也保持着高中时代的学习习惯。更何况，C大因为校本部面积太小，所以本科前三年的学生都在遥远的沙河，学校是完整的独立系统，吃穿住用行基本上完全涵盖住了，在学校生活就像在一个小型社区生活一样，完全是自给自足的。再说，发达的物流系统基本上让“网购”代替了实体的购物，在距离市区相当遥

远的C大，方曼曼生活得并没有不适。只有偶尔在周末，寝室四个姐妹会相约一起去昌平镇上或者市区里吃些东西改善一下生活，学校离地铁站还有一段的距离，所以晚上回来的时候一定要集体活动，从地铁口出来，周围是空旷的荒地，零零落落有几栋未完工的楼，路上甚至连路灯也没有，黑黢黢的，只有靠手机打光。所以夜晚的时候，她们尽量避免出门，即使真的不得已，也会让室友姐妹们来接。

方曼曼和室友们相处得蛮好，彼此之间也算亲密。不过并不是四个人之间高度的黏合，她们的格局也是3比1，这三个人的小团体包括最小的方曼曼，还有大姐马冉、三姐刘小溪，那一个特立独行的是二姐夏雨薇。实际上，每一个女生寝室都会有这样错综复杂的关系和故事，说来说去也无非是夏雨薇利用团支书的身份修改了她们的德育测评，把自己打得很高，把她们打得刚刚及格，而这样的差距导致了评优时候的综合名次下降。这让另外三个姑娘非常不满，明明以前都是一起玩耍的好姐妹，没想到到头来为了一个小小的荣誉，居然做出这样“伤天害理”“昧着良心”的事情。但三个人其实骨子里还是“包子”，不愿意直接和夏雨薇撕破脸，虽然一起吃饭一起逛街也会喊着她，但是夏雨薇倒是蛮知趣，不再参加她们三人的集体活动，开始热衷于和不同的男人约会。这让三个保守而单身的姑娘更加对她敬而远之，四人小分队变成了三人行，但是她们彼此之间的友谊却更加深厚。有时候方曼曼也会想，三角形真的是最稳定的图形，三角关系真的是最稳定的关系，这句话确实是真理。

方曼曼是一个非常好相处的人，源于她本身不疾不徐的性子，她不和别人争吵，但也很少与人太过亲密，除却一些必需的社交，方曼曼大多数时间在非常认真地学习。不过梅朵的感觉是，虽然方曼曼和最开始的凌霄一样，又勤奋成绩又好，但是凌霄姐似乎是一种盲目地学习的状态，完全没有规划，只是除了学习外不知道做些什么；而方曼曼却非常清楚自己想要的是什么，每走一步都是有精心的考量——所以在梅朵眼中，这样的人，一般人生都不会错太多。经过一年的大学生活，方曼曼决定出国读金融，而出国读书需要英语成绩，所以她开始学习托福。

方曼曼报的托福班是在中关村的新东方，工作日每隔一天都要上课，从晚上六点到九点，双休日更是如此，从早上八点半一直上到下午。那个时候，北京刚开始入冬，早上五点四十起床的时候，外边的天还是浓郁的黑色，寝室里也是，这个时候室友们都还在床上酣眠，方曼曼不好意思开灯，借着走廊的微微光芒，摸黑穿好衣服，踮着脚尖轻轻地去洗漱，书包是前一天晚上就整理好的，那是高中时代就用的结实帆布包，装了托福的各种资料和专业课的书，室友都打趣她每天背着“炸药包”去上学，也不嫌累。临走之前检查好钥匙，再顺路去食堂买一个鸡蛋夹饼和一杯豆浆，在寒风朔朔的无人的早晨，方曼曼一个小小的人儿背着大大的书包，慢慢挪移在荒凉的沙河路上，想着就让人心疼。到了地铁站，因为是双休日所以不担心迎上早高峰，粉色的昌平线还是有座位的，困兮兮的方曼曼一边喝豆浆一边补觉，到了西二旗换乘时急急忙忙地跳下来，然后又在西直门换乘一次四号线，海淀黄庄北下车再走一段才到。到中午的时候随便在教室门口众多卖盒饭的摊贩中选一家吃糊弄了事。周中的时候更可怕，夜晚下课之后，天是都黑了的锅底的色彩，路灯昏昏黄黄的，白天热闹的中关村在夜晚恢复了安静，走着也会有些胆怯。在地铁上还好，至少是有人的、是光亮的，而到学校的那一站地铁，下了车面对荒无人烟的大工地，方曼曼心里很害怕，走路像个警觉的兔子，时刻准备撒腿就跑，本来是想随身带着水果刀防身，可是北京地铁不让带刀具——尽管方曼曼觉得这算不上管制刀具，可是有时候真的会在安检处被拦下来。但是好在大姐马冉是一个胆大而善良的姑娘，她自愿承担起晚上接方曼曼回寝室的任务，在方曼曼换上昌平线之后，就给大姐发一条短信，大姐收拾收拾就从寝室出发走到地铁口接她，然后两人相伴着和黑夜、寒风回寝室，路过学校门口的大天桥的时候，方曼曼会买烤冷面、煎饼馃子、烤鱿鱼之类的做她和大姐的夜宵，其实也是委婉地表示感谢吧——后来想想，那个时候的方曼曼也是有些自私的，她一个人固然很危险，而接她的大姐也是一个人冒着危险啊，不过好在托福班很快就结课了，这样学托福的日子只持续了一个多月。之后方曼曼在周中上英语班的时候，会在中关村附近开一间宾馆，或者索性到梅朵学校和她挤一张床，这样似乎不需要那么赶时间，也安全很多。方曼曼并不是那种花父母钱而不心疼的姑娘，她虽然知道家里在X城算得上殷实，但也毕竟是父母辛苦挣的钱，所以她在上托福班的时候总比别人更加认真一些，课后也会花很久的工夫来温习功课。梅朵陪方曼曼自习过几次，空教室并不是很安静，但是方曼曼总是能够定力十足地端坐在桌子前，去掉她的眼镜，瞪着大大的眼睛专注地看书，一下午甚至不喝水，也不上卫生间，相比之下梅朵真的是三心二意太多。

之后的日子，梅朵和方曼曼联系得很少，因为方曼曼实在太忙了，也离得太远。有的时候，方曼曼还是很羡慕梅朵的："我觉得你安静读书、读文学作品的时候，真的太美了，说出话、写出的字也那么温暖而美好，感觉自己每天忙于这种技术性的知识，真的好功利啊。"不过这样的时候并不算多，方曼曼是一个非常自律的人，也不习惯于去伤春悲秋，所以她说是这么说，依然还是自顾自地快步赶路。

后来为了申请出国，方曼曼去了一家NGO做实习，这是中介给她出的主意，说是美国高校非常注重学生的实践能力。实际上，这是一间很有政府背景的NGO，里面的正式员工有着很明确的行政级别，相处下来并不是彼此平等的轻松愉悦，而是需要应付很多"级别"上的"礼"，这让一直游走在体制之外（包括父母和自己）的方曼曼不是很适应。方曼曼的工作很杂很琐碎，除了配合组织一些公益活动、帮助申请海外慈善基金，还要经常帮助理事长写慈善活动的发言稿。不过在公益组织里待一段时间后，最初那点为出国的功利心也渐渐变淡，有时候方曼曼还是会有很强烈的奉献社会、回报社会的意识，所以枯燥的工作也变得有了动力，不再是简单地应付。其实在这间慈善机构，方曼曼也并不是完全那么简单地去"镀金"，也有很多她感觉受益很多的活动，比如有一次华严寺募捐，她学会了和各大公司去打交道，还有一次慈善夜跑活动，见到了很多明星，还拿到了自己心仪已久的某知名男星的签名。所以，方曼曼还是会感谢自己有时候的"小功利"，让她能够看到更多自己不曾见过的世界、接触到不一样的事情、认识新的朋友。方曼曼笑着说，这大概就是人生的惊喜，那些意外的际遇。

在大二下学期，方曼曼毫无征兆地去了美国半年，梅朵很惊奇，方曼曼这才告诉她，她是申请了哥大的一个自费的交换项目，她想要去体验一下美国的生活，之后再做决定学什么专业。在哥大的这半年，方曼曼住在学校提供的学生宿舍，因为是统一管理，所以比外边租房子贵很多，但是方曼曼真的是一个在生活方面有些“不能自理”的人，她不愿意费心去找住宿，也不愿意去学习做饭，她笑言大概是从小到大都被爷爷奶奶、外公外婆照顾得太好，对于这些生活上的“琐事”完全不想去仔细考虑，觉得生命不能浪费在这样平庸的事情上。所以方曼曼连锅也没有买，一日三餐都是在学校的食堂解决。那个时候，方曼曼觉得打开了人生关于美食的新大门。虽然她一点儿也不是吃货，但是那甜蜜蜜的华夫饼，还有起司蛋糕，是她的真爱，星巴克的抹茶星冰乐太对她的口儿，厚实的牛排、炸鸡、烤肉，浓稠的酸奶和便宜的哈根达斯……方曼曼那个时候和梅朵视频都忍不住去夸，吃得好、睡得香，每天的课业非常繁重，而缓解繁重课业的方式就是吃！吃！吃！所以，方曼曼才去美国的时候还是正常的亚洲人身材，不胖不瘦很协调，而回来的时候，梅朵告诉她已经到了“胖若两人”的地步，仅仅半年，椭圆形的鹅蛋脸变成了上窄下宽的鸭梨脸，牛仔裤把屁股的赘肉兜着逛荡，走一步，肥硕的臀部连接着大腿都会有些狰狞地扭曲一下。坐下来的时候，肚子上的肉很自然地堆了好几层，怎么吸也吸不进去，梅朵看着觉得现在的方曼曼动作有些笨拙得可爱。不过梅朵还是提醒了方曼曼要赶紧减肥，年轻的女孩子，要有健康轻盈的活力才对。方曼曼只是笑，跟梅朵说自己在美帝真的是小巧的那种呢，觉得自己被美帝彻彻底底地征服，喜欢那边的蓝天和建筑，还可以买到比国内便宜很多的护肤品和彩妆，一个女孩子就这么“沦陷”了。

从美国回来之后，热爱学习的方曼曼没有停下脚步，觉得凭借自己的本科专业申请好的学校有一定难度，所以又报了北大经济研究中心的经济双学位，即使学费很昂贵，但是她觉得是值得的，可以听到很多有名的经济学家的课程，像林毅夫、海闻之类的，除了能够提高专业素养，给学历镀金也是毫无疑问的。经济双学位的课主要集中在周中的夜晚和周末，好在C大有好几个来修经双的人，所以方曼曼每天都和他们约着一起回去，只有周五上到十点多的课，她会和另一个女孩一起在北大南门便宜的小旅馆勉强挤一夜。在大四的最后半年，方曼曼学校的课程已经完成，她就在北大南门租了一个小单间，妈妈过来照顾她的生活起居，这样她就可以利用最后在国内的时间把经济双学位的课程修完，不用来回在地铁上奔波，还节省了很多时间写毕业论文。这个时候，虽然方曼曼和梅朵离得很近，但是彼此真的没有了联系和交往，因为梅朵知道，这个时候方曼曼太难约出来了，不是在上课，就是在上课的路上，所以后来索性也就不再喊她。只是在大四的暑假，方曼曼还没有去美国的时候，梅朵和方曼曼还有几个高中同学约了顿饭，简简单单地就告别了。

大学四年，方曼曼是梅朵身边最充实的那个吧，在几个offer中，选择了加州大学伯克利分校，毕竟是美国最好的公立大学。才去美国最头疼的大概就是找房子和室友，固然懒惰如方曼曼，她还是决定出去住，在学校住两年的花费太高。第一个房子是方曼曼和一个清华的妹子一起，托了这个妹子的师兄帮忙找合适的房子。师兄找到的位置特别好，离学校和downtown都很近，公共交通很便利，周边的环境也很好，总之是一个相当不错的地方。清华的妹子先去住了，挑了一个光照充足带阳台的大房间，等到方曼曼飞到美国之后，看到剩下的那个卧室，一瞬间就石化了。小小的房间，窗户又小又高，像是集中营监狱里的天窗，而这个房间只有一张有污渍的床，看那样子像是上一任室友来月事时不小心沾染上的，房间明显要潮湿很多，大概因为是阴面，总有难言的寒气不动声色地侵入方曼曼的骨子里，这样的一个糟糕的房间，方曼曼一瞬间没有了想住的欲望。她在看了室友那个很好的卧室之后，更是糟心，她和清华妹子直接摊牌，说自己不愿意住这间卧室，实在太糟糕了，她要自己搬出去重新找房子。然而这个时候，清华妹子的态度居然异常的坚定，她表示不能接受，说方曼曼走了之后自己一个人住很不安全，方曼曼这个时候也不“包子”，说要么换房间，自己不愿意住，或者一起搬出去重找。清华妹子舍不得位置如此之好的房子，同意方曼曼搬出去，但是要求她给自己重新找一个靠谱的室友。方曼曼表面很客气地说如果找到合适的会推荐给她，但是在背后，方

曼曼跟梅朵狠狠地吐槽，说那个清华妹子简直是神经病。

后来，方曼曼认识了一个南京大学来的同省的女孩丁媚，两个人很聊得来，也都在伯克利读书，她搬入的房子正好空出一间，卧室比之前的那个要好太多，没多犹豫方曼曼就搬了进去。作为一个一向随和的女孩子，方曼曼不胜搅扰，狠了心拉黑了那个清华妹子，就不再去纠结烦忧这种与己无关的事情。丁媚是一个非常热爱社交的姑娘，也非常热爱生活，她说自己来美帝就是上“新东方厨师学校”的，所以她热衷于逛超市买菜，然后对着下厨房app尝试做新菜。丁媚的手艺很好，从最开始简单的中式家常菜和烤箱料理，到后来开始自己烤蛋糕、做硬菜。方曼曼一直是丁媚最忠实的粉丝。方曼曼跟着弄了几次，大概是学到了一些非常简单的烹饪技巧，比如用烤箱烤一些肉，煮一些从中国超市买的速冻饺子，或者是用各种“青草”做简单的沙拉，她的目标就是能够“活下去”糊弄一下自己的胃就好。这个时候的方曼曼有了减肥的意识，早上基本上是室友做的爱心早餐，她帮着洗洗碗筷，中午她会在学校里买热量低一些的食物，晚上回到家就自己简单地做一个沙拉，这样简单的日子过得让方曼曼还是一本满足。

方曼曼在美国的同学不像刘亚泽在日本那般构成单一，美国的有几个，中国的有几个，还有韩国、墨西哥、印度和新加坡的同学，总之，多种多样。最开始方曼曼是认真地像在大学一样，清晰地规划自己的未来，她觉得自己是很强大的，除了要做助研，还有很多课要上。其实和中国大学的课程并没有太多的区别，有很多的大课，各个院系的人都来选，所以听与不听、认真与不认真也完全是看个人。加州大学伯克利分校也有很多的研讨课，在小的研讨课上，大家会做做报告，相互讨论。所以其实真的和中国的大学没有太大的差别，方曼曼觉得，一切都是取决于态度。不过相对而言，美国的同学还是更热情一些，讨论课往往都很积极，所以有很多思想的火花。因为读的是公共政策研究，所以方曼曼除了要花时间去读案例看理论，还要花很多时间去对现代公共政治进行实时的关注，包括美国，也包括中国，当然还有英国、日本、俄罗斯也是他们导师重点关注的对象。本来方曼曼的人生可以就这样单调、专一而执

着下去，她是能够预见到自己平顺而体面的未来生活，波澜不惊但细水长流。可是，世界上所有的“本来”都是毫无意义的假设，无论如何痛苦，也都必须要去面对真实。

有时候方曼曼会想，“近朱者赤近墨者黑”的说法真的是有道理的，“孟母择邻”也不是妄谈。如果不是丁媚，或者说如果自己的自制力能够更强一些，可能一切都不是现在的模样了。丁媚很喜欢社交，在校学生会里混得风生水起，所以她有时候会在家里开一些party，让方曼曼打一些下手，或者带方曼曼参加一些其他聚会。慢慢地，拘谨的方曼曼放开了自己，她不再排斥人多的聚会，即使不认识，玩几次也就认识了。在一次聚会中，方曼曼认识了Jackie，大名是陈豪宁，他是新加坡的留学生。让方曼曼怎么形容这个人呢，大概是人群中发光的那种，永远都是神采奕奕，在一群人中不自觉地掌控着主导权，他并不吵闹和外向，不像丁媚那样喜欢叽叽喳喳地说话，他的话很少，但是大家都乐意听他说。陈豪宁长得不算帅气，是很阳光的那种类型，皮肤虽然黑一些，但是人却看着很干净，穿衣服的衣品特别好，再加上气质儒雅，单身多年的方曼曼在一瞬间就动了心。当然少女心怦怦怦的方曼曼终究还是很矜持的，她只是在心中发酵酸莓果般的好感，她安静地坐在丁媚身边，听着他们开心爽朗地聊天，自己拘谨得不知道插什么话，有时候陈豪宁会很友好地问方曼曼一些问题，方曼曼手心微微沁出了汗，会很害羞地回答问题。这个时候丁媚就会意味深长地看着已然暴露了自己的女伴，那样的忸怩，像每一个情窦初开的女孩子。这次聚会之后，丁媚就总会有意无意地打探方曼曼的心思，跟他讲很多陈豪宁在圈子里的“故事”，把他大大地表扬了一番，说要撮合他们俩，方曼曼纵然是内心澎湃如海，也依然是按兵不动、一言不表。

之后的聚会方曼曼还是会去参加，因为有陈豪宁在，她似乎也有了一些期待。然而，噩梦降临得似乎有一些快，这个噩梦大概是让方曼曼会痛一生的那种，不过她总是信“宿命”，觉得这就是她应得的人生的际遇。有一次在其中一个富二代男生的别墅里举办了一个舞会，是一个变装的舞会，提供了很多的酒水，丁媚老早就把方曼曼打扮得又妩媚又妖娆，说陈豪宁喜欢这一挂儿的女

孩子，还说今天晚上会有很多靓女帅哥，是很high的。方曼曼一进别墅，就被布置得如此豪华的别墅震惊到了，果然是名副其实的富二代，办个舞会都如此出手豪气。在舞会中，方曼曼还是忸怩而放不开，主要是自己实在不会跳舞，跟不上节奏。这时，陈豪宁凑上前，非常优雅绅士地对方曼曼鞠了一躬，然后邀请她一起跳舞，这个时候的方曼曼简直又震惊又幸福，她非常抱歉地对陈豪宁说自己不会跳，陈豪宁什么也没说，直接拉起了方曼曼的手，跟她说："你跟着我跳就好了……前……后……前……左……"方曼曼脸颊羞成了晚霞的颜色，但金碧辉煌的灯光掩盖了内心的波动。再之后呢，方曼曼的记忆似乎有些模糊了，好像跳完舞，大家就聚在一起玩游戏，输了的人要喝酒或者表演节目。方曼曼在做这种游戏的时候，运气一向很差，这次也不例外，连着输了好多次。羞涩如方曼曼是不愿意在众人面前表演节目的，只好一杯一杯灌自己啤酒，啤酒喝完了又换成干红，然后又拿出了百利甜酒，一圈一圈的下来，方曼曼只记得自己拽着丁媚的衣袖，感觉自己晕眩而困顿。就像所有老土的故事所讲述的那样，第二天方曼曼醒来的时候，浑身是赤裸的，旁边睡着一个男人，就是陈豪宁。方曼曼那一瞬间真是惊愕的，但随后她就明白发生了什么——毕竟也是读过那么多言情小说的人。她是害怕而慌张的，来不及悲伤或者斥责什么，只是满屋子寻找自己的衣服，穿好之后，方曼曼看到陈豪宁斜着眼瞥她，她怔怔地看着他，好像在等他一个解释一样，陈豪宁那个时候已经不复曾经的儒雅和俊朗，一脸的无所谓的样子："你还是处女啊。"这样几个字，让方曼曼如遭遇五雷轰顶，唰的一下子，眼泪就冒了出来："你是卑鄙可耻的小人！""哦？是么？"陈豪宁露出了诡异的笑容，一脸的挑衅。"你……"方曼曼已经不知道要说什么好了，满脸的难以置信和悲痛，"你，难道不一直都期待这样么？"陈豪宁真是无赖。"我会告你强奸的！"摔门而出的方曼曼留下这样一句狠话，在充满了男人精液腥味的空气中，硬邦邦的外壳一点点地剥离、破碎。

方曼曼如此大的反应其实是在情理之中，她曾经是那样一个保守的女孩子，如果用"洁身自好"这个词语形容她的话，似乎有些过于道德化了。但是方曼曼是真的有自我处女情结的人，大概是从小到大，关于性方面的知识，她的了解非常有限，父母和老师都讳莫如深，周遭的女生们也都是对性非常迷茫而抗拒，倒是有一些猥琐的男孩子会说一些让人讨厌的黄段子，所以即使被陈豪宁迷奸了，她只是觉得下体很痛，骨盆很痛，走路似乎都要费一些力气，但是到底是怎样她也不知道，整个人恍恍惚惚。那一瞬间，她觉得自己不干净了、不纯洁了，不再是一个完整的人。方曼曼忘记了自己是怎样回到家的，在淋浴下，有心理洁癖的方曼曼一遍一遍地洗自己的身体，甚至用毛刷，擦出了血迹，一边洗一边哭，这样水流的哗啦啦声响就能够掩盖住自己的脆弱了。方曼曼特别害怕，她不敢和父母说，也不敢告诉身边的其他人。她知道丁媚是知道的，甚至有时候她会怀疑是不是丁媚和陈豪宁勾结好的，但是想到这点，她就会自责，为什么会把朋友想的那么坏。但她向丁媚哭诉的时候，丁媚把她狠狠地嘲笑了一番："你真恨他就告他呀，对你有什么好处，那个富二代不找人分分钟把你灭了啊！而且，你保留证据了么！你拿什么告他呢！"方曼曼突然感到这个世界的无情和残酷，有时候她会恍惚，感觉那些在美国交到的朋友们，都一个一个地变成了长着动物脸的人，用各种表情去刺激她、去挑逗她、去嘲讽她，当她想要伸手去撕扯他们时，却又一瞬间消失了。

方曼曼为此沉郁了很久，不再去参加丁媚组织的聚会，课也不怎么上了。但突然有一天，她又变得神采奕奕了，但是这种变化似乎并不是积极的改变，她开始变得破罐子破摔。她又重新活跃在丁媚和她狐朋狗友的聚会上，方曼曼瘦了很多，也改变了穿衣风格，她不再穿那些小女生的可爱衣服，整个人变得非常"欧美风"，喜欢穿性感修身的单色系：黑白灰驼成了方曼曼的主打色，热爱穿热裤、露脐装这种非常hot的衣服；方曼曼也开始变得喜欢化妆，从最开始简单而清淡的涂个粉底，擦个腮红和口红，到后来修容、眼影、眉毛等一系列都操作得非常熟练，甚至在微博成了小有名气的美妆博主，以浓厚和夸张的"变妆"出名，所以这次梅朵看到妆容诡谲冷酷的方曼曼真的是再正常不过了。方曼曼说，自从接受了这样的事实，好像非处女的身份能够让她放开很多。她开始频繁地交往男生，即使有的人她一眼看出来就是为了和她上床，

“I don’t care”，方曼曼说着，像老美一样无所谓地耸耸肩，“本来就是你情我愿的事情呗”。方曼曼笑着说，国内现在不也很多“约炮”软件嘛，好像在美帝这都不算什么，大家都这样，跳个舞，喝杯酒，上个床，约会必备流程嘛。在梅朵惊愕的眼神中，方曼曼笑了：“这是我自己的身体，对它有掌控权啊，自己爽就可以了。”“我并不是说婚前性行为有问题，我真的觉得，太过随意还是不太好吧，至少要对自己的感情负责任啊。”梅朵虽然不想说，但还是忍不住说了这一嘴。“感情？！谈感情多麻烦，总会有纠缠不清楚的地方，你还小，你不懂呢。”方曼曼笑得很浪荡。梅朵不再说话，听方曼曼讲述她的“约炮”史，彻彻底底地感到了这个姑娘的变化，不像是许久未见的朋友，倒像是自己在做深访时第一次见到的陌生人。但是，还是不同的，梅朵不需要用客套和引导的方式来让访谈对象开口，方曼曼是她很熟悉的旧友，她讲故事的时候，是不客套的，很随意的，而且还有很多那种彼此熟悉的心领神会的眼神。方曼曼说，一度她也觉得自己特别荒谬，或者说，她确实觉得自暴自弃后的自己一点也不可爱了，感觉身上流淌的是陌生的血液。“你知道的，我曾经是冬天都会出汗的小暖炉的，可现在，什么时候体温都比别人都要低。”方曼曼语调里拧出了忧伤的水珠。这段梦魇般的日子总是刻意地投影在方曼曼的生命里，尽管现在学习也逐渐捡了起来，可是“欠下来”的知识债务是还也还不清的，就是那种深刻的自卑感，觉得自己的一技之长就这么白白断送在自己手上。

故事讲得差不多了，似乎没有其他可以说的了。方曼曼最终还是没忍住，到咖啡厅外点了根烟，夹烟的姿态让梅朵看来有一种练习过的假潇洒，她太明白了，不管方曼曼的模样怎样变，那个曾经善良单纯的姑娘的那份赤诚之心是不会变的。方曼曼说：“我其实很矛盾。”梅朵抬抬眉毛，静静等待方曼曼下面的话，方曼曼沉默了很久，狠狠地吐了几个烟圈，“我想回国，可又不敢，觉得自己应该留在美国。”梅朵不知道接什么，只是觉得静静地听方曼曼自己说就好，她想说的话，一定会告诉她。“我爸现在生意不是很好做，家里经济状况差了很多……送我来美国读书也花了他们很多钱。你知道的，我蛮恋家的，大学的时候就是一有假期就要往家里跑。”方曼曼顿了顿，乌云般冷艳的脸难得有了几丝温馨的笑意，“我的亲人们都太好了，他们都在国内，在美国太远了，我真的想回家。”梅朵握住方曼曼的手，不像高中时代那样温软细腻了，干燥而冰冷，有一瞬间梅朵感觉曾经那个方曼曼死了，梅朵沉默着握着她的手，想要温暖她一些。“可我又……不敢或者不想回来吧。自己在美国真的过得太过荒诞，整个人心态都老了好几十岁吧，觉得无颜见爹娘了，想要重新开始闯荡。而要是回国，在国内大概是要去北京或者上海，‘海龟’早就贬值了，我学的专业也挣不了太多的钱，房子的压力也那么大，还要再继续啃老吧，真的特别不忍心，这次回来看我妈……”方曼曼说不下去了，蹲下来缩成了小小的一团，捂着脸开始低声哭泣，后来索性放开了嗓门。梅朵不知道如何安慰，就只是蹲下来，轻轻地拍着她的背。方曼曼不哭了，抬起脸，脸上精致的妆容已经花了，梅朵笑着说你看你个小花猫，拍了张照片给方曼曼看，她看了，破涕而笑。

方曼曼去洗手间卸掉了妆容，两个人沉默地在X城的街道走着，不自觉地走到了市中心最大的象湖公园，两个人相视一笑，扭打作一团。好像忘记了那些沉重的不快乐，好像又回到了高中时代单纯的小女孩。不用去想未来，此时简单的快乐，也没那么难。

## 六、梅朵

梅朵。

梅朵其实是一个在他人眼里非常“顺”的孩子，这话怎么说呢，或者说是很多同龄人和小一些的孩子心目中“别人家的孩子”。她小学和初中都是就近上学，读着非常一般的学校。小学成绩是那种不突出的“蛮好”，而到了初中之后就开始“冒尖”，基本上是第一二名的种子选手，顺利地考上了X市最好的重点高中，又顺利地考入唯一的竞赛班，后来转了文科，成为雄霸X中的第一名，长期考试甩第二名三十分以上，最多的一次多了六十多分。所以在中学时代，梅朵算得上是“风云人物”，尽管她自己当得有些小心翼翼，因为她一向是非常谦虚的人，估分总比真实得分要低很多，所以在学校优秀学生的寄语栏里，梅朵就是简单的一句话——“你比你想象中更加优秀”。梅朵被学校寄予了很大的厚望，学校把当年加分的名额给了梅朵，希望她能考省文科状元。然而，高考中语文严重失手的梅朵，刚刚够北大的分数线，选择了一个自己完全陌生却似乎又有那么些兴趣的“社会学”。

梅朵是自己一个人先提着行李箱来北京学英语的，父母很重视梅朵的教育，拿出了一万块钱报了两个新东方住宿的英语班——这是梅朵的自我选择，她是一个特别喜欢自我反思的人，觉得自己高考像是人生的败笔，想要赶紧与过去划分界线，然后努力地开辟新的人生。梅朵第一次来北京是2005年，2008年奥运会来过一次，这次来北京上学是第三次，刚刚成年的小城少女来到中关村的时候，是迷茫的，她不知道路应该怎么走，只是一个人像从乡村来的打工少女，一个行李箱、一个蛇皮袋子，站在马路牙子边，不知所向。鼓了好久的勇气，怯生生地问了一个路过的老奶奶，才找到了想要去的地方。接待处的老师态度和蔼，给梅朵指了指门口停的一辆大车，梅朵和一群陌生的孩子被拉到了延庆的一个农家庄园。十几天的日子很快地过去，梅朵爸爸最要好的高中同学祝叔叔把梅朵拉回了北大，参加新生党员培训。

梅朵一瞬间的陌生感和自卑感，实际上就是源于这次新生党员培训，当时寝室里一个成都姑娘、一个重庆姑娘，还有一个武汉姑娘，对面寝室的是杭州、大连、长春的女孩，在梅朵看来都是来自大城市的时尚女孩儿，而自己则是从一个四五线的小城市来的孩子，有一种天然的自卑感，这份天然自卑感背后是一个女孩儿敏感的自尊。那个重庆来的女孩儿又美丽又可爱，白白的皮肤，在寝室宅着的时候，总是研究各种时尚杂志。她的桌子上摆满了五颜六色的瓶瓶罐罐的韩系护肤品，这让从来都是清水洗脸的梅朵感到了“震惊”，只有在冬天才会用最朴素的护肤品，像强生啊、青蛙王子、郁美净这样的。那个杭州的女孩儿已经去过好多国家旅游了，而梅朵连国内也只是去过寥寥无几的城市，去过最远的地方就是北京了。梅朵有点不愿意说到自己一直引以为豪的

X城了，在别人表示听说过X城的时候，梅朵这个时候甚至有些讨好地笑了，那种惊讶和抑制不住流露出的亲昵感，让一向骄傲而不自知的梅朵震惊了。在新生党员培训的几日，梅朵和同学们玩得其实是很好的，大家都很温和，并没有那种高高在上的优越感，而梅朵大概还是自己太过于敏感了。在集体活动当中，梅朵不是那种喜欢出头的人，不会去竞争班长，也不是一定非要做那个朗诵或者领唱的，所有的活动都算不上积极，但也绝不是消极，甚至，她还是一个非常勤恳、踏实而温和的姑娘，愿意默默付出。所以在最后班级投票选举培训中的优秀学员的时候，梅朵得了相当多的票数，这让她非常意外。她很满意自身现在的角色，是一个没有威胁的路人甲，这个位置，于人于己都非常安全。

正式开学之后，梅朵搬去自己的寝室，从楼外看的时候，她就有一种浓重的抗拒感，这是何等破而旧的楼，打开寝室门的时候，梅朵的内心真的是崩溃的，一个小小的房间，拥挤地排着三张桌子，紧挨着桌子不远处，放着两张上下铺的铁床，是楼长口中的“异型间”。寝室的地上是没有处理过的水泥地，还留着没扫净的疤痕，梅朵试图开灯，寻觅了半天，才发现这灯用的竟然是上个世纪的拉绳。在她最开始培训时住的寝室，她就已经对北大的宿舍有很差的印象，虽然辅导员告诉她们，这栋楼在北大算是中等水平了，在梅朵看来，至少和自己高中新建的带单独卫浴洗手池的寝室是不能比的。成都的姑娘和梅朵分到的是一栋楼，更加娇生惯养的她简直不能够接受这种“破落”。她嚷着要拉梅朵一起出去租房子。此时的梅朵内心是有些后悔的，为何之前不接受隔壁学校的邀请，去享受高大上的硬件设施，还有质量明显高一筹的男生同学呢。不过事已至此，梅朵惯用的伎俩就是自我安慰和随遇而安，她不情愿地接受这样的事实，铺好床铺、打扫好卫生，迎接剩余两个室友。

梅朵的室友一个是深圳姑娘，叫叶霄宁，另一个室友叫贺梦婷，是山东姑娘。三个人简单地介绍了彼此，选了铺位，开始了四年相伴的生活。最开始的“群居生活”让梅朵觉得挺别扭的，她只在高中军训的时候住过两周寝室，其

他的时候，都是自己一个人住一间卧室，在这种同居生活中，她发现有很多大家生活习惯上的不一致。比如那个山东姑娘贺梦婷，是梅朵的上铺，她习惯于昼伏夜出的生物钟，在没有课的早上，她会睡到中午，而夜晚总是在床上动来动去地看剧、看小说，有时候会情不自禁地发出笑声；而梅朵过了十八年“规矩”的生活，每天早上六点多就醒了，尽量轻声地去洗漱，收拾好书籍后去静园草坪早读，然后去燕南吃了早餐，去上课或者去图书馆自习，晚上十点五十就会去洗漱，然后躺倒在床上，重复第二天规矩的生活；再比如，贺梦婷夏天的时候睡觉也要把窗户关得严严实实，因为她说自己对风会过敏起斑，而梅朵最开始真的受不了这种浓烈的人味儿和沉重的空气，夜晚睡不着觉，跑到卫生间去吐……总之，这个时候，梅朵是不愿意和室友交流的——突然发现梅朵果然如凌霄姐所说的那样，来自X城的孩子总是又乖又听话，热爱学习的好学生形象。彼此之间的生活作息差异太大，让对方都会觉得难受和别扭。梅朵那个时候特别不喜欢贺梦婷，因为她过于糟糕的卫生习惯，让从小被母亲调教得热爱干净的梅朵十分不适应。那个时候是夏天，贺梦婷能够七八天不洗澡也不洗头，头发油腻成一绺一绺的样子，散发着浓郁的油腻味道；而且她不洗澡也罢，每天也不会去洗屁股洗脚，作为下铺的梅朵深受其害，每天贺梦婷拖鞋爬上上铺的时候，梅朵就要及时地屏住呼吸，否则会有可怕的脚臭味扑面而来，挡都挡不住的味道，那是梅朵曾经以为只有那种喜欢踢球不洗脚的大男生才会有“独特气息”。与此同时，贺梦婷也没有晚上睡前刷牙洗脸的习惯，只是早上起来的时候刷个牙、洗个脸。梅朵和叶霄宁曾经委婉地提醒过她，她不开心地回应了，然而并没有什么改变，那两个小妮子甚至还动过给她妈妈“告状”的心思。有时候梅朵逛BBS的时候，看着其他人吐槽自己的室友，梅朵想了想，除了这一点，其实彼此都是很知礼的孩子。毕竟梅朵、贺梦婷和叶霄宁有着非常相似的家庭背景，不知道是不是系里刻意为之，三人的父母都是当地的高级知识分子，虽然分布在祖国的北中南地区，但是家庭教育一般都是质量较高的，一般不会有太多干扰到别人的奇葩行为。

实际上，梅朵和贺梦婷、叶霄宁的性格差异很大。贺梦婷是那种典型的求上进的女生，用她自己的话就是她和光华的女生很像，都是非常“A”的那种人。贺梦婷非常外向活泼，每一次其他寝室的人来串门儿，都是贺梦婷在与其他人交谈，她说她从小就是这样，喜欢和人说话、喜欢交流，所以院子里的阿姨们都特别喜欢她。而梅朵和叶霄宁是那种安静内向的人，更喜欢专注于自己的事情，不过她们俩还是有很明显的差别，叶霄宁是沉溺于动漫世界的二次元姑娘，她平日生活的爱好就是看看动漫，和一群“同志们”出一些cosplay，或者抱着ps4玩游戏，夜晚的时候会和异地恋的男朋友视频一小时，前一天的生活和第二天的似乎没有什么区别，偶尔周末的时候会和曾经的同学一起约着打牌。而梅朵的安静和内向则是一个“现充”的内向，她不爱看剧也不爱看漫画，平时的时间就是上课或者去图书馆看书，周末会和高中的同学约着“踏遍北京”景点，或者一起跨越大半个北京城去寻觅好吃的东西。在寝室的时候，梅朵则是刷淘宝或者看小说。

不知道是不是因为没有人管束之后，梅朵内心的吃货小野兽开始雄起。实际上，在中学时代，梅朵从来不操心吃吃喝喝的问题，尽管她很爱吃零食，但是母亲有限定的“配给额度”，一日三餐都调配得非常健康，加上脑力活动非常旺盛，梅朵并没有长胖过，虽然她也没有瘦过。而一个人在北京，吃饭问题成了一个她不知道如何控制的问题，学校的食堂比高中食堂好吃了几万倍，梅朵的一日三餐都吃到撑。除此之外，梅朵还热衷于吃零食，有了自己的固定生活费，买什么都不再需要“被允许”，梅朵的食量演变成了洪水猛兽，饭后她还可以再吃饼干、面包、水果、红薯片和酸奶。这么吃下去，因为没有体重秤也没有镜子，曾经高中的衣服也多是宽宽大大的，所以梅朵并不自知自己长胖了那么多，直到有一天，梅朵发现自己蹲下去的时候明显感到了困难，她才意识到自己大概胖了很多，鼓了很大的勇气去澡堂的体重秤称了一下，原来这短短半年，居然胖了将近30斤，梅朵突然又自卑又害怕。大学第一个寒假回家的时候，去车站接梅朵的父母简直不敢相信自己的眼睛，梅朵脸上的肉嘟了起来，整个人也变得蠢笨蠢笨的，母亲不知道背地里哭了多少次，觉得自己好端端的女儿怎么变成了这副模样。亲戚们也感叹北京的水土好像特别适应人生

长，高中老师更是直接对梅朵说：“你该减肥了啊。”实际上，在之后的四五年时光，梅朵一直在努力地减肥，吃过药、节过食、健过身，但是又特别贪恋美食，所以最终也没有瘦太多，保持着一个微胖的样子。

其实在才进本科的时候，梅朵的内心是抗拒北京的。那个时候还没有雾霾这个说法，但是梅朵已经不喜欢它了，原因很简单，她觉得在北京生活的成本太高了，房子那么贵，景色也不好，她想要去南方的二、三线城市，在那里似乎能够轻松而愉悦地过一生。所以从一开始，梅朵就开始搜集各种不喜欢北京的证据。比如她坐在公交车上，看窗外的风景，都是毫无特色、灰突突的楼群，她觉得她讨厌这里；走在中关村的街道上，两边没有青翠丰满的行道树，只有叫卖拉客的电脑商贩，她觉得她讨厌这里；有一次在国贸，看着来来往往的人都长得不好看不水灵，而且还都一个个愁眉苦脸毫无笑意，她觉得她讨厌这里；还有一次是夜晚，梅朵从叔叔家回学校，一个人走在路上，看到旁边的楼群有黄色而温馨的灯，而来来往往的人都行色匆匆，她谁也不认识，本来好好的情绪一下子变得伤感，甚至有些自哀地掉了几滴眼泪，觉得这个城市没有她的家，她不属于这个城市。大概这种暗示起到了非常明显的效果，每次假期回家，周遭的人都问她：“梅朵，你以后打算留在北京吗？”“才不呢，我可不要留在北京！”“为什么？感觉在北京上学的孩子们都基本留在北京了啊！”“可是我不喜欢北京啊，北京压力太大了，房子那么贵，空气也不好。”每到这个时候，那些长辈们都觉得梅朵是一个有个性的孩子，所以也不再说什么。那个时候，梅朵在内心已经打定了不在北京的主意，所以她觉得在北京的有限几年里，要完成两个事情，一个就是要好好地寻觅北京好玩好吃的地方，去看这个城市更多的风景，所以大学几年，梅朵去过北京五百多家餐厅，在大众点评上成了一个资深的美食用户，她还去过几十个景点，有时候时间充足的无聊下午，她还会随便跳上一辆公交车，随便跳下一站，走走逛逛，然后再找上自己想吃的小吃店，坐车去那里点上想要尝试的食物，拍了照片，认认真真地发布在点评上，梅朵这般的行动总被周围的朋友评价为“真吃货”；另外一件重要的任务就是要去寻觅新的自己想去的城市，所以在五一、

十一、清明节或者寒暑假的时候，梅朵会选择一些自己心仪的城市去游玩和考察，她去过上海、南京、杭州、成都、重庆、武汉、厦门、天津……还有很多待定的城市在她的名单里，比如青岛、苏州、广州、西安……去这些城市的时候，她要么去挤同学的宿舍，要么就住在有风格的民宿，然后自己背着一个包，坐公交车去景点晃悠，或者拿着手机的百度地图做导航，在城市的街道上走走，去看看大学、看看城市的商业区和老城区。梅朵的确是一个非常懂生活的人，也是特别愿意用脚步丈量世界的人，她很喜欢走路，所以她很能够从在一座城市的走路来判断，她会不会喜欢这座城市，会不会愿意在这里停留：在上海的徐汇区走路是很舒适的，行道树浓密而翠绿，吹来的风都是怡人的；在重庆走路太累了，上上下下的对于路痴来说太难；在武汉走路则是很市井的感觉，和在家里的小街道没什么差别，除了在江边会听到呼啸的船鸣和汽笛声；在厦门走路太热太躁，刚洗过的头发蓬松得满头都是毛茸茸的枝杈……梅朵热爱探寻城市的生命和它们的肌理，对其他城市都充满了一种新奇之心和向往之感，唯独对北京，就是爱不起来，即使坐在公交车上看“风景”，内心也是满满的挑剔和嫌弃。

到2013年北京雾霾加重的时候，她就更不乐意待在这个城市了，但是她也还没有勇气放弃本校的保研，去南方稍微差一点的高校读书。尽管那个秋天，她坐车经过著名的“大裤衩”，远远望去，整个天都是灰蒙蒙的一片，“大裤衩”在雾霾中若隐若现。如果不是“会呼吸的痛”，这样的灰色调大概还是颇有中国写意水墨画的风骨。还有一次和闺蜜去西单逛街，初春的风还是有一些冬日的凛冽，因为不够大，所以天上还是硬生生地浮着一层浓厚的雾霾，就像喝汤时上面浮的一层令人恶心的油花儿，梅朵总想要把那些撇干净。雾霾成了这座城市的常见景象，大家都自动地戴上口罩，抱怨上两句，也不会再惊讶或者拍个照po到朋友圈了——这大概就是生活的麻木和钝感，让即使在多么糟糕地方生活的人们也能够自我安慰式地生存下去，仅仅是生存罢了；也成为梅朵再次面对“为何不留北京工作”的最好的理由，这样的理由一说出口，世界上的其他人好像一瞬间就恍然大悟般连连点头，不会再去追问其他。北京，从此

在全国人民的眼里，与“雾霾”成了天生的紧密联系。

梅朵读研究生的第一年没有在学校里住，因为学校实在太小，近些年又扩招太多，硕士研究生成为学校最不疼爱的群体，有四分之一的学生都搬在外边住。梅朵和本科的几个好朋友一起租了房子。房子是梅朵暑假找的，离学校不算近，骑自行车要20多分钟，公交车5站路，在知春里的路口。知春里那片是老的中科院家属院，房子比较旧，生活的人也大多数是退休的老头老太，还有一些租户是在北大附中、中关村中学上学的孩子家长，所以小区蛮安静，也非常生活化，周边有便民的小菜市场和水果摊，还有专为老年人打造的健身公园。在这里住了整整一年的梅朵其实还蛮喜欢这间房子，拥有一张独立的床铺，还有空间可以铺瑜伽垫做瑜伽，可以随时洗澡和做饭，还有阳台可以晾衣服，周边的水果也比学校便宜很多。每天走去学校也算是锻炼身体。但是因为租房子每个月每人要1300块钱，再加上水电燃气费，对于这群学生来说，真的是蛮贵。梅朵不想花家里太多钱，就找了一个家教，对学生来说，家教真的是赚钱最快的工作了，每周去个三四次，一个月差不多能有三四千块钱，对于生活来说还有结余。所以这一年，虽然过得比较忙碌，但是也攒了一些钱和生活经验。这一年也是梅朵做学术很有激情的一年，尤其是借助导师开的讨论课，她阅读了大量的西方社会学理论和当代中国政治的书籍。她感觉自己的学术道路逐渐有了方向，未来的人生也慢慢地有了形，大概是会读完博士，然后去高校做教职，可以有空读自己爱读的书，还有闲暇的时间可以回家陪陪父母，赚的钱也完全足够养活自己，梅朵想不到有比这个更美好的事情、更美好的未来了。

再后来，梅朵恋爱了，是她高一的同学，叫夏枫。梅朵和夏枫在高中的时候就是关系很不错的“闺蜜”，那个时候夏枫是一个白白胖胖的傻小子，很羞涩，但是成绩很好，又坐在梅朵的后桌，所以一来二往地也经常约着一起吃饭。梅朵是个特别好心的姑娘，夏枫那个时候是从X城下面的县城考来的，父母都常年不在家，所以没人管他，而夏枫又是一个体弱多病的孩子，所以梅朵总是会让妈妈给他带一些药。大概最初美好的印象，让夏枫对梅朵一直抱有感激，而彼时的梅朵并不喜欢他。她喜欢的是前桌的男孩子，他们俩偷偷暧昧着，当那个男孩子要“确立关系”时，乖宝宝梅朵吓破了胆儿，慌忙地拒绝了人家，然后彼此的尴尬让梅朵决定换文科，唯有这样才可能离开这个竞赛班——梅朵后来想，自己的命运好像总是被一些情感的事情所改变和左右，然后人生就走了另外一条和从前的设想完全不同的道路，完全又是新的人生际遇。就像她从一开始就笃定自己会读理科，会去考同济的建筑系，可最后去了北大的社会学系这样；还包括之后的爱情。上大学之后，两人都在北京，断断续续有一些往来，期间夏枫表达过对梅朵的爱慕，可是总是一些奇奇怪怪的说辞，比如“我从来没喜欢过其他女生，我喜欢你比其他人多40%”啊，“你做我女朋友我请你吃必胜客”啊，那个时候的梅朵把夏枫当成好朋友，没放在心上，所以还依旧是好朋友地相处。有很久没见的夏枫开始主动约梅朵出去玩，也有很多话要对她说，好像终于懂得了一些追女孩子的技巧一样，在一起玩了小半年，夏枫诚恳地告白，梅朵就答应了。

最开始谈恋爱的时候，真的是幸福得飞起，感觉有好多美好的事情可以一起做，北京这个令人深恶痛绝的城市也因为一个人变得可爱了。一起去北京的小胡同里寻觅小小的日式居酒屋，穿过祖国的心脏去吃云南火锅，或者人大女人街那个百吃不厌的重庆面铺；去海淀区各大电影院去看电影，一部《闯入者》把只看美国大片的夏枫带入独立电影的坑；梅朵会带着夏枫去画油画、去文艺的咖啡厅、去看有趣的展览；夏枫也会带梅朵去参加师门的聚餐、去郊区游玩、帮梅朵挑选衣服——他的品位真的蛮好。两个人的世界总归是大于一个人，见到了很多美好的新的东西。但是，大概都是彼此第一次谈恋爱吧，对爱情总有不切实际的幻想，有着执着的洁癖。矛盾也开始逐渐显出来，比如梅朵有时候会因为夏枫做得不好而生气，夏枫又会因为梅朵生气而生气，最后就变成梅朵去安慰生气的夏枫。再比如，夏枫很忙，而找到工作的梅朵又比较闲，恋爱的女生又很敏感，大概一点怠慢就让梅朵玻璃心好久吧。寒假的时候，夏枫总是热衷于和以前的朋友打麻将玩桌游，每天都联系不上，这让梅朵非常恼怒，心平气和地说过几次，却没有什么效果。夏枫再一次消失联系不上的时候，梅朵是非常生气的，她忍不住去质问了夏枫，得到的却是反唇相讥，两个要强的人彼此开始撕裂和刺伤，到最后，梅朵说了，那我们分手吧。夏枫想也不想，就回了好吧。之后夏枫又说冷静冷静再说，看到“好吧”的梅朵心是一瞬间被切割的，感觉到自己像一个卑微的草芥，那就快刀斩乱麻。说完之后，梅朵冷静地看电视剧，和朋友聊天，不再提这个事情。最后真的意识到自己失去的时候，梅朵是伤心的，一个骄傲的人放下了尊严，去挽留了夏枫，而此刻的夏枫却变了，他提出了一系列的条件，甚至说出了“我看你早就不顺眼”的话，夏枫说梅朵爱生气，不爱做家务活，他认为，做家务活都应该是女人的事情。还对梅朵说：“我和你在一起以来，几乎没有一件开开心心，没有吵架过的事，一件都没有”，开始一件一件地把旧事翻出来说给梅朵听。梅朵听了这些话，想起曾经在一起欢乐的过去，觉得不可理喻，也觉得没有必要了，于是对夏枫笑了笑说：“那，相逢一笑泯恩仇吧。”夏枫突然就像孩子一样，捂着脸跑开了，开始大哭。梅朵看着夏枫在痛哭，心里纵然也有不舍，但是明白，其实自己不过是一个旧玩具，妈妈要丢掉它或者送人的时候，孩子都会舍不得痛哭，但是，过些日子就会忘记。

和他最后分手的时候，是在一间咖啡厅，嗜好甜品的他照例点了焦糖玛奇朵，看着那堆积着的奶油，梅朵心里想，或许真的不是一路人吧。在咖啡厅她喜欢点美式、花果茶或者中式茶，只有胃不太舒服的时候，会点拿铁。梅朵在茉莉香片和乌龙茶中犹豫了一下，还是点了乌龙茶，而这咖啡厅大抵还是没有好茶吧，这乌龙喝下去，让梅朵嗓子又噎又涩，锁喉的不舒服感受。可上次在这间咖啡厅梅朵也记得点过乌龙，而那时的乌龙口感润滑爽朗，喝毕舌底生津。可能上次的乌龙茶卖完了吧，进的新茶品质有些差。

吃完饭，两人像交易一般，退掉了彼此的信物，夏枫妈妈给梅朵的传家宝和上门的钱也退给了他。为此夏枫妈妈还给梅朵打了一个长途，她很喜欢梅朵，在电话里哭了，说是枫儿没想通，要梅朵和夏枫继续联系，说不定未来还有缘分，如果真没有缘分，就认她做女儿。梅朵嘴里应着，其实心里太明白了，一切都回不去，她也不想再回去。以前梅朵一直以为自己是一个脆弱得不堪一击的人，就像夏枫总把她当做幼儿园的小宝宝。经过这件事，梅朵发现自己其实是内心很强大的人，纠结分手和和好的时候，虽然难过了几天，大哭过几次，可她对谁也没说，一直隐忍在心里，包括因为停电寄住到闺蜜家，她对这些事情也是绝口不提。直到终于分了手，她没有掉一滴眼泪，平静地通知了身边的闺蜜。当他们想要来安慰梅朵的时候，惊异地发现梅朵自己恢复得特别好，只是非常平静地讲述，甚至还在插科打诨地说段子。对于大多数人，梅朵都以“性格不合，没磨合好”作为解释的理由，只对特别亲密的朋友讲述了故事的来龙去脉，没有怨没有恨，也没有伤心和难过。偶尔的几次伤感，也是不舍，毕竟是付出过真的感情。

梅朵失恋的时候，她的生活状态最初是非常不安的，有些不适应，好像一下子被掏空一样，毕竟，她是“被迫”留在北京这座她有些厌倦的城市。尽管，梅朵在北京读了七年的书，从本科读到硕士毕业，她本是打算继续在北京再读上四年的博士，然后去南方的高校谋一份教职，过上安稳闲适而有假期的生活，最关键的是，梅朵实际上是喜欢做学术的，尤其是读西方社会学理论，这是她硕士的专业。但是男朋友是执意要留在北京的，因为他不愿意当老师，而他的专业在小城市难以寻到合适而有前途的谋生。梅朵最终是进了一家央企做了文化宣传的工作，拿了北京户口，然而这些获得是失去了它们最初被努力追寻的初衷，好像一切都没有了意义，但好像又是一个不算坏的结果。明明在寒假的时候，两个人还在商量着以后在北京如何立住脚的问题，还想着是不是要卖掉老家的房子付首付，那个时候体贴懂事的梅朵还跟夏枫说，叔叔阿姨住的这个别墅那么好，还是自己住着吧，换了小房子大概也会不舒服，我们年轻可以去吃苦，哪怕租房子或者我们自己出面借钱也行啊。现实最终还是打了做梦的人一耳光子，夏枫还要在学校里再待两三年，未来也没那么好说，而梅朵是真正的那个要留在北京的人。她即使是被迫的，但似乎也没有那个勇气，去放弃到手的、有北京户口的好工作——至少大家都在羡慕她吧，梅朵只是跟朋友说，未来不好说，一个人的话租房子也无所谓，或者真的哪天还是割舍不下对学术的喜爱，又重新回来读书了呢。谁知道呢。经历了一些事情后的梅朵，

纵然还保持着曾经严密而审慎的逻辑思考，喜欢规划和预见未来，凡事都喜欢提前准备一步，可她对结果却不再那么期待了，因为——谁知道呢?

突然而来的一个人的状态，梅朵有些不适应，她似乎有些坐不住，纵然有陆诗、杨婷婷等一票好友喊着出去“逛吃逛吃”，但一个人的时候，连书都有些读不太进去了，梅朵顶厌恶这样状态的自己，其实失恋不失恋是其次，这种落拓的生活状态在其他的时候也是不能忍的——所以梅朵的二次元宅腐基室友毛唱经常说她是“现充”（也即是现实生活很充实的人生赢家）。但是，一个人的时候，到了夜晚，不可避免的，梅朵感觉自己有点像郁达夫《银灰色的死》里的那人——“他的耳朵里，忽然会有各种悲凉的小曲儿的歌声听见起来；他的鼻孔里，也会有脂粉、香油、油沸鱼肉、香烟醇酒的混合的香味到来；他的书的字里行间，忽然更会跳出一个红白的脸色来”。

可是后来，梅朵逐渐想开了，在一段关系中，只有一个人的努力永远都不会是平顺的。发生了事情，一个喜欢自责做得不够好，另一个却是在责怪另一个人。这样的生活不会开心也不会幸福。像是梅朵一贯的风格，喜欢总结经验和教训，她很快地从上次失败的恋爱里吸取了好几个“教训”，甚至刚恋爱的闺蜜还会经常来向梅朵咨询一下相处的事宜，而且梅朵也惊讶地发现，女孩子的纠结心理真的是惊人相似。没有了需要牺牲和付出的对象，梅朵闲下来不少——虽然梅朵一向知道，在爱情中，牺牲感特别可怕。想开了的梅朵，又把每天枯燥的日子过成了一朵花，终于可以不用等人了，终于可以按照自己的节奏行事了。每天看看书、写写字，一个人去吃好吃的，或者去健身，去陪闺蜜逛街，甚至去安慰失恋的朋友。梅朵觉得自己又变成了一个积极向上的正能量少女，做事也不那么浮躁，不去做陷入韩剧的公主梦，让担心她的父母一下子松了口气。

定下来在北京的梅朵，和要去的公司签好了三方，在最后半年似乎没有什么事情，除了毕业作品。当然，为了有更多自由的时间，梅朵把毕业作品的写作节奏推进得很快。虽然梅朵自己清楚，自己的天赋并不在于此，她更喜欢写论文，可是专业的限制让梅朵也没法抉择。梅朵的父亲大学是中文系毕业的，看过梅朵的作品，评价就是太过沉闷，读起来没有阅读的愉悦感，和她的学术论文是不能比的。知道自己水平的梅朵也不敢把自己的作品拿给朋友看。梅朵把日子安排得紧锣密鼓，她打算在这最后自由的半年，做一些有意义的事情。她加入了一个年轻人相约玩乐的平台，是几个北漂的青年发起的，从小规模做到了相当大的规模，大概是这样“孤独”的年轻人太多，没有人一起吃饭，周末除了睡觉不知道做什么，想要做什么也没人陪。所以这样的平台大概是“群集响应”的那种，实际上除了很多的外地人，很多北京本地的年轻人也会加入进来，一起约饭搭子，一起做手工，一起学乐器，一起看独立电影等等。这样的活动梅朵参加过好几次，尤其是约着吃遍驻京办的那几回，每个人都能讲好多关于家乡、关于吃、关于情感的故事，让专注的“社会观察者”梅朵非常心动。此外，因为恋爱而忽略父母的那份心也回来了，梅朵决定带着爸爸妈妈一起去四川玩耍，去吃好吃的东西，去享受巴适的天气。还要多在家里待一些，做饭、打扫屋子，让忙碌的妈妈能够清闲一些，毕竟七月份入职之后，梅朵只能过“法定假日”了。

以后会在哪里呢？朋友还是会问梅朵：“会一直在北京么？”梅朵笑了，似乎没有曾经那么讨厌这座城市，讨厌到一刻钟也不想要在这里待下去，讨厌到感觉在这里生活就是一种折寿的选择；但是梅朵心里也很清楚，自己也不会爱上这里，她是一个固执的人，说了自己不属于这里，那就不属于自己，顶多是“身在曹营心在汉”。尤其是在北京的学区房被炒到了46万一平米的时候，梅朵不禁感慨，人何必要和自己过不去呢，非要折下自己和父母的大半辈子为了北京的一所小房子，毕竟这世界、这国家还有那么多有文化有品位有风景的城市等待梅朵去一一“临幸”呢。但是，对这座读了六七年书的城市，在第一份工作将要在这里做的梅朵来说，在北京待多久都顺其自然吧，至少不会是一辈子。

有一天逛豆瓣的时候，梅朵看到了这样的字：

“像是外地来的阿姨，穿着橙色工装的清洁工人，抬着木桶用力地走路，只到我腰的孩子拿着传单害羞地谁也不敢给，过去要一张，他能笑一会，骑着快递车的小哥，避让着行人追赶，帽子歪了浑然不知，汗水落下清脆，大家努力地活着，没有人问前面到底有什么，我站在斑马线边上，等着今天的日落。”

一瞬间梅朵的心融化了，这座城市总有一些来自五湖四海的人们坚强地生活，认真地生活，安安静静、规规矩矩地做着自己要做的事情。这座城市有着沉着缓慢的人和事，但却也有新鲜的血液源源不断地注入它的血管，让它燃起来。珍惜眼前人，做好手上事。梅朵歪着头对着镜子里的自己笑，感觉岁月和过往让曾经浮躁的自己变得沉静和温柔。记得导师曾经对他们说，她希望自己的学生都能过上体面的生活。梅朵想想，自己是可以做到的。

不论未来在哪里，梅朵只希望自己能够谨记中学时代特别喜欢的数学老师，在最后一课里教给她做人的道理：真诚，善良，永不相忘。

## 七、X城，我多想回去

为什么会有“七”呢，大概是梅朵是一个固执的人，七是她最喜欢的数字，尽管她并没有写满七个人的故事，但是她还是要把终章用“七”来标注。这种固执的人会错失生命中很多脆弱而美好的东西，从此人生就会开启新的轨迹。梅朵觉得，自己就是这样的。她有很努力地尝试去改变自己这种不讨人喜也常让自己后悔的毛病，努力了很多年、失败了很多次，即使是扼制住了那么些小情绪，到了紧要关头，仍然是那种一腔不撞南墙不回头的傻劲儿。后来，梅朵有些懂，没必要和自己过不去，不如就这样接受自己，接受自己本来的模样，哪怕有一些小小的不愉快，只要在合理的范围内，就要试着与自己和平相处，与自己友好相处——尽管，具有质疑精神的梅朵也会想，这个“合理”又是怎样的合理呢？它的范式是如何？有着怎样的方法论？哦，这个梅朵，简直没了救。

每个人的生活都是自己的选择——无论他说的有好多听，这是因为爸妈怎样，因为就业形势怎样，因为某个人怎样。即使你选择的不是初心，可还不是

一样是你的选择嘛。在大城市，在北京，对于从四五线小城市来的梅朵而言，最初的恐惧已经变成了无所谓。人总是这样自欺欺人，然后最后告诉自己，所有的一切都是“车到山前必有路”，都是“水到渠成，顺其自然”的结果。

梅朵有时候会想想，那些曾经陪伴自己的人都在干什么，那些也是从五线小城市走出来的伙伴们在经历着什么：小学六年的唯一挚友璐璐在大三的暑假去了天堂，那是高考前突然诊断出来的恶性肿瘤，肉嘟嘟的小姑娘一下子瘦变了形，爸爸妈妈隐瞒了真相，告诉她就是良性的肿瘤，割掉了就好，然而当她真的离开了这个世界的时候，公认最美的璐璐妈妈一下子银丝满头，梅朵和朋友去参加葬礼的时候，难过得要死，这些少年不知愁滋味的孩子第一次切切实实地感受到身边一起长大的人的过世，是那么的痛苦，梅朵会觉得，活着就好、健康就好，其他的就不要那么拼命地去奢求了；小学时候暗恋的那个头发黄黄、眼睛棕色的小帅哥，则变成了一个热衷于主持的大帅哥，每天各种场地跑场做主持，虽然在朋友圈总是po各种主持的照片，语气和表情都透着无比自恋的气息，让人有些生厌，但至少他是自我幸福的吧；初中时代的一个帅T，转学到班里半年，班主任都以为她是男生，后来家里送到新西兰读书，交了一个台湾的女朋友，双方父母都极其开通，同意了她们的交往。高中和自己坐了两年同桌的江子凡去厦大读了四年又去了武大，从小缺爱的她父母都各自再婚，最让她受不了的是继父是自己初中同学的父亲，小小的城市绕一个弯弯，就都是熟人，这种感觉真是又奇怪又不好。高一班里一个学神同学，被当时调皮的同学戏称“性感大老虎”，物理竞赛保送到了北大，然后又申了哈佛的全奖，交了一个美丽的女孩子，同学聚会的时候已经改称“人生大赢家”了。就在前几天，梅朵心目中特别有哲学家气质的高中同学，他通知了结婚的消息，和他进入大学之后谈了六年多的女朋友终于走进了婚姻的殿堂，在曾经的同学聚会中，他还讲过女朋友车祸失忆后他努力唤回记忆的“韩剧桥段”，女朋友是北京人，所以双方父母在他们上学的北师大附近买了房子；一直玩到现在的亲闺蜜，梅朵唯一认过的妹妹大学在上海上了后，就留在了当地的一家软件公司，过着租房月光的生活，她跟梅朵说如果没有在上海找到要嫁的人，大概自已还是会回X城，离父母近一些，也会感到幸福一点……

梅朵大致地想了想曾经那些生命的片段，他们各自成章的人生也都是那么精彩、那么地令人心动。那些小城市出身的少男少女呀，都有一股子独特的韧劲。城市小了，娱乐活动也不那么多——即使真的涌现出了很多奇奇怪怪的酒吧，对于那些一步一步升学来的孩子而言，简直是天方夜谭。他们真的是有纯一的心思，大概也可能是比较笨，不会一心多用，总是会很认真很用功地读书，要上好的大学、好的研究生，寻一份体面的工作，好像这样就会万事大吉，父母会有面子，自己也会过得舒服。就像梅朵的爸爸，是从特别穷特别苦的小村庄走出来的大学生，他每次和梅朵讲述他的“自传”的时候，总是会提到一点，他读中学的时候，就有非常清楚的认识，那就是“知识能够改变命运”，所以自己老头不给学费，他才会去给人放牛挣钱、去捡一些没烧尽的煤球头儿换钱，没有钱才会去偷包子吃、在街上捡别人没吃尽的西瓜啃啃。每次说到这里，他都会顿顿，如果他有梅朵这样的条件，他当时一定走得更远。

在一次X城高中在京学生的联谊会上，组织者竟然号召了浩浩荡荡的五百多人，还有很多人并没有出席。梅朵在席间随手翻了翻通讯录，不论是梅朵这几届的同龄人，还是上几届学长学姐们，或者是比他们再小一点的学弟学妹们，似乎大城市有一种天然的向心力，被卷入引力场的人都无一例外地被越吸越紧：好多留京的都是本科在北京读书的，还有很多从外地来北京寻找机会的。从五线城市到北京，源于北京的确足够包容，有足够多的工作机会，北京的生活成本其实极低，只是讨厌的房价，让这座城市变得“贵”了起来，成为不是一般人能留得住的地方。想要摆脱向心力的人总是要付出很沉重的代价，在撕扯剥离之时可能会皮开肉绽，比如失恋、失业、更新朋友圈……总之，离开大城市似乎也没想象中那样潇洒和自若。很多人离开的时候，也是深思熟虑过，似乎离开之后，也未必就能过上理想中的美好生活，毕竟小城市的形态还是有一些单一，经济还是有些萧条，小城市的生活还是那么步调缓慢，人与人之间的关系盘根错节。有时候，那种努力也未必能成的无力感，让很多年轻人又重新回到了城市。所以“逃回北上广”并不是空穴来风的妄言，确实是非常

写实的状态。

在梅朵找工作的这半年，她周围的同学们也在忙碌地找工作。记得院系里开一次就业座谈会的时候，学工办的老师说了一个令人很惊讶的现象：在五年之前，本院系的学生90%以上都留在了北京，而在2010年之后留京的人数不断减少，去年有70%的硕士毕业生选择了京外。想想也是，梅朵本科毕业时就选择就业的同学们留京的只有两三个，留在京城的媒体或者是创业，另外去深圳、上海、杭州、郑州的都有，有很多也是放弃了北京的机会选择了外地，原因也是非常现实和简单，就是我们这样一个没有技术含量的专业，只能拿到一般般的收入，而这收入要在北京租房、通勤、吃饭，最后真的是月光，甚至还要家里补贴。和梅朵一届的同学呢，很多小城市的孩子仍然选择了留在大城市，不一定是北京，或者深圳、上海，或者再小一点是天津、重庆、武汉、杭州，回到家乡五线小城市的人，几乎是没有吧。梅朵想想也是，像凌霄姐那样么？在X城寻觅一份稳妥的公务员工作，拿着勉强够生活的工资，似乎是有一些体面的，可是周遭的人大抵人生经历和见识都相差太大，关系倾轧，又能何时熬出头呢？或者读完博士去X城的二本院校，固然可以过上滋润的日子，甚至可以成为“矮子里的将军”，毕竟学术资源和生源都差太多，有学术理想的人大概是不愿意去的。留在北京，和留在上海、深圳似乎差别不大，都要面临着高额的房价，只是似乎和高中就在华东华南地区读书的同学交流，进入金融行业和互联网行业似乎才是他们的理想，体制内在那些地方简直不可想象，而在北京的梅朵们还会为一个北京户口而选择收入相对低的工作，进入国企、事业单位和公务员系统似乎成为梅朵身边姑娘们的一致选择。

梅朵最难忘的，其实还是在X城的那几年。上高中的时候，学校是在山上的新校区，以前是一片大果园，所以在学校留下了好多过去的痕迹，比如说贤月湖边的一排樱桃树，在春天的时候，从樱桃花开，到长出绿色的樱桃果子再到樱桃变得红的耀眼，摘来洗洗是别样的甜；还有结甜蜜蜜紫葡萄的葡萄架子，因为太招蚊虫，被学校后勤处统一给拆了；还有珍贵的红梅在教学楼之间飘香，曾经在郭敬明《夏至未至》里面被反复提及的南方城市才有的高大

的香樟也让这个校园有了言情小说的唯美感。学校是那样的美，连语文老师都说，在X城高中不谈恋爱真是浪费这美好的环境。可那个时候，大家多单纯，一心一意只有高考，谈恋爱的很少，顶多是互相有好感的年轻人的暧昧。班里六十多个人、年级一两千人陪你一起去为同一个目标奋斗的感觉，真的特别美好。梅朵这么想想，又觉得自己幼稚和可笑了。人总是要长大，要换新的环境，人往高处走也是太正常不过，而且对于这个年纪的他们，也只不过是从小城市到大城市的短暂的环境转变，之后是去是留，还都会重新洗牌，个人有个人的选择吧——可是每次说到这些，学社会学的梅朵心里又会有一个“社会板结”“阶层固化”的小人在叽叽喳喳说个不停，让梅朵又觉得，所有的努力也只是在自己的阶层里过得相对体面而已，似乎是徒劳的。在大学里，有钱人还是和有钱人玩耍，平民百姓的同伴也还是平民百姓，有一点涉及家庭背景的话题，都成了敏感的话题，谁也不会公开讨论，却在私底下窃窃耳语。这么一想，自己太过悲观，梅朵后来索性不去想这些个扰人心烦的东西，本来就是“无一物”的，为未来的事情烦恼简直就是庸人自扰。

X城的春天特别美丽，河水缓缓地穿过城市的中心，两岸边是多年的垂柳，因为有了那样的历史，所以特别高大和挺拔，枝叶也特别繁密。微风一吹，桃花和樱花都粉嫩嫩地开了，柳枝儿也有了朦朦胧胧的嫩黄色新芽儿。从灰突突的冬天里脱身的城市，有了明媚动人的色彩的时候，一切都变得美好起来。河两边是新修葺的楼房，整齐、高大而明亮，沿河大道的早晨总是有很多早起的人们，穿着薄薄的春衫，满脸明媚地在奔跑。风拂面，痒痒的、滑滑的，就想要去闭眼多呼吸几口的春光。山上的茶树也渐渐地长成，好多远道而来的采茶工开始陆陆续续地上山采茶，卖茶者要连夜去收新芽，一起去翻炒、烘焙——这大概也是X城一年中最热闹的季节了。梅朵是生在春天的姑娘，有一种欣欣向荣的朝气，和这季节有一种冥冥之中的共同感。这里不像在北京，春天来了，沙尘暴多了，空气里总有扰人的、不舒服的颗粒，所以皮肤开始过敏，有时会干燥得蜕皮。所以在北京，春天就成了梅朵顶讨厌的季节，这个时节她就特别想要回家。

在开往X城的高铁上，梅朵看着窗外的风景从平原变成了山丘，从荒茫的大地变成了青翠的田野，知道离家更近了点，心情就自然地变好了很多。梅朵大概是最后一次那么长久地在家里待了，工作之后没有寒假、没有暑假，过年也只是短短的七天，想着就觉得头大。室友们都还忙着找工作，所以，梅朵也喊不出人一起去毕业旅行，而索性选择了回家，选择了陪爸妈。大概她是知道，以后的路，总是要一个人走，在未来陌生的城市里打拼，成为新一代的居民。X城，那个五线小城市，在世界地图上不会出现的地方，在中国地图上需要费了心神慢慢寻找的地方，只能慢慢被折叠、被收藏，是每一首诗歌里那回不去的原乡。

哦，X城，我多想回去，可我不能回去。

## 评论：现代性在五线城市里的四副面孔

《五线城市》是一部非常朴实的纪实作品。它以四个五线城市的青年的视角，从多个角度描绘了五线城市中“走出去”或“走回来”的知识分子迷惘的“成年”生活。《五线城市》之中的四位人物是有典型意义的，他们不是四个个案，而是新时代下知识分子的四种不同样态，这种典型性为四位人物的“平凡生活”赋予了深刻意义。

四个青年虽然视角不同，但是都有一个共性，那就是“迷惘的知识青年”，面对生活，这些知识青年的生活都在某些方面受到了压抑：凌霄不得不“走出去”之后又“走回来”过上了平凡的公务员生活；刘亚泽和方曼曼则最终选择走到更远的地方去；梅朵则停在了一个被压抑的状态之中。没有一个知识青年的生活是幸福的。知识青年在中国其实一直被赋予一种相当传统的期待，那就是“读万卷书，行万里路”，那些没能走得更远的知识青年无疑在生活中不断下意识地质疑自己作为一个知识青年存在的意义，读了万卷书，不能行万里路，那么作为一个知识青年，存在的意义去哪里寻找呢？然而，小说中走向更远的地方的知识青年也是悲剧性的，因为多年以后，他们必将没有更

远的地方可以去，他们也必将选择留在原地，或者走回家乡。凌霄和梅朵这对“姐妹花”的平凡生活，很可能就是另外两个人物未来的命运，从这个角度上讲，四条道路其实是殊途同归的。

走出平凡的生活，走向更美好的地方，被每一个求学的青年所向往。这是支撑大多数人走完漫长求学之路的动力。但是，如果幸福只能处于被“追寻”之中，如果生活并不会在求学结束后真的变得和平凡的五线城市的生活有什么不同，那么求学的意义在哪里呢？无疑，这四位知识青年的生活是与众不同的，大多数中国人并没有能力来思考人生的问题，人生对于大多数人来说更像是一种前后相承的传统，他们出生在这个传统中，并将会将这一传统延续下去。然而对于这四位人物来讲，进入高等学府的时候就已经注定了要与传统保持某种疏离，这种疏离使得他们被迫寻找新的出路，又不能回到传统之中。即便是走向公务员岗位的凌霄，也不是一个承继“学而优则仕”的传统的人，凌霄的人生道路更多的是一种无奈。

这部小说中，还有两个更具典型意义的形象，其一是大都市与小城市；其二是作者本人。知识分子的迷惘更多的是一种面对生活的迷惘而不是面对个体自我的内省式迷惘。换言之，他们的迷惘更多是来源于大城市的生活和五线城市的生活之间的比照，而不是他们对自己之为人为何存在的思考。在北京这种他们求学的大都市里，依然有五线城市的影子，他们不能在自己求学的大都市里彻底忘记自己是一个来自五线城市的青年，家乡留下的印记是魂牵梦绕的，既像一种祝福又像一种诅咒；而在五线城市中，依然有大城市中的灯红酒绿和同样既平凡又急速现代化的市井生活，这也就意味着他们即便回到家乡，也不能走出大城市对他们的影响。这是具有时代意义的，这种对比中包含了知识青年行走的“地平线”，他们可以走，但是走不出家乡与求学之路为他们划下的人生范围。

对于作者本人来说，作者并没有给出一个最终的答案，四位青年的生活其实都有在北大学习的作者的影子，其实这就是作者本人对生活的迷惘的写照，在四位典型人物的背后，有一个更为典型的作者。虽然笔触并不如文学大家那样顺畅精致，而且在作品中有一些并不纪实的东西，比如除了四位主人公之外，所有角色都持有受过高等教育者的思维深度，都有着对生活的质疑，这明显是不纪实的。但是从另一个角度上讲，这种“错误”却又可以使得一个作为知识青年的作者浮上纸面，我们从这种“错误”中获得了有关作者身份的消息，这种消息的获得，使得知识分子读者更多地对作品报以一种共鸣和感动，而不是一种虚构被破坏后的质疑或疏离。作者因此成为这部小说的“第五个主人公”，这位主人公要比小说中的四位主人公更有亲和力。

（王佳明）

## 2. 恶女

张力-14级专硕

亲爱的叶禾：收到信，请你不要感到惊讶。我知道，你并不想和我联系，但我希望你给我一点时间，因为在你读到这封信的时候，我的日子已经所剩无多了。对你来说，我是个很糟糕的姨妈，对你母亲来说，我也是个不称职的姐姐，因为我一直是个自怨自艾、多愁善感的人，生活的不如意折磨着我，而我折磨着身边的亲人，直到所有人都离开了，余我孑然一身，我才看清了这个可悲的事实。

我没有资格祈求你的原谅，但是我希望你看完这封信以后，能够回到蒙城来，因为这里需要你，不是为了我，而是为了你的母亲，为了你的妹妹，不管你是多么憎恨我，憎恨这座城市，都请你回来。

盼望回复！

岚姨

12月29日

06：01

蒙城的回南天，总有着旷日持久的浓雾，像一袭厚重的长袍，紧紧包裹着

这座城市，让人喘不过气来。就连阳光也觉得身乏力疲，失足跌倒在阴冷潮湿的街道上，晕出一小片一小片的光斑，像飘零一地的黄叶。

密布的河道，像血管一样交错缠绕，切割又联通着这座城市。长尾船轻轻地滑过水面，在灰绿色的江面上曳起白色的波纹，姜黄色面孔的船夫，一手撑着船桨，一手抽空拿起脖子上挂着的乌黑烟斗，深嘬一口，吐出灰色的烟雾，银色的小鱼在船桨激起的浪花里一闪而过。

叶禾就是在这样一个日子回到蒙城。

码头上，停靠着各色各样的船只，等待生意的脚夫们光裸着上身，栗色的皮肤包裹着结实浑圆的肌肉，每个人手里都拿着一根扁担和一条麻绳，或蹲或立，待到客船靠岸，他们便迎上去主动挑起货物或行李，人潮散去，未揽到活计的脚夫继续留在原地，耐心地等待下一艘客船的到来，周而复始。

船靠岸，熙熙攘攘的乘客像潮水一样，一波接着一波从船上涌下来，狭窄的通道里旅客们摩肩接踵，推推搡搡。站在水泥台子上的检票员，穿着灰蓝色制服，肥大的裤子松松垮垮地耷拉在起了褶子的皮鞋面上，把守着检票闸机，像驯兽师带着俯首帖耳的野兽，例行公事般检查乘客的船票，手机械地挥动着，做出“允许通过”的手势。

在拥挤的人潮里，叶禾就像一尾在干涸池塘里挣扎的鱼。她脸上蒙了一层雾气，带着湿漉漉的潮红色。很多年前，她跟着母亲阿舍第一次来到这座城市，也是这样一个潮湿的回南天。她也曾坐在某一条船里，趴在阿舍膝头，随着节奏舒缓平滑的水波摇摇摆摆，睡意像地锦的藤蔓蜿蜒着爬上她的睫毛，扯着她的眼皮一张一翕。潮湿的空气让她小小的鼻子下起了雨，妹妹软绵绵的手还在她的手掌里，这让她感到安心。可是现在，她独自一人，回到了这座湿漉漉的城市，这座让人有流不尽的汗和泪的城市。

一个邮差骑着自行车，打着清脆的响铃驰过麻石街面，车尾架上搭着绿色的邮包，里面整齐地捆满当天的报纸。妇女提着廉价的蔬菜和一丁点肉，缓慢地从街头走过。玩耍的孩子们总按着性别分成两拨，男孩子们满街疯跑，弹棋、打陀螺、玩滚圈、拍“公仔纸”，女孩子们则是跳橡皮筋、跳格子。男孩

子们不屑于带着女孩子们玩他们的游戏，而若是他们兴起想要试试跳皮筋，也会遭到女生们的嘲笑，有一种模糊的界限横亘在他们之间，引发幼稚的敌意和对立，唯有“捉迷藏”才会突破戒备和警惕，闹得满街喧哗，好不热闹。

这条老街不过百来米的长度，两旁尽是高低不一的房子，有小洋楼，有别墅，也有很多古老民宅，静静掩在雕花木脚门、趟栊门和红木门三层面具后。这里曾经住了不少有钱人，但是他们很多都在几十年前陆陆续续地移居国外了，就像阿奇舅舅一样。留下的房子，有的由政府收管了，分隔成很多间房子出租给穷苦人，有的依然住着原房主的亲戚，只是早已不复当年风光。

叶禾拖着箱子，走在麻石板铺就的巷子里，底部轮子踏过砖块的缝隙，发出“咯啦咯啦”的声音。以前，她就住在其中一座戴了三个面具的房子里，最外一层的雕花木脚门就像两扇屏风，上层有精美的镂空雕饰；中间一层的趟栊门，由一个大木框横架着十几根圆木组成，像一个横放的铁栅栏；最里的红木门，才是真正的大门，只有晚上休息时才会关上。白天只会闩上趟栊门，因为这样有利于通风透气。被关在家里的小孩，若是谁淘气得想越过这道屏障，跑到外面探险，最后往往都以淘气鬼将头卡在两根横栏之间进退不得、哇哇大哭告终。

叶禾在一间两层老房子前停了下来。老房子陡斜的檐角低低垂下来，像戴了顶尺寸过大的斗笠，青苔绿藓悄无声息地勃发，水磨青砖高墙上似乎在一夜之间长出了厚密的绒毛，绿意在灰蒙蒙的面纱下悄然恣肆。一只皮毛油亮的花尾老鼠贴着墙飞快地掠过，钻进杂草丛生的花坛里，甩落一层细密的水珠，留下暗灰色的水印。

由于被潮气长久地侵蚀，木脚门和趟栊门上的漆面都已斑驳脱落，像得了黄癣病一样，大门上的虎头铜锁也布满绿色的锈迹。叶禾在门外敲了许久，门里才探出一张颧骨高耸、两颊干瘪的脸来，浑浊的眼珠警惕地打量着她。在叶禾解释了来意后，老妇人才颤颤巍巍地打开锁，弓着身子费力地拉开趟栊门，嘴里还咕咕哝哝地说些含混不清的话。叶禾仔细聆听，费力分辨，才大概明白了她是这个家里的保姆。

穿过门厅，进入正厅，红木制成的名贵家具只剩下了两把太师椅，孤零零地摆在海梅木花罩下，维持着这个家的脸面。花罩作为大厅与天井分割的地障，以海梅木制成，装设在两柱之间，双面透雕梅花吐蕊的纹饰，花楣两边垂下，只到人高处，其下连接着木板。正厅后是姥姥居住的头房，头房上建有神楼，祭祀天神及祖先，每逢初一十五，姥姥就要精心准备斋戒祭祀，杀了的鸡鸭都供奉到神楼上去，全家人都得等到第二天才能进食。头房后是进食的饭厅，以前可容纳十来人的黄花梨饭桌，现在换成一张黄色的折叠小圆桌，四周摆着几张折叠凳子。方方正正的小天井里，无人打理的花木杂草丛生，青石砖地面上坑坑洼洼，积水里泛着腐烂的落叶草屑。

天井后面则是岚姨居住的尾房，二楼是叶禾和阿舍、小麦从前居住的阁楼。阁楼外就是一个宽敞的天台，天台上摆着一些铁架桌椅，还有一把白色的遮阳伞。往常，岚姨总爱坐在这把伞下，手里端着一个青花茶杯，杯沿积了一圈红褐色茶垢，就像她粗胖的右手无名指上被祖母绿戒指勒出的淡粉色戒痕。那戒指明显不合她的尺寸，皮肤被紧紧地收敛在戒圈后，脂肪争先恐后地流动在戒指两侧，像小山包一样微微隆起。

如今，天台上的铁架桌椅已经不见了踪迹，只有那把白色遮阳伞歪歪斜斜地倒在地上，伞骨折断了数根，伞面上破了两个洞，像岚姨那双吊着青黑色大眼袋的眼睛——显然，岚姨已经弃用这块活动领域很久了。现在的她，像一只泄了气的大口袋躺在床上，面色泛红，呼哧呼哧地喘着粗气，就像一个破旧的风箱。

“她不能说话了。”老保姆大声地说。

“什么时候变成这样的？”叶禾问。老保姆用右手哆哆嗦嗦地伸出一个手指头，比划着说：“有一个多月了。”叶禾点点头，朝她挥挥手：“您去忙吧。”看着老保姆颤颤巍巍地扶着墙走出去，叶禾转过脸，面无表情地看着躺在床上的姨妈。

这位脾气暴躁的姨妈从不喜欢她和小麦，因为她们的存在让阿舍失去了婚姻，让潘家落了笑柄，也破坏了她出嫁的希望——虽然在叶禾出生之前，岚

姨早已过了蒙城待嫁少女的黄金年龄，可这毫无理由的怨气，还是发泄在了她们姐妹身上。对此，叶禾是不在意的，因为她对这位姨妈毫无好感，每当岚姨骂咧咧地朝她发脾气，她就扭头走开，把这位体型庞大的姨妈当作空气一样。只有傻头傻脑的叶麦，才会不识趣地接近岚姨，屡屡招来责骂，却根本不长记性。

虽是一母同胞，岚姨却根本不认为叶禾与叶麦有一丝相像之处。叶禾抽条很早，七八岁的时候就已经比同龄的孩子高了半个头，而早产了两个月的叶麦，却像根营养不良的小草，怎么长都长不大。叶禾性格孤僻，每次犯了错，不管她怎么责骂，叶禾都是一副置若罔闻的样子。叶禾知道岚姨特别讨厌自己，所以在那件事发生后，她力主送走叶禾，留下小麦。也许因为小麦总是温顺乖巧的那一个，也许因为小麦是唯一对她没有偏见的人。

沉默在这个布满了灰尘的房间里扎根，缓慢地生长、扩大，逐渐占据每一个角落。她回到蒙城只是为了见见小麦。自从离开了阿舍和小麦，她已经在这个世界上孤独地生活了十四年，没有爱，也没有被爱，现在她想寻回自己对这个世界最后一丝依恋。

阿舍说，姐妹之间有奇妙的缘分，有斩不断的羁绊。叶禾还记得自己抱着蔫巴巴的小麦，她是那么脆弱，那么轻，全身粉色的皮肤皱巴巴的，像老人一样，眼皮还粘在一起，小小的嘴忽然咧开，露出还没长出牙齿的粉紫色牙床，细细的小腿一蹬一蹬，小手挥舞着，轻拍上叶禾的脸，好像正从一个美梦中开心地醒来。

你梦见了什么呢？

年幼的叶禾忍不住去猜想。

你笑得这么开心，也梦见了火车吗？

等你长大了，姐姐要带你去看看火车。叶禾一直觉得自己与火车有种隐秘的联系，也许因为她就出生在火车上。父亲经营的林场，只有一条铁路连接山外的世界。直到临近预产期，他才给阿舍在城里订了一间旅馆，把她送去城里待产。阿舍挺着奇大无比的肚子，坐着火车从林场到城里去。不知是因为舟车

劳顿，还是因为林场里的赤脚医生估错了预产期，在火车上，叶禾迫不及待地降生了，闹得好一番手忙脚乱。

小时候，由于没人看管，叶禾常常独自从林场里跑出来玩，这条通往山外的铁轨，便是她的乐园。铁轨的两侧布满了铁锈，而朝上的一面，光亮如镜，甚至能模模糊糊照见人脸。

她经常趴在铁轨上，像医生用听诊器一样，听远方火车的心跳。火车要来的时候，铁轨就会微微地震动，然后越来越强烈，枕木下的小碎石也会被震动得弹跳起来。等鸣笛声近了，叶禾才会灵巧地从铁轨上翻下去，被剧烈掀动的空气挟着小沙子扑打在她的头上脸上。她甚至见过有人被车轮无情地嚼碎，火车轮对剪碎肉和骨头，发出"啪斥"的声响，就像铁路和车轮大快朵颐，血溅在路基的石子上像盛开的映山红。这个危险的游戏，叶禾乐此不疲，因为这充满力量的钢铁巨龙，没有任何东西可以阻碍它前进的脚步。

所以她也想带小麦来看看，可是没等叶禾履行这个约定，阿舍便带着她们离开了林场，来到了蒙城。

叶禾熟悉的马尾松、柳杉组成的绿色海洋，花朵像蝴蝶一样的胡枝子，在金缕梅下摩擦着身子的狸猫狐，支棱着脖子、滴溜溜转动脑袋的猫头鹰，还有那喉咙里滚动着骇人的吼声、风驰电掣的钢铁巨龙，都不见了。等待着她的，是这座湿漉漉的让人有流不尽的汗与泪的城市。

躺在有着彩色玻璃窗户的宽敞房间里，小麦总是睡得很熟，像一颗从叶尖滴落的晨露，不着痕迹地融进了这座城市的土地，而叶禾总是多梦。

梦里，她回到了熟悉的林场。有高大的杉木和马尾松，它们伫立在铁轨两旁，等着火车带着轰隆轰隆的声音，风驰电掣而来，夜空中有一轮残月，像阿舍浅浅地笑着时，露出的一弯牙齿。

梦里，她被一双像钳子一样的手臂抱起，又降落在一个宽阔的背上，身上带着海风的味道，她像一叶扁舟，被风轻轻载着懒洋洋地荡过拥挤的人潮。她终于变成了她想要变成的人，一个完整的，没有残缺的人。

08：34

有潮湿的风，从彩色的窗户里挤进来，搅动房间里几乎被沉默凝固的空气。

叶禾走出闷热的房间，看到老保姆举着皮肤都耷拉下来的手臂，正在抽屉里摸索着什么。一会儿，她终于从抽屉里摸出一封信，颤颤巍巍地朝叶禾走来，身形摇摇晃晃的。

叶禾连忙快步迎上去，那是一个泛黄的信封，因为受了潮，上面蓝色的墨水都洇开了。她犹豫地接过来，不确定是否要拆开。

老保姆说这是岚姨留下的，信封里是小麦的地址，她嫁了个在政府当差的人，日子过得很好。她边说着，边咳嗽起来，脸上松弛的肌肉剧烈地抖动着。

对于一个女孩来说，婚姻就是第二次生命，没有把握住机会的人，幸福已经对她关上了大门。可是叶禾拿着信，却感到有一种苦涩凝滞在喉间，逐渐扩散成一种难以祛除的刺痛，就像喝了一杯滚烫的热开水。

叶禾闯进婚姻里，就像一只脆弱警惕的野兽，闯进了猎人的罗网。为了主宰自己的人生，她不择手段地、不知疲倦地、不知羞耻地挣钱，像一个无法满足的饕餮。在神情迷幻的人群中间，她总是有种恍惚，看见阿舍牵着叶麦走进来，注视着她，脸上带着浅浅的忧伤的笑意。

所有事情都是要付出代价的。阿舍说。可是走进她生活的，不是阿舍，不是叶麦，而是肖尧。他被叶禾那种介于冷漠与愤怒之间的眼神所吸引，因为那就像经历风暴后寸草不生的荒原，贫瘠却贪婪，脆弱却暴虐，危险却迷人。他向来在女人面前自信泛滥，但是在那个眼神掠过他身上的一瞬间，他只觉得自己的双脚像被螺钉给固定住一样，一阵颤栗从两鬓的皮肤往下，一直传到膝盖，让他迈不动腿。

噢，就是她了！有个声音在他心里大喊。

“你知不知道我杀过人？”叶禾盯着肖尧的眼睛，认真地问。

“一个人单挑了一群地痞的光荣事迹，有谁不知道？”肖尧捏了捏她的脸颊，大笑道，“年纪轻轻，下手倒挺狠的。”

“是啊，他的血流了我一身。”叶禾别开了眼睛，自言自语，“好多血。”“那你会不会杀了我？”肖尧收紧了抱着她的手臂，问。叶禾沉默了一会，道：“如果你希望的话。”她的眼里像是狂风在荒原上卷起了一阵漫天彻地的沙尘暴，那种庞大的暴烈的疯狂的极致的荒凉，像烈酒，像毒品，让他沉醉，让他着迷。

他成了叶禾的丈夫。这是一场漫长的战争，爱情与暴力，征服与反抗，统治与颠覆，他们精疲力竭，又乐此不疲。猎人着迷于野兽的危险和美丽，而野兽处心积虑，不过是为了陷阱里美味的诱饵。

肖尧对她呵护备至，在她烂醉不醒之时，用手指插进她的喉咙里，帮她呕吐出来。他抱着她，感受她因矛盾和冲突而剧烈搏动的心跳，感受她皮肤下歇斯底里的脉搏，感受她绝望疯狂上气不接下气的喘息。叶禾的每一分脆弱，就是他一分主宰的权力，他为此感到兴奋，为能够支配一个人的全部身心而感到迷醉。

他包容她的放肆、她的脆弱、她的疯狂、她的不可理喻、她的歇斯底里，她在这种包容里忘乎所以，愈发地恣肆放纵，不可节制，就像睡进一间雪地里燃烧的房子，温暖驱走了所有的寒意，带来令人沉醉的美梦，不受拘束，自由自在，可火舌已经舔舐上发尾，而她还浑然不知。

直到，她开始收到岚姨写来的信，一切便悄然发生了改变。

叶禾开始梦见一个蒙着黑色头套的人，脖子上挂着一个沉重的木枷，上面用黑色的墨汁涂抹着血肉模糊的罪名，手腕上和脚踝上都套着冰凉的锁链，剐蹭着地面，发出尖锐刺耳的声音，像是荒原上烈风刮过耳边的呼啸。然后她就惊醒了，歇斯底里地撕扯自己的头发，将自己的头发一揪一揪地扯下来，甚至还连着血肉。

有时，她涂上精致的妆容，却冷不防对着镜子里美丽的面孔，失声痛哭，融着眼线、睫毛、眼影的泪水是黑色的，流过脸颊留下黑色的印记。肖尧也陪着她整夜整夜地不睡，她趴在他的身上泪流满面，在他的衣服上，留下了斑驳凌乱的彩色痕迹，是一个有着黑洞洞双眼和艳丽红唇的诡异笑脸。就像她努力尝试遗忘的，十四年前的幽灵。

所有事情都是要付出代价的。阿舍这句话时不时总在叶禾耳边响起，她脸上带着浅浅的忧伤的笑意。

数天后，她接到岚姨的第八封信，得知了阿舍的死讯，叶禾终于决定抽身而退，结束这段婚姻。

肖尧却不愿意放手，他一改温和体贴的面孔，他们打架，他们亲吻，他们砸烂了所有的家具。她在激烈的搏斗中，打烂了肖尧的鼻子，肖尧踢断了她的一根肋骨。这是旷日持久的战争，这是无法挣脱的折磨，这是越陷越深的泥潭。

她花光了所有的心力，燃尽了所有的热望，她变成了一个对任何事情都不在意的人。终于，叶禾不哭了，她不笑了，她不在乎了，就像那个躯壳里已经换了一个灵魂。肖尧越想让她表现得在乎，表现得脆弱，她便越无动于衷了，这让肖尧感到被深深地冒犯了，也让他尝到了索然无趣的滋味，他终于放手了。

离婚后不久，叶禾毫不犹豫地回到了蒙城。

第二封信

亲爱的叶禾：我曾想了很久，生活今日之貌究竟是由过去哪个时刻铸成的，可是总也得不到答案。也许所有事情，就像纵横交错的河网，来自同一条河流，却在某个瞬间，发生了细微的变化，从此便有了不同的轨迹。对于一个半截入土的老太婆来说，想要往前追溯，梳清这些恼人的线索，实在不是一件容易的事情。可是，关于阿舍的事情，我觉得我有责任向你解释清楚一切，这不是自我开脱的辩白，而是一个顽固的老太婆，临死之前不吐不快的忏悔。这些话，我从未向别人说过，本是我打算带进坟墓里的记忆，有谁在意一个疯老太的想法呢？但是我希望你能听一听。

事情应该从何说起呢？

也许就从我阿姆，也就是你姥姥过世的晚上说起吧，因为她是一切的开始，却不是一切的结束。不要吃惊，她已经走了好多年，其实自从阿奇离开了蒙城，她便与死人没啥分别，所以她的死并没有让我们太意外。

她走的时候，其实我在场。

由于那天下雨，我没有像往常一样在屋外逗留，而是在房间里摆弄那台老电视。我还记得，因为天气潮湿，电视画面也是模模糊糊，像浴室里蒙上水汽的镜子，只能看到影影绰绰的人像。于是我把声音调得很大，有个女主持正在播报新闻，她艳丽的妆容在湿漉漉的画面里像融化的奶油。可是，鬼使神差地，有种力量或者说某种预感，驱使我走到阿姆房间门口，一种衰败的气息扑面而来。

阿姆头发稀疏，露出大块大块的头皮，就像旱季的草原干涸的池塘。她微微抬起尚可动弹的左手，手指张开，朝我伸出手臂，枯瘦的脸上露出一个奇特的表情，那是介于欣喜和恐惧之间的一个表情。

我迟疑着，不知道该不该过去，因为我不确定她是不是在叫我。但是，天啊，我还是不忍心看她那副模样，所以我还是走过去了。

“阿奇……”直到阿姆嗫嚅着嘴唇，吐出一个名字，我才如梦方醒，顿住了脚步。“阿奇……阿奇……”已在弥留之际的她，脸上笼罩着一层暗色阴霾，那只枯瘦的手，像尖锐畸形的爪子，试图在虚空中抓住些什么，就像一个溺水的人想抓住最后一根救命稻草，那是一种徒劳无力的绝望。下一瞬，似乎死神亲吻了她的指尖，一种灰败的颜色，从她的指尖，伴随着手臂的坠落，向她的身躯、脖子、脸庞迅速蔓延，她永远地闭上了眼睛。

我在原地呆呆站了一会，流泪的冲动和大笑的冲动在炙烤着我，我仿佛也要像奶油一样融化了。我反复地质问自己，你怎么还抱有希望呢？明明从小到大，你都是一个可有可无的存在。

是的，我就是一个可有可无的存在，连你母亲的运气都比我好得多。我不是在开玩笑，在相当长的一段时间里，我都这样认为。

我的眼睛疼得厉害，暂且写到这，你会陆续收到别的信，希望你不要扔掉。

盼望回复！

岚姨

2月3日

10：05

也许所有事情，就像纵横交错的河网，来自同一条河流，只是在某个瞬间，由于某些琐屑的事物，发生了细微的变化，从此便有了不同的轨迹，身处其中，往往很难察觉，只能被命运的浪潮推着，继续往前。

所以叶麦对生活没有什么抱怨，就像一滴水，能够渗进沙子，能够潜进晚风，也能够融入暴雨，不留痕迹。

她推着天蓝色的小伞车，沿着一条干净、宽阔的街道慢慢走着，马路两旁整整齐齐种着成排的柏树，草坪修剪得整整齐齐，偶尔一个定点喷头开始工作，高速旋转着，喷出晶莹的水柱，勾勒出它切割空气的轨迹。这里的房子都有两三层高，被高高的围墙围了起来，雕饰精美的金属大门分成两扇，关得严严实实，门前的车道上铺着白色碎石，屋后还有漂亮的花园和喷水池，偶尔传出恣肆玩耍的孩童快乐的笑闹声。

叶麦低头查看了下团子小姐，团子小姐在伞下软垫上正甜甜睡着，小肚子像个隆起的山包，一起一伏，小手轻握成小拳头，摆在脸旁，像是一个拳击手做好了出击的准备。噢，团子小姐揍人可厉害了。她忍不住微笑起来。

这位团子小姐当然不是真正的团子小姐，这是叶麦给她的秘密代号，这是一个英雄的名字。

团子小姐可是一个大英雄，只要小麦有事，团子小姐总会第一时间出现在她身边，帮她战胜强大的敌人。团子小姐不喜欢说话，但是她喜欢用行动来表明自己的态度。

——团子小姐听命，打败白鸽子！

——报告长官，白鸽子占领了棉花糖港湾！

——团子小姐，强攻！

——是，长官！

——团子小姐，汇报情况！

——报告长官，白鸽子被糯米团炸弹击中。

——团子小姐，撤退！

——是，长官！

被糯米团炸弹击中的白鸽子，掉进棉花糖港湾里。这是团子小姐一次大获全胜的战绩，也是最后一次战役。变成棉花糖的白鸽子，不能再为非作歹，团子小姐光荣退休。岚姨不太喜欢“团子小姐”的名头，所以叶麦不能暴露团子小姐的身份。

可就在打败白鸽子和葫芦牧师后不久，叶麦与团子小姐之间，便隔着天然的不可跨越的距离了。团子小姐要回到她梦里那个绿色的海洋了，她说那里有高大的杉木、马尾松，也有狸猫狐、猫头鹰，更有风驰电掣的钢铁巨龙。团子小姐说的这些，她有很熟悉的感觉，却没有清晰的记忆，她只记得从小到大，团子小姐从来没有离开过她。

她希望跟着团子小姐一起离开，带上苜蓿夫人，最好也能带上萤火虫先生，一起坐着黑色酱缸，顺着河流一直漂到漫无边际的大海里去，谁也不能来找到他们，尖鼻子酋长不能，熊太太不能，葫芦牧师也不能。漂在棉花糖港湾里的白鸽子，现在不知道随着风，漂到哪里去了。或许会在那里碰见他。

叶麦的这个愿望没有实现，一个清晨，她彻底失去了团子小姐。

苜蓿夫人，萤火虫先生，尖鼻子酋长，蜻蜓先生，蝴蝶夫人，熊太太，都像缓慢风化的石头，变成砂砾，变成微尘，浸润在蒙城的土地里，融化在河流里，似乎没有人记得曾经发生的故事，似乎没有人发现团子小姐消失了，似乎她从来没有存在过一样。渐渐地，团子小姐变成她一个人的回忆，她觉得团子小姐的影子存在于房间的每个角落里，依然在她背后沉默着，保护她。

在团子小姐离开很久以后，叶麦开始管她喜爱的东西叫团子小姐，团子小姐是那只跛了脚被她收留的姜黄色野猫，团子小姐是那株春天就会开放的玉兰花树，团子小姐是那个总为她保留一缸新腌酱菜的李阿嬷……这个没有逻辑、没有规则的游戏成了叶麦一个人的秘密，因为岚姨不喜欢团子小姐，她不喜欢这个游戏，她不喜欢任何人。但叶麦从不在意岚姨怎么看自己，因为她们现在只有彼此了。

自从阿奇舅舅离开后，姥姥便因中风一病不起，潘家的生意无人照料，店铺都被转让和变卖了，唯余一间老屋和一些租金，支撑着她们窘迫的生活。

姥姥每天虚弱地躺在床上，只能进一些米汤，干瘦得几乎成了一把骨头。她的右手使不上力，在胸口弯成一个九十度角，手腕向内侧勾起，僵直的手指紧紧地蜷缩在掌心里，像一个畸形的爪子。因为长期卧床，她的腿变得很细，显得关节粗大，干瘦的脸，显得她的鼻子更尖了，锐利得就像一把匕首，插在一棵行将枯死的树上。

每天，叶麦五点起来，在收拾屋子之前，煮上一壶热茶，用碎肉伴着昨日浸泡的大米，用砂锅盛好，小火慢炖。在扶着姥姥解过手后，还要帮助她梳洗，由于姥姥的嘴里牙齿几乎已经全部脱落，直接使用牙刷会导致她牙龈出血，所以叶麦会用手指沾一点牙膏，去仔细地擦拭她口里仅存的几颗牙，再小心地监督她漱口，扶着她的脖子，避免她呛水。最后便是给她喂食，粥要煮得足够稀烂软糯，否则她根本无法吞咽。而在一个夜晚，离开蒙城去外头打工的阿舍，被人送回了家里。阿舍手脚关节拧向了奇怪的方向，像一个摆出诡异姿势的提线木偶，腹部鼓鼓的，堪比岚姨的大肚子——据说都是受损的内脏产生的积液，还有的是由于怕造成二次伤害，没来得及矫正的断骨。他们说阿舍夜里下班回家的时候，被一辆面包车撞倒了，汽车司机因跑丢了一单货，郁闷得紧，喝了不少酒，迷迷糊糊地，便撞到了正在过马路的阿舍。多亏她命大，被及时送到医院，才救回一条命，最后又被辗转送回蒙城。

车祸后，阿舍并没有做进一步的治疗，或者说她选择了一种很保守的治疗方式，可以延缓她的死亡时间，却无法让她康复。她往日美丽的脸，已经彻底失了形状，车祸也伤害到了她的面部神经，嘴巴总是闭不严实，流着口涎，像一张诡异的面具。她的四肢，由于难以活动，逐渐地萎缩了，她不过在床上才躺了两个月，手和脚就已经瘦成了四根芦苇秆，配着浮肿的身躯和胀大的肚子，极不协调。

这个家里，一时间便有了三个人需要叶麦照顾着。岚姨每天依旧在遮阳伞下消磨时间，生活尚且能够自理；姥姥虽然一直病着，但身体比起阿舍来，还算是健康的。为了好好照顾阿舍，叶麦中学没读完就辍学了，她每天定时定点

地为阿舍擦拭身体，就像阿舍过去为她做的那样。阿舍从一个母亲，变成了一个女儿，就像某种循环。

而叶麦就像水一样，能够渗进沙子里，潜进夏日的晚风里，融进绵绵的阴雨里，不留痕迹，很快地适应了目前的环境，所以她对生活并没有多少抱怨。她在一家餐厅里兼职当服务员，这个工作要求上晚班，她只要安顿好姥姥和阿舍，就可以抽出空来上班，白天能够照顾家里。过了一段时间，她去超市里当售货员，因为每周超市处理过期食品的时候，员工可以有更低的折扣，而且超市里不会有醉汉朝着她身上呕吐，工作的时间也更加稳定。

这种工作状态一直持续到某个秋天的夜晚。她回到家里，照例去检查姥姥和阿舍的情况，却发现姥姥身体已经冰凉了。叶麦的心沉沉地下坠，她惊慌失措地跑到阿舍房间里，发现阿舍睡得正香，才稍微安下一点心。

由于姥姥之前早已为自己选好了墓地，甚至刻好了石碑，所以整个葬礼很简单，没花多少工夫。阿舍行动不便，岚姨身体不适，阿奇舅舅不在国内，只有叶麦完成了这个仪式。这个仪式简单到几乎没有任何流程，掘墓人挖好了墓坑，将棺木吊放进去，再一锹一锹地埋上泥土，抹平拍实就结束了，一个生命，毫无痕迹地消失了，像一滴水蒸发了一样，尘归尘，土归土，叶麦在一旁静静地看着。

她上一次参加的葬礼，比这个要隆重得多。那是白鸽子的葬礼，他是葫芦牧师的儿子，白鸽子是叶麦给他起的秘密代号。

黑色的绸缎挂满了整个大厅，一弯一弯的波浪弧形，像是黑色的波浪淹没了整个灵堂。竹扎的灯笼上，糊着白色的纸，毛笔写着黑色的字，还有一些形容生动的纸人，穿着鲜艳的衣服，有着红润的脸颊，睁着大大的眼睛，纸糊的脸，透着光可以看到骨架，没有血肉，也没有心。

偌大的厅里，围满了愁云惨雾的人群，白鸽子穿着一条全新的蓝色牛仔背带裤，一件白色衬衫，打着枣红色的领结，头发梳得高高的，像顶插着鸡毛翎羽的头盔，皮鞋也擦得油光发亮。只不过他的脸比平时圆了一圈，四肢也粗了不少，胖胖的，肿肿的，就像一块白色棉花糖。他静静地待在一个黑色的方盒子里，躺在软垫上，被白色的菊花簇拥着，眼睛闭着，纹丝不动。他已经不会说话，也不会闹，不会跳了。

白鸽子面前是钉在十字架上，面容平静悲悯的耶稣像，鲜花和供品摆满了案台，数千只香烛闪动跳跃的光芒，模糊了他的轮廓。一阵风吹过，一滴裹着残灰的烛泪，溅到那个棺木上，火焰似熔化金水漫溢，他的腿，他的身，他的腕，他的下颌，他的脸，他的眼睛，没在火光里像一个秘密。

苜蓿夫人垂着头，脸色惨白，她的脸在短短几天里迅速地干瘪了，眼珠凸起，似要冲出眼眶，紧紧抿着嘴，唇峰到嘴角的线条像一张绷紧了弦的弓，牵着叶麦和团子小姐沉默地站在一边。

尖鼻子酋长和熊太太站在他们身边，却巧妙地保持着距离。她们就像被流放在一个孤岛上，与外面的世界和人群，隔着天然的不可跨越的大海。可是，叶麦没有想过，有朝一日，不仅团子小姐，连苜蓿夫人也离她而去。

厄运来临的时候，总是毫无征兆。

接到消息的时候，叶麦正在给小团子喂饭，她匆忙地拜托邻居帮她照看孩子，便马不停蹄地往回赶，可依然错过了阿舍的最后一面。岚姨静静地守在阿舍床前，不知坐了多久，她一言不发，面无表情，像一块没有生命的石头。

阿舍静静地睡在床上，她是如此瘦小，以至于一眼看去似乎都能把她忽略，床单不深的褶皱，都足以将她藏匿。叶麦缓慢地移动着步伐，走到她床前，轻轻握住她枯瘦的手，上面血管如虬枝盘曲，把额头轻轻地抵在她的掌心里，早已是一片冰凉。现在，阿舍已经永远地去往一个虚空，剥离掉了所有作为“人”的身份，不管是母亲还是妻子，都与她无关了，她彻底从这个世界上消失了。

明明数日前她回家探望时，阿舍的精神还很好，她陪阿舍聊了一会天，说了说小团子的近况，阿舍因为欢喜，又止不住地流泪，如往常一样，小麦给她擦干净了脸，照顾阿舍睡下，才匆匆赶回家。没有想到，永恒分别的时刻来得如此快。叶麦平静地办完阿舍的葬礼，继续生活。

蒙城，河里船只穿梭来往，岸上车辆川流不息，但是，叶麦自己的灵魂，

就像一个丢失了许多沙袋的失重热气球，在某片虚空里漂浮不定，没有方向。

直到重新见到叶禾，她失重的灵魂才被绑上一个沉重的锚，直直地，毫不犹豫地，落回现实世界。

叶禾正站在对面的街道上。两人之间隔着一条五米宽的马路，隔着四辆汽车、两台摩托、三个女人和一条狗。就是在那个瞬间，有一种东西在她的心里破土而出，偷偷摸摸地伸展触角，缠绕着右心室上方的主动脉，缓慢地爬行，经过舌骨、颌骨，到达额叶，在那片混沌的记忆深海里，捞起那些失了轮廓、褪了颜色、看不清眉目，还带着蒙城回南天湿漉漉腥味的脸庞。

飘散的柳絮被风吹起，又停驻在脚边，打着卷儿，踟蹰不前。她们像两棵树，自始至终长在这条街上的树，静静地对望着，仿佛从未分离。锁在岁月夹缝里的记忆，像一列火车，带着低沉的怒吼，以不可阻挡的速度，冲破了所有冰封和阻碍，风驰电掣而来，但是十四年的空白如何填满，裂隙如何弥合，伤口又是否能够掩盖？

谁也没有答案。

11：10

被送回林场那年，叶禾又坐上了那辆列车。

车窗外，乌云在远处的地平线上集结，从天际压向原野，一幢幢宛如火柴盒般的房屋散落在田间，被绿油油的水稻包围。有片黑云像吸足了水的海绵一样，恶狠狠地追赶着火车。火车头铆足了劲闷着头往前飞奔，那片黑云撕裂开来，一道短促的闪电划破天际，凶猛的暴雨便挟着响亮的噼啪声倾泻而下，如同机枪一样用子弹扫射着列车。火车无奈地认输了，沮丧地垂下了灰色浓烟，窗外一片模糊，行驶着的列车，像是一头无助的猛兽想要挣脱这场倾盆大雨的围剿和折磨。

狭窄的车厢里，连过道上的每一寸空间都挤满了人，空气中混杂着柴油与腐鱼的气味，污浊黏稠，填平了人与人之间最后的距离。焦躁、怒气、不安一点一点累积，不经意的一次碰撞，都会爆发出一阵动静巨大的争吵，就像点燃了一只火箭筒，将已然压缩至饱和的空气在最短的时间内释放，撕裂了所有秩序和平静。熟睡的孩童被惊醒，号哭不止，母亲无奈地连连安抚，小男孩好奇地朝骚乱的人群张望，却被老祖母紧紧地拽住了手臂。

叶禾坐在临窗的座位上，反穿着一件淡黄色的外套，两只长长的袖子无力地垂在座位下，像两条僵死的蛇。阿舍坐在她身边，闭着眼睛，沉默不语，那阵喧闹并未吸引她的注意力。叶禾可以看出来，她又疲倦又生气，因为她的眼皮轻轻地颤动着，嘴角紧紧抿着，两只手扭绞在一起，就像紧紧地勒着某个人的脖子，那么用力，以至于骨节都泛白了。叶禾把头使劲地挤进她的手臂间，就像小猫头鹰挤进母亲的翅膀下，用长长的飞羽遮盖自己，用柔软的绒毛温暖自己。阿舍犹豫了一下，抬起右手臂，让她钻进怀里。

阿舍的身上有着一种苜蓿的香气，隔绝了外界污浊黏稠的空气。她听见阿舍的声音在头顶响起，与窗外的雨声杂糅在一起，有点模糊。阿舍说，回去了要听话，别惹父亲生气。她说，等她找到一份工作了，能够赚钱养活她们三个人了，就会把叶禾接回来。她补充说，虽然现在还不行，但是那天一定会到来。叶禾迷迷糊糊地听着她的话，没有回答，只是点点头，然后又往她的怀里靠了靠，她听见列车在暴雨里飞驰，车轮抱着铁轨发出急促的抽噎声，被冰雹重重击打的车窗玻璃也在啪嗒啪嗒地哭泣，这时她想起了小麦，脆弱的、无助的、易受伤害的小麦。

阿舍这些话，叶禾其实是相信的。最初那几年，她一有空就在火车站守着，风雨无阻，看着火车来来往往，看着人群上上下下，等待那一个为她而来的人。然而，希望被现实一点点浇灭。

所有事情都要付出代价。

阿舍这句轻若私语的话，反反复复在她耳边响起。她觉得自己也许就像那列困在暴雨里的火车，就算用尽全力奔跑，依然跑不出乌云的阴霾。

很小的时候，叶禾的身手便比林场里所有的男孩子都要灵活，她可以在最短的时间内爬上林场最高大的柳杉，当她已经坐在枝丫上悠然自得地晃荡起脚丫的时候，那些男孩还远远地落在后面，笨拙吃力、灰头土脸。每每阿舍发现了，便会吓得脸色苍白，而父亲却视而不见，丝毫不关心她做了什么，仿佛把

她当作彻头彻尾的空气。

叶禾希望自己能做些什么改变这一切。后来，她听了一个故事，故事里的女孩用自己的声音换来了一双腿，叶禾觉得这的确是个很妙的主意，她愿意用自己的声音去换自己身上缺失的那部分。于是，从那天起，她便不再说话。这个静默的过程，一开始是极为痛苦的，多少次话语都滚到了舌边，几乎要不受控制地脱口而出，就像鼻孔里有一只小蜜蜂在钻进钻出，奇痒无比，却不得不含着泪水，硬生生憋回肺里去。幸好，坚持了一段时间后，舌头似乎上了一把锁，逐渐落了灰，习惯了静默。

叶禾奇怪的行为，引起了阿舍的担忧，她想尽了办法去检查叶禾的病因，却一无所获。许是叶禾偶尔的梦话，让阿舍发现她并非不能说话，所以阿舍才稍宽了心，放弃了寻医问药的努力。又或许是即将到来的生命，让她重新燃起了希望。阿舍一手温柔地抚摸着叶禾的头，一手轻轻抚摸着日渐隆起的肚子，像是对她说，也像是说给自己听："一切都会好起来的。"

叶禾使劲地点点头，阿舍还不知道，她许下了一个神秘的誓言，并严肃认真地遵守着，天天数着月亮，期盼着愿望早日实现。而母亲的肚子，也会像马尾松结出松果一样，结出一个希望，一个幸福。叶禾不再东跑西跑，也不再爬树掏鸟，而是终日寸步不离地守着阿舍，她把脸贴在圆滚滚的肚子上，听着希望的心跳，像贴着铁轨听着远方火车的心跳一样，偶尔一次软软的踢打，像风扑打她的脸，兴奋的力量注满了她的身体。可是，叶禾严肃的誓言，没有被某个女巫或者仙女受理，除了养成沉默的习惯，她一无所获。一个蔫巴巴的早产儿，一个与叶禾一样有着缺陷的叶麦，哪里是希望的模样？她生下来便是欠了债的，折磨掉阿舍半条命，断送了阿舍的婚姻，破坏了叶禾的家庭。可是，她那小小的温热的身体里强有力的心跳，那快乐的、无忧无虑的笑脸，为何不是希望的模样呢？

所以，当叶禾从小麦怀里接过小小的冒牌的"团子小姐"时，她仿佛看到了当年的小麦。"姐，你怎么回来了？"叶麦问。"岚姨叫我回来的。"叶禾淡淡地答，"她给我写了一封信，说阿舍死了。"叶麦脸上浮现哀伤的神色，

这是她一直尝试否认的残酷事实，现在却被轻描淡写地扯掉了自欺欺人的伪装，这让她一时不知说些什么。

第三封信

亲爱的叶禾：

近来过得怎样？收到我的信了吗？家里一切安好，你不用挂念，我们都很希望得到你的消息。可能因为人老了，未来的日子只剩个有气无力的尾巴，所以比较容易怀念以前的事情。你的母亲啊，可比我幸运得多了，我很嫉妒她。别不信，我慢慢跟你讲我们小时候的事情，说完你就明白了。虽然已经是很久远的事情了，但是回忆起来，就像发生在昨天。当接生婆把阿舍从阿姆的肚子里拖出来，阿爸只瞧了一眼，便大失所望，连接都不肯接过她。本来她也与我没什么不同，可就在那时，阿姆又叫了起来，接生婆大喊“还有一个！”“还有一个！”另一个脑袋瓜从阿舍刚经过的地方探了出来——这次的期盼总算没有落空，阿奇的诞生给这个家带来了希望。阿爸高兴地抱起阿舍，亲个不停，她给这个家庭带来了幸福，她伴着希望一起出生，她是一个福星。

阿奇是个特别闹腾的孩子，只要他睁开眼，就必须要人抱着，在屋子里来回走动，才肯稍稍安静，歇上一会。喝奶更是一个大问题，他进食从来不准点，经常等人睡下了，半夜里大哭不止，把阿姆折腾起来喂奶，可喝上两口就不喝了，过了一会又哭嚎着要喂奶。这是一种极端熬人的痛苦，可是没有人舍得违逆他。他似乎已经意识到自己掌握着一柄权杖，那是我和阿舍都没有的，那是经过无数泪水和无数失望才盼来的幸福，是家族延续的希望。所以他十足像一个暴君，作威作福，毫无忌惮。

由于阿奇占据了阿姆和阿爸的绝大部分精力，我早早地被分配了看护阿舍的责任。幸好阿舍并不像阿奇那样让人费心，阿舍仿佛也清楚自己的立场和处境，她总是准时睡觉，准时喝奶，醒着的时候，也可以独自玩着挂在床上的小风铃，安安静静地待着。因此，我没有很费力便胜任了这份工作。我经常抱着她四处走动，阿舍粉嫩的脸蛋、小巧的鼻子和又大又圆的眼睛，就像一个可爱精致的木偶娃娃，每次出去都会吸引不少注意力，邻居们见了总不免这个

摸摸，那个抱抱，甚至亲亲她温热的额头，我觉得很得意，就像自己一件珍贵的宝贝得到了大家的艳羡一样，那时我们是多么亲密啊！可待到阿舍长大一点了，逐渐懂事的阿奇，就像一个甩不掉的小尾巴，经常黏着阿舍。阿舍原来跟着我睡一张床的，阿奇跟着阿姆和阿爸睡，可后来阿奇竟主动要求阿舍也和他们一起睡，因为他希望能和阿舍一直待着，这种固执也许源于一母同胎的神秘联系，他们身体里流着一样的血，他们分享着彼此的生命，他们是分不开的整体。自然没有人敢违背他的心意，阿爸搬到了客房睡，阿姆带着双胞胎睡。

起初，独自睡在空落落的床上，我有点不习惯，心里有点失落。可是后来我发现不习惯的人不止我一个人。好几次睡到半夜，阿舍会偷偷掀开我的被子，蹿上我的床，挤到我的枕头边，哭着鼻子说她被噩梦吓醒了。我会给她讲一些故事，回答她一些琐碎的无聊的问题，分散她的注意力，好让她忘记恐惧。两人头抵着头，呼吸喷在对方的脸上，温暖，潮湿，没过多久，阿舍就枕在我的手臂上睡着了，做起了梦，却不是噩梦。但第二天起来，不见阿舍，阿奇就会开始哭闹，反复了几次，我招来了一顿责骂，阿姆严肃地命令我，睡觉的时候把门锁好，别让阿舍进房间，我沉默地照办了，阿舍在门口哭了几次，终于学会不来敲门了。

我七岁那年，由于经营不错，阿爸盖了新房子，又宴请了不少族亲。阿爸负责接待各路来庆贺的客人，阿姆带着一群女人忙前忙后，把养了一年有余的大阉鸡拔毛放血，在内壁和外皮都抹上特制的调料，然后用一张油纸包牢，埋进盛满了粗盐的铁锅里，盖上盖子，文火焖焗；事前腌制好的鹅，用铁架支起，以梨木熏烤，直到表皮变得红艳透亮为止；还有鱼、扇贝、沙虫、螃蟹等海鲜，或蒸煮或煎炸，那桌筵席十分丰盛，我吃得特别开心，现在想起来都觉得很是怀念。

饭后，我带着阿舍和阿奇在屋里玩耍，客人们围成一圈，坐在一起喝茶聊天，他们对双胞胎产生了浓厚的兴趣，抱起阿舍和阿奇，你递给我抱一会，我递给他看一下，这个摸摸阿奇的头，那个捏捏阿舍的脸，阿舍咯咯地笑起来，阿奇伸手抓住了大伯父的老花镜，逗得大家开怀无比。他们相似的长相，让众人啧啧称奇，他们配合的表现，让大家交口称赞，他们说阿奇会很有出息，把潘家门楣发扬光大，他们说阿舍会出落成大美人，定能嫁给富贵人家，纷纷感叹阿爸好福气，阿爸和阿姆都笑得合不拢嘴。可没有人留意到献给主人家的祝福少了一份，我坐在人群里，却没有一个人提起我、给我一个注视的目光，一丝痛苦紧紧地攥住了我的心，我觉得自己仿佛游离在这紧密联系的血脉之外。十四岁那年，镇里办了一个新学堂，作为镇上有头有脸的人，阿爸除了捐钱捐物外，还把阿舍阿奇都送去了学堂，以作表率。我由于年纪比较大，又是个女孩，家里还需要人帮忙照料农活，所以阿爸并不打算送我去。我委屈地大哭了一场，觉得自己的心都要碎了，可是汹涌的泪水，没有换来机会，而是招来了阿姆一顿埋怨和数落。

同样都是女孩，阿舍就可以坐在干净的教室里读书认字，我却只能在家里继续干农活，阿舍是不是比我要幸运得多？从小到大，我都是被舍弃的，可有可无的存在，你说对不对？可不管怎样，不管我多伤心，日子还是得继续过下去的，除了接受现实，留给一个小女孩的选择还有什么呢？

阿舍和阿奇去上学后，我便把所有精力投入照料狗儿身上。狗儿不是一条狗，而是家里的一头水牛。它刚买来没多久，就摔坏了右后腿，兽医说会留下后遗症，阿爸恼火极了，甚至想让人宰了去卖，最后还是因为会损失太多，放弃了这个计划，我跟着阿姆负责起了它的生活起居。我给它起名狗儿，也不怕它混淆自己的身份，这个名字引来许多小伙伴的笑话，但是我不在乎，因为我觉得这样叫更显得亲密，就像是宣示自己的所有权。无聊的时候，我总喜欢去找狗儿说话，狗儿水汪汪的大眼睛，一眨不眨地看着我，长长的尾巴甩来甩去，吧唧吧唧着嘴，似乎什么都听懂了。我喜欢躺在狗儿的背上，任由狗儿缓缓地在地里吃着杂草，狗儿总会稳稳当当地驮着我，从来没摔过。在我的精心照料下，狗儿的身体一日比一日强壮，这让我很有成就感。

除了在家里帮忙干活以外，左邻右舍央我搭把手的，我也一概不拒。帮眼神儿不好的老太做针线，帮忙不过来的女人带下孩子，帮搞宴席的伙头师傅打打下手，生活的界儿倒是一下大了不少，人人都夸潘家大姑娘热心肠。过年，

总有人给我送点肉啊、米啊、面啊，次次都不落下，阿爸和阿姆也觉得我能干活，颇给家里长脸。这些细节我至今记得很清楚，因为那是一个被囚禁在不得意生活里的少女，做的苦闷排遣罢了，再有趣、再有成就感也不过是自我麻痹的幻觉。

上了年纪，就是容易唠叨，这些陈年旧事怕你也听烦了，所以暂且搁笔。

岚姨

4月22日

12：07

叶禾把小团子放回伞车里，她们沿着街道慢慢走着，路过熟悉的公园，路过繁忙的十字路口，路过嘈杂的市集，一切似乎都没有怎么改变，只是丢失了一些旧的面孔，又换上了一些新的面孔。

那时，只有阿奇舅妈来了，叶禾和小麦才有机会离开宅子，看看外面的世界，看看蒙城的样子，因为她会喊司机阿坤载着她们兜风，阿舍有时也会跟着去。她们坐在有着皮质沙发的车厢里，垫子上是车工精美的走线，脚踏上铺着白色的毯子，一尘不染，踩在上面像踩在棉花上一样，软绵绵的。车厢里弥漫着一股甜甜的香味，像熟烂的苹果散发出的，又略带着葡萄酒的香味，跟阿奇舅妈身上的味道一模一样。广播里一个沙哑的女声，用她们听不懂的语言，唱着婉转缱绻的歌曲。

阿坤是一个好看的年轻人，轮廓很深邃，又黑又粗的眉毛，工整地卧在又黑又大的眼睛上，像用毛笔精心地画上去的一样，长得一点也不像本地人，岚姨总是轻蔑地喊他“捞佬”，因为阿坤不会蒙城话，所以听不出岚姨的话中之意，总是乐呵呵地答应着，脸上还带着笑容，那是像小麦一样无忧无虑的笑容。

阿坤有着一肚子有趣的见闻，说起来滔滔不绝，有时还会兴奋地舞手臂，金色的袖针闪闪发亮，像萤火虫飞舞在他摆动的手臂间。叶禾与叶麦总会被他逗得发笑，在车后座上乐得打滚，连阿舍也会跟着偷笑。

小汽车在拥挤的街道上穿行，喇叭“哔哔哔”唱着欢快的歌曲，从公共汽

车、摩托车、自行车的窄缝里嗖嗖地钻过。姐妹俩坐在汽车后座上，趴在车窗边，脸紧紧地贴在玻璃上，鼻子都挤变形了。

她们看见人来人往的市集，手推车上五颜六色的蔬果，商贩与顾客讨价还价面红耳赤；热气腾腾的面馆，满头大汗吃着面的食客；市政大楼的广场上摆满了一盆盆鲜艳的花卉，像一条张牙舞爪的巨兽。新年临近的时候，街上会张灯结彩，一串串红色的小灯笼，挂在马路两旁的树枝上，像一串串大号冰糖葫芦，晚上，玉兰花型的街灯，点亮了市政大楼前的大路。

十字路口，还有一个戴着大盖帽，穿着宽松制服的交通警察，嘴里含着一个哨子，配合着前后摆动的手势，吹出尖利的哨音，白色的手套像两只翻飞不止的大蝴蝶；挂着灯箱与鲜亮招牌的商店，窗户里有个年轻的女人闭着眼睛，睡在一个黑色的毯子上，只露出胸口以上的部分，纹丝不动，洁白的脖子上戴着一条蓝宝石镶银边的三叶草项链，周围还有许多戒指、耳环、手链等首饰包围着她，在灯光的照耀下，像夜晚的星星一样闪闪发亮。

有时，他们会停在一个河堤上，或是一个风景秀丽的公园里。叶麦像一只快乐的小鸟，沿着河堤飞快地奔跑，笑声如银铃琅琅，叶禾也紧紧地跟在她后面，清凉的风，吹乱了她们的头发。阿舍倚在车门上，看着她们在草地上玩耍，笑颜盈盈。她们也会强硬地要求阿坤加入她们的游戏，不过供他选择的角色可不多，一般只有笨头笨脑的“稻草人”，阿坤也毫不介意。

在这样的日子里，蒙城不再是阴雨连绵、雾气迷蒙的，沐浴着阳光它的色彩也逐渐变得鲜亮起来。叶禾觉得自己舌头上那把沉重的锁似乎松动了。蒙城的一草一木，如河水一样，从他们的眼前流过，这座城市从苍白的骨架上长出了血肉，变了模样。

“看！”叶麦指着街对面一个巨幅海报扭头对叶禾喊，顺着她的手指看去，海报上有个美丽风情的女人，穿着抹胸长裙，形状美好的锁骨、圆润的肩膀以及两条手臂光光地露在外面，披散在肩上的卷发透着柔润的光华，她正倚着墙，左手环抱胸前，右手两根手指的指尖夹着烟，细细的手腕弓起，红唇微张，眼神朦胧，脸上带着似笑非笑的表情。不知为何，叶禾觉得这个艳丽的女

人，看起来倒是有几分像阿奇舅妈。有隐约的音乐声，从海报后面的店里传出来，阿坤说那里是供人们唱歌跳舞的地方。

“我们可以进去看看吗？”叶麦又问。“噢，这可不行。”阿坤哈哈大笑起来，“要等你长大一点才行。”叶麦瘪着嘴，有点沮丧，阿舍把她抱进怀里，又轻轻捏了捏她肉肉的脸，叶麦才重新笑起来。

13：45

现在，那家有着霓虹灯箱的店，已经变成了一家更大型的酒吧，海报上有个风情万种的女人，不同的姿态，相似的眼神，斜睨着街上来来往往的行人。但是，未到营业时间，色彩缤纷的灯箱灭了颜色，飞扬的字体灰扑扑的像墙角的水印，铁皮门紧紧地闭着。

酒吧旁边紧紧挨着一家小超市，门口支了一个桌子，上面摆着一个玻璃窗柜，各种牌子的香烟紧紧地别在金属条后，五颜六色像舞裙上被银线串起来的塑料亮片，一层又一层。有个睡眼惺忪的老头，没精打采地坐在柜台后面，一个沾满灰的电扇吱吱呀呀地转动扇叶，和着冰柜低沉的哼哼声，灰尘在两排货架之间飞舞，路过熟食货架的时候，榨菜和香肠的刺鼻味道浑浊了空气。叶禾逛了一圈，拿了一支香芋甜筒和一包香烟。

叶禾把甜筒递给叶麦，自己撕开塑料包装，抽出一根烟，掏出一个睁着黑洞洞的双眼骷髅头的金属打火机，熟练地点上烟，动作一气呵成，就像舞蹈演员一个优雅的谢幕手势。叶麦接过甜筒，将外层的锡纸揭开，把圆圆的纸片盖掀起来，露出有着紫色波纹的雪糕，她伸出舌头，轻轻地舔了一口。冰凉的，甜腻的。

小时候，这是叶麦最爱，也是最奢侈的食品。虽然那时姥姥已经把店铺开到城里，全家人早都搬进现在这座宅子里，但是姥姥一面学着城里人装腔作势的做派，一面又本能地讨厌这些稀奇古怪的新奇玩意儿。雪糕这种东西，在她看来跟毒药也没什么差别，她小心地挑拣着自己能够接受的行为方式，又固执地坚守着自己某些习惯。虽然她从来没有离开过脚下这片土地，但她有勇气把阿奇舅舅送出国读书，可她却不能容忍孙女吃一支甜筒。

姥姥是个不苟言笑的女人，瘦弱的身躯佝偻在熨烫平整的宝蓝色棉纱衫里，银色的头发一丝不苟地在头上盘成一个发髻，平整纹路像被仔细犁过的土地。眼窝深深地凹陷，眼皮耷拉下来，遮住了三分之一的眼球，因此看上去像是没睡醒一样，但实际上家里发生的一切事情，都无法逃过她的眼睛。所有人都害怕姥姥。就连脾气暴躁的岚姨，只要姥姥在场，她就像一个暂时失灵的高音喇叭，任姥姥说什么她都不还嘴。

姥姥瘦小的身材与岚姨形成了鲜明的对比，叶麦忍不住好奇，岚姨是怎么从姥姥的肚子里爬出来的，叶麦那么瘦小，从阿舍身体里爬出来的时候，阿舍都痛哭了。或许是像栗子一样，在肚子上开个口，把鹅黄色的果仁用手剥出来，或者是像豌豆荚一样，成熟之后，豆子会自己弹射出来，就像她用弹弓将弹子射得又高又远一样，然后再拿个捕鸟网，去把岚姨捞住。或许，岚姨一开始也是像小麦那样瘦小的，然后太阳晒得太多了，就长大了，就像以前林场的柳杉一样，刚栽下的小树苗，沐浴着阳光很快便长成了原本体型的几倍大。

叶麦多次想象这个过程，却始终得不出一个准确的答案。她曾经问过阿舍，阿舍却拍了一下她的脑袋，说她胡思乱想。于是叶麦这个疑问最终也没有一个结论。也许因为这个原因，叶麦对姥姥有一种神秘的崇敬。

但姥姥并不在意两姐妹。叶禾早就习惯被人无视的感觉。当没人注意她的时候，她反而有一种自由自在的感觉。但是，她们也有必须遵守的姥姥的规矩，比如没有得到姥姥的准许，任何人都不被允许进入姥姥的房间。可精力充沛的小麦，常常在屋里跑来跑去，总在不经意间便触犯了禁令。因此，好好看着小麦，别让她闯祸，成了叶禾最重要的任务。

一次，在玩耍时，小麦尖叫着逃进姥姥的房间，叶禾害怕姥姥责骂，顾不上思考，连忙跟进去。正当叶禾双手紧紧抓着小麦细细的胳膊，将她拉出房间时，叶禾看见了姥姥房间里有个红木陈列柜，装着厚厚的玻璃门，柜子的搁板上摆着一些漂亮的银色相框，叶禾忍不住好奇心，踮着脚趴在玻璃柜门上看，里面是姥姥精心珍藏的照片。

一张是一个抱着黄色皮球的小男孩，穿着背心牛仔裤，脑袋又大又圆，头发毛茸茸的，像蒲公英的绒毛，蓬蓬的有一种透明感，男孩正朝着镜头咧着嘴，牙齿上豁了口，眯着眼开心地笑。一张是穿着红色运动背心、白色短裤的少年正奋力冲过终点，因为人物是运动的，所以拍得有些糊，少年像被暴雨从头浇了个透，头发湿湿的，一绺一绺地贴在额上。在另一张照片里，一个穿着黑色西装，又高又瘦的年轻男人，挽着一个穿着飘逸白色裙子的女人，抿着嘴微微地笑着。类似的照片还有很多，叶禾却没有见到岚姨或者阿舍的影子，这些全是阿奇舅舅的相片。

每周阿奇舅舅来拜访的日子，就是个盛大的节日。

姥姥一反常态，干瘪的脸上容光焕发，每一根皱纹仿佛都注入了力量，变成生动有力的脉搏，上上下下、里里外外、忙前忙后操持打点着，收拾屋子，准备筵席，无暇他顾。

阿奇舅舅穿着一身灰色西装，戴着一副金丝眼镜，胸前口袋里平整地折着一条红色的手帕，梳着一个大背头，黑发一丝不苟地梳到脑后，脸上的神色很冷淡，就像姥姥平时的神态一样，任谁见了，都不会怀疑他们是母子。

倒是阿奇舅妈脸上总带着好看的笑，呼扇着如蝶翼一样的睫毛，眸子像黑曜石一样，闪闪发光，犹如二月盛开的凤仙花，一身剪裁得体的红色无袖短裙，配着象牙白色的高跟鞋，毫不顾忌地露出线条优美、皮肤雪白的长腿，走路的时候鞋跟叩击在地面，像踩着清脆悦耳的鼓点，活泼又生动。

姥姥和岚姨却不太喜欢她，她穿衣服的方式、她说话的口吻、她的行为举止，在她们眼里都是不雅的。“要是我穿成她这样，哪里还有脸出去！”岚姨揉着自己因久坐而肿胀的小腿，撇着嘴说道。姥姥则每每阴沉着脸，却又不敢当着阿奇舅舅发作。

因为子女的婚事永远是她最大的心病。以前，岚姨的婚事一直是她的隐痛，潘家最大的耻辱。她在报纸上登广告，为岚姨物色结婚对象，只因她听说某某家的大龄闺女，圈子太小，平素里认识不到什么人，媒婆也惧了这个烫手山芋，无奈出此下策，不承想应征者如同雪片一样纷至沓来，小小一个豆腐块，治好了一家人长久的心病。可惜，也许岚姨的年纪实在是比人家的大龄闺

女更大，寥寥几位应征者，均是些与姥姥自己岁数不相上下的男人。这样一来反倒显得她藏了私心一般，利用给女儿解决婚事的机会，为自己物色下家。这可是她坚决不会做的事情，没了丈夫的女人，就更加得安分守己，才不会落得个坏名声。

屋漏偏逢连夜雨，她那嫁了个好人家的小女儿，不仅离婚了，还失去了容身之所，带着两个孩子回到蒙城。几番追问之下，竟是因为肚子不争气，怀了女娃又不肯乖乖堕胎，才被婆家遣送回来的，没有事情比这更令姥姥难堪了。她瞒着阿舍，去了几封诚恳认错的道歉信，没承想那头竟然已经找到了一个新鲜嫩口的女主人。她不禁气结，她气阿舍年轻气盛，不懂得忍让一下，好端端竟亲手打破一个她辛苦营造的家庭，将她辛苦寻觅的得意夫婿拱手让人，作为一个女人竟把家庭经营若此，真是比从未嫁出去的岚姨更让她心痛。

没过几年，让她烦恼的事又多了一桩。她视如珍宝的宝贝儿子阿奇，留学回来后，没有选择去大医院上班，而是自己开起了一家诊所。她劳心劳力地支持他起家，可阿奇为了一家小诊所，起早摸黑，竟然没有空给她娶个媳妇，生个大胖孙子回来。每年逢回乡过年的时候，这成了她最大的疮疤，因为从前留在镇子里的人，像阿奇这个年纪的早就当爹了，而在外头“野”惯的阿奇，竟然迟迟都没有结婚，这让她又开始思考当年把他送出去读书的决定，是不是过于短视，心中难以遏制地生出一股后悔之意来。她把这个事情牢牢地放在了心上，她反反复复地催阿奇结婚，她捶着胸口跟他说自己活不长了，最大的愿望就是希望死之前看到孙子，这些话阿奇非常不爱听，她就变着法子用恶毒的话诅咒自己，真恨不得拿出一把刀，插进自己的心窝子，好让他把这件事情放在心上——如果这个法子有效，她一定已经做了。

姥姥发动了身边所有人去给阿奇介绍对象，也在报纸上登了广告，应征的女孩很多，像列兵一样让阿奇挑选。短短两年间，见过面的姑娘加起来竟有三四百个。阿奇很配合她，每次都会去见，但态度总是不冷不热的，当场对姑娘很有礼貌，但是过后就杳无音信，再也不主动联系人了。他说自己的重心在工作上，在他那间小小的诊所上，这番话气得她甚至有冲动，拿一把火去烧了

他所谓的事业。工作不过为了养家糊口，现在连家都没有，工作的意义又在哪里。这个事情折磨着她，像附骨之疽，蚕食她的健康，让她一日日地消瘦下去了，没过多久就像一个病入膏肓的重症患者。

许是看到她的萎靡不振，许是她的担心触动了阿奇，他终于对自己的婚事重视起来。一天，他终于就给姥姥带回了一个姑娘。但是这个媳妇却不是她理想中的人选，那双勾人的眼睛一点也不是低眉顺眼的恭顺模样，这让她感到不被尊重，那身不伦不类的大胆装束看着就让人觉得脸皮臊得慌，这让她心里生出了不满。不过，转念一想，再差这也是个女人，该为潘家做的事，一样可以做，所以如果阿奇喜欢，也没什么大不了的，这样想着，她又振作起来。

阿奇舅妈从来就不讨姥姥喜欢，这个她自己很清楚，所以她也巧妙地和姥姥保持着一种克制的距离。噢，对了，她不喜欢“舅妈”这个称呼，她让他们喊她“可欣老师”，她说自己原来是教人跳舞的。可惜，她嫁给阿奇舅舅多年，却始终没有自己的孩子，也许出于这个原因，她对叶禾叶麦姐妹俩非常好，经常瞒着姥姥，偷偷“作案”，暗地里给姐妹俩买些好吃好玩的，这件事也只有阿坤知情，他常常扮演“共犯”的角色。

阿坤会在带她们出去兜风的时候，把车停在人来人往的街头。街上有各种各样的店铺，有卖香料的，卖戒指的，卖古董的，卖字画的，卖灯具的。叶禾与叶麦兴奋地四处张望，阿舍紧紧牵着她们的手，怕她们跑丢，阿坤则跟在她们身后。到处都能听到讨价还价的声音，有些店铺还播着高音喇叭招揽生意。她们路过了一家有着巨大橱窗的商店，不知不觉，叶禾慢下了脚步，她的目光被琳琅满目的物品迷住了。

“夫人让我带你们来买礼物。”阿坤蹲下身子，笑眯眯地说，“想要什么就买吧。”

没等阿舍拦住她们，叶禾与小麦欢呼雀跃，像一下子炸开的烟火，滋溜一声便跑进了店里。店里不仅有各色糖果，还有许多漂亮的衣服和玩具，叶禾感觉自己都要挑花了眼。

“出来。”阿舍抓住叶禾和小麦的手，说。“……”叶禾沉默着抗议，

双脚没有移动的意思。“甜筒，我要那个甜筒！”叶麦一下子红了眼眶，泪汪汪的。“乖，下次给你们买。”阿舍一字一句道，声音温柔，态度坚定。“这是夫人的意思，您就让她们买吧。”眼看母女间的“世界大战”一触即发，阿坤连忙解围。“姥姥会不高兴的。”阿舍没有接过他的话，而是低下头耐心地解释，“你们想让姥姥生气吗？”

“姥姥……呜呜……为、为什么会不高兴？”叶麦抽抽噎噎地问。阿舍垂着眉眼，轻轻叹了口气，把小麦抱起来，没有继续解释，转身往外走。叶禾沉默地跟在她身后。回程的路上，小麦哭着哭着就睡着了，阿舍轻轻拍着她的背，脸朝向窗外飞驰而过的景色，无言。作为事件的“始作俑者”，阿坤也没了之前的活泼，一直用担心愧疚的眼神，从后视镜里观察她们的情绪。到家后，车停靠在碎石车道上，阿舍单手打开车门，弯着身子抱着熟睡的小麦，便往屋里走，叶禾磨磨蹭蹭地从车后座上爬下来，虽然路上经历了一些不愉快，但是她还是更愿意待在屋外面。阿坤在身后偷偷地拍了一下她的肩膀，叶禾有些吃惊地扭过头，只见他神神秘秘地递过来一个包装精美的小盒子，叶禾沉默着递过去一个疑惑的表情，迟疑着不敢接。

阿坤把盒子塞到她的手里，并向她挤了挤乌亮的眼睛：“这是我们的秘密。”说完，他便跳上了车，将车开去停放。叶禾把小盒子藏在裙子里，像藏起了一个神秘的宝藏，小心翼翼地走进屋里。阿舍正好出来寻她：“你到哪儿去了？”叶禾紧张地摇摇头，她看见坐在椅子上的岚姨，正投过来刺探的目光，而姥姥正向她们走过来，她便撒开丫子，飞快地上阁楼。她气喘吁吁地打开盒子，里面是一个小小的望远镜，还有一条蓝宝石镶银边的三叶草项链。

“真是没教养的野孩子。”身后似乎是姥姥不满地说了一句。阿舍一定又是涨红了脸，低着头什么也不敢说。

叶禾莫名地觉得有些生气——姥姥对她们的不满，的确就像一个盛满了水的玻璃花瓶，稍微摇晃一下，便会有摔碎炸裂的威胁。不像在阿奇舅舅面前那般千依百顺的样子，在她们面前姥姥是个十足的暴君，丝毫不讲道理。叶禾还记得那次阿舍生着病，无法跟姥姥出门，姥姥因此对她大发雷霆，她的声音沙

哑而刺耳，得像用铁勺用力刮过生锈的铁门，剜出一道道血口子。

阿舍低着头，始终没有言语——这是她惯用的应对方式——姥姥的声音却越来越大。叶禾生气地冲到姥姥和阿舍之间，她很想大声阻止姥姥欺负阿舍，但是舌头上的那把锁头，由于落满了灰，长满了锈，竟无法打开了，所有话语都从嗓子眼里沉沉地坠到了脚底心去，所以她只能无言地死瞪着姥姥，直到阿舍把她抱走。

那时，叶禾就隐约明白，姥姥的怨气与父亲的冷漠，出自同一个原因。她们是不受欢迎的存在。

她们是不幸的根源。

她们是残缺的人。

她们是无。

这些想法，像一张孔眼细密的网，紧紧束缚着她，让她无望地垂死挣扎，就像那列火车，速度再快，也逃不出乌云的阴霾，她再努力也无法挣脱。

只有，死亡，才能将一切终结。

“我想去看看阿舍。”

闻言，叶麦停住脚步，看见叶禾把手中香烟丢在地上，用鞋底踩灭，就像踩碎一只萤火虫的尸体，那双看向她的眼睛里，风平浪静，无波无澜，她不由自主地点点头。

“好。”

第四封信

亲爱的叶禾：

你好。最近顺利吗？我给你写的信你收到了吗？如果你愿意的话，可以给家里打电话，号码没有变。我厚着脸皮给你写这些信，不是为了求得你的原谅，只是希望你能够回到蒙城来，我们都很想你。

今天，我想跟你分享一个秘密，一个我本来准备带进坟墓里的秘密。与我相比，阿舍当真幸运了许多。她嫁给了一个家底颇为丰厚的木材商，曾是我们镇上一时的美谈。哪怕是后来离了婚，她起码也曾出嫁过，证明过自己的价值。而放弃结婚的我，则成了潘家最大的笑话。在这里，没有结婚的罪过，也许只有杀人放火等重罪才可与之媲美。

事情是怎么演变成这样的呢？

过去了那么多年，一切的开始，依然历历在目。那年刚过完元宵，春耕还没开始，还不需狗儿上阵，我正有点得闲。那天，我正在仔细浆洗阿舍和阿奇的校服，听到有人喊我，我放下衣服，跑出去，阿姆拿着一根铁锹站在门口。她说阿爸交代家里要把库房腾出来，给学堂新来的老师住，让我去帮忙。我提着铁锹，就往库房去了。

到的时候，库房里的东西已被几个伙计清空，剩下要做的就是刷墙，铺地，布置床铺。石灰水一上墙，墙面立马就光洁起来。坑坑洼洼的地上，用砂石和着水泥薄薄地铺了一层，再用铁锹压平，便齐整了不少。里面摆放四张板床，还有四张桌子供老师们办公。我从家里找来几床被褥和床帐，整齐地叠放在床上。粗粗收拾一下，这个不大的库房就成了一间挺舒适亮堂的客房。

这些新来的老师，都是城里的大学生，年纪基本在二十岁上下，头发梳得很整齐，穿着板板正正的衣服，很是斯文整洁。他们平时步行去镇里学堂上课，得空时也帮着干点地里农活，以示对阿爸和阿姆的谢意。当然，阿爸也不会让他们去干很重的活，大多时候就是让我领着一起打打下手，做些捡柴晒谷放牛之类的活。

起先，也许是出于新鲜，这些大学生还挺积极地帮我干活，后来，渐渐的他们便不再主动，我也不在意，因为这些活本来就是我自己干，领着不熟门路的大学生，反而添了些不便。唯有一个年纪比较大的老师，叫贺先的，一回到住处就会主动来帮我的忙，比如把狗儿带去河边喝水，把晒好的谷子搬回仓库里，把柴火捆扎好码放进柴房里……他次次那么热心，我却不好意思起来，我喊他快去备课吧，这些活我自己能干。可他只是笑笑，该干的活计却从没落下。

贺先不仅勤快，而且还会吹口琴，据说还会弹钢琴，听人说他的父亲是一个很知名的音乐家，后来离开了工作岗位，贺先也来到农村，我只在识字图册

上见过钢琴，从未亲眼见过，因而对这位老师有着隐秘的崇拜感。

由于这位老师来头比较特殊，也因他平素十分热心帮忙，阿爸和阿姆专门请他吃了一顿饭。在饭桌上，这位与村里莽汉截然不同的彬彬有礼的年轻人，说话又是那么恰到好处，很快获得了阿爸的好感，他甚至邀请贺先住到家里的客房来。可贺先不愿意与他的同伴显得与众不同，所以婉拒了阿爸的好意。

贺先会写漂亮的钢笔字，而我却连字也认不得几个，我因此觉得很挫败。贺先问我为啥不去上学，我告诉他，自己很快到了嫁人的年龄，父母认为读书没什么用。这在小镇上是常识，可当我亲口讲出这个原因的时候，我感觉脸上像被开水烫了一样火辣辣的，心里又沮丧，又失落，又感到不好意思。

可是贺先却轻轻地握住我的手，说："没事，我来教你。"

他开始抽空给我上课，用朴素却富有诗意的语言，给我讲各种各样的传奇故事，我犹如身处在一个封闭的国度，突然从昏暗里敞开了广阔的大门，一个充满美的多彩世界出现在我面前，那里有孤独的与风车搏斗的骑士，有为了爱人牺牲一切的敲钟人，有被弓箭射穿身体的俊美少年……这一切都太奇异，太陌生，太美妙了。

贺先的眼睛是那么温柔，他的语气是那么认真，我惊讶极了，因为这是我第一次听到这种温柔的语调，而这些话又是如此地充满力量，像惊雷一样砸在我的世界里，颠覆了所谓的常识，所谓的道理。

多年来，我看到的只是喝醉酒的阿爸慵懒冷漠的睡脸，烟熏火燎的灶台后阿姆疲惫的眼神，肮脏的泥地里阿奇撒泼哭喊的打闹。现在，我的生活开始越来越强烈地摇晃起来，仿佛它骤然从漆黑的深夜里苏醒，在紫色的黎明睁开眼睛。我们只是在一起聊天，却像失散了多年的朋友重新相遇一样，有一种秘密的联系在我们两个人之间慢慢建立起来。

贺先没空的时候，我就会去读读阿舍的课本，她给我讲解一些课文和习题，俨然当起了我的小老师。幸运的是，因为阿奇总是逃课，考试总不及格，阿爸无计可施，看到我对课业很上心，觉得让我去监督他上学倒是一个好办法。于是我便成了陪读，进了学堂，成为班上年纪最大的学生。但是能够光

明正大地上贺先的课，这已经让我觉得很幸福，别人的议论和偏见我都毫不在意。

在我的监督下，阿奇无法逃课了，成绩也有了很大进步，阿爸因此奖励了阿奇一个玩具飞机，奖励了我一条漂亮的银项链，吊坠的形状是一颗圆鼓鼓的桃心。阿奇对玩具飞机兴趣寥寥，反倒闹起要我这条项链，结果惹得阿爸生了气，他骂咧咧地道："男孩子，要什么项链？这是女孩子的东西，不像话！"阿奇又开始撒泼闹脾气，但这次阿爸却坚守他这套男孩子该要什么、女孩子该要什么的原则，阿奇哭哑了嗓子，也没有征得同意。

这只是一个小插曲，让人恐慌的是，我渐渐发现，和贺先在一起的时候，我开始觉得不自然。我控制不住自己的目光，时不时地就瞟他一眼，如果他注意到我在看他，好几次他确实注意到了，并且还报以微笑，我便赶快把目光挪开，我的腿开始发抖，心开始狂跳，嘴也发干，几乎讲不出话来。每到下课，我便会在他的办公桌旁流连不去，那里留有他的指印、体温和气味。在讲课的时候，我会盯着贺先出神。

我安静地坐在座位上，为能够与贺先呼吸同样的空气，为了他那双温柔又明亮的眼睛能够掠过我身上而暗暗欢喜。贺先的影子会滑进我生活的各个缝隙，在我那零碎的、飘摇的、动荡的、多彩的梦里，在我早上睁开眼第一缕清醒的意识里，在我每次呼气和吸气的停顿里，在我心跳的每一个间隔里，他无处不在。我觉得自己喜欢上贺先了。这个认识像一把粘了蜜糖的针扎进了舌头，痛苦和恐惧里带着甜蜜。

那种感觉，回忆起来还是如此清晰，我都是半只脚踏进坟墓的人了，真是滑稽。如果没有遇上他，我可能不会放弃结婚，会过上普通人的生活。当时，我是不后悔的。但随着时间的推移，目睹着你母亲的幸福，我逐渐忘记了，这一切都是我自己的选择，一切生活的不如意，始作俑者是我，我懦弱得把所有过错推到了别人身上，我憎恨你的母亲，憎恨阿姆，憎恨可欣，憎恨所有人——这便是我准备烂在心里的秘密。对不起，你是不是觉得很可笑？我也这么觉得。

所以，为了弥补我的过错，把小麦嫁出去，是我的主意，因为我希望小麦能够拥有自己的生活，而不是用自己的人生为我们陪葬。在小麦同意了婚事后，我才把这个消息告诉阿舍。

听闻此事的阿舍，感到有些意外，眼里泛起了雾气，久久说不出话来。

当年阿姆也是以类似的理由，把阿舍嫁给了一个家境不错的木材商，最后婚姻的不幸，让阿舍对此有了阴影，我能够理解她的心情，安慰道："那个人，在政府里当差，家里也有房子，小麦会过得不错的。"

"小麦……她怎么说？"阿舍轻轻地问。

"她同意了。"我道。

"她说她爱那个人吗？"阿舍又问。"爱？"我愣了愣，没有说话。爱究竟是什么？我从小没有得到过多少关爱，所以并不了解。我希望我做的是对的。因为对小麦，我有太多的亏欠了。

希望你早日回来，你母亲想你。盼望回复。

岚姨

5月5日

14：33

墓园建在一座不高的山上，山腰被掏出一块又一块弧形凹陷，就像被牙咬出的痕迹，棺木被深深地埋进山体里，林林总总的坟墓像潮湿的朽木上形态各异的菌群，蔓延在山腰上，似乎掏空了整座山。有钱的人，用水泥浇筑墓地，像盖上一个盖子，避免雨水的侵袭，也可以加固周边的山体，减少滑坡的出现。没钱的人，只孤零零立了一个墓碑，坟墓长满了野草，松动的土块掉落，似是动物安家落户的痕迹，又像是雨水的恶作剧。

上山的小路泥泞不堪，叶麦走在泥地里，步履很平稳，一些泥沫沾上了她的裤腿，小团子静静地睡在叶麦的怀里，时不时蹬动一下腿。雨后的空气里弥漫着泥土的腥味，草木洋溢着热烈的绿意，墓园里很静，蒲苇草们在微风里窃窃私语，一只织网蛛悬在一根松针上，小心翼翼地瞄准另一根松针，计算着喷射蛛丝的时机和角度。叶禾静静地跟在她身后，眼睛一刻不停地在两边的墓碑上逡巡，就像检视列队的士兵。一种莫名的感觉又逐渐清晰强烈起来，充斥着她的每一个毛孔。

人一辈子，能经历几次死亡？

叶禾曾经无数次问过自己这个问题。

死，是绝对的无。也许不管是肉体的，还是精神的，走向绝对的无，机会有且只有一次，这对于每个人来说都是公平的，不管他是拥有一整座矿山的财主，还是一个衣不蔽体的乞丐。但是，听闻、目睹、经历他人的死亡，这种机会，不幸的话也许不止一次。这是一种复杂的体验，每每经历了他人的死亡，不管这个人是陌生人，还是亲近的人，免不了生起几分伤感和几分庆幸，督促自己好好珍惜当下，可不管下了几次决心，能改头换面的人不多，在生活的平庸中，对死亡的恐惧渐渐被冲淡，复又生出麻木感的人倒是不少。

可惜叶禾却无法生出这种麻木感，她清楚地感知死亡，就像伏在阿舍胸前，能清楚地听见她的心跳，就像握着小麦的手，能清楚地感知她的脉搏，就像看着瘫坐的岚姨，能清楚看见生命像一条丝线，被一双无形的手缓慢地抽走。每一分每一秒，她听见自己的心跳，就像听见死神的步伐，摸到自己的脉搏，就像摸到了死神的温度，每呼出一口气，生命的丝线就被悄悄地从身体里抽走一截。这让她恐慌，不知所措。

这种感觉，在她离开蒙城，回到林场后，变得愈发强烈清晰。活着的每一天，都要与这种恐慌厮缠搏斗。当时父亲已经重新娶了一个妻子，也如愿生了一个儿子，对她的态度也依然冷漠，虽然他收留了叶禾，不过在他看来，也只是暂时的事情而已。稍大一点，叶禾就被送进了寄宿学校，因为有一次，她的小弟弟爬树摔下来撞到了脑袋，继母就认定是她起了坏的影响，于是她被视为一个危险的存在，只是由于她年龄还太小，尚找不到结亲的人家，学校便成了一个理想的收容所。

叶禾倒是挺感谢继母的小题大做，因为这给了她想要的自由，也启发了她一个掌握自己人生的方法。虽然这座寄宿学校里的学生们，大多无心学习，课堂上昏昏欲睡，像暮气沉沉的老头子，但这不影响叶禾的努力，她废寝忘食地

学习，在升学考中考出了全校第一的成绩，被高中免学费录取。因为不用花家里的钱，继母倒是没有阻止她继续升学，和父亲一样，乐得眼不见为净。

那一段时间，她觉得自己暂时摆脱了恐慌的笼罩，摆脱了死亡的阴影，因为她找到了某种寄托，某种宣泄渠道，让她可以假装成另一个人，一个不背负任何阴霾的，全新的人。进入高中后，叶禾发现自己在学习上的天赋和努力，虽然比起寄宿学校的学生来说高了一截，但在高中里却毫不出色。她以很一般的成绩，被一所护理学校录取，那要支付一笔高昂的学费——这是父亲无论如何也不会出的，而继母很快便帮她张罗起亲事。恐慌与阴霾又卷土重来，她再一次陷入了这种时刻被威胁的恐慌，她想过主动去迎接死亡。可是她没有。

在一个夜里，她偷了一百块钱路费，捡了几件旧衣服，拿着录取通知书逃了出来。但她没有去上学，那笔钱远远不够，可她不知道自己该去哪儿，也不知道自己能往哪儿去，叶禾想到了蒙城，想到了阿舍和小麦，可是她听说阿舍已经去了另一个城市工作，可能小麦也跟着走了。于是，她买了一张火车票，辗转到了那个城市。她没有阿舍的地址，在陌生的城市里寻人简直如大海捞针，她鼓起勇气拨起姥姥家的号码，电话那头竟传来停机的提示音。那时，叶禾还不知道阿奇舅舅离开了蒙城，姥姥一病不起的种种变故。

在街头游荡了三天后，她花光了身上所有的钱，还在人行通道里遭遇了一次抢劫。几个年纪比她大不了多少的小混混，梳着飞机头，染着黄发，耳骨上戴着几个奇形怪状的耳环，咧着嘴，手里把玩着刀，凶狠地威胁她，让她交出身上的财物。

那一天，叶禾进了警察局。因为她把刀插进了一个混混的身体里，温热的血液流了她一手，就像冬天把手伸进了温暖的被炉里。他当即倒下了，叶禾站起来，摇摇晃晃地，好像从梦中站立起来一样，手里的刀子还滴着血，装腔作势的小混混被吓得一哄而散。考虑到她既未成年，又是出于自卫，混混也只是轻伤，她在拘留所待了两天，就被警察送回了林场。

见叶禾被几个威风凛凛的警察送回来，父亲先是吓了一跳，听说她的所作所为后，更是直接黑了脸。可那以后，捅死过人成了叶禾身上挥之不去的“传说”，在林场里传得沸沸扬扬，嫁人是彻底无望了。父亲不得已，只得为叶禾在外地找了份工作，安排她离开了。

林场可以离开，蒙城可以离开，但是心里那份恐惧，始终不曾离开。她过着兵荒马乱的生活，在这种恐惧的折磨下仓皇逃窜，就像逃离一个看不见的杀手，一个无形无迹的仇人。

对于她来说，过去就像一面空空的镜子，注视着她的，只有黑暗和阴影。这让她的生活，像是不断地翻越一个又一个山头，每次以为攀登到了最后一座山峰，抬头一看，还有一个巨大的阴影笼罩着她，往身后看，是黑洞洞的谷底，一种恐惧随之袭来，一旦走上错误的道路，她没有把握自己还有力气继续向前走。

叶禾试图用金钱去构筑自己的钢铁之躯，但是肖尧的出现，短暂的婚姻让她醒悟了这不过是徒劳之功。也许只有撕裂那道被尘封的伤口，直面那段岁月里苍白无言的幽灵，她才能真正地离开对死亡的恐惧。

与此同时，走在叶禾前面的叶麦，心里却有一种内敛的静，静似深潭不可测，静似大海俱能容。因为叶麦目睹着、感受着、经历着不同形式的死亡。

岚姨每天在遮阳伞下消磨时间，她把时间当作一文不值的废品，她甚至懒得去丢弃它，她对时间视而不见，她以一种单调乏味的、一成不变的方式，以最没有价值的方式去消耗它，去浪费它，像是一场漫长的修行。她还坐在那里，但是她已经死了，在很多很多年前。叶麦感受到那种死亡的气息，从来没有在她身上消散过。至于阿舍，经历了那样惨烈的一场事故，生命对于她来讲像是一场漫长的酷刑，但是她坚持着，与那只丑陋的蝙蝠搏斗着。所以叶麦能做的，就是像水一样，能够渗进沙子里，潜进夏日的晚风里，融进绵绵的阴雨里，不留痕迹，去适应目前的环境。

这也许是生活给的一份意外礼物。

16：11

墓园僻静的一角，零散地分布着几座空坟和空碑，那是被预定的死亡。经历了几场雨水的洗刷后，墓碑上泛起一种灰色的阴影，像是石头里的铅墨晕开

的颜色。阿舍静静地睡在这里。

叶禾伸出手，抚摸着粗粝的石碑，低声问，“她走的时候，痛苦吗？”“我不知道。”叶麦垂下眼，“她走的时候我不在，是岚姨陪着她的。”叶禾这个问题，她也无数次问自己，并为此感到痛苦不已，那最后一面的错过，成了她心中最大的遗憾。不过，她更为叶禾的错过感到遗憾，因为她能体会到十四年的分离在她亲爱的姐姐身上已经留下了不可磨灭的伤痕，可她也庆幸叶禾没有看到阿舍的样子，这样她记住的还是阿舍美好的模样。

“我对不起她。”叶禾喃喃道，握紧了手指，指关节微微泛白，手不住地颤抖，有泪水从她的眼中滑落。

“姐……”叶麦抽出一只抱着小团子的手，轻轻地抚上叶禾的手背，微笑着轻声道，“母亲看见你回来一定很高兴。”

“已经没用了，已经迟了……”叶禾反复地自言自语。“不迟，对我来说不迟。”叶麦用力地握住她的手，“姐，你能回来，我很高兴。”闻言，叶禾似是被当头浇了一盆冷水，从梦魇里清醒过来，她猛地抬起头，怔怔地看着叶麦，她是唯一经历过与她相似的岁月的人，她是唯一能够理解她的人。“现在姥姥和母亲都不在了，我们只有彼此了。”叶麦继续说着，“你搬回来，我们一起生活，小团子也会很高兴的。”也许是听到她的话，小团子伸了伸胳膊，发出一声咕哝，还在怀里挣了挣身体，小麦连忙抽回手，紧紧抱住她，防止她掉下来。

叶禾终于平静下来，她静静地看着墓碑，没有回答她的要求，而是又问了一个问题：“姥姥呢，她葬在哪儿？”

叶麦神色一黯，答道：“她没有葬在这里……岚姨让我们把她火化，送她去想去的地方……”

叶禾先是愣了一下，然后一个明了的答案浮上心头：“阿奇舅舅。”她用的不是疑问句，而是肯定句。

叶麦点点头：“是的，我把她的骨灰寄给了阿奇舅舅。”

“她最终放不下的人，只有他一个。”叶禾有些嘲讽地笑起来，“可是最

早抛弃她的，也是他。”

叶麦沉默着，轻轻拍着小团子的后背，不知怎么回应，因为叶禾说的是事实。

阿奇舅舅离开蒙城的时候毫无留恋，他甚至没有和姥姥当面说一声，只留下了一封简短的信，便杳无音信。他说他最亲的人害死了他最爱的人，他无法怪罪，却也无法释怀。他还说，蒙城就像个牢笼，姥姥是最沉重的枷锁，在这里他永远无法做真实的自己。如果姥姥心里还有一丝歉疚，就不要去找他。那封信像一把锋利的刀，刺进了姥姥的心脏，流干了她血管里的最后一滴血。

姥姥疯狂地寻找阿奇舅舅的下落，她无法相信，因为一个无足轻重的外人，她视若珍宝的儿子竟会狠心离她而去，还将她视如寇仇，永不相见。她不知疲倦地找了几百个日夜，终于得知阿奇已经去了某个遥远的国度，终于不得不接受，自己彻底失去了阿奇的事实，因为她的固执和偏见。

叶麦亲眼见证着死亡是如何降落在姥姥身上，像一只蝙蝠在黑夜里缓慢地张开了翅膀，遮住那张苍白的脸，将一个生命隐入黑暗中。阿奇是她在黑暗里殷切期盼的唯一一线光明，可是直到她死去那天，都没有等到他的出现。

“有的人，生来就是被爱的，而有的人，生来便无法获得多少爱。”叶禾淡淡地道。叶麦垂下头，不知如何接话。叶禾沉默地在墓前又站了一会，直到天上飘起了银丝一样的雨，她才吐出一句：“走吧。”

说完，她毫不留恋地转过身，朝山下走去。叶麦抱着小团子，紧紧地跟在她身后，她觉得有一堵摇摇摆摆的却难以逾越的墙，将她和她亲爱的许久未见的姐姐分隔开来。这堵墙是分离十四年的空白，是历史难以言说的秘密，是一种模糊的怀疑，若不是这种情绪压着她，积压在自己胸膛的话就会喷薄而出，她会大声喊她停下脚步，等等她，就像小时候那样，小麦子跌跌撞撞地跟在团子小姐后面，就会大声地、理直气壮地、胸有成竹地喊她停下来，但是现在她做不到，就像曾锁住团子小姐舌头的那把生锈的锁头，现在原封不动地移植到她身上，她没有把握叶禾还会停下来等她。

17：23

从山上往山下看去，一缕缕灰色的云雾，低低地压在蒙城上空，将整座城市都裹在它厚重的浓雾袍子里。一座座房屋消融在雾气缭绕中，一条条街道的走向渺茫难辨。这浩瀚、狂暴的云雾海洋，填满了这座城市的每一个角落，也团团围住了远处港湾里躁动不安的潮水。云团里发出一声轰响，一声嗡嗡的呼喊，一道短暂的闪光倏然出现，又急速地融入雾中。大雨将至。

幸好，她们赶在大暴雨降临之前，回到了山下，并在一家餐厅里找到了空余的位子歇脚躲雨。今天不是扫墓的日子，因此也没有什么人在这块逗留，哪怕是下雨，这家餐厅里也没几个人。她们象征性地点了一杯牛奶，还有一小碗面，无精打采的服务员写了单子，又回到柜台后打起了哈欠。

小麦拿回了寄存的婴儿伞车，细心地更换了尿布，又把小团子放回车子里。小团子握着粉嫩的小拳头，小嘴微微张开，嘴角流下一点晶莹的口涎，小麦拿起一张手帕，轻轻地擦掉，就像小心擦拭一件易碎的珍贵瓷器。

叶禾注视着她的一举一动，叶麦已然不是那个虎头虎脑的小孩子，而是一个出色的母亲，就像阿舍一样，可她舍弃的东西，是不是也和阿舍一样呢。那个头上蒙着黑布，胸前挂着木牌，手脚都被镣铐铐着的人，这个画面又闪回到她脑海里，让她觉得头皮一麻。

“姐，怎么了？”小麦递过来一个疑惑的眼神。“没什么。”叶禾别开眼睛，转移起话题，“给我讲讲小团子的事儿吧。”“行啊。”小麦有些兴奋起来，“你想听什么？”“比如，”叶禾思忖了一下，“她爸爸，是个怎么样的人？”“他呀……”小麦笑起来，“哈哈，三言两语说不清楚。”“那就讲讲你们是怎么认识的？”叶禾并不打算放弃这个问题，她一直关心她的妹妹，这是她最关切的一件事。

“怎么认识的……”叶麦努力回想她与庞海认识的画面，可是记忆却不甚清楚了，那把被台风吹断了两根伞骨，伞面也破了一个大大的洞的白色遮阳伞，却清晰无比地在她记忆里浮现出来。

“是岚姨把他介绍给我的……”叶麦腼腆地笑起来。

岚姨的白色遮阳伞，因为刮台风没来得及收起来，被吹到了院子外面去，等叶麦找回来的时候，伞骨已经折断了两根，伞面也破了一个大大的洞。叶麦想办法在街头补鞋匠那里要来一些补鞋胶，准备在家里寻一些材料把伞给补好，岚姨却阻止了她。

“伞不要补了，我不用了。”岚姨撇着嘴，揉着脚咕哝道，“有这个时间不务正业，不如多去干点正事儿！”

一如既往，叶麦没有把她的话当真，她细心地粘补着伞面上的破洞，没想到岚姨像一个发怒的犀牛，狠狠夺去她手里的伞，奋力撕扯着伞面，滋啦一声，伞面又出现了一道大口子。可岚姨还不解恨，把这把大伞丢在地上，用力地踩踩，几乎将剩下完好的伞骨都折断了。最后她气吼吼地把伞丢到了外头的阳台上。叶麦才确定，原来岚姨是说真的。

“女孩子不嫁人有什么用？”岚姨说起话来，像肺里有个风箱，呼哧呼哧的，“难道守着我们两个糟老太婆过一辈子吗？”

她不会违背岚姨的意愿，毕竟现在还有意愿让她去满足的人，也只有岚姨一个了。所以当岚姨将她带到那个寡言少语的庞海面前，她尊重岚姨的安排。

“他人长得不错，工作也很好，年纪比我大一些。”叶麦继续道。雨淅淅沥沥地淋在窗户上。

庞海身材很高大，脸又大又圆，头发剃得很短，露出了青色的头皮，袖口灰扑扑的，挽起来的时候会露出粗大的肘关节。他总是带着一种阴郁的神色，这让他看起来比实际年龄还要大些。岚姨说他家里原有一栋老楼，靠近市中心，被征收后得了笔钱和一份政府的差事，他又用那笔钱起了一栋新楼，一楼租给了两家商铺，二楼租给了一家发廊，三楼用来自住，日子过得非常滋润。直到那场不幸降临到他头上。

那个深夜，他怀孕的妻子开始阵痛，他将她送去医院。医生说先观察观察，耗了两日两夜，才被送进产房。由于她年纪比较大，身体也比较虚弱，一直无法顺产，等医生用产钳把婴儿从产道里拉出来，才发现婴儿脖子上缠了几圈脐带，脸已经变成紫黑色，幸好抢救及时，缓过来一口气。可后来产妇竟然出现了大出

血，就像有条河从她的身体里绵绵不绝地流淌出来，没多久便陷入了休克状态，医生紧急诊断为“羊水栓塞”，立即给家属下了病危通知。庞海没听过这个病，平素活蹦乱跳的一个大活人，总不见得生个孩子就把命都丢了，全然把希望寄托在医生身上，可终究无力回天。女婴因为出生的时候缺氧窒息，伤到了脑部，一直睡在保温箱里，医生说就算治好了病，以后也很有可能留下后遗症。庞海两夜没睡，终于颤抖着手，签了知情同意书，终止了后续的治疗，为了息事宁人，医院也赔了一笔款子，在他找了几个兄弟在医院门口抗议了几天后，这笔款子的数额翻了一番，事后庞海用这笔钱给每位兄弟买了一条中华烟。所以这次，他决心找一个年轻的，身强力健的妻子，这样才能避免同样的悲剧再次发生。而不管是年龄，还是样貌，或是照顾家人的尽心尽力，叶麦无疑都符合他的要求。

心不在焉的服务员，双手拿着一个灰色的托盘，懒洋洋地走到桌前，放下一杯热牛奶，玻璃杯子上留下一枚大拇指的指纹，牛奶晃了晃，溅出一点液体，从杯沿顺着杯身滑落到桌面上，留下一条白色的印子。

“他很懂得疼人。”叶麦补充道。

在叶麦答应了婚事后，不用她操心，庞海一手筹备起婚礼。他带了一帮工人，粉刷、打蜡、装吊灯、换新窗帘，把房间布置成了一个亮堂堂，喜气洋洋的小城堡。他还带着叶麦逛电器店和家具店，订酒席、购置喜饼喜糖，在很气派的影楼里拍婚纱照，总之，一切结婚该有的都齐备，不必要的东西他也准备了很多。这场婚事，某种意义上，更像是庞海，而不是叶麦的新生。

男人大点好，会疼人。出嫁前，岚姨握着她的手，反复说着这句话，喜不自胜。叶麦微笑地点点头，把岚姨送回房里休息，然后照例去给阿舍擦洗身子。阿舍的药已经断了些时日，她受伤的关节处出现了发炎红肿的迹象，疼痛难忍的时候，就经常低低地哼叫着。今天，阿舍却很安静，眼睛里有止不住的泪水，叶麦静静地为她擦掉眼泪，直到她睡过去才离开。

婚后，阿舍重新用上了药，庞海还请了一个保姆照顾阿舍和岚姨的日常起居。叶麦的生活依然波澜不惊，在她生下了一个健康的女婴后，生活的中心便开始围绕着这位可爱的团子小姐打转。每天，叶麦一早便要去买好当日的菜，

趁婴儿上午还未睡醒，拣菜洗米，婴儿醒来便要立马喂奶，下午还要准时带着婴儿去遛弯，傍晚了要及时回家，在庞海下班之前准备好晚饭，忙得几乎连坐的时间都没有，也许是她花了太多精力在孩子身上，她与庞海的关系一直很疏离，没有夫妻的亲密感，甚至比不上稔熟的朋友，但叶麦并不在意，因为这种忙碌的生活节奏填补了疏离的空虚。

小麦抽出一张纸巾，一边仔细地擦拭干净杯身和桌面，一边说：“他也很关心母亲和岚姨，在最困难的时候，帮了我们不少。他是个好人。”她下了一个总结。

“你现在幸福吗？”叶禾只问了一句。

“幸福呀。”叶麦浅浅地笑了起来，温柔地看着伞车里熟睡的小团子，喃喃地重复道，“我很幸福……”

庞海却对叶麦这种冷漠的态度产生了不满，人到中年的他，生命一分一秒流逝的感觉越来越清晰，而年轻的妻子刚刚步入盛年，又没有表现出对丈夫足够的依赖和重视，似乎丈夫对于她来说是无关紧要的陌生人，充其量只是一件生存的工具。渐渐，这种不满糅合着自负、焦虑和无力感，演变成了猜疑和愤怒，像一个毒瘤越长越大，压迫得他喘不过气来。于是，每天晚上，他用一根铁制晾衣杆打她。这东西打人很疼，却不会对人造成太大伤害。

叶麦默默地承受着这一切，她不会呼喊，也不会反抗，因为呼喊会吵醒熟睡的小团子，而反抗只会激怒已经失去理智的庞海。她适应环境的能力那么强，就像一滴水，可以渗进沙子里，可以潜进空气里，也可以融入阴雨里，她会习惯这种生活，就像以前一样，于是叶麦开始化妆，停止穿裙子，改穿长袖和裤子。但是，她开始不敢回家看望阿舍和岚姨，因为她害怕她们会觉察出什么，破坏这来之不易的平静生活。

第五封信

亲爱的叶禾：

我一直等着你的回信，我虽然老糊涂了，可还是有把握，没有弄错你的地址。

那么一定是你还憎恨着我。你已经知道了一些我的秘密，我不打算就此打住，因为我已经下决心不再隐瞒，通通向你坦白，哪怕这会让你更厌恶我，但是我认为这会让你体谅你的母亲。

因为自己人生的不顺利，我嫉妒你们的母亲。她离了婚带着孩子回到蒙城，如同丧家之犬一般，我心里甚至暗暗欢喜。因为她成了人们谈论的新由头，人们会忘记潘家那个没有出嫁的老姑娘，只会盯着这个风姿绰约的少妇，猜测她离婚的缘由是什么，各种流言蜚语就像从檐沟流下来的雨水般传遍大街小巷。但是，那时深陷在愤怒和嫉妒中的我，已经丧失了理智，因为我认为是她毁了我的幸福。

唉，我只能说爱上一个人，是让人疯狂的。

那时，我暗中写了一封信，上面用笨拙的语言，讲述了我对贺先的好感，那封信写了很久，因为我担心不已，忐忑不安，我不确定贺先会有什么反应。我害怕他笑话我，害怕他会把信和项链退还。熬过了几个不眠的夜晚，终于，我决定把这件事情告诉他。我把自己那条银项链和信一起，偷偷地藏进了他办公室的抽屉里。

一整天，我在学校里都坐立不安。阿舍看出了我的异常，担心地问我发生了什么事。但是心烦意乱的我对阿舍发了好大一通脾气，让她离开，别来烦我，阿舍伤心地走了。我装作不在意的样子，在走廊上徘徊，几次路过办公室，看见贺先正在座位上，拿着钢笔，在笔记本上认真写着什么，他似乎还没看到抽屉里的东西。

不知为何，我松了口气，因为一切平衡尚未被打破，这暂时给我带来一种安全感；但是下一秒，我又紧张起来，我害怕贺先会拒绝我；可转念一想，贺先一直对我这般好，如果他接受了我，这该是多么幸福的事情——我已经到了出嫁的年龄，与其让阿姆给我随便找个人家，还不如嫁一个能合自己心意的男人，况且阿爸又是那么喜爱贺先，一切都是如此完美。我想到这里，不禁开心地笑起来。可是直到放学，贺先也没有任何表示。

回到家里，我忐忑地等待着贺先回来。我干一会儿手里的活，就借故跑到

门边，看看库房的方向，只见到贺先的室友，没有见到他的影子，于是又失望地挪动步子，在餐桌前坐下来，摘豆角。豆角被我剥得很碎，而那些边缘的筋脉老皮都没有剥干净，引来了阿姆一阵数落。我也只是漫不经心地听着。

结果那天直到深夜，贺先都没有回来。我担心极了，提着煤油灯就想去学校看看，可还没出门，便被阿姆喊住了。

“这么晚了，你上哪儿去？”

“我东西落在学校了，想回去拿一下。”

“有什么东西不能明天拿？”“作业本落在学校了，今晚不拿回来，明天就没法交作业了。”“我看你不是落了作业本，而是落了这个吧。”说着，阿姆掏出一样东西，丢在我的面前，我定睛一看，那明白的就是我写给贺先的信。我舌头打结，说不出话来。“若不是我看到这封信，我还不知道你竟然瞒着我们，做出这样的丑事！”

阿姆气愤地骂：“你有没有一点廉耻心？你不知道阿爸已经答应徐家的亲事吗？这东西幸亏是落在我手里，要是落到外人手里，我们家的脸往哪搁？”她越说越生气，“你阿爸还让那小子住在我们家里，现在说出去，有理都说不清了，你的名誉彻底毁了！我们潘家也要成为笑柄了！”

阿姆从哪弄到的信件？来不及提出这个疑问，阿姆话里更惊人消息让我呆呆地立住了，就像一尊木头，半晌才喃喃道：“徐家的提亲？我怎么不知道？”

“今天徐家的媒人才来找你阿爸说的，他答应了。”阿姆一脸恨铁不成钢，“结果晚上，你给我闹出这样一件事儿来，这要怎么收场啊！”

“你没问过我意见，这婚约不作数。”我抬起头，压抑着自己的紧张，颤抖着道，“我喜欢贺先，我想和他在一起。”

或许是意外向来温顺听话的女儿，竟然会这样大胆，阿姆竟然愣了一下，接不上话，等她反应过来的时候，已是破口大骂：“你真是不要脸！”

我的手握成了拳，不住地颤抖，那些为了爱牺牲了一切的骑士在我的眼前浮现，我不知从何处得到了勇气，大声反驳：“我喜欢他有什么错？”

阿姆气得火冒三丈，什么也听不进去，把我锁进了房间里。

整整三天，他们连一口饭一口水都没给我吃，我饿得虚弱无比了，倚坐在门边，无力地敲着紧锁的房门，“放我出去……”我不停地喊，却没有人来帮我。那是我第一次觉得离死亡那么近，我非常恐惧，不知是害怕饿死，还是更害怕这段刚刚萌芽的感情无疾而终。

在我虚弱得快失去意识的时候，房门终于吱呀地打开了，阿爸和阿姆站在门外，冷冷地看着我：“你知错了吗？”

我已经没有了说话的力气，只能用沉默反驳。

“贺先已经回到城里去了。”见我不说话，阿姆忍不住公布了一个可怕的消息，“能得到这个宝贵的机会，他可是走得一点留恋都没有。”

“什么！”我的耳朵里似乎有几千只马蜂同时在振动翅膀，发出了震耳欲聋的，令人头晕目眩的嗡鸣，阿姆说的每一个字，都在加重扩大这种嗡鸣，最后两个字，彻底让我的头脑一片空白，世界陷入了一片绝对的寂静，我的视线越来越模糊，似乎有一只手扯住了我的胃和肠子，狠狠地往下拽，一股作呕的感觉，从腹部升了上来，我趴在地上，忍不住干呕起来。要知道，我的胃里空空如也，除了酸水，啥也吐不出来，酸水灼烧着我的喉咙和口腔，这种感觉我永世难忘。

从那天起，我再也没见过贺先，仿佛他从来不曾存在过。讽刺的是，阿爸和阿姆费了那么大的功夫，也没有制止不胫而走的流言蜚语。也许是住在库房里贺先那几位同事，羡慕贺先能够回城，并因此猜疑他与阿爸有某种不正常的交易，而交易的关键，就是我。

这件事情，没出几天便街谈巷议，成了人们茶余饭后的谈资，而且在有心人添油加醋的演绎之下，越传越离谱。这种流言击退了来提亲的徐家，也击退了所有潜在的提亲者。在这座小镇上，一个女孩的名声就是生命，失去了名声的我，命运已经在我面前关上了大门。

我认为这一切的始作俑者是阿舍。因为思前想后，阿姆之所以能拿到那封信，唯一的解释就是有人进入了贺先的办公室，偷走那封信交给阿姆。那个能

够进入我的房间，见过我写那封信，也有动机出卖我的人——那个跟我常常睡在一起的阿舍，那天被心烦意乱的我发了一通脾气的阿舍，除了她还有谁？

可是，我从来没有质问她这件事，因为我觉得我若是提了，就表明我很在乎，就显得我软弱，就让她称心如意，因为这已经是无可挽回的事实，我什么也改变不了，除了证明我是一个失败者。

岚

9月22日

18：33

“你还记得团子小姐么？”叶禾突然问。

“当然记得。”叶麦答道，关于团子小姐，关于萤火虫先生，关于苜蓿夫人，这些都是她们共享的一段记忆，是她们宝贵的回忆。

“那你应该清楚，团子小姐会履行她的使命。”叶禾说。

叶麦低下头，久久不言，一种酸楚从胃里涌上来，要打破她的静，这可怕的骚乱，让她想大哭，大叫。

关于团子小姐的游戏，一开始是她想出来的。

她给每个人都起了名字，分配了任务，游戏里不仅有团子小姐，还有苜蓿夫人、萤火虫先生、尖鼻子酋长、熊太太、蝴蝶夫人、蜻蜓先生。熊太太和尖鼻子酋长讨厌花枝招展的蝴蝶夫人，苜蓿夫人会在夜里偷偷去见萤火虫先生，而蜻蜓先生对此感到十分不满，因为萤火虫先生没时间陪他了。

童年的时候，叶麦通过这个游戏去认识真实的生活。而只有团子小姐，了解她的游戏规则，并认真领受了她的任务，她随时准备着招呼欺负小麦的坏人。哪怕面对再来势汹汹的敌人，也没有退缩。

当离开了那么久的团子小姐，重新站在她面前，说她记得一切，她会履行自己的使命。这个幼稚的约定，这个无聊的游戏，这些没有意义的角色扮演，这些模糊不清的梦，一点点从浓雾里浮现，拼成一个支离破碎的面具，静默地注视她。

一个黑色的酱缸，在一条黑色的河里漂荡，漂进她光怪陆离的梦里。

尖鼻子酋长与她们一起坐在酱缸里，街灯投下昏黄的光线，在她脸上与阴影交叠，她的脸色看起来像贴了许多腌制过头的酸黄瓜，又黑又黄，沙哑的噪音从酱缸上破损的洞涌进来，在缸里发酵，差点要将叶麦淹没，幸好萤火虫先生及时堵上了酱缸的洞。她身上正穿着一条高腰的，有着大蝴蝶结，粉红色泡泡袖的裙子，团子小姐帮助她打败了顽固抵抗的系带军团，还帮她整顿了裙褶士兵的站姿。

蝴蝶夫人带着他们走进了葫芦牧师黑洞洞的城堡。曲曲折折的长廊逶迤，像一条静静蛰伏的蛇，又像带着形状各异眼睛的千目怪，有的带着镂空的瞳孔，形状像一个倒挂的蝙蝠，有的带着彩色的眼镜，上面画着鲜艳的花鸟虫鱼。两旁种着成排成排的鲜花，什么颜色都有，修剪得整整齐齐，团子小姐能认出来的就有杜鹃花、紫阳花和蟹爪兰。苜蓿夫人紧紧抓着叶麦的手，让她有些发疼。叶麦回头看了看团子小姐，她正跟在萤火虫先生身旁，好奇地打量着城堡的一切。叶麦朝她伸了伸手，团子小姐便飞快地跑了过来。

走进城堡，叶麦才发现这里远比她想象得还要大，各种各样的画挂满了墙，占据了大量空间。她挨着团子小姐与苜蓿夫人，坐在一个棕色牛皮沙发上，这个沙发特别大，靠在沙发背上，两只小脚便直直地伸着了，像坐在床上一样，连打弯都不用。软乎乎的靠垫上，精致的刺绣绣着雍容华贵的牡丹。沙发对面，是一面大墙，墙上有个巨大的落地窗，配着白底墨竹的窗帘，窗子敞开着，外面装着齐腰高的铁护栏，可以清楚地看到花园、走廊与棉花糖港湾里的雪糕棒。葫芦牧师双手拄着一把拐杖，脸上的皮肤像树皮一样，呈竖状条纹裂开，露出淡红色的口子，蝴蝶夫人与葫芦牧师热烈地交谈，她的笑声就像悦耳的歌声。

在歌声里，叶麦感觉到自己在变隐形，越变越小，小到足以从苜蓿夫人手里偷偷挣脱，飘出这个阴森森的城堡。漂亮的棉花糖港湾，里面漂浮着一块又一块棉花糖，白的、粉的、淡紫色的、天蓝色的，上面还滚动着晶莹的糖霜，口香糖舰队埋伏在棉花糖下，它们身上漆着色彩缤纷的保护色，在棉花糖间探头探脑，浮浮沉沉。几块被巨人吮吸过的雪糕棒，倒插在棉花糖港湾里，上面布满了坑洞的痕迹，被巨人的舌头舔出了不规则的线条花纹。

她弯着腰，努力去够在水波里摇曳生姿的棉花糖，水打湿了她的脸，层层糖衣被波纹荡开，头发梳得很高的，就像戴了顶鸡毛翎羽头盔的白鸽子，正在那里静静地等候着她，就像等了太久，累得睡着了一样。

随着时间流逝，这个梦变得越来越模糊，就像坚硬的岩石被风化成细沙，悄无声息地、不留痕迹地消失，叶麦也渐渐不再做这样的梦。

庞海对于她这种心不在焉的状态很是不满，他辛苦工作了一天，回来看到冰冷的饭菜和偷懒打盹的妻子，这种事情换了哪个丈夫都无法忍受。他怀疑自己是不是做了错误的选择，他虽然想找个温顺服从的女人，却不是找个无悲无怒的木头人，她对他缺乏足够的尊重，她对所有一切都满不在乎，除了那个烦人的小家伙。

庞海不禁怀念起那个为他付出了生命的女人，那个死去的女人在他脑海里的形象，变得越来越优美高雅，她温柔的微笑，她身下的鲜血，都沉浸在了一种奇异的光辉里，就像日光照射的花萼上流动的光华，光彩就像火花一样熠熠生辉，柴米油盐的尘俗气全部脱去了。与她相比，这个身材单薄、面容瘦削、眼神空荡的女人，显出一种可厌的苍白来，暗淡无光、了无生气、惹人生厌。

第一次、第二次他会耐着性子，冷着脸，粗着嗓子把她喊起来，可等到第三次、第四次，他便失去了耐心，拿起那根闪亮得像长剑一样的晾衣杆，像一个威风凛凛的骑士，给不识好歹的女人一点小小的教训。

这女人还算识趣，不叫不喊也不反抗，倒是房里烦人的家伙又吊着嗓子啼哭起来，那嗓子比剃刀刀刃还要锋利，他冲杀了几个回合，便失了兴趣，骂咧咧地命令她迅速去消弭噪音，自己甩门离开了。

叶麦听见耳畔的哭声，想要挣扎着起身，却趴在地上久久起不来。她像被绑在礁石上的人，定时承受着潮汐没顶的绝望，烈日炙烤的痛苦，但是这根绳索的另一头，绑着小团子，绑着阿舍，绑着岚姨，她也别无选择。

19：55

雨停了，夜幕降临。

叶禾先走了出去，用手拉开玻璃门，等叶麦推着小团子，低着头走出这间门庭冷落的餐馆，她才松开手，玻璃门因为惯性缓缓地合上，就像一只蚌缓缓合上了它的壳，夹散了雨后凝滞的空气，带起一点风，吹到叶禾的后背上。叶禾抽出一根烟，想要点燃，垂眼看到小团子，便又把香烟插回盒子里。两人沉默着，并肩而行。

空气里弥漫着台风季节的潮湿味道，然而，蒙城并未歇息，不知不觉，她们二人从墓园步行了半个钟头，便经过了一片繁华的商业区。街道两旁的骑楼，临街由立柱支撑起三至四层的建筑是民宅，经历了岁月的洗刷，还有后来的重新装饰，在霓虹灯和广告牌的衬托下，显得华贵而气派。骑楼下廊约五英尺宽的人行道上，挤满了服装店、小吃店、海货店，还有杂货店，招牌上多用黄底红字，或红底白字，冠以主人的姓氏“陈记”“李记”，既是宣告着主人所有，也是一种家族传统式生意的诚信承诺。在这条半封闭的“长廊”里，三三两两的情侣、衣着艳丽的时尚女郎和活泼好动的学生们像灵活的鱼儿，在水里悠然自得地穿梭着，夏天不用畏惧烈日，雨天不用畏惧风雨，这种从南洋流传过来的建筑风格，曾在蒙城兴盛一时。

“我这次也许就不走了。”叶禾说。“哦？”叶麦愣了一下，“嗯。”她闷闷地应了一句。“你不是希望我不走吗？”叶禾问。“是。”叶麦点点头，又浅浅地笑起来，“我当然希望你不走。”说完，她又陷入了沉默。叶麦偶尔放空的眼神，让人看不出情绪，温柔的笑脸，还带着阿舍的印记，还能隐约看出当年那个无忧无虑的小女孩，然而现在，叶禾觉得她是那么陌生，又是那么熟悉。就像，就像她照着镜子，看着她自己，她忽然觉得，过去这十几年，她们的变化都比彼此想象得要大。

“姐，你今晚住哪？”叶麦推着车，低低地问。

“家里。”叶禾答。“什么？”叶麦有些惊讶地抬起头，看着姐姐的侧脸，她知道叶禾一直很排斥岚姨，现在阿舍也不在了，她应该是不愿住到那里

去了，“你确定……要住在家里？”“嗯。”叶禾笃定地回答，她看见叶麦脸上担心的表情，接着道：“你放心，她现在连话都不会说了，我还记恨她什么呢？”

“那就好。”叶麦略略宽了心。她们穿过了繁华的骑楼街，拐进了一条相对僻静的街道。走了四五百米，右拐走出这条街，便到了一条干净整洁的道路上，两旁停着各种小轿车，树木像整齐列队的士兵，恪尽职守地保卫着这条街道。气派的金属大门后是带着漂亮花园的房子。

“你对岚姨真好。”叶禾说，“这些年，你一定很辛苦。”“没什么，我习惯了。”叶麦弯了弯嘴角，“无论怎样，她都是我们的家人。”“对于我来说，家人从来只有你和阿舍。”叶禾沉沉道，“换了我，我绝对做不到你这个份上。”她顿了顿，又自嘲地笑了起来，“也许她们正是认清了这点，才选择留下你，送走我。”

“姐……”叶麦停住脚步，一脸愧疚，“对不起……”她一直对叶禾怀着难言的愧疚，这场漫长的离别，叶禾是被牺牲的那一个。

“傻瓜，你又没做错什么，为什么要道歉？”叶禾笑着伸手揉了揉她的头发，就像小时候一样，“再说，我在外面活得可潇洒了，哪像你在这里当牛做马的。”

不管是留下还是离开，她们都摆脱不了身不由己的命运，这份共同隐秘的悔恨和痛苦，她们都争着为对方多分担一点。叶麦苦涩地笑起来。

“对于我来说，能见到你过得幸福……”叶禾按着她的肩膀，看着她的眼睛，认真地道，“没有什么比这个更重要了。”

叶麦觉得眼睛有些酸涩，像被烟熏到了一样，她连忙道：“姐，你送我到这里就好了，我家就在前面，我得赶回去做饭，小团子也要吃奶了。”

叶禾松开了她肩上的手：“嗯，你去忙吧。”

“我有空再来看你。”叶麦撂下一句话，朝叶禾挥了挥手，推着伞车，快速地穿过马路，她别过脸，不敢看叶禾的表情，因为她害怕再多看一眼，自己就会忍不住，那些被她决意咽到肚子里的秘密。

她走了一段路，拐进了一个小院子，这座房子一直没人住，院门也没有锁。她常常从这里抄近路回家，她的家当然不在这片漂亮的洋房区里。但是她没有勇气带叶禾去她的家里，因为她不想叶禾碰上庞海。

她绕回了刚刚的骑楼街，骑楼街东面一片拥挤的房屋，是她的家。街道两旁的房子，都朴实无华、毫不起眼，带着烟熏火燎的痕迹，歪歪斜斜地紧紧挨在一起，仿佛在冬夜里彼此互相扶持取暖，也像怕见生人的胆怯的孩子，孤独地挤在一起。它们悄无声息地隐没在幽深的小巷里，仿佛从未见识过欢歌笑语的富贵繁华，仿佛连阳光也从未在它们灰扑扑的玻璃窗上留下灿烂的剪影，仿佛从不存在。

这片拥挤的房屋中间，一座雄伟的教堂，格格不入地，像浓雾里的灯塔，孤单地立着，她每次回家都要经过这里。这座教堂全部墙壁和柱子都是用花岗岩石砌造，两座直耸入云的尖塔，像老人伸张着枯瘦的双手，跪在地上虔诚地向上天祈求施舍。教堂三座尖拱门，门楣上装饰着精致的石雕图案，横门由一层又一层套叠的尖拱组成，像一颗石子投入平静的湖面漾起了一圈又一圈的涟漪。门的正中间，是一面硕大的玫瑰花窗，就像教堂内部的圆形玫瑰花窗一样，用深红、深蓝、紫黄等彩色玻璃镶嵌。有个驼背的守夜老人，粗粗地咳嗽着，瞥了她一眼，便走进教堂的一扇小门里，关上了窗。

叶麦站在教堂外，大门紧闭，站在这里，回忆就像止不住的潮气，从又高又厚的墙上顽强地渗出来，汇成一点点涓流小溪。她认识这座教堂，比她搬进庞海家的日子要早得多。很多人已经忘了这里曾经是一座垃圾处理厂，充斥着腐臭、破败的气味。所有宗教油画都被撕掉了，花窗也被打碎，所有经书、长椅堆成小山在教堂里焚烧掉，浓浓的黑烟像一条蹿向天际的长龙，石壁石柱都被烧得爆裂。他们说这是为了拔掉战争的耻辱柱，他们说这建在被夷平的市政厅原址上的教堂，掩盖了这块土地上浸透的血腥。当然，叶麦和叶禾并未亲眼见过这座教堂落魄成垃圾场的样子，这都是从阿奇舅妈口中听来的故事。

“现在他们允许我们信了。”她这样说。

从前，阿奇舅妈常常带着阿舍母女三人来这座教堂参加活动，她脱掉平时艳丽的裙子，换上朴素的白色衣服，在祭坛下虔诚地祈祷。她说在这里自己找到了生活的意义，关于被人需要，关于生命的真谛，关于心灵的平静。阿奇舅舅偶尔也会一起参加。他的西装永远那么笔挺，连一丝褶皱都没有，像蜡像一样光滑，头发也梳得整整齐齐。

姥姥特别讨厌阿奇舅妈的做派，虽然那些教徒她见过，其中不乏很多有头有脸的人，这是很时兴的洋玩意儿，这个曾经被无情地摧毁和唾弃过的地方，现在倒成了某种教养的象征。对于姥姥来说，这些东西被她划归到了“不可接受”的那一类，在她眼里端坐在锅碗瓢盆边上慈眉善目的灶王爷，把守在门口红面长须怒目而视的关二爷，还有脚踏祥云怀里抱着白胖小子的观音菩萨，才与她的平安喜乐息息相关，才值得她初一、十五斋戒虔诚地祭拜。

但是每当阿奇舅妈遣阿坤来接阿舍母女，姥姥虽然讨厌，却不拦着，只是不知疲倦地嘟嘟囔囔地数她手上的念珠，嘴里不停咕哝着“南无阿弥陀佛”“佛祖保佑”之类的话，大部分原因是她还指望着那肚子能结出丰硕的果实，心里再不舒服，也只能大度点，装出眼不见为净的样子。

不过姥姥总会有意无意地迁怒阿坤，他那口笨拙的蒙城话，一点也不像蒙城人的长相，加上对那个女人言听计从的恭顺，时时刻刻提醒着她，他就是个十足的外人。而叶禾叶麦两个小姐妹，对于那个女人过分的喜爱，就像背叛一样，也让她大为光火，治不了那女人，也要整治一下她的跟班，才能出这口恶气。

当然，为了维持一个长辈该有的姿态，姥姥不便直接出面，阿岚便成了主力。她吩咐阿岚盯着阿坤，当他一个人来的时候，不准他把车开进巷子里，理由是这会给邻里通行造成不便。自然，当阿坤一个人来的时候，他也是不能进屋的，哪怕是下着大雨，因为屋子里都是女眷，一个外人进来会招来非议。以至于有时阿岚应了门，也不去喊阿舍她们，故意让他在屋外干候着也是常事。可没反复了几次，阿奇舅妈便想了应对的招数，他们约好了时间，由叶禾叶麦轮流去门口张望，远远看见阿坤的车子，两人就像欢快的小鸟一样，叽叽喳喳地跑去报信。如此一来，姥姥的招数落空了。

虽然离开屋子外出是一件很开心的事，但是刚去教堂的时候，叶麦和叶禾都不太适应。那些教堂的钟，在塔楼上发出低沉的哀鸣和请求，就像在呼喊，不停地呼喊，仿佛浓雾让它们感到窒息，不停地绝望呼喊。雾气像透过高墙渗透进来，充满了叫人冷得发抖的气氛。祭坛上站着身着肃穆黑色长袍的人，正用隐晦的语句，向听众们警告未来，这些话在无数听讲人的座位中一排排地小声传播开来，窃窃私语如夏日的蝉鸣，难以止息，却在某个黑暗处沉沉地坠落，犹如在令人颤抖的湿冷空气中冻结成冰，又跌在地上，摔成了碎片。

阿奇舅妈忧伤地跟她们说，她们需要做更多的事情，来帮助需要帮助的人。阿舍抱着小麦，小麦把玩着她脖子上那条项链，链子又细又凉，坠子是三叶草的形状，蓝宝石镶银边，粹出清丽的光彩，栖在阿舍的锁骨上，像一片不经意被风吹落的花朵。叶禾紧张地拽着阿舍的衣角，小心翼翼地把自己藏在阿舍的裙子后面。

阿舍把小麦放在长椅上，于是她可以看见祭坛上闪光的金饰和柔和的烛光交相辉映，高高矮矮的，身着白袍的，像鸽子一样的孩子们，倾泻出一阵忧伤的，充满憧憬的，蕴含着金属光泽的歌声，歌声沿着巨型的石柱和急剧上升的尖拱屋顶升腾、盘旋、回荡，令人心醉神迷。前面站着的信众挡住了她的一些视线，但她却觉得自己也跟着那美妙的歌声，飞到了教堂的顶端。

有些特定的节日，她们会被带到教堂后面的小屋子里去，那是饭菜丰盛的桌子，围坐着一群人，他们都穿着颇为破旧的衣服，额上因为劳累和愁苦堆满了深深的皱纹——他们都是一些受尽煎熬的、贫穷可怜的人，但是他们的脸上都带着一种虔诚的、极度兴奋的表情。身着黑色长袍的，头发梳得光亮整洁的牧师端坐在他们中央，身上穿着挂满饰物的节日盛装，他的面前摆着一个七枝灯台，一支支蜡烛透过缕缕青烟发着暗淡的光，狭小的房间里洋溢着浓浓的喜庆气氛。这位牧师本是蒙城颇有名望的商人，找到了真正的信仰后，便毫无保留地投身于传播福音的事业中，素以仁慈悲悯著称。

阿奇舅妈对于参加这种活动总是很热心，她脸上总会洋溢着天真、幸福和快乐，那种心醉神迷的投入，聚精会神的样子，因激动而颤抖地高举着双手，

满怀祈求的神情，是叶麦从未见过的。

人群中有个圆圆胖胖的男生，她认出来他是祭坛上那群“白鸽”中的一个，听说是牧师亲爱的儿子，是追随父亲的信徒，他头发卷卷的，有点像狮子狗乱蓬蓬的毛，这跟她有点像。阿舍总要费很大力气，帮她绑起麻花辫，才能把那头乱发给梳好。可是麻花辫的扭曲只是助长了蓬发的生长，一旦解开，就像被铁笼困了许久的狮子被放了出来，张牙舞爪得比以前凶猛更甚。

阿舍轻声地向叶麦和叶禾解释饭前祈祷的步骤：“拉着手，低下头，闭上眼睛，不要乱看，也不要乱说话。”她的声音很细。

叶禾点点头，叶麦却想问什么时候才能睁开眼睛，可还没来得及问，只见餐桌上一下子安静下来，大家都低下了头。叶麦一只手拉着叶禾，一只手拉着阿舍，阿舍另一只手拉着阿坤，叶禾的另一只手拉着阿奇舅妈，大家都闭上了眼睛。

牧师沉稳的声音响起，就像是教堂里那口低鸣的钟。

我们在天上的父，

愿人都尊你的名为圣。

“父……”叶麦喃喃地跟着念，“圣……”

阿舍捏了捏她的手。

“嘘！”她轻声道。

愿你的国降临，

愿你的旨意行在地上，

如同行在天上。

“临……”叶麦继续跟着念，“上……上……”

这是一个好玩的学舌游戏，她睁开了一只眼，看见一排低垂的黑色脑袋，像一个个剥掉青色表皮露出毛茸茸硬壳的椰子，这些椰子有的长出了一张张有嘴巴的有皱纹的脸，露出像鲨鱼一样的牙齿，嘴唇无声地张开一个角度，又闭合，两颊的咬肌因用力鼓囊囊地像含了两枚槟榔。

“安静！”

椰子们发出了无声的警告。

我们日用的饮食，

今日赐给我们。

宽免我们的罪债，

犹如我们宽免亏负我们的人。

不叫我们遇见试探，

救我们脱离凶恶。

“食……们……债……人……探……恶……”她觉得自己像唱歌一样，哼着美妙的尾音，连那个高高瘦瘦的鸽子都睁开眼睛看她了。阿舍狠狠地拽了一下她的手。

因为国度，权柄，荣耀，全是你的，直到永远，奉主耶稣基督的圣名祷告，阿们。“的……们……”叶麦坚持地跟着唱完了最后两句。

牧师的手上下飞扬着，点着额头，胸前，左肩，右肩，画了一个优美的十字，就像玫瑰花窗的十字花心一样。

“阿们！”大家齐声道，双手松开，跟随着牧师，点着额头，胸前，左肩，右肩，画了一个优美的十字，叶麦也似模似样学会了。

阿舍在暗中重重地拍了一下她的屁股，语气凶狠地说：“你今天怎么这么不听话！”

叶麦闭着嘴，啥也说不上来。那些椰子们变成了一张张脸，开始吃东西了。没有人再理会她。叶麦往盘子里夹了一块肉，盘子有点远，她用筷子将肉运回来的时候，不小心失事了，肉掉在了白色的桌布上，洇开一个半透明的油迹。

阿舍又重重地在她的屁股上“啪”地打了一下。

叶麦瘪着嘴，感觉体内有一种东西在升腾，升腾的不是她的歌声，肚子里好像喝了好多汽水，翻滚着冒泡泡，冒出一股气顶着她的头，她的眼睛，两条涓涓小河，一下子泛滥成灾。啪嗒啪嗒地，洇湿了那块桌布，淋湿那块肉。

“你去外面吧，哭完再回来。”阿舍气愤地道，“你真是让我们难堪。”“别怪她。”像沉稳的钟声，牧师的声音响起来，“倘若这人与那人有嫌隙，总要彼此包容，彼此饶恕。主怎样饶恕了你们，你们也要怎样饶恕人。”他的话，像一只温柔的手，按下了沸腾的怒气，并成功将其转化成一种发自内心的愧疚。

叶麦没有机会，提出自己想成为一只鸽子的请求，她突然丧失了勇气，刚才淘气的劲头，一下子消失得无影无踪。晚饭后，是例行的祷告会，阿舍怕她再惹麻烦，将她撵到了教堂去，让叶禾跟着她。

叶麦和叶禾跑到了教堂里，晚上这里没有了白天的信众，空荡荡的。叶麦爬到了祭坛上，学着牧师的样子，双手握在胸前，有模有样地喊起来。

“我们在天上的父，愿人都尊你的名为圣。”

叶禾坐在下面的长椅上，晃荡着双腿，笑眯眯地看着她，也做出信众低头祈祷的样子，应和道：

“我们在天上的父，愿人都尊你的名为圣。”

叶麦更加来劲了，她努力背下来的话，像泉水一样从泉眼里咕嘟嘟地冒出来：

“愿你的国降临，愿你的旨意行在地上，如同行在天上。”

叶禾也有一句学一句，这个游戏两人玩得很是开心。

“你们竟然敢跑到祭坛上。”一个声音响起，说话的人有着一头像狮子狗一样乱蓬蓬的头发，“我要去告诉牧师！”

白鸽记恨她没有上祭坛的资格，叶麦愣愣地僵在原地，她不知道这是不被许可的。“等等！”叶禾在她反应过来之前，冲到了他面前，“是我让她上去的，不是她的错。”“哦？”他粗圆的脸上，露出一脸不屑，“你当我没长眼睛吗？谁站在上面我看得一清二楚，刚刚的祷告会捣乱就算了，现在又擅自跑到祭坛上去。我要是告诉我爸，你们以后都别想踏进这里一步。”他说完扭头就走了。

叶麦怔在原地，而叶禾追了过去。

直到阿舍和阿奇舅妈出来找她们的时候，叶禾还没有回来，阿舍牵着叶

麦，不断地问她怎么回事，叶麦始终低着头沉默不语。她害怕阿奇舅妈和阿舍会因为她丧失了进入这里的资格，害怕她们因此就不再疼爱她了。

幸好，最后是阿坤把叶禾领了回来，他说她跑到教堂外面的院子里去玩了，还摔了一跤脸上都摔破皮了，由于叶禾平时一直喜欢爬树上蹿下跳，阿舍毫不怀疑地就相信了。她责怪叶禾怎么能丢下妹妹，一个人跑出去玩，还是大晚上的，幸好被阿奇舅妈和阿坤劝开了。叶麦知道，是为了自己，叶禾才会受伤的。她又惊又怕地扑到叶禾怀里，抱着她，叶禾轻轻地揉着她的头发道："没事了。"

再见到白鸽的时候，他依旧神气十足地昂着自己的脑袋，在祭坛上领唱。叶麦提心吊胆地害怕他会拿那天晚上的事儿去向牧师告发，然而他没有。这件事情就像生活里的一个小波澜，毫无痕迹就消失了，阿奇舅妈还是会按时造访教堂，姥姥和岚姨依旧对此不屑一顾。只有两个小姐妹，都变得沉静安分起来，像是那一夜从未破晓。

第六封信

亲爱的叶禾：

距离上次给你写信，已经过了好几周，一直没收到你的回信，不知道你是否收到了我的信？

你知道吗，小麦生了一个女儿，叫小团子。呵呵，这个名字很奇怪吧，没办法，小麦非要这么叫她，大家也只能随她，谁叫孩子是她生的呢。小团子的模样非常可爱，像足了小麦，不过比她小时候健壮多了。

小团子出生后，小麦便不怎么回来看望我们，阿舍想得紧了，我便打电话喊她回来，因为距离她上次回家，已经过了好一段时日。但她却没有把小团子一起带来。我给她端来红茶和花生糖饼。

小麦的头发长长了不少，她也没有扎起来，任由它们披散在肩头，原本就发质蓬松的头发这样一来，像疯长的野草，乱蓬蓬的。她脸上打了厚厚的一层粉，却没有画眉和涂唇，看上去脸色惨白惨白的，像刷了一层墙。看起来精神状态不是很好。

“你多久没剪头发了？”我问。“有空就去。”小麦吐了吐舌头，做了一个顽皮的鬼脸，“我去看看母亲。”说完，她便跑到阿舍的房间去。阿舍已经让保姆帮她梳好头发，好让自己看上去精神一点。我知道，她这样做，部分原因是她不想让小麦担心她，还有部分原因，源于她骨子里爱美和不安分的天性，哪怕是当年她离了婚，也依然每天打扮得漂漂亮亮，怀抱着追逐爱情的傻气。

“你最近过得怎么样？”阿舍微笑着问。

“不错呀。”小麦边说着边揉弄着自己蓬乱的头发，把额前的刘海往前拨了拨，“母亲身体还好吗？关节还会疼吗？”

“不疼了。”阿舍道，“药很管用。”

“那太好了。”小麦开心地笑起来，又拽了拽自己的长袖袖口，似要把袖子上的褶皱撑平。她们又讲了好一会话，小麦才离开。

到门外，小麦拿出一些钱，交给我：“岚姨，这些钱你先用着，不够就跟我说，我还会拿钱过来的。”我接过钱，目送她离开。

小麦似乎有事瞒着我们，阿舍虽然没有说，但是她也看出来了。但是小麦不愿说，我们也不想逼她。她独自支撑这个家已经太久太久，她需要你的支持，我们都希望你能回来。

盼望回复！

阿岚

12月3日

21：23

响亮的啼哭声划破夜晚的静寂。

小团子“呜哇”一声哭了起来，叶麦知道，已经超过三个小时未进食，她定是饿了。正待她欲弯腰抱起小团子，胳膊却突然像被一个巨大的蟹螯夹住，力度之大似乎连骨脉都要夹断。她眼前一片花白，像是把脸贴到了一台失去信号、屏幕上满是雪花点的电视屏幕上，接着才感受到一阵让人头皮发麻的剧痛，回过神来才觉得脸上像被火舌舔舐了一样，火辣辣地疼。她的身体失去了

重心，手肘和膝盖撞到了教堂凹凸不平的石阶上。

“你在这里干什么。”一个喘着粗气的声音响起。叶麦捂着脸，看见庞海站在她面前。“对不起，我……”叶麦从地上爬起来，想要去看看车里啼哭不止的小团子。“你好好回答我的问题。”庞海把刚爬起来的她又甩在了地上，“为什么不回家？”“今、今天突然有事，我不是故意不跟你说的。”叶麦急急忙忙地解释，“我姐姐回来了。”“姐姐？我怎么没听说你有个姐姐呢？”庞海冷笑一声，“她回来你就可以不做饭，让我饿肚子，让孩子饿肚子？”小团子“哇哇”地哭着，守夜的老人探出头瞄了一眼，又把窗子合上了。“对不起，对不起……”叶麦垂着头不停地道歉，她看见了庞海手里还拿着那根铁制的杆子，她向外挪了挪身子，尽量让自己离婴儿车远一点，她担心会误伤到小团子。庞海执行着这一切，带着一种冷静、沉着的残酷，仿佛只是在点上一根烟，摁灭一根烟那么简单。尖拱门上长着翅膀的小天使，垂着眼，好奇地看着他们。

大哉！圣哉！耶稣之名！

天上万军颂扬，天上万军颂扬。

奉献冠冕，极其光荣。

皮鞋踢在柔软的腹部时会发出沉闷的声音，像是往湿软的沼泽地丢了一块石头；铁制的管子落在瘦削肩胛骨上，就像敲着一张牛皮鼓发出砰砰声；体内某一截骨头断裂发出的模糊嘎喳声，还有上下牙床颤抖着叩击在一起发出清脆的声音，构成了一组美妙的乐曲，宣示他的主权，捍卫他的尊严。

庆贺他！贺他！贺他！贺他！

庆贺他为君王！

她跪在地上，血随着呼吸，从口腔、从鼻子流出。

空气里弥漫着一股甜腻的气味。

像过期的葡萄酒。

像凋零衰败的玫瑰。

天上地下闻主尊名，

应该敬畏颂扬，应该敬畏颂扬。

万膝跪拜，万口归荣。

耳畔，白鸽们的歌声，在教堂里升腾。

她也似乎要跟随那美妙的歌声，飞到云端之上。

庆贺他！贺他！贺他！贺他！

庆贺他为君王！

22：13

纵横交错的河网，来自同一条河流，在某个短暂的时刻，由于某些琐屑的事物，发生了细微的变化，从此便有了不同的轨迹。

这个时刻是那么短，不够春雨从云端扑向大地，不够马尾松乘风摇摆腰肢，也不够蒸汽挤过气孔薄薄的边瓣吐出尖锐的笛声，连风驰电掣呼啸而过的火车，都无法追赶这短暂的、易逝的瞬间，就像被烈日蒸发的热气，空气微微地扭动着身躯，留下一点可以触知的闪光，便消弭无形。

可是那个时刻又是那么漫长，漫长到她从来不曾忘记，就像子夜的幽暗，穿过了玫瑰花窗的十字花心，似一条巨蟒吞噬了最后一道光。

那些天真的脸上，带着一种冷酷的残忍，她怔怔地注视着幽微的烛光，那跳动的星点，像萤火虫振动着自己的翅膀，她想象着自己在演戏，做着一个角色该做的事情。在这个瞬间，她只是角色，而不是自己。

“如果你不听话，我就把你的事情告诉大家。”乱蓬蓬的头发下，圆圆的脸庞咧开一个笑，像石榴咧嘴翻出细密的牙齿，“不仅如此，我还要跟牧师说你偷了教堂的东西。”

“我没有。”她小声地抗议。

“我说你有你就有，你还敢顶嘴？”他重重地拍了一下她的头，“别弄疼我了，要不有你受的。”旁边几个男孩也哈哈地笑起来。

她低着头不敢说话，她觉得手心都出汗了。

灰尘里，蛇扭动着褪下皱巴巴的旧皮。

吸饱血的蚂蟥黑色的身子泛着红彤彤的光。

湿湿的、黏黏的、布满了疣子的蟾蜍趴在天井的青苔上。

“你要是敢告诉别人，你就完了。”

她猛地摇摇头，露出惊恐的眼神。石榴收起了细密的牙齿，变成了神气的白鸽：“很好，你比你姐姐懂事多了。”

蛇“呲呲”地吐着血红的信子。

蚂蟥张开吸盘，吸住了山羊的大腿。

蟾蜍“咻”地一下跳到湿滑的石头上，消失不见。

同时消失的，还有她的身份，她不是一个角色，她是无。

她应该像水一样，可以无形地渗入沙土里，可以无形地潜进晚风里，也可以无形地融入暴雨里。这样便没有人可以认出她，无法将她与这些事联系在一起。

她想象着团子小姐踩断了那条虚弱的蛇，捏死了贪得无厌的蚂蟥，砸死了那些恶心的蟾蜍。那些天真的张狂的脸，像石榴一样咧着嘴，露出鲨鱼一样的牙齿。

团子小姐还记得她的使命。无论发生任何事情，团子小姐都会陪在她身边。叶麦一直坚信这点。

所以当庞海丢下铁管，捂着脑袋，惨叫着弯下身子，跌跌撞撞地从她面前离开，叶麦有一种不出所料的预感。她艰难地抬起头，挡她身前，手里还拿着一块砖头的，不是叶禾是谁?

“你是谁？！怎么打人？！”庞海气愤地吼道。“这句话该我问你才是！”叶禾横眉竖目，眼神冷得跟冰一样。“老子管教老婆，哪轮得到外人多管闲事！”庞海没好气地挥舞着手里的铁杆子，“信不信我连你一起打！”“她从现在开始，就不是你的老婆了。”叶禾冷冷地道，“你等着回去收离婚通知书吧。”

说完，她扶起地上的小麦，推着小团子就要走，却被庞海拦住去路。庞海龇牙咧嘴地威胁道：“把她放下。”

叶禾看也不看他，只撇下两个字：“让开。”“叶麦，没有老子，你那姨

妈怕是活不长了。”庞海丝毫没有让开的意思。叶麦青紫的右眼眶，她睁开眼都有点困难，她对庞海的话一点反应都没有。叶禾又坚决地重复了一次：“让开！”她扶着叶麦绕开庞海。不料，庞海劈手夺过伞车，迅速抱起小团子。“庞海！”叶麦失声惨呼。“小团子还那么小，不能没有父亲。”庞海将小团子紧紧抱在怀里，丝毫不顾她哭得声音嘶哑，“否则她要被喊作没爹的野种，会被人欺负的，你说对不对？”叶麦眼睛一眨不眨地看着小团子，紧咬着下唇。庞海知道自己抓住了要害，便继续道：“将来她吃饭穿衣上学都要用钱，如果没有我，你怎么负担呢？”

叶麦推开叶禾，摇摇晃晃地，就要朝庞海走去。“别去！”叶禾拉住她，“他会把你打死的。”叶麦挣开她的手，低着头，嘴角扯开一个艰难的笑容，无力地反驳：“他不会的。他是气昏了头，也怪我，不回家也没给他提前说。”“你没有做错任何事。”叶禾看着她的眼睛，认真道，“你如果回到他身边，他会把你打死的。”“不会的，平时他还是有分寸的。”叶麦继续为他辩解，“而且，如果我离开了他，他不会让我们的日子好过的。”嫁给庞海没多久，她已经摸清了他令人生畏的固执脾气，“小团子年纪还那么小，我怕她以后受欺负，就像我们一样。”叶麦低低地说。

叶禾一言不发，静静地看着她的妹妹，她有着和她们的母亲一个模子印出来的容貌，原本小巧的鼻子又青又肿，像一棵被生生折断的香椿，右眼眶淤紫一片，通红透亮的眼皮裹着肿起的眼睛，就像一颗生蛋黄，丰满的嘴唇裂开了一个血口子，结了黑紫色的痂，像烟灰飘落在雪地上。这本该是连黑夜也无法掩盖光彩的容貌，长久以来，被某个人毫不留情地打碎了，现在带着某种受伤的神情，仿佛正惊慌失措地逃避无法摆脱的恐怖。

她用力挣脱了叶禾的手，走到庞海面前，从他手里接过小团子，在母亲怀里小团子很快就平静了下来，叶麦头沉重地垂着，不敢看叶禾一眼。庞海以一副胜利者的姿态，将瘦小的叶麦搂在怀里，朝叶禾示威般地扬起笑脸：“我告诉你，就算你告到警察那里也没用，这是老子的家事，谁也无权过问。”甩下这句话，他拽着小麦扭头就走。

庞海阴鸷的眼神冷冷地落在叶麦身上，他头上的伤口还隐隐作痛，每一分痛楚，都在增添他内心的怒气。不知天高地厚的女人，欠教训!

可是下一秒，他便如一座轰然崩塌的大山，无力地瘫软在地上，如同烂泥一般，暗红色的河流在凹凸不平的地面上汇聚成水洼。

叶麦震惊地捂住嘴，她回过头，看见叶禾像一头愤怒的野兽，手里拿着庞海用来殴打她的铁管，毫不留情地、加倍奉还他施加的苦痛。

“小麦，你知道我是不会放着你不管的。”叶禾手上沾满了血，语气却淡然而坚定。“姐！”叶麦急忙抓住她的手，“你不要做傻事。”叶禾停下了手中的动作：“有些事情，总要有人去做。”一轮苍白的月亮，像一个虚弱的胖子，无力地悬在空中。冰凉的月光，在地上投下歪歪曲曲的影子。在最黑暗的夜里，团子小姐的眼睛像最澄澈的镜子，历史的幽灵和未来的魅影在镜子里静静地注视着她。“姐……”叶麦愧疚地哭了出来，有一条黑色的河，在她的体内剧烈翻滚着。

白鸽那张天真的张狂的脸庞，在黑色的水里迅速地灰败下去，也只有短暂的一瞬间。

原来砸破的望远镜镜片，远比想象中锋利，轻轻一划，便能撕扯开皮肤，血源源不断地从指缝中冒出，在荷花池里开出艳丽的花朵，也只用了短暂的一瞬间。叶禾手里，握着那枚染了血的镜片，就像握着一颗成熟的红色石榴。她们沉默地站在水池边上，看着白鸽消失在荷花深处。

“你们做了什么！”一声低低的惊呼打破了她们的沉默，阿坤冲到他们面前，怔愣地看着染上了艳丽色彩的水池。她们支吾着说不上话来。

阿坤猛地蹲下身子，从叶禾的手里抠下那枚染血的镜片，用衣服帮她擦干净了手上的血迹，狠狠地推了她们的后背一把，“你们快回厅里去，什么也不要说！”

叶麦像梦游一样，被叶禾紧紧拽着手，飞快地跑起来，她眼前只定格了阿坤跳进池子里的画面。她们跑进房子的时候，在走廊里迎面撞上了岚姨。

“你们俩疯跑什么？这可是在别人家做客，不是在自己家。”岚姨揪住她们，怒气冲冲正要开骂，却被一个尖锐的女声打断。

“啊！来人啊！少爷溺水了！”

叶禾紧紧地抓着叶麦的手，勒得她生疼。屋里响彻了脚步声，像砸在铁皮车上的冰雹，密集纷乱。岚姨拉着她们两个，阿舍、姥姥、阿奇舅妈还有阿奇舅舅都从厅里跑了出来，跑在最前面的是着急的牧师，他的脸上已经失了往日的从容和淡定，像长出了厚厚一层铁锈。

“你们俩跑哪儿去了？”别人都跑到了屋外去，只有阿舍蹲在她们面前，着急地问。叶麦缩在岚姨身后，叶禾低着头不说话。“你快去看看情况吧，我在这看着她们俩。”岚姨朝着外面努了努下巴。阿舍担心地看了一眼姐妹俩，才起身往外跑去。岚姨拉着她们走到门边，她看了看忙乱成一片的花园，又低头看了看两姐妹，某种可怕的怀疑像恼人的蚂蟥一样无声无息地袭来，吸走了她的镇静，她把两姐妹拽到门后。“你们……”叶禾和叶麦感觉岚姨拉住她们的手紧了紧，“没做什么坏事吧？”叶麦本能地摇了摇头。“是我做的。”叶禾冷不防地冒出一句，“他砸坏了我的望远镜，还欺负小麦，我才教训他……”

岚姨脸色大变，连忙捂住她的嘴，她嘴里撮出急剧的气流：“嘘！”她转头看了看周围，确定没有人在偷听，才回过身严肃道：“这种话不能乱说！叶禾！你不能乱说！”

叶禾瘪着嘴，眼里闪着泪花。“老天！告诉我，这些话你没有对别人说过！”岚姨紧紧地捏住叶禾的肩膀，“当时还有谁在场？还有谁看见你们了？”

叶禾摇摇头，抽泣着吐出一个名字：“阿坤……”“阿坤？”岚姨压低声音紧张地问，“他跟你们说了什么？”“他、他让我们回屋里来……不、不要告诉别人……”叶禾抽抽噎噎地道。“老天保佑！”岚姨低呼一声，然后蹲下她体积巨大的臀部，她两只肿肿的眼袋下布着细密的汗珠，像闪闪发亮的鳞片，“刚刚你们跟我在一起，我们一直在走廊上乘凉，你们什么都没有做。我跟你们说的话，一定要记住，谁问起来都要这样说，知道吗？”

有惨烈的哭声传来，很近，又很远。

“如果你们说错了话，阿舍就会被抓走。”岚姨盯着姐妹俩的眼睛，“难道你们想再也见不到阿舍吗？”

两只脑袋像拨浪鼓一样摇了起来，一大一小，两只。“那就记住我的话。”岚姨一字一句地道，“明白了吗？”两只脑袋又像啄木鸟一样，点了起来，一大一小，两只。

第七封信

亲爱的叶禾：

自从阿姆走后，每天天还没亮，我就醒了。楼下，黏糊糊的粥在砂锅里咕嘟咕嘟地翻滚，水壶在燃气灶上吊着嗓子尖叫，天花板电扇缓慢地转动，发出有规律的咯吱声，就像阿姆在阁楼上拖动着旧沙发，然后这些微弱的声音被一阵金属叩击地面发出的哐当声打断，水哗啦啦地流进那只锈迹斑斑的铁盆，又争先恐后地出逃，摔倒在湿滑的瓷砖上，发出一阵喧哗。我知道，是小麦在为阿舍洗澡。

自从那场事故发生后，阿舍的手脚就变得很不便利。

每天，这样的事情都会重复上演，就像音乐盒吱吱悠悠重复循环的乐曲，没有任何变化，就像我的生活一样。待阿舍重新躺回床上，小麦备好早餐，我起床简单用过后，若是天气好便去屋外头晒晒太阳，若是赶上下雨，我就会重新回到这个房间，结束这一天。我不喜欢外出，也不喜欢与人打交道，从前是因为流言蜚语，后来则是养成了习惯。习惯了独自生活，便很难再去适应热闹。

幸或不幸，近些年来，这个家再也称不上热闹了，独自打发时间变成了理所当然的生活方式，而不再是失意人的佐证。与行动不便，终日卧病在床的阿舍相比，我倒显得自在不少，但是我很少进入阿舍的房间，很少与她说话，也很少见她。虽然生活在一个屋檐下，却像是活在两个不同的世界里，就像和阿姆一样。很可笑吧，阿舍都变成这副模样了，我还是没有办法去接纳她，我还是觉得她比我要幸运得多，我是个多么糟糕的姐姐啊！

可是，阿舍却主动接纳了我。

“姐。”我愣了一下，在门口停住脚步，那声呼唤，像是从时光深处传来的一句回响，在那件事情发生后，阿舍便再也没有这样唤过我了。

我缓慢地转过身，走进那个房间。房间里很整齐，与其说整齐，不如说是空。墙壁是白的，地板是空的，桌子上摆着几罐药物，只有那个巨大的红木柜子，伫立在那里，让这个房间不至于太过空荡。现在柜子里塞满了杂物，都是一些旧书旧玩具之类的东西，还有一个故障了没来得及拿去修的熨斗，卡在杂物堆里，拖着一条长长的尾巴。

阿舍躺在空荡荡的房间里，显得更加瘦小，她直起尚且活动灵活的脖子，眼睛注视着我，又重复唤了一句：“姐。”她顿了顿，像是在考量措辞，“你能陪陪我吗？”她说话的速度很慢，小心翼翼地观察着我的反应。

我犹豫了一下，走到她床前，坐在椅子上，手指局促不安地交缠。沉默在我们之间扩散，像一头巨兽，张开血盆大口，一点点蚕食平静和空间。一时间，我们两人都不知道说什么。

过了一会，阿舍先打破沉默：“还记得以前我们偷偷溜出去游泳吗？”

“嗯。”

“有一次我脚抽筋了，河水差点把我冲走。”

“我记得。”

“我当时害怕极了，幸好你就朝我游过来，拉住了我……”阿舍的眼里闪着光，“……然后我们顺着河流漂出了很远很远，才找到上岸的机会，把阿姆都气坏了。”只见她咯咯地笑起来，目光飘向窗外漆黑的夜空，语气里满是遗憾的怀念。

我看着她苍白的脸和动弹不得的身体，一时哑然。

“姐，谢谢你。”阿舍忽然幽幽叹道。

“什么？”我一愣。

“你当时救了我，又帮我照顾小麦。”阿舍接着道。

“嗯。”我低下头，不知如何回应，只觉胸口堵得发慌，“你快休息

吧，我回去了。”说完，我便站起来，想要离开。

“晚安。”阿舍道。

“嗯，晚安。”我应道，轻轻带上她的房门，回到自己的房间。

睡在床上，我的思绪凌乱，像被泛滥的洪水无情肆虐过的废墟，七零八落，不成形状。我闭上眼睛，试图在废墟里捡起一块完整的碎片，填补记忆的裂隙。我想起那个久远的午后，湍急的河水，汹涌着拍打我的脸，冰冷的水涌进我的眼睛、鼻子、耳朵、喉咙和肺，让我看不清方向，恐惧也伴随着河水，吞没了我。而阿舍那双小小的手紧紧地抓着我的手臂，沉甸甸的重量拖着我不断地下沉，我不知道自己还可以坚持多久，本能地有一股强烈的冲动，让我想挣脱那双手，摆脱这个负担，但是在我这样做之前，有人发现了河里的我们，这才让我们得救了。

我不敢去想，如果当时继续顺着那条河漂下去，自己是否会真的抛下阿舍，所以当阿舍满脸感激地旧事重提，我不知该作何反应。就算当年我的想法阿舍不清楚，但是后来主张送走你的也是我，现在寄生在小麦身上的人也是我，这些阿舍并不是不知道，她的感谢，比直接扇我一记耳光还要令人难受。

是啊，我就是一个无比自私的人。因为我一直记恨她当年出卖了我，葬送了我的幸福，所以我一直在等待报复的时机。当我留意到那些她从阁楼上蹑手蹑脚爬下来、溜出去的夜晚，当我发现她去了哪儿、见了什么人，我知道，我一直等待的机会很快就会到来。果然，我想的没错，虽然这个机会的形式比我预想的要惨烈。

但是当她苦苦哀求我说出真相时，我只觉得长久以来压抑在胸中的一口恶气，终于得到了释放。她毁了我的爱情，所以我也要毁掉她的，警察来找我作证的时候，我隐瞒了真相，把所有罪名都推到了她那个小情人的头上。但是，我没有想到，这件事竟然只是个开始，是我亲手开启了厄运的魔瓶。

你被送走了，阿奇离开了，阿姆一病不起，阿舍也遭遇了那么不幸的事故，这一切都因我而起，我犯下了多么重的罪啊！可是却没有人来审判我这个恶徒！

你应该回来，在我身上收回所有的债。

岚姨

2月8日

02：42

叶禾与叶麦跟着姥姥、阿舍和岚姨，走进那间挤满了大盖帽的房子里。

一个大盖帽，戴着一副老式的框镜，三十多岁上下，身材已经像一个畸形发育的梨，他一边问着问题，绿豆般的小眼睛在镜片后骨碌碌地来回审视着面前这群女人。

幼小的。年轻的。中年的。衰老的。

她们集成了一幅女性的历史成长时刻。“按顺序，一个个来。”他摘下了帽子，贫瘠的脑壳上稀稀拉拉长着一点头发。先进去的是姥姥，然后是岚姨，岚姨之后是阿舍，最后由阿舍陪着叶禾进去，叶麦因为年纪太小，被认为不具备充足的判断能力，所以她只能坐在岚姨边上的椅子。岚姨一个人便占了一个半椅子，只留下了一个小角给叶麦坐。

她晃荡着腿，白鸽消失在棉花糖港湾里的画面，一直在她眼前回放。回应她的，是姥姥咕哝地抱怨：“我一直就觉得他是个坏坯子，不务正业的捞仔，若不是阿奇可怜他给他一份工作，他哪有今天？现在竟然干出这种丧心病狂的事，那个男孩才多大，造孽啊造孽啊……”她一边说着，手指一边滑动着她的念珠项链。

“可怜啊……可怜啊……”喃喃不断的声音，像波浪一样，退去不久又涌起，“惨啊……真惨啊……真是好心没好报啊，给教会和市里捐了那么多钱，最后落得这个下场，太惨了……”

一条河，也在叶麦体内翻涌着，里面还有许多黏糊糊的蟾蜍、蛇，还有蚂蟥。

“阿姆！”岚姨也被她扰得心烦，“你不是不喜欢那派洋教徒么？今天明明也是不情不愿过去做客的，现在倒跟着那么伤心。”

“怎么能不伤心！活蹦乱跳一个大男孩，就这么去了，多可惜……”姥姥

不满地抬起耷拉的眼皮，白了岚姨一眼，“这种事要是发生在我身上，我肯定活不成了。”

“是是是，您该庆幸，阿奇还活得好好的。”岚姨“哼”了一声，她旋即发现一个事情，“话说回来，阿奇去哪了？”

“他陪着那个害人精去做笔录了。”姥姥语气里充满了责怪之意，“若不是那个害人精坚持要那个坏坯子跟着我们一起进去，又怎么会发生这种事情？我不让他进我们家，你们还反对，看吧，现在闯多大祸了？”

那些黏糊糊的东西似乎钻进了叶麦的胃里，剧烈地扭动着，挤压着……“我想吐。”叶麦仰起头对岚姨说。“阿姆，你就少说两句吧，案子让警察去办。”岚姨对姥姥撇下一句话，拉起叶麦往厕所走。

女厕里充斥着刺鼻的尿臊味。绿白相间的马赛克瓷砖的地面上，浑浊的积水，亮闪闪的。脏兮兮的水槽上，布满了水锈，岚姨半抱着叶麦，让她俯身面对这水槽。叶麦从水龙头上看见自己被压扁的脸，眼睛也到了脸的两侧，又黑又大，就像面目可憎的蟾蜍一样。

一股波浪冲上了海滩。她对着水槽剧烈地呕吐起来，她觉得自己的牙齿都要被吐出来了。岚姨轻轻拍着她的背，耐心地等她吐完了，才把她放在地上。打开水龙头，流水冲着呕吐物，激起带浮沫的漩涡，浑浊得像被大雨翻弄过的泥坑，又旋转着咕咚咚被下水道全吞了进去。

“我们走吧。”岚姨牵着她的手，往外面走去。等她们回去的时候，阿舍已经带着叶禾出来，坐在椅子上了。“我要去给阿坤作证，这件事绝对不是他做的。”阿舍惨白着脸道。“胡说，这件事绝对不能与你有关。”姥姥铁青着脸，“你想给潘家招惹多大的麻烦？”“可是阿坤绝对不会做出这样的事情，他为什么要害那个男孩？”阿舍摇着头道。“你对那个捞仔能有多少了解？说出去不让人笑话！”姥姥道，“我看是他手脚不干净，又被人撞破，才杀人灭口。”

“不可能……不可能……”阿舍喃喃地不断重复。没有人注意到，两只低低垂着的小脑袋，就像一大一小两个疑问号。“都人赃并获，还能有假？”

姥姥说。“事发的时候，并没有人看见，他说不定是去救人的。”阿舍情绪激动地说。“谁说没人看见？”姥姥瞥了阿舍一眼，“阿岚说她从走廊走进来的时候，看见阿坤跟着那个男孩走的。”那条暗涌的河，又开始在叶麦的胃里激荡起来，因为她才是岚姨看到的人。“姐，你一定看错了对不对？”阿舍扑到岚姨面前，双手紧紧地捏着她的手臂，哀求道，“你说是不是？”岚姨犹豫了一下，余光瞥到那一大一小两个疑问号，摇摇头说：“我也希望我看错了。”“我不相信，我要见阿坤，问问清楚。”阿舍甩开岚姨，就往里头走，被大盖帽拦下。大盖帽说：“案情还没查明，现在不能让你们见嫌犯，你们回去等消息吧。”阿舍在厅里闹了起来，叶麦和叶禾从来没见过温柔的阿舍有过那么激烈的反应，像一辆引擎失灵横冲直撞的汽车。最后姥姥找来几个帮手，将不愿离开的阿舍“请”回了家，还把她锁进了阁楼里。

“潘家的脸真是给你们丢尽了！”姥姥恨铁不成钢地骂道，又转头对岚姨、叶禾、叶麦交代道，“你们不要再给我生事了，这件事潘家一定要撇清关系，他只不过是个毫无干系的外人，阿奇还要在这里立足的！”说完，她恨恨地转身回房去了。

叶麦抱着叶禾的手臂，哀哀地问：“姥姥为什么要把阿姆锁起来？”“只要你们不乱说话，你们阿姆会被放出来的。”岚姨低头对两姐妹道。“可是，这件事不是阿坤做的。”叶禾仰着头，红肿的眼睛含着泪，“……我想让阿坤回来。”

叶麦缩在叶禾身后。岚姨的脸色难看得可怕：“你想让阿坤回来？那你想走么？离开阿舍，离开小麦，离开我们？”

叶禾沉默了许久，才摇摇头。“如果刚刚的话，给别人听到了，你就会永远地离开阿舍和小麦了！”岚姨继续道，“你愿意么？”

“姐，我不想你走。”叶麦又惊又怕，拉着叶禾就哭起来。叶禾也哭起来，艰难地摇了摇头。岚姨抱住她们，轻声道：“只要你们什么都不说，就会没事的。”“那阿坤呢？”叶禾闷闷地问道。“他也会没事的。”岚姨道，“我会去改口供，那样他们就没证据抓阿坤了。”“你保证？”叶禾又问。

“我保证。”岚姨道。

“拉钩。”叶禾伸出了细细的小尾指。

岚姨伸出粗胖的尾指，勾住了她的手指。

“拉钩上吊，一百年不许变！”

她们郑重许下誓言。“那你们好好在屋里待着，有事喊我。”岚姨临走的时候交代道，一大一小两个脑袋目送她离开，听到她落锁的声音。

“姐……”叶麦抱着叶禾。

叶禾揉了揉她的头发，道：“没事的。”哀哀的哭声从楼上传来，那是关着阿舍的阁楼，她们坐在楼下，第一次感觉自己离母亲那么远，那么无能为力，就像一艘被割断了缆绳的小船，眼睁睁看着海岸慢慢地走出自己的视线，身不由己地漂向洋流深处。

04：34

可是，从那天起，叶禾和叶麦便再也没有见过那个笑呵呵的年轻人，笨头笨脑的“稻草人”被付之一炬，萤火虫先生的灯笼也被棉花糖港湾淹灭了。

有人说，他被判了很重的刑，足够他把骨头都烂在监狱里，因为受害者是蒙城颇有名望的人，而他既不肯自愿认罪，也无法提供有价值的线索，被视为毫无悔改之意的恶徒。

又有人说，他挨了枪子，第一枪打得不是很准，擦着他的头皮，带走了他的一只耳朵，第二枪才打中了，血从头盖骨飞溅出来，像一个不可言说的秘密。

无论哪一种说法是真的，阿坤消失了，她们心中某个部分也消失了。

然而，一切才刚刚开始，生活在分崩瓦解。那个瞬间，像一根细细的尖刺，扎进了巨人柔软的脚底，伴随时间迈出的每一步，越扎越深，从表皮到肌理，从肌肉到骨髓，巨人轰然倒地，碎成惨不忍睹的残骸，他们才发现，表面的强大完美，不过是一张皮囊的粉饰。

阿舍被放出来后，她跑到警察局守了好几天，在调查结束后公布的侦询资料里，她看到定罪的凶器，几乎令她晕厥。因为她认出了那件物事，的确是

阿坤购买的，却是一个不为人知的秘密礼物——那是一个破碎的望远镜——它的所有者不是阿坤，而是身体里流着她的血液，是她经历无数苦痛也要守护的珍宝。

这个冰冷的认知，像一道闪电，划破了怀疑的阴霾，却带来无法止息的瓢泼大雨。阿舍没有想到，自己的女儿不仅是元凶，还是让无辜之人顶罪的刽子手！阿舍又悲又怒，又气又恨，她用木棍打肿了叶禾和叶麦小腿，打得她们走不动路，疼痛让叶禾和叶麦隐约地感受到，心里缺失了一部分的，不只她们，还有阿舍。

阿奇舅舅却把责任怪到了阿舍身上，是她引诱了阿坤，让他为她孕育的恶行替罪。若非如此，阿坤有什么必要，抱着必死的觉悟，也要维护这两个无情的小恶魔呢？他就像一只狂怒的狮子，张牙舞爪要撕碎这个害人的谎言，他甚至提出要交出叶禾，为那个可怜人正名。

却被姥姥狠狠地打了他一记耳光（之前她从来不舍得这样对她的宝贝儿子）："现在木已成舟，做这些还有什么意义？再说，为了一个毫无干系的外人，你竟然要牺牲潘家的名声，断送孩子的未来，你是不是疯了！"

"你们害死了一个无辜的人，却无半分悔意！"阿奇舅舅愤怒地指控，"你们让我恶心！"母子之间激烈的冲突，是经年累月积累的矛盾，一旦点燃引爆，便再无幸存的可能。

阿奇舅妈也和阿奇舅舅离了婚，因为她终于发现阿奇舅舅是错的人，她不再打算用自己的人生去纠正这个错误。她离开的那个早晨，像银白色薄纱的雾气，缠住了湿漉漉的麻石路面，熹微的阳光在她的发间额上追逐嬉戏，叶禾和叶麦看着她红色的背影消失在巷口，像一簇慢慢熄灭的火苗。

就是一个短暂的瞬间，扰乱了生活的步伐，让命运的长河分岔，这不再关乎个人隐秘的愤怒，也不再是家族的怨望，而是一个简单的不容否认的事实，那个瞬间后，她们被划归为了"不可接受"的类别，她们的人生还没开始，便已结束，只是因为她们没有说出真相，什么都没有做。

或许……只因她什么都没做。如果她做点什么，学着团子小姐去战斗，

一切会大有不同吗？满头鲜血的庞海，恢复了意识，挣扎着支起身子，喘着粗气："叶麦……你……"叶麦握紧叶禾的手，心里已有了答案。

叶禾也明白她的答案。

"我要离开你。"叶麦道，"如果你敢伤害我的家人，你一定会后悔的。"她的声音不大，眼神却异常坚定，没有了往日的畏缩，下颚尖削的线条，像一把锋利的匕首。

说完，叶禾扶着叶麦，头也不回地离开了。在这过去的一天里，她们得到了共同的答案。她可以作为她的妹妹活下去，她也可以作为她的姐姐活下去，相互成为彼此生存的意义。哪怕要战斗，要厮杀，要被唾弃，她们共享幸福、分担痛苦、背负罪名，彼此弥补内心和灵魂里丢失的部分。

这样的人生，可以继续。

06：00

离开蒙城的那天清晨，粉红色的朝霞裹着天空，温柔，纯净。

她迈着缓慢的步子，沿着湿漉漉的麻石小巷往码头方向走，熹微的阳光在她的发间追逐嬉戏，心里想着在她看来像梦一样离奇的种种事情。她的心开始幸福地颤抖，犹如教堂塔楼上欢快敲响的钟声。虽然她觉得，神的奇迹如此晚才拯救一颗虔诚若此的信徒之心，是不公平的。但是她不敢再去怀疑，因为梦寐以求的恩惠已经降临，她带着由衷的感恩，穿过晨曦的街道，似在幸福的清醒之中，又似在奇妙的梦境里。

经过这么多年，她终于重新走在了阳光下，终于重新找回了自己的身份——那个在她第一次见他，就身不由己连着心一起被他"掳走"的身份。

也许是因为，他那温柔得仿佛被净化的语调让她感到无比惊异，这语调第一次透过酒绿灯红、莺歌燕舞迎向她扑来。那双眼脉脉含情的善良，让她感受到了渴望已久的爱、理解和接纳，在他明亮的目光面前，她卸下了内心挣扎的孤独和高傲的拘谨。

当得到这个人的温柔时，久被遗忘的银铃又在她心里敲响，敲击的声音是那么大，那么欢快，一直穿过所有脉络，上升到咽喉，弄得她答不出一句话，只是脸红，使劲儿点头，几乎像在气头上，突如其来的动作笨拙生硬。

她就这样义无反顾地脱下舞裙，怯生生地、满怀期望地披上嫁衣，成了他的妻，唯一的妻。

她因这种幸福产生了微微颤抖的惊恐，她的爱像一股滚滚的热流，伴随着剧烈的、易怒的、具有威胁性的痛苦，因为这是一座难以置信的巨大的爱的宝库，她准备全部奉献给他，带着她的血、带着她的泪、带着她的心和灵魂，一切。

可是不久，她便清楚地感觉到，他们之间隔着一堵难以逾越的墙，制造着越来越多的陌生和敌意，并引起一种猜疑。正是由于这种猜疑，她积累的爱根本无法强烈地流露出来，她无法哭泣着投入他的怀抱，向他袒露内心的恐惧和增长的渴望，因为每当她内心最深处的感情再也无法压抑，就要用清晰的喷涌而出的言语宣泄出来的时候，那堵墙就将她一切要说的话压了下去，让她独自品尝孤独寂寞的滋味。

这爱是遭人摒弃的。

她为之奉献了青春、事业和热情的爱，是遭人摒弃的。从他缄默的目光、不安的表情和肢体暗示中泄露出来的灵魂的秘密，她只看了一眼，便头晕目眩，原来她双手奉上的爱情，被摒弃的理由，竟是因为另外一份错误的爱，一份违背了自然和社会律法的爱。她终于明白了他一直不娶妻的真正理由，她终于醒悟他的表白不过是需要一个人来配合他演一场孝子的戏，这个人不是非她不可。

她的尊严和幸福都被她倾心所爱的人碾成了粉末，绝望像一双无形的手，将她拖入了黑暗之中，从此她的世界再也不见天日。她甚至无法光明正大地嫉妒那个情敌，那个兢兢业业的年轻人，因为没有人会相信这是事实。在蒙城，这是无法想象的荒唐事。她也无法承受真相大白之后，随之而来的流言蜚语，那是她死也不愿承受的折辱。

她陷在泥潭之中，进退两难。直到她发现那个被她的爱人默默恋慕的年轻人，也在默默恋慕着别人，一个念头溜进了她的心里，就像是往死水中丢了一

颗石子，泛起了难以平息的波澜。她知道，转机出现了。那时，她还认为，只要那个年轻人爱上了别人，她就能重新得到爱人的心。

所以，她才会差那个年轻人带她们出去兜风，差他为她们跑腿，想方设法为他们制造相处的机会，看着他们像失散多年的亲密朋友重新相识一样，用最深沉的情感浸润着的言辞聊天。他们本都是人群中孤独寂寞的人，这使他们更为接近相亲，加上两个敏感脆弱的小娃娃，一种秘密的需要将那两个灵魂越系越紧，毫无血缘关系的外人，竟显出了一家人的氛围来。如她所愿，那个被排除在外的，孤独的单恋者，终于饱尝了与她一样的痛苦。

然而她并未从中得到平静，因为这段由她亲手促成的秘密恋情，充溢着太多她可望而不可即的幸福，教堂里暗中交缠的十指，圣像前真心的誓言，一个短暂的凝视和心照不宣的微笑……对她而言，都是那么奢侈，显得她如此可怜、可悲、可叹。她想方设法报复那个无情的爱人，却陷入了与他无异的痛苦里，真是报应！

直到那件可怕的事情发生，那个年轻人舍命相护的决心，才让她看清了爱应有的面貌。她惊觉自己在黑暗里匍匐了那么久，竟已经忘记在阳光下行走的滋味。她不该用自己的人生，去为他的错误陪葬。

这段折辱她尊严和幸福的婚姻，不值得留恋，所以她选择了结束。

码头上，汽笛嘶鸣，有潮湿的风。坐在售票亭里的售票员，耷拉着眼，无精打采地问："名字？"她把证件递过去，说："可欣。"

最后的信

亲爱的叶禾：

我的身体越来越不好了，现在连说话都有困难了——这不是危言耸听，博取你的同情。促使我提笔给你写这封信的，是一个不幸的变故——前段时间，阿舍已经永远地离开了我们。对不起，按照阿舍的意思，我本该一直瞒着你的，但现在她已经不在了，所以你要怪就怪我这个苟延残喘的罪人吧。

是我亲手毁掉了一切。

那天阿舍在房间里唤我。"姐，你能帮我做件事吗？"没等我说话，阿舍接着说下去，像是怕我拒绝，“你可以帮我找找那条项链么？阿姆把它收起来了，应该在她那里。”

我当然知道那条项链是什么，那是拜我所赐，失去的爱情，那个不被任何人承认的爱情。原来这么多年过去了，她还执着于这种虚无缥缈的东西，真是可悲又可笑。我又想起了贺先，心里面一个我以为已经遗忘的角落，又开始流血。

“那条项链，我已经卖掉了。”我装作不经意的样子说道。

“为什么？”

“就像你当年拿走了我的项链，我只是对你做了同样的事情而已。”说这话的时候，我的心里充斥着痛苦，也夹杂着快感。

“什么项链？”她不可置信地问。

她竟然忘了！

那瞬间，我对她所有的愧疚都消失了，取而代之的是让我浑身血液沸腾的愤怒。

阿舍的脸上露出了可怖的表情，她关节扭曲的手开始抽搐痉挛，我知道她开始犯病了。

“姐……药……药……”她含混不清地喊。

我生气地转身离开了，一句话也不想和她多说，我想让她被疼痛折磨，让她尝尝我受过的苦——叶禾，看到这里，你是不是已经恨我入骨？我也无法原谅我自己，在那个时候，我是个只想着复仇的丧心病狂的恶徒！

那天晚上，我睡不着觉，一股邪火在我的胸膛里熊熊燃烧着，烧断了我最后一点理智。我要找到她的项链，我要毁了那条项链，就像再次毁掉她的爱情，彻彻底底的。

我在阿姆的房间里翻找了一夜，那里堆着全家不值钱的旧物，我的、阿奇的、阿舍的、小麦的，还有阿姆的。我左翻右找，没找到阿舍的箱子，却在阿奇的杂物盒里，看到一个眼熟的钥匙圈，上面挂着一条细细的银链子，但那不是阿舍的，而是我的，因为坠子是一颗圆鼓鼓的桃心。

这个发现让我心里满含的怒火，一下子失去了承载的容器。就像凶猛恣肆的火焰被暴雨浇灭，烟雾缭绕的灰烬被雨水冲去，露出了被遗忘忽略的残骸——一直想要这条银项链、宁愿不要玩具飞机的是阿奇，让阿姆关心得每天都会检查书包和作业的是阿奇……也许项链和信是阿奇拿的，阿姆是从阿奇书包里找到的项链，正是为了保护他，阿姆才一直缄口不提揭发者是谁。这么多年的怨气，难道只是一个误会吗？我多希望自己没有搞错，就是阿舍出卖了我。

可是等我冲到她的房间，想要问一个答案时，已经晚了。

在她生命的尽头，我不仅残酷无情地打碎了她那个早已被我亲手毁掉的卑微愿望，我还不让她吃药，任她在痛苦中离开。

她究竟是在怎样的痛苦里死去的？我不敢想象……

我掀开被子，躺上去，阿舍靠在我的胸口，身体瘦瘦小小的。我用头抵着她的头，眼里的泪水不断地掉下来。

"姐……救我！……"阿舍被河水冲走的一幕在我眼前浮现。

当时的我什么都没来得及想，脱了鞋子就跳进了河里，在冰冷的河水里，我抓住了那只小小的手，她温热的小小的身体紧紧地贴着我，我抱着她，任河水再凶悍野蛮，也无法将我们拉开。

我祈祷一切都是个梦，只要睁开眼睛，就会像从前一样。

可是，什么都不一样了，什么都回不来了。

现在她们都死了，我却一点也不快乐，我也不知道如何去面对小麦，一直亲我爱我照顾我的小麦，我该如何告诉她，是我害死了她的母亲，是我害她和姐姐分离？很久很久，我都没有鼓起勇气跟她坦白一切。我独自一人躺在黑暗里，懦弱地等待着我的最终审判来临，我的衰弱日甚一日，那一天应该不会太久了。

我要说的话已经说完了。至于你要不要回来，决定权在你的手上。但就算不是为了小麦，为了阿舍，如果你憎恨我，请回来吧，把一切事情公之于众，让小麦咬牙切齿地咒骂我，让白眼和流言凌迟我，让恶徒承担该承担的罪名！

最后，哪怕会让你觉得无耻，我还是要请求你一件事情。在我死后，请你把我的尸体火化，撒在阿舍的坟前，因为我没有资格拥有一座让人凭吊的坟墓，也没资格要求你让我这个罪人葬在阿舍身旁。

如果你不愿意，我也没有怨言。

盼望回复。

潘岚

3月29日

## 评论：时间、对比与女性问题

这是一篇具有强烈女性意识的小说。从“重男轻女”的传统观念，到女性弱势的婚姻–家庭处境，再到女性行动的伦理选择，均被包纳进小说之中。不过，这篇小说的意义并非仅仅在于重复书写上述女性问题，在美学叙事层面，小说不仅引入了悬疑的紧张感，还以文体的多变进行了叙事结构的创新。

《恶女》以叶禾、叶麦两姐妹的人生经历为主线，串联起家族中姥姥、母亲、姨妈、舅妈四位女性的故事，其中“恶女”成为核心性问题。“恶女”之“恶”，具有两个层面的含义：其一是由于外界偏见而不得不背负起的原罪，其二是由于欲望、观念、性格等原因而具有的缺点乃至恶行。对“恶女”的塑造颇为女性作家所重（如铁凝、王安忆），这篇小说以“恶女”为题，意在继续讨论这一话题。在此，作者试图以自己的方法呈现“恶女”这一形象。

小说在叙述层面颇富创意：从宏观上看，故事的内容分两层，第一层，是岚姨写给叶禾的八封信，从12月29日至3月29日，时间跨度为一年零三个月；第二层，是叶禾重返蒙城与妹妹相聚，以具体的时刻作为节点引领情节发展，故事集中发生在一天的时间里。这两层故事，在内容上是相互照应的，在形式上是内外嵌套的，在逻辑上是首尾衔接的。第一层故事的结尾，“最后的信”，是第二层故事的开头，即叶禾重返蒙城。两层故事交叉组织，设置出回环往复的叙事结构，虽然割断了时间上的连续性，但是保证了内容的照应与逻

辑的连贯性。具体到第二层故事本身的时间架构，亦拥有两条不同的时间线，一条是“过去”，一条是“现在”。在此，小说建立了独特的时间叙事结构。

小说的叙事还在人物与情节设置上呈现了明显的对比结构。在人物设置上，注重设置参照系，来凸显人物特点。比如同样作为母亲，姥姥与阿舍的对比，凸显了姥姥“重男轻女”、专横跋扈的特点；比如同样作为姐姐，叶禾选择为妹妹牺牲，而阿岚却选择报复妹妹，突出了阿岚病态扭曲的心理。在情节设置上，也注重照应，从对比中凸显变化。譬如，始终笼罩在浓雾中的蒙城，象征着尚处蒙昧之中的女性自我意识，当开头叶禾“入”蒙城时，她对自我价值的认知是游移不定的，而结尾可欣（阿奇舅妈）“出”蒙城时，她见到的天空是澄澈的，她的内心是幸福的，她对自我价值的肯定不再依赖于阿奇给予的爱情与婚姻。

作者聚焦“恶女”，在对艺术形式的自觉探索中呈现着自己对女性困境的理解。“恶女”是一个深具社会性的概念，而作者对时间的有意识处理似又在提醒我们一种历史性。《恶女》难能可贵的就是使读者在独特的叙事形式之中感受社会性与历史性之中的丰富张力。

（朱兆斌）

# 3. 碎梦怪谈

王恺文-14级专硕

无数的石柱伫立在广袤的空间中，向下似乎是无尽的虚空，上方也只有一片混沌的灰黑天幕。石柱是铁灰色的，柱身像是经过了粗陋的切削，每一个纵截面都光滑平整，但截面的排布并不规则。石柱错落地排布，但顶端保持在同一个横截面上。空间里没有风的声音，没有生灵和死物的气息。

遥远的地平线上涂抹着橘黄色的光芒，像是孕育日出的辉光，又像是夕阳落下的余晖。在某一根柱子的顶端，一堆小小的篝火正在燃烧，人形的轮廓围绕篝火坐着。火焰缓缓跳动着，明暗不定的影子晃动，像是应和着某种听不见的旋律。

一个影子伸出手来，用金属的工具拨动了一下篝火下的木炭。那件工具是像是细长的铁棒，顶端有一个垂直的弯曲，弯曲的铁枝尽头似乎还有分叉，不过已经快磨平了。暗色的光滑表面上分布着斑驳的浅色印记，有些是斑点，有些像是被什么东西握过留下的痕迹。

“撬棍。”另一个影子发出了嘶哑的声音，带着金属的质感，“我知道这

东西的名字。”

拨弄篝火的影子停滞了一下，用手握紧了铁棒。

“撬棍是一种带着故事的东西。”金属的声音继续回响，“我在群星间的图书馆见过带撬棍的人，在地底的通路见过折断的铁条和尸骨，我在大神的子嗣身上见过分叉的伤痕。”

手握撬棍的影子抬起了头，露出兜帽下面的面庞。这张脸半个头连同右眼用绷带包着，暴露在外的几块皮肤在火光照耀下光滑而苍白。“在这里坐着的人，都有自己的故事。”声音年轻而清澈，语调却很低沉。

其他几个身影微微地动了。有的摸了摸身上的徽记，有的咧开嘴，有的用手划了划灰白的石质地面。

金属的声音发出了吭吭的抖动，似乎是在笑：“讲吧，反正时候还早，反正这里的一切，都未必有意义。”

握着撬棍的人把器具收了回来，藏在袖口里，盘腿坐着，望向跳动的火光，嘴角微微扯出弧线。

“那就从我开始吧。”

**瓶中女**

云浩站在高坡顶上，脚下是破碎的石板路，石板铺在黑色的滩涂上，缝隙间的苔藓绿得诡异。放眼望去，天边翻滚着灰色的云雾，海平线如深渊般幽邃，惨白的海面延伸向岸边。天色渐晚，大海以外，一片昏暗。空气中弥散着一股刺鼻的腥味，云浩深吸了一口气，顺着石板下坡，看到远处闪烁着一点火光。他走近那片亮光，金色的柱子有一人高，顶端的火盆照亮了柱下的区域，站着一个人。云浩走了过去，看了看面前的人，用干涩的声音问道：“请问……这里是接天港么？”

火光映亮了老者的脸，他的双眼外突，嘴唇如同鱼一样粗厚，腮边带着鳞片状的痕迹。“是的，这里是接天港……”声音低沉，带着一种蛙鸣般的回音。

云浩松了一口气，这是神眷之人的相貌。

“呃，尊敬的长者，我是……来自山阳的云浩，前来寻找我的父亲。他的名字叫作云林，应当在接天港已经住了十年了。”

老者静静地听完，鱼唇开合：“云林么……那是一位老朋友了。来吧，随我过来，我带你去他的住处。”

云浩低头行礼，抬头之时，老者已经踏上了石板路。他走路的姿势蹒跚，膝盖弯曲，双腿张开，仿佛上岸的鱼。

天色已经完全黑了，老者似乎完全不需要灯光便能认路，云浩忍不住点起了火把，随即被金光晃花了眼。路边每隔十步左右便立着一根金色的立柱，大约两人高，一人合抱之粗。

“皆为神赐之物。”老者的声音从前方传来。

不知走了多久，老者停下了。云浩举高火把，一座吊脚楼出现在面前。粗壮的木头圆柱将房屋支撑在距地面半人高的地方，深棕色的柱身上密布着灰白的藤壶。在火光照耀下，云浩看到屋身由铁皮与木板拼接而成，铁皮的边缘锈迹斑斑，勉强露出的光滑部分上刻画着章鱼头的符号。

“你父亲住在这里。”老者转身对云浩说道，他的脸上挤出了一个类似笑的表情。

“多谢长者带路。敢问您的尊名？”

老者的喉咙里发出了一串奇异的声音，那是无法用人类声带发出的音响。

云浩再次低头行礼。

吊脚楼前的木质阶梯吱呀作响，云浩拾级而上，木板门打开了，屋里的烛光透了出来。他见到了自己十年未见的父亲云林。在开门的一瞬间他以为这是刚才的那位老者，虽然老者已经离开了。他们的面貌特征如此相像：鼓突的双目，鱼类似的嘴唇，脸颊的鳞片状硬皮。只有眉目间依稀可见当年的模样。

“你来了。”蛙鸣似的颤音。

“我来了，父亲，按照您的吩咐。”云浩回道。

“很好，正是好时候。”云林面无表情，儿子的到来并未让他表露出欣喜，“里面有张吊床，你先睡下，明天随我去参加仪式。”

“那父亲您呢？”

一串嘶哑的咕哝，云林出门了。

屋里有一股重得化不开的腥味，像是鱼类腐烂的味道。云浩躺在吊床上，努力不去注意这股味道，在脑子里回想自己来接天港这件事。

云家世居山阳，在运河边有一栋石板搭成的二层老宅子。这种石质的老宅大多是神临之前留下的，现在的人只会用木头搭屋。自记事起，云浩便看着父亲在老宅灰色的地板上用颜料勾画符号，用陌生的语言祷告。他曾问过这一切是什么，得到的只有父亲长久的瞪视。

云浩出生的时候，神临已经发生了两百年了。母亲曾向他讲过古老的传说：赤红的星星划过天空，山一般伟岸的身影从东方的海中显露，庸碌的人们吓得发了疯，他们制造的无用的器具在神的威能面前分崩离析。大河南岸的土地受到神的恩泽，神的子嗣开始在海洋与河流中繁衍。

“大河北面呢？”

“大河北面被恶神占据了！”母亲灰白的眼中闪过痛恨的神色，随后又复归呆滞的平静。

“恶神是什么？他是什么样子的？”云浩接着问道。

“那不是你该问的！”母亲有些恼怒，将一个拇指大小的挂坠戴在云浩脖子上，“记住真神的形貌就可以了！”

幼年的云浩看了看挂坠，那是一个章鱼的头颅，边上有两只翅膀。

水流在耳边鼓动，他不停地向深海游去。某种回音在深处鼓荡，汇聚成陌生的语言，那是凡人的喉咙无法发出的音节。

四周的水域一片昏暗，下方的水流变得越发混乱，奇异的声音越来越大，像是有一千个喉咙在唱诵，又像是鳞片在摩擦滑动。云浩看不见深处的情况，但他感到什么巨大的东西在上浮，恐惧慑住了他的心神，他想要逃开，但手脚却不由自主地滑动，向深处游去。山一样巨大的阴影开始显现，唱诵的声音越来越大，云浩听懂了，那是——云浩在吊床上惊醒过来，发现自己浑身在痉挛，被冷汗浸透。他拼命地想要起身，手脚却都不听使唤。右手心传来了尖锐的疼痛，他费力地调头，一根一根地松开手指。

是那枚挂坠，翅膀的尖叫刺破了手心，铜制的章鱼头染上了血色。

大约半个沙漏时之后，云浩觉得自己恢复了力气。

屋里只有那张绳索编制的吊床和一张木头桌子，没有窗户，天光从墙壁和屋顶的缝隙透进来。云浩打开房门，父亲正坐在台阶上，看着远处的大海。

“你听到了神的召唤？”鱼唇里费力地吐出音节，比昨晚听起来更加含混不清。

云浩十岁时，云林离开了山阳，前往接天港。两百年前，那里是大神最初上岸的地方，崇信大神的人们在那里聚集。据说被大神眷顾的人，将在那里获得特殊的祝福。云家祖上曾蒙神庇佑，族中男子步入青年后都要去圣地朝拜。

“我因为俗事纷扰，已经去得迟了。”云林走时对云浩交代。

“你还会回来么？”云浩问父亲。母亲正在里屋对着护符祈祷，对于父亲的离去，她只是以惯常的麻木予以敷衍的回应。

“朝拜……怎么还会回来呢？”云林用微微鼓起的双眼瞪着云浩，“十年以后……你也过来，带着大神的徽记。”

接天港的天空灰云翻滚，云浩低头看了看挂坠，问云林：“……那些梦，是大神的召唤？”

“做了梦，那就对了。”云林说道，“跟我来吧，今日是我蒙受神恩的日子，我走了，你接替我的位置。”

云浩并不明白将要发生什么，他有满脑子的疑问，关于神恩，关于接天港，关于“大神的眷顾”，关于那个梦。但他只明白一件事：父亲比十年前更加不似凡人，于是他选择默默跟在云林身后。

吊脚楼之间有木头吊桥联结，两到三座吊脚楼连成了一个小群落。云浩抬头向远方看去，在海洋与云浩之间，黑色的滩涂上稀疏分布着吊脚屋的聚落，大约有十个。整个接天港实际上只是一个小镇子，然而整个大河南面的所有神眷之人都要前来居住朝拜。云浩有些疑惑，他四处张望，镇子里只有他和父亲

的脚步声。

想着这些问题，父子二人已经走到了海边，云浩忽然发现前面出现了三根巨大的石柱，约有五人之高，三人合抱之粗。云浩回想起来，如此巨大的石柱应当早就在远处被看到，但它们像是忽然出现在视野里，令他悚然。

石柱之外，有十几个人，跨着腰站立。其中一人转头看向云浩，似乎在向他点头示意。云浩猜测这就是昨晚的老者，但他不能确定，因为这些神眷之人的面貌如此相像，不似凡人。

“他已蒙受神启。”云林说道。

人群中一个较高的人点头，“那他在旁边看吧。”

云浩仍然不明白他们将要做什么。父亲抬头看云浩——他的身形更加佝偻了，说道：“我将前往大海，与神同在，获得永生的幸福。你将在这里居住，直到那一天到来，与我在海中团聚。”

幽深的水体，巨大的阴影，无法理解的颂歌……

云浩的手心疼痛起来，梦里那股巨大的恐惧涌上心头。他还有一肚子的问题，但父亲挥了挥手：“很快，你就会明白。”

云林走向了石柱围成的圈内，其他的人默默地在一根石柱旁跪下。云浩抬头仰望石柱，上面刻着无数奇异图案，有五只手的奇异生物，有无数眼睛聚集起来的存在，而最多出现的，是带着翅膀的章鱼头。

那图样朴拙到简陋，然而注视着它，一股恶寒便会涌上心头，仿佛穿越万古的扭曲之物降临，横亘了千百年的恐惧化为了实体，它在繁星与深海间隐藏，终于君临凡世。

不似人声的唱诵越来越大，神眷之人将他们鱼样的嘴张大到可怖的角度，黏稠的液体从嘴角滴下。他们鼓突的双目注视着章鱼头的神祇图案，带着疯狂、恐惧与渴望。

云浩感到自己的双腿在颤抖，一股来自身体深处的力量在催促着他跪下，他的喉咙在脱离掌控，跟随着海风与波涛上颤抖的音律嘶吼，发出凡人无法理解的音符。

他觉得自己的双眼在外突，快要跳出了眼眶的束缚。云浩使劲掐着手心的伤口，尽全力让自己的大脑保持清醒。他看向自己的父亲，云林与那些神眷之人同样表现出癫狂的状态，瞪大了眼睛望向大海。

在山阳的石屋里，云浩曾经无数次看到父亲那样的眼神。在那个灰白破旧的城市里，凡人们平静而麻木地生活，在灰白色的土地上耕作，向章鱼头的神像跪拜。他们不祈求神的保佑，神不救人，神是真实的恐惧。凡人的跪拜与诵祷只是向强大的事物表示屈服，神眷之人则拥有崇高的血脉，他们更容易接近神。

恐惧与理智在脑中碰撞，云浩觉得自己的脸上痒痛难忍，鳞片刺破皮肤肆意生长。唱诵之声达到了高峰，天空与大海都在嗡嗡作响。不知不觉间，岸边的海水变得汹涌澎湃，却并不涌上海岸，水体渐渐升高，像是被某种无形的手拉起。

巨大的阴影在水底出现，海水里出现了庞然的漩涡。空气中的腥臭越来越浓重，恶臭伴随着神眷之人的嘶吼跳动。

一组尖锐的音符反复被念诵，云浩终于听清了，或者说他的耳朵终于变得能够听清了：

“咿呀！咿呀！克苏鲁-富坦！”

“咿呀！咿呀！克苏鲁-富坦！！”

低沉的念诵如同实体的恐惧，压迫着空气，云浩感到血丝在他眼中蔓延生长，瞳孔快要爆开了。

他起初觉得或许死亡将要到来，在山阳，很少有人谈到死亡，或者说很少有人会面对面地聊天，人只是默默地出生，在灰黑色的大地上种植颜色黯淡的作物，然后默默地消失。

只有一次，在古老的河流边上，石质的码头遗迹旁，他遇到过一个老人，说过一些奇怪的话。老人朽木般的面庞上满是疤痕，拄着一根金属的棍棒，棍棒的顶端有奇异的弯曲。金红色的光照在浑浊的河面上，云浩记不得那是夕阳还是朝阳，老人望向他，眼睛里有一些尚未被灰色蚕食的东西。

“在万古的时光中，死去的未必已死；在万古的时光中，死去的仍会再死。”嘶哑的喉咙吐出难解的语句，“死亡曾经纯粹而简单，但那个时代已经结束了。”

海水开始剧烈地涌动，通往深渊的漩涡开始孕育。诵唱声如潮水般起伏，并越升越高。云浩无法呼吸，在这一瞬间他甚至希望自己立刻死去，如果死亡能够作为一种终结，能够让他逃脱不可名状的恐怖。

云林开始站起来，蹒跚着走向大海。滩涂的黑泥里留下他的脚印，脚趾之间长着蹼。

云浩望向大海，他想起了很久以前的某一天河面上金红的光辉。光辉映照在海面上，渐渐向岸边靠近，迅速地接近越来越大的漩涡。

那不是幻觉和回忆，那是一艘大得不可思议的船，闪着银色的光。

巨舰如同金色的匕首般切入了漩涡，黑色的海面下响起了巨大的嘶吼声。那吼声包含着难以言喻的恶意，像是某种诅咒，又像是某种召唤。紧靠岸边的海面忽然升起了巨浪，上一刻还在高声唱诵的神眷之人们迷茫地望向大海，进而飞快地冲向海面。

吼声响起的那一刻，云浩觉得什么东西在脑海里爆炸了，他的视野一点点变黑，只剩银色的光刺透惨绿的漩涡。

最后一个画面，是扑面而来的潮水。

眼皮急速跳动，进而艰难地睁开。第一个画面是陌生的房间，屋里有些昏暗；往前看，墙壁的材质应当是钢铁，用银水浇筑了缝隙，上面嵌着一扇圆形的小窗户。向下看，地板是灰色的木头，是某种北方的树种。根据墙壁的弧度，这有可能是船舱。

仍旧无法转头，门可能在背后。

尽力地抬头，天花板上用银色的金属绘出了无数大大小小的圆形，按照某种奇异的规则排布，如同没有出口的迷宫，第一眼看上去让人感到胃里被塞入了寒冰。

她可以确认，自己已经醒了。这个地方从未出现在她的记忆里，天花板上的图案是她不可能在梦境里想象出来的。她十分清楚，这是哪一位伟大存在的徽记。

距上一次进入沉睡，究竟过了多久？这是哪一个时代？

唯一可以确认的是，根据视野和身体的感觉，她还是原来的样子。

于是她对着房间里另一个生物，发出了第一个声音：

“呵。”

眼皮急速跳动，进而艰难地睁开，像是即将从梦魇中醒来，年轻的男人长着一张苍白的面庞，似乎平日没有晒过太阳。他的嘴唇厚实，眼睛有些外突，但总的来说是个漂亮的年轻人。

还好，不管是哪个年代，都还有漂亮的男孩子。她默默地想。

年轻人的手张开了，露出了章鱼头护符。她左眼的瞳孔收缩了一下。

年轻人睁开了眼睛，黑色的瞳孔里染着几点绿色。他望着天花板，呆滞了一会，随后看向左手，进而看到了面前的事物。

一缕阳光从窗户射进来，她眯了眯眼，再次发出了声音：“你好……”

在山阳，云浩很少看到年轻的女孩子。十岁以前，父亲并不允许云浩随意走出石屋，他教云浩识字，阅读大神赐予的经卷。石屋里并不敞亮，母亲在角落里点燃蜡烛，对着章鱼头的神像祈祷。他曾问母亲，为什么要祈祷？神像会回应么？

母亲直勾勾地看着他，眼神里的贪婪令他恐惧：“为了……不死。为了享福。”而父亲只会说：“你会明白的。我们是大神的眷属。”

透过石屋的窗户，云浩可以看到，在那片贫瘠的河岸上，凡人们日复一日地耕作。他们面容枯槁，身体瘦削，就像地里枯萎的植物一样。住在石屋里的人不用劳作，每年父亲会外出几次，带回大米、面粉和风干的肉，以及丝绸的衣物。

在十岁的时候，父亲去了接天港，母亲终日在烛火前祈祷。于是他走出了石屋，第一次意识到石屋意味着什么。他穿着绸缎的衣服，脸颊丰润，皮肤苍白，走在河岸上，地里劳作的人用嫉妒和恐惧的眼神看着他，当他

看过来时又迅速地低下头。他试图搭话，他们垂着头，嘶哑着嗓子回答：“是”“不”“不知道”。

某一天傍晚，河水被夕阳映出点生气，他看到一个纤细的身影坐在河堤上，灰黑驳杂的毛发在微风中飘拂。于是他小心翼翼地走近，那女孩转过头，那是他第一次和石屋以外的人对视。他见过父亲幽深的眼睛，母亲氤氲着雾气的瞳孔，但那女孩的眼眸呆滞而悲伤，好像只期盼着死亡。

他两个月没有出屋，跟着母亲祈祷，他不知道在祈祷什么，只觉得这样可以消磨时间。两个月后，他按照父亲的吩咐，去码头等一艘船。在接头的那一刻，他以为看到的自己的父亲：眼神冷峻，不说话，穿着绸缎的衣服。但那只是另一个人，负责来送食物和衣物。

接头的中年人直勾勾地看着他说道：“你是大神的眷属，这是给你的。”

“那你呢？”云浩问。

“很快就要死去的凡人。”

船走了，夕阳照在河水上，云浩又看到那个纤细的身影。他不能确认是不是同一个人，女孩的肚子膨胀了起来，四肢却干枯如柴，宛如一只巨大的蜘蛛。

他走了过去，女孩只是看着河水，过一会，她抬起了头。

一片苍凉的绝望。

云浩抬起了头，看着对面的面庞。这张脸沐浴在阳光里，眉毛如同最好的墨笔勾勒而出，脸颊丰满，皮肤有一种健康的白皙感，嘴唇是淡淡的粉色。她的右眼被黑色的眼罩遮住，勒绳绕到了头顶，乌黑的头发在脑后盘成了一个圆形的发髻。云浩不知道她的年纪，但这张脸看上去很年轻。

顺着脖子往下，是一个棕色的陶罐，瓶口略窄，没有任何花纹装饰。没有手，没有脚，没有躯干，只有一颗放置在瓦罐上的头颅。

他慌忙坐了起来，似乎不敢相信眼前的一切。他想要去触摸那张清丽的脸，试试这是不是一个幻影，到了半途却又莫名地不敢上前。于是他犹豫了片刻，小心翼翼地伸出手，在棕色的陶罐上，轻轻敲了两下。

“我知道我有些奇怪，不过在一位女士面前，请保持冷静，和必要的礼貌。”

云浩慌忙站起身，不知该前进还是后退，不知该说话还是保持沉默。面对一颗巧笑嫣然的脑袋，他的背后没有石屋可以躲。

女孩发出了一阵清脆的笑声。她问云浩：“你能听懂我的话么？”

云浩猛点头。

“你叫什么名字？尽量用我能听懂的语言和发音。”

“……云浩。”

“嗯，声音挺好听……你可以叫我瓶子。你之前没见过女孩？还是说没见过我这样的？”

“都没有。”云浩猛摇头。

“是你没见过，还是没有？”瓶子继续问。

“不知道……”云浩更窘迫了，他握紧手中的护符。

瓶子说：“我知道了。”

瓶子看着对面的年轻男人。他身上穿着白色绸缎的衣服，式样有点像汉服，可能这就是这个时代的常见款式。手上没有老茧，中指也不像长期持笔的样子，比较要命的是他拿的那个护符。

云浩局促地盘腿坐着，似乎想说什么。瓶子又笑了，还得自己来。

“说说你知道的历史。”如果他是一个……贵族之类的，总该懂点这方面的东西。

“什么？”云浩迷糊道。

“历史，过去发生的事情。”

“呃……大神来了……”

瓶子瞪大了眼睛，嘴巴微微张开，随后她咬牙问道：“哪一个？克苏鲁？犹格索托斯？奈亚拉托提普？还是亚撒托斯？”

云浩呆了一下，指了指手里的护符说道：“我只知道我们那里信奉的大神，就是这个……我还知道北方有一个恶神，是我们的敌人。”

他忽然醒悟过来，冲到窗口向外看，随即回头看向瓶子：“我们……在恶神的船上。”

瓶子叹了口气，既然云浩对历史也不清楚，那就得找其他的法子了。

“算了，换个问题，你是怎么到这里来的？”

云浩看着她的面庞发呆。发呆可能是他过去的人生中做过最多的事情，在山阳的河岸边，在石屋的烛火旁，在灰白的田埂上。除了发呆，他找不到可做的事情。田里劳作的人无法交流，父亲走后那些经卷如同天书。他看着浑浊的河水，思绪任意飘荡，当他回过神时，几乎记不起刚才想过什么。偶尔他会记起母亲曾经讲过的故事，和父亲偶尔提及的宿命。

“妈妈，再说说大神的故事吧……”在父亲走后第二个月，他忍不住问母亲。

母亲微微地转过头，烛光中她的眼神昏暗难言，“我不知道……”

他在那一刻意识到，祈祷得越多，遗忘得越快。

于是他不想看那些经卷，也不愿同母亲一起祈祷。他每天看着河水在朝阳和夕阳下闪闪发亮，什么也不想，只是在逃避石屋的黑暗与田野的灰白。

而眼前的这个女子，云浩从未见过如此明丽的面庞和清澈的眼神，尽管她只有一颗头颅。他看着她，发呆，心里却很宁静。在过去的半个沙漏时里，他告诉了她海边的仪式，接天港的神眷之人，山阳的石屋，以及突然出现的巨舰。

最后他忽然很想讲那个河边的女孩，在他犹豫之时，瓶子打断了他：“我大致了解了……给我一点时间，我思考一下。”

瓶子闭上了眼睛，他看着她，开始发呆。这是他做过最多的事情，但这一次，他心里有种宁静的喜悦。他看着她清澈的左眼，遮蔽右眼的眼罩，她思考时抿紧的双唇，她唇角的曲线。云浩在心里找不到合适的词句，他平生第一次感到自己语言的贫乏，如同那些灰白大地上枯槁的肢体。那些肢体和身躯是那样的丑陋破败，甚至比不上眼前的这一个棕色的陶罐。

身体真的重要么？人是寄居在肢体里，还是头颅中？

云浩不由得看向自己的双手，在手掌的边缘，有什么东西冒了出来。他将手举到面前，发现那是一片绿色的鳞。

瓶子并不喜欢眼睑合上的黑暗，在过去的无尽时光里，她在这片黑暗里漂浮，时而清醒，时而昏迷。她曾无数次想要挣脱这个梦魇，睁开眼睛，不论看到怎样可怕的事物都没问题，只要能让她真的苏醒过来。

在黑暗中，她曾经想起看过的一个故事。有古怪的魔法师开出条件，囚禁某人的意识一亿年，而外界只需经过一秒钟，完成以后将会回馈巨额的财富，并且那一亿年的记忆也会删除。有胆大者答应了条件，在无尽的囚牢中给自己编故事，发呆，崩溃，疯狂，最后停止了思考。实验结束后，他获得了一百万元，并且忘记了囚牢中的一切。于是他觉得自己赚到了，说："再来一次吧。"

她记不得这个关于囚禁故事是不是自己编出来的了，她给自己编过太多的故事。化为山丘的巨大飞船，大地尽头咆哮的巨人，青铜荒原上奇异的旅人……她几乎要迷失在自己的故事和梦境中，永远地漂流下去，然而她苏醒了。

外面的世界已经彻底改变。四千年的人类历史，五百年的工业文明，只是一种假象。那些在时间深处盘桓的古老存在，那些隐藏在星空背后的恐怖事物，终究还是无法阻挡地冲入了凡人的世界。

她闭上眼睛，试图整理获得的信息。时光如此可怖，世界如此陌生，以至于回到了这片熟悉的黑暗，居然让她有种回家的感觉。

根据那个年轻人的讲述，章鱼头的克苏鲁控制了大河以南，一切复归苍白混沌，深潜者的后裔们在陆地上生活，还保留着某种文明形态；大河以北的古神很可能是犹格索托斯，只有祂还会向眷属传递知识和法则，制造船只。

她大致明白了为什么自己会苏醒。一切的原因可能在于那个年轻人，以及他携带的护符。

要不要告诉他这一切的真相呢？她有些犹豫，直到听见了一声惊叫。

她睁开了眼，云浩跪坐在地上，佝偻着身子，发出了痛苦的呻吟。他的双

手捂着脸，手指之间显现出绿色的薄膜，那是正在生长的蹼。同时在生长的，还有皮肤上的鳞片。

“保持镇定！不要恐惧！恐惧只会让这一切加快！”瓶子大声喊道。这种情况下最好的处理是立刻打晕他，然而她做不到。

她举目四望，这个动作让陶罐摇晃起来，发出嗡嗡的声响。她看到云浩的护符掉在了地板上，于是目光上移……

“把手松开，看天花板！”

云浩双手捂着眼睛，似乎那里正在发生难以言喻的疼痛。

“快！相信我！”瓶子焦急地说道。

云浩松开双手，他的双眼满是血丝，瞳孔变成了绿色，眼球鼓突着，好像要跳出眼眶一样。他艰难地抬起头，抵抗着脊柱的变形。

瓶子也一同抬头，天花板上无数的银色圆形如同群星，又像是深渊中的光点。它似乎在传递某种不可名状的知识与规则，又像是不可名状的宇宙本身。

云浩晕了过去。

瓶子听到脑后传来了脚步声，她连忙闭上眼睛，装作自己还未苏醒。

一双硬皮靴在木质的地板上走过。陶罐被端起，瓶子感受到某种审视的目光。冰冷的触感，不知是手套还是手指。随后她被放下了，脚步声在云浩附近停留了片刻，然后又响起，走向瓶子的背后，消失。

过了很久，瓶子睁开了眼，云浩还没醒来，好像什么都没发生。

她现在可以确定两件事情：第一，有一个看守之类的人或者其他生物；第二，她的脑后有一扇门，但她看不见。她看了看云浩，发现还有一件事情：

地上的护符不见了。

水体昏暗而浑浊，山一般巨大的阴影从深渊浮现，海底升出了巨大的漩涡。恐惧已经到达了定点，反而趋于平静。云浩想要上浮，手脚却仿佛消失了一样。

他环顾四周，有很多人形的生物在游动。有一个向他游来，云浩发现这些生物就是接天港的神眷者，它们灵活地行动，用带蹼的手脚划水，颈部和下颌的腮翕张。

那一个生物渐渐接近，云浩看着它，有种熟悉的感觉。他猜想那可能是自己的父亲。

忽然间，四周传来某种声响，时而像是金属相互刮擦，时而又像是冰块破裂。海面上方传来银色的光，像是有十个月亮在照耀。银光射穿了水体，云浩看清了游来的那个生物，看清了它的面庞。

那是他的脸。

云浩睁开了双眼，发现自己在大声地尖叫。房间里十分昏暗，只有星月之光从舷窗透进来。他发现眼前有一双黑色的皮靴，镶着银色的金属边。顺着皮靴向上看，是黑色的斗篷，上面绣着银色的圆形和复杂的曲线；一张黑色面具，没有露出眼睛，上面的图案与天花板上的一模一样。

银色与黑色晃动，面具凑近了。衣物和面具上的图案只是某个古老存在的微小分形，云浩觉得自己在和无尽的星空对视，幽远的无法理解的概念扑面袭来，他感到一种溺水的痛苦。

面具拉远了，靴子带着斗篷与面具迅速移向墙角，那里有一扇门打开又合上。云浩深深地吸了一口气，他甚至不能说刚才那是一个人，或者一个生物。那更像是线条与黑布的聚合体。

他踉跄着走到墙角，借着微光察看。

那里根本没有门。

“那里有一扇门。”瓶子的声音传来，云浩回头。

“我会向你解释一切，但在此之前，你先告诉我，刚才那个人，看上去是什么样？”

“呃……就像是，那个……”云浩指了指天花板。

“之所以问你，是因为我刚才在装睡。之所以我得装睡，是因为它们大概以为我一直都没醒。虽然不知道会起多大作用，但这样能增加逃出去的几率。”瓶子认真地对云浩说，声音清脆，伴随着海浪的节奏。

那张明丽的脸映着微光，如同黑暗中的清泉，眼罩的黑色在其上造出了一

小块深渊。他睁大了眼睛，忽然看向自己的手，鳞片已经不见了，但指间的皮肤泛着绿色。他摸了摸自己的脸，仍是普通的皮肤，于是舒了一口气。

“只是暂时的。”瓶子说道，“你知道这是怎么回事吧？”

云浩低下头，嗫嚅道：“我的父亲，还有那些神眷之人……都会走向大海，前往大神那里。我也会变成他们的样子。”

“没错。深潜者是克苏鲁的眷属，你和你的家族应该是深潜者与人类的混血。雄性的深潜者与人类女性交配，子嗣初生时如同普通人类，在二十岁以后会逐渐变成深潜者的样子，前往深海侍奉它们的神。”

云浩静静地听着，尽管他已经意识到了，却仍然没有做好把它说明白的准备。尤其是说出这一切的人是瓶子。

“深潜者的寿命近乎无限，如果没有被外力杀死……几乎会一直存在下去。”瓶子露出了怪异的微笑，“所以凡人会很羡慕啊，恭喜你了。”

云浩并没有高兴的意思，他沉默了半晌，看着瓶子：“无限的生命，意味着什么呢？”

“我不知道深潜者会做什么……大概会是在水里游泳，发呆，祈祷，听从大神差遣。”瓶子说，“深潜者们大概会觉得那是一种充满荣耀的生活。”

“我……不太想去水里，也没想过……长生。”云浩有些嗫嚅，但他还是说了出来。

瓶子有些惊讶：“为什么？长生不好么？”

云浩沉默，只是低头注视着面前的女子，像一个执着而天真的孩童。

“好吧，那就不问了。”瓶子笑了，“既然你不想入水，不想长生，那你……想死么？”

云浩瞪大了眼睛。

透过舷窗向外望去，朝阳照耀在海面上，粼粼的波光闪烁，又飞快地被抛在了后面。船前进的速度极快，远远不是运河上那艘缓慢的小舟可比的。云浩感到船在慢慢靠近海岸，他不知道自己是如何做出这样的判断的，或许是因为颜色逐渐变浅的海水，或许是因为渐渐侵蚀的血脉。

“这艘船总会停靠在什么地方，我认为应该是北边的某个港口。”昨夜的月光下，瓶子对云浩说，“快要靠岸的时候，一定有人会过来，那时就是逃离的时机。”

“你问我为什么要逃？你觉得这些犹格索托斯的信徒为什么要抓一个深潜者的后裔？和其他古神相比，银匙之主稍微好那么一点，但祂也不会拒绝一次盛大的血肉献祭，尤其是将敌人的眷属作为祭品。

“你可能会被杀死，吞噬，那会是最好的结果。更坏的可能是，你会成为玩具，雕像，战利品，永远地被囚禁下去。”说到这里，瓶子的嘴唇扭曲了一下，如果有身躯，她一定是打了个寒颤。

“所以我们必须逃出去，不然你会变得很糟糕，至于我……哼，一个美丽、有趣、任人摆布的神奇美少女……落到他们手里，会有什么好下场么？”

云浩轻笑一声，瓶子瞪了他一眼，于是他低下头，脸上有点发烧。

他望着窗外，反复想着昨晚瓶子交代的一切，想着她清脆的嗓音，情绪高昂时陶罐会微微晃动，在地板上发出碌碌的轻响，伴随着她的笑颜。

于是心里很安静。

“还有多久？”瓶子的声音传来。

云浩看了看海水，已经变成了浅碧色，于是答道：“快了。”他发现自己一点也不紧张，甚至声音还隐隐有些愉快。

瓶子奇怪地看了他一眼：“按计划行事，千万千万不要出错。”

墙角出现了一点黑色，起初在阴暗的角落里并不显眼，却像滴落在白布上的墨水一般，逐渐浸染这一片空间，迅速变大，化作了一人高、半人宽的长方形。

银色的光点在长方形中显现，扩大，变成了排布诡异的闪耀圆形。身披斗篷的人形从长方形中显现，踏入了房间，金属的鞋边在地板上发出一声闷响。

正对着墙角的黑色长方形，云浩手捧着陶罐站立，罐中美丽的头颅低垂着。他和她都紧闭双眼。

黑色的身影上前一步，对着云浩缓缓地伸出右臂……

瓶子抬起了头，她睁开了双眼，右眼上的眼罩已经不见了！

黑色的人形僵住了，右臂停止了动作。云浩看不到面前发生的一切，但他在那一刻感到时间出现了短暂的停滞。他听不到脚步声，感受不到自己的心跳和瓶子的呼吸，甚至连透过眼睑的光都消失了，只有无尽的黑暗。

他的喉咙在颤抖，想要大叫，但没有声音；他想要奔跑，挥舞手臂，但什么也感觉不到。只有一片寂静，但“寂静”这个概念都消失了，只有一片虚无。

不知过了多久，一秒，一分钟，一天，还是一年？忽然间，眼睑又透进了光，他听见瓶子的声音传来。

“可以睁眼了。”

云浩依言睁眼，他第一个察觉到的不是仰躺在面前、右臂仍然半举的黑色人形，也不是面前的黑色长方形，而是瓶子靠在他胸前的头颅。他感受到瓶子轻柔的呼吸，头发间带着好闻的香气，他不知该如何形容那种气息，就像是夕阳下运河上吹来的风，湿润而悠远。

“帮我把眼罩戴上，你的手千万不要碰到我的右眼，你也不要看我的眼睛。”瓶子的声音很冷，云浩不知道发生了什么。他拿出眼罩，左手托着陶罐，右手笨拙地将细绳绕过瓶子的发髻，让眼罩遮盖在正确的位置。不经意间碰到瓶子的脸颊，触感光滑而温暖，他像触碰了火焰一般胆怯地移开手指，将视线转向别处。

黑色的人形僵硬地躺在地上，右手中有细链垂下，挂着那枚护符，克苏鲁的护符。

“注意不要看它脸上的圆形！”瓶子说道，“快一点，我们的时间不多。”

云浩犹豫了一下，那枚护符……毕竟寄托着他全部的过去。

瓶子感受到他的停顿，叹了口气：“好吧，拿上它，快到门前去。”

她注视着这扇门，如同凝视着深渊。漫长的时光过去了，神明流转，世界变动，银匙之主的门仍然没有任何变化，超越空间与时间。

希望一切仍旧有效，她默默地想，不然也没有其他的方法了。

“跟我念！”她提醒云浩，“一个字也不要出错！”

也是提醒她自己。

“银匙之主！万物归一者！门之主宰即是门本身！”

“银匙之主！万物归一者！门之主宰即是门本身！”

黑色的长方形静默着，几个呼吸之后，乌黯的表面上出现了三道涟漪状的波纹。

瓶子深吸了一口气：“再来一次！”

他们大声念诵着祷文，声音合在了一起，阳光从舷窗射入，照在黑色的长方形上。长方形里传来了一阵诡异的声响，像是金属相互刮擦，又像是冰块破裂。

瓶子深吸了一口气，犹豫了片刻。云浩呆呆地低头看她，不知道是否该出声。

忽然间，房间的其他角落开始浮现黑色，三个黑色的长方形开始在虚空中浮现。

“我们被发现了。”瓶子苦笑道，“赶快进去吧！快！按我之前跟你说的。”

云浩抱紧了陶罐，冲向了面前的黑暗。他的身影融化在这一片混沌中，如同沉入黑色的湖面。随后，门消失了。

三个黑色斗篷的人形出现在房间里，面面相觑。其中一个人形低下头察看倒在地上的同伴，伸手去触碰其面具。面具上的银色圆形上有些奇怪的图案，于是它靠近了端详。

光滑的表面上本应反射周围的事物，然而此时只映着一张美丽的面庞，如同时光凝固了一般。她的右眼里似乎同样存留着某种影像，与银色的圆形组成了平行的镜子，无限地相互映照，而影像循环的尽头……

低头察看的人形瞬间停滞，它身上的时间被冻结了。

云浩看见了星辰。

他并不爱看星星，山阳的夜空与大地一样，总是灰蒙蒙的，偶尔只有几颗黯淡的星辰发出枯槁的光。在母亲还愿意说话的时候，她曾经讲过，大神来自星空。

“大神降到地上，沉眠于海中，当繁星处于正确的位置，它便会苏醒。”

“然后呢？”幼小的云浩追问。母亲不说话，只是看着面前的神像，低下了头。

而现在，云浩身处于浩瀚的繁星之间，星星闪耀出冰冷而迷人的光芒。他低头发现脚下踩着黑色的长方形，无数的长方形在虚空中排布出一条道路，这条道穿过亿万的星辰，延伸向看不到头的远方。

瓶子没有发出声音，只是痴痴地望着星星出神。过来半晌，她悠悠地叹了口气。

“我们暂时安全了。”她宣布，“把我转过来。”

云浩调整陶罐的角度，左手托住瓶子的后脑勺，让她以一个比较舒服的姿势面向他。虽然从开始逃亡到现在，可能只经过了半个沙漏时，但他觉得仿佛过了一年。能再次看到瓶子的面庞，让他由衷地感到喜悦。

“我现在解释一下到底发生了什么。”瓶子对云浩说，“毕竟我们现在算是搭档。”

这个词让云浩忍不住微笑起来，瓶子则叹了口气。

“犹格索托斯是最强大的古神之一，有一个称号叫‘门之主’。顾名思义，祂能在空间上开洞，让人迅速地跨越难以想象的距离。一般来说，只有门之主的信徒才能召唤出门，但谁进了这扇门，门之主并不管。或者说，这些被称作神的东西，本来就根本不在乎我们这些渺小的存在。凡人根本无法理解祂们是什么，来自哪里。试图探知这背后秘密的人，最后要么是疯了，要么得付出比死还可怕的代价。

“我们刚才进了一扇门，到了这个奇怪的地方。这里可能是太空，也可能是什么亚空间之类的地方，天知道为什么我们还能呼吸。但这不重要，重要的是，往前走，找到出去的门。”

托着陶罐的右手微微颤动，粗糙的触感传来，云浩的内心有一个疑问在疯狂地滋长，他害怕问出来就会毁掉他眼前的一切。在这片广袤的虚空中，在这个破败无聊的世界上，他能拥抱的，只有怀里这一个小小的陶罐。

但他还是听见自己干涩的声音在繁星间响起：

“你……也付出过代价么？”

瓶子静静地看着他，云浩的嘴角抖动，目光胆怯而又执着。于是她笑着说：“明白了。我来说说我的故事吧。”

“我出生的时候，世界还不是这个样子。可能比现在要好一些，但也好不了多少。

“我在一个小镇子里长大，没有名字，我们就叫它镇子。镇子在大陆的西北边，离山阳很远，如果用脚走，得一年才能到。但在那个时候，没人用脚走，我们能乘着钢铁的机器在天上飞，几天就能跨越整个世界。

“那个时代，古老的存在还没有回归，人们用钢筋水泥搭建房屋，用电照亮世界，同时也将废气排上天空，污水倒进大海。大部分人相信我们的文明会一直存续下去，虽然也会有危难，但一切都会逐渐变好。

“在繁荣的盛世里，镇子反而是离文明较远的地方，周围是一片荒原，有未被遮蔽的星空。我小时候觉得星星好漂亮，闪着晶亮的光，好像糖果一样，我看着看着就会想把舌头伸过去，尝一尝星星的味道。有时会有巨大的亮光从远处的地平线升起，冲破黑暗的天空，爸爸告诉我，那是火箭，里面载着人类自己制造的星星。

“我妈妈在生我的时候死了，爸爸偶尔讲起来，很快就会陷入沉默。他就在发射星星的地方工作，十天半个月才回一次镇子，看看我，摸摸我的头，然后很快就走。大部分时间里，我待在隔壁的阿姨家里。

“阿姨家里有个男孩，比我小两岁。我们经常在一起玩，他跟我说，以后他要到星星上去。

“我说，你要是到了星星上，记得尝一口那是什么味道。

“他说，姐，我带你一起去。

“他说这话的时候眼睛忽闪忽闪的，很认真，特别漂亮。

“我十三岁的时候，那孩子搬走了，去了文明的中心，繁华的国都。走之前的那个晚上，他拉我出来看星星，不说话。最后他不看星星，只是静静地看着我，眼里倒映着整片银河。”

瓶子停顿了一下，看向云浩背后的虚空，“现在我真的到了这里……”

云浩注视着同一个方向，蟹状星云如烟花般璀璨。

“他走了以后，我很少再出去看星星。十五岁那年，有一天晚上，我忽然听见荒原深处传来巨大的声响。我起初以为是火箭发射，但那声音像是无数个金属物件在碰撞。我冲出屋去，天边并没有升起亮光，相反，黑色的天幕上，亿万的星辰亮得可怕，并且逐渐变大，从小小的光点变成银色的圆球。它们不再像是糖果，而是无数只冰冷的眼睛，按照诡异的规则排布着。

我仰着头，觉得整片天空在坠落下来，像是终于被揭示的真相。金属碰撞的声响环绕着我，那背后有某种规则驱使，但远远超出了凡人的理解范畴。我觉得自己快要疯了，脑袋要炸开了，却无法晕过去。不知过了多久，声音渐渐停息了，我趴在地上呕吐，再也不敢看星空。

第二天，有一个穿军装的人来到家里，他告诉我，父亲殉职了，他参与的某项研究出了意外，爆炸之下尸骨无存。我追问这一切到底是怎么回事，他说，这是机密。过了几天，父亲的遗物被送了过来，只有几件换洗的衣物，没有什么遗留的笔记，什么线索也没有。但我知道，坠落的星空，和父亲的死亡，是脱不开关系的。”

父亲，云浩默默地想。最后一个关于父亲的画面，是他蹒跚着跑向了大海。他记不得石屋烛光下父亲的脸，接天港的一切却如此清晰地印在记忆里。他摇了摇头，想把那双鼓突的眼睛甩出头脑，却并不奏效。

瓶子看着他的动作，淡淡道：“父亲，他们和我们在一起的时间如此短暂，却占据了我们后来的人生。”

“我后来去了一座靠海的都市，在大江的南边，一个人靠着抚恤金过日子，住在潮湿的屋子里，偶尔怀念镇子的风沙。唯一的好处是，看不到星星，人造的灯光遮蔽了一切。那一晚之后，我就不太敢看夜空。

“我通过各种渠道调查那一夜的真相。圆球，声响，星空，我的线索只有这些。我去图书馆查考各种书籍，只要是跟星星沾边的我都看。我问过天文学的研究者，问过民间传说的专家，被当成疯子和骗子。有时我不断地回想那一晚的一切，甚至怀疑自己是真的疯了。

“有一天，我正在住所里发呆，忽然门铃响了，我打开门，看到了那双漂亮的眼睛。他说，姐，我来了。那个男孩已经长大了，他真的去学习造火箭。他回镇子找我，然后又找到了这里。我看到他的一瞬间，忍不住抱住了他。这是我在这世上唯一可以拥抱的人。”

“……我明白。”云浩忍不住出声回应，随后立刻把目光投向别处，研究远方一颗小小的星星。

瓶子轻笑了一声。

“我告诉他我经历的一切，他沉默地看着我。我心里一下子慌了，害怕他也把我当成疯子。半晌，他说，我认识一些人，他们可能会知道什么。我内心一下子陷入了狂喜，不仅是因为找到了线索，更是因为他相信我。我跟着他去了北方的国都，在那里，我认识了那群人。

“我说过，在那个时代，大部分人觉得人类的文明繁荣昌盛，坚不可摧，美好的俗世生活会一直持续下去。但仍然有一些人发现盛世的表象如梦幻泡影，超出凡人想象的可怖现实逐渐露出冰山一角。他们破解各种密文写就的经卷，在古老的遗迹中挖掘，顺着蛛丝马迹苦苦追索，拼凑出隐藏的真相。他们称自己为调查员。

“第一次的会面在国都的大学进行，他陪着我一起过去的。在湖畔的高塔里，苍老的男人坐在黑檀木的书桌后面，毫不犹豫地说出了那个名字：犹格索托斯。”

云浩猛地转回目光：“那不是……”

“对，就是祂。老调查员告诉我，亿万的银色圆球，是犹格索托斯某一个化身的形态。祂的显现，通常是因为有凡人召唤，试图寻求知识。犹格索托斯

会赐予知识，但这些知识完全超出了凡人头脑所能容纳的范围，看一眼就会精神崩溃。

“我毫不怀疑地相信了这一切，同时隐隐间意识到，或许父亲就是参与到了这样的事情里。但究竟发生了什么？那些古老的存在到底是怎么回事？祂们对于凡人意味着什么？

“老人摊了摊手，告诉我，调查员也在探寻答案。

“我感受到我身边的人肌肉紧绷起来，于是抬头看他。他的眼睛里流露出担忧，却毫不犹豫地对我说，姐，我支持你。

“于是，我加入了调查员的组织，学习关于那些古老存在的知识。历史背后的真相如此可怕，早在这颗星球起源之时，难以想象的可怕存在就穿梭在星辰间，到达了地球。在几十亿年的漫长时光里，无数古老的文明因这些古神兴起又衰亡，人类的文明不过是短暂的假象，古老的存在们不知何时会从沉眠中苏醒，然后我们引以为傲的一切就会崩溃坍圮。

“我把我了解的知识告诉他，科学训练使他并不轻易相信这一切，但他又本能地相信我。他对我说，姐，即便这一切可能为真，我也要自己去证明。他说他要加入军队的研究中心，调查那次研究事故。

“我想说这一切很危险，你不要陷进去。我想说这是我自己的事情，我的道路在那一晚就注定了，而你还有大好的人生。我甚至想跟他说，这一切都是假的，我编出来骗你的，我是一个疯了的女人，你赶快离开我吧。

“但我看着他的眼睛，忽闪忽闪的，像很多年前那样认真，那样漂亮。那是我唯一可以直视的星辰。

“于是我说，好，我等着你。

“那是我最后一次和他说话，最后一次看见他的眼睛。”

云浩抱着陶罐缓缓走着，瓶子倚靠在他的臂弯里，静静地说着自己的故事。远处是亿万星辰组成的壮丽银河，氤氲着光辉的星云，四周是一望无垠的虚空。

他不知道是否该安慰她，该怎样回应她。他一向习惯沉默，然而此刻他厌恶自己口舌的笨拙。于是他只能抽出一只手，轻轻地敲陶罐两下。

“谢谢。”女孩说。

一切陷入了安静，瓶子不出声。云浩缓缓地走着，他低头看自己的脚，每一步都在黑色长方形上踏出涟漪。路很长，他想着瓶子的话，想象那个世界，想象那时的瓶子，她有躯体吧？她会在星空下蹦跳着，有时安静地哼着歌。那个男孩，真羡慕啊，他陪伴瓶子度过了童年。

他的思绪流转，这是云浩第一次发现，如果回忆充满了声音和色彩，那么足以慰藉日后枯败的时光，让发呆也充满愉悦感。

这让他没能立即发现异状。在大约半个沙漏时以后，他停下了脚步。没有声音，周围静得可怕，他只能听见自己的呼吸声，而瓶子的呼吸声消失了。

“瓶子？”他轻声唤道，这是他第一次喊她的名字。

瓶子没有反应，他转过陶罐，发现瓶子闭着眼睛。他犹豫了一下，用手指轻轻点了下瓶子的脸。瓶子如雕塑一般毫无反应，没有鼻息起伏。云浩隐约感到，这绝不是什么好事。

“瓶子！瓶子！”他大声呼喊，内心焦灼而恐惧。这种恐惧与梦境中全然不同，那一次他即将失去自己，而这一次，他将失去怀中之人。

他看到手腕上的链子，上面挂着章鱼头的护符。古老的存在……无以名状的力量……他将护符取了下来，贴在瓶子头上。

“银匙之主！万物归一者！门之主宰即是门本身！”

没有任何反应，这不是门之主的护符……于是他换了祷词，这让他感到浑身涌起一股恶寒，眼眶里传来尖锐的疼痛：

“咿呀！咿呀！克苏鲁-富坦！”

这一次，云浩能够更清晰地感觉到，那股混乱和恐惧的感觉在空间中弥漫开来，中心就是那枚护符。他眼前又浮现出幽暗的深海，如山一般的巨大暗影，巡游的怪异生物，其中一个长着自己的脸，皮肤下有什么东西在钻出来，恐惧像一只幽暗的蛇一般蜿蜒爬行，随即又变成了丑恶的蛤蟆一般的两栖动物，云浩想要尖叫……下一瞬，他发现自己还在原地，群星在远方冰冷地

闪耀。

瓶子睁开了眼，大口呼吸，像是溺水的人抽搐着苏醒。云浩赶忙移开了护符，瓶子盯着他的脸，大声问道：“过了多久？”

“不知道，也就一会儿……”

瓶子看向云浩手中的章鱼头的徽记，脸色发白：“你用了那个？！还说出了克苏鲁的名字？！你疯了么！那会让你飞快地转化为深潜者！”

云浩忽然像是被点燃了一般，近乎咆哮地说喊道：“不然我没法救你！”

瓶子震惊地看着云浩，云浩也瞪着眼睛看着瓶子，随即他移开视线，低着头，黑色的方形上泛起涟漪，如同雨滴轻缓落地。

“我只是想帮你……”他低声说道。

瓶子想要伸手去摸摸他的头，却只能呆呆地看着他。

“对不起……”女孩说。

云浩站在黑色的长方形面前，这块黑色方形与地面呈九十度角，光滑的表面倒映出他的面容：双眼鼓突，腮边开始长出鳞片，嘴唇变厚了。他怀里的瓶子，依旧眉目如画。

瓶子也看着镜面，她一时不知道该说什么。道歉？感激？一切都微不足道，并且时间也不多了。

“我们到了，这是路的终点，门的彼端。”她的声音有些干涩，“走进去就可以了。”

“对面是哪？”云浩问，这是半个沙漏时以来他们第一次说话。

“我认为可能是北方的某一个地点，离海港应该不远。”

“我想听完你的故事。”云浩看向镜中的女孩，“我不知道这扇门后会是什么，会发生什么，我会变成什么样……我想听完你的故事。”

瓶子看向镜中的云浩，他的眼睛外突得可怕，眸子却亮得如同星辰。

她露出了一个温柔而悲伤的笑容：“好。”

“他走后不久，我成了一名正式的调查员，一手拿撬棍一手拿古籍，全世界乱跑。真相的碎片越拼越完整，更重要的是，异常现象出现得越来越频繁。

沿海的居民看到了深潜者出没，山洪暴发冲出了昆虫状异形的遗体，东北山林的古墓里传来巨大的吼声，天文学家观测到诡异的红色流星向太阳飞来……我们到各地调查这些事件，结合古老的典籍，终于意识到一件可怕的事情：祂们，或许就要回来了。

“那些最具权威的前辈纷纷联系政府，发出警示，尽管这可能是徒劳的。其他的调查员们疲于奔命，我一边到处跑，一边仍在查找当年的真相。我想要联系他，但毫无线索。

“在这个时候，我们挖到了一件东西，准确地说，是一个人。”

瓶子停顿了一下，问云浩：“你知道‘加塔诺索阿’这个名字么？你们敬拜克苏鲁的时候，会提到祂么？”

云浩摇了摇头。

“加塔诺索阿也是一个古老的存在，我们挖到的残章断简中，记载着祂能够控制时间，但祂的形象全无记载，祂的故事也鲜有传述，甚至没有迹象显示有文明曾经信奉过祂。直到某一天，我们在古老的地层里挖到了一个石头做的棺材，里面装着一具尸体。准确地说，那是一个人，男的，面貌如生，皮肤饱满光滑，就像是睡着了一样。

“他身边有一个卷轴，擅长古文字的调查员立刻拿去翻译。在这个时候，我犯了一个错，那时我太焦躁了，以至于草率地进行了行动：我试图检查他的生理状况，扒开了他的眼睑。

“我用右眼观察着他左眼的瞳孔，忽然间时间仿佛停滞了，我下意识地闭上眼睛，然后再也无法睁开。在一片黑暗中，我无法控制自己身躯的任何部分，我无法张口，无法睁眼，但我还能听得见同伴的惊叫，感受到身体被搬运。我听见他们在我身边讨论究竟发生了什么，听见他们不断地呼唤我。

“他们破译了卷轴，终于明白加塔诺索阿的恐怖之处。根据卷轴的描述，任何目击祂影像的凡人，都会瞬间凝固，不会衰朽，不会腐败，但也无法有丝毫动作，成为活的雕像。石棺里的人曾经正面目睹过加塔诺索阿，古神的影像甚至都留在了他瞳孔的倒影中。我只是间接地看到了祂，那力量衰减变化，我

的头颅化作活雕像，身体却迅速衰朽，在当天之后就变成了灰烬。

“大概过了两天之后，我短暂地睁开了眼，只能控制头部以上的部分。于是我们知道了更为可怕的事情：那些被凝固的人，恐怕还活着，还能感受和思考。他们将永远活下去，直到外力彻底破坏他们的大脑。我为什么能短暂地自控？可能与那次遭遇犹格索托斯有关。古老的存在之间也会有敌对冲突，一个神的力量或许能够干扰另一个神。我和其他调查员实验了一下，我的右眼里也留着加塔诺索阿的影像。所以他们做了这个眼罩，给我戴上，避免再伤到人。

“然后，我就继续陷入了凝固，闭上了双眼。其他人试图继续引入那些大神的力量来帮助，他们甚至找来了一些信奉古神的邪教徒，也完全没有任何效果。后来我才意识到，尽管调查员们身经百战，试图借助古神的力量还是在自寻死路，这些古老的存在完全超出了人类的理解，没有当场毁灭我们这些蝼蚁，只是因为不在乎。

“我在一片黑暗中，每天听着整点的时钟计算时间，其他调查员有时也会过来和我聊聊，告诉我最新的信息：政府开始相信我们，军队正在做好准备，很快就会派人前来……我思考着关于古神的一切。但我无法阅读资料，也无法表达自己的想法，过去的疑问仍然是疑问，过度的思考让我厌倦和疲劳。我开始回忆自己的前半生，我在黑暗中幻想着自己能看到那些人和事，镇子上的风沙，夜空的繁星。但我无法构想那一晚圆球组成的图形，那是超出我理解的存在，我连想都没法想。我想得最多的还是他，他的眼睛，他的声音。

“他对我说，姐，我来了。

“刹那间我意识到那不是幻觉，他真的来了，就在我身边。

“他说他知道发生了什么，他在军队负责重要的项目与古神有关。他说他找到了当年的线索，父亲的研究是在联系犹格索托斯。

“他一直不停地说，缓缓地说。他从来没有这么絮叨过，连他拒绝了几个女孩都跟我交代。他没有问我听不听得到，只是一直说，好像害怕一旦停止就会失去什么。他的声音变得越来越轻，越来越疲惫。我想要流泪，我想要看他，想要拥抱他，想要摸摸他的头。我只能在黑暗里，呆呆地，不说话。

“最后他说，姐，我来晚了，我带你回家。”

镜面里，云浩看见瓶子左边的脸颊划过一滴泪珠，它下坠得如此缓慢，似乎要用几百年的时光才能落地。

“他带着我回到了镇子，我听到了熟悉的风沙声。研究中心不可能带一个人头进去，我就被放在他房间的书桌上。他每天帮我擦脸，清洗我的头发，盘成发髻，我能感受到他手指的轻柔。他会跟我说，今天有了哪些进展，火箭出了什么问题。我认真地听，认真地帮他想解决方案，认真得就像一座雕像。

“有一天，他对我说，他有了新任务，那是我父亲生前在的项目组，他们做的事情，就是召唤犹格索托斯。

“我一下子懵了，在心里疯狂地呐喊。你不要去，那太危险了，你不是想要造火箭到星星上去么，为什么要去找古神的麻烦。你疯了么！就算你现在没疯你很快也会疯掉的！

“因为这些东西，我已经失去了爸爸，失去了身躯，我不想再失去你。

“他继续说，借助门之主的力量，或许能让我复原。

“我安静了下来，在心底问：有什么办法，能让我立刻死去？”

她的声音低沉了下去，眼睛盯着寄居的陶罐。云浩看着镜面，星光在光滑的平面上反射，让他想起多年以前河面上倒映的夕阳，河堤上静默的女孩。

“但我什么也做不到，连死也不行。实际上在别人眼中，我没有呼吸，扫描不到大脑活动，对于外界刺激也做不出反应。除了不会腐烂衰朽以外，我跟死人没什么区别。调查员们找到的古老典籍里有一句话……”

“在万古的时光中，死去的未必已死；在万古的时光中，死去的仍会再死。”云浩跟着瓶子念了出来。她有些惊讶地看了他一眼：“这句话本来就是预言古神的回归，但用在我身上……也合适。”

“他还是去从事危险的研究了，但还是像往常一样，每天回来对我说话。他告诉我关于门之主的秘闻，祂与人类合作的可能性，还有此前失败和成功的仪式。渐渐的，我从他的声音里听出了异样，有时说着说着会突然拔高声调，嗓音里夹着金属的声响。他太着急了，走得太快了。他告诉过我，外面的世界

正在发生可怕的变化，深潜者开始上岸了，地铁深处出现了神秘的坑洞；大洋彼岸的国家开始向大山深处的异形聚落发射核弹，月亮上出现了诡异的徽记。他必须加快进度，为了抵御即将到来的不可名状的恐怖，也为了救我。

“而我，在黑暗里静默着，找不到祈祷的对象，也想不到任何能帮助他的方法，只能静静地听他的声音，想象着他的模样，等待着某一个时刻的到来。

“这样的日子大概持续了一年多，有一天晚上，他没有回来。第二天，也没有回来。我在黑暗里近乎疯狂，疯狂化作了混沌，我觉得我即将停止思考，彻底死去，而这也是我希望的。

“在这个时候，我忽然感到有什么东西靠近，在上方的天空里划过。我看不到它，但我感到那是赤红的颜色。随即，我在黑暗里仿佛看见了什么，在遥远的地方，很多巨大的存在忽然出现，有一些像是挥舞着触手的恐惧，有一些带着万千可怖的子嗣，最庞大的那一个是一团蠕动的疯狂。最后，亿万银色的圆球出现了，带着金属碰撞的声响。

“祂们碰撞着，吼叫着，不可名状的存在相互冲击着，然后我忽然能睁开眼了。

“我看着眼前的房间，夕阳渐渐黯淡下去，一切仿佛失去了颜色。在最后的余晖里，我贪婪地看着眼前的一切，看着门旁的衣架上挂着的衣服，看着书橱里的书籍，看着窗外的房屋在昏黄的光中闪着金边。我看到面前摆放着他的照片，他穿着白衬衫，微微笑着，眼睛还是晶亮的。

“我醒了大概两个小时，太短暂了……太短暂了。我感到眼皮开始沉重僵硬，黑暗再次降临了。这一次，我安静了下来，我学会了做梦，用那些斑斓的回忆构建梦境，有一些是关于他的，有一些是纯粹的空想。我的感官渐渐屏蔽了外面的世界，我不知道我经历了什么，被带到了哪里，直到再次醒来，遇到了你。”

“你……睡了多久？”云浩轻轻地问。

“不知道……或许是一百年，或许是一千年，我早就放弃计算时间了。”瓶子微微笑着，声音却越发空茫。

云浩看着面前的镜面，既不期待，也不畏惧，只是轻轻地踏了进去，护好怀中的瓶子。

穿过门，第一眼看见的，是天边燃烧的云。乌云如同屋顶般遮蔽天空，只有西方的边缘透出了如火的夕阳。他们站在一座低矮的山丘上，脚下的泥土是黑色的，一些地方露出了琉璃一般的晶体，像是被高温的火焰烧灼过一般。

瓶子让云浩把她转过去，面向东方。在那里，她看见了城市的尸体。山脚下隐约还能看出道路的痕迹，街道旁的楼房满是斑驳的烧痕，一棵焦黑的大树倒入二楼的窗户里，树根仿佛手掌般无助地伸向天空。黑色的尸骨佝偻着倒在地上，身后墙壁上的尘埃映出了他最后的姿势。

瓶子轻轻地吐出了一个词："核爆。"

她向远方望去，高楼的钢筋骨架仿佛巨兽的残骸，在其间有半截高塔矗立着。她很快意识到这里是哪里。

"走，往塔那里走，用最快的速度。"瓶子虚弱地说道，"边走我边说。时间不多了。"

云浩抱紧了陶罐，有些蹒跚地奔跑了起来。死去的街道上只有他的脚步声，在这文明的墓地间奏起了祭奠的挽歌。

"这里是国都，是文明的中心。古神降临之后，这里是首当其冲的。我不知道到底发生了什么，但最后，有人往这里扔了核弹——那个时代人类所能掌握的最强大的武器。"瓶子咬牙切齿，"看起来，除了毁掉了这座城市，并没有丝毫作用。"

"根据某些资料，核武器的发明本身，有可能都是古神作用的结果。奈亚拉托提普，欺骗与变化的古神，祂的某一个化身曾经与多个核物理学家有过接触。"瓶子看着眼前掠过的废墟，倾倒着她所知的一切。"你看，人类那时引以为豪的文明，被这些不可名状的存在随意玩弄。甚至我们能够在大地上建起高楼，都只不过是因为古神在小憩而已。"

"如此看来，你我的人生，变成这个样子，好像也不算什么了。"

在塔的面前有一方浅浅的坑，像是被蒸干的湖泊。云浩站在残破的石阶之上，瓶子仰望着塔身，昔日精美的雕饰只余烧毁的轮廓。塔只剩了下半身，连着石质的基座，断口光滑平整，像是被巨大的利剑切开了。

“我也不知道发生了什么。”瓶子开口，“什么都有可能……”

“……我们要做什么？”

“你去碰一下……”

云浩伸出右手，他的手已经长满了绿色的鳞片，指间是薄薄的蹼，指甲尖利而弯曲。

“丑么？”他看着瓶子，变化的脸上已经挤不出笑容。

“挺酷的。”瓶子努力地振动渐渐僵硬的声带，想要传达出笑意，“虽然没你之前好看。”

他用长长的指甲触碰黑色的塔身，在接触的那一刹那，石头发出了咔嚓的声音，由一个小小的点蔓延开来，裂纹逐渐扩大，蔓延向整座废墟。它没有碎裂，没有倒塌，而是化作了粉末，一阵风吹来，在夕阳的余晖中飘散向天空，仿佛黑色的蝴蝶。

云浩和瓶子静静地看着夕阳。

“以前调查员会在塔里聚集，我以为他们会留下些什么，能帮到你。”

“那你呢？”

“我……很快就要沉睡了，我能感觉到。别打护符的主意了，那玩意只能起一次作用。”

“我会想办法！我带着你，想办法让你醒着，想办法让你再获得躯体！”云浩艰难地从变形的喉咙里挤出嘶哑的音节。

“不……就这样吧。外面的世界对我来说，已经没有什么意义了。把我放在这里吧，让我回去，接着做梦，直到死去吧。”

“至于你……很快你就会变成深潜者，古神的召唤无法抗拒，你会渐渐忘记这一切。”瓶子注视着他，目不转睛，内心的酸楚使她想要移开双眼，但她命令自己看着云浩，“对不起……真的对不起，我拉着你逃出来，最后还是帮不了你。对不起，再见……”

瓶子的眼皮逐渐沉重，泪水让她快要看不清云浩的样子。在那一瞬，瓶子看到他还是像初见那样，皮肤白净，眼神漂亮。

“还没到说再见的时候。”嘶哑怪异的声音断断续续地传来，“我……从来没有怪你，我做的都是我自己愿意的。现在……还有最后一件事情你能帮我……”

“用你的右眼看我。”

瓶子瞪大了左眼。你疯了么……

云浩静静地看着她。死不可怕，永生也不可怕……

瓶子注视着云浩的眼睛，最后一丝夕阳照在她的脸上。她点了点头。

**幕间**

“所以，你就是瓶子？还是云浩？”金属的声音问。

戴兜帽的人沉默了一瞬，随即发出了哂笑：“难道我讲的一定是自己的故事？谁告诉你故事一定是真的？”

金属的声音高声大笑，如同铁板在玻璃上刮擦。其他的几个人，有人投去厌恶的目光，也有人似乎不能忍受，捂住了耳朵。

“你说得对，为什么要讲自己的故事呢？”

柱顶又陷入了沉默。右眼缠着绷带的人用撬棍拨了拨篝火，火星飞起，在灰色的天幕上飘动，化入了天光之中。

撬棍指向对面：“我讲完了，你的故事呢？”

发出金属声音的身影被火光照亮，木质的面具遮住了脸的上半部，没有任何缝隙露出眼睛。脸的下半部满是伤疤。

“在这儿呢。”

**调查员**

木头看着空无一人的洞窟，不知发生了什么。难道他们去了什么地方，单单丢下了自己？

下午的时候，他在河边晃悠，犹豫着要不要偷偷过河。村里的大人们立下过规矩，不允许随意越过村口的小河。木头今年十四岁，每天跟着大人们在麦田里劳作，麦田的边缘是一条河，将村子与荒原隔开。河的对岸，棕色的大地向天边延伸，与瓦蓝的天空交会在一起。

闲暇的时候，木头总是盯着河对岸看，那里有一棵枯树，树干如同枯骨，他能记住它每一根枝丫的轮廓。村里没有树，也没有其他的植物，人们住在山坳里的石洞，用先贤留下的神器烹煮麦穗充饥。村长有一根手杖，那是村里唯一的木制品，是无上的珍宝。

村长对木头说，你是村里这二十年来唯一一个新生儿，你也是我们的珍宝，所以叫木头。

“有人么！”木头对着空无一人的洞窟大喊，快要哭了。他只不过偷偷试着过河，为什么人都不见了呢。

他问过村长，为什么不能到河对岸去？为什么非要住在山洞里？为什么不能去荒原上找木头？

村长用手杖敲了敲神器，金属表面发出咚咚的声音。“神器让我们远离邪魔，赐予我们食物，但它不是万能的。过了河，就护不住了。”

“过了河，会怎么样？”木头继续追问。

“我爷爷那一辈带着人来到了这里，那时据说有一百多人……”村长环顾四周，三十多张麦秆编织的床铺沿着洞壁摆放，只有十张上躺着人。“后来陆陆续续有人离开。我接过手杖的时候，这里有五十多个人……十年之前，最多的一次走了三十个人，其中就有你的父母。”

“然后呢？”木头期待地问。

“然后……没有人回来。出去找他们的人，也没人能回来。只要跨过了河，就无一幸免。”

木头长大了嘴巴，村长转过头，用一块破旧的布料擦拭着神器，神器轻轻地颤动，发出微弱的嗡嗡声。神器整体呈正方形，大约有一人高，顶上有一个中间凹下的圆盘，圆盘正中有一根半人高的铁棒。正方体的某一个面上布满了大大小小的凸起，按下其中几个，圆盘便会发热，村里人就用它煮麦子。不煮麦子的时候，神器就嗡嗡作响，村长说这是神器工作的正常反应。

“如果哪天不响了呢？”木头扯了扯村长的袖子。他们的衣衫破旧，都是从上一代人那里传下来的，散发着一股霉味。

村长僵住了，他摆了摆手，不想提这个话题。

木头转了转眼珠：“我父母是什么样的？”

“不知道。这么多年这么多人，我哪记得。”

下午的时候，太阳辣得邪性，地里干活的人都回洞里休息了。木头偷偷留在河边，把脚伸进河水里。河并不深，按照木头的观察，或许河中心也就一人深，但水流却异常湍急，在鹅卵石的河床上冲起白沫。木头琢磨着之前的人是怎么过河的，他们有绳索么？有什么东西可以用来搭桥么？

他正在胡思乱想，忽然看到对面的树下有一个人影。木头用手在眼上搭起凉棚，眯眼看去，那人浑身包裹在一层灰色的纱布里，颜色并不显眼，头上戴着一顶高高的黑色帽子。

木头心头涌上一股奇异的喜悦。这是他见过的第一个外来人，不，肯定也是村子里第一个外来人。他是第一个见到外来人的村里人！木头双手做喇叭状，冲着对面大声喊：“嘿！嘿！”

那人把头转向木头，冲他挥了挥手。

木头继续喊道：“嘿！你是谁？你从哪儿来？”

戴高帽的人双手做出了几个手势，并冲木头点了点头。

木头挠了挠头，他不太懂，于是问：“你能听懂我的话么？你会说话么？”

高帽子又点了点头，用手指了指木头，指了指河岸，手掌向下按，又指了指自己。

木头还是看不明白。于是他说：“我回去找村长。你不要走！”

风吹起金色的麦浪，木头在田垄上奔跑。洞窟的入口就在道路的尽头，光秃秃的山脊围出了一个凹口。木头的脚在干燥的泥土上，扬起一阵尘埃。他的

心里满是兴奋，这一成不变的生活，因为外人的到来，将有所改变。

直到他踏进大山的阴影里，看到空无一人的洞穴。一切都如同往常，只是村长和其他人都不见了。床铺还静静地摆着，神器也一如既往地待在洞窟中央。

他们去哪儿了？木头思索着。整个洞窟只有一个敞亮的入口，朝向麦田和河流。除此以外，洞窟深处还有一个垂直的深坑，没人下去过。村长说，以前用石头试过，至少要两息之后才能听到声响，村里没有结实的绳子，人下去就上不来了。村里人平日里也从不靠近坑口。

木头站在深坑口向下望，他们难道到了坑底？全都掉下去了？

他冲着坑口大喊，只有自己的回声。木头忽然头皮发麻，他知道什么地方出问题了：神器不响了。

他再次看向深坑，窸窸窣窣的声音渐渐响起，从坑底升了上来。他没有犹豫，转身跑向洞口，跑过麦秆铺成的床铺，跑过坏掉的神器。莫名的恐惧刺激着他的肌肉，浸染着他的五脏六腑。阳光就在前方，木头摔倒了。不是绊倒了什么东西，而是双腿忽然失去了控制。后方传来某种东西拍击空气的声音，他忍不住转过头去。

那东西有一人高，漂浮在半空中。昆虫一般的躯体上长着两对巨大的、仿佛是膜翼一般的器官，以及数组节肢。在原本应该是头部的位置上，长着一颗结构复杂的椭球体，这椭球体上覆盖着大量短小的触须。它周围的空气轻微地震动，发出嘶嘶的声音："米-戈……"

木头感到一阵冰冷的感觉从大脑向全身蔓延，他拼命挣扎，却根本感觉不到自己的双手。他连尖叫都做不到，思维在渐渐消失。

刹那间，一个身影从洞外冲了进来，砸向了半空中的怪物，怪物带着尖利的嘶声被推向洞壁。裹着纱布的双手狠狠抓住了怪物的膜翼，将其撕扯了下来。

木头大口呼吸着空气，站了起来。是那个戴高帽的外来人！

怪物落在了地上，用两对节肢支撑着肥大的腹部。外来人狠狠地一拳打在怪物头上，怪物如遭雷击，拼命扇动剩余的一对膜翼，试图再度升空。

“闪开！”一个年轻男人的声音从木头身后传来。木头来不及回头，连忙躲到一旁。

第二个人影冲了进来，在离怪物三四步远的地方腾空而起，跃向怪物，将一根金属棒刺进了椭球体的头颅上。

一切安静了下来。

年轻的男人抽出金属棒，喘息着问他的同伴：“你……没事吧？”戴帽子的人点点头，又摇摇头。“啥？事情还没完？”

木头站在洞口处，一脸惊魂未定，看了看怪物，又看了看这两个人。年轻的男人有着一头栗色的卷发，皮肤黝黑，脑后扎着马尾，脸上戴着墨镜，身上披着防沙的斗篷，站着大概比木头高出一头；戴帽子的人用围巾遮住了下半边脸，只露出两只冷冷的眼睛，浑身上下都包裹在灰色纱布中，他比戴墨镜的男人还要高一大截。

“嘿，小鬼，别怕。这只已经死了。”年轻男人一脸爽朗的笑容，露出一口整齐的白牙，“你可以叫我麦子。”

戴高帽的人冲着麦子比划了一个手势，麦子点点头，对木头说：“他说喊他帽子就行。”

“呃……我叫木头。”

“好名字！那么木头同学，你能告诉我，这里发生了什么吗？”麦子咧嘴问他。

火光照亮了木头的脸，这是他第一次使用火把。因为没有燃料点火，村里向来日出而作日落而息，漫长的夜晚里村长用荒诞不经的故事打发时间。在那些故事里，人不是住在石洞里，而是用木头和石头搭建房屋；除了麦穗，他们还有其他的食物。古人还能将天上的雷电引下来，照亮世界。

“然而，天上的东西下来了……”村长每每讲到此处，总是放低声音，叹息着，慢慢睡着了。

“你刚才看到的怪物叫米-戈，是天上下来的玩意，古神的眷属。”麦子举着火把走在最前面，他们此时已经下到了深坑的最底端。麦子自带了绳索，一端拴在洞窟内的石柱上，三个人顺着绳索降到了坑底。

“呃……你们到底是什么人？”木头问麦子，坑底的空气有一股污浊的恶臭，说起话来很难受，但他还是忍不住发问：“你们从哪来？来这里做什么？村里的人，他们在坑里么？”

“我们是调查员。”麦子走在队伍的最前面，身影在黑暗里若隐若现，他后面跟着帽子。

“调查员是什么？”

“调查员守则第一条：调查员的职责在于调查真相，挖掘隐秘……”麦子字正腔圆地背诵道，随即大笑了起来：“其实只是到处闲逛而已。我们路过这里，发现了米-戈，帽子跟它们有一些私人恩怨。我们不是特意来救你的，但你也可以感谢我一下。”

帽子沉默着，黑色的高帽在洞壁上映出巨大的影子。

木头继续问：“所以，村里人到底……”

帽子突然停了下来，拉住了麦子。他四指握拳，在面前竖起食指，木头懂了，这是“噤声”。

嘶嘶的声音从黑暗深处传来，麦子摘下墨镜塞进裤兜，握紧了金属棒，他弯下腰，浑身肌肉紧绷，如同一只即将出击的猎豹。帽子双手在身前交叉，做出防御的姿势。

声音越来越近，布满触须的椭球形在黑暗中浮现。麦子陡然起身，借助腰腿的力量，将金属棒刺了出去。金属棒再次插入了米-戈的头部，它嘶呀一声，倒伏在地。

黑暗中传来了又一声嘶叫，蓝色的电火花出现，麦子低下身子，帽子上前一步挡在他面前。电光在他的身躯上爆炸开来，昏暗的洞穴一时间亮如白昼。木头用手挡住眼睛，从指缝中观察前方的情况。

电光暂息，帽子抱住了第二只米-戈肥大的腹部，怪物节肢舞动，试图戳刺帽子的头颅，打落了他的高帽。木头看见怪物的另一对节肢握着一件古怪的

器具，像是一根弯曲的把手，蓝色的电弧在上面逐渐聚集。

“小心！又要来了！”木头大喊。

麦子从第一只怪物头上拔出了金属棒，刺入了第二只头部。电弧熄灭，器具落地。

帽子松开了怪物，转身扶住麦子。

“谢了。这回应该没了？”

帽子点点头。火把的光照在他的头上，闪耀着金属的光泽。麦子站稳了脚，弯腰捡起高帽递给身边的人。帽子点点头，用高帽遮住了头。

“调查员守则第二条：调查员有三件宝，撬棍，笔记本，还有一个朋友。”麦子回头对木头笑道，他黑色的瞳孔在火光下闪闪发亮。

“米-戈的技术非常先进，比如这个。”麦子拾起了地上的奇特器具，“它们在地球上潜伏了不知道多少年，观察人类，抓走人类，研究人类……人类有那么有趣么……”

木头打了个寒颤，随即意识到了什么：“那我们村里的人呢？也被……”

麦子没心没肺地笑了，那笑容夸张得让木头讨厌：“他们会幸福地生活在一起。”

帽子对麦子比划手势，麦子说：“我明白……但我这也不是假话。”帽子转头，拍了拍木头的肩膀，似乎是在安慰。木头不想和麦子说话，尽管这是这里唯一的对话对象。

火把的光明暗不定，脚下的路出现了上坡，木头加快脚步，走在最前面，路的尽头隐隐有些光亮。他跑了起来。

帽子听见木头发出一声长长的悲鸣。

他们进入了一个大洞窟，洞顶的钟乳石发出莹莹的微光，照亮了黑暗的空间。在洞窟中央的地面上，排列着九个人类的躯体，他们的头盖骨被打开了，里面空空如也。在更远的地方，堆垒着大量的骸骨。

木头瘫坐在地上，双手捂住了脸。帽子走过去，默默坐在他身边。麦子没有看他们，径直去查看远处的遗骸。

“大概有一百个人，真是大工程。”麦子啧啧道。

木头抬起头，眼中满是血丝：“那都是我们村里的人！你告诉我，这到底是怎么回事！”

“别冲我发火啊，又不是我干的……”麦子悠悠道，无视木头杀人的眼神，“米-戈特别喜欢干一件事，把人类的大脑挖出来，放在容器里，输送各种信号。有的大脑会沉浸在幸福的幻境中，有的大脑会苏醒过来。米-戈玩够了一个脑子，也会给他安上躯体，当奴隶用。”

帽子摘下了他的高帽，露出了头。那是半球形的光滑的金属外壳，从后脑勺到前额有一道合拢的缝隙，细而清晰。他露在外面的脸像是某种皮质的面具，僵硬而无表情，只有一双无机质的眼珠温和地看着木头。

“帽子就是从米-戈那里逃出来的。”麦子向他竖起大拇指，“猛男！”

木头看着面前的人，一时手足无措。帽子又拍了拍他的肩，木头犹豫了一下，也拍了拍对方的肩，于是帽子点了点头，重新戴上了高帽。

木头猛然转头，问麦子：“所以，村里的人，他们还活着？他们被装在容器里？他们去哪儿了？”

“问题要一个一个问……这是调查员守则第五条。”麦子不知从哪里抽出了一块布，擦拭着手中的撬棍，顺着光滑的棒身一直擦到前端的弯曲和分叉，“他们当然还活着，装在容器里……至于去哪儿，我就不知道了。”

帽子打了几个手势，麦子耸了耸肩：“猛男说，在大脑采摘装袋之后，会立刻被送走……”

“那我们赶快追呀！”木头焦急道。

“你以为米-戈会拖着一堆脑子跑长途？”麦子收起破布，挥舞了几下撬棍，“它们是能够穿越空间的种族，直接用什么方法传送走了。留下的三只是做收尾工作的。”

木头颓然地坐下，随即又看向帽子，重新燃起了希望：“所以至少他们还活着？那些之前被抓走的人……还有我的父母，都活着？我还有机会找到他们？”

帽子沉默着，麦子也不说话，木头的眼眶盈满了泪水："告诉我，是不是这样？是不是这样？！"

帽子点了点头。

"所以你说，这个东西保护了村子近百年？"麦子用撬棍敲打着村子里的神器。

"村长是这么说的。你别弄坏了！"木头不满地说道。说不定还能修好它，等大家回来，还能继续……

麦子转头瞥了一眼木头，似乎看出了他的心思，露出一口白牙："别傻了！这根本不是什么保护器，这就是一个坏掉的发报器，一工作就过热。在它彻底坏掉之前，可能终于成功工作了一次，发出了某个信号，然后米-戈就被吸引过来了；当然也有可能，米-戈一直看着你们，等着人出来，就像等待麦熟。"

木头咬了咬牙，转身离开了洞窟。

穿过田垄上的道路，饱满的麦穗沉甸甸的，然而已经无人收割。在蓝色的天空与金色的大地之间，帽子黑色的身影站在对面的河岸上，就像一个时辰之前那样。不同的是，他的身边多了一匹黑灰杂色的马，拉着一架破旧的两轮平板车。

河面上搭起了一座浮桥，绳索连接起一条条细细的浮木，两端用超大的铁钉固定住。帽子在对面打着手势，木头望着湍急的水流，静静地站立。

他曾无数次想过踏过这条河流，这是他唯一见过的河，也是自出生以来保护他、囚禁他的界线。然而现在这一切都像是个笑话。

脚步声在背后响起，木头背对着麦子，问道："你们要去哪？"

"到处闲逛，打打怪物，顺便再救一两个不可爱的小鬼……当然这是开玩笑。"麦子拿出墨镜戴上，"我们要去北方的镇子，找一些东西，做一些事情。"

"我跟你们一起走。我要找到他们，不管他们变成了什么样。"木头望向麦子。

“那就来吧！调查员守则第十条：同伴多多益善。”木头咧嘴大笑。他奔跑了起来，在河岸上起跳，踩着浮桥几个起落，轻捷如鹄。

太阳渐渐向西运动，马车在荒原上行进，车辙留下浅浅的痕迹，很快又被风尘盖过。从村子出发已有两日，木头只看到茫茫的旷野，偶尔有一两棵枯树和低矮的土丘，除此以外就是黄色的干裂的土地。他们从日出开始赶路，过一段时间歇一歇马匹，然后继续上路，直到日落，木头睡在车上，麦子和帽子轮流守夜。

荒原的夜晚寒冷，麦子把浮桥拆了带在车上，帽子把木头掰成一块块，烧起篝火取暖。

麦子自己带了干粮，那是一些黑色的饼，木头尝过一口，粗糙且苦涩，于是还是吃起自己从村里带的熟麦。

而水是个大问题。在村里的时候，木头直接在河边用手捧水，没有见过其他容器。直到麦子掏出了一个金属水壶，在木头惊奇的目光下递给他，他才意识到水是个大问题。

“我们可以分着喝，但最多还能撑两三天。”麦子把头缩在斗篷里，躲避着风沙，木头也用一件旧衣服遮着头。

“那帽子呢？他不用吃饭喝水么？”

帽子在前座驾车，他摆了摆手。“帽子……他除了大脑以外，都已经是机械了，身体里有一个可以发电的东西。”麦子解释道。

帽子忽然回过头来，拍了拍麦子。地平线上出现了一个黑色的方形，在夕阳里模模糊糊。麦子点了点头，马车于是向那个方向驶去。

过了一会，黑色的方形变大变清晰，那是一座高大的建筑物，上面有排列整齐的小格子。

“啊哈！看看我们发现了什么……一座楼房的残骸。”麦子跳了起来，高兴地大叫，“有电灯，有柔软的床，还有自来水！”

木头也露出了笑容，似乎是个好地方呢。

“不过那都是一百年前的事情了……”麦子降低了声音。

马车辘辘地向前行进，在楼房前停了下来。这座楼似乎半截埋进了土里，露出的部分残破不堪，表面的砖块已经风化剥蚀，看不出原本的颜色。

麦子抽出了撬棍，帽子把高帽戴正，木头发现自己没有什么趁手的家伙，于是只能把衣服裹紧一些。

所以这一次会遇到什么？木头在心里嘀咕。米-戈的丑陋可怕仍然令他心悸。

"啊火焰，你是人类的好朋友！"火光映亮了帽子僵硬的脸，麦子在一旁发出了舒心的咏叹。

木头翻了个白眼。这座废墟其实并不大，倒塌的墙壁和石板封闭了大部分的空间，能进入的房间则大多空空如也，只有破败的木头家具和一些锈蚀的金属。帽子找到了几根铁条，在篝火旁细细研究，似乎在思考该拿它们做什么。

"'火焰~人类的好朋友！'你觉得这一句能写进调查员守则么？"麦子伸了个懒腰，他们待在一间有窗的房间里，夕阳投下最后一丝余晖，乌云开始在天上聚集。帽子不理会他，掰扯着手里的铁条。

木头忍不住问："调查员守则到底是什么？"

麦子一跃而起，蹦到木头旁边，从怀里掏出了一个本子。本子外面包着一层皮革，封面的烫金字已经磨损得辨认不出来了。麦子打开本子，从摊开第一页，里面一条一条地写着不同的句子。

"你识字么？"麦子问。

"村长教过一些……"

"那你读一读，从第一条开始。"

第一条，调查员的职责在于调查真相，挖掘隐秘。

第二条，调查员有三件宝，撬棍，笔记本，还有一个朋友。

第三条，调查员必须经过严格训练才能参加行动。

……

木头一条条向下看，看到了第十条"同伴多多益善"。前十条的字迹工整，颜色却相当黯淡，到了第十一条，字迹纤细，在灯光下闪闪发亮："要珍

惜可爱的男孩子。”

再往后，每一条的字迹都不一样了，有的狂乱而飞扬（第十三条：致命弱点不一定是脑袋，但先打脑袋总没错。），有的稚嫩小巧（第十七条：出门要记得带水和撬棍。），还有几行没有字，不知是空着还是字迹已经完全消散了。

“看出什么了么？”

“这是……之前的人留下的？”木头用手指在某一行划过。

“这个本子是之前的调查员给我的，他的话在这里。”麦子拿过本子，翻到最后一条。

第二十一条：控制思维者方能战胜恐惧。

“他是我的老师，我的东西都是从他那里继承的……墨镜、撬棍，还有知识。他告诉我，一百多年前邪神降临，国都的调查员们逃了出来，其中有人带出了这本笔记。最初上面有多少内容，已经不清楚了，只知道后来经手的每一个调查员都会在上面写点什么，可能是人生经验，也可能是生存的窍门。”麦子摩挲着皮质的封面，“不一定有用，但拿着它，你总觉得有很多人跟你在一起。”

“还有其他调查员么？”木头望向麦子，火光中他的侧脸笼罩在阴影里。

“帽子算是调查员……啊，我错了，你就是一名杰出的调查员！”帽子打出手势，似乎在抗议，麦子连忙改口。

“其他就没有了。通晓秘闻、调查历史真相的人……我没有再见过了。”

云层中传来滚滚雷声，篝火摇动，三人的影子在破败的墙壁上飘摇不定。帽子站了起来，走到木头面前，递给他一件东西。

那是三根铁条拧成的棍状物，有木头的手臂那么长，顶端做出了一个微弯的弧度，与麦子的撬棍是一样的形状。

木头连忙起身，手忙脚乱地接过了这根新做的“撬棍”。帽子点点头，坐回了原来的地方。

“嘿，别多想，只是给你弄个家伙防身。”麦子不满地看着木头，觉得他

接受得太心安理得了，“你可不算调查员。”

木头看着手里的工具，摆弄了起来，没有理会麦子。

木头睁开眼睛，周围一片昏暗，篝火已经熄灭了，麦子窝在角落里，帽子仍然保持着昨晚的坐姿，不知是睡是醒。外面传来雨滴的声音，还隐隐有什么东西划破空气的尖啸声。

他跑到窗前，外面在下雨，天阴沉沉的，荒原上一片苍茫。他回头想要叫醒麦子，却发现麦子已经抽出了他的撬棍，戴上了墨镜，冷冷地注视着窗外。

“不要看窗外，千万不要，如果能的话，你最好一直闭着眼睛。不要问为什么，等会我会告诉你。”

这是木头第一次见到麦子如此严肃。木头习惯性地想问问题，帽子已经站到了窗户前，高大的身躯挡住了天空。

木头闭上了眼，抱住头蹲了下来。他听见麦子在挥舞撬棍。

“引进来。”麦子说。

尖啸声由远及近，声音急剧变大，又骤然停顿，继而又忽然加速。怪异的节奏让木头感到自己的心脏被刺穿了。

有什么冰冷的东西靠近了，空气变得湿滑，黏腻的水汽在皮肤上蔓延。恐惧在木头心中升起，却和在洞窟那次完全不同，那一次像是被大浪淹没，而这一次像是小刀在头皮上游移……

“火！”

尖利的啸声猛然响起，木头猛地捂住了耳朵，却并无作用。麦子的吼声，火把的舞动声，撬棍掉地的碰撞。

他忍不住睁开眼，画面一瞬间似乎定格了：火把敲上了空气中的某种东西，爆开了一团白色的蒸汽。在未知的东西消散之前，木头隐约看到了它的轮廓，那是细长的条形。

麦子一屁股坐在地上：“搞定了搞定了！这种东西真是烦死了！”帽子点头赞同。

木头一脸茫然，不知道发生了什么。

“边走边说。”麦子招呼他。

“大概一百五十多年前，有一位了不起的调查员前辈，他把关于那些古老存在的故事写成了小说，试图警告世人。他说过一句话：‘人类最古老而强烈的情绪是恐惧；而最古老最强烈的恐惧，便是对未知的恐惧。’对于那些不可名状的东西，该如何克服恐惧？我觉得，最重要的是先给它们起个名字。”麦子打开水壶喝了口水。

马车在泥泞的荒地上前行，天阴沉沉的，似乎随时会再下雨。然而没有此前酷烈的日头，不时吹来的凉风让麦子和木头都精神满满。

“啥？起名字？”木头怀疑地看着这个阴天还戴墨镜的家伙。

“对。你看，你叫木头，我叫麦子，他叫帽子，名字虽然只是代号，但有了代号，不仅方便，而且显得我们彼此有些了解。”

“我可不了解你。”木头说。

“啊啦啊啦，会有机会的。在你的村子里，那些米-戈，我不怎么怕，因为取了名字嘛，也知道它们是怎么一回事儿……但刚才那东西，没有任何调查员取过名字。那个东西，它看不见你，它通过感知你的念头来显形，一旦你看到它，记住了它，想到了它，它就可以追踪到你。”麦子深吸了一口气，“所以不能取名字，取了名字，你在大脑里再和形象对应……就麻烦了，它会在你的头上钻洞，吃掉你的念头……准确来说，就是你的脑子。但这玩意怕火，怕干燥，它的身躯尽管能极快地穿越空间，却需要水汽作凭依。”

“所以刚才你们用火炬烧干了它？”木头问。

“嗯，暂时不会出现了。”麦子躺了下来，“反正我是把它抛在脑后了。帽子也不会自找麻烦。”

马车的轮子咕噜噜地响，麦子睡着了，木头看着驾车的帽子。帽子永远安静地坐在那里，无机质的双眼盯着远方。他在想什么呢？他是怎么认识麦子的？他被米-戈抓走以后是怎么逃出来的？他为什么不说话？纱布包裹下的身体到底是什么样的？

木头脑子里冒出一连串的问题，他想问帽子，但又怕自己看不懂手势。

等麦子醒了再说吧……木头握了握手中的撬棍，想起自己还没跟帽子说声谢谢。

他向远处看去，荒原依旧毫无生气，乌云翻滚不息，偶尔露出一抹亮白色。马蹄有节奏地敲击，如同一首催眠曲。

木头站在金黄的麦田中，周围传来麦子成熟的香气。他顺着田垄走回洞窟，村长在门口拄着木杖，静静地看着他。

“回来了呀！”老人眯眼笑道。

“我回来了。”木头也笑着说。回来？我去了哪里？我……

老人的头顶出现了一道裂缝，越来越大，变成了一个黑色的大洞，里面空空如也。木头惊恐地后退，转身向河边跑。河流在酷烈的阳光下闪着白光，像是一条细长的带子……

空气中响起了尖啸，木头猛然睁开眼睛，雨滴从天上洒落，白色的条状物扭曲着向马车飞来。

“见鬼了！没烧死么！”麦子大吼一声，“帽子！加速！”

雨骤然变大，白色长条在空中旋转，以诡异的角度游动着，似乎在挑选着猎物。帽子抖动缰绳，拉车的老马长嘶一声，马车在泥地上飞驰起来。

“我们没火！”麦子咬牙，脸颊上的肌肉狰狞起来。白色长条渐渐靠近，尖啸声越来越大。马车的前方浮起了一团水雾，帽子并指成刀，向前挥动！

老马嘶叫着破开雾气，车上的二人却陷入了水雾之中。帽子松开缰绳，从前座跳入后车。

木头与麦子正背对背坐着，手中举起各自的撬棍。尖啸声响起，白色的前端出现在麦子面前，他挥动撬棍，想要斩断长条，金属的棍棒却直接穿了过去。白色长条在水雾中时隐时现，在有形与无形间游移。

木头屏住了呼吸，盯着面前弥漫着雾气的空间，条状的物体在那里显出了形状，向他冲来。尽管明白毫无作用，但他还是举起了手中的撬棍。

千钧一发之际，麦子转过身将他按倒。一片电光闪烁，条状物尖啸着隐入白雾之中。

帽子手中握着一个小小的器具，像是弯曲的门把手，那是村里的米-戈遗落的武器。

“再来一次！”麦子喊道。

条状物向帽子冲去，武器再次射出电光，白色长条抽搐着向上方飞去。帽子将手对准天空，想要发出最后一击。

然而没有电光。

麦子瞪大了眼睛看着帽子，有些绝望地喊道：“我来……”

话语中断了，帽子冲了过来，一手抓住麦子，一手抓住木头，用力地将他们的头颅相撞。两个人利落地失去了意识。白色的长条飞掠下来，似乎失去了目标，盘旋了一圈再次升上天空。

帽子的胸腔里发出一声金属的闷响，像是在咆哮。他脱下礼帽，露出金属的头颅，跳下了飞驰的马车。

老马拉着麦子和木头飞奔而去，帽子看向天空，雨滴洒落在他僵硬的脸上，白色的长条俯冲下来，金属的头颅上立刻出现了一个空洞。帽子的身躯无声地颤抖，他举起右手，插进了自己的胸膛。

爆炸声将麦子从短暂的昏迷中拉回现实，他爬起来回望后方，巨大的火柱冲天而起，尖啸声回荡在整片空间中。

“帽子……他……”木头颤抖的声音响起。

麦子呆呆地看着那里，雨水顺着他的脸颊滑落，滴入了泥泞的荒原。他疯了一样地向那里奔跑，脚步溅起大片的泥水，木头拔腿跟了过去。

在那个地方，只有一具机械的身躯，钢铁的胸膛上有一个大洞，轴承和齿轮暴露在外。四肢的关节已经烧得融化了。高温蒸腾起水汽，正上方的云层被暴风冲散，投下一道光柱。

“白痴……铁皮脑袋……”麦子伸手握住帽子焦黑的肩膀，掌心留下了烧灼的伤痕。

不远处，木头跪倒在地上，右手拄着那根铁条拧成的撬棍。

“我们走。”麦子转身走向马车，没有丝毫犹豫。

经过木头的身边，木头抬头，满脸泪水：“就这样把他扔在这里么！你这个混蛋！”

“那不是他自己的肉体。”麦子说，“他的灵魂已经去了想去的地方。”

天已经放晴了，荒原的泥地变回干燥的黄土。马车向着北方驶去，木头摩挲着撬棍，黑色的礼帽放在身边。他别过头去，仰头看着苍蓝的天空。离上一次下雨已经过去了两天……后座上只有他一个人了，另一个人在前座驾车。

“大概三年以前，我和老师在南方的森林里遇到了帽子，那个时候他还不叫帽子。”麦子的传来，低沉而平静，“遇到他的那天，也在下雨，我看到他蹲一棵大榕树下面，灰色的金属身体，冷冷的眼睛。我吓了一跳，立马抽出家伙准备打架。他也吓了一跳，却冲我不断摆手。

“我问他，你是邪神的走狗么？他摇头。我又问，你是哑巴么？他继续摇头。我问，你是谁？你从哪儿来？他的双肩垂了下来，头低着，又蹲了下去。

“我带着他去见老师，老师教了他手语。慢慢地，我们弄明白了，他在很久很久以前，可能还是神降临之前，被米-戈抓走，放在这具身体里，派去挖矿。大概十几年前，他忽然恢复了意识，找了个机会逃了出来。

“但他什么都记不得了，自己的名字，过去的事情，过去的家人。他那个时候很迷茫，每天要么呆坐着，要么找老师拼命比划手势。他一个人在森林里待了十几年，喉咙可能是出了故障，也可能这身体里就没有发声器。没人说话，也没法跟自己说话，米-戈也没把他抓回去，于是他就胡思乱想。他怀疑自己的意识只是被制造出来的……一切都不真实，甚至连我们也是拿来骗他的幻象。

“老师对他说，真实是需要用自己的双眼去确认的，如果你没有别处可去，那就和我们一起走吧。

“他特别信任老师，那顶礼帽也是老师送他的，是之前的一位调查员留下的。老师说，虽然有金属外壳护住大脑，但礼帽是文明的象征，可以护住精神。我觉得老师也是在一本正经地胡说八道，但帽子特别喜欢那顶礼帽，我笑他简直是沐猴而冠，喊他帽子，他也不在意。”

这是两天以来，木头第一次在麦子的声音里听出笑意。他静静地听，想象着南方的森林，他从未见过的巨树，和树林间高大的身影。

“我跟老师其实是去调查一个遗迹。据说邪神降临之前，有人做过一个大计划，能抵御那些天上来的东西。那一部分资料散落到了西南的丛林里，老师想把它找出来。老师说，从他上一代人开始，调查员们就一直在找过去的资料。在邪神降临之前，我们拼命调查古神的形迹；后来我们不需要调查邪神，祂们直接来了，我们只能转而调查前人的遗产。真是讽刺……”

“村长也说过……我们住到村子里之后，越来越多的东西被忘掉了……”木头说。

“老师说，这一百多年来，文明的余烬越来越弱，这一代再不想办法，就真的要熄灭了……他死前留下了这句话。”麦子的声音又低沉了下去。

“我们在南方的洞穴里找到了埋藏秘密的居所，找到了过去的计划书。然后，我们遇到了难以抵御的东西……”麦子握紧了缰绳，老马发出一声低鸣，“修格斯，古老者创造的怪物，这些不定型的原生质能够模仿任何形状、任何器官、任何动作……这些怪物从洞穴的深处爬出来，瞬间吞没了老师。他最后冲我和帽子大喊：去北方！去北方！去北方！

帽子发了疯地与修格斯搏斗，他钢铁的身躯不会被吞噬，却也无法击溃那些软泥一样的怪物。他想要自爆，但修格斯留下了一堆白骨，退回了幽深的地底。”

木头看着麦子的背影，不知道该说什么。

“我是被老师养大的，从识字开始就开始学着做一名调查员。”麦子咧开嘴，露出一个难看的笑容，“但那些前辈，大多都疯了，或者疯之前就死了。我见过的调查员，老师，帽子……然后就该轮到我了。”

“你知道守则第三条为什么说调查员要有一个朋友么？”麦子偏过头，有斜眼看着木头，“因为必要的时候，可以让他们去断后……或者说，送死。”

木头猛地抽出撬棍，想要打麦子。他想冲他怒吼，想骂他。你这样说对得起你的老师，对得起帽子么！我不懂调查员的使命，调查员的守则，但你这样

说是在侮辱他们！

他看着那顶黑色的礼帽，眼泪忍不住滴落。麦子的背影佝偻着，马蹄声哒哒响，木头什么也说不出来。

他害怕面对真相：是自己引来了那个东西，是自己的念头。

他们在荒原上又走了十天，一路向北。大地上渐渐出现了一些植被，有散落的低矮灌木，有形状奇异的树木，有些土地长着一层薄薄的草皮。水源不再是问题，他们路过了两处绿洲。麦子靠星星辨认方向，驾着马车向地图标示的目的地前进。那张地图就是他们在南方的遗迹里找到的。他不时地向木头传授一些知识，包括那些不可名状的古老存在，诡异的非人之物，还有一百多年前那次巨大的灾难。

一天傍晚，在篝火旁，木头看着满天的星斗，忍不住问麦子："按照你讲的，邪神几乎一瞬间就摧毁了人类的文明，那究竟有什么方法可以抵抗祂们？以前的人……在北方做了什么？"

麦子叼着一根狗尾巴草，仰躺在地上。他想了想说："我之前跟你讲过，那个时候，一颗赤红的星星划过天空，那是格赫罗斯，行星一样的古神，祂不停地向周围播放着'天体之音'，所到之处所有沉睡的古神都会被唤醒，附近的古神则会被吸引过来。因此，格赫罗斯也被称为'前兆'。

"根据老师找到的资料，一百多年前，调查员们预见到这一切不可避免，于是做了一个设想：待格赫罗斯离开之后，播放逆转的'天体之音'，让古神们重新进入沉眠。他们从'万物归一者'犹格索托斯那里获得了禁忌的知识，打造了前往天空的飞船！因为只有天体才能播放和扩大'天体之音'，所以飞船的目的地，是月球。"

"月亮？"木头用手指了指天上，此时正是新月初升，天边亮起了皎洁的弯钩。

"对，月亮。"麦子抖了抖嘴里的草杆，"那艘最后的飞船，就在北方。不知为什么，它最后没能发射出去。这一百年来，大地混沌，人类离散退化，或者敬拜邪神，是时候改变这一切了。"

木头感到自己的胸膛里有什么东西随着篝火在跳动。

“也唯有这样，才对得起老师和帽子。”

地平线上出现了一个黑色的凸点，渐渐地放大。午后的阳光毒辣，木头眯眼看去，那应该是一座山丘。

“我们到了。”麦子说，他振了振缰绳，加快了速度。

更多的东西在视野里出现了，那是一群楼宇的废墟，就像他们之前待过的那座一样，底部被沙土掩埋，外表破旧，有的只剩下了骨架。可以看得出，它们曾经排布成整齐的形状。

“你确定是这里？”木头怀疑地看着麦子。

麦子不说话，用手指了指前方。

锥形的山丘顶端露出了一点白色，连缀着黑色的琉璃状表面，在山腰上，灰土间露出了一大片红色的金属。

“我想，这就是那艘飞船了。”

木头不敢想象这是人类的造物。他仰望着飞船，像是看着一件来自遥远过去的图腾。

在飞船形成的山丘底部，麦子用撬棍在土坡上戳刺，金属碰撞声传来，木头和他一起挖开土层，挖出了一扇门。他们撬开了门，麦子点起了火炬，钻了进去，木头在门前停顿了一瞬，转身爬上了停在一旁的马车，拿起了那顶礼帽，戴在了头上。

随后，他毫不犹豫地走进了黑暗之中。

木头跟在麦子后面，缓缓地前进。尽管封闭了很久，但这片空间里的空气并不污浊，甚至还有习习的凉风。

“这里可能一直有能源供应，也有其他的通风口。”麦子说，“据说上百年前，人类造出过一种机器，能够长久地发电，甚至可以用上几十上百年。我们得找到给整栋建筑供能的开关。”

在火炬的照耀下，他们找到了一条向下的垂直甬道，可以看到甬道的底部传来一丝光亮。木头在上方守着，麦子腰间缠着绳索，顺着长长的铁梯向下

攀爬。

孤独一人在黑暗中让木头有些紧张，借着火把的微光，他看到周围有废弃的铁架子、木质的桌子，还有散落的纸张。他甚至看到了一张简陋的木床，似乎有人在这里生活过。地上有一些透明的袋子，他不知道这是什么材质，踩上去吱呀吱呀响。

甬道里传来一声惊呼，木头赶忙过去，麦子似乎已经到了最底部。“发生什么事了？”他喊道。

“你自己下来看看就知道了。”

天花板上的白色灯光照亮了整个房间，这是一个六边形的房间，其中两面墙被高大的机器占据，各种指示灯不断地闪烁。有一面墙是玻璃窗，透过薄薄的灰尘，隐约可以看见一些巨大的黑色圆圈。

在玻璃窗对面的墙上，放着一张桌子，在桌子上摆放着一张椅子。在椅子上有一个陶罐，陶罐的顶端，是一个女子头部的塑像。塑像落满了尘埃，但还是可以看得出精致的眉眼和嫩红的嘴唇。

在桌前有三具跪伏的尸骨，身上的衣服破败褴褛，露在外面的皮肤干枯，紧紧地贴在骨头上。干尸们的双手交握，似乎是在祈祷。

“这是……当年造飞船的人么？”木头屏住了呼吸，低声问道。

麦子蹲下去，用手指捻了捻干尸身上披着的麻布，想了想说：“不像……他们应该是后来躲进这里的，食物和水耗尽，最后渴死饿死了。”

“那这个人头是……”

“大概是百年前人类的高超技术吧。”麦子细细端详着塑像，“有可能原来就在这里，也有可能是这些人从外面带进来的。显然他们把她当作女神来膜拜……这也是好事，总比去跪拜邪神要好。”

“真美啊……”他忍不住发出赞叹，“带上吧，说不定会有所发现。”

木头爬上桌子，小心翼翼地捧起陶罐，用袖子拂去塑像上的灰尘。

麦子走到一扇紧闭的门前，从怀里掏出一张纸，对照着转动密码盘，过了半晌，门开了。

“是中央控制室。”麦子说。随着他们的进入，原本漆黑一片的房间亮起了灯光。

木头抱着陶罐，看着房间里的电灯和各种仪器，满心是对百年前先人们的赞叹。

“嘿嘿，厉害吧？”麦子看着木头呆滞样子笑道，按下了操作台上的按钮，“搞定了这一切，说不定人类还能回到那个时代。”

地底深处传来了机械的转动声，电流在线路间涌动，流向山丘的顶端。在金色的阳光下，巨大的机械臂抖落了表面的泥土，飞船显露出全貌：流线型的白色船体，最前端有黑色的玻璃，飞翼下挂着红色的助推火箭。飞船的下方是发射坑，整个机体半处于坑中。

在一个大厅里，他们找到了犹格索托斯的祭坛。

这是一个圆形的浅坑，直径达到了十米，里面填满了黑色的细沙，上百个拳头银色的圆球半埋在沙坑中，组成诡异的图案。

在沙坑的边缘，蜷缩着一具骸骨，身上穿着白大褂，白色的骨骼中夹着银色的金属细丝，手掌中握着什么。麦子用撬棍拨开手指，一枚木梳滚落了下来。

“调查员守则第十八条：和不可名状之物做交易，代价难以预料。”他向骸骨低头行礼，“这是为了崇高的目的。”

木头盯着祭坛上图案，目眩神迷，麦子拍了拍他的肩膀：“别看太久，会死的。”木头吓了一跳，立刻收回了目光。

麦子绕过祭坛继续前行，心里开始浮现出疑问。这里似乎已经完全做好了发射的准备，飞船的核动力引擎已经装好了燃料和助推剂；按照资料的记载，祭坛已经完成了召唤，“天体之音”的发生装置应当已经搭载在飞船上。那么为什么计划没有执行呢？

在刚才的两个小时里，他们走遍了整个基地，没有找到任何关于当时情况的记载。是因为古神的干扰么？看上去不像，基地里除了祭坛旁，没有其他研究人员的骸骨了。是因为执行者胆怯了么？可以理解……

“我去飞船上，你在这里等着我。”他对木头说。

“我跟你一起去。”木头看着麦子，两个人静静地不说话。

“我知道你在想什么。你想一个人去完成任务，因为这趟任务有去无回。你觉得你的老师和帽子已经为了它牺牲了，现在该轮到你了。”木头执拗注视着麦子的眼睛，看着它微微眯起，眼角画出温和的弧线。

“我的确是这么想的……飞船可能半途就爆炸，可能完不成任务，并且肯定没法安全回来。”麦子咧嘴，露出了雪白的牙齿，“走过这么长的路，你已经做得很好了，下面是我的事情了。你还要寻找你的父母和村里人。”

金黄色的麦田、洞窟里的尸体、废墟里的篝火，还有蒸腾着水汽的机械身躯……过往的画面在木头脑中急速地闪过，最终停留在眼前这张黝黑的面孔上。

“我跟你一起去。”他说。

“你真的做好了准备，成为一名真正的调查员，为了这目的不明、道路不明的事业而献身？”

木头用手正了正头上的帽子，用力地点头。

“……很好。”麦子露出了欣慰的神色，“很高兴能有你这样的朋友。我们一起去终结这个混蛋的时代吧！”

木头兴奋地点点头，他放松了下来，正想说些什么，却看见一只拳头在视野里急速放大，然后眼前一黑。

麦子一手扶住木头，一手接住那只陶罐。他轻轻地让木头躺在地上，将女子的塑像放在他的脸颊边。

“抱歉。”他想说些什么，最终只能吐出这两个字。他翻开皮面的笔记本，掏出铅笔在上面写下一行字，随后又拿出一封叠好的信，夹在本子里面。

“调查员守则第二十二条：任务总有牺牲，但需要留下希望。”

助推火箭发出巨大的咆哮，重力加速度骤然而来，麦子透过黑色的玻璃看着渐渐变暗的天空，感觉自己的肌肉快要被撕裂了。

飞船冲出了大气层，助推火箭脱离，天空变成了纯然的黑色，星星变得清

晰，但不再闪烁。太阳的光变得亮而刺眼，麦子庆幸自己戴了墨镜。

渐渐的，船身剧烈的颤抖停止了，麦子按下了一个按钮，开始等待。在等待的间隙，他不由得想起木头。

笔记本、地图、罗盘和撬棍都留给他了，信里也告诉他，老师和自己之前的基地在哪，该怎么过去……不知道还有没有其他的调查员存在于这世上，如果没有……那么传承总不能断。

如果自己能成功，那么一切都会渐渐回复百年前的样子，木头也可以生活在一个更好的世界。

黑色的长方形在面前出现，那是犹格索托斯的门。一百多年前，一些人付出了巨大的代价，获得了古神的许可，使得飞船能够快速穿越空间，到达月球。现在，麦子使用了这力量，开启了门扉。

他看见璀璨的群星在舱外掠过，光在扭曲变形，随即飞船冲出了大门，月球就在眼前。反射着阳光的表面上，环形山清晰可见。

随着飞船的靠近，月球的表面颤动了起来，灰尘扬起，岩石的表层裂开。麦子终于明白，为什么这艘飞船没有在百年前发射。

岩层张开了一条缝隙，里面露出了一只巨大的眼睛。月亮本身，也是格赫罗斯的化身。

地下的基地里，木头放下了手中的信，擦干了脸颊上的泪水，握紧了撬棍，眼神坚定。在他的身旁，雕像的眼皮急速颤动，似乎将要醒来，然而又复归平静。

在荒原的彼端，轰鸣声从幽蓝色的天空中传来，钢铁的飞船从云端坠下，在夕阳的余晖中跌落在金黄的麦田里，化作了银色的蝴蝶。

**幕间**

“所以我们的世界就仍然是这个鬼样子？”一个清脆的声音发问，似乎是一个女子。她坐在离篝火最远的地方，脸上戴着绿色的面纱，之前一直保持着沉默。

金属的声音桀桀作响，像是在大笑："一直都是这个样子，只是凡人常常视而不见。"

戴兜帽的人望着远方的地平线，发出了意味不明的叹息。

"你们的故事都好没劲，让人看不到希望。"戴绿面纱的女子说，"我们难道不是因为想要寻找希望才来到这个地方么？"

火堆旁，一个嬉笑的声音响起："嘿哈哈哈哈，我倒是有一个关于视而不见的故事，并且……充满了希望呀。"

戴兜帽的人听到这个声音，将撬棍指了过去，似乎做好了战斗的准备。

戴绿面纱的女子拍了拍手："真好，讲出来吧！"

**青铜大地**

黑色的太阳悬挂在铁灰色的荒原上，露出一圈金色的光边。低矮的灌木上，新的钢丝正在冒芽，一棵高大的树木长在胶粒铺成的道路旁，光滑的钢铁枝干反射出远山的轮廓。南边吹来的风湿漉漉的，带着铜绿的气息，昭示着季节的变换。

路的尽头是一扇红色的琉璃大门，镶嵌在钛合金的围墙上。围墙的上端缠着一圈圈的铁丝，透过铁丝的缝隙，可以看见剔透的玻璃尖顶。

锈蓝抖了抖钢丝编织的斗篷，揉了揉不锈钢的面颊，正了正背上的大箱子，准备上前敲门。在荒原上跋涉了一周以后，她终于到达了第一个城镇。

精钢的手背带着些许锈迹，撞击在琉璃上，发出咚咚的闷响。风在吹拂，太阳在照耀，过了许久，没有人应门。

锈蓝瘪了瘪嘴，陶瓷的牙齿在口腔中摩擦，蒸腾的水汽从喉头的齿轮间冒出："嘶……有人……嘶……门……"

她沮丧地摇了摇头，然后右脚后撤，左脚弓步，右手握拳缩在腰间，电流在钢铁的手臂上窜动。腰部的杠杆发力，双眼对准大门正中，右拳如闪电般打出！

就在此时，大门发出了嘎嘎的声音，两片门板水平移开，露出一张黑铁

的面孔，正中镶着一颗红色的独眼。面对迎面而来的拳头，独眼的瞳孔急速扩张，墙内的喇叭发出了刺耳的鸣叫。

电光石火之间，带着锈迹的拳头停在了独眼面前，几乎贴上了覆盖在他面部的呼吸器。他瞪着眼睛看着面前的女人，过了半晌，喉咙里发出了电子合成的声音："你刚才是想把门打碎？"

锈蓝的脸上没有表情，但她迅速移开了目光，缓缓收起了拳头。

"进来吧。"独眼说，"看来你有急事。"

脚底的钢钉在塑胶道路上摩擦着，锈蓝走进了这座银色的堡垒。

时间回到不久以前，村寨西方遥远的山上，锈蓝结束了一天的劳作，回到铁皮焊接的小屋里，发现她的朋友沙钴出了故障。

沙钴是个唠唠叨叨的老人家，关节里满是红锈，金属的头壳上密布着划痕和烫伤。据她自己说，她已经见过三万次太阳眨眼，九十二次铁河涨落。

"还有一次，我见着天上下了火雨！拳头大的火球从天上砸下来！幸亏我躲进了山脚的石洞里，头还是被砸出了坑。那个谁，名字我都忘了，当时他也住在这儿，没跑掉！直接被砸烂了身子，哎哟……我都不敢再想了。后来主人过来，直接把他拉去转世了。"沙钴每次说起这事，嘴里蒸汽吞吐，还要伴上一阵猛烈的咳嗽。

"主人"是主宰她们命运的存在。锈蓝记得，她有了意识之后的第一眼，便看到了"主人"，那是一团散发着光芒的雾气，身侧伸出两对金属鳞片组成的翅膀。"主人"悬浮在半空中，背对着赤红的天空与铁水翻滚的河流，向她伸出一只雾气组成的手臂。信息流入思维，她明白了自己的使命。

"主人"很快就离开了，化作一道光消失在山巅。她转身，看到了一具颜色黯淡、锈迹斑斑的金属躯体。躯体说："我叫沙钴……你有名字么？啊我忘了，刚转世的人都是没名字的……你就叫锈蓝吧。"

锈蓝在沙钴的带领下，开始了周而复始的劳作：在山洞里敲下矿石的碎片，装在推车里运到山脚下，倒入铁水奔流的大河中，这条大河一直向北方流去，延伸向天边的地平线。地平线上的黑色太阳带着金色的光边，像是一只巨大的眼睛，从早到晚放亮又变暗，一眨眼便是一天。三百六十个眨眼间，铁河会有一次暴涨，铁水漫过河岸，在山体上留下侵蚀的痕迹。这时，她们是无法干活的，沙钴在屋后种了一株小小的玻璃树，用铁水浇灌，期望它能长大、开出花来。余下的时间里，她们便看着铁灰色的荒原，不停地聊天。

沙钴见证了三万次眨眼，还没转世。据她说，人的魂魄是不死的，躯体坏掉之后，“主人”便会前来把人接走，洗掉灵魂的污秽，放进新的躯体。

“人会记得前世的事情么？”锈蓝问。

“你觉得呢？”沙钴反问。锈蓝想了想，她刚醒的时候，模模糊糊脑袋有一些东西。她觉得自己知道自己是个“女人”，沙钴也是个“女人”。她不知道她是如何判别的，或许是因为她们的躯体都比较纤细，她们的胸口都有微微的隆起？山下每个月都会来一个运补给的人，身躯粗壮，脑袋上还戴着满是尖刺的铁盔，声音粗重洪亮。锈蓝初见的时候还觉得惊奇，沙钴笑她“没见过男人”。

沙钴对前世的事情不太感兴趣，但锈蓝在这里见过第三次铁河涨落之后，沙钴开始微微担心起来。她不知道自己什么时候会坏掉：原本“主人”在每次铁河暴涨后会来一次，修理她们的躯体——一片亮光闪过，坏掉的部位便恢复了正常。然而在第三次铁河涨落之后，主人便再没有出现过。沙钴的右腿在铁河第七次暴涨后坏掉了，左手也不太灵光。锈蓝一个人去山里干活——虽然“主人”不再出现，但她觉得自己还是得把工作做下去。

沙钴对锈蓝说，觉得自己快要转世了。她只会唠叨着矿石的成色，天空的颜色，身上的锈迹，玻璃树的长势，每个月山下送来的润滑油好不好用，还有远方的镇子。她曾经去过那个镇子，在大概三十次铁河涨落之前，有一次主人没来，她手腕的轴承坏了，于是跟着送货人去那里，居然修好了。

“那我带你去镇子修一下？”锈蓝问她。

“他们修不好……这是大毛病，只有主人能修。”沙钴摇摇头。

最近几十次太阳眨眼，沙钴越来越沉默。有一天，锈蓝听见她低声嘀咕：“转世之后，我还会记得那棵小树么？”

沙钴出故障的那天，锈蓝看见她歪坐在铁屋子门前，倚在门框上。锈蓝冲她打招呼，她没有回答；锈蓝摇了摇她的肩膀，她没有反应。她的眼睛失去了光亮，喉咙不再传出水汽蒸腾的声音。

锈蓝不确定沙钴身上到底发生了什么。她睡着了么？锈蓝的记忆中有“睡觉”这个概念，可能是前世带来的。但她们从来没有睡过，太阳即使闭眼，大地只是略微昏暗，铁河闪动着火光，她们望着大地发呆，意识依旧清晰。

锈蓝觉得沙钴可能还是哪出了故障。她觉得自己可以试试把沙钴带到镇子上修，虽然没去过镇子，手边倒是有一张很详尽的地图。送货人还有二十次太阳眨眼才能过来，她等不及了。

她走之前，从河里舀了一杯铁水，浇了浇屋后的那颗玻璃树。

“先喝点润滑油吧。”独眼坐在一张造型古怪的椅子上。椅子是用钢条焊接而成的，下方用三个橡胶圆球支撑，椅背上有若干只机械臂拼出了扇形，独眼靠在上面，好像一位君王。

锈蓝小口抿着机油，一股甜腻的味道在牙齿间扩散。她活动起胸腔里的杠杆与轴承，发出了一声满足的叹息：“终于能说话了……这几天喉咙缺油，声音都发不出来。”

“所以……”独眼盯着锈蓝和她带来的大铁箱，如果他那张僵硬的铁脸能做出表情，上面一定写满了疑惑。

“所以到底发生了什么？‘主人’为什么这么久不出现？上个月送货的也没来？我这一路走来，看到种铁树的田地荒了，塑胶路也坑坑洼洼，到底出了什么事？”锈蓝把杯中的机油一饮而尽，嘴里发出一连串的问话。

独眼脑袋后仰，躲开锈蓝喷出的蒸汽：“你先告诉我，你是谁，你来做什么？”

“山上挖矿的沙钴，你认识吧？”

“呃，很久以前，大概是铜风吹拂三十次，铁河暴涨三十次之前，她来过……修了手臂……我记得很清楚。”独眼说。

锈蓝放平了箱子，打开盖子上的铜锁：“她在这里。”

独眼把头凑过去看，沙钴的身躯蜷缩在箱子里。他捧起沙钴的头，用红色的眼睛细细地端详了一会，摇了摇头：“可能是死了。”

锈蓝打了个哆嗦，很久以前，沙钴提过这个词。

“你说‘死’？我知道这个东西，但我也没见过啊……据说那是一片黑，挺凉快，但什么也看不见。”当时沙钴正在用钻头修剪玻璃树，刺耳的轰鸣让她的声音有些失真。

独眼瞟了瞟锈蓝：“五次铜风吹拂之前，‘主人’就几乎没出现过。周围不少人都出了故障，但‘主人’不在，一时半会没法转世，于是最后就变成这样了。大家都说这就是死了。”

“有办法修么？”锈蓝望着独眼，蓝色玻璃眼珠闪闪发亮。

独眼拍了拍沙钴的手臂：“先拆开看看。”

独眼的屋子里有一个工作台，旁边摆满了工具，锈蓝认得出的有钻头、电锯、螺丝刀和撬棍。他们把沙钴放在工作台上，独眼操起电钻，面部的呼吸器咧开了一道缝隙，像是大快朵颐的表情。

看着独眼拆开沙钴的身子，锈蓝觉得有些羞耻。她背过身去，观察着这间屋子。圆锥形的屋顶上挂着一盏白炽灯，屋子中央的座椅笼罩在光锥中。在昏暗的圆形墙壁旁，整齐地堆放着铁条、轴承和齿轮，以及几个机油桶。

金属摩擦声、碰撞声从背后传来，如同节奏奇怪的音乐。音乐停息之后，锈蓝转过身，发现沙钴的身躯已经被拆成了零件，只有胸部的一个圆形组件和头还完整。

独眼喘了喘气，告诉锈蓝：“看上去，手臂和腿脚基本已经锈完了，没啥用了，我这里倒可以换零件，但问题肯定不在这些地方……问题在我不能拆的这两个部分。”

“为什么不能拆？”

独眼深深看了一眼：“你没听过那个传说么？灵魂在头里，肉体靠胸部的核心驱动。拆了头，就没法转世了……”

他放下手中的改锥，坐到椅子上，拿起机油罐抿了一口：“偷偷修手臂这种事情可以做，但明面上，‘主人’是禁止我们私自拆人的，一旦发现，就会立即让人转世，动手的和被拆的都转世。这三次铜风吹拂以来，我试着拆过几个出了故障的人，只要头和核心联结在一起，就没问题……甚至核心拿开，头也能讲话。可是我没敢拆头，怕真的让人没法转世了。”

锈蓝沉默了半晌，对独眼说道：“那这些死掉的人……该怎么办？还能醒过来么？‘主人’回来了，他们还能重新转世么？”

“我哪知道！”独眼的声音突然提高，“出事之前，我最大的能耐就是修胳膊修腿！现在出了事，人全到我这里来了！我的身体也用了很久了，比沙钴还久，我还担心转世的问题呢！”

红色的玻璃眼球转了转，他叹了口气：“我听过一个消息，在北边住着一个人，有些不正常，但据说他一直在研究让人‘醒过来’……”

“他在哪？”锈蓝急切地问道。

“你帮我给他带个东西……”独眼不知从哪抽出了一个本子，皮质的封面已经被磨毛了，外面用金属的边框固定起来。

锈蓝接过本子揣进怀里，瞄了瞄工作台上的沙钴。独眼点了点头，告诉她：“你带着核心和头就行，其他部件放在这里，这样你也能走快点。”

锈蓝走出独眼的屋子，直奔堡垒的大门。这座镇子并不大，独眼的屋子周围只有三四栋房屋，然而窗户都暗着。

走出了堡垒，锈蓝看见围墙的阴影里坐着一个人，走过他身旁时，那人抬起头，眼睛也是红色的。他张开嘴，喷出黑色的浓烟，嘶哑着想说什么。锈蓝停下脚步，犹豫了一下，从怀里掏出一罐机油，那人接了过去，抿了一口。

“走吧，别回来。”

“你也是……快死了么？”锈蓝问。

红眼睛黯淡了一下，他缓缓地回答：“我们都是要死的。”

锈蓝不太明白，转身走上了塑胶的道路。在她的背后，传来嘶哑的呼喊：“我们都是要死的！”

锈蓝背着箱子走了很久，太阳渐渐闭上了眼睛，周围有些昏暗，红色的天

空里有几颗星星开始闪动。她的头脑里一直有思绪奔流：沙钴，“主人”，转世，死亡，核心，头颅……她猛然停下脚步，铜风在玻璃树间吹拂，发出尖锐的响声，显得荒原格外寂静。

她感到了一丝恐惧。独眼屋子里那些零件，他座椅背后排成扇形的手臂，他说他也担心转世，他拆人的动作如此熟练……这座堡垒里只有他一个人！

锈蓝转身，电流在她的腿部涌动，她朝来时的路飞奔过去，在胶粒的路上踏出一个个浅坑。

当她回到堡垒的大门前，天已经暗了下去，但她仍然可以看清楚，机械的手脚和各种零件，按照诡异的规律排列，形成了一个巨大的圆形。圆形的内部有一圈圈的浅渠，赤红的铁水在其中蒸腾，那些金属的物件全部被熔蚀断裂，沙钴的身体似乎也在其中。

锈蓝捏了捏自己的拳头，浑身电光闪动，跨过那些浅渠，走向圆形的中央。独眼低垂着头，双手在胸前交叉，跪在那里。

锈蓝掐住他的脖子，想要给他一拳，却发现红色的眼珠已经黯淡了下去。她用力摇了摇独眼，没有任何反应。

独眼已经死了。

“他想转生。”嘶哑的声音从围墙边传来。锈蓝走了过去，用尽全身的力气一拳打在围墙上，金属碰撞的声音在荒原上回响。

“他一直在收集各种零件……不知道从哪搞来的方子，说是用三十个死去的人的零件摆出特殊的图案，就能让人转生，灵魂和身体焕然一新……本来他在等我死，那样三十个人就齐了……可是你带来了第三十个。”红眼睛张大了嘴巴，里面不停地冒出黑烟。

锈蓝居高临下地望着他，厉声问道：“那他怎么死了？”

“他本来……就快死了……”

“那这个阵能让死人醒过来么？！”

红眼睛不说话，黑烟中飘出了火花。他也死了。

黑色的太阳再一次睁开了眼睛，天地之间在此变亮。塑胶的道路在钢铁的荒原上划出一道清晰的直线，穿过玻璃树的森林，越过奔流的铁河，在一处山坳前分出岔路，一条向西通往山洞口，一条向东北方继续延伸。

锈蓝在这条道路上奔跑。她日夜兼程，浑身闪着电光，体内的核心烧灼着。这是她有意识以来第一次如此全力地运转自己的身体，感受耳边呼啸的铜风，看着远方跃动的地平线。

“活着”，这个概念伴随着“死亡”，在她的脑海中越来越清晰。她不知道死了是什么感觉，但她觉得奔跑中的自己，是活着的。独眼，红眼睛，还有沙钴，他们不再能动了，也不再能看见，不再能听见……但自己还能感受这个世界，感受自己体内齿轮和轴承的运转，感受机油落入喉中的润滑。

经过玻璃森林的时候，她放慢脚步，看着那些高大的树木折射出璀璨的光芒。她想起山巅屋后的那棵小树，它也会长成一片森林么？

十七次太阳眨眼之后，锈蓝站在了洞窟的入口处。从外向内看去，高高的洞顶悬挂着白炽灯，照亮了洞里巨大的金属仪器，一个人弯着腰，身披塑料制的白大褂，在操作台前站着。锈蓝踮起脚，轻轻地走了进去。

白大褂并没有抬头，只是盯着眼前的一排按钮，开口问道：“你从南边来？”声音带着玻璃般的清脆感。

“你怎么知道？”

“火的味道，铁的味道，还有……死亡的味道。独眼死了？”

锈蓝脚步一滞，警惕地看着白大褂，重复了一遍问话：“你怎么知道？”

“独眼有东西给我？”

锈蓝忍不住握住拳头。白大褂转头看锈蓝，他的脸颊是某种柔软的材料制成的，甚至能做出类似微笑的表情。他戴着一副眼镜，无色的玻璃镜片后面，是一双遍布血丝的眼睛，血肉的眼睛。

“是的，血肉。”白大褂看着锈蓝吃惊的表情，咧开了嘴，露出洁白的牙齿，“这是一个很长的故事，你得耐心听我讲。”

锈蓝精神恍惚了一下，她的脑海中涌起无数的概念，像是前世的记忆翻滚而出。血肉，水，植物，泥土……思绪狂飙突进，陌生的画面闪过。她挥动拳头，打在自己的脑袋上，强硬地中止了思考。她记起了自己到这儿来究竟是做什么的。

“……你能让死人醒过来？”

白大褂笑了笑：“我想让所有人醒过来。”

“我出生，哦不，是意识苏醒，在北边的一处大山里。我看到的第一个画面，是钢铁的山壁，和玻璃的巨树。和我一起苏醒的有三个人，‘主人’给我们的工作，是从山洞里运矿石到森林的边界处，放进一个大洞里。”在说起“主人”这个词的时候，白大褂的声音里透出了一股不加掩饰的恶意。

“我很快发现了我与其他人的不同：他们的眼睛都是金属的，红色的蓝色的都有，只有我，眼睛是血肉的，是黑色的。他们有些怕我，虽然我没什么特别之处，但仅凭眼睛这一点，就足以划归异类。人类不管在什么时候，都保留着这种本性。”

人类，锈蓝在心中默念，一个陌生而熟悉的概念。

“我不知道为什么我有特别的眼睛，‘主人’也没有因此对我有什么特别的待遇……我用这双眼睛看着这个世界，大概经过了十多年……没错，‘年’，日出和日落一次是一天，三百六十五天是一年！人类古老的纪年方式！”白大褂亢奋地说道。

“在那一天，我第一次苏醒了！那一天，我像往常一样，从洞穴里搬运矿石出来，忽然看见了绿色！那是树叶的颜色，山里长着伟岸的杉树，它们的树皮是红色的，树叶是深绿色。然后，我看见了树梢后面的蓝天，上面漂着洁白的云。我惊讶地看着眼前的一切，它们如此陌生，但又如此熟悉，我的双眼告诉我，这世界理所应当就是这样的。

片刻之后，我的视野一黑，然后又重新放亮。玻璃的树木，红色的天空，黑色的太阳……我看了它们十多年，从未觉得有异样，然而那一刻我觉得眼前这虚假的一切令我作呕。我想，这一切背后一定有什么秘密，这秘密与我的眼睛有关，与我‘原本’的血肉有关，与我‘转世’之前的记忆有关。

在后来的五六年里，真实的景象时常闪现，我装作一切如常。在真实显现

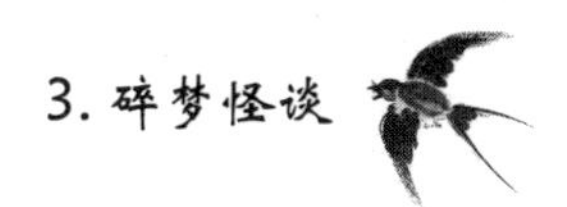

之时，我触碰树木，啃咬树叶，触觉和嗅觉仍然是玻璃的味道，而我的鼻子和舌头都是钢铁的……真实的眼睛看到的仍然是钢铁的身躯。而这具身躯，是谁赋予的……‘主人’！”

白大褂看着锈蓝，镜片反射着白光：“你知道我用真实的眼睛看主人，是什么样的么？”

锈蓝瞪大了眼睛。她从来没有想过，“主人”究竟是什么？

“丑陋！丑陋！丑陋的怪物！椭圆的头上没有眼睛，全是触角，身子像大昆虫，长着三对节肢，背上有两对蝙蝠一样的翅膀！”

随着白大褂的描述，这些陌生的名词一下子在锈蓝脑中点亮了，她瞬间在脑海中看到了那可怖的形象，还有一阵阵来自头顶的恶寒。她感觉喉咙里有什么东西在涌动，让她想要放声尖叫。

“你记起来了么？你记起来了对吧！你和独眼不一样，独眼被洗脑得太严重了，他什么也记不起来，反而觉得我在骗他。我看到这些怪物的一瞬间，就记起来了！它们把我们抓起来，取出我们的大脑，放入这机械的躯体，让我们成为奴隶。它们为我们制造感官，但它们根本不明白人类的感官，只能向我们的大脑输送模拟的信号。我们看到的世界，钢铁，玻璃，黑色的太阳，这是怪物制造的幻象，或者说这就是它们感知的世界！

所以，醒过来吧！看看真实的一切！用人类的眼睛，人类的鼻子，人类的耳朵，人类的嘴巴，看这个世界！”

白大褂站了起来，挥舞着手臂，像是在对全世界呐喊。

锈蓝忍不住闭上眼睛，在黑暗中引导着思绪。无数的概念被点亮，她能想象那些事物的样子，就像亲眼见过、亲自触碰过一样。她睁开眼睛，望向洞外，天空依然是红色的，地平线上是玻璃的森林，河流里是奔腾的铁水。

“为什么你能确认，你那双眼睛看到的就是真实，而我感受的就不是真实？判断真实的依据是什么？难道我们记起的那些东西，就不可能是一场虚幻的梦？”

白大褂收回手臂，冲锈蓝哂然一笑：“我们此前素不相识，为什么会

做同一个梦？你难道不是在负隅顽抗，只是因为虚假的经验与真实的记忆在互冲？”

“我接着说我的故事吧。在看到怪物的真面目之后，我一面努力回忆着过去的知识，一面做好逃走的准备。我渐渐弄清了什么是‘转世’，那不过是把大脑重新收回去，再洗一遍，放进新的躯体。大概五年以前，怪物们不再出现，我便跑了出来，四处流浪。我见过独眼，跟他说过这一切，然而他不信，只想着逃离死亡。

后来我在这里找到了一些过去的机器，研究怎么让人醒过来。独眼跟我约好，要是谁有什么进展，就记录下来告诉对方。”

白大褂看着锈蓝，黑色的眼睛熠熠生辉：“现在有了他的笔记，我想我可以成功了。我不知道你的朋友是真的脑死亡，还是出了其他什么状况，但我们可以尝试一下。”

锈蓝怀疑地看着他：“你之前在别人身上试过？”

白大褂不自然地抿了抿嘴：“大概两个月以前，有一个人找上我，让我试试……他说他听到了大神的呼唤，想要看见真实。”

“然后呢？”

“然后我就试了，他说他看透了真实之上的真实，然后就跑了。”白大褂摊了摊手，“我不知道什么大神，我也不清楚他到底看到什么，反正不像是正常人的样子。”

锈蓝打开了箱子，沙钴的头颅连着核心，在里面安详地睡着。在山上的时候，沙钴很少这么安静过，除了照顾那棵玻璃树的时候。她知道那棵玻璃树只是幻象，会怎么想？她会想看到玻璃树真正的样子么？

锈蓝默默地看着沙钴，白炽灯闪动着，她对白大褂说：“我先试一下。”

瓦蓝色的天空下，阳光亮得刺眼。清澈的河水在鹅卵石上激起白色的泡沫，河岸对面长着一棵枯树，白色的枝干伸向天空。

河岸的里侧，是大片金黄的麦田，沉甸甸的麦穗垂着头。田垄上的道路尽头，是洞窟的入口，一个小小的身影蹒跚地走来，她微笑着迎了过去，呼唤着

他的名字。

“木……”

画面陡然中断，惨白的灯光刺进眼里，锈蓝张大嘴喘息着。她摸了摸头上插着的电极，对着白大褂喊道：“再来！快一点！让我回去！”

田里的麦苗是青绿色的，荒原上刚刚下过雨，空气里满是泥土的气味。阳光点燃了天边的云朵，大地上出现明亮的光圈。

踩着浮桥，她过了河，背后传来孩童的哭声，眼泪滑过面颊，滴落在泥地里。她没有回头。

画面切换，夜晚的篝火旁，人们轻声哼着不知名的歌谣，忽然间黑暗里传来窸窸窣窣的声音。长着翅膀的怪物，电光，惨叫，视野模糊，冰冷的器具套上了头颅……

“冷静！不要慌！那只是记忆！”白大褂的声音传来。锈蓝猛地坐起身，浑身电光闪烁。她跑出山洞，对着奔腾的铁河与红色的天空大声呐喊，白色的蒸汽从喉咙里呼啸着喷出。痛苦的吼叫在山坳里回荡，渐渐变得嘶哑，她的喉咙冒出了黑烟。

白大褂倚在洞口，远远地看着她，直到她安静了下来。

锈蓝径直走回了洞窟，跪坐在箱子面前，白大褂跟在她身后两步远的地方。半晌，她开口，声音温柔：“让沙钴试试吧。”

白大褂把电极接在沙钴的脑袋上，按下电钮。电光在金属的头壳上流动，锈蓝静静地看着沙钴，这个女人给了自己名字，教会自己关于眼前这个世界的一切。

钢铁的眼睑急速跳动，沙钴睁开了眼睛。锈蓝与她对视，彼此都明白对方眼中增添的无尽的岁月。

“去国都吧，替我看看那里春天的树。”沙钴的声音温和如往常，却渐渐地喑哑下去。

“好。”

她起身，对白大褂摆了摆手。白大褂愣了愣，低声说：“再试一会吧？”

锈蓝摇摇头，浑身电光闪烁："人……都是会死的。或者说，因为会死，才是人类。"她对着白大褂弯下腰，深深鞠了一躬。

白大褂有些手忙脚乱，挠了挠头："呃，我也没做到什么……"他抬头发现锈蓝已经走出了洞窟，电光如同实体般缭绕在身体表面。

"你别总这么超负荷运转，会死得很快的！"

锈蓝背对着他，挥了挥手，随后扬起一路的风尘。

她跑过白天，跑过黑夜，在无尽的大地上奔驰，对照着地图，靠山川、河流与太阳辨别方位。她的眼中仍然是红色的天空与黑色的太阳，塑胶的道路和玻璃的树，但她在心中可以看见青翠的原野。

她胸腔里的核心在疯狂地转动，四肢的关节渐渐发出吱呀的响声。她知道这具身躯很快就会到达终点，就会迎来死亡。

她记不清自己跑过了多少条大河，翻过多少座山脉，穿过多少座森林。天亮了又暗，暗了又亮，已经有三十次了。

她进入了一片奇怪的丘陵。巨大的石柱耸立着，表面是铁灰色的，柱身像是经过的粗陋的切削，每一个纵截面都光滑平整，但截面的排布并不规则。石柱错落地排布，但顶端保持在同一个横截面上。

在一根石柱的顶端，有一个人坐着，仰首看天。锈蓝三十天来第一次看见人，不由得放慢了脚步。她看不清那人的面目，只听见上面传来招呼声："嘿！你去哪？"

"去国都。"

"啊，那个地方啊，有很多银色的圆球……你去那里干嘛？"

锈蓝摆了摆头，抿了一口机油，铁锈的味道在口腔蔓延："去看春天的树。"

柱顶的人嬉笑着说："我明白了，是不是你也在脑袋上插了电极？"

锈蓝默不作声，那个人接着说："你觉得你看到了真实么？蓝天白云的世界？你觉得那真的是真实的世界？"

"比我看到的真实。"锈蓝大声说。

“嘿嘿嘿，真实……真实……那不过是你记忆里的影像而已。或许那个景象的确存在过，那么你又何以判断，现在的世界，还是那样的呢？你想想，古神降临在这个世界几百年了，祂们的伟大力量，为什么不会让世界变成你现在看到的样子呢？为什么你看到的，就不可能是现在的真实世界呢？”

“那你在这里做什么？”锈蓝反问道。

柱顶上的身影挥舞着双手：“我在这里聆听，观察，看真实背后的真实……你能听见天空深处的笛声么？你能听见大海深处的吼叫么？还有星辰相互碰撞的声响。那些伟大存在的碰撞，真是悦耳啊。”

锈蓝的胸腔振动着，黑烟从喉咙里冒出。她艰难地摇了摇头：“我不明白。”

“你当然不会明白……为什么米-戈会离开这片大地？为什么你们会苏醒？激烈的变奏就要开始了呀！”

柱顶的人似乎陷入了深思，锈蓝缓缓地迈起步子，继续向目的地跋涉。

那些复杂的问题原本会缠绕着她，让她思绪难平。然而现在锈蓝却并不为之困扰，即便是在很久以前，她也并不擅长思辨，只会跟随自己内心的念头，一路走下去。

去国都，看春天的树。

又过了一个月，她终于到达了目的地。在巨大的盆地边缘，粗大的黑色铁锥杂乱地耸立着，站在低矮的铁丘上，可以看见不远的地方有一片玻璃树在闪耀。

锈蓝的双腿发出吱嘎的响声，右腿的齿轮已经完全断裂了。她拖着腿，顺着道路缓缓前行，胸腔里的核心发出低沉的闷响。

她想起沙钴曾经这样拖着腿前往河边，舀水去浇那棵小树，一路上絮叨着润滑油的好坏。她想起在太阳闭眼的时候，她们坐在铁屋前，看铁流涌动。她想起第一眼看到那个锈迹斑斑的身影，想起两个名字。

她之前是有名字的，但怎么也想不起来，她觉得她就叫锈蓝，就像那个人叫沙钴一样。

核心快要熄灭了，眼前的景色忽然开始变换，她在一片废墟之中爬行，隐约可以看出当年高楼的地基。她触摸着手底的泥土，爬上了一处矮坡。

矮坡上有一处白色大理石的地面，像是遗留的台阶。她想要靠上去，却发现那里已经有两个并排的头颅。尽管半埋在灰土里，还是可以看出，一个是美丽的女子，放置在一个棕色的陶罐上，脑后盘着圆圆的发髻；另一个形貌丑恶，隐约可以看出绿色的鳞片，摆放在地面上，面朝着女子。

“好位置被人占了呀……”她不再前进，转身看向湖水。湖面闪着粼粼的波光，倒映出岸上绿树的影子。瓦蓝的天空上，白色的云彩被阳光点亮，地平线上，一轮红日伴着无数银色的圆球，正冉冉升起。

**终幕**

篝火的光和远方的天光交错，影子在光下抖动，石柱的顶端又陷入了沉默。

清脆的声音忽然咯咯地笑了：“难道你们都在等待什么东西？等太阳落山？等石柱倒塌？等篝火熄灭？有人告诉你们，未来会有什么事情发生？”

“啊哈哈，好像是这样。”一个粗豪的声音说。

“我是来完成任务的。”戴兜帽的人说。

“我……我是来找人的。”一个稚嫩的声音说。

金属的声音插了进来：“你们都说有自己的事情，那么，你们知道这是什么地方么？”

“边境之地。”“无主之地！”“时空的夹缝……”“灵薄狱~”各种声音响了起来。

清脆的声音最后说：“难道你们就没人是来听故事的么？”

众声安静了下来。

“谁还有故事么？”

遥远的地平线上传来浑浊的笛声，一个银色的圆球升起，大地深处传来了奇异的嘶吼。戴兜帽的人握紧了撬棍，金属身影伸出了拳头，绿面纱捧起了厚

厚的书本。

嬉笑的声音回荡在空间里："故事开始了。"

## 评论：神话编织中的寓言

小说的结构形式与展开方式，令人想到薄伽丘的《十日谈》和乔叟的《坎特伯雷故事集》。虽然都是数人群聚而讲故事，但《碎梦怪谈》与后两者在形式上仍然有显著的不同：首先，后两者有着明确的时间与地点，《十日谈》是10个人因1348年意大利佛罗伦萨瘟疫流行而在乡间别墅避难时展开的故事会，《坎特伯雷故事集》是30个朝圣者在朝圣之路上为消遣时间而展开的故事会，而《碎梦怪谈》则选择在时间不明、地点不明的无名之地一群人围坐着篝火讲故事；其次，《十日谈》和《坎特伯雷故事集》受文艺复兴人文主义影响，其讲述的主要是世俗之事，而《碎梦怪谈》则有意引入神话，在一个架空的世界之中展开几个虚荒诞幻的故事。

《碎梦怪谈》中的神话因素主要来自"克苏鲁神话"（Cthulhu Mythos）。"克苏鲁神话"是以美国小说家霍华德·菲利普斯·洛夫克拉夫特（Howard Phillips Lovecraft）在20世纪二三十年代创造的小说世界为基础形成的，吸纳了诸多对此有兴趣的作者参与其中，因而是一个比较开放的神话体系。不同于古希腊神话、中国神话等原始神话体系，"克苏鲁神话"中的神没有人类的形貌与善恶，是一种无法让人理解的存在。洛夫克拉夫特经常使用"不可名状"（Unspeakable）一词，以此描述人类理性所未能触及的存在。洛夫克拉夫特小说的一大主题便是：在宇宙中人类的价值毫无意义，并且所有对神秘未知的探求都会招致灾难的结局。了解"克苏鲁神话"，对读者理解《碎梦怪谈》将会有很大助益。可以说，《碎梦怪谈》的故事元素与思想主题，很大程度上受到了洛夫克拉夫特的影响。而神话编织，正是实现文学寓言效果的一种方式。

《碎梦怪谈》由三个故事组成，经由"幕间"调和，使得故事串联自然而有趣。在《瓶中女》中，自小居住在运河边的年轻人云浩到海边寻找离家多年的父亲，一系列具有神话风貌的元素（如诡异的仪式、装在陶罐中的美丽女孩）接连展开，而世界与历史的真相也逐渐推出；在《调查员》中，住在石洞的少年木头在发现村里人都消失不见之后，陆续经历了诸多奇遇（与怪兽相遇、在荒原旅行、遇到北方废墟里被遗弃的飞船），而当飞船冲向星空，似乎意味着另外的奇遇也将临近；在《青铜大地》中，少女锈蓝为救与她相依为命的朋友而走上旅途，在这一过程中，真实世界开启了。作者没有在故事之中进行理论性的探讨，而是以细节描写与故事叙述的方式使得意旨逐渐呈现。不过，这种意旨并非单一的，而是多元的（这也是作者抑制理论性探讨所致）。但明显的是，其中内蕴着对人类中心主义的反抗，人类的理性与权威在作者的神话编织之中被消解了。

（朱兆斌）

## 4. 北方英雄

沈雨潇-14级专硕

一

过了午夜，楼下露天广场上，大排档杂乱的人声越来越重。哒哒哒哒。酒徒们的手下，色盅在飞舞。无数色子在响，像围绕在四周的紧密鼓点。它们持续地响，直到鼓点达到密集的高峰，突然整齐收止。“当”的一声，色盅砸在桌子上，重重的，蓄满了力，表达着愤怒。然后才是静静地，谨慎地，缓慢地，来开启它紧张的结果。

“挺好的吧？”

“挺好。”

“说两句吧。”

“斌斌睡着了。改天吧。”

“五一我过去吧。”

“再说吧。可能安排了出去玩，还是算了。”

挂了电话，身边的人发出粗鲁的酒谈。哒哒哒哒。老王嘟噜的眼袋几乎要被这强烈的声音短促激发起来，他的确也做出了巨大的努力，却终于还是倒向了疲惫。自从开春，那只蚊子就开始没命地折腾他。它像是躲在蚊帐里的游击战士，行踪诡谲，难以寻觅。

一开始，他想弄死它。

每天夜里关上灯，一躺下，耳边就迅速地传来嘤——嘤——，平庸单调的声音。在脸上，在耳朵旁，在稀疏的脑门和微微发福的肚皮上，蚊子深一脚浅一脚的。妈的，痒痒的，还有点儿疼。他立刻迅速地震动，狂躁地翻身。他威胁蚊子，恐吓蚊子，声势巨大。但是什么用也没有。他刚一安静，蚊子的声音就立刻如幽灵复现。

他重击台灯的开关，在登时点亮的蚊帐里寻找。他像考场上在最后一分钟寻找答案的学生，眼神里带着崩溃和神经质的执着。但他从没找到蚊子。他又关灯，又躺下，嘤嘤声又稳定地响起。他再开灯，再寻找。再一次一无所获。折腾到最后，他终于疲惫。他感觉好像刚睡着就醒了，天刚亮了，他就去学校看七点的早自习。

他试着把蚊帐拆掉，蹂躏，洗了十遍八遍，晚上重新挂起来，闻着浓重的洗衣粉味道，头刚沾枕头，蚊子就准时来了。他索性换了个蚊帐，头几天晚上，确实没有蚊子的叫声了，但很快，蚊子又卷土重来。他觉得蚊子是针对他。

终于，他放弃了和蚊子漫长的消耗战，逃离蚊帐，逃离房间，逃离睡眠。时不时在楼下喝几杯，老迈的身体倒是十分接受这啤酒的勾引。一躺下，鼾声响起，蚊子的骚扰就被淹没了。虽然，他知道，那蚊子就在蚊帐里。但他们彼此似乎也形成了默契，他不再纠缠，蚊子呢，也学会了不再辩驳，他们互相保持着恰到好处的休止。

老王要了两瓶老青岛，一打蒜蓉野山椒蒸青口，一碟紫苏石螺。他喝着啤酒，点上一根中南海，感受着春风的淹没和水汽的窒息，半睁着眼睛用寥落的眼神盯着空中乏力的烟雾。本该弥散的烟雾都被空气中的水珠狠狠抓住。色子的轰击以及酒杯的碰撞，随烟雾，也渐渐弥散。

两瓶酒下肚，他又点了两瓶。穿着“珠江啤酒”套裙的靓女想让他点纯生，他决绝地摇头，靓女一脸失望地走开了。

这个时候，他就想起了北京。离开北京不久，但确实像是很久了。因为他已经开始怀念起在北京干燥的春天里中南海的味道。那味道弥漫的地方是大学宿舍楼下的院子。有春风沉醉的情侣和弹吉他的老蒋。

“咚。”两瓶啤酒被沉闷地摆上桌子，靓女扭着瘪瘦的屁股走开。他才意识到，是大排档放的音乐让他一下子想起那么久的事情。音乐里先是电吉他敞亮的前奏，然后是爵士鼓紧密连珠的行进。像年轻人无所畏惧的步伐。这旋律，他熟悉。

一个他忘了名字的歌手（或者是组合？）在唱着一段紧张兮兮的Rap。“必须一个人走，必须扛下所有罪过，这夜里……别人眼中的亡命之徒，哪里还有我的藏身处。”

好像不是一个人，后面还有几个苍老的声音加进来。声音豁达了一点。到副歌的地方，脊梁骨漫出一阵激灵，老王顿开，亮了眼睛，跟着唱起来。起先小声唱，然后大声唱。枫木纹的鼓棒一定是撒欢一样在他心头上连击，不停逼催他进行。

“出发了不要问那路在哪儿，迎风向前，是唯一的办法……夜雾那么浓，开阔也汹涌，有一种预感路的终点是迷宫。”

老王唱完最后一句，趁没人抹了把眼泪，把剩下的半瓶干了。结了账，他晃晃悠悠往住的地方走。比起往日，他胸膛挺了些，脚步也重了些，呼吸声像金属一样强健。他想着上一次他听到这首歌，是和老蒋创业的时候。在北京。

他激动了。今天的酒精不能帮助他立刻入眠。黑暗中，他哼着副歌的旋律，手上绷着劲儿，打着虚拟的鼓点，突然受到了启发。他爬起来，把蚊帐口大大地撩开，双手奋力地挥舞着，作势放那只游击的蚊子逃离。它从不叮咬他，它一定是一只瘦蚊子。

“随它去吧……”

他起了兴致，为了观察，他开着灯。灯光投过去，蚊子的黑影便出现在对面的墙上，那影子，围着敞开的蚊帐口，徐缓徜徉。它的个头不大，也不像南方蚊子，有明晃晃黑白相间的触须。它浑身灰扑扑的，果然瘦弱不堪。它从遥远的北方经历了漫长的飞行来到这，被关在这蚊帐里，饿得浑身打着哆嗦。

那天晚上，老王浑身燥热，正在辗转尝试睡眠的时候，他感受到了蚊子的叮咬。在森城夜晚的睡眠中第一次被叮咬。他的火热也许点燃了那只饥饿的蚊子。身体的瘙痒让他感到满足的快慰。

他神经兮兮地笑了，紧绷的神经松弛下来，无意识在敞开的蚊帐里黑暗地运作，把触手伸回过去，把身体探向未来。

早上起来，他把蚊帐收起来，像拧毛巾一样，恨恨地拧，然后再抖落开，丢出窗外。他下楼，缓慢地掠过那团瘫落在路边的白色蚊帐。它像一朵已经生长至巨大却依然含苞的骨朵，花瓣都收束着，紧张地包裹着什么。他在叠合的缝隙里看到一抹鲜艳的蚊子血，以近乎逃离的姿态喷射在无形的网洞上。

二

周五下午，开年级教师会。老王上完两个班上午的课，鼻子还有点儿塞，头有点儿晕。他迟到了，长条形的会议室像一个沉闷的棺材，老王坐在离校长最远的正对面。他只能看到校长的阴影。

开会，又是开会。以前是周周开，现在是日日开。开他妈的开。老王在笔记本上瞎画着乱七八糟的循环曲线。

“明年，我们森城中学要排进全省前十，一本率达到70%。大家都知道，上个月我去衡水中学考察……在教学方式上，确实是到了要改革的时候了。”

吹牛。吹啊。

“现在我们有些老师啊，学历比较好，也比较有情怀，总是想当什么心灵导师，”校长停顿了一下。他停顿的时候，老王觉得整个校园都闭嘴了，连学生上课的声音也听不到了，万物都故意让出声轨，让他暴露自己的愚蠢。

算个淡。老王嚅动嘴唇骂了一句。这是这学期他第三次被“不点名”批评。上个月，刚放出何洁要调走的消息，校长就撤了他的语文科组组长。“你

在经验上啊，还是太年轻，还是要在教学上再踏踏实实历练。”校长假惺惺地拍他肩膀这么说。

现在，校长的声音驱逐了他的困顿。忍受太久了，这次会有回击的机会么？他想到回击，兴奋起来，饶有兴致地揣摩着校长进一步的进攻。

“啊，这个讲课啊，虚飘，务虚，不实际，不讲真东西，顾着让学生开心。笑，笑完了什么也没学到。我觉得这种是很大的误导。”

校长又细又尖的手指瞄准在老王头顶上一点儿的地方。没有人说话，老王故意摇晃着身体，屈起手指轻轻击打着桌面，大喇喇地看其他老师。其他老师僵挺着身体，维护着自身的正确性。大家的神思都飘到了他坐着的地方，急于给他一个人招架的机会。

“老师和老师不一样。有的老师负责教庸常知识，有些老师负责教一些更高级的东西。”老王挺着脖子说。

校长沉默了。老王喜欢看他当众憋不出话的样子，喜欢他生气的时候语无伦次，又转成笑脸，假装和和气气维护自己形象的样子。

“王老师一会儿来一下我办公室。”校长这次没有笑，而是冷冰冰地说完就宣布了散会。

几个年纪大的老师走的时候都表情复杂地把手放在他肩膀上，年轻的老师三三两两彼此交换着眼神。“再这样，估计班主任也要给撸了。”他听见有人说。

回到文科实验班，周末前的最后一节课，大家都骚动不安。似乎老王日渐的疲乏对他们是正向的刺激。老王布置了周末的作业，按惯例推荐了一部周末佳片，又有的没的说了几句加强班级集体荣誉感的话。然后他溜溜达达，再次走进行政楼，来了精神，狠狠敲了两下校长的门，没等里面答应就推门而入。

“听说何洁下个月就去省城上任了吧？”

“是，高升了。”

“校长您也要调走了？”

“我？我没水平，像你说的，庸常的人，还得在学校里混吃等死。”

“你看，我也没说你，你太敏感了。”

校长站起来了，郑重地喷了一口气。“王老师，请你严肃一点，我想跟你严肃地谈谈语文教学的事情。”

“我知道你要说什么。”

“是，是，你知道，你什么都知道，你是从北京好学校来的，你是名师。”

“这个不敢当。”

“一个地方有一个地方的方法，生源不同，这个你明白吧？”

“嗯。你的意思是，素质不高的学生就不配更好的教育么？”

“我跟你说，你不要跟我抬杠！”校长抻直了又小又瘦的身躯，脚上发力，几乎要蹦起来。“我请你端正一下自己的态度，想想你自己的问题。”校长转身喝水，“哼，还不是混不下去才来森城。”他又小声假装自言自语地补充了一句。

“你什么意思？我是来帮这所学校的，你要搞清楚。要不是何洁请我来，我……算了，没意思，不说了。”

老王的气场破了。校长显然也意识到了这一点。“你的情况我们全校的老师都清楚。”他特意强调了“全校的”三个字。“何局长做的没错，她是相信你的实力的，我也相信。但是现在你过来也快一年了吧，文科实验班的成绩你也看到了。”

“你既然提了，我们就说说成绩的事情。重点率，本科率这些，你和何洁当校长的时候比一下？问题不在我，你明白么？”

“王老师，你什么意思？你是在说我的问题么？”校长的声音猛然升高，老王的回击像是踩了一脚油门。“你没有资格说我。你不要以为你是北京的，你是名校的，你以为你牛逼啊。”他抵在巨大的办公桌前，缩着眼睛，像一只蚊子，愤怒地戳出形如口器的手指。

“我提醒你注意你说的话。你是一校之长。”老王克制着保持镇定。

“你还知道我是校长？”校长冷笑了一声，换成了本地方言，顿时得心应

手。“不是看着何洁的面，我一早找人弄你了。你以为何洁罩着你我就不敢动你？你好好醒定啊，外省佬。”

“你讲什么鸟语呢。”老王显然是听懂了，皱起的脸上发出暗红色的光，“何洁罩着我？我没听错吧。我们是朋友，我们研究生就认识了。研究生懂么？对，你不懂。她不是罩着我，她是罩着你。你能当上校长我真是奇怪了，怎么，你把她搞开心了吧。”

校长的身体晃动得厉害，伸出的手指也开始强烈地抖动。“我警告你，不要胡说。”

“我瞎说？真以为我不知道。那次我……”

“你收声！”

“那次我看见……”

“我X你……”校长失控了，再次用尖利的嗓子打断他，迸出一连串的词汇。

老王听着，像不太灵光的打火机，不耐烦地擦出好几次火星，终于爆发出期待已久的愤怒。他吼了一声，对着校长的办公桌狠狠地踹了一脚，地球仪和竹木托盘的茶具掉下来，两个奖杯也摔碎了。校长一个趔趄跌坐在地上。赶在他反应过来发作之前，老王冲出门，奔出学校。

老王喘着粗气，调动着已经不太灵光的身体在奔跑。已经许久没有奔跑了。他感觉到奔跑时的风。那是冷风，是北边吹来的。清爽而干燥的北风终于蛮横地清扫并占据了这片瘴气之地。

读研的时候，何洁喜欢过老王。在他们班女生中，何洁算混得最好的。

毕业以后断了联系。他听说何洁回家当了公务员，事业顺利，一直没结婚。那段时间，老王成天在家里打电话，找关系。知道了何洁在当校长。他打了电话过去，聊了几句，白开水一样的内容，他压根没想过来森城。那时候他还保有着希望。

第二次何洁主动给他打的电话，何洁肯定是知道了他的情况了。他猜是老蒋告诉她的，老蒋心里肯定觉得亏待他。何洁叫他去，森城富裕，工资也可观。女强人喜欢怜悯落拓的男人么？

“反正你现在也没牵挂了，不如来这边，我现在手上刚好有编制，你在北京教过最好的高中，评称号什么都容易，来这边发展也是不错的选择。”她在电话里对他说。

他动心了，想起了最后的校园光阴。

他们在一个师门的，经常在一起，图书馆，看书，吃饭。他刚分手，需要这样的陪伴。是他的问题，这样的关系很容易让女孩儿误会。何洁约他去看电影，资料馆的爱情片？也或许是什么探讨人性的黑白片子。那是他和杨艺常去的地方。

在小西天的牌楼，何洁磕磕巴巴问他。那天北京大风，秋夜里，十点多路上已然萧瑟。银色的月光寒冷又温柔，波动着悠长而缓慢的倦意。

何洁裹着围巾和帽子，只露出眼睛，她的眼睛里有单纯的执着，那让他感到暖和。但同时，那眼睛里又有他不可理喻东西，那种注定不属于自己的现世的闪烁。他给自己想着余地，那时候，杨艺离开他快一年了，他大概还处在没缓过来的状态。他用这个做了借口，没把话说死。他们也就沉默着告别。她关心他，送东西给他，织围巾给他。他极少回应。她也就知趣了。师门的读书会和聚会上，他们都表现得客气得体。

后来毕业，也就断了。

如今呢，他是什么都没了，没有什么放不下的。他答应了，再三致谢，拎着两个箱子，飞去了森城。

何洁把最好的职位给他，文科实验班，由着他来做。他让学生叫他captain，给他们激情，也给自己激情，他说教科书里选的课文大多是垃圾，他干脆自己选了文章，印了发下去上课。所有语文老师都去他的班上旁听。何洁也去过，好几次。

一开始，他没租房子，就住在何洁家。晚上，他们有时候一起喝酒，回忆往昔，沉浸在虚假的平等关系中。

“你那时候很厉害啊。摄影、玩音乐，还写诗吧？”

“年少轻狂嘛，怪就怪成熟得太晚了。”

“别这么说，我就没有你的理想主义。我总是想找到你身上那种东西，但是，哎，我骨子里就是个现实庸俗的人。”何洁咽了一大口红酒，眼里是她少见的忧郁。

“何校长你就别取笑我了。都这个岁数的人了，损我呢？”

何洁平静地摇摇头，朝耳后撩了一下头发，又伸开手，结实地落在他膝盖上。“你现在还是有我喜欢的那种气质。还在的。这东西和年龄没关系，你挣不掉的。”

一阵沉默。

“你那时候和杨艺在一起吧？多好，怎么就分了。”

“过去的事情了，有什么好说的。你呢？怎么这些年一直单着？”

“你现在不也是么？”何洁撑着手臂，半倚在沙发上，盯着他。酒红色的短发，烫了的。

“我，我们还是不一样。你还是，比我幸运……”他察觉到什么，遏制了这个话题，说起在学校里的事情。气氛变得微妙。

“你还记得我们去看电影那次么？”何洁红着脸问他，她的话带着不可撼动的坚持，近乎是在逼迫他。而她的脸上和身体又都显露着四十岁的虚浮，眼角上紧密的皱纹警醒着他，不让他堕入被美化了的回忆中去。

然而他需要怜悯她，更需要怜悯自己。要适当地哄她开心，他像个糊弄君王的妃子，在内心痛苦中言不由衷。他啰嗦了几句，车轱辘一样的废话。终于，何洁对他勉强的回应显露出无可奈何的满足。“你晚上冷不冷？”她问。

“还行吧。”

“我房间有被子，你要是冷的话，过来我房间拿被子。”她说完又和他干杯，绯红漂浮在持续着丰腴的脸上，眼睛里尽是干旱和贫瘠。

老王保持着冷漠的微笑，“不必了。”他贫乏的欲望让他觉得可笑，又觉得可悲。直到他从何洁家搬走，他仍然保持着那样的微笑。他怎么就变得那么平庸了呢？

半年以后，何洁去了教育局。他以为何洁走之前会提一下他，至少级长什么的。但他马上意识到自己的可笑。

中午没吃饭，整个下午，老王漫无目的地漫游在森城的街上，冷却了两天，踹了校长桌子的脚上感到真实的疼痛和虚弱。那是一张巨大的实木桌子。他根本没法撼动它，他应该踹一些稍轻的东西。不应该，太不理智了。愤怒、唾弃和鄙视的能力和饥饿感渐渐一起消失了。他照着公园里的湖水理了理寥落的头发，鬓角暗生着花白，低调地显示着衰老的存在，他果然日渐平庸了。我们都冲动么？杨艺说过，她爱他身上的那股子劲儿，那种放纵的激情。但最终难道不是因为这一点他们才分开么？而刘雪莹恨他这一点，他知道。所以他们根本就不应该在一起。

他是有编制的，校长不能辞退他，但肯定会整他。文科实验班不会是他的了，他会被安排去最差的班级，被安排数量可观的早自习、晚自习。然后呢，在课时和奖金上进一步刁难他？直到把他撵走？

他不能走。

半年，他只需要半年的时间，他必须要这半年的时间。何洁当校长的时候，学校就已经报上去省里了，市里也通过了，他需要那个特级教师的证书。

都靠不住啊。时间是最靠不住的。毕竟，在时间面前，忍耐和妥协从来不都是十五年中的强项么？他需要忍耐和妥协去承受冲动的结果，去承受他不断变轨的生活带来的那种属于尘世的匮乏。从研究生毕业开始，他早就习惯了。习惯了在偶尔犯二和越来越少的愤怒之后，一个人去偿还那愤怒的代价。

夜色降临的时候，他恍然发现自己，已经走向通往何洁家的那条路上。他好像是自发地，就走向了这条路。

他的确犹豫过，但最终，他还是忍受着脚上的疼痛，缓慢前行。他只是去看看她。对吧？他在路边装了两袋水果，在烘焙店买了几个芝士点心，想想，又去酒行搞了一瓶红酒。何洁的小区在城北的丘陵，中间必须得路过森城的湖畔休闲广场。一到晚上就闹腾，他太不愿意走这儿了。

小孩儿在气垫城堡上跳跃，套圈和打枪的摊上挤满了廉价时髦的外地年轻

人，老太太在跳舞，小夫妻抱着孩子，推着婴儿车。他们才是结结实实生活在这城市里的人啊。

他有点儿上不来气，好不容易找到了那条向高处延伸的小路。转进去，广场上的声音登时隐退了。树木葱郁，路灯幽僻，曲高和寡的地方。“胡校长，我惹了他了，你帮我跟他说两句吧。”是要等到什么恰到好处的时候才说出这个意思？说么？算了，不说了吧。他一路上酝酿着，保持着和自己的抗争。

家里没人。他在何洁家楼下的院子里转了好几圈，直到月上中天。一辆SUV在眼前停下来，高个男人下来，从尾箱里拿出好几袋子似乎超市买来的生活必需品，等何洁从车里出来，高个男人锁了车。两个人走进单元门，男人说了什么，楼里传来何洁清脆的笑声。

老王吃了两个苹果，一个香蕉，又吃掉了一个蛋糕。单元门始终保持着安静。终于，何洁卧室的窗帘拉上了。起先拉了一半，停顿了片刻后，完全拉上了。他缓慢地站起来，朝着自己住的方向艰难地踉跄。

蓝色的月光，从遥远的小西天，从秋天晚上十点的北京，幽幽地传过来。传递着已然不属于他此刻生活的心情。

三

雨季刚一退缩，盛夏便冲锋而来。阳光榨取了所有植物和泥土的味道。老王从办公室猛然睡醒，夹着讲义去上下午连续两节的语文课。

十七班的空调已经开了，室内的空气闻起来像是腐烂的水果。压缩机的声音取代了蝉鸣，隔绝了世界，暴露着机械式的寒冷。

三个男生始终在教室后面睡觉。五六个人在玩手机。其他几个男生耷拉着眼袋，眼睛盯在自己桌上委顿的书堆后面。女生们则交错着，产生着细微的嘈杂声。对女生还不熟。他们至少看上去比较认真，虽然其中有一半在做其他科的作业。

老王在黑板上写了课文名，讲台愉快地支撑着他的身体，但身体干巴巴的，他又忘了带水杯了。他照着讲义自然进行，时不时讲两个笑话。看上去完全是和谐的，标准的教学，他自顾言语，精神却全无在当下。

至少下节课做卷子，他不用说很多话。他对讲义不熟，有两个课程要点没讲到，只有说到题外话的时候才麻利起来。台下有不大不小的说话声在持续地打断着他的思路。但是，他不想去管说话的事情了。那也是种欲望，短时间的压抑后，总会死灰复燃。

讲完了，他把卷子发下去，教室里翻动着廉价墨迹干燥乏味的气息。他试图调节一下气氛，补偿寡淡的课程。“我看今天大家很累了，语文作业就不布置了吧。”他说着脸上轻松了些，班级终于活了，睡觉的几个男生也振作起来欢呼。他指定了一篇短篇小说，让大家写一篇读后感，又强调：“你们要找到自己的风格。”

前面几排几个女生看他的眼神是美好的，是在文科实验班的时候老王熟悉的那种眼神，他果然还是适合自己的风格。

学生开始沉默下来做卷子。年级统一发的测验卷。老王玩了一会儿手机，掏出班级名单，对着一张张脸，扫过去。最漂亮的总能最先记住。淼城的姑娘都又瘪又瘦，像点样的大多是外地人。

老王看了几圈，摇摇头，收好了东西，眯起眼睛养神，等待着下课。他刻意掩饰着脸上的期待。他今晚不用看晚自习，也不用在大排档一个人喝酒，大概也不用回家睡觉了。校长这周都在外地。每个月少数能让他精神振作的几天。

下课铃一响老王就往外走。才几步，他就被叫住了。总有喜欢不停发问的女同学。他皱着眉头，准备应付。

“老师，问下你，你说的读后感里可以讲毛姆的其他书么？”

“当然可以。除了字数，其他，都是你们的自由。”

“好，谢谢老师。”

他心里嘘了一口气。女生有一双充满力量的清澈眼睛。他叫不出名字。刚刚扫视全班的时候怎么没有见过她？“你读毛姆？”

“嗯。”

“很好，”老王做了一个戏剧性的停顿，“那我很期待你的文章！”

女生饱满地点点头。

“对，你叫什么名字？”

“刘曦。”

“哦哦，老了，脑子不好了。”

女生笑了。

“那个，我还有事，先走了。”

“老师等下。还有个问题。老师能问下你为什么快到期末了才转过来教我们班？”“学校的安排，不清楚。”老王警惕地捏了两下鼻子，老师们中间漫布着他和校长打架的传闻，到学生中，可能会传得更离谱。他只好故作释然。“说，是不是讨厌我。讨厌我也没办法，调不走了。”

“哈哈，没有，我很喜欢老师。嗯。”女生说着会意一笑，勾起食指，擦过脸颊，不经意地把眼镜微微上推。

老王摆摆手，示意再见，转身下楼，摆出潇洒的身姿。走过沐浴在夕阳里热情奔涌的草地，他再一次步履轻盈。踢过桌子的脚彻底不疼了。凉快些了。被强光照射后的世界发出沉醉的味道，呼吁着不安分的跳动。

走出校门，他上了出租车。没开多远，出租车就缓慢爬行在森城杂乱无章的狭窄街道上。下了班的人懒洋洋地点着油门，弯弯曲曲地逾过占着路口人行道买菜的小摊。司机不耐烦地抱怨，得知他是从北京来的，就问他长安街有多宽，为什么街道那么宽还会堵车。老王心不在焉地回应，琢磨着掏出手机翻动，马马虎虎骂起北京的环线，带着怀恋的味道。他翻了半天才找出杨艺的照片。手机里唯一一张他留着的。杨艺坐在教室里，右手食指弯曲，轻轻托在眼镜下面。她左手拿着一个速写本。他照的，那天光线很好。是她给他画头像的那天。有意思。

司机超了一条近路，突然告诉他已经到了。他草草收起了手机，一抬头就看见女人站在路边的身影和她温润中有所隐藏的微笑。老王深吸了一口气，下车，拥抱她，又要亲她。

女人拒绝了，“哎，你注意点儿影响。人这么多，说不定碰到谁。”

“嘿嘿，你就假装矜持。你都急得不行了吧。”

“瞎说什么。”女人扭着肩膀顶了一下他，“你怎么才上完课？”

“路上有点堵。你是，是孩子你送你妈家了？”

“嗯。看你这满头汗。”她递给老王一包纸巾，指了指他的额头，“你今天很累吧？”“不累，就是渴得很。”

女人没说话，似笑非笑地瞟了他一眼。老王伸手搂着她并行，被女人推开了。女人清了一下嗓子，脸上恢复了严肃的温柔。“去吃饭。”她警惕地看了看四周，拍了拍身上的衣服，直起身板走在前面。老王在她身后一步远的地方跟着。女人穿着红黑色的套裙，裹着丰裕的身体。晚风拂过，传来像水果混着酒一样馥裕迷醉的味道。女人散落的发卷被吹起来一缕，变成了炸药的引信。老王放射着自己的眼神和思路，抖擞着身体，被牵引着的脚步越发强劲。

他们吃完饭出来，天还没有黑透。女人提议去看个时下热门的青春爱情电影。

“得，我们再去买俩书包，背着去，这样看着更像学生。我得再把头发染一下。”“什么观念，老了怎么了，老了不能看电影了？”

“不老不老，你看着就像小姑娘。我就不行了，一看就是老头。”老王调笑她。“你真的要看这个电影么？”

“对，看了觉得年轻。我经常一个人看电影。这种感觉他是不懂的。哎，不说他了，反正也快离婚了。你的特级教师证快拿下来了吧？”

“哦，对，是，估计再过几个月吧。”老王躲躲闪闪地说。

女人没留意，抱怨着他们俩都还没有在一起看过电影。

他们步行去附近的商业广场，走到黑暗处，女人挽起他的手，轻轻靠着他的身体，传递着温暖的情绪，压抑着老王的悸动。他已经很久没有去电影院看过电影了。大部分影院记忆，都是和杨艺在一起。在小西天阔大的电影资料馆里，数着黑白胶片上密布的颗粒。结婚前，他带刘雪莹去小西天，电影放到一半，她就睡着了。

电影充斥了平庸的套路和烂俗的桥段。青春里青涩的爱情，苦命的鸳鸯。女人仍然看得津津有味。看到一半的时候，她寻找并刻意紧握老王的手，老王并没有太多的回应。她又不自在地慢慢松开。影厅太小了，老王在局促中挨到了散场。商场外面的大街上，光影有些压抑，散发着下雨前的味道。

“没什么旧时代的感觉，咱们那时候的爱情，根本不是那样。”

“我觉得挺好的。挺能找回青春的感觉的。”女人略有不快地营造着属于年轻女孩的小情绪。

“看得哭么？”

“嗤，”女人短促地笑了一声，“有点吧。”

“也对，你可是比我小着好几岁。看着能小二十岁。”老王在她脸上留下欺哄似的吻。女人毫不觉察，温柔地回应了他。她的皮肤很好，眯起眼睛的时候，饱满的脸颊却还是不能抵挡蔓生的皱纹。

“去‘花园’吧？”老王说。

“我家也行。”

老王沉默了。

“怎么，你怕他发现啊？他要后天才回来。”

“开玩笑，我怕什么。习惯了，以前不都是去‘花园’么？”

“还说不怕，你上次去，蔫得很。”

“上次是上次。”

“走吧，我不想去酒店，每次去都跟小偷似的。”

“偷人算偷么？”老王故作浪荡地撇了撇嘴角，上了女人的车，结果系安全带的动作有些不自然。

女人家的房子是复式。电梯直达顶楼，一进门，老王就匆匆越过大厅，上了二楼。

“你倒是轻车熟路。快先去洗澡。”女人在他后面拾掇好门口他的鞋子，规整地放进鞋柜里。

他本想叫她一起洗，他们在花园酒店就常这样。但话到嘴边，周围的环境突然让他感到乏味起来，就颓丧着一个人去洗了。洗好以后，他招呼女人去，自己则像踏入禁地一样步入了卧室，坐在卧室里的沙发上点了根烟。

房间里还残留着男人味道的痕迹，不属于他的痕迹。那痕迹艰难地与老王抗争着。老王的心跳在加快，女人淋浴的声音哗哗啦啦传过来，像是激励他的鼓点。下午在课上就开始酝酿的力量又慢慢回到了老王的神情中，蔓延着给他的血液升温，全力推搡出他神经的火花。他站起来，跳上床，把女人的结婚照猛地摘下来，塞到了床底下。他意犹未尽，又奋力地呼吸着床上剩余的气息，酝酿着复仇一样的快感。

看着窗外，他的脸上终于显露出快慰的笑意。天气预报说今晚会有暴雨。

不一会儿，女人裹着浴巾，擦着湿漉漉的头发，走进了卧室。窗外的雷声果然开始轰鸣。女人温柔地拉上窗帘，解开浴巾，铺在床上，悠长地整理好被子和枕头。雨点开始袭击窗户，在急剧加快的节奏中，敲打出清脆的鸣响。

大概因为风，密集的雨点变幻着频率，带动着海浪一样高高低低地波动。海浪是老迈的，但强劲。老王在这波动中，找寻着自己的生命力，不时施发粗暴的意志。

他期待着，女人也在等待着，直到海浪涌动起最后一个浪尖，那旧时光中的初生的狂潮，却始终未曾到来。一切归复平静。窗外的雨声也安息了。女人是满意的，没有什么要说的，被驱赶的疲乏又如期而至了。

在意识与虚无的边缘上，老王感觉自己身边的一切，房间或者女人，都变得柔软模糊而黑暗。只有女孩还在视线里。女孩勾起食指，擦过脸颊。像是因为美丽而动容，又像是做着青春无悔的约定。

### 四

他询唤过好几次，女人不再跟他出来了，老王没有问原因，他心里清楚。至少事情不再进一步恶化了。他隐隐期待着他们可能就因此而结束了。给不了她要的。他只是像过客一样渴求短暂的抚慰，他可以停顿，但不能逗留，他不想在森城留下什么难以摆脱的东西。而女人显然希望更多。

那天早上，他在她家里醒来，女人已经在厨房里忙活着早餐。和谐而安宁气氛围绕着他。她眼中向往着长久的生活，那是他所害怕的。

“很久没人给做早餐了，不习惯了。”

“大诗人都不吃早餐，是不是？”

老王没有接话，他把眼前的食物稍稍推开一点儿。

“所以，你是怎么想的？”她说得那么自然，好像他们就在日常生活中。

“没怎么想。”

“我们上次不是已经说过了么？”

上次？他心里苦笑。上次他们去附近的星湖旅行，他们喝了酒，那晚的过程也很完美，吹着湖上温暖的风，他降低了警惕，就顺着她的思路说到了未来的婚姻。那不是他的本意，他也只是随口说说，然而，她已经充分地听进去了，他无法再做什么修正和解释。

“等这学期结束行么？等拿到证了我们再仔细谈谈？”他若无其事地过去抚慰女人，女人闪开了。

“来不及了，我爸妈都已经知道了。”

“什么？”

“孩子总在他们那儿，我妈问我，我就说了。”

老王的火一下着了。“你也太不成熟了，你有没有想过我，万一我没有拿到特级教师，我在森城这两年就算是白待了。我图什么？”

“究竟是谁不成熟？我在你眼里就什么也不算，对不对！你还要跑回北京继续做你的白日梦么？”女人说着，瞬间声泪俱下。

“我，我没这么说。”老王闷着头。“我现在有啥，你跟着我，我觉得你亏。”

“没什么亏的，大家彼此彼此。”女人擦了眼泪，温柔中带着果决。“不过我确实是要让你回一趟北京，你们把房子的事情弄清楚。”

“房子我不会卖的，斌斌还要上学。”

女人脸上的失望一闪而过，抬着煎锅的手像遭到电击一样抽动了一下。鸡蛋失去了依靠，蛋黄在锅里破碎了，流散得不成形状。“是谁说要把斌斌接到森城一起过？原来你是指着我养你。你他妈真是个英雄！”

老王沉默。

“我眼睛瞎了，废物。”她的声音从身体深处传来。

“诗人都是废物。”

“你？你不配！你给我滚。”女人一字一句，尖利地说。

老王默默地穿好衣服，扭头接受着她歇斯底里的咒骂声。“你，你先冷静下，冷静了我们再聊聊。”老王回过头，开门要走。

“你不把事情给我说清楚，他出差一回来我就把事情挑明。”

她威胁他。女人竟然威胁他。他抽着烟，在楼下悔恨地站着。他当初怎么就没忍住？

如今，四个月了。他们已经认识四个月了。从隐晦的春天到狂妄的盛夏。森城的生活在狠毒的阳光下躁动着，他们彼此之间的激情早已慢慢消退。在老王身上，激情变成了负担。在女人那里，激情沉淀成了安定的渴望。他知道，这渴望，如今正在慢慢变成她的绝望。这绝望会是他的深渊么？

是该了结的时候了，他寻觅着，徘徊着，深陷在每一个可行的办法中止步不前。要一直被动等待么？以及无时不在的，恐慌的阴影。

## 五

课上，他心不在焉，一贯的利索都变成了啰嗦。好在快期末考试了，教学任务只剩下复习和做卷子。最后，老王还是打起精神抽空评讲了上周布置下去的读后感。

交上来的文章显示有不到二十人看了小说，剩下的要么是浏览了一下就展开不着边际的漫谈，要么是搜索引擎上弄来的东拼西凑。已经不错了。

刘曦让他有点儿惊讶，他很少见在文字和积累上都远超同龄人的文章。“《红毛》这篇小说也不长。我很欣慰，很多同学都认真看了。”他列举介绍了几篇写得比较好的，提醒了要注意的不足。然后才说到她。

“刘曦同学的文章，很好。给大家分享一下。她是唯一一个讲到了毛姆在小说中叙事层次问题的……对比了毛姆不同作品中笔法和文字的关系，这个说明她读书是非常多的。她讲到《月亮与六便士》，我也给大家推荐这本书。课外书，大家考完试可以看看。高更大家知道吧？”

刘曦在他左手边靠中间的位置，迎接着他的目光。直接的，不加修饰的眼神，杨艺从前也是这样看着他么？他想展开回忆，然而现实像沉重的帷幕一样遮蔽着他的回忆。他在学校里等待着，他也几次踱步走过校长室，但是，所有的一切好像是在走近他面前，却依然保持着令他无法忍受的安静。

他在等待。对最终结局的等待，临刑前的等待。按照计划，他本来一考完期末考试就要辞职。证书迟迟不下来，他急了。学校放了两周的暑假，然后是八月整个月高二升高三的暑期补课。

他给何洁打了电话。何洁说今年的政策做了调整，特级教师的审批流程延长了，要九月十月才能办下来。他想到要继续在学校里待到下学期，除了十七班，还要教另外两个最差的班级，整个人就疲乏起来。

何洁终于也要结婚了，她告诉他，定在十一月。他于是更加疲乏。

他和他们一起吃了饭，高个男人一直握着何洁戴着戒指的手，他们就像二十几岁的新婚夫妻一样情意浓露。男人不和他喝酒，他摸出打火机，男人示意他这间餐馆里不可以抽烟。

老王还是坚持敬了他们酒，说足了感谢的话。他看到何洁那杯让男人喝了，何洁微微笑了，眨了眨眼睛，喝的是白开水。

一顿平庸的晚餐。老王意犹未尽，他不想回住处。肮脏，昏暗。街头的万家灯强调着他的寂寞。而他隐隐也有一些昏暗的渴望，他给女人打电话，对方接了，不说话，又挂了。他早该料到的，女人在用时间谋杀他，想让他在恐怖的等待中回心转意或者因为畏惧而依靠她。

女人不应该这么做。她聪明一点就会知道他当初在她身上寻求的不仅仅是生理的满足，或许更多的是心理上报复的快感。

他厌恶自己跛着脚的步伐和脸上卑微的神情。那时，他不得不这样做。

那只在校长办公室奋力战斗过的脚在第三天早上彻底肿了起来。他买两个果篮，往里放了两瓶洋酒，又扔进去一个塞得鼓鼓囊囊的红包。他去得很早，提着它们走到校长家的楼下，低头按下门铃，额头上渗出来的汗珠虚弱地跌在地上。

应答的是女人的声音，校长不在家。让他等等。他坐在楼下的长椅上，晕乎乎闭起眼睛。小区的生活，老人的步履，孩子的笑声在苏醒，在旋转，在环绕着他。斌斌，有多久没听到过斌斌的声音了？为了回到北京，他必须留在森城。为了留在森城，他必须去乞讨自己的生活。可笑的错位。他就坐着等待，阳光从他左边的脸颊转到右边，午后小区的声音渐渐消隐，他一直没有听见校长走路时那短促而尖厉的声音。

他强迫自己给校长打了电话。电话一通，他就顺着早已准备好的话——昨天他强迫自己记住的话说了下去。直到校长说他已经回来了，让他坐电梯，直接上顶楼。

复式的房子显示出宽阔的冷寂，校长敞开着，坐在大厅的沙发上，扫了两眼他拎着的果篮，摆出宽容的姿势。他缴械一样换上了拖鞋，等着校长的态度。校长欣赏着他一瘸一拐的身形，看够了，摆摆手，示意他坐，又给他倒茶，他伸出双手，弯着腰接住。

“当然了，我们都想大事化小，小事化了。但是，你的问题，我不能不追究，王老师。我们这是公事公办，你在教学上和态度上的确存在问题。也希望你能理解。”

他不停点头。

“学校和年级到时开会研究。但是这个事情，我也是为你着想，也不愿意搞大。毕竟，对你的影响也不好。你毕竟是我们中学正式编制的老师。在办公室的事情，我就当没发生过。这事情就算过去了，你也忘了吧。我们还是同事嘛。”校长说完，做了长长的停顿，等待着老王的感激。

他满足着校长，表明了悔改的决心，他又陪着喝了几泡茶，神思飘忽地聆听着校长分享他的经验和智慧。他心里好受了些。看来办公室那一下子确实把

校长吓坏了，他也是嫌丢人。

该说的都说了，校长也累了，半卧在沙发上翻着手机。他准备起身离开。刚要告辞，有人从房间里出来，走下楼梯。女人站在他面前，打扮得精致，要出门的样子。

那是他第一次坐在女人的车里。

“看你腿脚也不方便，我送你吧。你去哪儿？”

车开到一半，等红灯的时候，女人突然笑起来，“你们的事情我都听说了。他回来就骂你，骂了两天了，你当时怎么没有下手打他？你真该打他。”

六

和何洁道别以后，老王走进大排档，点了酒，瘫坐着，感觉生活又回到了潮湿的初春，沉溺而窒息。而自己即将陷入更大的漩涡中去。漩涡裹挟着他，他只能隐忍，不能说话。

他给老蒋打了个电话。

“你说那篇《青春》？我问了，过了初评了。进复赛了。那篇写得真好。是你教的学生？”

“算是吧。是人家的天赋，跟我没关系。”他说。

“你丫的跟我还谦虚。”

“说，你是不是帮忙了？”

“是真写得好。我帮什么忙，我就是一打工的。”

“听说你现在和学校的老师熟得很。”

“没办法，工作需要，上学的时候不听话，现在请他们当评委，得巴巴地捧着。”“我看了，这比赛在国内算是阵容最强大的吧？说决赛拿了奖高考加分是真的？”他问。

“也就是北京的高校认。不过去年的一等奖，咱们学校就给降了二十分。”

“那是不错。”

“怎么样，什么时候回北京？”

“哎，估计还得挨到十月份。”

“暑假过来呗？也来看看孩子。有半年没见过斌斌了吧？”

“是啊。”

“你不想啊？我前两天和他们娘俩吃饭，上师大附中妥妥的。你就说你们房子买得好，他们小学现在是海淀区前十。”

“学校什么的，主要还是基因好，人聪明。”

“夸我，是不是？”老蒋嘻嘻哈哈地说，嘴贱的习惯还没改。老王骂了他几句难听的，问他什么时候复赛。

他们都没再提刘雪莹，正好。

老蒋总能从失败的颓丧中快速走出来。他挂了电话，想着自己，心中充满神伤以及因为不甘而要自证的欲望。他发了条信息，把老蒋那儿的消息告诉了刘曦，让她跟家里人安排去北京的行程。

刘曦发了条语音，背景声音嘈杂。

他问了她期末考试的情况，她数学没考好。她理科好像一直不太好。

“没考好还出去玩儿？”

老王发了这条，盯着手机看了半天，她没回。快午夜了，他灌完自己酒，拍拍屁股回家。刚脱了衣服，用电蚊拍招呼了几圈，电话就响了。

刘曦打来的。打不到车，让他送她回家。那地方不远，老王套上衣服，步行穿过两条街过去。森城的夜，一点儿也不像北京。路上，载客的摩托车在呼啸，醉了酒的年轻人嚷嚷着，天空中弥散着勾人的暗红色。

他走到KTV门口，道路尽头的车灯充当无涉的旁观者。刘曦一个人静静地站立在路牙上，用小牛皮鞋跟来回揉弄着几颗孤零零的石子。“吱嘎吱嘎。”在KTV腐坏的喧嚣里，它们发出清新的声音。

“怎么玩儿这么晚回去，家里人不担心么？”

“我爸妈？早睡了。忙得很。”

“大晚上的，别出来瞎晃悠。”

“老师不也没睡。”

“老人家，喜欢失眠。你家在哪儿？”

刘曦说了城郊半山上一个遥远的别墅区。走路肯定是不行了，刘曦不愿意坐摩托车，老王带着她往大路走。

“你经常晚上出来？”

“偶尔吧。”

“不学点儿好的。”

“考完试了，难得开心一下。”

“明年考完了，有的是时间开心。”

“你怎么还一板一眼的。”刘曦屈起手肘，轻轻抵了一下他的肋下。

老王板着的脸也装不住了，刘曦的身上传来淡淡的植物萌发的气味，那气味也唤醒了他，钩沉起那些有关热爱和生命的句子。他们顺着“青春”的话题，沿着文学，一直徜徉。

他背诵了两段叶芝的诗句，还有几段自己的诗句。他已经太久不做这样的事情，脸上流露出久违的满足。现实世界的烦恼在他的感知中慢慢褪了下去。他们又谈到杜拉斯，刘曦在小说里提到了《情人》那个经典的开头。他们玩味着那段话中蕴含的情感，谈论着衰老和青春的关系。

谈到电影的时候，话题变得愉快起来，他们都没有意识到，却已经沿着大路走了许久，甚至没有注意到出租车的踪影。

“早知道应该把你拉进文科实验班，你这个水平，隐藏得很深嘛。”

刘曦耸耸肩，“不对以前高老师的胃口，他总是把我作文判得很低。我要去了实验班，你刚好调走了，不就白瞎了？”

他有点儿感动，半天没说话。

“没车了，要不找个地方聊天，等天亮，我偷偷回去。”刘曦停下脚步。

老王心里晃动了两下，脑海中转过灰色的地毯和两张白色的床单。此时此刻，恰如往日某个时刻的准确再现。那是什么时候？也同样是年轻的女孩，对着年轻的自己。他晃悠地从沉落的情绪中转醒，看着刘曦对着他的脸，漫散的时间又收束了起来。“还是再等等。”

“没有的。淼城本来出租就少，晚上更难了。走，去找个麦当劳什么的。”

老王有些尴尬，才知道自己会错了意。但似乎未知的再现仍然隐隐地潜伏在记忆中。他默许了，由刘曦带领着朝着淼城的商业街走。他想和她继续聊天，不是在学校里，而是在类似这样的，午夜的气氛中。

因此，当他招手拦住街上那辆梦游一样的出租车时，他立刻就后悔了。他看刘曦，她却面容平静。他们坐上车，沉默地驶向目的地。

“老师你今晚念那句你写的诗，我很喜欢。”

“哪句？”

“英雄沦为庶人，站在独自的山顶。”

“情绪之作罢了。”

“挺好的，就是有点儿颓唐。倒过来就好了。庶人成为英雄，站在自己的山顶。”她自然而然地念出来。车停了，她拍拍老王的肩膀，“过几天就开学补课了。”

老王点点头，“别忘了准备复赛。多看书，多写。有事儿没事儿，晚上别瞎出来。”刘曦朝他做了个鬼脸，转身走进了小区的大门。沉重的夜雾开始聚拢，他点燃一根烟，又给司机发了一根，示意他等一会儿。他摇下车窗，半山上，猩红的霓虹之光褪下去了，安眠的城市在风中怅然若失。

月光从夜雾里挣脱着探在他身上，像激情过后恋人的皮肤那样柔缓，浅浅地撩着他的脸和手臂，他的身体于是发出像可乐气泡一样沙沙的声响。

“自己的山顶……”

## 七

老王第一次渴望能尽早回到淼城中学去上课。这几天他看不进去书，吃的也少，他艰难地要去试着在暑期课程开始之前，解决掉和女人一切的牵绊。他这样想的时候，他心中的鼓点就催逼着他行进，直到夜里，在月光下，他仍然颓丧得没有行动。

他又拿起刘曦的小说来看。她把它扩写到了五千字。那些字句总在激荡着他，在鼓励他，让他心潮澎湃。

在期末的一次模拟考试批改试卷的时候，他看到了那篇作文。在森城中学，没有人敢在考试作文中写故事，在千篇一律的议论文中，刘曦的文章让他眼前一亮。

她用库切的自传体小说《青春》中的那句话作为开头，一下就吸引住了他。那句话不是他的最爱，但他曾经谙熟。

“精神生活。我们为之献身的是否就是这个？我以及其他在文字的世界、字句的故事中孤独的流浪者，有一天我们会得到报答么？我们的孤独感会消失么？还是说精神生活就是它本身的报答？”

密密麻麻，她整齐的字体写满了答题卷，文字若有倾吐的欲望，逼催着自身蔓延，发射出强大的生命力。她写了一个高中逃学的精神流浪者，讲述他一路上遭遇的人，呈现青春生命与他人交汇的插曲，主人公从生活中反观文学和哲学，试图解读青春的意义。

最后一段是模仿凯鲁亚克的《在路上》的结尾。“于是，在中国南部炙热的夏夜，太阳下了山，我坐在入海口的某座破旧的码头上，看着三角洲上空的长天，心里琢磨那片一直绵延到光线尽头的水域，那条江水的上游，那是一条没完没了的路，一切怀有梦想的人们，大概要从这里出发，找寻他们青春的足迹……”

像是送给他的一份相见恨晚的礼物。他给这篇作文判了满分。又忍不住看了好几遍。那文字是亲切的，贴近人心而又透露着卓越。和北京那帮孩子写出的充斥在生活和精神中丰裕的自信不一样。

他决定帮她争取进入全国创意写作大赛的复赛资格。那是他的母校和老蒋所在的公司合作的赛事，每年初赛都收到几十万的稿子，竞争与筛选异常残酷。

下课了，他把刘曦叫来走廊上。刚刚的课上，他一字一句评析了这篇作文。

“你回去扩写一下，把它改成一个完整的故事。有没有信心？”

“我还正嫌写得太短。”

“不过时间比较紧，我给你三天时间。可以么？”

刘曦做了一个OK的手势。“听说复赛可以去北京。我还没去过北京，想去看看。”

“想去北京的大学么？”

刘曦笑笑，似乎觉得这个问题很荒唐。“我，可能么？”

“还有一年的时间。理科抓一抓，文科你没问题。这个比赛拿了奖还可以降分。”他说完，又和刘曦约了下午放学讨论文章的修改。

他回到办公室，给女人打了一个长长的电话。那时候，女人还会接他的电话。他们的对话以不愉快的争吵告终。他挂了电话，想起还要见刘曦，就急忙往教学楼去。却已经错过了约好的时间。

他沿着校道走了一圈，在学校的“翘楚湖”边看到她。她在椅子上支起腿，在本子上写着什么。

“抱歉，一点儿私事儿。”

“老师你好像很渴的样子。”刘曦从包里掏出一瓶绿茶递给他。“也不知道你喜欢喝什么。”

没推掉，老王接过饮料，刘曦的指尖从缝隙中划过，产生了瞬间的，难以觉察的震动。

“走吧，去教室。”他说。

“这里不好么？”

“不太方便吧。”

“你在担心什么？”刘曦拍拍长椅空着的一边。

老王摇摇头，“就怕我特别吸引湖边的蚊子。”他走过去坐下了，“写什么呢？”

“在改作文。准备往里面再添一个人物。一个中年人，颓靡的，他从少年身上重新找回了力量，自己又被激活了。”

“这跟你写的少年的青春有什么关系？”

“嗯，我想把主题扩展一下，就讲其实每个人，不管是年轻还是衰老，都隐含着某种青春的力量，潜伏着的，要去寻找和激发。我想把青春解释成一种生命的动力。”老王赞许地点点头。“这个设想挺好，拔高了主题。”他想起来从前看过的那些如今被掩映在记忆中的作品，找到了入口，对刘曦说起他对主题的理解。刘曦接着又问他小说情节起伏和冲突的问题，他们一直聊到天完全黑下来。最后说到了语文授课。

“老师，你以前在实验班也是这么上课么？我觉得你好像和以前不太一样了。”

“嗯，根据不同的班级，方法也会有一些调整。”老王有些局促，她反倒问起他来了。

“我喜欢你以前的方法。以前和其他老师不一样的方法。其实语文这东西教不教都是那样，重要的还是那种，激情吧。”刘曦顿了一下，“我说得比较直接，老师你别介意。”

“没事儿，平等交流。你以前是听过我的课？”

“听过，你刚来学校的时候，很火。”

老王摆摆手，欲言又止。

“所以你可以恢复以前那样么？”她直接这样问他，又像是在要求他，他一时语塞了。

“什么？”

“你不是说让我去考北京的大学么。那你能带着我们么？就像在实验班那样？”

“你说captain？”

“对”，她收紧嘴唇，扬了扬拳头，眼里露出隐隐的笑意。“老师我相信你。开玩笑，你可是和校长打过架的人。”她说完就往教室的方向走去，穿着和她的言语并不适合的校服，留下久不能消散的声音。她的脚步是自由的，就像老王此时正在阅读着的——她的文字一样。

她小说中的那个颓靡的中年人，是以他为原型么？她简单的几笔，那个人物就在他心中行走，挥之不去。她也在希望自己找到青春么？可是青春又是什么？在走向衰老的不惑之年，又能指望凭着一味的冲动和激情，生发出什么新的东西呢？他焦虑起来，匆忙地掐灭烟头，手忙脚乱地扒开窗户，大口吞咽这个沉闷夜晚的空气。

刘曦的话在他的心中盘旋，他无法摆脱。她说的话，她写的话。她在湖边的话，还有送她回家的那天晚上的话。“庶人成为英雄，站在自己的山顶。”楼上某个老迈的压缩机泄露着连珠的水滴，有节奏地嗒、嗒。水滴的速度一点一点加快了，像是炸药引爆以前最后的催逼。

渐渐的，有鼓点在他心中响起，密集地轰击着他。他再也坐不住了，按下刘曦的文章，拨通了女人的电话。你什么都别说，你先听我说。他趁着女人挂断前急促而坚定地表达。

女人听进去了。“不能等到明天？”

“不行，就现在。半个小时以后。”他说了地方。

“好吧。”

老王收拾了东西，用纸袋装上女人买给他的两件衣服和一块表，还有一个刮胡刀，麻利地直走出房门。是他豁出去了么？他总爱冲动。他在路上反省自己此行是否正确，难道他已经不再看重那张证书的价值？还是他又想去上课了？难道还要在森城继续待下去么？但是他出发了，他已经不能回头。他要彻底了结这件事情。因为还有新的什么在远方等着他。他似乎已能朦胧地感知到。

总算见到了女人。她的神色暗淡了，眼中是失焦的痛苦。他们一坐下，老王就开口。他的声音低沉，平稳，他的字句在适当的停顿中不断掷落在桌上。当他终于说完的时候，他深深吸了一口气。“不管你怎么做吧，我不想骗你。说了，今天终于是说了，其实也憋了很久了。”老王把纸袋递给女人，“是我不对。一开始就不对。但是也没办法了，还是就这样结束吧。”他狠下心，斩钉截铁，他该说的都说完了。他把头扭过去，不看她。

结束了。他送她到她的车旁边，最后想握一下女人的手，伸出去一半，还是收回来，改成了摆手。女人却冲进他怀里，深深地抱紧他，贴在他肩膀上沉重地呼吸。她的力度里带着宽容，分离前最后的密合。像强烈的要求被割舍掉了那样，她的呼吸无奈而失落。

“再见。”她短促地说完，升起了车窗，发动了汽车，稳定地远离了他。尾灯在他的视线里一点一点，越来越暗，那轨迹淡下去，像一条逐渐消失的岔路。

他心中绷紧的那一块终于松了下来，他抬起头，能看到夏夜星星的闪光，伴着熹微可见的上弦月，轻盈而活跃地闪动。那频率一下一下，终于和他一致了。他感到平静，又在这平静中增长出喜悦和期待。毕竟，明天暑期的课程就要开始了。

## 八

老王穿着灰色细格纹衬衣，头发向后梳出造型，大步走进早上的教室。学生陆续注意到他，开始小声嘀咕。他的衬衣有点儿紧，年轻时候的款式。

他缓慢地在教室里扫视着，锁定在刘曦的会心一笑上收尾。不知道今天他的眼睛是不是也这样明亮。他清了清嗓子，登上讲台。

“今天给大家带来迟到的自我介绍。教了大家两个月了，还没正式认识。刚好今天我们暑期补课第一天，也算是高三的开始，有必要正式一点。”

“首先要说明，我不是从隔壁过来的老王。”

一阵哄笑。

“我以前在楼上上课。大家可以叫我王老师，也可以叫老王，或者背地里骂我的时候称呼我全名。”

台下又多了些期待的目光。老王定下心，继续介绍暑期的课程。按照年级的教学计划，暑期补课一个月，基本是把高一的课程过一遍。“显然，级里的教学计划在我这里，并不适用了。”这回，连常年玩手机的两三个男生也抬起头来。“翻翻高一的语文课本，还记得有什么课文么？”老王在讲台上拿着两本高一语文，哗啦啦地抖晃着。“除了默写的那些要背的，这本书对你们毫无用处……”老王随手翻了几篇，鄙夷地念出那些课文的名字，讽刺了一会儿教科书对语文阅读量的限制和阅读兴趣的扼杀，批判了糟糕的教案设计如何扼杀了对古文之美的认识……

“我知道其他老师给你们说什么，高三了，紧张起来之类的，我也不想说了。所以为了缓解大家紧张的气氛，我们第一天上课的任务是看电影。”全班欢呼。

他给他们放了《荒野生存》。

看完了电影，留下二十分钟，他让他们拿出纸笔，马上开始写，想到什么，写什么，二十分钟以后交卷。这是他在北京的时候，自己开发的一套写作训练方法，针对语言逻辑和表达层次的专门训练。

下课了，他收了文章，利索地走到门口，突然停下来，转过身，对着全班高声说：“我不敢保证让你们月考拿第一，但我保证能让你们爱上我的语文这门课。”他说完，旋转着出了门，做了一个rock的手势。身后，掌声雷动。

老王也被自己调动了起来，一整天的精神。平时只是点头微笑的同事，也聊了起来。刘曦复赛时间下来了，是在八月底。通知了学校，整个淼城，只有刘曦一个人进入了复赛。他知道，他多少凭这事情，涨了一点底气。虽然是有点儿虚浮的底气。

十七班要从基础来。根本在于阅读和写作。他晚上回去连夜看那二十分钟每个人写的观后感，脑中构筑起自己全新的教学计划。那计划，一定是跟其他老师都不一样，那才是他的风格，那才是他的证明。

他会亲眼看着整个班的语文成绩提高，他要亲自介绍那些会影响他们一生的作品。他将会这样做。直到入睡，他还在这样憧憬着。

对于刘曦进入创意写作大赛的复赛，学校相当重视。毕竟是相比理科竞赛和英语竞赛，唯一有重量的全国性文科比赛。校长把他叫去办公室，站在门口，用施舍机会的态度指示老王亲自负责复赛的准备和训练。又特意宣布了年级组的决定，暂时减免了他这段时间的晚自习。

还有不到一个月的时间，刘曦文笔上没的说，关键在故事创意和小说技巧与结构上。她原来的文风偏向伍尔夫、杜拉斯一类的作家，细腻中欠缺情节和外部的张力。他列了十个短篇小说名家，让刘曦找到她喜欢的五个，反复看，他们再一起交流讨论。

讨论的时间是晚饭以后和第一节晚自习。为了表示支持并充分使用资源，学校把图书馆旁边的心理咨询室腾出来作为专门的培训场地，又挑了几个同年级文笔比较好的学生来一起参与训练，算是陪练。

这事情上老王十分积极，有时候上完课就直接去教师餐厅打两份饭，和刘曦早早去咨询室，边吃边谈。那里摆着一圈红颜色软乎乎的沙发，看上去像什么谈话节目的演播室一样。

老王一进房间就急忙打开空调，坐下来往饭盒里加辣椒酱。刘曦看到了，也拿过来往自己的饭盒里加了一勺。

“我以为森城的人都不吃辣的。”

“水土问题吧，吃多了上火。”

“那你还敢吃，不怕脸上长痘？”

“我？我们家其实不算是森城人。我五年级才转学过来的。”

“是么？我听你方言说得很好。”

“我也不知道，反正过来很快就学会了。”

“还是年轻好，学什么都快。那你们家原来是？”

“成都那边的。三线工厂你知道么？”

老王点点头，讲了几个第六代的电影，收止住，就问她看《金锁记》的感受。此前，他们已经读了海明威、契诃夫和前些年很火热的爱丽丝·门罗。

“中国二十世纪最棒的短篇小说，没有之一。”记得以前老蒋跟他这样评价过《金锁记》。刚好今天上课也是读张爱玲。

“对人物大量的白描以及基本是靠语言推动的故事情节，这个继承的是中国古典小说的精髓。但张爱玲也用比喻，甚至还有意识流，这些其实完全是西方的，但却是整个小说的点睛之笔。”他读了几段张爱玲对夜色和月亮的描

写。讲解了其中的象征意义。他还狡猾地说了几个班里很多女生都在看的流行女作家，指出他们在何处怎样是无一不受张爱玲的影响。讲完以后，他当场要下单买《倾城之恋》，问，“谁要买？”台下有一大半人举手。

“可是我不喜欢张爱玲的对话，太琐碎，不够简洁。”刘曦蒯了一勺饭，担在半空中说。“我更喜欢海明威那样的简洁，同样也能传递信息。他喜欢把东西隐藏起来，不做繁复的呈现和描写之类的。”

“冰山理论。”

“对。但是我又很喜欢张爱玲那种冰冷的格调和她的细腻。老师，你说有可能把海明威和张爱玲结合起来么？”

他想了一会儿，感觉这问题已经超出了自己的能力范围。其他几个人姗姗来迟，他就把问题抛给了他们，他们都吞吞吐吐，说不出什么，他怀疑他们是不是都看过书。

“张爱玲已经把中西小说进行了结合，有机地融合，但是，我们现在在讨论第二种程度的结合，一种更高的结合，我认为这对我们的训练具有非常重要的价值。大家完全可以放开手，尝试着去写。”他对着他们说。此前，他安排每个人每天都进行一段对话、心理或者是场景的写作练习。现在只有刘曦每天还交给他有质量的文字，其他人越来越敷衍了。也难怪，他估计他们都是被硬生生拉过来上这个训练班的。

“写东西这事情本身就是个人兴趣，不见得非得要模仿别人吧。”一个瘦高的男生，留着剃光鬓角的发型，两手翻着手机，头也不抬地说。以前听其他老师说过他，作文里夹杂着韩寒式的文笔，每天来了都大摆着坐姿，吐露着愚蠢的自命不凡。老王讨厌他，特别讨厌他看刘曦发言时候的表情。

“没有哪个作家不是从模仿开始的。你们现在看到那些嬉笑怒骂的东西显然也只是得到了鲁迅杂文的皮毛。思想精神上，更是差得远了。”老王板起脸。

“老师说得很好啊，当初您怎么没当作家呢？”男生挑衅一样看着他。

老王憋着，不好发作，后悔一开始就把训练班的气氛搞得过于民主。“我就看着，等着你们成为作家。”他去看刘曦，刘曦没说话，饶有兴致地旁观他们的交锋。老王有点儿失望，无奈地示意其他人继续发言。他手里翻着他们的作业，琢磨怎么样对男生写的东西从头到尾批评一番。

训练结束了，老王压着火一个人回办公室。他收拾好东西刚要走，看到刘曦背着书包站在门口。

“老师脸色不太好啊。”刘曦冲他嫣然一笑，他的气一下子就消了大半。

“怎么了？”

“我今晚请假了，回家去住。这几天要看的东西多，想晚上在家多看会儿书。”

“也好。”

“老师今晚在咨询室……”

老王打断了她，“氛围可以是平等的，但是尊重也是必需的。说白了，他们是给你陪练的，观点还没有形成就这么自我，现在年轻人真是……”

“其实我觉得陈智锋还挺好玩的。我跟他聊过，觉得挺有意思的。”

老王哼了一声，意识到言行不妥。“你先别管别人，自己好好练，没几天了。”

“对啊，所以才过来找你。”

“走吧，我送你回家。”

“不是，我想找你借两本书看，来不及买了。觉得你家里应该会有。”她说了书名，果然有。老王的表情发生了细微的变化。刘曦没有称呼他老师，而是用了“你”。隐秘的皱纹从他的侧脸上以不妥当的方式悄悄生长出来又转而消失。

他在淼城两年了，还没有他认识的人去过他住的地方。就只有一次，刚从何洁家搬出去的时候，和几个同事去KTV公馆，他喝多了，搂了一个姑娘回来。姑娘第二天早上不声不响地起来，朝他要了钱，一边穿衣服，一边厌弃地打量他的房间。他从床上抬起头，眯起眼睛看她的身体，看到她肚子上像贫瘠的山岳一样纵横的妊娠纹，又乏味地躺下。但一旦醒了，他很难再睡着。楼下小贩炸油条发散出的地沟油，那腥味一阵一阵刺激他的神经。

他回忆起那味道，皱起了眉头。“要不我回家拿了书，明天给你吧。”

刘曦摇摇头，“我今晚就要看的。还是去你那儿拿吧。也不远。”

老王只好引着她坐上了夜班公交。他们在森城市中心一片残存的城中村边上下了车。在森城的月光下，村民的自建楼拥挤着长出令人不安的高度，因为自身的扩充而令彼此之间只留着狭小黑暗的肮脏缝隙。

“我跟你说了，这里环境不好，很乱的。”

“挺热闹，一片生活气息。以前都没来过这里。”刘曦满眼新奇。城中村的正街上，商铺倒是一片红火。

“你还是在这儿等我吧，我把书拿下来给你。”

“不行不行，来都来了，一定要上去看看。”

“有什么好看的，就是脏乱差。给我留点儿隐私行不行。”老王彻底没了退路，慌慌张张地耍赖。

刘曦愉快地摇头，拉着他，不由分说地往前走。

老王住在七楼。房东把一栋楼分出了四个套间。进门是一个厅，挤着沙发和电视，还有一个角落的桌子上堆着炊具。他打开灯，刘曦环顾四周，接连地惊叹，匆匆走上去浏览贴着墙壁摆成一圈的五六个简易书架。书架上摆不进去的书又不高不矮地在地上堆了一圈。

“怎么会有这么多书。”

“没什么正事儿，反正现在书也便宜。”

“我以为我满了一个书架已经很可以了。”刘曦蹲下来抚摸一本手掌厚度的大书，扭头仰视着老王。那目光把他往上推。他决定顺应这力量，指了指里间，卧室地上还堆了一大堆，“北京带过来的。”

创业失败公司解散的时候，他和老蒋把书一箱一箱往回搬。那些书大多是他大学时候淘来的，不少绝版了，值点钱。后来他又运来森城，想要挂在网上一本一本卖出去。然而终究也没卖出去几本。过完潮湿的春天，书页都扭曲膨胀了起来，老王盯着他的书堆，像是在日益怠慢的朋友身上有了什么令人难过

的新发现。

“这些书我可以借么？”

“喜欢就都拿走，留我这儿算是白瞎了。我反正都要……反，反正我也不怎么看。”“每一本都写着日期。”刘曦还在翻着书页，像惊喜地发现了新大陆一样探寻。“这本居然是二十年前的……你竟然有他的全集……这个比新版的好多了……”

“好了，”老王抽出她要的两本书递给她，“不早了，你也该回去了。”

“诶，这个是你么？”刘曦展开手上的素描纸，时间似乎已经久远了，纸面也发黄了。“画得真好，”她举起手机拍了下来，又翻开夹着那张素描纸的浅蓝色笔记本。

“杨艺，”她读出日期，“是你上大学的时候吧？杨艺是谁？”

“就是别人送的一个本子。”老王说着上来出手要拿。刘曦察觉了，警惕地握紧本子。

“是你女朋友么？是师母么？”

“瞎说什么。”老王要夺。

“还真是，”她敏捷地闪躲开，“快说。”

“别弄了，把那幅画给我看看。”他突然正色道，不由分说地伸手从刘曦怀中轻轻捏起素描纸的一角，移近到自己胸腔，像信徒阅读圣言一般，双手捧起。长头发上裹着头巾，切格瓦拉头像的搭配。画上的他年轻又消瘦，看着远方的眼睛，让他像一个无畏的英雄。狡黠上翘的嘴角，又让他像一个诗酒江湖的浪子。

其他东西都丢了，结婚的时候丢的。刘雪莹不喜欢。本以为笔记本连同这幅画也丢了。杨艺留给他唯一的东西，这些年了，竟然一直就在身边。尘封的回忆变成晶莹的情绪，从岁月日渐松懈了的脸上，悄然滑过。

刘曦在他身边有些尴尬地站立，第一次，他感觉到她的不知所措。

“你，没事儿吧？”

“和现在真不一样，”他低下头喃喃自语，略带歉意地示意她坐。“年纪大了，就喜欢回忆。你不懂的。”他试图恢复情绪，却并没有做到。

刘曦指了指蓝色笔记本，“我可以，看么？”

老王摊开一只手，做了一个请的姿势，起身去冰箱提了两罐啤酒。刘曦拿了一罐。“小孩不要喝酒。”

“我成年了。刚过完生日。”

“什么时候，我不知道。”

“七月份的尾巴呀。”她说着麻利地拉开拉环，和他碰了一杯，低头伸出手指来阅读。

“是你的诗么？”

“对。”

“你……给杨艺写的？”

“惊讶吧，老头也有青春浪漫的时候。”他干笑了两声。

“那，可以说给我听听么？”

“你真的要听么？”

“嗯。”

他点了一根烟，坐下来，沉重地吸着。那天是吉他社演出的前一天，是他的生日。暑假了，下午学校里悄无声息，教学楼只有零丁的人上着自习。他们找了一个没人的教室，窗外，运动场的橡胶味儿和树荫蒸腾的暑气顺着稀疏蝉声慢悠悠地越上来，那里面，还有一份淡淡的，浅颜色的清香。什么花的花期这么漫长？是楼下的蔷薇么？是学一食堂旁边花房里的夹竹桃么？也可能就是教室里女孩的裙摆。

他坐在一边抱着吉他练演出的曲子，看着杨艺在靠窗的位置上，摊开素描本，徐徐涂画。教室里琴弦拨动引发的悠久共鸣和笔尖不间断的沙沙声交错在一起。时不时，杨艺抬起头来看他，斜阳卷着风投进来，温暖地摩挲着他们交汇的眼神，他觉得有必要为此时的她留一张照片……

“算了，没什么好说的。老土的故事，你没兴趣的。”

“你怎么知道？我喜欢你们那个年代的大学生活，我跟你说过。”刘曦看着他，他没有要说的意思。她便继续又翻那本笔记本。

“最后一篇。”

“什么？”

“英雄沦为庶人，站在独自的山顶。”

“哦。”

“这是你给她写的最后一首诗。所以，你们最后还是分开了。”

“到你读大学就知道了，分分合合，很正常的。”

“你看，你还写了歌词给她。”他读了两段歌词，“在那金色的沙滩上，撒满银色的月光……”她想到什么，闪身走进里间。

老王自顾地仰头咕嘟完了一罐酒。有琴弦声传出来，悠长，绵延，发出旧旧的声音。

那次演出，他唱了很多歌，而那首老歌，和弦最简单，演唱的难度也不大。但他却只记得它。他觉得那天下午在教室里他只是在一遍一遍重复地练着这唯一首歌，怎么也不觉得烦。他如今仍然能清晰地记得歌词。曾经也认真地把歌词抄在了这本子上么？此时，他才意识到，他是多么频繁地在脑海中循环着这首歌的旋律啊。每当他疲惫的时候，他寂寞的时候，他思念的时候……他失去杨艺飘着的时候，甚至是他离了婚心里一点儿也没着落的时候。

每当那些时候，那旋律和那歌声里的月光，都能让他平静，温暖，让他感觉好像有指尖用似有似无的轻柔贴在他背上，缓缓滑过。那是一种痒痒的，淡淡的抚慰，游戏一样躲藏着他……

刘曦抱着他的木吉他走过来。

“弹一首。”

“不记得了。”

“就一首。”

“真不记得了。”

“哎。”刘曦落落地曲起脖颈，喝下长长的酒，静静地撩拨琴弦。两个人都陷入了沉默。

“你不能给我弹一首么？”好一会儿，她才缓慢地说。她的声音突然变得悠长，饱含隐藏许久而终于浮现的感情。她从没在他面前浮现过感情。她的尾音轻轻震颤着，回荡在老王的耳边，带着点儿心慌地试探。久违了，青春的感情。

老王默默拿过吉他，和弦和节奏都自动呈现在他眼前，他陷入盘旋幽回的迷宫中，寻着他熟悉无比的轨迹，轻轻地吟唱。

“在那金色的沙滩上，撒满银色的月光。回忆往事踪影，往事踪影迷茫……飞呀飞呀我的马，朝着她去的方向……你在何处躲藏，背弃我的姑娘……”

刘曦眯起了眼睛，微微侧身，靠在他的肩膀上。此时，他苍老的声音是年轻的。他们并肩坐在沙发上，一首歌的时间漫长。夏夜的房间里闷热的空气没有一丝流动，但他仍感觉她的温度从靠着他的手臂上柔软地传来。第一次约会是在北京哪座早春的花园里？花瓣依偎着他们，那气息也依偎着他们，锁住了他的心。那气息是不会害怕时间的，那气息现在就在他身边。他们就这样坐在一起，唯余下安静，和那自夜空中流动而来，被室内的空气所扰动的波光。

他们依然是这样坐在一起，再睁开眼睛，四周已经是铁轨咣当的声音。

**九**

开往北方的火车。窗外，盛夏的田野上一片热浪。极目边际，只有孤零零几棵树托起可怜的阴凉。

老王松了松僵直的脖子，半睁开眼睛，抵挡刺目的光芒。刘曦靠着他睡着了，左手依然半扣着他的右手。天地明晰，森城已被甩在身后，因循的生活短暂结束了。他就要回到北京了，可慌乱的感觉却在心中愈发地流散着。

他害怕刘雪莹看他的眼神——充满了蔑视，嘲笑，和对她自己不幸的全部埋怨。他害怕老蒋踌躇满志地鼓舞他，让他快回来大干一场。

他还是对不起她们母子。房贷还是他和刘雪莹两个人还着。听老蒋说她最

近升职了，工作应该是更忙了，她一个人带孩子也不容易。他有点儿同情起她来，但这同情即刻又被她对他的冷漠和愤怒压抑了。

刘雪莹不爱他，最多只是依赖他。她们的婚礼定在春末，天气还算好，不很热。宜家门口，看着就觉得累，太大了。每次逛宜家都累。刘雪莹的身段是饱满的，得心应手地走在宜家的那些日常生活里。可他不想抱她。

那时他们刚认识半年，公认结婚的好时间。而他却在持续地丧失着对他们共同生活的憧憬。大概这也不是针对她个人，说不定他恨的是自己。“那可是北京最好的高中，厉害！”毕业的时候，他听到身边的人无数次这样对他说，无数次加强着他对自己的怨恨。高中老师，他曾经最讨厌的职业。

“听说购房有优惠。”“还是你牛逼，你看我们哪个能拿到户口。”他冲他们机械地点头，僵硬地微笑。工资可观，也会有外快，出来了就是名师。他是在报复杨艺么？结婚那天，他在门口签到的地方看，在和刘雪莹拍照的时候看，在台上说着一连串仪式性空乏言语的时候，他朝着下面的酒席看，都没有。

刘雪莹拥有女人一切惯用的手段。她知道怎么紧紧绑住他，知道他们未来三十年的生活轨迹，知道要买哪里的房子最划算，什么时候生孩子，孩子上什么小学，什么中学，什么时候学英语，什么时候开始准备出国，房贷什么时候还完，隔多长时间全家应该去公园出游一次，怎么把钱放到三个地方实现最稳妥有利的理财方式。

他跟她在一起，就像一个傻子。他们第一次见面，他就知道他们不合适。是他的伪装欺骗了她么？还是她其实早已看穿，只是为了社会附加在他身上那些所有不属于他的东西？那些东西不属于他么？什么又属于他呢？也许没有什么真正的自己吧，自己永远都是假象，都是别人眼中的自己的叠加。曾经的自己是杨艺眼中的，现在是刘雪莹眼中的。可他又是那么自然而无聊地接受了她，难道他只是要重复着去加强自己的怨恨？

但是刘雪莹确实能给他一种安定感，在靠近三十岁的某个短暂的时间段里，他是需要这种安定的，那能让他踏实地觉察到自己的存在。然而这个时间段大概在结完婚以后就终结了。

他从没问过刘雪莹她当时的想法，她也不去问他。像是一道边界，他们彼此都遵守着无形的契约，不去逾越。结了婚以后，他日益发晕，刘雪莹怀孕以后，他变得麻木，再也想不清那些问题了。

直到和老蒋的那一次契机，让他在深渊里活着坠落之前短暂而卑微地重生。

回忆又让他泛起了迷糊，几声含混而短促的咒骂从他口中挣扎着迸出来，惊醒了一旁的刘曦。

“白天也会做噩梦？吓人。”

老王振作起来，擦了擦眼睛，“快到了。”

“原来大平原是这样的。”杨艺看着窗外。

“这两天记得多喝水。北京太干燥了，南方人去了，一不小心就会流鼻血。”

“你就这样请假了，学校不会扣你工资吧？”

“扣啊，怎么不扣。比赛结束了，你要好好请我吃饭。”

“请十顿怎么样？”

“行行行，我就带你把北京最好的馆子都走一遍。”

“时间不够，那要一天吃五顿饭”，她把手伸到背包里，摸索了一下，蓄谋一样的表情。“你身份证上的出生时间对吧？取票的时候看你照片上很年轻啊，说，是不是把自己改老了？”

“怎么不对，如假包换的四十岁。”

“那就好，”她沉吟了一下，“走的时候我妈都跟你说什么了？”

“说你任性，又固执，还体虚，让我好好看着你。最好拿手铐把你铐上。”

“她……没说别的？”

“你都瞎操什么心。”老王假装毫不在意。走的时候，刘曦妈妈要给他钱，他没要。她开着一辆巨大的黑色轿车把他和刘曦送到火车站。车头有一个

“B”的标志，他不认识。“真不好意思，王老师，这趟麻烦你了，我们俩是实在抽不出时间。本来要让她舅舅跟她去，她非要让我们找你……刘曦这孩子总想一些乱七八糟的事情，王老师你一定要好好约束，也给带个好头。”她这话是在提醒他么？她是不是已经察觉到了什么？他把手慢慢从刘曦手中抽了回来。

火车进入北京了。街道依然宽阔，蓝天依然高远，路边的绿化都蒙着一层细密的灰尘，从六环开始，所有的建筑都仍然凶猛厚实。还是他熟悉的北京啊。

学校附近的棣都旅馆，十几年了，电话还没变，就是房价涨了好几倍。老王订了两个房间，出了积水潭地铁站，就带着刘曦径直走过去，走回家一样熟悉。街道还是老样子，载人的电动小三轮杂乱地停在自行车道上，对面几个撑着腻歪歪“美食车”的小贩，路上的护栏七扭八歪，行车线和地上的箭头也脏兮兮看不清楚。老北京的里儿永远是破破烂烂的。

但是他喜欢这种杂乱的市井，这种摊开的生活，并行着贫穷与富裕，压抑着挣扎与冲突，像一个永远客观的、没有表情的旁观者，无论什么幸福与悲惨也不能被触动。可能也是另一种，宽容？

旅馆装修过了，门面还是窄窄的，连外面的灯箱都没换。整顿好，他带刘曦去小西天的生煎店吃午饭。以前，和杨艺在资料馆看完电影，他们就在那儿吃。下午刘曦要去参加赛前的选手大会，领复赛的邀请函和证件。时间还早，刘曦让他带她逛逛校园，看看明天复赛的地点。

校园不大，老王进了南门，却走得很难。在这里待了七年，看到南门里那块启功题字的大石头，他还是没忍住。旧地重游，物是人非。

本科的时候，他和杨艺一心想着逃离校园，可终究也没逃出去。毕业时，同学们都惺惺惜别，他无动于衷，又在这里停滞了三年。他没想到真正离开的时候自己竟也会不舍，甚至还有害怕。他有点怀疑自己读研的初衷，难道他真的以为只要留在这里就能把记忆封存起来，把往日留住？

工作了，他选了一个离学校极为遥远的地方住下。想象自己住在另一个城市，已经彻底断绝了和从前校园生活的联系。彻底忘记。

而这想法何其荒诞？他和刘曦走过曾经的宿舍楼，他和老蒋晚上总坐在下面的小院子里喝啤酒，弹琴，吹牛逼，笑谈附近的那些情侣。他把好玩的东西指给刘曦看。真可笑，他连中南楼拐角那儿是一棵什么树都记得清清楚楚，还能忘记些什么？

他们又走到操场，操场的铁网刷了一层漆，那根柱子还是歪着的，要倒不倒的样子。在那儿，他和杨艺第一次……他必须停止了。

“那时候上大学条件特别艰苦。我们要喝水都得冬天拎着水壶去打水。”

“宿舍没水？这些宿舍看上去旧得很有质感。”

“何止是没水，要走去很远的澡堂洗澡，回到宿舍，头上都结冰了。”

“下雪么？”

“北京？少。冬天污染很严重，都是雾蒙蒙的。”

“那时候多人间的宿舍生活应该很有意思。”

“是，不像现在，都是两人间。那时候我们经常在宿舍里煮火锅，熬夜联机打游戏。哈哈。”

“你知道我现在怎么想？”

“嗯？”

“我想如果能回到你那个时代去多好。”

“哪儿好了。”

“什么都好。来错时代了，我应该早生二十年。”

“年纪轻轻就开始怀旧，这样不好。”

“旧不好么？旧至少比新好。你说，如果，我是说如果，那个时候你同时遇到了我和杨艺，你会喜欢谁？”

老王一直悬着的心落了下来。他们走进学校，他就隐隐感觉到她会问这样的问题。然而他并没有准备好答案。“你这问题不成立。”

“不是不成立，是你害怕回答。”刘曦的眼神像是闪着光的箭镞，向着他，要刺穿他。

他语塞了，指着她点了点，作势要施加一点威严。失败了。

“其实我们现在的关系也只是你对过去的补偿对么？”她进一步刺穿他。“是不是连喜欢我你都不敢承认？”她在逼他。

“过去的她，现在的你，不一样的。”他无力地说。他还能怎么说呢。他不具备她的勇敢，他羡慕她的勇敢。他曾经有过的，不过早已丧失。

就这样吧。

他们看了一眼比赛的教室就往回走。午后的太阳毒辣，他给她撑着伞，她挽着他。这样也挺好。

刘曦去大会会场了，一会儿发来消息，主办方安排了会餐，让他晚上自由行动。刚好。他打电话过去给老蒋，约了晚上在老地方喝酒。

学校西门的烧烤店，他们来过无数次。老王走进店里，以前这里一到晚上就有震天的喧杂，哗啦啦空酒瓶摔倒的声音和醉酒的人掏心掏肺的哭喊声，越到午夜越是沸腾。现在太阳还老高，店里一个客人也没有。老王坐在他们经常坐的老位置上，一根一根抽着寡淡无味的中南海，烟圈吐出去，溜溜盘了一圈，便散佚得不成形状。

上一次来这家店里，还是刚开始和老蒋创业的时候。斌斌应该刚上小学吧，他记得是刚给他办完入学的手续。

“在线语文教育，这个是个新领域。”老蒋从门外脚不沾地地走进来，一坐下，就侃侃而谈，像是急着要放射光芒。

他在高中教了也有五六年了。手头算是有点儿钱。事情好说，可是钱是不太好拿出来的。

“一辈子在学校里当个高中老师，这是你的风格么？实在不行，我去跟嫂子说。这是个机会，行业第一桶金。你看那谁，老清，做移动端小视频什么的，那有什么含量，你看他现在都火成什么了，隔三差五的创业大会都能见到他人。”

这是老蒋第三次找他谈创业了。每次他都充满了不厌其烦的热情。老蒋想要鼓动他，认定了要找他，没有罢休的意思。

他觉得老蒋才是那种真正能干成事情的人。以前在吉他社，也是老蒋逼着他练琴，那时候老蒋追一个女孩，追了一年，成了，传为全系的美谈。

“我找她说说吧，到时候时机成熟了，我们仨再吃个饭，你鼓动一下。”他下决定说。

老蒋点点头，显示出带着认可的满意，回手点了一瓶二锅头。摩拳擦掌的样子，还是上大学时候的模样。

他把视线下移，十年后的老蒋刚进门，侧身要坐在他的对面，花白的鬓角和稀疏的发线，不速之客一样残忍地暴露在他眼前。

十

“你没去会场？”

“没，在外面有点儿事儿，跑了一趟。”

“还是停不下来啊。”

“嗨，习惯了。”

“快点儿给泄个题吧。”

“别扯了，我这个级别的人哪知道。对，这事儿正要跟你说，搞了一个《高中作文教程》的书，你帮我编几章。”老蒋说着开了一瓶五粮液摆在桌上。

“开玩笑吧。我哪会写书。”

“跟我谦虚。写《青春》那学生不是你带的？我今年可是看好她拿奖。哎，小姑娘漂亮么？”

“说什么呢。”

“没劲。反正这事儿也不急，我那边落实下来再跟你说。”他叫了服务员，把菜单丢在一边，嘴里一连串报出菜名，都是老一套。“听说杨艺过两天在北京又有一个画展，你不去看看？”

“她画她的，跟我有什么关系。”

“也这么多年了。你说你，见一下又不会死。”

“算了。后天就走了。”

“怎么这么快？”

“高三了嘛。”

“准备什么时候辞职？”

“不好说，年前吧。”

“不是说九月么，怎么又变成年前了？”

“那边一天一个变化，谁能说得准。我说少喝点儿，晚上还要去看斌斌呢。”

“得了吧，你酒量我还不知道，两斤都不是事儿。你快点儿回来，哥们儿还等你一起干个大的呢。”老蒋偷袭一样地碰杯，一饮而尽。

“慢点儿，慢点儿。”

他抬起手想压一压，还是喝多了。

他对老蒋绵绵不绝，挥舞着双手，越来越愤怒。“我X，什么狗屁学校。什么狗屁何洁。”

“对，对。”老蒋附和着他。

“我跟你说，如果不是因为杨艺，哦不，刘曦，不是因为她，我会继续在那个破地方待下去，笑话。”

“到底是刘曦还是杨艺？”

“都是，都是行了吧。”

“好，都是你的。”老蒋上去搀他，被他挣脱了。老蒋还是把他拉出了门。他们沿着元大都遗址公园醒酒。老王吐完清醒了大半，看了看时间，打车要走。老蒋要和他一起，他没让。他坐上车，迷迷糊糊地往上地去。

一觉醒来，还堵在中关村北大街上。给刘雪莹打个电话，没接，估计是在洗澡吧。堵了多少年了，怎么还堵。以前学校离得远，有时候要上晚自习，他经常两三天才回一次家。

斌斌上了幼儿园以后，孩子从老人那边慢慢交到他们两个人手上带。晚上下班做完饭，刘雪莹的心思就都在孩子身上，他们连话都越说越少。除了互

相问几句工作上的事情，说些朋友们的闲闻轶事，便再也没有什么其他可说的了。他在阳台上抽烟，刘雪莹去阳台晾衣服，闻到了，就狠狠唠叨他。他刚上床，刘雪莹又自言自语，一天抽个破烟，刷完牙还抽……他都假装像是没听到一样。

早上，刘雪莹留了早餐，早早出门上班，他去送斌斌上学，再挤一个小时的地铁去学校。刘雪莹说，等斌斌上小学了，就买辆车，周末出去哪儿玩儿也方便。

车已经停在小区门口了。换了保安，硬是要拉他登记。

“凭什么，我是业主。”

“对不起，没有卡，不能进。”

他只好草草填了表格，在事宜一栏上填了“探亲”，才摸索着走进去。小区的树长高了，又是夜里，他的酒劲儿还没过。哪一栋楼呢？找了半天，终于认出楼下那个熟悉的垃圾桶。

他按了三遍门铃，通了。

“来了怎么不提前说一声？”刘雪莹的声音平静得近乎没有感情。

“出差，抽空过来看看。”

“孩子睡了。”

“没事儿，我就上来看看。”

刘雪莹没说话，给他开了门。她头上还围着毛巾，脸色暗淡。半年前她比现在要精神。他们离婚的时候她还像个年轻的女人。他们对视，她马上捂住鼻子，厌恶地别过脸去。

离婚前的几个月，他和老蒋的公司一直在亏钱。

“熬到最难的关头了，挺过去就好了。”老蒋那时候总这么说。他知道，老蒋的钱早花光了，但还为他舒心。“下个月融资一到位，就满盘活了。”

不能让老蒋一个人撑着。他下午就回家，早早等着刘雪莹下班，准备跟她商量抵押房子的事情。

“你把家里都败成什么样了，现在还要惦记房子，你可真有脸。”她让斌斌关上门学习，走到客厅里爆发了。“就剩房子了，你还要惦记什么？就你的能力，也就做个老师，一辈子拉倒了，你以为你是谁，还有模有样学别人创业，这两年你看你都混成什么样了？外面叫着王总王总，不知道还以为你多牛逼……”

他早预料到她会这样大闹一番。两年前他要动钱的时候，她早干过这样的事情。冷静下来以后，他坚持两天，磨一磨，也就行了。但是他这次想错了。

“你看你说的话，你还是个父亲么？房子没了，孩子上学怎么办？你以为我不知道，你们那个项目就是个无底洞。人家老蒋好说，没家没业一身轻，他拍屁股走人了，你傻等着么？你就等着完吧。”

“你过分了。”

“我过分？你这几个月给过我一分钱么？你知道我和斌斌怎么生活的么？你家都不回了，我他妈像个单身母亲一样我。”

“梆！”他举起茶几上的烟灰缸，抡起来摔在地上，地板上一片晶莹的碎片。两片蹦到了刘雪莹脚下。巨响让她收了声。但她马上领悟了过来，也开始摔东西，摔得更多，更大声。

老王点了烟，在沙发上结实地坐着，眼睛只是不看她。

“你，你少在家里抽烟。你给我出去。出去！”

一个月后，他完成了自己对句这话的解读，彻底地离开了家。

两年前砸得一塌糊涂的地板如今依然整洁。除了没有了他的照片，家里的摆设都没变。连刘雪莹单人的婚纱照都还摆着。刘雪莹倒了一杯水，给他摆在茶几上。

“明天下午，我带孩子去玩玩吧。晚上一起吃个饭。”

“明天斌斌要上书法课。晚上去天津看他姥姥姥爷。”刘雪莹弯着腰拖地，头也不回。“你什么时候走？”

“后天早上。”

“哦，那等你下次来再说吧。”

老王叹了口气，“我去看看他。”他起身打开了斌斌的房门。睡觉还是不老实，他抻了抻毛巾被，盖好了他露出来的脚。好像比半年前带他去欢乐谷玩儿的时候又长高了。

他在他脸上亲了一口。胡楂刺得他皱起了眉头。

“爸爸。”他闭着眼睛，囫囵地喊了一声，又入睡了。

他轻轻关上卧室门，走到大门口，折回来，一口喝光了茶几上的水。“上个月打的钱收到了吧？”

“嗯。收到了。”

“房子也供了一大半了。我年前就回北京了。到时候再说吧。”他说完换了鞋。他离开的时候，只有客厅那盏壁灯还亮着。他买的，他装的。如今，它只发出昏暗的，安静的光。屋里静悄悄的。

## 十一

早上，刘曦的精神不错。复赛的时间是早上九点到十二点。三个小时。与其说是比赛，不如说是题目只有一个的考试。只有一个题目的考试往往更凶险，主题立错了，便满盘皆输。

“正常发挥。”他把刘曦送到赛场，自己带了一个本子一支笔，在学校操场的看台上坐下。他徐徐起笔，久没有写过字了。一开始好几个字不会写，要想半天。写着写着便如流水一样顺畅。冰凉的泉水，出于幽谧的山涧，溪流汇入水潭，空谷澄澈，流水又下落至更大的湖泽，纵势向平原上奔洒，终至汪洋百纳。再抬起头，太阳已正悬在头顶，低下头，整件T恤都已经被浸湿了。

“怎么样？”他看着刘曦轻巧地从楼里走出来，肩上悬着一个手掌大小的挎包。她今天穿了一件连衣裙，复古的打扮，倒是贴合校园的气氛。

“题目是：你已在远方。想了半天才下笔。”

“你写什么呢？”

“我写的你。”

“我？”

“对呀，就是写你。写你的生活，很现实主义的。”

老王被逗乐了。“你可是不知道我的生活。”

“可是我了解你这个人啊。小说嘛，不知道的就编咯。”

“一个猥琐的中年大叔？”

“哎呀，你还挺有自知之明。”

“真的？”

“骗你的。把你写年轻了，一对年轻男女。”

“我说吧。你说说。”

“写了两个都不满足当下生活的人，他们同时离开自己生活的城市，去对方所在的地方散心。”

“听上去像什么老套的爱情故事……他们认识？或者后来认识了？相爱了？”

“并没有。他们来到陌生的地方，经历着对方早已厌烦的环境，但一个人的厌烦对另一个人来说，却是新鲜的。比如说男主人公每天上班走过无数次的乏味街道，在女主人公看来，反而是色彩鲜明，生机盎然，充满生活快乐的那种。他们彼此在不认识另一个人的情况下了解了另一个人的生活。”

“明白了。后来呢？”

“后来他们互相搬到了对方的城市。”

“还是不认识？”

“对，他们一搬过去，就立刻怀念起原来的城市和生活。当他们坐着火车拖着行李，在回去自己原来城市的路上的时候，我写的是两辆火车在两条铁轨上交汇，然后向相反的方向开。但是他们彼此的眼神，也有了那么片刻的交汇。但是，下一刻，对方已经在远方了。”

“没了？”

“最后有一段对话，暗示他们已经是一对老年夫妻了，在一起回忆从前的事情。他们这一生安稳，幸福，但是没说他们住在哪里。最后就把结尾和开头连接在一起。”

“所以，‘你已在远方’就有了几个意思。嗯，好啊，反正我是写不出来这么创意的故事。”

“我起了名字叫《错过》。我觉得错过未必不好啊，因为已在远方，所以，错过也是无所谓的。”

“或者说，因为已经在远方，所以总会错过。”

“也对吧。”刘曦叹了一句，看看头顶万里无云的猛烈天空，突然嗔笑着砸老王的胸口，“你看你，明明一个愉快的故事，硬是又被你弄忧郁了。”

“对呀，那些评委老师，不知道的还以为你是一个历经沧桑的老女人。”

“去你的！”

他们去吃了学校食堂的麻辣香锅。味道和当年比差远了。刘曦问他昨晚去哪儿了，他想了想，不知道为什么自己就不断绝地吐露了出来。

“你不恨她么？”

“有什么恨不恨的，生活而已。”

“她是故意骗你，不想让你见孩子。”

“随她吧。反正以后也会经常见。”

“你是要回北京么？”

“我，嗯，可能吧。可能教完你们我就走了。”

“那我要来北京找你。”

“你读了大学，追你的人还不得排队。你有那工夫么？”

“不不不，我肯定会来的。”刘曦从食堂不怎么稳的铁椅子上斜过身体，安静地贴着他，理了理他的头发。

饭后，刘曦去旅馆提了一个轻巧的纸袋，冲他眨眨眼睛，要他带她去到处看看。他们去了雍和宫旁边的五道营胡同。以前，这里都是一些充满庸俗文艺范儿的咖啡馆和小酒馆。这几年，倒是多了几家旧书店和配有VR设备的小电影院。

刘曦发现了一个重置成VR版本的老电影，拉着他进去看。票价颇贵，大概是普通电影的三倍。他还是喜欢原来的电影，坐在电影院里，在空旷的黑暗中，隔绝于银幕上的世界之外，似乎光线能把他带去更远的地方。真是什么都在变，该变的变，不该变的也变。这些年都在变。妈的，一个人都活了一半了，哪有心态应付那么多的变。他站在主角边上，主角砍掉了半兽人的头，卷着血往他眼前飞，吓得他猛地往椅子上一靠。

过了一会儿，节奏舒缓的时候，他打了个盹儿，感觉到刘曦握住了他的手。他看不见她的手，他们各自遮住了自己的感观，像是隔绝在两个不同时空中的人的牵手。果然，电影里是女精灵和人类的爱情。人类要踏上不复归的征途，女精灵含泪挥别。老套的故事。此时，他们都在那个电影的世界里，可是他们都是孤独的，他们不能分享。他们在那个世界里再也看不到其他的同类了。他想到这一点，就握紧了刘曦的手，想要在孤独中获得温暖。

电影结束的时候已近日暮。

“戴着眼罩看电影真是太不习惯了。擦眼泪不方便。”

“很感人么？”老王问。

“对悲壮的英雄没什么抵御力。”

“那说明你留下的是崇高的眼泪，回头要给你做一个心理学分析。”

“你今晚不去见朋友么？”

“不了，今天一天都陪你吧。”

“对我这么好。”

“那是，万一你在北京被人拐了，我……”他没能说下去，刘曦踮起脚突然亲了他。像一个少年一样，他不知所措，双手像身体上废止的冗余。她的唇间是植物旺盛生长的味道。

短暂空白以后，他的身体，从心脏开始，逐一往下，生发出细胞密集的震颤，大地上波动着革命，那散播的热情抵达尽头以后，又意犹未尽地回潮，最后聚拢在心脏上，引爆第二次创世记。

他的双手在漫长的僵直以后收到了指令，他开始比刘曦更热情地回应。他的心跳一定是因为惊讶，他本以为此生再不会有这样的感觉。

过了一会儿，他慢慢沉淀下来的时候，因为突然到来的恐慌，他把在刘曦腰间的双手紧紧收束。他是恐惧杨艺的出现。

可是至少他目前控制得很好，她没有再出现。

刘曦挑了一家适合情侣的馆子坐下来，把纸袋递给他。“拆开看看。”

里面是一件白色T恤。他一脸疑惑。

“今天是几号？把你身份证掏出来看看。生日都忘了。”

“还真是，好多年不过了。”他把T恤摊开，上面的图案是他的头像。英雄一样睥睨的眼神。“怎么……”

“那天拿手机拍得又不清楚，我回去调了好久。”

“还有字。”头像的长方形图案下边是两行字，庶人成为英雄，站在自己的山顶。“挺好的，好看。”

“穿上试试。”

“现在？”

“对呀，脱了，换上。”

老王去洗手间换了出来。

“你看，你肚子再回去一点儿，就更精神了。转过来看看。”刘曦坐着打量他，笑着拿手机连着拍照。

“看，是不是我头发开始变黑了，你看，”他换了个姿势，把侧脸对着刘曦凑过去，“是不是皱纹都不见了？”

“对对对，个子也矮了，胡子也没了。喉结也不见了。哈哈哈。”她的笑容里是红色的热情。

他头一次看到刘曦这么开心。尽管他克制着，只显露淡淡的愉快情绪，但她的热情还是完全湿润了他，让他感到实实在在的幸福。那么，是应该让她了解了吧。他摸了两下手上的本子，犹犹豫豫又坐了一会儿，终于把本子翻开，把写过的十几页一页一页撕下来。

“我上午写的，给你吧。”

“原来你上午在自己偷偷比赛，”刘曦惬意地眯起眼睛，“小说？”

“自白书。”老王一句一顿地说。“我的人生就在这儿了，你可得好好珍惜。”

她拿起第一页要读。

“先别看，回去再说吧。最好背着我看。”

刘曦耸耸肩，把稿纸叠好，放进挎包，低头看了看他的T恤，手上飘飘地拿起了菜单，“我们今天可要不醉不还。”

## 十二

霓虹灯之上，是橙黄的北京夜幕。他一直觉得北京的夜幕是最宽阔的。在这夜幕下，杨艺离开他。他彻夜在这幕下行走，像一个孤儿。不要想。

现在，他们只是两个沉醉的孩子，分享没有拘束的，短暂的快乐，自然的旋转。就让这快乐持续吧。

他送她直到房间的门口，抵着门，抵着她的心口。刘曦转身开门，他站在门口。她对他说晚安，他还站在门口。房间的门缓慢地合上了，他依然站在门口。门再次打开，他站在门口一动不动。

“你，你要进来吗。”她细细地说。

手指摩挲着身上的白T恤，他的头以不被觉察的姿势微微动了一下，鞋跟贴着地面，走进房间。

刘曦去淋浴，酒精在挥发着他的身体，水壶里的水是温的，他一杯一杯冲着泡不开的茶水，神经质地一遍一遍吹开茶叶。茶叶散发着陈旧的味道，怪不得。

刘曦裹着浴巾，突然跳着脚出来，翻动了两下手机，做了一个示意他听的手势，又钻进浴室。手机上音乐响起，寂静的钢琴轻轻点出了蛛丝一般，旧日的声音。微微颤动的蛛丝无形地连接着此端与彼端，看不到去向，似乎是通向遥远的地方。

“在那金色沙滩上，洒满银色的月光……回忆往事踪影，往事踪影迷茫……飞呀飞呀我的马，朝着她去的方向……你在何处躲藏，背弃我的姑娘……”

那晚，他表现得过于拘束了，但杨艺并不介意，这让他感激。他们都没有经验，在谨小慎微的试探中，充满了期待。海贝打开它洁白的壳，展示柔软的沧海中坚硬的明珠。那期待被持续悄然地延宕着，从开始，到最后，他们终于因为这期待，收获了满足。

为什么要带刘曦住在这里，是在暗自期待着什么？这一次，他不确定这期待是否能得到满足。

他洗完擦着头发出来的时候，刘曦把自己紧紧裹在被子里。黑色的长发漂浮在白色的被套上。她从被子下面探出眼睛，盯着他。他像走过了时间一样褪了颜色，走到床边。他抱着她。她的身体是滚烫的，僵硬的，发出微微的颤抖。

他凑近她的脖颈，提心吊胆地觉察着自己营造的安静。他像一个迷惑于自己使命的战士一样哽咽。刘曦转过身，吻他，说了那三个字，轻柔乃至稍纵即逝。他突然意识到他根本无力承受那轻柔。他已然被这轻柔击溃了。

他无法阻止此时游离在氛围之外的杨艺悲悯地时时看着他衰老的身体。不，她不是杨艺，她比杨艺更年轻，更漂亮。她时时刻刻在嘲笑他，打击他，挫败他。这是能够挺住的，也能不断地回击。但在最紧要的关头，她又突然变成了世界上最简单最纯洁的东西，用强光暴露他的猥琐无耻，他的肮脏和罪恶。这样，他就卑微地连眼神也不敢投向她了。这样，他才陡然倾泻，彻底败落了。

最后一刻，刘曦要抓住他，试图再给他鼓励。但他仍然坚持仓皇地逃离。

当第二天早上他们去搭乘返回森城的火车，他已经永远地逃离了她。

十三

老王像一个陌生人一样走进十七班的教室上课，又像一个陌生人一样离开。他经常上课上到一半，就断绝了思路，在全班面前，长时间地沉默。有时，他干脆改成让学生自习。他刚制订了的那振发出自信的教学计划成了一纸耻辱的证明。

自从北京回来，他和刘曦已经一个星期没有说过话。那天晚上他逃回自己

的房间，刘曦小心地问是不是她的问题。他索性把责任一股脑揽在自己身上，怂恿她去怨恨他，耻笑他，绝望于他。“耽误了你，我们就算了吧。”他发信息给她说。他们上车的时候，刘曦的眼睛是红肿的。她在火车上始终沉默着，对他不留一丝言语。

她该读了他写给她的那十几页纸了吧。那些纸张多么虚妄而脆弱啊。连稍假时日都不需要，就轻易地被摧毁了。

他终于彻底，完整，充实地感到了疲惫。他从自己的深渊里，从女人的深渊里，从杨艺的深渊里一次一次爬上来，现在，他终于坠入爬不上来的深处了。而秋日，就要来临。

除了上课，他避免在学校里和刘曦见面。但课堂上，他还是会不自觉地说起她的名字，每次说起，他至少能有空洞的安慰。平庸的生活再次运转起来，十七班的学生们没有热爱起语文和写作。他也再不会听到掌声。他甚至不去想回到北京。他已经顺利地成为森城中学所有普通老师中的一个。生活像是假装已经抚平了一切，销毁了波浪与起伏，带着每一种千疮百孔，走向碌碌无为的日常。

秋天，他看着刘曦的成绩在快速地提高。他把她写的每一篇作文抄下来，在不眠的夜晚朗读。有时候念到一半，他停下来，想她。他从一开始就看错了她。她的性格和杨艺一点儿也不像，是他在一直乐此不疲地顽固营造着那种相似感。可笑的自私。她不像杨艺，也不像他。她比他们都勇敢，她坚守着自己的生活，从来也没有动摇过。哪怕是二十年以后，当她也到了年纪，她也不会动摇。

他需要对她说些话，鼓励她的话，肯定她的话，羡慕她的话。

晚自习，他把她叫出来教室外面的走廊上。

“对不起。”

“别说。”

“真的。”

“我叫你别说。你那天没有说，以后就再也别说。”

“你好好准备高考，我不会再打扰你了。”

“没有人打扰我。”

“但我还会在北京等你。”他看着她，迟迟显示出久违的坚毅。“我会一直看着你，看你读书，恋爱，工作，结婚。只是这样。”他的脸上是秋夜的月光，豁然而悲怆。

“如你所言，”刘曦依然没有松动情绪，她走开两步，停了下来，沉默许久，声音低低地下沉。“会的，会有的。但就是不是那样了。”

十四

晚上无事可做，老王自发地帮其他老师看起了晚自习。他们大概把这视作他失势以后的讨好。下了自习，走到校门口才想起他用来抄写的笔记本落在讲台了。十点了，教学楼空了，教室的灯还亮着。

教室里没有人。后面杂物房的门关着，学生喜欢躲在里面吃外卖。可是已经这么晚了……他走近，把门轻轻推开，盯着黑暗中的两个人，哆嗦的嘴唇张开又合起来，半天说不出话来。

刘曦抵着墙，身前的男生又高又瘦，留着剃了鬓角的发型。男生往门口走了两步，老王认出了他。一瞬间，脸上满是厌恶。上一次见到他，是在夏天的作文训练班上。

男生在短暂的惊吓以后，马上镇定下来。“我看你敢说出去。”男生瞪着眼睛指着他，狠狠关上了门。

老王在门口站着，头上灯管发出惨白的光，让他一阵一阵发晕。他找了个凳子坐下，艰难地喘了几口气，猛地站起来，一脚把门踹开。

“你给我滚。”他指着男生说。

男生不依不饶地挺起身，捏紧了拳头。背后，刘曦说了什么，男生贴着他脸走开，站在一边，眼睛却一直死死盯着他。“我警告你不要再骚扰她。”

他什么也没听见，只是定定地看着刘曦。刘曦也回击似的看着他，她的眼神是空洞的。他接收不到任何的内容。

“你，你怎么……”

“怎么了，你就受不了么？”

“你这样不是害我，是害了你，你知道么？”

“您真是个好老师。”刘曦平静地说。

“你够了没有。你干的那些事情，我们没有举报你已经够给你面子了。你还不走。”男生说。

“你走，你也给我走。”刘曦指着他和男生说。泪珠从她眼角犹豫不决地蔓延到下巴上，然后一滴一滴，坚定地滑落下来。

男生还想说什么，被她吼着离开了，脚步声持续地轰击着老王的耳膜。

“你呢，还等什么？”她从他身边擦身而过，闪烁的身影片刻消失不见，在他四周留下滞重的风。

他回到家，打刘曦的电话，不接，他一直打。打吧，打吧……可是站在什么姿态上，是什么用心？他想不通，索性不去想，心里周转着的只是为了她好。明天，明天在学校里，一定要跟她谈谈，必须彻底深入地谈谈。

然而以后的一个星期，刘曦都没有来上课。传言开始流转，同事们细碎的声音开始在他耳边回旋。

台风要来了。听说是森城十年一遇的台风，那是极少见的在秋天登陆的台风。

来就来吧。

十五

校长室里，坐着那个叫陈智锋的男生、教导处主任、校长，还有刘曦的妈妈。他明白了，了然地吸了一口气，像是早已做好准备一样。“刘曦呢？”

“你先坐下！”校长指着旁边的椅子，命令的口吻。

“刘曦在哪儿？”

“这不是你该问的问题。”校长说。

刘曦母亲一直看着他，像看一条闯了大祸的蠢狗。

“王老师，你要不自己先说吧。别一会儿搞得大家都过不去就不好了。”

“没什么好说的。不是你或者你，”他指了指男生和刘曦的妈妈，“不是你们想的那样。就算是有什么，还没有萌发，就因为我们是师生关系而自动终止了。刘曦是，并且一直是我的学生，我欣赏她，就是这样。”

“胡校长，你听听他说的。好像说得你情我愿一样。你还要不要脸？”

“你是学生家长，请你放尊重一点，要说就说，不要骂人。”

“好好好，”校长摆摆手，“我们把这事情弄清楚。好吧，王老师，我们也不是冤枉你。”他看着老王，一脸轻松。“是这样，刘曦的妈妈给我打电话，说你从去北京之前就已经在骚扰刘曦同学，”他竖起他尖利的手指，“然后，刘主任，”他指了指教导处主任，“告诉我，这个，陈同学也跟他说过类似的事情。你说，我也不知道这是误会还是巧合。叫你过来，就是我们一起，先别搞大，对吧，先把这个事情弄清楚。”他的手指变成了手掌，一上一下地向着他的方向，压制着他。

“这完全是胡说八道。”

“好，王老师，你觉得他们是冤枉了你。

“你去问问陈智锋同学，那天他……”他想起那晚刘曦的话，他不能牵扯到她。“是他骚扰了刘曦，我看到了。他怕我上报，估计才编出什么东西来。”

刘曦母亲朝男生使了个眼色，男生没说话，乖乖低着头。她转过来，对着老王，“王老师是说上星期下了自习在教室杂物房么？刘曦都跟我说了，都是小陈过来看到，她才摆脱了你的骚扰。”

“你说什么？”老王从椅子上一下子蹿起来，“你再给我说一遍。”

刘曦母亲丝毫不受他的威胁。“至于小陈和刘曦的事情，我刚才也跟校长说了。他们一直都是朋友，我前几天还请他到家里来。他都跟我说了，我当时就跟他说，让他别怕，大胆说出来，我给他支持。他和刘曦都是好学生，不能让某些人耽误了。”老王摸索着又坐下了，他感觉有点儿支持不住。他们竟然已经是商量好了。“你们把刘曦叫来，”他对校长说，“你们找她问清楚。”

“找来？你知不知道，因为你，刘曦都不敢来上学了。去北京之前，我就警告过你，你以为我不知道么？你还把刘曦带到你家里去了你，你有什么资格这么做。”

“我警告你，你不尊重我，但是请你尊重你女儿。”

“我尊重你，我现在非常尊重你，”她看着老王，像在看什么邪恶的无法救赎之物，“这是你给她写的，”她抽出一沓折起来的稿纸，边缘还残留着从本子上撕下来的痕迹。上面多了一些脏乎乎的手印，和在被夺走时强烈扭曲后留下的褶皱。“都是流氓的东西，我读了，我读完都觉得恶心你知道么。”她说着把那沓纸扔在校长的桌子上。纸页散落开来，两三页掉在地上。他看到的那张上面，还有他在坐在学校操场边上的时候滴落的汗水干涸以后收缩的印记。

她说完看着老王，酝酿着新的攻击。然而他已经不能再说话了。窗户突然哗啦啦地响，风声席卷着这房间之外所有安静的地方。台风已经来了。

“这是刘曦的手机，一共有23个你的未接电话。”她把手机点亮，在手里扬了扬。她把刘曦关在家里了。没有了手机，该怎么联系她？

外面，风声已经开始尖厉地呼号，房间里却只有刘曦母亲的高声。

“……胡校长，你们是怎么管的？怎么能让这样的老师在学校里？还怎么培养学生……我们公司去年赞助的奖学金……反正这个事情，我是会问到底。”

“王老师？”校长叫他。

他在被撕裂的安静中涣散地僵坐着，没有回话。

“对不起，是我们失职了。”校长对刘曦母亲说，“对不起，我们一定给您和孩子一个交代。”

“为了孩子，这事情我不想声张。我等你们处理。如果还是不能处理，不管他是谁的人，有什么背景，”她指了指老王，“我都会想一切办法，不会让他耽误我孩子前途。”

她走了。老王听见楼下风声中她汽车发动的轰鸣声。他走过去把落在地上的稿纸一页一页捡起来。整理好，揣在怀中。

“今天这个事情只有我们几个人知道，这是学校声誉问题，不仅是个人问题。小陈，你明白么？”校长对着男生，也对着他和教导主任说。

他们俩走了，老王留下了。

校长指了指他怀里那沓纸，“王老师，这个事情你觉得该怎么解决？你说你，我没想到，你怎么是这样的人……”

风声终于彻底盖过了人们说话的声音。窗外，校园里的树在一片飘摇。这场台风过去以后，大概有几棵树总会被刮倒吧。

十六

台风过去了，离职的手续都办好了。办公桌在三天前就被清空了。他在学校里一直都没留下什么东西。那天他问校长，如果他离开，刘曦是不是就能正常回来上学。校长像终于甩掉包袱一样对他甩手，“她比赛拿了一等奖你不知道么？过两天就调到实验班来了。”他于是踏实了，他可以放心离开了。

“本来这两天特级教师的评审已经出来了，不过你没必要拿了吧。”校长又补充了一句，像是在弥补缺失的快感。

“是啊，不拿了，不拿了。”

老王回来了，持续地待在房间里，没有收拾东西，也没有买车票。他心里总是感觉，自己在森城的生活还没有结束。

半夜，他也不开灯，光着膀子，在窗口一根一根地抽烟。月华如水，无论照在谁的身上，是志得意满的人，还是数不胜数的失败者。曾经，那月光让他平静温暖，如今，却要逼着他在镇定里爆发。

他把柜子里的衣服一件一件甩出来，在角落里找到那件刘曦送给他的衣服。他凑到窗口，让月光能照在那画像上。他又拉开所有的抽屉，像要把它们砸碎一样，丢弃在地上，终于发现那张发黄的素描纸。

他把T恤和素描一起暴露在月光下。不一样，果然不一样。那T恤上的他，嘴角不再上扬，而是抿着的，少了洋溢的轻佻，多了几分坚韧和成熟。他

盯着T恤上的自己看，一直看。可笑啊，如今一切远去，他才终于自见。

他看一下日期，后天是周一。八点钟，准时的升旗仪式。刘曦会在么？她会愿意最后见他么？她会知道他离开的原因么？

第二天早上，他异常清醒。他抓起白T恤，冲下楼，奔到最近的图文店。他甩着拳头砸了半天，终于开了门，老板伸了个懒腰，嘴角还残留在牙膏沫。

“能做户外喷画么？”

“多大的？”

“最大的。”

老板说了尺寸。只能做到一人多高，四倍宽。

“不够，要更大的。”

“那就得拼。”

“要四个拼在一起。”

“你要干嘛？做房地产广告？”

“你照着这个T恤的印花做，今天拿。”

老板看看他，又看看印花上的头像，惺忪的眼睛里顿时充满疑惑。“这个做不到，加上制图和拼接的时间……”

“你要多少钱？”

“记得下面的字一定要印上。”

“那你今晚九点前过来拿吧。当然如果你一个人能拿动的话。”

## 十七

老王在楼顶上。天空泛起了鱼肚白，不一会儿就要日出了。固定好了那张巨幅喷画的上缘，他的双手已经抬不起来了。昨晚他从图文店一路把它扛过来。

但他此时仍然咬牙要把双手抬起来，感觉身体的每一寸都拼上了快要耗竭的力气。他双手抖动着，双腿也微微打颤，他衰老的身体在抗议着他的暴行。但从未感受过的生机却在他体内不断地回荡，上升，不断地碰撞激发。一场大火，过去的森林被燃成了灰烬。幼苗在蓬松的、暖和的灰烬中新生，竞争着发出青芽，要赶上这方死方生的时节，狂妄生长。

他拧干了白T恤的汗水，重新穿上。他的朝阳现在已经在大地上飘荡。所有的虫鸟都开始被唤醒。淼城浸在被洗练的清澈里。那颜色，分明娇艳，那是生活本来的颜色。

学生们开始鱼贯进入校园，教室里开始响起早读的声音。能辨析出她的声音么？等到早读声一声一声低下去，等到进行曲响起，他脚下正对着的操场上就列起一排一排的队伍。办公楼一整面光滑的侧墙是他最高的舞台。所有的队伍都面向着舞台。而他要扮演的，是他自己。

操场的主席台上，校长讲话，学生代表发言。主席台空了，队伍有一些松懈。这就要结束了么？

校长又一次走上台。他手上红色的本子是奖状么？他听到了刘曦的名字。他微笑着往前迈了一步，又迈了一步。刘曦从队尾走上来，走上主席台，和校长握手。

广播喇叭又响了。“恭喜刘曦同学获得全国创意写作大赛一等奖！”

现在他只能露出半个身子。他双手奋力支撑，勉强爬上了楼顶边缘的半截护墙。他被风吹得颤巍巍的，一阵眩晕。但他马上站定了脚步。现在，所有人都能看到他完整的身躯。

有人发现了。队伍在裂变，在骚动。他平展双手，俯瞰他们。无数人发出惊呼，无数的眼睛和手臂都指向他。

他把脚下卷在一起的喷画一脚推开，他听见破风的声音。他知道，此时，他的头像正在空中自由地伸展，蔓延。直到铺满办公楼的半面墙壁。此时，他的神情，他的眼睛，他的嘴角正在每一个人的眼里发光。告诉他们，英雄，在山顶。

大地上涌动起狂潮。主席台上，刘曦缓缓转身，最后一个抬起头。她的目光和朝阳一起照耀着他，再也没有从他身上移开。

他开始变得轻盈，灵动。空气中有母乳的味道和胎盘的气息。他的皱纹开始消失了，代之以新生无瑕的皮肤。他斑白的头发纷纷掉落，好像一瞬间就长出了黑色的长发。他小腹上又出现了结实的肌肉，正在隐隐发痒。他忍不住要高声呼喊，却已然纵声歌唱。

刘曦看着老王的嘴型，她不知道他在说什么。但那声音早已经在他们彼此的心中回荡，回荡。飘向空中，飘向远方。那是一首英雄的挽歌。

“飞呀飞呀我的马，朝着她去的方向。”“你在何处躲藏，背弃我的姑娘。”

“你在何处躲藏，背弃我的姑娘……”

## 评论：小人物的孤独与被动

这篇小说讲述了一个离婚的中年高中男老师因为事业不顺以及与自己学生的恋情被披露而导致最终的精神幻灭的故事。作者力图在一种十分生活化的叙述中直击生活现实，其聚焦点是社会中的小人物（某种程度上也是边缘人物），在小人物的孤独生存之中揭示其与命运及其所处的社会之间的张力关系。

小说的主人公是一个离婚的中年高中男老师，这一人物设定在小说展开过程中起码有着以下意味：其一，婚姻状况的不如意不仅影响了人物的精神状态，还影响了其对人际关系的处理（比如与自己的学生恋爱）；其二，中年虽然在一般意义上意味着成熟，但也常与“危机”相连，而所谓“中年危机”也正是小说主人公所面临的；其三，高中男老师这一职业不仅在小说中决定了故事展开的空间（学校及其周围），还以其知识分子身份使得小说有着某种知识分子精神境遇探索的意味。显然，无论是婚姻的不如意，还是中年危机与知识分子精神困境，都是作为青年的作者尚未经受的，但这种未经验性并不意味着青年作者不能触及这些问题，就像未当过皇帝并不妨碍其写皇帝题材一样。而正是这种未经验性提供了一个独特的视角，即以青年的身份观察其未经历的中年况味。

小说的题材决定了叙事之中必将涉及对人物精神境遇的描写，而正是这

种细部把握决定着小说的成功与否。事实表明，小说中的细部处理是十分有力的。譬如，对主人公与蚊子较劲的描写，很成功地以生活细节反映出人物的精神状态：“每天夜里关上灯，一躺下，耳边就迅速地传来嘤——嘤——，平庸单调的声音。在脸上，在耳朵旁，在稀疏的脑门和微微发福的肚皮上，蚊子深一脚浅一脚的。妈的，痒痒的，还有点儿疼。他立刻迅速地震动，狂躁地翻身。他威胁蚊子，恐吓蚊子，声势巨大。但是什么用也没有。他刚一安静，蚊子的声音就立刻如幽灵复现。”再如：“他像考场上在最后一分钟寻找答案的学生，眼神里带着崩溃和神经质的执着。但他从没找到蚊子。他又关灯，又躺下，嘤嘤声又稳定地响起。他再开灯，再寻找。再一次一无所获。折腾到最后，他终于疲惫。”又如：“他试着把蚊帐拆掉，蹂躏，洗了十遍八遍，晚上重新挂起来，闻着浓重的洗衣粉味道，头刚沾枕头，蚊子就准时来了。他索性换了个蚊帐，头几天晚上，确实没有蚊子的叫声了，但很快，蚊子又卷土重来。他觉得蚊子是针对他。”对主人公与蚊子较劲写这么多，有必要吗？由其效果来看，是有必要。在作者的文字中，一种中年况味（如中年独自生活的孤独性、由稀疏的脑门和微微发福的肚皮标示出来的中年体态）不仅借文字展现了出来，也通过对主人公精神境遇的展现为小说的后续发展奠定了基础。

作者在主人公的个人遭遇中揭示着生命的赤裸生存。主人公被作者称为“英雄”，这当然不是一种赞美性的褒扬，而是在其深刻的孤独性与在命运的被动处境中看到了其试图主动而又不得的悲剧性。

（朱兆斌）

# 5. 影的告别

尚晓茜-14级专硕

## 楔子　影的告别

不知道你有没有这样的经历？夜已经晚了，一个人走在寂静的小路上。黄色的路灯温暖，白色的路灯清冷，昏暗的灯光拉长倒影。你走一步它跟一步，时而在前时而在后，刚开始发现她时，也许你会想躲开她，和她捉迷藏。你故意跳到花坛上，她的身体扭曲、折叠、翻转，却仍旧紧紧追随；站在灯光下，她缩成一团，变成圆形，仍投下不肯离开的身影。于是你越走越快，她也越来越快。你开始习惯她的存在，逐渐接受她。

不知道这样的夜会不会变得更多？可能是一场话剧、电影散场的夜晚，从热热闹闹的人群中走出，与她相伴竟不觉半点寂寞。可能是一次失意的面试、分手的黄昏，与她同行竟平添一丝温暖。可能是一个雪夜里，与她分享白茫茫大地间的苍凉。开始是她跟着你，走着走着变成了你跟着她，踩在她的脚印上，左左右右。慢慢地，你们开始奔跑，她越跑越快，你也越跑越快。

不知道你会不会开始在意她？最初只是晚上一个人走在路上，你需要她的陪伴。后来，她存在的场合越来越多。渐渐地即使与很多人在一起时，你也无法离开她。你开始躲闪人群，站在角落里，你故意落在队尾，不希望有人踩到她，甚至你躲开湿漉漉的地面，躲开瓦砾、断裂的路面，这样不会弄脏、搅碎她。

于是在白天，你也会想起她。一低头、一转身，她始终陪在左右。张开双臂你想抱紧她，弯腰向下可是你越靠近她，她却像是受到了惊吓，越来越小。你蹲了下来，抱住了自己，假装抱紧了她。你发现自己离不开她，但是你却不曾担心，因为有你才有她。

也许有一天，坠入无边的黑暗，这一次将是她永远的告别。

## 第一章　追忆似水年华

三月份的广州总是湿漉漉的，空气中充盈着黏腻的味道，深吸一口，似乎都能闻到雨后的清新。但是三月份的广州并不经常下雨，那是一场预降未落的旷日潮湿，南方称这样的天气叫“回南天”。

2016年的“回南天”不知道为什么会来得这么早，往年集中在三、四月出现的潮湿天提前了一个月。春节刚过，整个广东就已经被潮湿笼罩，大概是春天的脚步急了一点。下了飞机，郭洁就闻到了那种熟悉的带着点霉味的湿气。在“回南天”的日子里回到南方，回到广州，降落在白云机场，扑面而来的是当初离开时的不舍。

空气中的潮湿勾起记忆中黏糊糊的触感，潮气涌动。墙壁、地面、街角、泥土……所有东西的表面都渗出水来。记得在“回南天”的日子里，宿舍的衣服总也晾不干，从脱水机中取出来的衣服，在阳台上挂了一天之后，竟然比没挂上去之前更湿。

湿气一重，郭洁的右眼又开始隐隐作痛了。读大学的时候每每到雨天、大雾天，空气中的水分含量一高，几乎看不到东西的右眼，总是感到突突的疼痛感。郭洁的右眼不同于常人，她从一出生起右眼就只能看到朦朦胧胧、影影绰绰的光影，跑遍了各种医院，接受了中西医的各种检查，却都查不出病因。反正从小到大都是如此，除了疼痛倒也没有什么不便，时间长了，跑累了，最后只好作罢。广州的雨水天总是格外的多，这样难熬的日子也更多。人是坚强的动物，大学四年熬着熬着倒也习惯了。若不是一下飞机就遇到了潮湿天，久在西北大荒漠艳阳天居住的郭洁，几乎要忘记了自己右眼的毛病了。

机场的地面被水浸湿了，薄薄的一层水汽将地板覆盖，工作人员推着洁净器来来回回地抹擦，但是从空气中挤出的水还是源源不断地将地面打湿。往返的乘客小心翼翼地推着行李车，扶着孩子，搀着老人朝前走。前面一位年轻妈妈嘴中不停地喊着“朵朵，慢点，地滑。”她一边小心翼翼地拎着行李，一边向前追去。

跟随人群，郭洁慢慢地走到了取行李的大厅，红色的地毯围绕着取行李的环形大厅，一件件的行李缓慢驶出，就像自助的旋转寿司餐厅，每个食客挑选属于自己的食物，拿到行李的乘客脸上，充盈着饕餮一餐后的满足。

“妈妈，妈妈……你看，你看，那边，咱们的箱子……”顺着孩子的手指看去，一只粉红的24寸行李箱从黑隆隆的洞口出来，Hello Kitty的脸上绽放出笑脸。

孩子挣脱妈妈的手，飞快地朝着行李箱跑去。

“朵朵，你慢点……不急，它会过来的！”

“妈妈，你快点！”小女孩很是不满慢吞吞的妈妈。

小姑娘很快就跑到了行李旁，可是半人高的行李箱对于小人儿来说，却是庞然大物。小女孩只好跟着行李箱往回走，眼巴巴地盯着传送带的猫咪行李箱。

郭洁看着眼前扎着两个小辫的小孩子，想起了自己的小侄子，也是这样一张天真稚嫩的小脸。她伸手把行李从传送带上取了下来，放在了女孩子的面前。

“哇哇哇，姐姐好棒！”小女孩用崇拜的目光看着面前的大姐姐，孩子的母亲也赶了过来，摸着孩子的头，亲昵地用手指一推，“你这孩子呀。”

小女孩吐了吐舌头，“妈妈，这个姐姐帮我拿的行李。”

已经看到这一幕的母亲，连连向郭洁道谢。

可能由于郭洁登机时较早地办理托运，等了很久，她的行李才缓缓地爬出。等到她拿到行李，同一航班飞广州的人基本上都离开了飞机场。正当郭洁拖着行李不紧不慢地朝出站口走去时，问询处喧闹了起来，不一会儿围满了人。

人群的正中央，一对青年情侣环着问询处的工作人员。女生的情绪非常激动，“什么叫你也不知道？我办了托运，现在下飞机，行李箱找不到了，你们居然跟我说不知道！”

“不好意思，女士。我们帮你检查了，行李确实上了飞机。”

“那你跟我说行李去哪儿了？行啦——行啦——”女生不耐烦地摆摆手：“我不要跟你继续废话，我就只要我的行李箱。现在就要！你知不知道！接下来我还要飞澳大利亚，找不到箱子，你说现在怎么办？”

“这样吧，请您先描述一下箱子的外形，我再帮您跟空运的同事确认一遍。”

“还要怎么确认？你不是说箱子上了飞机吗？你一会儿这样说，一会儿又那样说。别在这儿耽误时间了，直接调监控查查。”

“对不起，我无法调录像。如果您需要调监控，请您先填这个申请表，再……”

“啊？怎么会这么麻烦！”女生更不耐烦了。眼看着女子越来越愤怒，男子连忙拦着她，轻声安抚：“亲爱的，先别急，实在不行我们就改签。”他转身对工作人员说，“行李箱是粉色的Hello Kitty，我们担心是不是有人拿错了行李，所以希望可以尽快调监控，确认一下。请你们帮我们赶紧找找，我们赶时间去澳洲参加好友的婚礼，现在离起飞只有几个小时了。”

粉色的Hello Kitty？那对母女？郭洁停下来脚步，又走回了取行李的地方，果然看到一只粉色24寸的Hello Kitty行李箱孤零零留在传送带上。乍一

看，这个行李箱和她帮忙拎下来的行李箱几乎分不出差别，郭洁低头看了一眼箱子上的编号“CA129812J”，这个应该就是母女俩的行李箱编号了。

“查一下行李箱编号CA129812J。”郭洁把行李箱拎到了咨询台，“你们俩的行李编号是CZ3016A吗？”

女生扫了一眼自己手里编号条的副本，疑惑道：“是CZ3016A又怎样？你是怎么知道的？”

郭洁并没有解释，“你们的行李应该是被这个行李箱的主人拿错了。”

工作人员根据行李编号迅速查到了行李箱的主人。“行李箱的主人是位女士，还带着一个女孩。”果然是她们，这对母女真是太马虎了，郭洁在心里好笑地摇摇头。

“查到了，就赶紧联系她们。”丢箱子的情侣催促道，之前一直在发脾气的女子脸上的表情终于舒展开来。

“电话打不通。”郭洁说道。

果然，工作人员打电话过去，电话那头传来嘟嘟嘟的声音。

“你怎么知道电话打不通？”三个人好奇地看着郭洁。

“只是猜的罢了，CA1298这是国际航空的班次号。刚刚扫了一眼母亲的信息，登记的手机号码不是11位，不是国内的手机号，暂时打不通也正常。”

“那现在怎么办？”工作人员用求救的眼光看向郭洁，经过刚才的一番折腾，郭洁的镇定和无所不知的分析能力，让她收获服务人员的信任和崇拜。

郭洁仔细回想与母女俩相遇的场景，她闭上眼不停地定格在取行李的过程中发生的一幕幕。她把定格在脑海中的照片不断地放大，突然看到了小女孩背着的黄色书包右下角印着“金贝儿幼儿园”一行小字。

“金贝儿幼儿园，去金贝儿幼儿园。”三个人还没有反应过来，郭洁扭头对着年轻情侣连珠一般地问道，“飞机什么时候起飞？候机的过程中，可以离开飞机场吗？”随后，她又转身询问工作人员，“机场离金贝儿幼儿园近吗？开车过去要多久？”

得知距离转机还有四个小时，郭洁跟这对情侣解释了，自己记得小女孩身上背着“金贝儿幼儿园”的书包，猜测女孩可能会在那里上学，应该可以找到相关的信息。经过商量以后，丢包的女生决定自己跟着郭洁去找行李，让男朋友在机场等待。

女生跟着郭洁朝机场出口走去，看到一个顶着娃娃脸的大男生举着“郭洁”名字的牌子站在接机口。

郭洁快速走了几步，对着大男生说道：“我就是郭洁。”

“您好，我是李沐。”大男生唰的一声站定，敬了一个标准的军礼，“刚考进恩平市大田镇河排派出所……”

郭洁与他握手之后，问道：“开车来的吗？我们先不去恩平，去金贝儿幼儿园。”

说罢，郭洁推着自己和母女俩的行李走出了机场，李沐和女生跟了上去。

上车之后，李沐拿出手机准备导航。郭洁开口道：“顺着机场大道上高速路，走机场快速。”

她这么熟悉广州？

黑色的车在高速公路上飞驰，郭洁开始讲述事情经过的原委。

李沐透过后视镜看着这张在警界如雷贯耳的脸，30岁左右的长相，利落的短发，温柔没有棱角的脸庞上一双弯弯的眉毛，微笑着的眼睛，半抿着的嘴。刚在机场一见，郭洁像是从电视里走出的女主播，大气、干练。但是谁能想到就是这样一个看上去，甚至有些许柔弱的女性，竟是名震警界的第一女法医。据说经过她手里的案子，无论多难、多复杂，都能在三天内破案。

李沐是今年刚从警校毕业的实习生，没想到入职实习的第一天就见到了大名鼎鼎的郭洁，还有机会跟着她一起破案，虽然只是找一只拿错的箱子。在李沐心中，他已经把找箱子当成了实习后的第一个案子，跃跃欲试。

“你叫李沐，是吗？”郭洁看见李沐透过后视镜打量自己。

“是！是！”李沐连忙点头，脸上洋溢着小粉丝见到偶像的激动之情，“我特别崇拜您，在学校的时候就听说不管多么复杂的案子，只要经由您接手，破案又快又准，都说您是中国第一女法医！我可以拜您为师吗？我要拜您

为师！”李沐突然遗憾自己在开车，不能竖起大拇指表达自己的激动之情。

郭洁笑了笑，朝后排座位旁边瞄了一眼，示意李沐车上还有其他人，不要说得太多了。

林伊听到派出所第一大队的时候，心里已经在犯嘀咕了，刚刚又听到了“第一女法医”，顿时有些害怕。她不自觉地朝车窗边靠靠，离郭洁远了一点。林伊觉得自己很倒霉，转机的过程中莫名其妙地被人拿错了箱子不说，现在还要跟着警察和验尸官一起去找箱子。

车上的行程突然显得格外的漫长。

## 第二章　飘

警车快速而又平静地在高速公路上行驶，车内也静悄悄的。

手机铃声划破了空气中的宁静和尴尬，郭洁从包里找出手机，滑开，“张老师，是我。是的，我已经到了广州，小李已经接到我了。”

“不是，我们现在还没有去恩平，还在广州。”

“没什么，还有件事情需要处理。”

“是，还是老师您了解我，不用担心，晚一点我再跟您汇报。”

挂上电话，郭洁能想象到张老师在电话那头跟师母好气又好笑地抱怨，“郭洁这个孩子，就是让人不放心。”

十八岁那年，郭洁一个人离开银川奔赴遥远的广州读书，气候、饮食、生活习惯都不太适应，潮湿多雨的天气使得眼疾复发。在一遍遍往省中医跑的过程中，郭洁认识了中医院在眼科方面的权威，张远教授。不知道是心疼这个远离家乡的小姑娘，还是遗憾自己无法治好郭洁的眼睛，所以张教授格外照顾她，慢慢地两个人成了忘年交。后来郭洁辅修了医学专业，张教授更是把多年所学倾囊相教，二人关系之好甚至超越了张老师与一众嫡传弟子的关系。大师兄林子威总是半开玩笑地说：“我们不像是老师的学生，郭洁才像是老师的学生。”张老师常常笑着回应：“你们是我的学生，郭洁是我的闺女。”这时候，大师兄总是故作委屈的表情，“老师您太偏心了。”

遥远的记忆是内心深处的枯井，杂草丛生，无人问津时谁也不会察觉它的存在。可是一旦被发现，尘封在枯井底的源流奔涌而出，就再也无法掩埋。

“洁姐——洁姐——洁姐——”李沐的一声声呼喊将郭洁从记忆中拉扯出来。

“什么？”

“噢，前面路口右转就是金贝儿幼儿园。”

街口处右转，一栋两层的白色哥特式建筑映入眼帘，建筑的左前方是近似小型游乐园滑梯，右前方是一小片绿色的草地。别墅前面一条小路蜿蜒至门口，门前两人高的石雕上刻着金光闪闪的“金贝儿幼儿园”六个大字，由门口延伸至四周的铁栅栏将幼儿园紧紧包围住。

郭洁一行人抵达幼儿园的时间接近中午十二点，也是幼儿园放学的时间。从幼儿园中走出高矮不一、年龄不同的孩童，被早已等在门口的爷爷、奶奶陆陆续续接走了。

讲清楚三人拜访幼儿园的原因后，郭洁很快找到了园长办公室，确认了小女孩的身份后，园长拨通了母女二人的住宅电话。

“朵朵妈，我是王园长。您在机场是不是拿错了行李箱？”

“是拿错了？你错拿行李箱的主人现在在幼儿园。”王园长爽朗地大笑着。

“对，他们找到了幼儿园，你现在方便过来把行李箱换一下吗？”

“好的，那我们在这儿等你。”

王园长将电话挂断后，请三个人在办公室里坐下等待。

“你们等一会儿，朵朵妈正在过来。”王园长起身给三个人各倒了一杯茶。

“真是太谢谢您了。”三人道谢后，坐了下来。

“园长，我有个疑问能请您帮忙解答吗？”郭洁问道。

王园长笑着说：“您问吧。”

“刚刚放学的时候，看到从幼儿园走出的小孩里，有几个小孩挺高的，看

着有十多岁。怎么十几岁了还在上幼儿园，感觉有点奇怪。”

“这样啊，这个情况对于一般的幼儿园确实挺奇怪的，但是对于我们来说却是常见现象。”

看着三个人疑惑的表情，王园长解释道：“近几年有很多年轻的父母为了让孩子获得外国国籍，纷纷出国把孩子生在国外，我们学校里的学生有一小部分就是这种情况，小孩拿的是国外的护照。”

“你们也知道，国外生活成本和压力都比较大，有些父母没办法供养小孩读书，这些父母又把孩子送回国内生活。他们把孩子送回国的时间不同，有的小孩十几岁才回国，中文水平还不如三四岁的小孩，所以有些爸妈就会把他们送过来，先上一年或半年的幼儿园。”

“我们恩平也有金贝儿幼儿园，就有很多这种情况的小孩。”李沐说道。

“你们从恩平来？是啊——我们幼儿园在广东省有好几所分校，恩平分校的‘洋娃娃’最多，恩平是著名的侨乡嘛。其实，‘洋娃娃’这种事儿在广州还算特殊，在恩平就普遍了。那里百分之八十的学生都是拿外国的国籍，分班都不是按照年龄分，而是按照汉语水平分班。你们刚刚看到的几个年龄比较大的小孩，就是在我们这儿上学的外国小孩。这些小孩的爸爸妈妈大多不在中国，常年也不回来。”

这些孩子被称为“洋留守”。这些留守“洋娃娃”的父母多数在美国打工，因精力和时间问题，只好将孩子送回国内养活。“洋娃娃”的父母多数是无法回国的，孩子回国后，都是跟爷爷奶奶一起生活。

资料显示，位于广东省西南部的恩平市是全国著名的侨乡，总人口48万多人，有港澳台同胞12万人，分布全球50多个国家和地区的海外华侨42万人。根据该市外事侨务局提供的资料，洋留守的孩子有3000人——更准确的数字无法统计，这些留守的“洋娃娃”守着爷爷奶奶、越洋电话、隔空寄来的洋玩具，“每天都有孩子被送回来，也有孩子被送出去”。

直到后来，郭洁和李沐才更清楚地明白什么是“洋留守”。

“原来是这样，怪不得刚刚看到很多老人来接孩子放学，应该就是孩子的爷爷奶奶或是外公外婆吧。”李沐说道。

“也不能说都是‘洋留守’的爷爷奶奶、姥姥姥爷。现在年轻人工作忙，就是普通的家庭平常也是老人们带孩子。”

“对，您说的是，我姐姐的孩子就是我爸妈在带呢——”郭洁又想起了自己的小侄子。

正当四人聊得起劲时，朵朵妈妈拉着行李箱推门进来了，脸上满是拿错箱子后又兴师动众的害羞。

她走近林伊：“您就是这个箱子的主人吧？真是不好意思，我女儿赶着回家，我一着急，没仔细看就拿错了箱子。”

两个箱子放在一起看就更相似了，李沐感叹道：“还真别说，几乎一模一样，这两个箱子，就是仔细看都得分辨一会儿。”

林伊和朵朵妈互换了行李箱后，林伊就匆匆离开了。李沐和郭洁二人告别了园长，驱车驶向恩平。

“大概有两个小时的车程，到恩平的话差不多四点了。您下了飞机又忙到现在，肯定累了吧。您先睡一会儿，快到了我叫醒您。”

“没事儿，干我们这一行的习惯了，随时待命。白天在机场，你说你是第一天实习？”

“您还记得？对，我今年毕业，刚进队里实习。洁姐今天真是太帅了，不过我有个事儿一直没有想明白。”

“你是想问我怎么知道林伊的行李编号吗？帮朵朵拎行李的时候看到就记下了。”

“瞟了一眼就记住了吗？你真是太厉害了。洁姐——你可以教我吗？”说着说着，李沐又想拜师。

李沐不知道的是，郭洁不仅记住了林伊箱子的编号，机场里的行李编号只要印入郭洁的眼睛，就都被记住了。

人们常说，上帝关上一扇门时会给你留下一扇窗。对于郭洁来说，也许正因为上帝给她留了这扇窗，才会关上一扇门。虽然郭洁的右眼几乎看不到任何东西，但是她的左眼却像是一个可以随时拍照的显微镜，不仅可以看到常人看不到的微小事物，而且只要是她看过的东西便过目不忘，像是照片一般停留在脑海深处。也许正因为上天赏赐给她一份厚礼，作为交换取走了她右眼的视力。

毕业后，郭洁选择成为一名法医，不同寻常的左眼让她看到了人们常常忽略的细节，揭开了一个又一个的谜团，渐渐地在业界竟有“第一女法医”之称。在郭洁看来，真相便是隐藏在那些为常人所不察的细节之中，而尸体往往掌握这些细节。沉默的尸体，无言的表达。于是在纷繁复杂的表象之下，真实不断地刺破表层而出。

“您这么厉害，为什么要来我们恩平啊？毕竟——我们的城市——”李沐始终不敢相信郭洁要来他们大队，即使已经陪着她一上午了。昨晚听说要去机场接她，兴奋得到半夜才睡，李沐不明白为什么名震全国的法医肯屈尊于恩平这个小地方。

“你想说恩平是个小城市，我为什么要来吗？”郭洁坦然回答，“没什么特别的原因，有人需要我来，我就来了。”

“什么？”这一次郭洁没有回应李沐的疑问，因为在她内心中也找不到回来的理由。

为什么来恩平？为什么回广州？为什么离开后依旧放不下内心的思念？为什么子威师兄一联系，她没有犹豫就答应了？

正如当初没有办法解释选择离开广东一样，这一次她依然没有给出答案。

难道就是为了找寻当初离开的原因？郭洁不知道自己当初的离开，是因为想要逃避还是因为恐惧？为什么远离之后更觉得不舍？这次回来到底希望找到什么？难道只是不想屈从于自己害怕潮湿的眼睛？为什么？为什么？她在心中也曾一遍又一遍地问自己。

当她接到林子威的电话时却没有丝毫犹豫，内心已经给出了答案。

“师妹，你来广东吧，这儿需要你。”

踏上熟悉的土地之前，郭洁一遍又一遍地追问自己回来的理由。神奇的

是，从飞机降落的那瞬间，一切似乎已经找到了答案。“为什么？也许只是因为熟悉吧。”

“熟悉？您之前来过广州？”

“嗯，大学四年在广州读书。”郭洁淡淡地答道。

“怪不得，您对于广州的道路这么熟悉。”

“没想到，离开五年了，广州竟然没有太大的变化。”郭洁看着窗外一闪而过的道路、房屋和各式建筑，还是熟悉的样子——

夏日晚上的珠江悠悠荡荡，三五个好友搭乘穿梭在江水上的游船，顺风而立望着岸边的小蛮腰变换着七彩颜色；大一班级活动，跟同学一起花半天时间漫步在博物馆中，触摸历史的痕迹；沙面、西关，历史和现代的穿行，传统和西方交相辉映，拍摄婚纱照的夫妻三三两两，教堂的钟声响起……

五年了，青春的日子从未远离。

“你为什么想当警察？”第一次，郭洁主动问了李沐一个问题。

“因为想帮沉默的人发出申冤的声音。”李沐一字一句地答道，此刻的他不复初见时的稚嫩，年轻的声音掷地有声。

“你为什么想当法医？”五年前，张老师曾经这样问过郭洁。

曾经的她，也这样斩钉截铁地回答，“因为我想让不会说话的物证发出申冤的声音。口证或许还有误差，物证却无法抵赖。”郭洁恍惚间将眼前的少年和五年前自己的脸重叠在一起。“我要让真相说话！”

## 第三章　后窗

下午四点，几经周折的车子驶入了恩平市。李沐先带领着郭洁在派出所附近的宾馆把行李放下：“由于时间紧急，还没有帮您准备好住宿的地方，只好先委屈您住几天宾馆。”

四点半，整理好行李的郭洁终于来到了广东省恩平市大田镇河排派出所。

郭洁从事法医的五年来，由于破案神速、准确的名声在外，遇到难以破解的案子，很多派出所会主动联系她。这几年她也到过大大小小几十个派出所，然而眼前的景象还是震惊了她。

低矮的墙头围成了小小的院子，站在院子外朝里望去一览无余。一栋独立的建筑上蓝色油漆牌匾上写着“派出所”三个字，平房前依次排开着数辆警用电动车。走进派出所，仅有的一层从东到西依次是六间办公室，左右各有三间。六间办公室设有办公室、治安室、技术室、户籍室、财务室和后勤保障室，技术室的大门紧锁着，门口的大锁萦绕着一层浮灰。

李沐介绍道：“我们的派出所加上我有九个人，一个所长，两个副所长，一个内勤，一个户籍员和三名民警。其他的情况，我也刚来报到，不是很清楚。”

李沐带着郭洁来到了最右边的所长办公室。

推开办公室的门，正对着的四方窗前，一张黑色的办公桌摆放着，左边透明的立柜摆满了各种案件的资料，右边的地板上散放着长形柜无法存放的一捆捆文件。

杨铭所长抬头，三道纹路拧成横排的“川”字，看上去不到四十的人却早早谢了顶，前额一马平川。他抬手拿起桌面上的警帽，起身握了握郭洁的手：“你好，我是河排派出所的所长杨铭，欢迎你的到来。我先带你熟悉一下我们的派出所，介绍一下我们所的基本情况。”

紧邻着所长办公室的是户籍室，户籍室中有两个民警正在整理衣物准备回家：“平日里最忙的就是户籍室，我们恩平是侨乡，人来人往流动量大，每天办理户籍业务的人都特别多。”

户籍室对面是财务室，财务室的门已经锁上了。

李沐小声地跟郭洁解释：“财务室是陈副所长的办公室，他应该去接儿子了，每天的这个时候他都会准时接孩子。”

“这就是我们东边的三间办公室。西边的办公室有治安室、技术室和后勤保障室，整个派出所除了户籍室比较忙以外，就是治安室比较忙。治安室负责受理居民的报案，不过我们这儿也没有什么太大的案子，受理最多的案件是帮帮居民找找丢失电瓶车、自行车，协调处理夫妻邻里之间吵架的事。”

治安室里有一老一少两位警察，年纪较大的那位是派出所的副所长老张，年纪稍轻的那位是小张，他们二人是派出所的两张，平素里负责查案，解决居民间的纠纷。

治安室的对面是技术室，整栋楼的最西边是后勤保障室。杨所长打开技术室的门：“这间办公室已经空着一年了，听林局长介绍，你是法医。把你安排在这儿，你看行吗？”

“没事儿，您也不用太照顾我，我来这儿就是受林局长所托帮助查案的。”郭洁扫视着空荡荡的技术室，一张检查床，一张黑色的办公桌上摆放着直尺、标尺、相机，靠近门口的地面上摆放着几个看起来有年头的检查仪器。

“查案？可是……可是……我们……最近……近期也没什么太大的案子。”说起查案，杨所长支支吾吾不愿多谈。

“谁说我们这儿没有太大的案子？这一个月来接二连三的，已经有三起车内偷窃的案子了，可是到现在也没有抓到犯罪嫌疑人。”老张从治安室走了过来，“你就是郭洁吧？特别欢迎你来我们派出所。”老张紧握着郭洁的手，摇了摇。

“老张，你——”杨所长对着郭洁无奈道，“你也别见怪，你是大法医，怎么能在我们这儿查这种小案子呢？林局长托你过来真的是太不好意思了。”

来之前，郭洁已经意识到她的处境了：“在我眼里没有小案子、大案子的分别，对于报案人来说，他们希望破案的心情都是一样的。”

“所长，你就让郭法医帮帮我们吧，你也看到了——报案的三家人隔三差五来我们这儿闹，再不破案，所里都没法正常工作了。有一家人昨天还找到我家去，郭法医帮帮我们肯定能早点破案，咱们也可以安生几天。”

“杨所长，您先跟我说说案子的具体情况吧。”

“哎——”杨铭深叹一口气，“既然如此，你们一起来我办公室吧，详细的资料都在里面。”

众人走进办公室，杨铭从黑色的办公室桌下掏出一块白色的板子，上面密

密麻麻地贴满了三起入车偷窃案的照片，照片周围记载着偷窃案的具体信息。

“第一起：报案人孙某，出租车司机。报案时间16年3月3日早上5点42分，案发地点万圣小区五单元；案发现场黄色轿车前排左窗碎裂，车内遭到重大破坏；损失现金、财物计五千余元，现场找到了凿窗户的扳手，没有发现指纹。”

“第二起：报案人王某，出租车司机。报案时间16年3月15日早上6点17分，案发地点翠兰小区二十二单元；案发现场黄色轿车前排左窗碎裂，车内遭到重大破坏；损失现金、财物计两千余元，现场没有找到指纹。”

“第三起：报案人姜某，出租车司机。报案时间16年3月20日早上5点10分，案发地点春苑小区四单元；案发现场黄色轿车前排左窗碎裂，车内遭到重大破坏；损失现金、财物计两千余元，现场没有找到指纹。”

“还有一起是今天上午刚刚接到了报案。报案人王某，出租车司机。报案时间16年3月22日早上6点32分，案发地点芳林小区；案发现场黄色轿车前排左窗碎裂，车内遭到重大破坏；损失现金、财物计一千余元，现场没有找到指纹。”

“加上今天上午这起报案，已经是这一个月内连续发生的四起车内盗窃案了，而且犯案之间的时间越来越近，第一跟第二起之间差了十几天，最近的一起案子跟上一起案件只差了两天。如果再不查出，犯罪分子的手法会越来越熟练，受害的人会更多。”杨铭一想到这个案子就头疼，最近几天总是觉得自己原本就不多的头发，变得更稀少了。

老张补充道：“这几个案件的相似度非常高，首先失窃的车辆都是出租车。”

“可以理解，毕竟出租车里的现金会多一点。”

“嗯，其次是都是选择深夜作案，所以报案的时间一般都在案发第二天的早上。”

郭洁沉默了一会儿：“您刚刚说所有的出租车都是前排左窗玻璃破裂？”

“没错，有什么不对吗？”

“如果是你们砸车窗会砸哪里？”

“砸左边，主驾驶靠左。”李沐答道。

“从靠近主驾驶的角度来说，应该要砸左边。但是从车内的损坏范围来说，犯罪分子砸开窗户只是为了要进到车里，有方向盘的那一边反而不方便进。”杨铭说。

“哪那么麻烦，要是我随便砸，想砸哪边就砸哪边。”老张补充道。

“你们说的都有可能，以车内的破坏程度来说，表面上看来犯罪分子应该是个比较随意的人；但是从犯罪手法上来看，他应该是个比较细心的人，我怀疑汽车被破坏得乱七八糟，是犯罪分子故意所为。”

“洁姐的意思是如果四辆出事的车都是左窗玻璃破碎，那肯定是有问题？”

郭洁在脑海中演示了一遍犯罪过程：“在没有确切的证据之前，我也不能这样肯定，只是觉得太巧合了。我们可能都忽略了砸窗的力。”

“力？”杨铭、老张疑惑道。

李沐尝试举起自己的手，忽然他意识到了什么：“我明白了，你的意思是说从左窗砸，更使得上劲？”李沐一拍大腿，大声地喊道，“他有可能是个左撇子。”他兴奋地拿起白板开始演示，“假设这个白板是车窗，放在右边，抬起右手砸窗户的幅度更大，施力更多。对于常常使用左手的人来说则恰恰相反。”

“犯罪者为了掩盖犯罪事实往往会故弄玄虚，但是这些习惯却是最难被发现的，时常会暴露犯罪者的信息。刚刚都只是我们的分析，必须有确实的证据才行。”郭洁注视着贴满照片的板子，问道：“有监控吗？”从车辆的毁坏程度看来，犯罪分子的动静不小，如果有监控录像应该可以发现一些信息。

“没有有效的监控录像，说起这件事儿也很神奇。要么是出事的小区没有监控摄像头，要么就是出事车辆停放的附近没有摄像头。我们只找到了小区附近道路上的摄像头，但是犯案的时间段里，天又太黑，看不清楚，查找的难度很大。”

“至少说明了他对这几个小区都比较熟悉，应该是恩平的常住人口。”

“是，我们重点排查了小区的住户，但是人口基数大，所里人手又不够，到现在也没有发现可疑的人。”

“出事的车辆现在在哪儿？我想再查查有没有什么线索？”

“今天早上报案的车辆还停在后院，之前的三辆车没有查到什么线索已经被出租车公司拖走了。”

“我去后院看一下。”郭洁说道。

“哎——反正也不急，已经忙了一天了，不然今天你先休息一下，明天一大早再去看？”杨铭不好意思，郭洁一来就帮他们查案，到现在也没吃上饭。

可是，证据并不等人，越拖能够发现的疑点就会越少。郭洁、李沐和老张已经朝后院走去了，“杨所长，您先回去吧。我们几个去看看。”

## 第四章　傲慢与偏见

此时已经是下午五点了，派出所后院静悄悄的。日光西落，晚霞布满院落，眼前一片橘色，失窃的出租车孤零零地停放在院子中央。

“不知不觉太阳已经下山了。”李沐抬头看着西方半圆的夕阳，余光将眼前的一切镀上一层灿烂又温暖的金色。

“我们需要抓紧时间了，太阳落山以后，查案就不方便了。”郭洁快步走向出租车。

靠近汽车，她先是围着车辆走了一圈，“除了左窗，车身周围没有其他大的损伤。你们到达案发现场时，汽车的门也是像现在这样关着的？”

“我们接到报警到达的时候，左车门是关着的。”

“报案人关上的？”

“不是，报案人发现之后直接报的警，现场没有人碰过。”

郭洁愈发坚定了犯罪者是左撇子的猜测，从左窗爬进去有方向盘不方便，即使第一次无意砸开了左窗，为了方便后几次也会从右窗进。

李沐拿来了手套、手电筒和照片机。郭洁戴上手套，打开了出租车。

汽车前排的盒子随意打开着，座椅上下落满了破碎的车玻璃。“你进去小心一点，整个车厢里到处都是玻璃碴。”

左前排的座位下面散落着一尊白玉佛像、红色的吉祥如意节，地毯、充电器、电线、拖鞋、螺丝刀、钳子、板子和各种纸质材料被随意地丢在一旁。座位上方的棉质车垫被掀开，黑色的皮垫被利器划破，白色的填充物从一道又一道的口子里渗出。

后排的座位被外力强行推倒，“报案人车里的一千余元现金和后备箱里一箱酒丢失。”后备箱里的抹布、洗车器、扫帚、千斤顶、摇杆、充气泵和三角架落到后座上。

“犯案人有较强的反侦查能力，这些东西看似随意丢弃，实际上给破案加大了难度。加上这辆出事的车，四辆出租车内都遭到了较大的破坏，可以破坏并掩盖犯罪分子留下的痕迹。”老张告诉郭洁他们之前的判断。

“您说得没错，犯罪分子的反侦察能力很强。前车座下的白玉佛像被故意丢下，由此可见他是一个比较谨慎的人。”郭洁从后排车座走出来，“李沐，手电筒。”

粗略地观察了车里的大概情况，郭洁右手拿着手电筒仔细地搜索了起来，突然她停了下来。白色的灯光直射向车窗前一团干枯的黑色物体，“发现什么了？”

“像是一只死去的蚊子尸体。”

“哎，天气变暖，三月份都有蚊子了。”

“李沐，拿个收集袋过来。”

“这个也要收集啊？”老张不解地问道。

“所有非车内的原始物品都要收集起来，在查案的过程中不能放弃任何一个细节，任何一个微小的物品都有可能成为破案的关键。”

随后郭洁在车里又搜索了半个小时，找出一团使用过的纸巾、两根发丝，“所里是不是没有可以化验的器材？”

“你刚刚也看到了，技术室里的器材已经好久没人使用了，也不知道还能不能用了。如果需要化验可以送到市医院里。”

“那就送到市医院检验吧。”

不知不觉中，月亮已悄然升高，默默无言注视着院子中的一切，大地沉浸在皎白之中。

“洁姐，昨晚休息得好吗？”

一大早，郭洁踏入派出所，就看到李沐的脸上洋溢着青春、活力的笑容，年轻真好啊。曾经的她，刚进警局，也同李沐一样，每天都是满满的活力和精气神。日子久了，看到了太多人与人之间的爱恨纠缠，看清了人性的悲哀、善良和可恶，二十几岁的年龄时常有历经了人世的沧桑和疲惫感。不知道有多久没有看到这样活力而又可爱的笑脸了。休息得好吗？自从进入了这行，无忧无虑的睡觉与郭洁无缘了，每晚伴随着对白天的案件的思考，好不容易才能浅眠，深夜不时地从一闪而过的灵感中醒来。昨晚也是如此，不过何必让这样一个年轻的孩子知道这些呢。

“挺好的。”郭洁淡淡地一笑，“昨晚睡觉前，我又仔细地回忆了现场的照片，总觉得我们好像忽略了什么。”

“我也发现了一些疑点，也许能成为查案的一个方向。”

“说说看。”郭洁有意培养这个年轻的实习警员，毕竟他跟年轻时的自己如此像。

“其实是受您昨天猜测犯罪者是左撇子的启发，如果有些细节太过巧合，这说明其中一定有问题。”

“你发现了什么？”

“监控！所有的出事小区都没有有效的监控，即使有也不在出事的地点。这说明犯罪者非常熟悉小区的安保系统，哪些人会熟悉小区监控器的位置又可以进出小区而不被察觉呢？小区的住户不太可能，一来一般人不会频繁搬家，这几个出事的小区相互距离比较远，没有什么规律；二来一般人也太会留意监控器的位置。那么能够熟悉安保系统又能自由进出，只有小区的保安，我们可

以朝着这个方向查查。”

“分析得有道理，可以朝这个方向查查。不过以后记住不要着急下结论，保安确实比较符合你分析的条件，但是不要轻易得出‘只有保安’的结论，这样会遮蔽查案的其他方向和可能。”是个好苗子，郭洁很欣赏这个年轻孩子的悟性和领悟力，仅仅一个晚上就能找寻案件新的突破口，好好栽培，假以时日必成大器。不过，郭洁不愿他成长得太快，慢慢走才是对这个年轻人最好的培养。这次回来没有错。

李沐露出了不好意思的笑容，他局促地挠挠头，微笑的娃娃脸衬得他更显小了：“谢谢洁姐提醒。对了，昨天送去医院检测的物品，今天下午才会有结果。上午我想先去几个小区查查会不会有新发现。”

“好，那我跟你一起去。”

“我骑巡逻车载你过去吧。”

“不骑警车，你把警服也脱下啦。换上便衣，这样才方便查案。”

“还是洁姐考虑得周到。”

四个小时，郭洁和李沐暗访了三个小区却没有什么发现。“翠兰、春苑、芳林小区我们都去过了，好像没有可疑的地方，难道这个方向是错的？”

“还有一家，也许会有线索。”郭洁拍了拍李沐的肩膀，“不要轻易下结论，也不要轻易放弃自己的判断。既然怀疑了，就去证实。已经11点了，我们先去吃午饭，下午再去万圣小区看看。如果还是找不到线索，我们直接去医院，看看检验那里有没有新的发现。”

饭后，郭洁和李沐来到了万圣小区。小区的保卫办公室却空无一人，二人径直走入小区。

小区的物业中心围满了群情激愤的业主，门口保卫办的大爷在努力维持秩序。

“王大爷，我们也不是为难您。您挡在这儿也没什么用，您让经理出来，我们直接跟他说。”

“就是，王大爷你让开吧。您看您这一把年纪，万一碰着您怎么办？”

“王爷爷……王爷爷……您就让我们进去吧。”

王大爷站在门口依旧没有挪动，“不是我不让开，郭经理确实不在。他出差了，你们周一再来找他吧。”

“又是出差，每次都说是出差。”

“这已经是第三次了。”

“不行这次必须得给个说法，小区出现车辆被盗这么大的事儿，到现在物业也没有个解释。”

“就是，今天没有说法，我们就不走了。”

“对，不走了。”

“不走了。”

说着，有几个业主就坐在了保安室前的楼梯上，摆出长久作战的样子。

“你们这样也不是个办法，经理真的不在。郭经理走的时候已经承诺了，周一一定给个说法，你们再等两天。到时候，小区监控和保安的事儿一定给大家解决，你们还是先回去吧。”

“下周一真能解决？”

“郭经理你们信不过，你们还不相信我吗？”王大爷诚恳地说道。

“您我们肯定相信。”

“好，我们再信一次，周一我们再过来。”

“周一我们再来。”

依然没有得到结果的住户们不甘心地离开了，王大爷也回到了保安室。

郭洁和李沐也跟着王大爷来到了保安室，“王大爷，我们刚刚看到物业室那里乱哄哄的，是发生什么了吗？”

“你们是什么人？”最近小区里发生了太多的事情，不得不防。

“哦，我跟弟弟想在附近租房子，打听一下。”

“哎……还不是业主要求安监控、增加保安，可是物业的经理不在，就吵起来了。”

“我听说最近咱们小区有汽车失窃，是不是真的呀？”

“就是因为发生了这件事，住户对小区的安全不放心。都要求安监控，招新的保安。”

“怎么，咱们小区的保安人数不够吗？”

王大爷请两个人坐下，“你也看到了，这么大的小区就我一个人。之前我们小区还有一个保安，叫安子。可是前一阵不知道因为什么原因，他就被辞退了。安子走了没多久，小区就出事了，也难怪住户们觉得小区保安人数不够。”

“被辞退了？”郭洁看了一眼李沐。

“哎！”王大爷叹道：“还不是为了省钱！前年小区换了物业公司，业主们不满意，开始有人不交物业费。大家不交物业费之后，物业公司就不提供服务了。结果，大部分的业主都开始不交物业费，两方都不肯退一步，恶性循环就变成现在这样了。安子也被辞退了，说实话要不是现在的物业公司看我在这儿待的时间久了，说不定我也被辞退喽。”王大爷摆摆手。

“那安子现在在哪儿呢？”

“具体在哪儿我也不太清楚。不过他真的是个好孩子呀。你们看，这就是前几天他送过来的水果，说是谢谢我之前对他的照顾。是个心眼实的好孩子呀，知道感恩。”王大爷从角落了拿出一袋水果，草莓、樱桃、香蕉、猕猴桃……种类非常丰富。

“都是不便宜的水果。”

“谁说不是呢，我一个人也吃不完，这盒草莓你们拿着？草莓不能放，太多容易坏。”

“那怎么好意思……”李沐正准备推辞，“好，我们拿一盒。”郭洁打断他的话，“太谢谢大爷了，您人真好。”

拜别王大爷之后，李沐和郭洁离开了小区，准备去往医院。一路上，李沐总是欲言又止。

“有什么话想说就说吧。”

“你为什么会拿那盒草莓？难道你怀疑王大爷？”

“不是王大爷，你不觉得安子刚被辞退，万圣小区就失窃了，两件事之间太巧合了吗？”

“你怀疑安子？”

“到医院，我们就知道结果了。”

## 第五章　白日焰火

市区医院来来往往的人群挤满了门诊楼——排队焦急等待挂号的男男女女，病床上沉痛呻吟的老人，打点滴号啕大哭的幼童，叹息、哭泣、喜悦的笑声交织在一起。医生大概是世上最幸福也最痛苦的职业，见证生命的诞生也经历生命的逝去，抚慰病痛也传递绝望，带来希望、幸福也告知离别、苦楚。每天，医院既分享喜悦的眼泪也带来失去的痛苦，上演一场场生命的诞生和离去。

“每次来到医院才意识到生命的可贵。”

“是啊，什么都没有生命健康来的重要。”

郭洁、李沐穿过门诊楼来到了化验室，“姜医生，我们所昨晚送来的物品化验结果有没有出来？”

“李警官来了。结果已经出来了，我拿给你们。”

“你们看，这就是分析报告。纸巾和其他的物品都没有特别的发现，送来的蚊子尸体中我们发现了人的血液。”

“有人的血液？”李沐惊讶道。

“是，这里就是血液的报告。”医生把报告结果交到了郭洁手上。

与李沐的惊讶不同，郭洁显得特别镇定：“好，太谢谢你了。我把结果拿回所里再比对一下。”

“李警官慢走。”

“洁姐，你太神了！怎么会知道蚊子血里有人血？”

“我不知道，只是不想放弃任何一个线索。‘回南天’空气潮湿温热，这个季节的蚊子也多。昨晚看到的蚊子尸体明显被打死不久，我猜这个蚊子可能是犯罪分子被叮之后无意打死在玻璃上的。”郭洁并没有说实话，其实早在发现蚊子时她已经看到了血液中不同的成分，对于左眼类似显微镜的她来说，每次破案“上帝之眼”总是帮助她发现很多其他人没有注意的细节，“对了，所里有检验指纹的仪器吗？如果没有这盒草莓也要拜托医院了。”

“有检验指纹的仪器。”

“好，那我们先回派出所，通过血液信息看看能不能找到犯罪嫌疑人。”

忙碌了一天，傍晚时分，郭洁和李沐回到了派出所。踏进派出所的大门，就看到陈副所长慌慌忙忙地迎来出来。

“洁姐，这就是陈副所长。”

但见眼前一名中年妇女，微胖，短发稍卷，陈副所长顾不上打招呼：“你们两人总算回来了，一个小时前，所里接到火灾报警，杨所长、老张、小张都过去了。”

“怎么了？”

“金贝儿幼儿园失火了。”

“什么？幼儿园失火了？”

“严重吗？有人员伤亡吗？”

“具体的情况还不清楚，刚刚接到报警，所里大部分人就赶过去了，消防车也过去了。”

“李沐，咱们也赶快过去。”

当李沐和郭洁赶到金贝儿幼儿园的时候，大火已被扑灭。

回南天的空气潮湿，火势不易蔓延，报警之后消防车及时赶到，火灾有效地得到了控制，幼儿园大部分的房屋没有遭遇火灾。

等到郭洁、李沐赶到现场的时候，消防队员已经拉起黄色警戒线围住了现场，幼儿园附近聚集起不明真相的群众。

“怎么了？怎么了？”一些刚刚赶到现场的周围居民窃窃私语道，他们一个个伸直了脖子希望透过人群发现蛛丝马迹。

“火灾！金贝儿幼儿园突然起火了。”

“起火？好端端的怎么会突然起火？”

“这谁知道呢？好在现在空气潮湿，不然还不知道会烧成什么样呢。你看看东边那间教室几乎都烧没了。”

“造孽哟！亏的现在是周末，要是平时，那得多危险啊。”

“谁说不是呢。”

郭洁和李沐穿过层层人群，挤入了幼儿园。

“你们来了？”

“有人员伤亡吗？”郭洁迎上前。

杨所长指了指教室角落里白布盖上的一米长的尸体。

“是孩子？”郭洁心里咯噔一下，戴上白手套，她缓缓地拉起白布。纵然是见过各种尸体的她，心里仍是一震。尚未绽放的年轻生命却因一场大火被夺去了未来的可能，郭洁不敢相信有谁会狠心到剥夺小天使的生命，孩子黑漆漆的小脸在她面前与小侄子、朵朵的脸重合了。

这是一张如此令人心碎的小脸啊，幼小孩童的脸上并无一丝表情，被烟熏得灰扑扑的小脸上，双眸安详地紧闭，将人世间的美好和丑恶隔绝于外。好孩子，好好休息吧，愿你在天堂不再历经苦难。

郭洁努力控制自己声音，使它听起来镇定专业，“死者，男，幼童。尸身因为火灾，受损较为严重。”她轻轻掰开孩子的嘴巴，“口腔干净，初步判定火灾发生前，孩子已经死亡。”郭洁的手逐步向下，摸索孩子的衣服，“上身左侧兜中发现半张烧毁的照片。”尸身损毁那么严重，怎么还会有半张照片？从仅余的半张照片可以看到两个孩子的小腿，孩子的背后依稀可见一棵樱花树。郭洁小心翼翼地翻过孩子的身体，“后额头有撞击痕迹，暂时不能确定是否为死因。李沐，你把尸体的每个细节都拍张照片，这半张烧毁的照片也先拿回所里，找找技术人员查查有没有复原的可能。”

初步检查以后，郭洁走到杨所长面前，“有什么发现吗？”

“周围的群众发现幼儿园起火后立刻报警，六点十五分，我们接到报警。

暂时还没有新的发现。”

“确定孩子的身份了吗？在破案之前，我希望尸体可以先送到市医院保存起来，这件事儿可能还需要跟家长商量一下。”

“已经确认死者是幼儿园中三班的学生，园长和幼儿园老师在你们来之前，已经通知孩子的家长了，孩子的爷爷、奶奶正在赶过来。保存尸体的事情，我先联系市医院协调一下。”

“园长和幼儿园老师在哪儿？我想先跟他们了解一下孩子的情况。”

“就在那里。”杨所长指向办公室的后门，一名青年女老师和一名中年人站在门外。

“王园长？”郭洁看到了广州市金贝儿幼儿园的园长。

“郭洁？昨天找箱子的人？”

“是，我是一名法医，想跟你了解一下死者的基本情况。”

“具体的情况我也不太清楚，我也是今天刚来恩平视察。谁知道竟会发生这样的事情，这位是孩子的幼儿园老师，有什么问题你可以先问她。”

女老师的双眸通红，开口提到死者，她的眼泪又掉了下来，“小豪是我们班的孩子……他是个好孩子……特别乖，非常听话……又聪明……”开始她只是小声地啜泣着，“为什么……为什么……会发生这种事？谁这么狠心……为什么呀？”说着说着，女老师已经控制不住自己的情绪，失声痛哭起来，嘴里一遍又一遍地重复着，“到底是谁？谁这么狠心？谁这么狠心？到底是谁……”

说话间，家属已经到了幼儿园。门口走进了两位老人，他们慢慢地走到了教室的角落里，当看到白布覆盖着的身躯时，他们嘴里念叨着，“不会的，不会的。豪豪只是出去玩，不是他，不是他。”

郭洁慢慢拉开白布，露出了小豪的脸。两位老人愣住了，眼泪滚出，他们喊着朝小豪的尸体跑去，两位名警连忙拦住他们。

“豪豪——豪豪——怎么会呢？怎么会是豪豪？”

“不是他，你们骗我——不是豪豪，不是豪豪——”

奶奶转头，挣扎着往外走。“豪豪还在外面玩儿，我要回去给乖孙儿做饭，你们都别拦着我！”她一把甩开名警：“我要快点去做饭，一会儿豪豪回家了，要吃奶奶做的饭。奶奶给你做糖醋鱼，做排骨——糖醋鱼，排骨——”

“你们别拦着我，别拦着我——别拦着我——”

“豪豪，我的豪豪——”

“怎么会是豪豪？怎么会是豪豪？”

“不是豪豪！不是他！”她拼命地摇着头，拒绝承认眼前发生的一切。

“豪豪——豪豪——豪豪——”豪豪的奶奶哭着晕了过去。

两边的民警立刻扶住豪豪的奶奶，爷爷一声声地呼唤着：“老伴儿，老伴儿——”

郭洁正要上前，杨所长一把拦住她：“家属现在的情绪这么激动，暂时可能问不出什么结果了。还是等明天早上，他们都冷静一点再查吧。”他吩咐道，“小李你把孩子的尸体送到市医院，老张、小张你们留下来安抚一下家属的情绪。其他的人先回去好好休息，明天一早大家都到所里开会，研究查案的具体工作如何开展。”杨所长仅剩的几根头发，今年也是不保了。

第二天清晨，所有人早早地聚集在派出所的会议室。

“接下来是幼儿园失火案的分工安排，老张、小张你们负责幼儿园附近的监控录像，走访幼儿园附近的居民，查看案发下午一点到六点的可疑人；老陈负责联系消防队，确定失火原因；郭洁、李沐负责尸检和犯罪现场发现的半张照片，走访死者家属，尽快确定照片的信息和死因。所有的安排都清楚了吗？”

“清楚了。”

“这是我们市领导高度重视的案子，幼儿园发生大火，幼童死亡，这是一起性质恶劣的事件。希望大家打起精神，早日给家属和社会一个交待。”

“是！”

“好！小李，你汇报一下出租车失窃案的进展情况。”

“我跟洁姐昨天走访了四个小区，发现万圣小区一名叫安子的小区保安非

常可疑。准确说是曾经的保安，他三月初被辞退了，紧接着就发生了几起失窃案。我们从小区王大爷那里拿走一盒草莓，上面沾有安子的指纹。另外，医院里蚊子血检结果也已经拿到了，昨天晚上连夜我和小张做了血型比对结果，在派出所的系统里查到了符合血检结果的信息，并核对指纹检验结果，发现与血液检查结果同属一个人。”

“在派出所的血库系统查到的？这么说犯罪嫌疑人有过犯罪记录？”

“是。犯罪嫌疑人：陈国安，三十二岁，曾经因为入室偷窃判刑五年，减刑两年。没想到出来之后又继续犯罪。”

“世界范围内，重复犯罪在出狱人员中的情况很是普遍。有些国家的重新犯罪率在百分之六十以上。虽然中国已经是世界上重新犯罪率最低的国家之一，但是这么多年仍旧有百分之十的重复犯罪率。”

“这就叫做‘江山易改，本性难移’。”老张总结道。

“其实，安子也不完全是个坏人，他还给万圣小区的王大爷买水果，至少说明他还有感恩的心。”李沐告诉大家，他跟郭洁发现草莓盒上指纹的经历，“如果不是洁姐发现了窗户上的死蚊子和那盒草莓，我们可能真的很难发现犯罪嫌疑人漏出的马脚。”

“那又怎样，再怎么说也是偷来的钱。”

“哎，人啊就是世间最难解释的动物，恶起来是真恶，可是善起来也是真善。”

“行啦，都别感慨了，赶紧在网站上把通缉令发布出去。这两天，小张到各个小区、超市、公交车站、汽车站张贴通缉令，争取早日把陈国安抓捕归案。”

“是。”

## 第六章　兄弟

有着第一女法医之称的郭洁，在警界流传着三天之内便能破案的传说，从

机场行李丢失到车内偷窃案，郭洁的细心和缜密的推理能力给李沐留下了深刻的印象，这一次他相信郭洁也能准确地找到凶手，迅速破案。

幼儿园失火案发生之后的第一天。

郭洁和李沐一走出警局，看到了小豪的爷爷右手搀扶着老伴儿，左手拉着一小男孩，颤颤巍巍地守在派出所门前。小男孩试图挣脱爷爷的大手，又被奶奶一把拽了回来，“乖孙儿，别乱跑。”

看到此景，郭洁赶忙迎上前去，“你们怎么来了？”

小豪的爷爷拉着小男孩走到了马路对面，等到孩子走远后，小豪的奶奶才哭出了眼泪，“我们怎么能不来？我的小豪……小豪……去得不明不白，我们怎么能在家里待得住？”她紧紧地拉着郭洁的手，“案子查清楚了吗？我们可以见小豪了吗？他那么小，我们不忍心把他一个人放在医院，天黑了，他会害怕。”

“对不起，死者的尸体还在检测。”

“检测？”

“就是尸检，由于火灾，尸体受损严重，暂时无法确认死因。需要解剖尸体，进一步确认死因。”

“解剖尸体？”就是要剖开小豪的肚子吗？

小豪的奶奶愣住了：“天呐！我上辈子是做了什么孽？这辈子要报应在孙子的身上？为什么让受他这份罪？死也不能安生？老天！我到底是做错了什么？老天啊，你睁睁眼！如果你要报应就报应在我身上吧！为什么？为什么要折磨这么小的孩子？豪豪，我可怜的豪豪啊——”说着，小豪的奶奶又大哭了起来。

从事尸检工作六年以来，这样的情况郭洁并不少见。“死无全尸”大概是传统俗语中最恶毒的诅咒，“入土为安”则是每个人朴素的心愿。但是为了能让真相大白，法医只能一次又一次地冲破禁忌，解释尸检工作的必要，安抚家人的情绪。当然也会遇到各种阻碍，有些亲属甚至为了保护尸体完整，拒绝法医尸检。

为了当初的承诺——“让沉默的尸体，发出真相的声音”，再难郭洁也会面对。

“小豪奶奶，请您节哀。您说的没错，小豪去得不明不白，只有您配合我们的工作，才能早一日让真相大白，将凶手缉拿归案，还孩子一个安稳。”郭洁柔声安慰道，“我们想去您家里查看一下小豪的遗物，也跟你们了解孩子近期的情况，希望能够对案件有帮助。”

“好，我们一定配合，你们一定要抓住凶手。”小豪的奶奶紧紧地抓住郭洁的手，就像是握住了最后一株救命良药，可惜这株草药再也救不活孩子的性命，只能是聊以安慰的致幻剂。

在小豪爷爷、奶奶的带领下，郭洁和李沐来到了距离幼儿园不远处的小豪家。那是一栋普通的小区，就像中国所有的小区一样，从外观上看不出住宿的主人正遭遇着怎样的人生。

“我们住在一楼，有一个小院子。小豪最喜欢在院子里玩，那里的秋千就是他最喜欢的玩具，可是现在——”

小豪爷爷拉着七八岁大小的男孩，小男孩闪着大眼睛，听到奶奶提起弟弟，不解地问道，“弟弟什么时候才回家呀？他什么时候能跟我一起玩秋千？他怎么还不回家？”

“弟弟——弟弟——弟弟太贪玩了，他还在外面不想回来呢。”小豪的奶奶背过身去，肩膀微微颤抖。

“真是的，弟弟太不懂事。”

“文文乖，你到屋里看动画片吧，大人之间有事儿要说。”

“又是大人之间的事儿，我也有小孩的事儿。等弟弟回来，我跟他说，我们小孩儿之间，也有重要的事情要商量。”文文不情愿地走进了卧室。

“这是？”

“小豪的哥哥，比小豪大两岁，现在上小学呢。小豪下周就要五岁了，如果不是这件事儿，他今天就要去美国了。”

“你是说小豪的签证很快就要到期了？”

“是，美国规定孩子年满五岁前必须回国接受教育，否则护照失效。原本定了今天的飞机，竟然会发生这样的事情，你说我们怎么跟他爸妈交待？”

“出了这件事，他爸妈回来吗？”

“还没告诉孩子爸妈，就算说了，他爸妈也回不来——”十年前，小豪的爸爸妈妈离开广东到美国，生下文文和豪豪，孩子获得美国国籍后，为了方便抚养，孩子一出生就把孩子送回了国。

根据美国移民法的要求，孩子在五岁前要回到美国接受教育，否则失去国民资格。两年前，他们已经把文文送回美国，接受一段时间的教育后又回到中国读书。

“因为他们不可能轻易回国，即使——”小豪的奶奶没有继续往下说。这样的现实太沉重，就像是雨后鸣蝉身上的露珠，任凭薄翼招展，无法抖落。只能等待雨后的初阳，晒干沉重的水珠，静候时光抚平伤痕。

“没想到小豪也是‘洋娃娃’。”李沐对郭洁说道。

小豪的奶奶从卧室里抱出一个大纸盒，“这里面都是小豪的玩具，不知道对破案有没有帮助？”

李沐伸手抱住小豪的整个“世界”，“这里面大部分玩具，都是小豪的爸妈从国外寄回来的礼物，有小汽车、拼图、手枪和各式各样的人偶。小豪平时也不玩，幼儿园同学要，他就拿到幼儿园送给同学了。”

“小豪跟同学之间的关系好吗？有没有玩得比较好的同学？”

“他跟同学的关系特别好，在幼儿园的朋友很多。虽然爸妈不在身边，但是小豪非常懂事，个性也非常活泼，幼儿园的小朋友都很喜欢跟他玩，他还经常把自己的玩具送给同学玩儿。小豪根本不需要我们操心，文文跟他相反，在学习里特别调皮，总要学校请家长才会乖。”

“小豪最近有什么不一样的表现吗？”

“没有啊——他知道自己要回美国了，前几天喊着要把玩具都送给同学，跟大家告别。别看他只有五岁，特别懂事。”这已经是从第二人口中听到小豪懂事的评价了。

“知道他要跟哪些同学告别吗？”

“我们还真不知道。现在的小孩都是用QQ什么的联系，除了出事的那天，周末小豪经常自己一个人在电脑前，不知道忙些什么。我们年纪大了也不懂。”

“是这个电脑吗？”郭洁指着客厅里的苹果电脑问道。

“就是这个。”

郭洁打开电脑，翻看经常浏览的网页记录，发现了小豪最常浏览的网页是QQ空间。空间有密码设限，无法打开。

“你们知道小豪空间的密码是什么吗？”

“空间？”小豪的爷爷、奶奶露出迷茫的神情。

郭洁只得作罢，拿出烧得只剩半张的照片请他们辨认，两位老人仔细辨认了很久。小豪的爷爷认出了孩子背后的樱花树，“那是文文小学后院里的樱花树，你怎么会有这张照片？”他们通过小豪的鞋子判断出其中一个孩子是小豪，“另一个是谁，我们不认识。小豪比较乖，他在学校的事我们不太多管。”

郭洁和李沐又问了几个问题，了解了小豪近期的情况后，告别小豪家来到了医院检验科，拿到了医院的检验结果。

医院检测表明，小豪口腔内没有检测到任何吸入的燃烧颗粒；肠胃也很干净，没有检测到安眠药或其他药品的成分；额头后有撞击痕迹，伤痕不深，不致死；全身表皮烧伤。

虽然拿到了医院的检测结果，可是从这份检测结果中，郭洁仍然无法确认死亡的原因。

“火灾和撞击等外力因素不是致死的原因，肠胃干净也排除了毒杀、使用安眠药的可能，小豪到底是怎么死的呢？”

李沐百思不得其解，郭洁决定自己重新进行一次尸检，“我们是不是错过了哪些细节？”

这是李沐遇到郭洁之后第一次看见她检验尸体，温柔干练的脸上多了一份坚毅和严肃。从事尸检工作多年以来，郭洁始终坚信即使受害者已经死去，认真仔细的尸检工作是对死者的尊重。每次尸检之后，郭洁都会仔细地将解剖过的部位重新缝合，她认为这是法医对死者的基本尊重。

郭洁对尸体的尊重，对真相的探索，是她面对尸体从不胆怯的原因，也是她可以透过细节觉察出案件疑点的原因，这一次也并不例外："李沐，拿相机把这个红点拍下来。"一点点细细地排查，她在小豪的身上发现了奇特的现象——在发现照片的右胸处，发现斑斑点点的红色印记。

"尸斑？"

"尸斑是由于人死后血液循环停止，心血管内的血液缺乏动力而沿着血管网坠积于尸体低下部位，尸体高位血管空虚、尸体低下位血管充血的结果，尸体低下部位的毛细血管及小静脉内充满血液，透过皮肤呈现出来的暗红色到暗紫红色斑痕，这些斑痕开始是云雾状、条块状，最后逐渐形成片状，即为尸斑。"

"可是你看，这些斑点是圆的。小豪死的时候尸体朝上，即使有尸斑也不应该出现在胸口。具体是什么原因引发的红色斑点还不清楚，小豪全身表层烧毁严重，只有这一块的皮肤没有受损，这也解释了为什么这么大的火后，照片还没烧尽。小豪的胸口应该有不易燃的物质，保护了照片也保护这部分的皮肤。"

"这些红色斑点会不会是药物反应？如果不是火灾及时扑灭，再烧一会儿，这个现象可能就很难被发现了。"

"洁姐，你的意思是犯罪分子故意放火，就是为了隐藏死因？"

"现在还不能确定。你还记得我提醒过你吗？在查案的过程中不要轻易下结论，否则等于堵塞了其他的可能。根据现在的证据来看，无论是什么结论都为时过早。"

郭洁交待医生，密切注意小豪身上红色斑点的变化情况后，离开了医院。回到了派出所，每个人负责的工作也有了新的进展。

"我跟洁姐走访了小豪的家人，确认了照片的拍摄位置是在死者哥哥的北城小学的樱花树前；尸检的结果也有了新的发现，我们在小豪的右胸口发现了红色斑点，暂时不能确认死因。”李沐首先汇报调查发现。

“我和小张仔细查看了昨天上午八点到晚上十二点的监控录像，重点查看了事发前后两个小时的录像，奇怪的是我们在监控视频上不仅没有发现放火的嫌疑人，甚至没有发现可疑的人。我们走访了附近的住户，他们也没有发现可疑的人。”

“我联系了消防大队，已经可以确定是人为纵火，燃烧点比较集中。燃烧源就在小豪尸体所在教室的外面。”

“外面？”

“对，不是从学校里面起火的，而是在校外。奇怪的是小豪死在校内，警方赶到学校的时候发现校门是紧锁着的。”

“起火源竟然就在小豪尸体的墙外，也太巧了吧？”

“肯定不是巧合，尸体上的红色斑点可能跟死因有关。正是因为火灾，大部分的红色斑点被掩盖。”

“有人故意烧毁尸体？”

“不排除这样的可能。”

“这个案子跟车内偷窃案倒是有几分相似，监控录像都没有拍到任何东西，难道又是保安？”

什么都怀疑保安？

“围绕着学校有三个摄像头，西侧和北侧各一个，在东南门的转角处还有一个。奇怪的是，幼儿园东门出口和小豪尸体所在的教室在幼儿园的南面，正好是监控摄影的盲区。”

这么巧？跟车内偷窃案的情况一样？李沐想起前两天发生的车内偷窃案。难道又是因为保安？

杨所长把整个案子的进程交由郭洁负责，她决定和李沐一起先去一趟文文所在的北城小学。

## 第七章　繁花

整夜的雨打湿了空气，打落了一树的樱花。昨晚，倾听雨水降落在阳台上，淅淅沥沥，心中不免担忧满院子的花树。雨水打落的樱花混着泥土的清冽，散发出冷清淡雅的芬芳。落雨后初春的早上，天气微凉。此时已经是案件发生之后的第二天了。

一地的落花，红色的花瓣镶嵌在泥土之中，点点化作大地的红妆，滋养着明年春天的花树。来年的花定当更艳，芳香更浓郁。眼前的樱花树已经不复花期盛开时的艳丽——春风拂过，花瓣摇曳而落，飘舞翻飞，恰似舞女迎风而舞的裙摆，衣袂飘飘。半张照片上的盛景已不复存在，唯有散落一地的花瓣包围着粗壮的树干。

朗朗的读书声穿过清香的空气，在校园上空久久盘旋。李沐和郭洁的到来势必要打破这宁静安详的校园风光，他俩来到保安室，却发现保安室空无一人。

“有人吗？有人吗？”喊了几声没人回应，李沐开始跟郭洁讲起自己整宿没睡对案件的分析：“洁姐，你说金贝儿幼儿园这个案子是不是还挺棘手的？案发的时候，学校的门是关着的，你说犯罪嫌疑人是不是学校里的人？这次主要的点也是没有监控录像，难道跟车内偷窃案一样都是保安？”

“谁？”郭洁听到身后有个声响。

保安室门口出现了一个中年男人，穿着蓝色的制服，看样子应该是北城小学的保安。

“你好，我们是派出所的民警。前来调查金贝儿幼儿园失火案，希望可以联系相关的负责人了解一些情况，请您配合。”郭洁从包里拿出烧毁的半张照片：“照片上的樱花树应该是你们学校的吧？”

“是我们学校……”守在小学门口的护卫端详着半张照片，仔细地辨认照片上的樱花树，“花坛是菱形的，这是我们学校的樱花树。”保安手指着半张照片依稀可辨的孩童的双腿“这张照片怎么只剩下半张了？看上去像是两个孩

子的照片，樱花树下的人是谁呀？跟金贝儿幼儿园的失火案有关系吗？”门卫低头认真查验照片，他的眼睛在照片的下方凝视着，久久没有抬头。

正在保安死死地盯着照片的时候，李沐轻喊了一声：“强子哥？”

保安抬头看向李沐，静静地愣住了五秒钟，面无表情、一言不发又徐徐地低头继续凝视照片。

“怎么了，你认识他？”郭洁问道。

“不……不认识。”应该是认错人了吧，强子哥只比我大一岁，怎么会是眼前这个中年人呢？为什么感觉那样熟悉？他骗得了郭洁却骗不了自己。李沐偷偷地看向强子，厚重蓬松的头发遮挡住整个额头，右眼角的黑痣比记忆中更明显了。难道真的是强子哥？他为什么会在这儿呢？“不是他……认错人了，毕竟十几年了。”李沐摇摇头，“他，他不应该在这儿。”是啊，强子哥怎么会在这儿呢？

眼前的这个人三十多岁的年龄，脸上却早早地布满了沟壑纵横，一头乱蓬蓬的头发显示着主人疏于打理的日常生活，整个人都是灰头土脸的样子。怎么可能是记忆中无所不能的强子哥呢？

记忆中的他奔跑在校园的操场上、篮球筐下，张扬着一张活力无畏的脸，引得小姑娘哇哇地尖叫；记忆中的他清晨在院子读英文，次次考试都在年级前三；记忆中的他在巷子口挡下一群人的施暴，没有退后一步……

记忆中的强子哥怎么能和眼前这个迟钝、冷漠的人联系起来？

可是——眉眼中的熟悉感却骗不了自己。更何况右眼角的那颗黑痣不正提醒了李沐的逃避吗？他怎么也不肯相信这个就是幼时生命中最耀眼的英雄，是他仰望多年也无法超越的存在。

可是——李沐不解强子哥刚刚的神情分明是看陌生人的样子。强子哥是认不出我了吗？还是故意装作不认识呢？李沐死死地盯着他的脸，希望可以从他的神情中找到一些蛛丝马迹。

保安室里出奇的安静，三个人以奇特的方式站着。强子低头看着照片，李沐看着他，郭洁好奇地观察着二人的表情。

假装没有发现李沐和强子之间异样的气氛，她故作随意地扫视着整间保安室。一张桌子、两把椅子在不足十平方米的房间里局促地摆放着，桌上摆放着不知道是昨晚剩的还是刚吃的半碗泡面。李沐和郭洁的到来把保安室撑得满满当当的。

拥挤的保安室又局促又安静，空气中满是令人不舒服的沉默。

半晌，郭洁打破空气中诡异的宁静："对不起，案件具体的信息不能向你透露。可以带着我们去那棵树下看看吗？"

强子没有回答，只是朝保安室门外走去。郭洁连忙跟了上去，刚走两步回头发现李沐还愣住原处，"李沐，你看什么呢？快跟上！"

经过夜里雨水的洗礼，校园里的樱花树仅余满地落红，殷红的花树变成淡粉色，空气中溢满花香。

强子没说错，从菱形的花坛可以看出烧毁的半张照片的拍摄地正是此处。根据下半身的衣服和仅剩的花树可以判断出距离拍照的时间不久。小豪为什么会随身带着这张照片？照片上的另外一个孩子又是谁呢？另一个孩子肯定不是文文，不然小豪的爷爷、奶奶应该认出他了。既然不是文文，为什么会在文文的学校拍照呢？莫非这所学校也有认识小豪的人？

郭洁决定先找文文的班主任了解一下情况。

"麻烦了你这么久，还没有问过你的名字？"这是第一次她在查案的过程中，遇到一个看上去紧张，感觉却又很放松的人，郭洁希望可以拉近两人之间的关系，获得更多的信息。

"徐文强。"

李沐听到名字，身体微微一震。徐文强，真的是强子哥。可是为什么他的眼睛显得那么陌生？他真的没有认出我来？还是假装不认识？可是强子脸上的漠然不像是装的。不过已经十年了，认不出来也是应该的，李沐心中反复纠结着。

徐文强？强子？在保安室里，郭洁分明记得李沐喊他强子哥——难道李沐没有认错人？

事情好像变得越来越棘手了，也越来越有趣了。

“许文强？你的名字挺霸气的！”

强子抬起眼皮看了郭洁一眼，没有说话，也没有解释此“徐”非彼“许”。年少的时候还会因为这样的误会开心许久。也许正是因为拥有这样的名字，青年的时光中，他总是不自觉地想象自己可以成为许文强那样的男人，一袭黑色长风衣，清风袭来，衣摆、白色的围巾随风飘扬，衣袂飘飘，搅动城市风云。这么多年过去了，现实幽暗的光磨平了少年轻狂的棱角，仅剩生活留下的麻木和冷漠。曾经的迅儿哥是不是也是这样地看着多年重逢后的闰土？虽然月光下刺猹的少年才是停留在记忆中的样子。

郭洁看着眼前这个又一次沉默的男人，觉得非常奇怪。他的眼睛满是故事，他总是避开众人的眼睛，试图隐藏自己和身上的故事。刚进到保安室的时候，他噼里啪啦的一系列问题使得他看上去是个非常热心的人，发现被人注视之后，他又安静了下来。刚刚接触的过程中又发现他是个非常冷漠的人，周遭围绕着一层拒人于千里之外的气氛，话也非常少，如果没有必要似乎不愿意多说一句。

郭洁拿出小豪的全家福，“你认识照片中的人吗？”

强子瞟了一眼，立刻摇头。就是那一瞬间，郭洁分明看到他的目光一闪。她指着照片中的文文逼视着强子的眼睛，再次问道：“你认识照片中的这个孩子吗？”

强子依旧摇头。看样子，他什么都不打算说。郭洁沉默了一会儿，发现自己似乎在这个保安身上花费了过多的时间。也许换个方向会有新的突破？

“那你知道一年级办公室在哪儿吗？”她准备找学校的老师了解一些情况。

没有回答，他又一次沉默着转身离开，一如刚刚转身离开保安室。

这个人身上有秘密，她肯定地想，可是显然这个人并不懂得伪装，只能依靠沉默武装自己。

郭洁身后，一树花海随风招展，静静地矗立在花坛中央，侍卫般守护着不

再宁静的校园。

## 第八章 班主任

郭洁跟着强子朝办公室走去，路过一排排明亮干净的窗户，教室传出整齐的读书声。

“夹竹桃是你爸爸种的，戴着它，就像爸爸看见你上台一样——”

“最糟的是爸爸不许小孩子上学乘车的，他不管你晚不晚——”

“我走出了教室，站在爸爸面前。爸爸没说什么，打开了手中的包袱，拿出来的是我的花夹袄——”

“爸爸是多么喜欢花——”

“走过院子，看那垂落的夹竹桃，我默念着：爸爸的花儿落了。我已不再是小孩子——”

教室中的一张张小脸举着，就像是迎着光亮的向日葵，金黄色的，生机勃勃。

“《爸爸的花儿落了》，这是我小学最喜欢的一篇文章了。”幼时的课文又搅动了李沐童年的记忆：“曾经有个哥哥告诉我，终有一天，‘这里就数我大了’，终有一天，我会成长成小小的大人。”看到强子，他又想起了小时候的事情。

从小李沐就跟着强子在院子里玩耍，幼小的李沐还是孩子模样，扬着脸仰望着更强大的哥哥，“强子哥，有一天我也会长大吗？”小小的李沐抬头看向比他高半头的强子哥，就好像向日葵仰望着太阳。

记忆中的强子还是笑脸迎迎的模样，他摸着小李沐的头，露出阳光一般温暖笑容，“会的，你也会长成小小的大人。”

现实中的强子哥再也不会露出这样的微笑，现在李沐在他的脸上甚至找不到一丝的温暖。郭洁看到强子握紧垂在裤边的手，紧握的双拳暴露了他的情绪，沉默无语的人并非看到的那般不近人情，漫长的成长岁月里，到底是怎样的经历把火打磨成冰霜一般的坚硬？

“可是有一个孩子却永远无法成长成小小的大人了，就在前天，他的人生永远地被定格在了四岁半。”郭洁看着教室里充满朝气的孩童，想到了那张被大火烧得面目难辨的小脸。到底是谁会对这样小的一个孩子下手？到底是谁狠心掐断这尚未绽放的夹竹桃？她希望可以尽快找到答案。

强子把他俩带到了办公室，便离开了。郭洁看着他离开的身影若有所思。

教师的办公室在教学楼的最左侧，被前面的实验室挡住了阳光，郭洁和李沐推门进去，白天办公室里竟然有如黄昏一般。适应了良久，郭洁才看到办公室里的角落里正在批改作业的两个老师。上课时间，大部分的老师都在教室里。

“为什么不开灯？”郭洁的好视力帮助她很快发现了门附近的开关，她的手伸向开关。

“别动——”角落里的两位老师制止道。

“啊——”只听见郭洁大声地喊道，她猛地向后撤了一步，手飞快地甩开。

“不能开——”两位老师快步走了过来，“快坐下，看看有没有受伤？哎呀，这不是回南天嘛！我们办公室电线线路受潮，一大早有个老师触电了才发现办公室漏了电，还没来得及找人维修呢。”

“愣在那儿干嘛？快扶她坐下。”其中一位年纪较大的老师叫过李沐又搬来一把椅子让郭洁坐下。

但见郭洁脸色苍白，碰触到开关的右手微微颤抖，“这触电可不是闹着玩的，这轻的会引起头晕、心跳加速、全身乏力，重的甚至会昏迷、持续抽搐甚至导致心跳和呼吸停止。”

“是啊，今早的那个老师立刻就晕倒了，送到医院去了。你有没有什么特别不舒服的感觉，还是赶紧去医院看看吧。”

郭洁稍微休息了一会儿，缓了过来，脸上也慢慢有了血色：“没事儿，我刚一碰到就甩开了，就是被吓了一跳，坐了一会儿感觉好多了。我们是派出所

的警察，想跟二位了解一些学校的情况。”

“警察？”两个老师相视一眼，神情紧张了起来。

这才是一般人听说警察身份之后的正常反应，正常人在听到警察问询的时候都会有多多少少的紧张情绪流露出来。可是，强子听说郭洁身份之后的表现过于镇定、热情了。

她连忙安稳住二人：“跟二位无关。”郭洁拿出一张小豪全家福的照片，“知道这个孩子的班主任是谁吗？”

两个人得知此事与自己无关后，明显松了一口气。

她们仔细查看照片，其中一个老师皱起了眉头：“这两个孩子不是我们班的学生。”她把照片拿近后还是摇摇头，“学校里的学生这么多，一时半会儿的还真想不起来在哪儿见过这两个孩子。”

稍显年轻的老师说道：“孩子，我也没认出来。可是这位家长，我倒是觉得有几分眼熟。”

“眼熟？”

“章老师，您看这个家长像不像上周来咱们学校闹的那个人——”

另一个老师明显不愿多说：“我不太记得了。”

郭洁只好追问那个年轻的老师：“您能具体说说是什么事儿吗？”

“其实吧——也不是什么大事儿，就是有个家长对孩子的老师不太满意，来学校说说。这种事儿在学校很常见，说起来也没什么。”

“知道是哪个老师吗？”

“林——林老师——林菲老师。”

林菲？菲菲姐？难道她也在学校里？如果不是见到了强子哥，林菲、强子的名字早已深埋在心底。应该只是重名吧，毕竟叫菲菲的人这么多。今天一天之间怎么可能见到这么多老同学？李沐觉得自己有点神经过敏了。

郭洁好像没有注意到李沐的异常，继续问道：“这件事儿是周几发生的？”

“具体我记不得了，好像是周五吧。”

“因为什么事儿，你知道吗？”

“这……这我还真不知道，你们还是问林老师吧。她上午一二节没课，十点多才会过来，你们再稍微等一会儿。”

“要我说，林老师还是年轻。孩子怎么样不还是家长说了算？何必跟家长起冲突呢？”

“这年头当老师的不容易啊——你说你管松了吧，成绩不好怪你，学生上网、早恋也是老师的责任；你说你管严了吧，现在的小孩都是爸爸妈妈、爷爷奶奶好几个人宠着长大的，受了委屈挨了批评回家添油加醋一说，又都是老师的错。现在的孩子多聪明呀，他们知道老师顾虑着家长，一个个更是有恃无恐啊——弄得我们也不知道怎么才好。”

“谁说不是呢——要不是因为家长来闹，她也不会评不上——算了，我不多嘴了。”她连忙转口，“别看林老师年轻，她在教学和管理上很有自己的想法，工作起来态度也很认真——”

“林老师，你来了——这儿两位，嗯，警察找你。”

“我知道了。”

郭洁看到办公室门口站着一位高挑温婉的女子，皮肤很白，走进略显昏暗的办公室里似乎可以照亮一方。她的脸上挂着大方得体的微笑，丝毫没有因为警察来找流露出一丝慌乱。林菲身后有个黑影从窗外一闪而过，郭洁仿佛看到了强子的身影。他为什么会出现在这里？

李沐抬头，看到了一张熟悉的面孔。菲菲姐——真的是菲菲姐——这么多年过去了，菲菲姐还是记忆中的模样，美丽大方。“两位好，我是林菲。”温柔的声音在办公室中响起。

“菲菲姐——”李沐大喊了起来。

李沐一嗓子吸引了所有人的目光，林菲的表情也从奇怪慢慢地转到疑惑，最后她想起了什么，嘴角的弧度越拉越大，表情也转变成惊喜。

“小沐——你是小沐？这么多年过去啦，你怎么还是跟个孩子一样，一点也没成熟。”林菲拉着李沐的手，上下打量着。

“菲菲姐还是那么漂亮。”

“哈哈——”林菲开心地笑了起来，那种打心底里的喜悦让她的脸更明媚了，“人没变，嘴倒是变甜了。”

“嘻嘻——”李沐不好意思地挠了挠头。

十几分钟，两个人才从重逢的惊喜里缓过神来，二人的脸上还泛着红晕。

“你认识照片中的人吗？”郭洁再一次拿出照片。

李沐把照片拿到林菲面前，“见到林菲姐一高兴，我都要忘了今天是来查案的。”

“你是警察？”

“今年刚考上的。”李沐拿出证件就要给林菲看。

林菲没有接李沐的证件，而是拿过了他手里的照片：“我认识，这是文文一家的照片吧？我是文文的班主任，他这两天都没来上课，我还担心他是不是出什么事了。”

“学生两天不来上课，你没跟家长打电话问问？”这不像是章老师嘴里认真负责的年轻老师会做的事。

“实不相瞒……不打电话其实是有原因的，前两天我跟文文的奶奶之间有点误会，所以我还以为文文是故意不来学校的……”

“因为什么？”

“这事儿也怪我，是我没能处理好跟家长的关系。事情是这样，文文这个孩子聪明是聪明，就是有些调皮。平时不是上课不认真听讲，说话、吃零食，就是下课抓些青蛙、虫子吓唬女生。作为班主任也不能放任他这样，就多说了他两句。结果他奶奶就找到校长，说我体罚孩子，大吵大闹的弄得整个学校沸沸扬扬的。”

“其实，我也知道。文文小时候一直接受的是国外的教育，不适应国内的教学环境也是可以理解的。我本来也想让他慢慢适应，可是这两周来投诉的老师和学生的家长越来越多，我要是放任不管，也不太合适……”

“我那天也没太批评文文，只是告诉他不能在课堂吃零食……谁知道就……”

“这件事主要的错也在我，可能那天我的态度也不太好……对了，文文是不是出什么事了，他这几天怎么突然就不来学校了？”

“他弟弟在幼儿园被人烧死了——”

“什么？”林菲惊讶地站了起来，“难道新闻里说的金贝儿幼儿园的火灾是文文的弟弟？”整个对话的过程中，郭洁都在默默地观察林菲的表情。林菲在讲述她与文文奶奶的矛盾的过程中，语气没有太大的起伏，好像在讲别人的故事一样。

“你不知道这件事吗？”

“我不知道啊，天呐，怎么会发生这样的事？”

“你不知道这件事？”郭洁又问了一遍。

“怎么会这样？谁会对这么小的孩子，下这样的毒手？谁这么狠心？”

林菲的惊讶和痛心都不像是装的，看样子，林菲没有说谎，她确实不知道幼儿园火灾的受害者是小豪。

照片中的樱花树就在北城小学，小豪的死亡跟这所小学又有怎样的关系？照片上的另一个小孩又是谁呢？

奇奇怪怪的保安和眼前的老师跟这件事有没有什么联系？他们跟李沐之间又有什么关系呢？

这些问题一个个缠绕着郭洁，她发现了一个又一个的碎片，却拼不出一个完整的故事。

这起火灾案件背后又有什么秘密呢？

“只要真相大白，一切一切无愧于心——”李沐的手机响了起来。

“喂——杨所长，是我。”

“什么？安子抓到了？”

“好，好，我回所里一趟。”

挂断电话，李沐兴奋地对着郭洁说：“车内盗窃的嫌疑人抓到了，就在派出所，杨所长让我回去一趟。”

## 第九章　童年

临近放学，郭洁离开了北城小学，身后朗朗的读书声渐行渐轻，学校喧闹了起来。放学的孩童犹如脱缰的野马奔向青翠的草原，恰似干渴的海豚回归蔚蓝的海洋。

在熙熙攘攘的人群推搡下，郭洁走出了校门。路口右转，她看到了强子拉着一个小女孩慢慢地向前走。

这个小女孩是谁？强子还有这么大的女儿？郭洁心中不禁奇怪道。今天一上午的接触，郭洁对强子有三分怀疑，七分好奇。反正也没有什么事，她决定偷偷地跟在强子的身后。

穿过弯弯曲曲的街道，慢慢地从宽阔的马路走到了狭窄的小巷，从干净整齐的公寓小区走到了杂乱的平房。

整整三十分钟，强子和小女孩一句话也没有说，没有任何交流的两个人沉默地向前走着。随后，他们二人逐渐放缓了脚步，巷子深处，推门走进了一户人家。

再跟下去，可能就被发现了，郭洁守在巷子口静静地观察着他们家。

不一会儿小姑娘手里抱着一个粉红色的洋娃娃从屋里走了出来，坐在巷子口的大榕树下。她低着头，温柔地对着洋娃娃说话："不怕啊……姐姐陪着你……不怕啊……"她嘴里念念有词，一手抱着娃娃，一手打着节拍。

大白天，空旷的巷子里，一个小姑娘抱着洋娃娃。一个阴风刮过，郭洁脊背一阵阵凉意，手臂竟起了一层鸡皮疙瘩。

女孩的眼睛并没有注视着怀里的洋娃娃，而是抬头凝视着郭洁的方向。与她对视，郭洁竟惊出一身的冷汗。空洞的眼睛直直地看着她，没有一丝波动，她明明看着你的方向，眼睛里却空无一物。她看着你，嘴里依然重复着："不怕啊……姐姐陪着你……不怕啊……"纵使解剖过各种尸体的郭洁，此刻仍被这种诡异的气氛惊得倒抽一口冷气。

不同于尸体的可怕，小姑娘带给郭洁的恐惧，不是来自生命和自然的生与

死，而是来自人心的深不可测。眼前的小姑娘明明是看着你，又好像什么都没有看到，明明存在，又好像一碰触就会消失。一层层的凉意来自一个八九岁姑娘脸上的冷漠和虚空。

半晌，小姑娘稍微动了动。好像对着一个方向太久了，有点累，她稍稍挪动了一个方向，嘴里继续哼着：“不怕啊……姐姐陪着你……不怕啊……”眼睛仍然定定地朝着那个方向。

怎么回事？这个小姑娘到底怎么了？刚开始看到她这样，郭洁还挺害怕，恐惧之后她有些好奇。

砰砰砰——榕树下多出几块石头，渐渐地石头越来越多，一块又一块地落在小姑娘的脚下，这些石头从不同的方向砸来，却都朝着同一个方向砸去。

“砸死她——砸死她——”掷石头的孩子一边丢石头一边大喊着。

“整天就知道装神弄鬼，砸死她——”

“我妈说她有神经病，砸死她——”

一块块石头砸向小女孩，砸到她的胳膊上、腿上，顺着孩子小小的身体落在脚下。

奇怪的是，小姑娘并没有被这样的吵闹打扰，她仿佛进入了另一个世界，巷子里的喧嚣、吵闹与她无关，她的嘴里依旧嘟囔着“不怕啊……姐姐陪着你……不怕啊……”

她淡然的样子激怒了丢石头的孩子，他们从躲藏的角落里走出，靠近了小姑娘。

领头的男孩一把拽掉了女孩手里的布娃娃，破布一般丢在了地上。小姑娘终于有所反应，眼睛开始慢慢聚焦。一群孩子立刻围了上去，他们一脚又一脚地踏在了布娃娃的脸上、粉色的裙子上，他们开始拼命地撕扯布娃娃的四肢。小女孩看到了受伤的布娃娃，发疯一般地冲了上去，大喊着“不怕啊……姐姐陪着你……不怕啊……”其他的孩子围着小姑娘，死死地拽着，不让她靠近布娃娃，小女孩疯狂地挣扎着，希望摆脱面前这暴力的一幕。

如果不是亲眼看见，郭洁怎么也不会相信，天使样的儿童竟然做出这样的事情。她再也无法躲在角落里，默默地看着。郭洁意识到，如果她不赶紧上前阻止，这些孩子的拳头就不只是挥向不能说话的布娃娃。

“你们在干什么？”郭洁走了出来。

孩子看到面前出现了一个陌生的人，顷刻间，四散而去，巷子又恢复了宁静。

郭洁拾起脚边破碎的布娃娃，轻轻地放在小女孩的手中，小姑娘抱着布娃娃往屋里走去，嘴里依旧念叨着“不怕啊……姐姐陪着你……不怕啊……”

郭洁跟着小女孩走进了院子中，推门而入左转紧随小姑娘顺着狭窄的旋转楼梯而上。

强子听到上楼声，喊道：“丽丽，你回来了。”

丽丽没有回话，紧紧地抱着布娃娃走进了房间。二三十平方米的屋子里一张床垫占据了大部分的空间，床单、被子卷成一团，床垫四周的油污、黑渍暴露出这个家只有成年男人的现实。床垫四周，背心、短裤、小女孩的裙子杂乱地摆放着，床垫后面的墙上悬挂着一张拼音字母和一张数学公式的图画。

仅有的一张桌子前面摆放着碗筷，贴墙垒起的一年级书籍，表明这张桌子的用途，丽丽抱着布娃娃坐在了床垫上。

强子在公共厨房做饭，并没有发现郭洁。等他端着一碗米饭、一盘葱炒小白菜走出厨房，他发现停在门口的陌生背影。

“你是谁？”

郭洁猛然回头，看到了身后的强子。

强子认出了郭洁，数秒的惊讶后，他面无表情地走进房间，摆放饭菜。桌上堆满了各种东西，他只好开始收拾昨晚摆放在桌上的泡面盒和丢弃的纸巾。突然——压在泡面盒的钥匙掉落在地上，发出清脆的撞击声。

强子的表情一变，瞳孔紧缩，居然愣在那里没有反应。

郭洁弯腰把钥匙捡了起来，“你的钥匙？”她把钥匙递向强子，摸到了他沾满汗液的手。为什么这么紧张？

拿到钥匙后的强子明显舒了一口气，他接下钥匙，压在丽丽的黄色书包

下，并没有说话。黄色书包？郭洁想到了什么，又仔细看了一眼书包右下角的字样“金贝儿幼儿园”，她突然感到后背一阵发凉。

“她上过金贝儿幼儿园？”郭洁指着坐在床垫上的丽丽问道。

强子抬头，冷漠的眼睛变得冰冷，直勾勾地看着郭洁。郭洁慢慢地后退，试图躲开强子的眼睛。她开始害怕，李沐不在身边，现在屋子里除了丽丽只有眼前这个沉默的男人。

郭洁蜷在裤边的手偷偷地摸向手机，心里开始打颤。

强子没有说话，又转身走向了厨房。他想干什么？

赶紧离开！郭洁扭头准备逃离这间屋子，转头间她瞟到了黄色书包下的钥匙。她想了想，拖出钥匙，连忙跑下了楼。

强子持着一把刀从厨房里走出，慢慢地走进小屋，靠近桌子。

他举刀，砍向桌子下面的西瓜。

## 第十章　红字

离开强子家，郭洁大步快跑，奔向马路。等她跑出曲曲折折的小巷，跑到大道上，她终于敢舒口气，缓一缓。

强子没有追出来？难道我理解错了？下一步应该去哪儿？

当郭洁偷偷地跟着强子时，李沐已经回到了派出所。

刚踏进院子里，他看见杨所长、老张和小张等人站在院子中，有一个人抱着头蹲在墙角，身体蜷缩着。

杨所长看到李沐，招呼他过来，他朝角落里努努嘴，“那个就是陈国安，今早落的网。”

近一个月没被破的案子，在郭洁接手的两天后迅速地抓到了犯罪嫌疑人，“这通缉令刚发出去没几天，这么快就被抓到了？”

“要不是说还是群众的力量大呢！恩平地方小，只要没有离开这里，抓个嫌疑人还不是等于在游泳池里撒网捕鱼？对了，怎么你一个回来了，郭洁没

回来？”

“洁姐还在学校。”此时的李沐并不知道郭洁可能面对着怎样的危险，他眼前只有角落里的安子。

墙角里的安子蜷成一团，好像一只失去刺的柔软刺猬，被人团团围住，周围的人居高临下地看着他。

慢慢地，墙角里的安子变成了一个熟悉的人影。十年前，强子哥是不是也曾这样无助地蹲在角落里？他是不是也是这样用双臂把自己紧紧地围在一个小小的空间里？他是不是也是这样被人居高临下地凝视着？

李沐想着想着，眼前好像浮现出当年的场景，他的心越发沉重。

杨所长看着李沐垂头耷眼的样子，心中不解，这孩子一听说查案，每次都积极得不得了，今天是怎么了？

“安子招了吗？”李沐转头望向墙角里的安子。

“还没开始审问呢，正好你回来了，车内偷窃案的调查是主要是你和郭洁负责的，你把陈国安带进去做个笔录吧。”杨所长环视一周：“其他人都散了吧，该忙什么就忙什么，别在这儿围着了。”

审讯室里，两个人相对而坐，一时无言。想起强子，李沐又一次陷入了回忆中。他回想起上午发生的事情，强子哥为什么会变得这么冷漠？

陈安国盯着李沐，发现李沐低着头不知道在想什么。安子被人举报，进了派出所自知事情败露，反而安心等着警察的审讯。谁知，对面坐着的这个年轻警察自打进屋之后一句话也不说，一直保持着低头的姿势。本来安子还坦荡荡地坐着，不一会儿就坐不住了，他心里发慌，摸不清这个看上去不凶悍甚至有些和善的警察到底在想什么。安子只好主动开始交代自己犯罪的过程：“万圣、翠兰几个小区的案子都是我做的，我原来是小区的保安——”

沉思被打断，李沐抬起头，好像才意识到对面还坐着一个人，自己正在审讯犯人。警察一句话也没说，犯人竟然开始主动坦白犯案的过程。

“就是这样，偷完第一辆车没有被发现，胆子更大了，三月份前前后后一共干了四次。”安子小心翼翼地讲完了作案的过程，跟郭洁和李沐推测的结果差不多。安子发现李沐听完之后，没有任何反应也没有任何表情，轻声说了句："该交代的我都交代了。"

"好好地干着保安，为什么突然会偷东西？难道你不知道曾经有案底的人再犯，量刑加重吗？既然好不容易出来了，为什么不——"

安子沉默起来，不知道是惊讶于李沐略带关心的提问，还是因为不知如何回答这些问题。

为什么再次犯案？在李沐问出这个问题之前，安子并没有问过自己这个问题。等他再次进入派出所时，他才发现自己似乎已经习惯了监狱的生活，心中满是平静。也许就是因为习惯吧？习惯了监狱里规训的生活，习惯了失去自由的一方天地。从监狱走出去，接二连三地换工作，面对无止境的质疑，围墙外的生活并不比墙内的生活更轻松。也许是走投无路吧？也许是想要重新回到监狱里吧？

他也不知道答案。他只是知道当自己被举报的瞬间，反而松了一口气，就好像他等那一刻等了很久。

"找不到工作，缺钱了就干了自己最熟悉的事。"安子无所谓道："监狱里待久了，我已经不习惯外面了。"

"原来是这样。"难道强子哥也是这样想的？

"如果没什么问题，这是笔录请你签字。"

安子伸出左手，接过李沐递过来的纸笔，右手扶着，另一只手签下了自己的名字。

果然是左撇子。

李沐完成审讯之后，匆匆离开了派出所，他隐隐约约觉得洁姐需要他。

郭洁看着手里的钥匙，她决定了，再一次回到了金贝儿幼儿园！

于是，李沐和郭洁两个人在幼儿园门口相遇了，二人相视一笑，没有说话，默契十足。

往日嘻嘻闹闹的幼儿园空无一人，空旷的幼儿园里，滑梯孤零零地立在寂静的校园，整个学校安静得有些吓人。

因为火灾的缘故，金贝儿幼儿园已经放了两天假。一个幼小的孩子在封闭的学校被人烧死，这件事在学生家长中间引起了恐慌。案件一天不破，金贝儿幼儿园就一天开不了学。郭洁走进幼儿园，看着原本应该热闹的校园竟无一个学生，她感觉身上的责任又重了几分。

金贝儿幼儿园的大门紧闭着，来来往往的行人匆匆。查找真凶，查出真相，迫在眉睫。

再一次相信自己的直觉，郭洁拿出钥匙，插向了幼儿园的大门。

钥匙旋转、搅动，咔嚓一声门开了！这清晰的开门声砸在郭洁心上，还好——她默默地拍着胸口，还好——还好自己跑得快！想想刚刚发生的事儿，郭洁感到一阵后怕。

“洁姐——你的钥匙哪来的？”

听到李沐的提问，郭洁犹豫了再三还是把中午发生的事情告诉了他。

李沐看着门锁上插着的钥匙，他的耳边回想起安子的话：“监狱里待久了，已经不习惯外面了。”人生没有一刻像此时这样，让他感觉周围一片冰冷。

又一次来到那间小小的教室，烧毁的桌椅、板凳已经被移走了，只剩一间空荡荡的教室散落着几根电线。墙体还是黑漆漆的，暴露了两天前的那场大火。

如果强子拿着这把钥匙打开了幼儿园的大门，那小豪是在死后被带到学校再被烧？案发后，郭洁赶到现场时，小豪的尸体停置在班级的角落处，之前有没有人移动过尸体？这里的教室是不是案发的第一现场？既然小豪不是被火烧死的，那死因又是什么？如果教室是第一案发现场，那么他为什么独自一人在周末来到学校？他跟强子认识吗？他又是怎么进到学校里面的？

郭洁绕着学校的围墙走了一圈又一圈，仍解不开脑子里的疑惑，小豪到底是怎么进到学校里面的？学校哪里还有入口吗？

“郭法医，你怎么在学校？”王园长的招呼打断了郭洁的沉思，“你怎么进学校的？”

她掏出从强子那里偷的钥匙递给王园长，“这把钥匙，您认识吗？”

“钥匙？”王园长拿在手里，反复查看，“这个我还真不太确定，我把保安叫过来，你问问他。”

园长叫来小王，他看到钥匙后二话没说，跑回保安室拿回了一串的钥匙，一个个地比对了起来，突然他停了下来，“你们看，这把钥匙跟东门的钥匙有些相像。”细细比对两把钥匙，无论是纹路还是锯齿都一模一样。

难道强子真的跟此事有关？

“你从哪里拿到了这把钥匙？学校大门和教室的钥匙除了保安室，从来不在个人手里保存，你怎么会有钥匙？这个是不是跟小豪的死有关？”王园长急切地问道。

郭洁没有回答，反问了王园长一个问题，“你们认识徐文强吗？”

“强子哥——”小王喊道。

王园长似乎有什么顾虑，没有立刻回答，旁边的小王回答了郭洁的问题，“你说强子哥啊——他之前是我们这儿的保安，前一段……前一段时间刚走……”

王园长咳了一声，“小王，你先回去吧。我跟郭法医还有其他的事要谈……”小王走后，王园长终于开口问了心中的疑惑，“难道这件事跟强子有关？”园长恨恨道，“早知道这样，当初就不该把他招进来！”

“怎么了？前一段时间他离开，是因为发生了什么吗？”

还需要发生什么？“我们要是知道他曾经是杀人犯，怎么也不会招他进来。”

杀人犯？郭洁心里咯噔了一下。

“我们也是心疼他有个妹妹，没有学上，看他可怜我们心一软就答应了。谁知道他竟然杀过人！想想就觉得可怕，难道小豪——

“难道小豪的死跟他有关系？早知道这样，别说他不要工资，就是他倒贴工资我也不会收留他们兄妹。没想到他……”

“他还有个妹妹？”妹妹？郭洁眼前浮现了那个冷冰冰的孩子。

“嗯。”王园长点点头，“在广州的时候，我曾跟你说过，这里幼儿园的学生大部分都是‘洋娃娃’。她妹妹从小也在国外长大，都九岁了中文水平还不如三岁的孩子。去哪儿也没人收，我们也是看他们兄妹可怜，心一软就让他妹妹在我们这儿读书。谁知道后来才发现他竟然是杀人犯，你说我们这儿可是学校啊——这要是让家长知道了，谁还敢来我们幼儿园读书。后来我就让他们兄妹走了，没想到他还偷偷地配了学校的钥匙。这个人看着还挺老实的，话也不多，谁能想到竟然是这样的人！学校得赶紧换锁！”

“她妹妹也是洋娃娃？”

## 第十一章　动摇

郭洁觉得很意外，那个巷子里的小姑娘竟然也是洋娃娃。

“是，她妹妹是在委内瑞拉长大的。他们兄妹年龄差很大，看起来更像是父女。平时也没看到他们有什么亲人，就他们两个人独来独往的，真不知道他们父母是怎么想的，把两个人丢在国内！这些也是后来才调查到的，要是知道他们两个人这么复杂——哎——”

“兄妹一起离开的？”李沐问道。

“我们毕竟是一所私立幼儿园，又不是慈善机构，交不起学费凭什么还留在这儿？”王园长支支吾吾地说：“我们这儿也不是什么人都能上学的，而且啊——他那个妹妹好像有病，看着神经兮兮的——你说说，我们毕竟是很高级的幼儿园，她那样一个孩子怎么能在我们学校呢？”

“我知道了——我知道了——”王园长突然大喊了起来，“强子肯定是因为这个记恨我们学校，想要报复我——可怜我的学校啊——被一把火烧毁了大半——”王园长看着南边黑漆漆的教室，想到重新翻修需要的金额，宛如抽血刀绞般。

难道这就是强子放火的动机？可是杀害小豪的动机呢？为什么他会对一个无辜的孩子下手？说不通啊。郭洁回想之前发生的一幕幕。

学校已经如此，发火是必然的，王园长现在只想知道：“小豪的事是不是真的跟强子有关？这种杀人犯可不能轻饶！”

这时候，郭洁才真正意识到他是私立幼儿园的园长，她不再“小看”眼前这个总带着憨厚笑容的园长了。

“对不起，案子还在审查的过程，不能跟你透露更多。你们学校除了东门和南门还有没有其他的入口？”

“其他的入口？没有啊——对了，我手里有一盘东门的监控录像，不知道对案情会不会有帮助？”

“之前不是说没有吗？”王园长不好意思地笑了，他之前确实不太信任这帮警察。

李沐感觉心里突突的，上午他就隐隐地感到金贝儿幼儿园的火灾跟强子有关系，正是这样的担心使得他不敢跟着郭洁继续查案，接到电话他就赶快回到了派出所。他怕自己亲自查到不利于强子哥的线索，更怕自己亲手把强子再次送进监狱。近十年的牢狱之灾已经把年轻活力的强子哥变成了现在的样子，他怎么能面对可能再次入狱的强子？更何况正是强子哥把他引向了警察这条路。正是当年的事情，让他决心做一名警察，不让一个沉默的人平白蒙受冤屈。可是现在，他竟极有可能把自己最崇拜的哥哥送进监狱。

冤屈？李沐想起当年的事儿，这一次会不会也像当年一样？强子哥是被冤枉的？

“我要帮助沉默的人发出申冤的声音。”他对郭洁说的话犹在耳边，可是他并不能确定现在的自己是不是依旧那样坚定了。

这个刚刚开始办案的实习警察，正遭遇着职业生涯中的第一次重大考验和挑战。一天之内他不仅见到多年未见的强子哥，更没想到他竟然是火灾的犯罪嫌疑人。

第一次，他面临着公与私的较量，理智和情感的煎熬。昨天，他还可以义正词严地说出，希望自己可以帮助沉默者发出他们的声音；昨天，他还可以斩钉截铁地强调，真相胜于一切；昨天，他还可以坚定不移地热爱着自己的

职业……

可是，没有想到，仅仅只有一天什么都变了。

月亮悄然升高，夜渐渐地深了。明亮凄冷的月光洒在小小的院子中，四周一片寂静。黑暗中有个人影慢慢地摸进了派出所，吱啦——一声技术室的门被推开了，寂静的夜中，推门声显得格外清楚，黑色的人影轻声地走进。黑影颤颤巍巍地摸索到桌子边缘，他好像摸到了想要的东西，抬手装向裤兜。

突然——一声叹息将黑影震在门口，“李沐，这么晚你在干什么？”郭洁突然打开技术室的灯。一室明亮，娃娃脸无所遁形。

还未装在裤兜里的手缝里露出银色金属的颜色，分明是他们白天在保安室发现的钥匙颜色，李沐连忙将手缩在身后。

“我——我什么也没干——”看到门边的洁姐，他欲盖弥彰地连连摇头。

“那这个手里的东西是什么？”郭洁直接拉过李沐的双手，银白色的钥匙暴露在灯光下。

“你跟强子是认识的吧？为什么白天假装不认识他？”

“洁姐，你愿意听一个年轻人曾经犯过的错吗？”郭洁第一次在这个年轻人的脸上看到如此落寞的表情，“说起我跟强子，那已经是十年前的故事了。”李沐感叹道，“不知不觉，十年已经过去了，回忆活在时光的逝去里。我以为自己忘记了一切，可是有些事，你越想忘记就发现记忆越清晰。如果不是因为那件事，也许我不会选择当警察。洁姐，你还记得第一次见面，你问我为什么要当警察吗？”

“记得，你说你想帮沉默的人发出申冤的声音。”

“是啊，因为十年前我本应该发出喊冤的声音。就是因为沉默，有人为此付出了一生的代价。”

## 第十二章　复仇

十年前，“一切还得从强子和一个女生讲起，那时他和那个女生还是初二的学生。我比他俩小了一岁，刚上初中。我们三个的家离得非常近，上学、放学总是一起回家。”

青春年少的时光缓慢流淌，一日又一日的生活简单而平静地重复着。一切单纯美好的青年时光因为一名学生的转入打破了青春的宁静。当年，三个人还不知道权势、财富意味着什么，也不知道原来平静如水的生活下暗潮汹涌。只不过有人的一生没有遇到过风浪，认为人生本应如此，而有些人从一开始就注定着波澜起伏。

十五六岁的花季少女，逐渐出落得亭亭玉立，含苞待放的花朵不仅点缀着灿烂的春天，也扰乱着游人的心扉。那一年，一名脚蹬耐克鞋、身背耐克包的男生转入了三人所在的学校。十年前，拥有一双耐克鞋还是每个男生心中的梦想，他的出现立刻吸引住了所有人的目光。虽然他与所有人一样身着校服，但是一双鞋、一个背包足以搅动一池安静的湖水。那时候，所有的小孩还不理解什么叫做富裕；那时候，所有的小孩还不明白“布衣”为什么是指平民；那时候，所有的小孩还不明白一双鞋背后的身份……那时候，他们只是隐隐地感受了有些人的与众不同，他们只是开始慢慢明白“副市长的儿子”这一标签带来的人与人之间的差异。

因为这个标签，学校里的老师小心翼翼地对待着这个孩子，因为这个标签，男生开始慢慢示好，形成一个小的校园团体，因为这个标签，女生开始慢慢靠近……

班里的同学、老师以“副市长儿子”为中心逐渐形成了温馨团结的和谐氛围。

“在这样的环境下，强子、那个女生和我之间‘铁三角’的关系变成了‘不合法’的存在。整个团体开始慢慢地找我们的麻烦，我们渐渐地意识到自己被孤立。”

直到有一天，有人把他们三个人围在巷子口。为了反抗，也是为了自卫，强子失手打死了副市长的儿子。鲜血溅到强子的身上、脸上、眼睛里，模糊了未来的路。也许是副市长丧子心痛，也许是为了证明自己的威望，也许是学校希望给副市长一个交待，护卫伤人变成了蓄意杀人，受害者变成了施暴者，施暴者变成了受害者。也许，另外两个当事人的证词，才能解救一名无辜的少年。

“我曾经想到帮强子作证。可是——”可是父母的叮嘱和哀求还在耳边，“沐沐，人家现在没告你。你要是去作证，人家连着你一起告怎么办？我跟你爸爸打听了，他家有权有势，铁了心要整强子，你可不能把自己赔进去。你还小，以后的日子还长着呢。你要是去作证，你这辈子可就毁了，我和你爸爸就你这么一个孩子，你要是进去了，我们这辈子也就毁了。好孩子，你就听妈妈一句劝，就算是可怜可怜我们。”那时，年纪尚轻的李沐看着母亲哀求的双眼，他低下了头。矮小狭窄的平房因为光照不足摇曳着昏暗的灯光，映着母亲颤抖的双手，李沐选择了沉默。即使到了今天，李沐长大了，如果再一次面对母亲流泪的眼睛，他不知道自己会不会再次选择沉默。

在生活中，面对危险，面对真相，面对不公需要站出来时，面对欺压需要发出声音时，人们往往用沉默以对，只是因为我们相信这样的事情不会发生在自己身上。久而久之，悲剧一旦发生在我们身上时，奔走、呼号只能听到四周的沉默。

“就是因为这样，我选择了沉默，没有帮强子作证。”

“错不在你。”

“是，我不是陷害强子的人。可我是帮凶，沉默就是默许。”

听到这里，站在窗外的林菲走了进来，“我也是帮凶，因为我就是那个女孩。”她走向郭洁，“郭法官，当年我也选择了沉默。那时父母告诉我，因为你是个女孩，所以如果你出面作证会影响你的名声。”林菲沉默了许久，突然大声喊道：“可是从小到大，这些话我真是听够了——”

“林菲姐——你怎么在这儿？”

“因为你是女孩，所以你应该站有站相坐有坐相；因为你是个女孩，所以有人欣赏喜欢你时，你应该投以善意；因为你是个女孩，所以你不能拿自己的名声冒险……当年如此，现在依旧这样。五千年前如此，今天仍然如此。因为我是个女孩，所以我一句话都不能说。

“每当你的行为不符合规范时，朋友、老师、亲戚，所有周围的人都会一遍又一遍地劝你，所有的声音叠加，你是女孩，你是女孩，你是女孩——一直到你沉默、妥协、屈服；一直到有一天你自己开始接受并践行——因为我是个女孩。

“长大后，一切都没有改变。因为你是个女老师，怎么能跟一个杀人犯沾上关系；因为你是个女老师，所以你更应该知性优雅，怎么能跟家长发生冲突；因为你是个女老师，所以你更应该为人师表……李沐，你说你没有忘记强子的事，我又怎能忘记？毕竟一切因我而起。人们总说‘红颜祸水’，也许真的是这样吧。”

社会无非是所有的人妥协的结果，来自他人的压强，迫使每一个异类接受“应该的样子”，每个人拔掉身上坚硬的刺，抹除与众不同的特性，接受普遍的形态。他们告诉你什么是对的，什么是错的，他们让你相信什么是错的，什么是对的，直到有一天，你也承认他人的判断。

跟李沐一样，当年的经历改变了林菲的一生。她选择当一名教师，不同于当年小心翼翼地对待“副市长儿子”的老师，不同于苦口婆心教育她如何成为一个女孩的老师，不同于把每一个孩子同化成乖娃娃的老师……她只希望自己可以在孩子的心中种下一粒种子，有一日，种子将成长为茂密的参天大树。这一次她遇到了比当年更盛的压力，小豪的爷爷、奶奶只是其中之一。

郭洁觉得非常可悲，年轻时的沉默却几乎毁掉两个年轻人的信仰。坚持让更多的人听到真相的声音的他开始退缩，坚持自己观点和生活态度的她开始妥协，而这一切在十年前就应该得到纠正。

“李沐，你还记得自己说过要帮沉默的人发出申冤的声音吗？一直以来，你做得都很好。”

“可是——”李沐没有说出来。可是，这次我怕自己无法承担发出来的声音。

“不管真相如何，是真相我们就应该接受。作为一名警察，你不能只听自己想要听到的真相，而忽略自己害怕听到的真相。否则，真相才是沉默的声

音。只有真正地面对各种各样的声音，才能真正地触摸真相。”郭洁不忍看到两个年轻人心中的烛火熄灭，不忍看到曾经清亮的眼眸变得麻木无神。

“林菲，其实我非常欣赏你，你的错不在于你是个女生，不在于红颜祸水，而是因为你的沉默。”

这些年来，林菲听到了各种声音，这是第一次，她将脸埋入手中，失声痛哭。每个人都告诉她，那不是她的错。这是第一次，她正视了自己当年的沉默。

“这次你们没错。在这个节骨眼上，你们肯站出来，说出当年的真相——虽然你们都隐隐察觉幼儿园失火案应该与强子有关。林菲这是你跟踪李沐的原因吧？”

“菲菲姐——你跟踪我？”李沐瞪大了眼睛。

林菲把脸扭向了别处，避开了李沐的逼视，“郭法医——我们三个人认识难道你不意外？”

“今天上午，李沐明明已经认出强子却故意装作不认识，我就怀疑其中另有隐情。更何况十几年前，副市长儿子被人打死的案子这么出名，只要稍微查一下当年的报道，一切都清楚了，我只是没有想到当年的案子背后还有这么大的隐情。”

“林菲，不管今晚你来派出所要干什么，我都不追究了，你还是回去吧——”

“可是强子的事——”

“菲菲姐——相信我，我不会让当年的事重演。我一定会查出真相，如果不是强子哥做的，一定会还他清白——”郭洁看着李沐年轻的脸上稚嫩混合着坚毅，耳边的承诺掷地有声。短短几天，她见证了这个二十多岁的孩子一步又一步的成长，每一步或许艰难却是那样的坚定。

夜空静谧，技术室的师徒俩相视而坐。

“洁姐——其实不只如此，十年前的旧案不仅毁掉了强子一个人，还毁掉了他整个家。强子的事情之后，周围的邻居总是对着他们家指指点点。那个时候，恩平市有很多人都到了美国，强子的爸妈为了躲避流言蜚语，也为了逃离这个伤心的地方离开了中国，强子的妹妹也是他们到了委内瑞拉之后生的。”

这些年，李沐并没有忘记强子，他通过各种渠道关心着幼时的哥哥，没想到相遇竟是这样的戏剧化。

“听别人说，强子在牢里都没有见到爷爷最后一面。真不知道这些年他到底是怎么过来的？”李沐的声音低了下去。

听完当年的故事，郭洁终于理解那个男子总是试图降低自己的存在感，她也终于理解为什么他总是以沉默对抗这个世界。一个失去自由近十年的人，一个在青春岁月里身陷囹圄的人，一个无辜却无处述说的人，沉默成了他的伪装和保护伞。

李沐把手里的钥匙重新递给郭洁：“洁姐，这么晚你怎么还在所里？”

“白天你的假装那么刻意。我查了当年的案子之后，担心你做傻事。晚上特意来看看，没想到你真这么傻。”

“不是的，不是你想的那样——我拿这把钥匙并不是想干什么。”李沐已经想清楚了，不管真相如何，只有面对才能获得救赎：“我……我来所里只是想查查有没有新的线索——我不相信强子哥会干出那样的事情——”

郭洁提醒道：“这把钥匙可以打开金贝儿幼儿园东边的大门，因为工作和妹妹上学的事，他有报复王园长的放火动机——”

“他有放火的动机，可是杀人动机呢？今天你拿照片给他看，他根本就不认识小豪。”

“他可以假装不认识，就如同你今天假装不认识他——”

“不是——你拿照片给他看的时候，我一直都盯着强子哥的脸，他根本就不认识小豪。就算是假装的，他为什么要对小豪下手？如果要报复王园长，一把火就行了，为什么要杀小豪？洁姐，你教我不能轻易下结论，这一次为什么，你就这样肯定是强子？”李沐激动地反问道。

“李沐！不要被感情遮蔽了眼睛！本来我也想不明白他的杀人动机，可是——”

白天的事，历历在目。

“这年头当老师的不容易啊——你说你管松了吧，成绩不好怪你，学生上网、早恋也是老师的责任；你说你管严了吧，现在的小孩都是爸爸妈妈、爷爷奶奶好几个人宠着长大的，受了委屈挨了批评回家添油加醋一说，又都是老师的错。”

“前两天我跟文文的奶奶之间有点误会，所以我还以为文文是故意不来学校的……”

菲菲姐？为了菲菲姐？

“不会的——我不相信，强子不是那样的人！他不会为了这么一件小事杀人的！他那么有正义感，那么好，他最讨厌恃强凌弱的人！他是被冤枉的！洁姐，你知道的，当年的事强子哥是被冤枉的！不会的！不是他！”

“监狱里待久了，已经不习惯外面了。”

安子的话又一次在李沐的耳边响起，他垂下了头，小声地重复着：“不是他！不是他！”不像是说给郭洁，更像是说给自己听。

“李沐，人是会变的。”郭洁双手按在李沐的肩上，无声地传递着力量。

动机和证据都具备，李沐已经无法找出更多的借口说服自己，小豪的死跟强子无关。

## 第十三章　爱丽丝梦游仙境

第二天的清晨，距离案发已经七十二个小时了，案子似乎已经接近了尾声。但是郭洁的心底总有一个声音提醒着她，查了这么多的案子，这是第一次她开始怀疑自己的判断。她总是觉得有哪里不对，一切都太说得通了。就像昨天晚上她跟李沐提醒的那样，强子的犯罪证据和动机都太充分，充分得就像设计好了的一样。

可是郭洁的疑虑并不能解释任何问题，也不能作为判案的依据。至少目前从现有的证据来看，强子确实是最大的犯罪嫌疑人。

坐在办公室里，郭洁一个人静静地梳理案件的经过。

强子在金贝儿幼儿园担任保安，随后杀人犯的身份被发现，他失去工作，妹妹失去上学的资格。

现实生活中，犯罪记录足以将一个人打入地狱，试问哪个幼儿园愿意聘用一个有案底的保安？哪个孩子的父母愿意日夜保护学校的人是个杀人犯？哪个人又愿意与杀人犯朝夕相处？

强子被辞退后，在林菲的担保下，他开始在北城小学当保安。小豪的奶奶和林菲发生冲突，小豪又在金贝儿幼儿园上学，一个一石二鸟的杀人计划就形成了。

整个案子中，他既有杀人动机又有作案的可能，无论从哪个角度来看，他都是最大的嫌疑犯。

线索、细节慢慢地串联了起来。

少了一环，还是少了一环，心底的声音又出现了。破碎的图片一张张地拼凑完整，郭洁却始终觉得这张拼图少了重要的一块。

小豪到底是怎么死的？

到现在为止，仍然有一个细节解释不清，小豪身上的红色斑点到底意味着什么？到底跟小豪的死有没有关系？

正当郭洁苦思冥想之际，李沐冲了进来："洁姐——我们错了，都错了——"

错了？

李沐一把拉过郭洁，指着大屏幕上的画面，这是王园长后来给的幼儿园东门的监控录像。他飞快地拖动着进度条，"洁姐——你看——"

案发时间，幼儿园的大门紧闭着，期间没有一人进出过东门。

怎么会这样！郭洁倒抽一口凉气，没有人进出过东门？那这把钥匙又是怎么回事儿？

郭洁看着李沐，看着他因激动而流出的汗水。没想到，经过昨天的折腾，他还能想起王园长给的监控录像。

重感情不耽于感情，这个孩子日后必定青出于蓝。

“李沐，你拿着钥匙，找个配锁的摊子查查到底怎么回事？我再回一趟医院，弄清楚小豪身上的红色斑点到底是因为什么。十点，我们在金贝儿幼儿园碰面，也许就在学校里，我们错过了什么。”

“好！”李沐又重新回到郭洁见他第一面的样子，圆圆的脸上洋溢着青春活力，一扫昨日的低迷。

既然监控录像没有拍到强子进入幼儿园，那么案子就很有可能朝着另一个方向。

拉开医院里的尸体冷冻箱，焦黑的尸体上落上一层薄薄的白霜。郭洁沿着小豪的脚掌细细地查看，小豪胸口处的红色斑点已经淡了许多。郭洁一手扶着尸体，一手按压小豪胸口处的红色斑点。除了脑后的痕迹，小豪的身上没有发现其他的伤痕，肠胃里没有药物成分，小豪的死因是什么？

红色斑点？郭洁忽然发现了自己右手的手背处也多了一些红色斑点，她用左手反复搓了几次，痕迹还在。郭洁连忙脱下手套，一条红色的斑点痕迹从右手指甲蔓延到整条手臂。怎么会突然出现红色斑点？春季过敏？还是尸体表面有引起感染的物质？可是为什么今天才出现，昨天还没有？自己这几天还接触了什么特殊的东西？

昨天？郭洁突然想起自己在北城小学被电的场景，难道是因为——这才是死因？

如果真的是这样，幼儿园里肯定会有证据！

一步步地接近真相，郭洁慢慢地找到了那块缺失的拼图。

郭洁刚刚赶到金贝儿幼儿园，便看到李沐在门口朝着她招手，脸上满是难以抑制的喜悦表情。

“查到什么了？这么高兴。”

“钥匙是昨天刚配的！”

“钥匙是刚配的？”郭洁没有想到居然得到了这样的答案。

“是，我在北城小学附近找到了配钥匙的章师傅。师傅一眼就认出了这是

他昨天新打的钥匙。”

“这么说，强子真的不是凶手？”

李沐和郭洁站在门口说话，幼儿园的大黄狗闻到了两人熟悉的气味。这几天查案，他们二人总是往幼儿园跑，没想到黄狗已经把两人视为朋友。

幼儿园的大门紧闭着，大黄狗急切地摇着尾巴，它肥胖的身躯无法从狭窄的栅栏里穿过，只好，一圈又一圈无奈地转着。

李沐看着它蠢笨的样子，哈哈大笑了起来。从知道钥匙是新配的，强子可能不是凶手起，他心中的一块石头落地，又可以开怀大笑了。

黄狗看到李沐的嘲笑，转头跑开了。

“哟——这黄狗还挺有脾气的，居然生气了——哈哈哈——”李沐笑得更大声了。

“汪汪汪——”大黄狗蹭到了李沐身边，一声声的叫喊像是回应着李沐对它的嘲笑。

看到脚边的黄狗，李沐停止了笑容。大门没开，黄狗是怎么跑出来的？李沐抬头看向郭洁，在洁姐的眼中他看见了同样的疑惑，二人相视一笑，真相要被解开了。

大黄狗没有意识到自己为破案立了一功，它扑腾着尾巴围着李沐转来转去。

李沐蹲了下来，轻抚大黄狗的头：“大黄啊——大门没开，你是怎么跑过来的呀？”大黄一双湿漉漉的眼睛盯着李沐，它好像听懂了，抬起爪子朝幼儿园的东南方向跑去。

幼儿园的东南角，茂盛的灌木丛把正面墙染成绿色。大黄肥胖的身躯朝着灌木丛钻去，左扭右扭，不一会儿就消失在一片绿色之中。

幼儿园里居然有个狗洞，这面墙紧邻着学校的小花园，洞口被茂盛的绿叶遮掩着。如果这次不是大黄心急钻了出来，郭洁和李沐怎么也不会发现幼儿园里居然有另外一个出口。

扒开树叶，仅仅可以容下一个头大小的洞露了出来。这么小！强子肯定钻

不过去。凶手另有其人？他为什么要配一把幼儿园里的钥匙？难道他希望掩饰什么？

再一次回到出事的教室，被火焰熏黑的墙壁已被粉刷一新，小豪尸体所在墙角处半截电线裸露着。

郭洁已经明白了，红色的斑点是电流斑，这是一种特殊的皮肤损伤，小豪是遭遇电击身亡的。

那块缺失的拼图终于找到了，她心里默默地想。

那么下一步只要真正的凶手，拼图就要完成了。

那个人到底是谁呢？

郭洁想起她在小豪家打开的QQ空间，头脑中细细回忆QQ空间上的内容，突然她发现了一个熟悉的名字，郭洁的精神为之一振。

竟然是这样！难道是这样！原来那个人一直都在身边！

## 第十四章　堂吉诃德

郭洁轻轻一推，吱啦——一声，木门被推开了，竟然没有上锁？穿过昏暗的客厅走进里屋，看见强子坐在椅子上，凝视着床上熟睡的妹妹，他轻轻地走出卧室，“你们小声点，我妹妹已经睡了。”他用手指了指妹妹的方向，深情地望了妹妹最后一眼。

走到客厅，强子拉开窗帘，昏暗的房屋一瞬间变得明亮起来。清晨温暖的日光照在他的脸上，坚毅的表情瞬间柔和起来。

“你似乎并不我意外我们的到来？”

“自从发现钥匙丢了以后，我就知道你们迟早都会找到我的——没错，钥匙是我偷偷配的！小豪也是我杀的——”

“为什么？”

“为什么？为什么？”强子激动了起来：“因为我恨王园长，因为我恨这个世界！”第一次，郭洁在这个总是习惯性低着头沉默的男人的眼睛里看到恨

意和疯狂，“难道犯过错的人就再也没有改正的机会了吗？难道犯过罪的再也不能过上正常人的生活了吗？难道好人一辈子都是好人，坏人一辈人都要带着坏人的标签吗？为什么所有人的人都要戴着有色眼镜看我？为什么我们理所应当地成为被怀疑的对象？”

“因为——因为——”李沐犹豫了良久，也没有给出答案，生活就是这样，当我们相信这一切理所应当时，从来没有人质问过“从来如此，便对吗？”正因为理所应当，所以应当如此。

“因为人们相信‘江山易改，本性难移’？因为人们相信简单粗暴的标签？可是人们不是常说‘人之初，性本善’吗？是谁改变我们？”

强子靠在门框上，低下来了头：“你们入过狱吗？你们坐过牢吗？你们知道我的感受吗？”

“我可以理解——”

“理解？”他冷冷地扯动嘴角：“可以理解？你们怎么理解？同情？可怜？李沐，我知道你是怎么想的，你是在可怜我吧？我告诉你，我不需要！十四岁坐牢，一待就是九年。”他抬头瞟了一眼李沐：“你们知道这意味着什么吗？你怎么会知道？你上了大学找了好工作。”

“你看看我！”他看着镜子里苍老、麻木的脸：“我才二十三呀！二十三岁！可我只能是臭水沟里的蝼蚁，只能与肮脏的垃圾、蟑螂为伍，在阴冷中咀嚼着黑暗的滋味。这怎么能是你们这种生活在阳光下的人理解的？”

强子的一声声质问一下下地似闷雷砸在李沐心上，不响却生疼，此刻强子的脸、安子的脸，与无数在监狱中、社会上挣扎着的脸重合了，他们呼喊着、号叫着，他们伸手，他们哭泣，他们奋力发出自己的声音，他们努力过，没有人看到，他们反抗过，没有人听到。每个人都只看着自己面前的路，匆匆走着自己的脚步，最后他们只好沉默。

“你以为我不想生活在阳光下？你以为我没有尝试过改变？我试过，我也反抗过。在监狱里我好好表现，争取减刑，我以为出去的世界会不一样，外面才有自由。出来之后才发现这种想法是多么的可笑，你们大概不能理解吧，监狱里的枷锁是有形的，监狱外的牢笼是看不见的。对你们来说最简单的填写表格‘是否有犯罪记录’，知道一个‘是’意味着什么吗？你们能想象吗？这意味着拒绝，意味着否定，意味着一切尝试的徒劳。工作一个又一个地换，家一次又一次地搬，不管他们对你多好，只要发现你的不同，所有的善意都将被收回。没有人肯跟你说话，没有人愿意和你一起工作。你就是肮脏的老鼠，可恶的苍蝇，人人躲着唯恐掉落的昏暗下水道。”

强子彻底冷静了下来，眼睛射出剑一样的幽光：“有时候我在想，也许监狱里才是最适合我的吧？只有在那里才没有歧视，没有不同，没有异样的眼神，没有转身之后的声音。我知道我的脸上写着‘杀人犯’，不用否认，我从你们的眼睛里可以看到。既然大家都不相信我能改好，既然所有人都认为我是凶手，那我就做一个凶手，多么容易！我恨王园长，我没有偷东西。”

偷东西？王园长居然还隐瞒了这件事。

“可是没有人相信我的话，也没有人会帮一个吃过牢饭的人洗清冤屈，哪怕只是简单的查证，开除是最好的方法。所以我偷偷地配了学校的钥匙，我要烧毁幼儿园里的一切，我要报复王园长。”

“你说谎。”郭洁质问道，“学校东门的监控录像根本没有拍到任何人进幼儿园。”

监控录像没有拍到任何人进出幼儿园？学校正门口有监控录像？强子内心掀起波澜：“我——我从另一个门进的！”

“另一个门？这把钥匙根本打不开另一个门！”

“你忘了吧——我——我——当过金贝儿幼儿园的保安，躲——监控对我来说轻而易举。”

“既然能躲开录像，为什么还要配钥匙？”

“因为我怕——”

“因为你怕有人被发现吧——因为这把钥匙是新配的吧——因为你根本就没有进幼儿园——因为人就不是你杀的——因为你想要隐藏杀人凶手——”

“我没有！就是我！一切都是我干的，火是我放的！人是我杀的！有什么都冲着我来！”

“不用再辩解了，这把钥匙是不是新配的，我们已经查清楚了。我想你应该从新闻中看到了幼儿园‘密室杀人’的报道，小豪死在紧闭的教室里面。所以，你利用曾经在那里当过保安的身份，配了新的钥匙。昨天你是故意把钥匙掉出来的吧？故意被我发现？可是你没想到附近居然有监控录像，监控录像暴露了一切。”

“不管你们怎么说，火是我放的，人是我杀的，我都认。而且我跟林菲的关系你们也查到了吧？我恨小豪的奶奶，我恨他们——杀了小豪一举两得，既可以报复小豪的家人，又可以报复王园长，为什么不这样做呢？”

“因为，你从没想过要报复！火是你放的，人却不是你杀的。”

## 第十五章　罪与罚

“你以为你承担一切，你妹妹就能睡得安稳吗？”

“你什么意思？”强子紧握的双手开始颤抖，难道？

“这是从小豪空间相册中打印出来的图片——这个人是谁，你应该认识吧？”

茂盛的樱花树下，两张灿烂的笑脸。一张是四岁半的小豪，而另一张是昨天，郭洁在巷子里看见的那张空洞的脸。不是这张照片，郭洁不会发现丽丽还有这样灿烂的笑容。

郭洁又拿出了一张QQ空间的截图：“评论的人是丽丽吧？”昵称“洋娃娃”，头像依稀可以看出是丽丽整天抱着的那个洋娃娃：“丽丽在金贝儿幼儿园跟小豪一个班对吗？他们俩是认识的，是吗？”

“认识不认识又有什么关系呢？”

“没关系吗？幼儿园附近路口的监控录像显示，事发当天你骑自行车带她到过金贝儿幼儿园，可是后来她就从监控录像上消失了——”

“我已经说了跟她没有关系，所有的一切都是我做的——我跟你走——”

强子拖着郭洁就要下楼，“跟她没有关系，跟她没关系，都是我干的，我一个人干的，我一个人……”

李沐拉过郭洁，掩在身后：“强子哥，你放手！你冷静点！”

“我怎么冷静？那是我妹妹啊——我唯一的妹妹啊！”

“监控录像虽然只能拍到东门的场景，但是从你家到金贝儿幼儿园那条路上的监控录像，在案发前两个小时拍到了你的妹妹，案发后一个小时又拍到了她回家，而你是在她回家之后才又出现在监控录像里。”

强子不再说话，倚着墙壁蹲了下来。

丽丽刚从委内瑞拉回国时，一句中文也不会说，整天抱着洋娃娃嘴里嘟囔着“hermano，hermano……”

后来，强子才知道那是西班牙语哥哥的意思，她从心底希望自己可以有个伴儿。丽丽从小出生在委内瑞拉，周围都是跟她不同的肤色的小孩，爸爸妈妈每天都在上班，没有人陪她玩儿，也没有人跟她说话。后来，丽丽学会了自己跟自己说话。

听到强子出狱的消息，强子的爸妈抱着“国内的生活比国外的生活更容易”的信念，把丽丽送回了国。

回国之后的丽丽，语言更是不通，之前是没人说，现在是没法说。她变得越来越沉默，也越来越古怪。

有一天，强子发现邻居的小孩居然拿石子砸向丽丽，他突然明白不能再让丽丽一个人待在家里。为了能让丽丽在金贝儿幼儿园读书，他与王园长商量，用免费打工换取丽丽上学的机会。

自从去了幼儿园，丽丽慢慢地变得活泼了起来——每天陪着妹妹一起上班上学、下班放学，日子倒也轻松愉快。

可是，幸福的日子总是如此的短暂，兄妹二人离开了金贝儿幼儿园。

那天一大早，强子把妹妹送到金贝儿幼儿园。

两个小孩偷偷地钻过墙角里的洞，悄悄地守护着两个人之间的秘密。丽丽离开金贝儿幼儿园半年，再一次回到那个熟悉的教室，大大的眼睛环视着教室，嘴角溢出满足的笑，哪里还是巷子那个眼睛空洞的“洋娃娃”？

谁都没有意识到，接下来小豪的一句话改变了几个人的命运：“丽丽姐，我要走了——”

“走——”丽丽学了半年的中文，已经可以理解“走”的含义了。

她摇着头，拼命地摆手，“不走——不走——”

她的眼睛变得空洞，双脸通红，开始冒汗。

“丽丽姐——丽丽姐——你怎么了？”小豪被丽丽的样子吓到了，他开始后退。

“不走——不走——”丽丽尖叫着，推倒了小豪。

咚——的一声，小豪倒下了再也没有起来。

丽丽痛哭了跑回家，哽咽着，“我只是——只是不想——我不是故意的——不是故意的——”

不能让妹妹坐牢，这样的事情不能发生在她身上！她才九岁，还那么小，更何况，她的精神状况——怎么可能在监狱里生存?

“我不能让她坐牢！”强子声音很轻很慢也很坚定。

“她未必会坐牢！你以为这样做是在帮她吗？你这是害了她！电击未必致死？知道吗？根据尸检红色斑点的程度，电击的流量不足以致死。小豪只是晕过去了，如果不放那把火，小豪也许还能得救！”

“就算救不过来，以丽丽的年龄和精神状况也不会被判刑——强子哥！你太傻了！”

强子沉默了，真的是这样吗？其实是他杀了小豪?

## 第十六章　尘埃落定

一个月后，来自海上的风携带着春天的气息，吹散了萦绕在广州上空的水汽，呼啸而过的春风逼得行人裹紧了风衣。水汽散去，久违的阳光向大地挥洒余晖。身体被风吹出些许凉意，脸上却被日光照得暖洋洋的，这大概是在“回

南天”里才能品味到的不同感受，恰如北方凛冽雪地里的艳阳天。

今年，来得早的“回南天”，离开的也是那样的早。

天刚晴，白云机场的上空又忙碌了起来。轰隆隆的起飞声承载着每一个离开故土的游子飞向远方，长着翅膀的鸟儿年复一年的离去、回归，候鸟一般地在另一个地方寻找家的方向。

丽丽和文文又一次乘上离开的翅膀，飞向大洋的彼岸，寻找家人的方向。这一次小豪永远地跟爷爷、奶奶一起留在了爸爸、妈妈出生的地方；这一次小豪的爷爷、奶奶再也不会在本子上记下“小豪，2016年4月20日到期”的字样；这一次他在铁幕中再也不想担心异样的眼光，这一次强子也许再也不会等来妹妹的回归……

拘留所的围墙并没有想象中的那般高耸入云，却剥夺身陷囹圄者的自由。

林菲的眼神穿过透明的玻璃，看向对面那个半生都在为别人所累的男人。他的表情是那样的自如、平淡，无悲无喜中渗出淡淡的轻松。

“你来了——”他的嘴角抹上弧度。

“是啊——”她拉扯嘴边的肌肉，硬是挤出一丝笑容回应，“还好吗？”

“挺好的，有吃有喝有工作。”

“值得吗？”

强子笑了笑，这个时候丽丽应该已经飞离中国了吧。他仰望天花板，试图穿越层层阻碍望向天空中的妹妹：“值！”

“后悔吗？”

“后悔了。”郭洁说的对，如果不是他一味地想要掩盖事情的真相，小豪也许不会死。一切都是应得的。

他看着林菲温柔的脸：“别等了，忘了我吧——”

三个问题，强子的回答，让林菲一瞬间回到了那个巷口，“别怕，相信我。”似乎十年的时光没有逝去，岁月未老，他们三个还是孩童模样，而他还是“文强”。

恩平市大田镇河排派出所又恢复了往日的平静，办公室传来了聊天声：

"洁姐，丽丽真的是失手把小豪推倒的吗？"

郭洁沉默了良久："有杀人动机的人未必会杀人，没有杀人动机的人未必不会杀人。"

"哈？什么意思？"

"这个世界本没有什么真相，毕竟谁也不能亲眼看到当天发生了什么。我们知道的真相，只是强子嘴里的真相，只是证据显示的真相。"

李沐透过派出所低矮的围墙望向天外，湛蓝的天空漂浮着柔软的白云。

"真好，天放晴了。"郭洁顺着李沐的眼睛看向窗外。

他回过头，圆圆的肉脸变得严肃起来："也就是这几天吧，南国的四季什么时候也不会真正远离潮湿和黏热。"

院子外的蓝天无声地等待着，海上飘来的那片乌云。

## 评论：留守儿童与文学的相遇

留守儿童是一个日益受社会关注的话题，但对一般人而言，其作为一个活生生的群体却仅仅是一个言说中的话题而已。其原因在于，人们很难获得对留守儿童的感性认知。这篇小说即以留守儿童为素材，并在对各种矛盾的编织中高强度地展现出发生在留守儿童旁边的图景。当然，这篇小说的意义并非仅仅在于强调留守儿童这一社会性话题，其意义在于以艺术化的手法探索人在一种矛盾选择中的精神境遇。

小说由此展开：女法医郭洁和实习警察李沐在调查五岁留守儿童小豪的死因时，锁定了杀人凶手强子。在警方的调查中，我们了解到强子年轻时被迫定罪入狱，刑满释放之后为了洗清妹妹杀害小豪的嫌疑，他主动制造犯罪证据而为妹妹顶罪，遂再次入狱。在小豪、丽丽等人物的生活中，我们了解到留守儿童的现实处境，教育问题、家庭问题、心理问题均呈现了出来。这种社会性的认知效果，正是作者选取留守儿童这一创作素材所带来的附带效果。显然，小说的主线是被强子这一人物拉扯的。在他身上，我们也可以获得一种社会性认

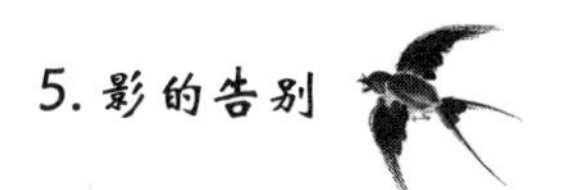

知，即人们对刑满释放者怀揣的偏见。但更重要的，是强子本身在选择中的心理境况与精神境遇。强子兼具犯罪者与奉献者的双重身份，在他身上，善恶交织：对小豪而言，他是恶的；对丽丽而言，则是善的。在两难处境中，他把自己建构成了同样具有二重性的人。作者试图从细部描写到叙事结构把握这种二重性，这正构成了小说的核心部位。

此外，这篇小说在形式上有着两个值得一提之处。其一，《影的告别》是一篇推理性小说，但与一般的推理小说不同，作者没有刻意隐藏凶手而保持一种未知的神秘感。相反，作者开篇便将凶手推到读者面前。这一策略借助“锁定凶手—解锁凶手—再次锁定凶手”的多次反转结构，意图在制造推理故事悬念的同时引导读者反思广泛存在的社会偏见。其二，小说的每节标题都以经典的文艺作品命名，如《追忆似水年华》《飘》《傲慢与偏见》《兄弟》《动摇》《爱丽丝梦游仙境》《堂吉诃德》《罪与罚》《尘埃落定》。这种呼应或只是名字与小说内容的呼应（主要是这种呼应），或是小说内容之间的呼应。

（朱兆斌）

# 6. 黄金标准

宋凯琳-14级专硕

## 第一章　引子

“我慢慢习惯睡眠时间的减少。常常在躺下准备睡觉的时候就发现窗外的夜色已开始发白了。睡眠似乎随着年龄的增长在逐渐减少。

“或许，我的工作，电视行业编导就是要营造一个‘永动机’般漂亮的世界，它不允许我有睡觉这种奢侈的享受。

“我常常会驻足在商店的玻璃窗下看自己的容颜。

“一张神情寂寞的脸，带着一点自得其乐的愉悦。

“那张脸让我想起很久以前蹲在商店柜台边的女孩。她把脸贴在玻璃上看一个布娃娃，那个娃娃穿着绿色的碎花裙子，偶尔会眨动眼珠。她的小脸挤在玻璃上，带着扭曲孤独的表情。然后她和妈妈说，希望将来能成为芭比娃娃。

“她让我想起自己的童年，没有网络没有手机，没有芭比娃娃，只是在一个小山村里与流水清风为伴，与虾鱼水草为友，只有扬起的尘土和成熟的

庄稼。

“不知从什么时候开始喜欢这条街。

“这里有许多有钱人，他们购买品牌的衣服、皮鞋、手袋、香水……

“他们在非常漂亮的西餐厅里吃昂贵而又粗糙的食物。他们面无表情，看不出快乐抑或是忧伤。城市的生活节奏注定让每一个人拥有一副麻木的面孔。我想，城市的孤独是会传染的。

“突然有种想哭的冲动。我想那个爱我的男人到哪去了，那个我爱的男人在哪里？我想让他买白色冰激凌，我想把我买的冰激凌给他吃。可是他却没在身边。所以我独自买了这样美丽的食物，我看见自己的眼泪很热，一滴一滴地打在纸袋上，然后变得和融化的冰水一样没有温度。

“最近，我的牙齿在疯狂地生长。四颗虎牙慢慢变得尖锐，我不得不时刻来回摩擦那四颗牙齿，以防它们变成魔鬼。

“就像所有的毛孔都变成了小刺，刺着每一处皮肤，细细碎碎，让我的双手、双脚乃至全身不知如何摆姿势。这种感觉并不致命，不会感到疼痛，不会让我失眠，不会影响任何按部就班的生活，但是它就是以这种方式让我不得安宁。

“没有人知道我在沸腾。”

“好看传媒公司”的王木可，陷入了无休止浅睡眠中，大脑呈现混乱状态。

## 第二章　高处坠落

可可迷迷糊糊中感受到空气中的震颤。

门铃似乎响了近半小时，她放任着，不愿费力气喊上一句：“谁啊？”

但门外的人依旧没有放弃，把单调的铃声奏出了长长短短的声调，而可可假装不在家的计划失败。

被子里空气几近稀薄到几近无法呼吸时，她用力掀开了被子，用力呼吸了几口空气，“吵死了！”可可拖着疲惫的身躯，打开客厅的灯，凑到猫眼上，似睁非睁的睡眼看了一个轮廓，也没有检查自己身上的衣服是否得体，就打开了门。

“你干嘛呢，发短信不回、打电话不接，这么久也不开门，我以为你自杀了呢。”

映入眼帘的这个男人，黝黑的额头上还挂着汗水，他两只手都被大包小包占领了。在开门的一瞬间，他伸出左边长腿迅速踏进门里，以防可可又“啪”地把门关上。并且男人利用胳膊长的优势，在挤进门后立马将袋子丢在地上，揪住可可毛绒连体衫睡衣上的帽子，一个回旋，将她转过身来。

可可一言不发地望着这个男人。他身穿运动外衣，肩上还背着一个咖啡色的大背包。不知道是不是因为汗水流进了眼睛，他在可可盯着的时间里，不好意思地眨了眨眼。男人眼神直视可可两秒后，他静静地问，“你还好吧？”

“怎么突然来了？”可可没有正面回答男人的问题。

“你居然两天都没有骚扰我，太不正常了，万一割腕了还自己住，死了会没有人发现的。”

“自己住挺好的。”可可渐渐流露出不耐烦的神情。

“之前天天让我给你说段子，今天玩笑就开不起啦。”范范一只手把可可“拖”到餐桌旁边，另一只手打开塑料袋往外拿东西。“算了，我是男人，大度。你桌旁坐好，我带了粥还有水果，你稍微吃点，芝麻大点的事情，不至于不吃东西。”

“别说风凉话！”可可想要挣脱他的“魔爪”，但是对方人高马大并不容易脱身。

“怎么啦？嫌弃没给你带肉？下次带你去吃好吃的。你这还不宜大鱼大肉。来，喝口粥，不用我喂吧。”说着，范范还怕烫，吹了吹才递到可可嘴边。

“不吃不吃！”可可把凑到她眼前的勺子打翻，一个反弹，塑料勺上的粥就像弹弓上的小石子一样发射到了范范额头上。

范范没有理会她，抓过饭桌上的纸巾抹了一把脸，就往狭小的厨房走去。

这一闹，可可睡意全无。

听着厨房水龙头的“哗哗”声，盯着顺着范范脸上滴落在桌布上的那几滴皮蛋粥的痕迹发呆。

“宝贝，我就喜欢这个样子的你。”范范擦着脸，不仅没有对她刚才的行为表示不满，还朝她抛了抛“媚眼”。

“我不喜欢我自己，特别讨厌我自己！你凭什么喜欢我！”可可本来稍微平静的情绪在听到不要减肥这句话时又暴涨起来，“砰”地把那碗粥彻底打翻。

“王木可，你别太过分了！我体谅你，最近被同事排挤，被上司训斥，还担心你自己在家会出事，反倒成了我对不起你了！”范范气鼓鼓地把还在手里的毛巾扔进了那堆散落一地混杂着瓷碗和粥的零碎里。

没有化妆的可可本来就略显憔悴，打卷的一头短发也凌乱地顶在头上，加之眼前“不堪”的一切，可可从心底泛起一阵恶心，好脏。

哪里都脏，满眼都脏。

“出去！早就说了，出去！我没自杀，你确认过就走吧。”可可并不想吵架，说完更显得有气无力，有点站不稳地扶住了餐桌。

“你这两天是不是什么都没有吃？”范范叹了口气，语气和音调放缓了一些。“你这样值得吗？本来工作忙得天昏地转，恨不得住在公司的人，现在倒舍得浪费一天一天的时间闲散了。”他顺势用毛巾收拾起“满地狼藉”。

“我去工作他们也不会想要看到我了……”可可慢慢坐下，紧抿着嘴巴。

“你不要太在乎他们说的话，他们是嫉妒！”

可可用欲言又止的眼神看着范范，又把头转向一边，室内陷入了一片寂静。

范范也没有再说什么，继续收拾。

“好吧，我先回去了。你再给我打电话。”他提着收拾的垃圾袋走向门口。

范范穿鞋的时候，可可突然有点落寞，过去从后面抱住了他，嘤嘤地小声哭泣。

“对不起……”

窗外的小鸟的啁啾声慢慢传进来，可可也平静下来，发现自己有点狼狈，又在他背上擦了擦泪。

“乖，没事。”范范转过身来，抱住了她，用手抚摸着她的后背。

“我现在没有这个心情。”可可用力握住他的手，将身体抽离，转身走进客厅。

范范笑着，戳了戳王木可的鼻子，“咱这几天趁机出去旅游散散心好不好？平常你为公司当牛做马，加了两年班都没有休年假，现在要求补满假期肯定也是可以的。”

可可视线穿过客厅，隔着网架，可以看到被遗忘在角落的旅行袋。这个旅行袋，已经多久没有用过了？那么多的灰尘落在上面。“去哪呢？”

“去成都？那既有美女，又有美食，咱俩都可以好好享受。”范范看着她落寞的神情，也没忘继续开玩笑。

她回想起之前每次落空的承诺和苦苦等待的焦急对范范的提议没有回应。

“你以前从不在乎别人的眼光，现在几句同事的流言蜚语算什么。我行我素才是你的风格！再说了，同事也没有怎样，就是开玩笑。你好歹也是公司的编导‘一姐’，他们还需要靠你拿项目，出策划。”

“可是，可是……”

可可也想出门散心，但是又挣扎起来，“不行，不。这次我不能坚持已见了。别人会不喜欢我的。”她又望着远处的旅行袋，“你也知道，这是我升职后新开的一档节目，本来以为会大火的。但是收视率是惨不忍睹。”

传媒公司的一大法宝就是只认收视率。收视率高的节目自然制作人及工作人员都“水涨船高”，而收视率低则如同被打入冷宫一般。

可可熬了3年，从幕后打杂一路做到了节目组组长，一周前刚被推荐担任了策划组负责人。如果新节目的收视率提高，则策划组可单设部门，摆脱附属于节目组的境况而平起平坐。

可可本来抱着十二分的希望终于可以扬眉吐气，但没想到马失前蹄。

她耳边不断响起同事们的嘀咕声，“他们说我形象欠佳，上镜不好看，认为我拉低了节目收视率。杨小树说我如果想成为领导层的一员，需要有点责任心，不能懒散又不自制。我再这样肯定会拖后腿的……风口浪尖的时候，我就是一辈子不休年假也是应该的……”

“你这是自我绑架，你又没签卖身契，能不能有点生活啊。”范范顿了顿，又继续擦着地板。

可可脸上一副快要哭出来的表情，继续自说自话，“你知道吗？他们说把一张A4纸竖过来，得看看我的腰是不是比它宽。然后，比了之后，说我是水桶腰。我是个胖子……”

“那是女明星们玩的东西，咱没必要。纸张就是最普通的办公用品，为什么要拿它作为衡量你美不美的工具？那种太瘦的女人根本不好看，摸起来手感也不好，不是你应该羡慕的。你这种才好，肉肉的。”

“在你眼里我也不够瘦。”可可拿手捏了捏自己的腰，很用力就像在掐自己，“游泳圈。泡不了温泉，穿不了泳衣，上不了镜……”

“来，我检查一下。”范范要去摸她，却被踹了一脚。

“范范，我很严肃地在说这件事情，咱们在一起也不能总做一些吃吃喝喝的事情了，必须追求高雅的生活，做有品质的人。”

“吃吃喝喝怎么就不高雅了，那干什么，去骑马？拉大提琴？我摄影不也挺高雅的嘛！不要瞧不起人！”

“啧啧，你摄影师，你就是照照相！对，你肯定知道我从屏幕里显示出来的形象好不好看，但是你骗我。你要用专业眼光苛求地看我。”可可双手叉腰，“讨厌你对我这么好了！”

“那你来给我当模特，我透过镜头好好看看。你愿意吗？”范范做了敞开怀抱的姿势，舔了舔嘴唇。

“别不正经。”她拿眼睛斜了范范。

“你就让他们看！怕什么怕！实在不爽就不干了。”

“得了吧，不干了你又不能养我。毕竟你也是‘云游四方’的人。”可可丝毫没有任何鄙夷的情绪，只是陈述事实。

她和范范在这个偌大的城市里，有感情，称得上情人或者有情之人。

范范看了一眼手表：“瞧你说的，车到山前必有路。我这也是抽时间来看你，你吃完苹果洗个澡，明天上班去吧。下次再录节目，如果你们公司的摄像技术不行，我去给你拍，保证美美的。”

他朝着可可的额头亲了一下，从沙发上拿起手机：“哦，那个袋子里还有些抹茶蛋卷和榴莲千层酥，随便你吃不吃好了，我今天半夜前还需要交个片子，懒得管你了。”

当屋子再次安静下来的时候，可可看着天花板上的灯饰，一只小虫在旁边撞来撞去，不得要领。她眼睛随着慢慢飞舞着的小虫，用手摸着小腹：“哎，也没有多少可以相处的日子了，却只顾着发脾气……”

她随手把范范带来的东西全部丢进了垃圾桶，又回到了床上。

“忍了2天，再坚持19天……”

翌日，气温骤然降低。习惯于晚睡晚起的可可，断断续续地做了很多个没有具体情境的梦，猛然醒来时，觉得这一觉好长。睡意彻底消失前一秒，她还想要陷在梦中吃着水煮鱼，想永远不要醒来。

因为她知道，但凡睁开眼，就什么都没得吃了。

转身一看，居然6点就醒了。她抖个激灵，感受到环境里的凉意。但她反常地将睡衣全部脱掉，一个箭步，跨下床。

“啊！怎么还是和昨天一样重！”

揉揉自己的肚子，抓紧时间去五谷轮回之所，再一次站到了体重计上。

没想到依旧不是自己想看到的数字，54kg。两天前，她是56kg，第一天，她还满心欢喜，一天掉了两公斤，那么不吃不喝几天达标为一个“标准身高体重的美女”就指日可待了。然而，“人生不如意十之八九”。

“简直没有办法出门了啊……究竟能到46kg吗？”“今天穿什么衣服？又没有合适的衣服！”可可“仰天长啸”，纠结不已。

## 第三章　众生喧哗

其实可可是一个不算“标准”，但也很标致的女生，皮肤虽不说吹弹可破，但也足够素颜出门。

可是，她需要成为一个更“标准”的人，她不能满足于“可爱”或者“很有特色”，而是需要“完美”。

这不是为了生活，现在她没有时间明白生活或者体验生活，只能为了生存或者说为了能把自己用心良苦的节目方案成功推销出去。而不是被甲方甩一脸，听到那句：“我没有义务透过你邋遢的外表去发现你优秀的内在。”

但可可的绊脚石是这副不受控制的身躯，大脑分泌的无比旺盛的荷尔蒙，赐给她的唯一爱好就是“吃”。

在她的人生哲学里，“吃货”是唯一一类对生活有着无限美好向往的人！

在可可的眼里，“吃货”是总是可以随遇而安的人，不挑剔、不苛求，可以包容每一种事物的每一种美。

当食物经由口腔的每一处味蕾细胞唤醒幸福记忆为身体带来喜悦时，即使是街边小吃，也能够品味厨师在料理当中的那一点点心意。

“嗯，口感很松软！”“哇，豆腐上的酱汁鲜美！”她喜欢给予厨师甚至是街边小贩们诚心美好的赞美。

可是现在只能画饼充饥，望梅止渴。

她一直以为自己是个有原则的人！但是为了能够在公司重拾自己的尊严，她备受打击后，下定决心放弃对食物的爱，放弃对生活的“追求”，对自己再一次采取了自己曾经放弃了无数次的“酷刑”，减肥当中的“九阴白骨爪”——节食。

而前3天的断食疗法必须完全禁食，只喝水。

此时，想要砸掉体重计的可可，只能将面前一杯淡盐水小口小口喝下，就像是吃早餐一样。在吞咽的过程里，可可一直自认为无比坚强可以消化一切的肠胃以不满的“咕咕”声提醒她：“我很脆弱，给我食物。”

可可看着被自己丢到垃圾桶里的那些珍贵的食物，逼自己把水喝完，强压下反胃的酸水，忍住这些不良反应："王木可，你可以的！"

她将水杯放下后，在衣柜里翻来覆去。从上到下找了两遍，终于挑出来一件束身衣。"嗯，必须靠外在手段了。"然后又拿出一套藏蓝的套裙，对着镜子拉了拉衣襟和裙摆，露出并不怎么满意的神情："胖子穿高级品也总有种卖家秀和买家秀的差距，土里土气的！好丑！又该买新衣服了。"她搭了一条丝巾，又在手腕处喷了喷香水，并不情愿地拿起花了几百块钱的高仿名牌包，踏上高跟鞋，在闭关两天后出了门。

手机里有无数的未接来电和微信短信提示，可可懒得一一回复。

边走向地铁站，一边给范范拨过去电话想要道歉。然而，"嘟，嘟，嘟……"响了十几声，对方也没有接起电话。

每次都这样，不打电话就东问西问，给他打电话又不接。本来早起心情就不太好的可可，烦躁地在包里找着耳机。

地铁旁巨幅广告牌上，苗条美丽的模特晃得有些刺眼，可可用手机遮挡住部分视线，将音乐按下。而这时，耳机里传来的并不是她选好的音乐，而是一阵铃声，电话又回拨了进来。可可看了一眼，按掉了。想了想，又并不怎么情愿地拨过去了。

"大美女，你干嘛呢？"电话那头明亮又温暖的声音依旧如昔。

可可却在听到范范高兴的声音后感到厌烦。"滚。"没有被食物温暖和安慰的可可，暴脾气指数猛增，范范在这样的一个时机只能"躺着中弹"。

对方愣了愣，"你这态度有点冲啊，最近别总这么不开心。你不行早点和杨小树或Lily谈一下，早点调个节目做，发挥你专长……"

听着范范啰里啰嗦的话，可可顿感头昏脑涨，"我本来是想和你道歉的，但是上班时间来不及了，先这样。"

"你……"可可没有给范范任何质问的机会，就按了红色的键。

太烦了。最近一定又到了水逆期。

一想到新节目被毙掉，同事说三道四，范范总是做一些没谱的事，Lily八

卦嘴欠……所有的事情，仿佛就在这两天之内爆发了。

她好不容易挤上了早高峰的地铁后，小腹好像被束身衣勒得有点疼，她吸了吸气，以缓解压迫，却被无穷无尽的人挤得挪不动步子。

挣扎中不料却被人抓住了包包，她猛地回头，以为有小偷，却发现一个熟悉的并且讨厌的面孔出现了，“Hi，可可，能遇见你太好了！你身体好点了？”

“Lily，morning.”可可不自然地打了个招呼，两天前的“批斗会议”后，可可借口急性肠炎请了两天假，没想到一出门就遇到“死对头”。看着眼前的女子精致的妆容，和她一比，自己仿佛从非洲来的丑小鸭。

“告诉你一个好消息，新节目你不用出镜了，领导讨论后认为你应该专心做幕后编导。”Lily“顺藤摸瓜”，拽着王木可的包挤到她身边，“你可以专心留在策划组，准备升职了。”

可可听到这话，牵动嘴角勉强微笑，“是吗……不用我上了啊。”

“嗯，这样最好。对，幕后适合我，最近几天都没灵感，想不出好点子了。”

可可两天没吃东西的后果就是完全没有任何思考力，说着言不由衷的话，对于Lily的情报完全没有质疑，也懒得搭理，随后她的话可可一句也没听进去，注意力飘散游离，她将视线移向了其他人。

对面的一位女孩是简洁的旅行打扮，长发自棒球帽下垂直散开，它们乌黑而弯曲像极了清凉的海藻，一头黑直长在她简洁打扮上显得十分繁华。她在低着头想着心事，嘴角轻轻扬起的微笑又十分迷人。重要的是，她的包里藏着一罐大果粒的酸奶，还有红彤彤的苹果，咬起来一定会很脆！

“可可，你觉得呢？我是不是应该再去隆个胸？”Lily发现她口若悬河的几分钟，从工作谈到美容都没有得到回应，顺着可可的视线望过去，然后轻声说：“那女的长相不够标准，而且你看平胸，腿还不够直。”不禁还啧啧了几声。

她那么瘦，脸型也很有轮廓，挺漂亮的。王木可心里默念。

“这哪能够得上漂亮的标准，现在标准很严的，随随便便都叫女神，也不

是谁都担得起。”Lily没有耐心也仔细看看女孩的樱桃小嘴和用心涂上的橘红色唇彩便简单粗暴地将她划归到了“丑”。

可可装作看地铁传媒屏幕上的广告而躲避开再与Lily谈论这个无关的却被指责的姑娘，然而屏幕上不断滚动着：“减肥如抽丝，不如来完美，一针解决所有困扰。”还没看全这则整容广告，就听到远处传来有些嘈杂的音乐声，本以为是谁戴着耳机听歌太大声了，结果循声望去发现是一对乞讨的夫妇。

女的一直蹲在地上，然后一步一步地往前挪，而她手上拿了个大茶缸，沿途向车厢两侧的乘客伸过去讨钱。男的站在她后面，背着一个便携式的小音箱，手中拿着话筒，一边慢慢地跟着走，一边唱着周杰伦的《菊花台》。他唱得显然不算好听，加上他的口音，整个听上去就显得有些奇怪，但他似乎唱得很认真，或者也可以说很麻木，并且每当有人给钱的时候他都会停下唱歌，说几句感谢或者祝福的话。

王木可不知道应该怎样面对这些不知道真假、不知道是否值得同情的乞讨者，只是低下头摆弄手机，等待他们的离去。

Lily松开捏紧的鼻子和紧皱的眉头，“怎么又让这些人进来了。”

但可可望着他们离开的背影，听到自己咕咕乱叫却被勒紧的腹部，她黯然神伤。看起来体体面面又有什么用，一样“自讨苦吃”，硬生生地让自己挨饿。

每一站的停靠都有人匆匆上车也有很多人匆匆下车，是的，匆匆又匆匆，所有人的步子里都充满了匆匆，匆匆到让王木可很恍惚，忘了自己到底在哪里。

远处另外一节车厢里，一个男孩几乎以抱的姿势，搀扶着一个女孩向外走，似乎那个女孩的脚受了点伤。“男女的身高差距也太大了，现代社会，一米五八的男生配个一米七的女朋友像话吗，长相也不般配，打扮得也不够时髦，这上镜的画面搭配一定是个笑话！”Lily将双手交叉抱在胸前，并且还流露出鄙夷的目光。

“他们看起来很幸福……”可可虽然也瞪大了眼睛看了他们许久，但是Lily的话让她反感，“现在同性恋都几乎合法结婚了，异性恋难道还受到鄙夷吗？”

“同性恋的身材和品味都是一流的，个个都是像画报里走出来的。异性恋也不能什么歪瓜裂枣都能有女朋友吧。这像咱们俩能看上这种男人吗？”

可可差点脱口而出：“我也一定不会找比我矮的。”但立马醒悟自己不能与Lily站在同一战线，想了想换了一种说法：“我是有范范的，其他男人如浮云。”咽了咽口水，“不过万一那个小男人身家上亿，或者有独门绝技，Lily你说不好会就范。”

在男朋友这一点上，可可认为自己在“肤白貌美”的Lily面前足够保有底气了，所以铆足了精神“斗她一斗”。

但是她发现自己似乎也被洗脑为，男生一定要比女生高的恋爱才是“正确”的。

而这场“战斗”没持续一分钟，就挤上来一群“农民工”，穿着迷彩的花裤子，还挂着点点的油漆。

地铁发动后，她听到很重的方言口音，“他妈的，坐反了。我一定是喝多了，喝多了。”然后抓住旁边的工友，“你们也不看着点方向。不，还是我不好，我都来了这么多年了，你们过来跟着我干，是我的问题，他妈的，喝多了。”

“这种口音，录节目观众可不懂他说了些什么，又这么粗俗。可可，咱们还有两站，终于快解脱了。”Lily拉着王木可的手，默默地躲远了。

但可可很久都没有听到这么具有“野性”的声音了，又让她想起了家乡的爷爷，看着这群人的眼光并不是防备而是渐渐变得温柔。

“真是让人觉得窒息。”Lily又对旁边一个灰白色头发的大婶表示不满，大婶拿着自带的小板凳，在拥挤的人潮里，怡然自得地找到自己的一片“领地”坐下。而这侵占了Lily的空间。

可可假装也看不惯这些“邋遢大王”，从包里拿出了口罩戴上，悄悄哼着歌。

地铁就这样停停靠靠，人来人往。

等某个时刻抬起头时，那个长发女孩也不见了踪影，又有各式各样身材的人出现在她视野里，又有各种各样的方言钻进她的耳朵。

……所有车厢里，听到、看到的形形色色的人，让躲在口罩背后没有吃饭的可可有了一种治愈的感觉。

嘈杂，嘈杂的世界是美好的。

而到站的声音打破了王木可迷离的幻觉。她从地铁坐扶梯向上走的过程中，又被Lily强行拉着点评两侧巨幅的化妆品广告，“美丽，源于自然”。

可可认为，自己永远也无法从自然中生发出“美丽”。而处处的化妆品广告，也不是主张“自然”，而是处处散发着“算计”。那些从欧美模特中精挑细选的“自然”美女代言人，嘟着嘴巴，光滑的脸上没有一丝毛孔，吸引着南来北往女生的驻足，羡慕。

她想视而不见、闭口不谈，但那一片虚假的反光却是她也需要达到的美丽。

扶梯缓缓移动，像不堪重负蠕动的蜈蚣，到达出站口时，可可再一次感觉胃部不适。

地铁站门口两侧一些早餐店的味道窜进了可可的呼吸，触发了她的嗅觉。以往，她会高兴地朝着陌生人打着招呼，对着忙碌的“豆腐西施”喊：“老板娘，一碗豆腐脑，加韭花酱；二两莲藕肉蒸包，还有一个卤蛋还有一根香肠！”然后会拿起湿巾擦擦手，摆正碗筷，愉快地等待着。

但今天仅仅是第三天早上，一定要控制。可可特别心虚地拒绝早餐店的诱惑，深深地呼吸着阵阵带着大豆及肉包味道的空气，咽着口水，跟着Lily的脚步不敢有丝毫停留。

## 第四章　花落旁人

从任何一方面来说，王木可都是一个还说得过去的“九零后”女青年，甚至还比同龄人更好地适应了这个日新月异的互联网时代，说不上有大的成就，但是在这个众多人来了又纷纷逃离的城市，她已经是可以站稳脚跟了。

她出生于九十年代初，成长在重庆的沿江的城镇，一路成绩不赖，初中就常常混迹于学生社团组织活动，到了高中甚至就成为了校学生会团委书记，随着湖南台早期“快乐女声”的风靡，张靓颖等歌手出现在屏幕里，她就一直热衷于追星。但后来发现，重要的是她从这些娱乐节目中汲取了无尽的灵感，排小品、编晚会样样精通。所以，在大学期间，来到北方城市，她更是延续了自己的风格特色。

但是，在大学毕业后报考中传的编导专业而不得后，她毅然决然来到京城闯荡。

两年以来，可可在电视行业这种几乎全是爷们的环境里，在这家传媒公司夜以继日、随叫随到、任凭甲方和老板折磨并不断拿出一套又一套修改方案，靠着从前期选题到中期拍摄到后期剪辑的“全套服务”，逐渐把自己培养成为了“十项全能”，没想到得到重视的标志，就意味着加更多的班。

但是，她相信池中鱼也总有鲤鱼跃龙门的那一刻。她听了无数遍周杰伦的《蜗牛》：“我要一步一步往上爬，只待阳光静静看着它的脸，小小的天有大大的梦想，重重的壳裹着轻轻的仰望，我要一步一步往上爬，在最高点乘着叶片往前飞，小小的天流过的泪和汗，总有一天我有属于我的天……”期待自己遨游天际的那一天。

“可可，节目研讨会延期了，你跟我来。”前顶头上司、直属领导、节目总监杨小树不由分说地点名还没坐稳的她。

杨小树本名就是杨小树，这样名字的他，丝毫没有什么阳刚之气，打扮中性，从未呵斥过下属，并且从可可进公司后就对她关照有加，她心里默默将小树划归到了“男gay蜜”，私下称其为“小树姐”他也欣然接受。

“好，马上。”可可从凌乱的桌子一角，找出湿巾赶忙擦擦手，并又从抽屉里拿出一小瓶漱口水咕咚两下，快步跟了上去。

推门一看，可可心里“哇”的一声，深深吸了一口气，鼻孔不自觉变大。原来，杨小树要她跟着来的是核心领导层高级会议。“早知道大boss在，应该再补喷一下香水。”她心里暗暗窃喜，看着气氛，似乎终于不是批斗的阴沉而是带着一点当初升职的喜悦。这种心情终于洗刷了自己前几天的阴郁以及早上被Lily嘲讽的态势。

田老板穿着格纹的米色西装，一眼就能看出来是高级定制品，并未搭配领带的衬衣随意打开了第一颗扣子。可可对于男士穿正装简直有种迷之偏爱，更何况老板的脸上始终保持着亲切的微笑，无时无刻不散发着绅士的风度。

可可进公司后，始终对田老板保持着敬畏，虽然他的表情亲切，但是她始终察觉到一种特殊的威严。并且他总是坐镇在职员室后方的办公室中，偶尔出现在员工面前，多少还增添了些神秘感。

一想到从老板嘴里即将喊出自己的名字，可可心里不禁小鹿乱撞。

“大家也清楚，我们‘时代传媒’于2010年成立至今，团队打造了多档口碑与收视双赢的电视栏目。虽然现在电视行业竞争激烈但我们靠外包各卫视的电视娱乐节目口碑依旧不错。这当然离不开各位的辛劳，但现在互联网电视势头大盛，如果单单依靠传统节目，我们势必将进入瓶颈期，并且前段时间策划部进行的转型尝试也并不理想。”田老板说到这里顿了顿，而王木可虽然没抬头直视他的目光，却明显脸上灼热。

可可的确受益于公司年轻，老板也不过是“八零后”人士。他带着一群新鲜年轻的血液组建的核心节目制作团队及新节目研发团队，购买国外数千模式进行节目营销推广。她一个没有背景的小丫头片子，站在公司发展的风口，靠着拼劲闯劲迎风而上的可可在两年间迅速“蹿红”。

“但是公司已计划于2016年6月6日挂牌新三板，已经不可以只满足于节目的制作和研发，也需要开辟新的领域，女性的消费能力与公司的广告代言收入直接挂钩，以‘电视时尚节目’为核心，集中内容于女性的服饰与搭配、美容与保健、减肥与塑形，现在我宣布将公司得力骨干调入‘影视时尚组’。”

在一阵掌声中，可可暗自咯噔，这不是明摆了又要看我出丑，心里盘算着应该如何说服领导们再给她一段时间，她一定争取减肥，达到最佳上镜效果。

“影视时尚组的负责人暂时定为Lily，可可文案组的工作暂停，作为该组的辅助。Lily在昨天的选题会上已经见过了，就不多做介绍了，王木可，来，大家认识一下。”可可心里咯噔一下，慌忙站起来，椅子发出了哐当撞到的声音，会议桌上的茶水杯里经历小小的荡漾。“各位好，我是王木可，Coco……嗯，能调到影视时尚组我十分高兴，虽然很多事情还不熟悉，请多提醒多指点，谢谢！”

听到这个消息，可可恨不得找个地缝钻进去，原来自己总是在自作多情，本以为“闭关”两天后会有一个良好的结局，能峰回路转，难道就因为收视率的下滑而将刚升职的自己又打入了无边黑暗。

杨小树看到可可脸色不太好，拍了拍她肩膀，悄悄对她说：“会议结束了到我办公室再和你聊聊。”

可可忍气吞声，回想着早上地铁中巧遇Lily的过程，她居然半遮半掩，丝毫没有透露分组调动的事情，身体不自觉颤抖起来。

但是不掌握游戏规则和话语权的她，只能将温顺进行到底。毕竟Lily是本地人，长得漂亮和老板还隔着几层亲戚关系，而她只是一个从外地来打工的人。

而Lily的脸色显然也并不自然，她似乎会议之前也只是掌握了可可被“降职”的消息，而没有得知原来还是和她一个部门。

会议期间，各怀鬼胎，虽微笑沉默却暗潮汹涌。

之后，各部门领导分别汇报了进程和部门安排，可可只在一旁“小鸡啄米”不停点头，以确保稳定自己情绪。

“好，我们公司的文化很开明，提倡直接沟通，如果在各部门行动的过程里，有不同意见，尽管提出来大家讨论，我们的目标就是能够尽量稳扎稳打做好上市的准备，不必约束。今天如果没有其他事宜，就散会吧。”

在一片歌舞升平和笑脸相迎中，她明显觉察到自己好不容易建立的优势，在重组过程中受到极大的冲击，那片刚打好的地基，还未盖好一层楼，就遭遇了地震。

平常她虽然也加着最多的班，虽然也埋怨过许多次“生活的不公”，但她从未像今天这样陷入“低谷”。

Lily散会后，抱着一堆材料丢给了可可，大红唇翘到了耳根，依旧娇滴滴

地说："可可，咱们部门是唯一一个田总特批的以女性为主的新部门，咱可得争点气，策划这种事情还是归你，我呢，负责公关。这样分工好吧，辛苦你今晚回去做出一份新部门的工作计划，明天咱们再讨论讨论。你觉得呢？"

可可忍住不呼Lily巴掌的冲动："哦，组长大人，会议上刚传达出这个消息，我马上接受有点突然。杨哥节目组那边我还有一档录制没有收尾，今天也得加班做完，事情总需要一件一件完成吧。新部门的计划您费心先做着，我再参与讨论这样可以吧？"

她忍着胃部的不适，控制自己不要吐到Lily身上，摆出"专业级"的态度，露出空姐般标准的8颗牙齿的笑容，表示对Lily提议的拒绝。

"嗯……这样……那就拖两天，下周出方案，我去和田总商量宽限几天时间。"Lily尴尬的笑容僵在脸上，"你先忙。"

可可没有再提出异议，她明知道Lily是不会自己写方案的，只是稍微呛个声，出口气。

她耷拉着头，很不高兴Lily在背后鬼鬼祟祟，但是她不敢明目张胆地提出异议，田总说如有不满尽量商量，但是在通知公司各部门负责人后，还有什么好商量的。

王木可和Lily本就是一个办公室的，同属于杨小树的节目组，只不过可可的工作一般集中在幕后，而Lily通常是按照台本客串一下主持人或者节目小片的参演者。

可可总是认为Lily坐享其成，她花了4个晚上做出来的方案，Lily演一演拿的钱和她一样多。每当王木可向杨小树提意见的时候，小树总是安慰她，付出的努力不会白费，为她争取其他机会。

而现在这个机会又"不翼而飞"。

## 第五章　冷暖自知

可可的桌子很小，上面只有一台旧电脑，上面散落着各种节目方案。旁边还有一本日历式的行程本，上面只有日期和满满的行程。可可用笔一项一项划去安排，“要重新买一本日历了……”

“可可，你过来一下。”杨小树再次将她拉回现实。

她随后将日历本一丢，三步并做两步，“杨小树，你太过分了，亏得我给你做了那么多方案，听你谈过那么多伤心事。”

小树在她不由分说吆喝时，赶忙扭着胯部去关上办公室的门。“亲爱的，”然后抿了一口红茶，“是我听你说了很多伤心事吧，不是你听我。况且我也是才知道没多久，不是我不告诉你，你闭关那两天完全没接电话啊。”他说着还伴随着几个飘忽不定的“白眼”，显得自己“目光流转，婀娜多姿”。

看着杨小树那个“贱样”和装饰着各种夸张风格水粉画的办公室，可可微微有一种畅所欲言的放松感，有种不被监视的感觉。他房间似乎有某种精油的气味，总是让可可昏昏欲睡但又觉得心里很妥帖。

小树递给了可可一块糖吃，她接了过来，转开了包装纸，想要打开，但是又反方向转回去。

“今天来我这倒是没有喊着要吃的。”小树虽然是领导，但是“革命路程同奋斗”的他们两人经常会“咯吱咯吱”地嚼着牛肉干、曲奇，一会儿喝着拿铁，讨论着节目方案的修改。可可每次到小树办公室都会翻找出好吃的。

然而，可可气愤的一点是，小树一个大男人，或者说小男人，无论怎么嚼零食还是瘦的，178的大个子，惨白得就像没被晒过阳光的肤色，戴着斯文的小眼镜，有时还会系上一条“风骚的”小丝巾，喷上点香水，完全一副比可可时髦的样子。

可可之前调侃他肯定是gay，但是杨小树义正辞严说自己喜欢女生，只是没有遇见倾心的；而可可说如果他要娶妻，一定是“同妻”，不要为害人间，单着是对这个世界最好的决定。小树哈哈大笑，依旧我行我素。

今天看着自己可以肆无忌惮开玩笑的“好闺蜜”完全不站在自己一边，可可不想碰他给的糖。

“气饱了！还吃什么吃。都是你那个新节目害的，我说不上不上，你偏偏要把我推向台前！现在我丢人丢到家了，到手的升职也落空了。反而要去给Lily提鞋，这算怎么回事？你出个主意，哪怕是去勾引田总吧，可他今天都没正眼看我。”可可在他面前一股脑释放出委屈，然后用水汪汪的大眼睛直勾勾地盯着小树，她也在试探小树的态度，看他是否提前知道这次调动事宜，但是他却选择了沉默。

小树收回开玩笑的态度，咳了咳清清嗓子：“我的确是因为欣赏你的才华才在半年前就提议让策划组从节目组独立出去，由你担任负责人，这是肯定啊。你在我手下快三年了，我当然认可你。再说你本来就希望能从幕后转台前，进行突破不是吗？如果不是你情我愿，我也不会强迫你的。”

小树说这些也是实情，可可本就是个“拼命三郎”，为了节目她经常也会耽搁和范范的约会或者看电影。

她用手捋了捋额头前面的刘海，点了点头，示意小树继续。

“但是有什么办法，公司只看结果不在乎过程，我们就是靠收视率活着的，虽然你抖了那么多包袱，有些喜剧效果，不过，你知道观众……耐心没有那么多……嗯，你可能是……时机问题。”杨小树试图解释前因后果，但似乎越描越黑，东拉西扯了些借口。

“我不够有吸引力吗？！观众的口味真是单一啊……Lily那期收视率真的上升了吗？”可可心中激荡起波涛汹涌的怒气，心想绝对不要听到任何Lily的好消息。

“嗯，就上升了一点点，一点点而已。”小树伸出右手，用食指和大拇指捏合，留了一丁点空隙，以示差距之微。“这不是你的错啦，九十斤都不好上镜，广角端都会有桶形畸变，拍人的话人脸会比实际的显得胖。”

可可虽然佩服并钦叹一个从里到外、从头到脚打扮入时的杨小树的品位，但是也不希望听到他这种评价。“节目本身并没有什么问题，那可是我参考了几十个国家电视节目的形式，和你探讨了十几稿才定的创新栏目。第一期收视率不高，肯定不是我一个人的问题。”办公室里的阴影似乎越来越浓厚，可可走到窗前，试图让自己视野开阔一些，不要激动。

“对，肯定不是你一个人的问题，但是你不能否认一身雪白的肌肤、细条的身材、精致的脸蛋和俏丽的眉毛会让人眼前一亮。你看看Lily她撒个娇，讲几句苏州腔，心里听着也是舒服的。”

“我就是不会搔首弄姿，本来就是个爽快的、大大咧咧的那怎么办？有点‘爷们气’就不行了？节目过后，大家已经羞辱过我一次了，现在还是不放过我……”可可心里想，其实还不如一辈子做电视民工，苦点累点都是我愿意，根本不会受到这么多的指指点点。

小树对她的一番言辞不置可否，“现在就是这样的审美，姑奶奶。你回去看对手公司的节目，也是一样的选择标准。标准就是大众审美，你自己一个人，就是蚍蜉撼大树。今天会议上宣布的这样其实很好，调去影视时尚组，其实和策划组也差不多，都是新部门，发展空间大。”

她可不听什么新部门发展空间大的鬼话，指不定田老板也是用这种话来安慰Lily的。

“我不服气，我也会变好再回来的。哼，和Lily工作，我难保不会吐血身亡。杨小树，你要护我周全，万一出事了，你一定要替我收尸，善待我父母！”

可可做了一个悲壮的表情，用头一个劲地撞向杨小树的胳膊。

“有点诚意，起码撞墙去。你这委任太多大任给我，我难以胜任，再说了，你去和男朋友交代这些事。”杨小树淡定地伸出手将她从自己身旁推开，摆出“嫌弃”的撇嘴。

“我最近和范范吵架呢，他天天让我吃饭，烦。”可可摆弄自己的裙摆，做了一个娇羞的表情。

杨小树不紧不慢地从桌子底下掏出了一个四四方方的礼品盒，“你再不满，先去把咱俩节目收尾部分做出来。今后我也没法罩着你了，这是我朋友从美国邮寄过来的点心，先犒劳你，别饿着肚子，没有灵感。”

可可犹豫地看着礼品盒，最终还是接了过来，“你这是收买，我才不上当呢。现在给我美言几句比外太空的点心更有效！”

“哈哈，那先欠你一个人情，有机会再还。”

小树对于这次可可幕后转台前出现的“乌龙事件”，并没有表现出太大的态度反差，对于可可的鼓励肯定多于同事的嘲讽。

幕后工作时期，杨小树为了防止她“灵感枯竭”，总是会在加班时给她带很多好吃的，薯片、核桃、糖果、大枣、花生，尽可能有一个轻松愉快的工作环境。作为一个“吃货”，她从来都是调节气氛、带动工作积极性的一把好手。

加班时，从来也没有亏待过任何一个同事，外卖随叫随到；工作结束后，约火锅、小龙虾、炸酱面，来者不拒。虽然工作时特苦逼，但是一遇到吃的，王木可总会幸福得像花儿一样。

但是，她只能“忍气吞声”，拿着辛辛苦苦血汗赚来的工资，却要把升职机会拱手让给一个“花瓶”，哪有什么资格可以理直气壮地说：“我胖我愿意”。

她回到自己的座位上，机械地联系了明天的演播室，确保“最后一次”执掌节目录制现场的“舞台”可以完好运转后，对着电脑，回想着杨小树的话，把范冰冰、杨幂、徐若瑄的照片搜索出来，打开，关掉，打开，关掉，直到笔记本提示电量不足，自动关机。

她眼前一黑的时候，发现前台的妹子又一次把盒饭热过了头，闻着熟悉的从拐角茶水间传出的塑料味儿，可可的肚子又叫了。

头也开始疼了。

回家的路上，可可总是不能控制地怀疑：在路人眼里，我是不是漏洞百出，浑身上下没有不惹人厌恶的地方。

她艰难地回到只属于自己的小窝，站到镜子前，“为什么要否认我之前的努力，为什么看不到我加班时的辛苦。为什么只是一期节目就指责我懒惰、没有自制力？收视率高的时候为什么没有人表扬我？难道一步错步步错吗？上班时偷懒的那些人呢？长得帅一点，说话撒撒娇就值得被原谅吗？”

## 第六章　噩梦无涯

半夜三点，可可噩梦不断，再次醒来。“越来越早了。再这样下去我不会陷入焦虑和失眠吧。”她不想起床，没有行动力，只是那么躺着，脑海里不是万马过境翻江倒海，而是一片空白，只浮现出一个字“饿”。

冰箱是空的，除了矿泉水。所有的东西都扔了出去。

盼望了三天，终于可以吃点蔬果了。

但可可想念那些带着“人间烟火”的食物。

之前范范总是说她，面对食物时洋溢出的幸福感可以让周围的人都开心快乐。他们的约会史就是一部美食记。可可记不住他们走过十几次的林荫小路、美景花开，但会记住只去过一次的餐厅。

中山路上的土耳其餐厅，昆明路大世界的早茶和聚湘阁里的干锅肥肠，三里屯的中8楼，海南路拐角处的榴莲班戟，菜园南路的烧饼摊儿，解放西路的风波庄，书坊春园的过桥米线，翠湖南路的石屏会馆，中山路的鸭肉，南京路的粥，永安街的鼓浪屿海岸餐厅……

可可对所有的餐厅如数家珍、记忆深刻，很多年的时间里对城市的印象最后停留在每一丝舌尖的味觉上，和范范的感情也建立在一次次的“开怀大吃”中，甚至节目的灵感，也从这些味道里迸发出来。

倍感压力的环境下，对于食物的渴望有着难以抵挡的折磨。

挣扎到六点，起来刷牙时，可可闭着眼睛，因为实在不想看镜子里那个一脸倒霉相的自己。心神不定地出了门，挤在地铁里时，一路闻着对面IT男手里那浓郁的培根加蛋手抓饼的味道，好想伸出手去，一把夺过来。

但是，她必须保持足够的“优雅”。脑海中，可可努力塑造出更美的自己，扮作魔鬼身材，天使面孔，就像画报里的那些女明星一般，在耳边怒斥她想要吃饭的冲动。

其实，每天地铁到达13号线龙王观，都会冒出一些“新新人类”。从黑漆漆的隧道前方扑面而来，不出两分钟，就能看见一群长期饱受电脑辐射满脸疙瘩痘，视网膜突出的“程序员”们，他们背着黑色双肩包，不是买电脑送的，就是展会上免费拿的瑞士红十字，这些人冬天冲锋衣，夏天是各种geek背心，玻璃瓶底子样式的大眼镜子，左手里一个煎饼馃子或手抓饼，右手一个安卓大屏机，胡茬子上挂着两根土豆丝，牙齿上是香菜叶，脸上是油，手机上也是油。

可可想，其实做一个程序员也不错。

他们可谓是社会上最为节俭的一个群体了，几乎没有什么娱乐项目，不吃零食，不吃水果，不去KTV唱歌，不去大饭店吃饭，一年也买不了几件衣服，很少旅游运动。买一件数码产品，从硬件到软件，不把它折腾个稀碎不会换新的。虽然生活过得很寒碜，但是在北京随便抓个“程序猿”，存款都在几十万以上。

更重要的是不用受外人的指指点点。

程序员大多独来独往，即使两个程序员相遇，就会产生技术流的碰撞，把自己想象成改变世界的人，对话之中无非是“云计算、移动互联网、图标扁平化和拟物化孰优孰劣、大数据处理”一些让人似懂非懂的词汇，他们以为自己在谈论科学，其实在可可看来就像两个泥瓦匠在商量怎么糊墙一样。

但可可羡慕“糊墙”这样简单的生活，而非两个女人叽叽喳喳讨论今天穿的新款衣服，喷的明星款香水。

当她从手抓饼煎蛋的味道中回过神来，才发现第四天本可以吃一些蔬果的她还滴水未进。她不想去超市，以防止自己见到琳琅满目的商品不能自持。她想到了茱莉亚·罗伯茨当年在电影里说过的一句话：“从影18年来，我没有吃过一顿饱饭。”

为了激励自己，可可打开手机的浏览器，输入“茱莉亚·罗伯茨”，点击搜索。波浪的棕金色卷发，深陷的眼窝，轮廓分明的侧颜，可可无不敬佩这一驰骋好莱坞的“大嘴美女”。

然而，在条条赞美的新闻中，夹杂了一条“茱莉亚·罗伯茨逼死了妹妹，迫使其自杀”。

可可好奇地点了进去。

“2月9日，就在茱莉亚·罗伯茨获得奥斯卡最佳女配角提名之后不久，她同父异母的妹妹南茜·莫特斯，被发现在浴缸中服药自杀，留下五页遗书，其中一半以上内容是指责茱莉亚・罗伯茨的。她说，罗伯茨长年累月地对她施以毒舌，尤其是她的肥胖，更是罗伯茨羞辱她的依据。”

“什么？不会是假新闻吧？”可可继续翻检茱莉亚・罗伯茨的百科。发现她对这个被光环包围的人一无所知。

茱莉亚・罗伯茨的家庭里，几乎都是演员，而这个超过100kg的妹妹所感受到的压力不只来自姐姐。父母、哥哥等无一不是星光熠熠。

可可甚至可以想象，在家庭聚会时，那个胖女孩南茜如何“无地自容”。显然，在这个以貌取人的世界上，坚持做一个胖人，是非常艰难的。心中的某个地方，憋闷地堵到嗓子眼顶端，有点无法呼吸。她仿佛预见到Lily就是那个茱莉亚，而自己作为南茜的悲惨结局。

“不，不，我不能自杀，不能做南茜，我得让自己获得站到台前的机会！”可可深知自己不应该陷入比较之中，尤其不能和身边人的比较，但是那种失落感与挫败感，已经动摇了可可的自信，她别无选择。这种“爱恨嗔痴”，就是不肯走远，让可可无法专心工作。

她想到爸爸在她上班之前苦口婆心说的那句话——做事容易，做人难。

“大概工作是唯一好的疗伤方法吧。”可可关掉了手机的页面，没有心情再看这些美女明星或者八卦她们绯闻的娱乐推送。

快出地铁前，给范范发了条短信：“我想你了，今天我最后一次录棚，下班来接我吧。”

“好。”紧接着还有一条，“今后不要总是关机。你妈妈昨天给我打电话，我帮你圆过去了。”

可可看着黑掉的屏幕，觉得自己有点太无耻了。在自己逃避生活，号称减肥的时候，也对爸妈和男朋友们采取了不闻不问的“冷暴力”。

当她进入演播室，看着布置在各处的二十几台摄像机、高低移动的摇臂、忙忙碌碌的场记和记录员，才找到了自己作为一个螺丝钉应有的位置。

杨小树早就在和摄像师沟通拍摄角度和环节，而Lily也在不远处保持天真无邪的样子和“S”形曲线站立。

“你来啦。”杨小树放下耳麦，朝可可的方向走来。

“她怎么也在？”可可的肚子见到Lily，却有点发胀，一阵阵，忽远忽近，时重时轻地抽搐了起来。

“领导要求，让她多学习各部门经验。你做好自己不用理她。”

可可克制自己，比任何时候都小心翼翼与循规蹈矩。最后一次，一定会画上个圆满的句号。

“好，耳麦交给我吧。”可可觉得自己好像一只尾巴断掉的壁虎，虽残而不致死，于是，大家都认为她会很愉快地重新长出一条尾巴。

但她还是安慰自己，不至于这么小家子气，干净利落、雷厉风行才是真我本色。

随着节目的推进，通过耳麦及画面效果，可可盯住现场的每一处状况，渐入状态。“灯光，灯光，注意！台本这里变动了，快点切换，暗场。”

“cut！重新录一遍。刚才有五秒钟的延迟。各部门注意。One，two……”

“可可，这别重录了。你看看现场，小品演员们都到位了，当务之急是内容，节目内容。灯光后期剪辑调整就可以了。”站在她身旁的同事大川认为可可这种苛刻的要求没有必要，出于“善意”的提醒后小声嘀咕：“别忘了，咱们制作费用也不充足，差不多行了，别那么麻烦。”

“全部交给后期处理解决不了问题，不重新录制无法剪辑，况且演员的进入点也存在问题，衔接不到位。”对于打乱自己节奏并提出无理建议的人，她还是忍耐着继续解释。

“演员部分加字幕遮挡都可以解决。一般观众看不出灯光有问题，喜剧节目图个乐呵就行了，又不是什么电视春晚。吹毛求疵没有必要。”摄影师大川依旧是无所谓的态度。但是他察觉到面前这个小个子可可显然没有妥协的意思，又怕麻烦，“你是编导，你说怎样就怎样啦。”扛着自己的摄像机悻悻地站回了自己的位置。

她之前录制节目时，没有其他人会提出反对意见，并且完全相信她的专业判断，而短短几天时间，却是“风水轮流转”，任何一个人都对她提出不满和质疑。

虽然她也有一肚子话要脱口而出，但仍然咽了口唾液，平复心情后，依旧用不容置疑的态度面带微笑说：“各部门注意细节，我相信大家专业态度！来，3，2，1，action！”

其实两年前，她已经无数次遇到这种情况了，想要做到更好的追求，总是被误以为是“龟毛”，事实证明她的选择和坚持的确对节目有利。

她相信即使观众看不出来问题，但是自己知道这里不完美。自己明明可以拿出十二分的作品，就不允许出现瑕疵。

当最后一个节目录制完毕之后，可可有点站不稳。扶住观众席的栏杆慢慢蹲下去，拿出口袋里的手机按亮屏幕：“又超时了。”

“大家辛苦啦，节目完成度很高！”可可走过去和现场工作人员尽可能一一握手表示感谢。但是有人以收拾设备很忙为借口，并没有握住她主动伸过来的手。并且她依稀又听到了大川等人的议论：“自以为很专业，有什么了不起啊，还不是拖进度让所有人一起加班。”

“忍忍吧，下次就换人了。”旁边另一位摄像不客气地回应。

可可的脑袋不断地“突突突”地一窜一窜，刺痛加轰鸣袭来，大川们的声音忽远忽近，格外刺耳。她的视线开始变得模糊起来，四周一下子像是失真的默片，她觉得自己站在云端，腿一发软，倒了下去。

在她意识模糊的时候，感觉到杨小树出现在眼前，拼命地摇晃着：“可可，你脸色很不好。你怎么啦？”

可可努力地发出声音：“什么？”

“我问你，你是不是中午没吃东西？你上一次吃东西是什么时候？”

她缓慢地理解了问题，然后缓慢地开始搜索问题的答案，是啊，好久没有吃饭了……迷迷糊糊中，可可说：“我想回到长江边上的小城里，敲开家门，什么都不说，只是抱着妈妈，跟她说我累了。”

## 第七章　黄金标准

满怀着希望来到大城市寻求更大发展空间的王木可发现自己陷入了一个悖论。

拥有2000万人口的城市，并不属于自己，那可怜的一点点的归属感，只建立在每个月需要交出去几乎工资一半的巨额房租里。并且自己的活动范围并没有拓展开来，甚至更窄。因为加班，因为疲惫，只过着两点一线的生活，除了家和公司之外，一无所有。

几天见不到可以说贴心话的朋友，几天都忘记给爸妈打电话，因为一晃就半夜，而那时家人肯定也都进入了梦乡。

今天她也一如往常，对打来电话的妈妈说："我录棚，忙着呢，没时间听您唠叨。过会儿再打不行吗？有事发信息。"

刚刚她怀着十分悲伤的心情拨出了给"咪啊咪"的电话，手机传来八声"嘟嘟嘟"后，终于有了一声："喂，宝贝啊。"

这种温暖又高兴的声音传过来后，可可忍不住鼻头一酸，刚想把工作调动的事情详细和妈妈说说，又听到了："下班了是吧，吃饭了吗？吃了什么？"

这句话使得可可调动起来的悲伤的情绪立马转成了愤怒："天天都问吃饭了吗，吃饭了吗，吃饭就那么重要吗？你怎么就不关心我一点实际性的问题，就知道问吃饭！我已经吃成了一个大胖子，所有人都看我的笑话！"

妈妈还不明就里时，王木可就狠心挂断了电话。通话六秒钟。

通常都是王妈妈对可可连环call，而可可永远也打不通妈妈的电话，而今天好不容易接通之后，她还是无法说出自己的真情实感。

倒下去的可可其实想说："妈，我想吃家里的火锅。"

昏迷中的王木可觉得自己分成了两个，一个像气球飘向空中，飘飘荡荡；一个像石子落入深海，愈来愈沉。而飘在空中的那个她，清晰地看着坠落的那个她，逐渐恐惧，"我在干什么？"

突然睁开眼睛的自己，白色的天花板，有点凌乱的带点褶皱的被单，还

有飘来的葱花放进油锅里发出的“滋滋”的声音及混合着姜片和花椒的辛辣香气，她反应过来，发现自己在范范的床上。

范范从厨房出来叫可可吃饭时，惊觉她没有躺在床上了。“人呢？”紧接着就听到卫生间里传来呕吐的声音。

“你这是怎么啦？最近几天都不对劲。”范范看到用手扣着自己喉咙的可可，一边拍打着她的后背一边问。

“我怎么会在你这儿？”可可的右胳膊往上顶了顶，她不想让范范继续拍打她的背。

“你之前不是说好下班接你嘛，我过去时恰好看到你们混乱的现场。于是和你们小领导两个人合力把你抬上车，我就先把你带过来了。看你太虚弱就给你灌了一盒牛奶，这不给你做着饭呢……”范范说着指了指已经摆好了三盘菜的外面餐桌。

然后把手在围裙上擦了一下。

可可对于范范这种看似体贴的行为，充满了厌恶。

“范范，我们分手吧。”她轻轻地小声地但是却又十分坚定地说了出来。

“为什么？”

“和你在一起，我肯定管不住自己的嘴，即使我管住了自己，也管不住你。你看，做了这么多东西，到处还都是油腥。”只看着范范刚在围裙上蹭了一下的手，可可几天没有碰触过任何食物的毛孔就充满了不舒服。

“可是，你昏倒了啊。”范范对于可可陷入偏执不能自拔而感到不可理喻。

“这不是醒了吗？我只是太累了。”可可站起来，漱了漱口，然后又洗了把脸，和范范一起走到了起居室。

“现在对你而言，吃饭意味着用刑吗？你想红的心就那么强烈吗？你知道我在乎的是你的健康，而不是什么腰和腿。”范范听她那么说有点生气了，何况他一个大男人，去楼下买菜，围着围裙，给她做了平常最喜欢吃的菜。

“我们最近不要见面了，彼此冷静冷静……”可可其实知道，范范是真心对她好，她这么强势而霸道的人，只有范范一味地迁就与容忍。

但是，她最近不适合吃东西，今天是第四天，后面的路还很长，必须抵制住诱惑。

范范在工作中是位不错的摄影师，而生活上是名资深吃货。

他们在一次合作中认识，他拍摄的角度和镜头推拉摇移的稳定性及镜头语言都明显切合王木可文案的要求。身为自由职业摄影师，他自己接的拍摄足够让他衣食无忧。而当时他刚和前女友分手三个月，恰逢被可可活泼好动的个性和对节目一丝不苟的责任感所吸引了。

他自认为每次交出来的拍摄作品“天衣无缝”，但可可总是能在关键处指出另类的想法。他喜欢这种机灵鬼马的合作。

他本身就是巨蟹座男人，顾家又体贴，对可可总是宽容且纵容，认为“艺术家”可以保留自己的个性，他迁就一下没关系。

其实，他还是有些不安全感，想用自己对可可的好，留住她。

“可可，你别太过了，这不是随便叫的外卖或者便利店买的食品而是我给你亲手做的饭！你不拿自己身体当回事，也不拿我当回事！”

“别说了，我回公司一趟。”说着，她拎起自己的小皮包快步离开。

离开范范家的可可，看到这个世界好不公平。

明明那么多人吃得比自己要多，却那么瘦。自己，明明吃的一直不是特别多，很多时候甚至不如常人，却仍旧是个可恶的胖子。

科学的存在本是为了寻求智慧，但是在可可的世界里，科学让生活变得难以为继。尤其自己耳边天天有个Lily，普及各种关于身体的数据。而数学不好的她面对Lily口若悬河像推销员一般的口才，对这些如影随形的数字不知所措。

Lily总是拿尺子比划着自己的脸，量着眼睛鼻子之间的距离，对着可可念叨：“你没学过黄金比例吗？把一条线段分割为两部分，较短部分与较长部分长度之比等于较长部分与整体长度之比，其比值是一个无理数，取其前三位数字的近似值是0.618。按此比例设计的造型最美，你看美女都是符合黄金比

例的。”

或者站在办公室里的电子体重计上，摸着自己的小腹，尖叫自己又瘦了二两，连带着挖苦：“可可，你肯定BMI指数超标。你用体重公斤数除以身高米数平方得出的数字是多少啊？是不是得超过20%啦？这是人家国际上常用的衡量人体胖瘦程度以及是否健康的标准。你一定是不合格的。你信不信我说的？敢不敢过来称一称？”

或者买了一条连体裤，在办公室里就换上新衣服然后比划着自己的身体：“九头身美女，就是女性的脸和身高的比例为1：9，就是说身高是脸高的九倍。你看看，我这种身材的才能穿连体裤，你看看我的比例。简直完美。世界服饰画报上要求的女性除了脸特别小的，通常身高最少要有172cm。还有呢，世界名模大多是这样的比例，日韩漫画里的王子公主也是这样，九头身会显得人身材颀长，鹤立鸡群。”

Lily说完还会再从桌子底下捞出一双高跟鞋，站在可可面前“趾高气扬”。

一开始，可可并没有放在心上，而自从新节目受挫以来，可可总认为自己只是个“矮穷矬”。

站在回旋两三层的高架桥上，看着川流不息的车辆，她早就不知道东西南北今夕何夕。而城市上方的雾霾，也让她忘记了还有北极星。

她就像被夹在高架桥上的如蚂蚁一般的小汽车，只能随着车流慢慢移动，前面没有去路，后面没有退路。堵在路中间，一直堵着，一直焦虑着能否出去，但她无法突围。

她打开手机，想要看看时间，却发现一连串的未读消息：

11点55分，“上次给你邮寄过去的大枣吃完了没有？”

13点18分，“今天工作顺利吗？”

15点50分，“最近和男朋友相处得怎么样？你大姑还说要给你介绍个条件更好的。”

18点，“你吃饭了吗？”

18点12分，“注意身体，按时吃饭！”

19点，“晚饭吃了吗？还在工作吗？”

21点48分，“早点休息。妈妈先睡了。”

她看着一明一灭的手机，想起从不厌倦给她花样做饭的妈妈。但自从来到城市，她再也没有按时吃饭、按时休息。没有朝九晚五的按时工作，更不会有一日三餐定时定量的饭菜。

那不是一个城市人的“标准”。

更不是她这种工作的人可以享受的。编导工作时间毫无规律可言，自然的休息时间也是如此。做了编导，本可以有周末，可以迟到早退。但前提是要能够交方案，还需要有为了赶进度自愿放弃周末和睡眠的觉悟，虽然可以睡到十点去上班，但是就看晚上是不是要半夜甚至凌晨再下班。制作阶段，一周可以有168个小时的工作时间。她倒下之前，基本就是靠“不睡觉”的意志而活着的。现实不仅要求她“不睡觉”，而且要求她“不吃饭”。

她必须标准如模特，勤劳如机器人。她必须牺牲休息的时间，赢得提升自己实力的时间，一步一步向上爬。

在妈妈的眼里王木可绝对是“天底下最美的人”，她上学时候，身边总不乏追求她的男生，虽然“能吃”，但是她的身材属于“匀称”而非“丰满”，更别说是“胖”了。

可是现在她也不得不承认自己是个“无耻的胖子”。她时常想起郑秀文在《瘦身男女》里看着镜子里自己的那个眼神，那个眼神以前无数次灼伤卑微的自傲，可是“人不爱美天诛地灭”不是吗。

王木可把手机塞到了包里，闭上眼睛，站在路边。听到耳边呼啸而过的小轿车与风摩擦的声音，远处施工队摆弄建筑材料的隆隆声，一切都在流动，而可可陷入了黑暗。

当那些声音渐渐模糊的时候，又有一些声音不断浮现。

会议室里，对首次从“幕后”转“台前”的王木可进行了“大批斗”。

她活了二十多年，都是以自己的方式快快乐乐地生活着，没想到有一天会过上被人指指点点的生活，还没出名就这么受排挤，还没过上好日子就要被评头品足。

公司的收视率在可可出镜的这期严重下滑。

即使没有人对她指指点点她也过意不去。更何况，她也本来就是想做出一番事业。

这次，只不过因为输给了竞争对手，所有人对她却苛责有加，完全一副看热闹的心态。

已经五天没有吃东西了。她血糖有点低，站在高处不禁打个冷战。她想念范范温暖的臂膀，却又讨厌他几年不换风格的T恤衫和运动裤。

她看着自己身上还披着的范范的宽松大外套，掐了掐自己的大腿。又听见Lily那温柔却暗藏杀机的声音说："iPhone 6腿，你有吗？手机横着放在膝盖上才是美腿，可可，你的简直就是大象腿！"

她伸出双手，闭眼呐喊："凭什么这么苛刻？！我到底应该怎么办？"

## 第八章　美丽幻想

无边的黑夜，星星点点的灯光并不清楚，面前的这个声嘶力竭的人在发泄什么。

她轻声唱起来《城市》，"活着时光如水冷热/你喝仍常想渴能有多渴/人与蝉蝉与狗/狗与深夜冲撞高处街灯的蛾/所有浮生里万千的脸孔/让我因为你们隆重/你多难得城市继续转动……"

可可深觉自己就是城市里浮生万千中不断冲撞的狗。

她一路跑回家，脱了鞋子，走进屋内。客厅的右手边是厕所门，左手边是厨房，灶炉周围有些褐色的油污。洗碗池只有一个水龙头，没有热水。水龙头旁边，还剩下半瓶洗洁精。

房间里没有温度，冰冷，就和这个给不了她温暖的城市一般。

瘫坐在沙发上时，已累到呼吸濒临衰竭。眨眨眼睛，眼角很干涩，可可在几天的奔波中已经丧失了哭的能力。在脑海中，房间里，各个角落，漫山遍野，似乎都在播放着无边无际的嘲笑。她的心一阵阵地抽搐，手指也在微微颤抖。筋疲力尽，想要侧身靠一靠，却发现，沙发在她眼中已大到无边。哪里都没有一个支点。

然而，范范在通讯上依旧给她留了言："可可，你现在只是低谷期，舍弃自己的乐趣值得吗？你要相信，我永远不会在乎你是胖了还是瘦了。照顾好自己，好好吃饭可以吗？冷静了再联系我。"

她看到范范的信息，发现自己的眼角微微有些湿润。

可可没有解释什么，她并没有想通，只是回了一个微笑的表情。她需要给自己一点时间。

刚进公司的时候，周围的人对可可都有一种好感。

她脸上始终保持着亲切的微笑，说话也很讲究技巧，散发着欢乐的气息，安排工作巧妙且有效率。那时候，她还没有"美丽"这个概念。

从小到大，在奶奶的爱护下，可可知道"能吃是福"。在妈妈的温暖里，她知道"腰粗屁股大好生养"。

但是Lily告诉她，一个女人必须符合面容的"黄金分割"。

"瓜子脸上部略圆，下部略尖，形似瓜子，一般又称为鹅蛋脸。在众多脸型之中，瓜子脸是最美的一种脸型。理想瓜子脸的长宽比例为34∶21。"

她一笑置之，"我圆脸挺好的。"

Lily一边涂着阿玛尼的唇釉，继续"苦口婆心"教育可可："圆脸当然不行，你那么努力地工作，当真不如花功夫瘦下来才更有效率。别以为现在还是什么家世主义、学历主义或者什么品牌主义，我们社会就是外表主义。你听领导今年招聘的时候说了什么，长相，漂亮的才招进来。你这样的好歹是前几年赶上好机会才进来的。"

当时她以为只是玩笑话，现在的可可经过两年的耳濡目染，才恍然大悟，原来"现实真的是骨感"。

Lily年轻漂亮，看起来比王木可年轻，天天深陷在"资本主义的花花大世界里”，无可自拔。她只信奉“时尚”，最潮流的穿搭，最美的女神和最流行的美妆，美之名曰“最In的态度”。作为“鞋包控”，她会吵闹着：“想穿黑白格子迷你裙又不想变小短腿，就要搭配漆皮粉色方跟鞋或者就是裸靴，平地绑带鞋一定会显得腿粗而装饰有余，不够干练。”

可可其实真的分不清什么是漆皮什么是牛皮，搞不懂中跟鞋和坡跟鞋的关系，在她的世界里，舒服才是第一重要的。而在Lily的世界里，哪怕脚后跟磨得鲜血淋漓，依旧需要脚踏高跟鞋，如同哪吒的风火轮，健步如飞。

她坐在沙发边发愣，看到茶几下玻璃隔层那儿，有一摞早已被遗忘的、落满了灰尘的各式美容宣传卡。

“可能我不能变瘦变美的差距就在于太过大大咧咧，不够女人，在化妆品和衣服鞋子上的投资不够，明天大不了厚着脸皮向Lily请教一下。”

为自己开辟出节食搭配美容的可可似乎给自己找到了一条满意的路径，暂时忘记了和范范争吵的不愉快，忘记了网友留言的谩骂，进入梦乡。

第六天，起床照镜子的可可，却发现自己皮肤松弛，脸色暗沉。她赶忙去洗了把脸，然后涂了厚厚的粉底液，遮盖住粗大的毛孔和并不光滑的皮肤。选了一件V字领衬衣搭配着宽松牛仔裤，外罩一件长及脚踝的大外套，将自己层层包裹，慌张上班。

果不其然，每天到了办公室，Lily永远在补妆。

可可装作不经意的样子，蹭到了Lily身旁，很不好意思地问：“Lily，你这么漂亮，保持好身材有什么秘诀吗？”刚说了两句就觉得有点丢脸，欲言又止。

Lily本就“好为人师”：“哟，现在知道来问我了，我之前和你说了那么多还不听，非得收视率惨不忍睹，领导批评，网友骂着，才记起我的好啦。”

可可顺势卖惨，而不是像往常用不理不睬的态度敷衍：“你也知道的，我现在的窘迫……”

“好啦好啦，像我这样身材好心眼又好的美女确实不多。我和你说，真的有瘦身秘籍，就看看你舍不舍得花钱。”

“那肯定的，好用才是王道。”可可虽然在平常工作时认为Lily总是三心二意不专心，但是她绝对肯定Lily在化妆品衣服鞋子上花费的时间不是白白浪费。

“等会儿我给你找张单子，那可是我千辛万苦收集来的。”Lily放下永远拿在手里的小镜子，然后在满是化妆品的办公桌里轻轻拎出来一张纸，递给可可。

在她刚举起来的一瞬间，可可就闻到那张纸上混合了巴宝莉、迪奥等各种大牌香水的味道，简直是“香气逼人”。

王木可鼻子偶遇不适，微微咳嗽了一下，双手接过来那张似乎记录着“不传绝学”的“武林秘籍”。

满怀希望一看，不过就是一些瘦身产品，而Lily却兴高采烈一步跨到可可身旁给她解释：

“SEVENbreak日本7日瘦身胶。主打快速瘦身，配合运动和按摩，裹着保鲜膜效果更明显；

“OHbaby身体磨砂膏。磨砂膏中的爱马仕，蚕丝级微粒及温泉水捷径，按摩后效果立见；

“BEPINbody胎盘素身体美容液。产自新西兰的胎盘素，能让皮肤再生，保湿美白皮肤滑溜；

“Mumi减肥贴。韩国爆款，1天贴8个小时就能燃脂，利用咖啡因和辣椒素等天然成分，经过美国FDA的认证，无副作用。”

可可一头雾水，什么咖啡因、辣椒油，什么胎盘素、温泉水，和“吃”有关的名词她大约还知道是什么，其他的专业术语完全隔绝在可可的认知之外。

就像是Lily对于道具、灯光、音响、音乐、时间衔接、场景把控等细节和规则也是“两眼一抹黑”。

当王木可和Lily讨论“节目美学”、舞台布景的时候，Lily只能用“人体美学”、化妆购物来呛声。

她尴尬地收起“宝典”，Lily赶紧阻止：“还没介绍完呢，你别急啊。”

“我回去自己淘宝好了，不耽误上班时间。”

坐回位置的可可，将这张A4纸盖在自己脸上，心里想着，搞这些瓶瓶罐罐的东西，我这还不如去试试拔罐，好歹也能缓解疲劳。

不过，她还是乖乖打开淘宝的海淘，将这些她第一见到的东西输入搜索框，逐个检索，认真查看卖家介绍及买家评价。

当杨小树催她要前两天录棚的视频剪辑版时，她仍旧刷淘宝刷得不亦乐乎，一个链接又一个链接地连点下去。

“喂，可可，你今天是怎么啦，从来都提前交任务的人，却只顾玩。”杨小树敲敲她的桌子，示意她适可而止。

可可并没有注意到小树不满的语气，依旧咧着嘴：“Lily给我推荐了几款瘦身霜，我试试能不能买到。”顺便还开着玩笑：“我可以送你一瓶脱毛膏。”

## 第九章　时不我待

杨小树这么多年头次见可可没有在日程表里将工作任务排在第一位反而不管不顾地做起了“小女人”，他小声提醒可可：“你要减肥我也赞成，但是不能耽误正事，本来已经有点非议，你可自己注意。”

“没事，那个片子只差个解说词的画外音，那天现场还有几个画面没有拍到，需要找些其他的素材填补上，节奏把握我有分寸。”

可可没有将头抬起来看杨小树，反而依旧在刷手机。

小树摇摇头：“你这还不如和我去锻炼呢。我让我私人教练教你几节课，别相信Lily那些虚头巴脑的产品，你身体条件又不比她的。”

王木可这才听出了小树的话外音，是说她本身就胖得超标，而不是Lily天生丽质的苗条身材。“杨小树，你瞧不起人。等到我瘦了再次站到台前的那一天，就要你好看！”

“和你说正事，节目改版后，你还是好好吸取教训，想想如何增加咱们综艺娱乐节目的趣味性，让观众不要只是被动接受，而是主动地参与，哪怕是旁观能提意见也可以。”小树并不希望可可沉溺在“减肥”当中而不务正业，但是现在王木可正处于“当局者迷”的状态里，把小树的话当做了耳边风。

三分钟以后，杨小树拿过来一张健身单页，上面写着：

“健身能使人产生成就感；健身能使你振作起来。长时间刻苦的训练，对抑郁症具有显著疗效；健身可以促进我们机体的新陈代谢，调节消化系统，从而可以改善消化不良、偏食、厌食等症状。”

她这才想起早已被自己忘到了钱包深处的健身卡，顿感心中一亮。

那还是之前业绩好、收视率高的时期，领导奖金发下来后，她办的年卡。

当初为了那档《青春欢笑》，她几乎“长在了凳子上”，在全国各大卫视竞争中，取得收视前五的好成绩后，为了活动一下久坐不动的双腿才犒劳自己办的卡，终于在“五百年后”重新遇到了要去取“减肥真经”的可可。

“你还是别玩手机了，下了班一起去运动运动，减肥靠的是管住嘴迈开腿，你无论买什么减肥膏都是无济于事的，我估计你懒得也不会抹。”虽然杨小树的说话直白，但是“懒得不抹”这确实很像可可的作风。

如果让她不睡觉想节目方案，排练选手，她做得到；但是让她花时间保养自己的手啊，脸啊，身体啊，她真的不保证可以完成这么艰巨的任务。

为了能锻炼出成果，可可不惜拉着杨小树又早退了两个小时。今天不过是和Lily搬到新的办公区，而没有具体实际的工作内容。而下午，Lily又不知跟着田老板出去开了什么会一直没回来。

可可要挟杨小树，陪她健身就相当于补偿。

当可可在健身房里被教练训斥着再做十五次深蹲、腿不要前倾时，壁挂式的电视里，不断滚动播出：“200多斤的妹子成功瘦身100斤，简直人生赢家。”

她咬着牙、皱着脸，用脖子肌肉的力量从蹲姿艰难起来时，又看到墙上贴着：“属于人生赢家的马甲线，从减重开始！”

“人生赢家是什么啊……”可可在闭上眼的时候又恍惚走神了，脚下

晃动。

“坚持，坚持住。”杨小树在一旁举着哑铃，催促着可可。

教练要求她：“注意膝盖，向后一点，不要过脚尖。再来，继续做。”

可可试图做出如此标准的动作，但是身体完全不听大脑指示，任意而为。“我太累了，歇一会，然后重来好不好。”

在此次“奇耻大辱”之前，她大脑和身体本就是行动的对头。每当脑海中警告，“不要吃巧克力”，身体就会自动掏出钱包，腿会自动迈向永不打烊的便利店；但是每当需要运动时，大脑发出信号：“起来站一会，揉揉肩，歇歇眼。”那么，作对的身体却稳如泰山，即使是做着无聊的工作，甚至是刷微博时，也要瘫坐在办公椅里。

“这可不行，健身必须一组一组地做，你的强度已经设定为最低标准。王木可，拿出你威胁我的那股劲头！”杨小树的语气想尽量表现出作为领导的命令式口吻，然而面对可可他也只是开玩笑而已。

可可于是仍然向教练求助，没想到教练也是这个态度。

可可从杨小树的语气里读出了些许的不耐烦，虽然一个都不想做了，她还是心里默默安慰自己：“再坚持三个，坚持住，不要在小树面前丢人。”

胡思乱想之中，杨小树终于说了：“好，这组就到这里。歇一会儿，做做放松。”“小树，你对我这么严厉，就是打击报复。”

杨小树其实很喜欢有个像王木可这样的“手下”。当初随叫随到，不论是赶稿子写文案还是剪辑片子，从来没有叫苦叫累，而是全力以赴，24小时处于待机状态。

由此，他作为直属领导，偶尔也会在她叫苦不迭的时候，送上一些诸如打折卡、优惠券、电影票之类的“小恩小惠”，以安抚王木可不辞劳苦地完成任务。

健身卡其实也算是恩惠的一部分，只不过体验卡用完后，王木可又自掏腰包办了年卡，锻炼了几次后，又因为开了一档新节目《快乐帐篷》的户外节目而疲于奔命，又放弃了锻炼。

其实，这次的收视率确实是他始料未及的。王木可做的节目一般可以排在前10，但是这次居然掉出了排名之外，这意味着起码是20名之外。

“可可，你其实知道的，电视综艺晚会录播都会出很多问题，更何况是直播。而且舞台、节目、主持人是三足鼎立的，虽然主持人是肩负着串联节目、调动气氛的重任，但是你也别太放在心上了，毕竟你也是第一次当主持人。”

自从“事故”之后，其实没有人主动和可可提起这件事情，杨小树看出来这对于可可产生的巨大打击，但没想到她选择了另外一条“歪门邪道”，本来叫她到健身房也是想让她能把情绪发泄出去，而不是真的为了折磨她消耗脂肪。

小树心里了解，她但凡想要做到，一定会对自己够狠，她总是自诩为“女强人”。

如今的可可却似霜打的茄子，没什么精神。

“你说得容易，我都没敢看网友的评价，肯定骂我骂惨了。领导不是也说了，我主持人的语言和表现不仅影响了节目的风格，还影响了观众的收看情绪，产生了十分不利的舆论影响……说我形象气质不佳，业务不熟练，对公司声誉产生了影响……”可可将这些负面评价每天都在脑海里重复几百次，终于脱口而出。

杨小树放下自己的哑铃，递给可可一条擦汗的毛巾：“可是有些意外情况总会发生，这次的舞台布局和灯光其实配合得也不够好，导致画面出来的特效有些偏差，你也别给自己太大压力。”看着可可大汗淋漓的样子，他也不好意思说出任何一句批评的话。

“你也知道我为了这场晚会付出了多少，我不想只给观众看电子技术撑起来的舞台，有些虚无缥缈的烟花和干冰，我是想集中观众对节目本身的关注度。可是，我，我可能也错了……”

可可不想多说下去，她做了几年工作，清楚地知道“解释就是掩饰”，她不想掩饰，该自己承担的错误，她还是担得起来。

她用毛巾擦着脸，和被“晾在一边”的教练表示感谢。

“我再提醒你，控制饮食。注意休息！”教练拿着训练卡一项一项做好标记，随手又翻了翻学员登记卡。

又对杨小树说：“你看看其他学员，比你办的晚半年的也比你过来锻炼的次数多。我天天催你来，可是呢？”

小树耸耸肩，比划着自己的肱二头肌：“这时间也不是我能控制的。下次来给你带公司纪念品啊。”

看着小树和教练开玩笑的样子，她勉强露出一点微笑，抖了抖刚才紧绷的双腿，招着手离开私人教练室，走向有氧运动区。

他们选了两个并排的跑步机，可可将水杯放在跑步机上的凹槽处，迈着步子，渐渐加快速度，闭上眼睛，感觉拉扯的力度。

其实有氧运动区是可可最舒适的地方，而器械区和力量训练区是她在健身房视而不见的区域，更别说要来健身房请私教做身体训练。

但是，她在“半推半就”之间就呈现出了今天这一局面。

当初加班了半个多月，终于提前下班的可可心情大好，收拾好办公桌上的文件后，准备回家，站起来却发觉大腿根部有些麻木，揉了半天也有点僵硬。动动脖子，发现伴随着清脆的嘎嘣、嘎嘣的声音，扭扭腰却不敢轻举妄动。眼神模糊，脑袋嗡嗡。

和如今减肥长久不吃饭的反应有点类似。

她担心自己二十几岁的身体状况还不如七十岁的奶奶，眼看着快废掉的躯干，她在心里下定决心要从爬楼梯做起，挽救自己。但是刚一从公司大楼出去，就惊觉自己手里被塞满了无数的传单，在她反应过来的一刹那想随手丢到垃圾桶里时，却看到最上面一张是健身房打折页。

她刚刚驻足，就不知从身后哪个地方冒出来一位穿着该健身房衣服的小哥，说：“姐，刚下班挺累的吧，我们这是免费体验卡，拿着可以去跑跑步，还有瑜伽老师和肚皮舞老师免费教学。”

可可对这位小哥微笑点点头，说不好意思我赶时间。

但是他不依不饶：“您就当帮帮我了，一天完不成任务我就必须一直站在这里。”

可可听到这种话，一时心软了，想到自己麻木的大腿，在哪儿活动不是活动，就答应了小哥。于是小哥立马笑开了花，带着可可就往健身房走，并且又特别耐心地给她讲解每一个器材的锻炼部位。

可可对这些并不感兴趣，只是看向了跑步机。小哥眼疾手快察觉到可可的兴趣所在，拿出价目表指着数不清的项目说：“姐，你看我们这个健身房离你们上班公司这么近，几步路就到了，您每天下班过来散个步，半个小时工夫，办张卡吧。”

她犹豫之际，小哥又接着说：“您来得巧，最近我们健身房搞活动，年卡才850呢，合着一年365天，每天才2块钱，您喝瓶水的钱就可以换来健康。”

可可还没点头，他又以迅雷不及掩耳之势，从同事的桌子上翻出来一张申请表。奋笔疾书，“姐，您说一下手机号码，我填好信息，给您办卡。”

整件事情三分钟之内，噼里啪啦，可可明白过来的时候，手里已经拿着一张绿色的印着她名字的健身卡。

她办卡后，还特意打电话给杨小树，要不是之前给了她一张免费卡，她也不会接受第二次免费卡，接着就被“套牢”了。

可可现在想想，自己不争气地这么好被劝服，就像听了Lily几句瘦身霜好用的话就试图买产品一样，在生活上耳根子软的毛病一定得改改了。可是，她也庆幸，杨小树这么够“姐妹”，总是在危急时刻不离不弃。

她跑了十分钟之后，教练走到跑步机旁，面带微笑但很认真地和可可分解“正确的”跑步姿势。并有意无意地了解可可来健身房的目的。

“我们去做个体测吧，可以更好地了解你的身体状况，有针对性地训练。免费的。”

看着教练黝黑的皮肤、善良的微笑，可可就随着杨小树一起被“召唤”进了体测室。但是经过教练的劝说，建议小树在外面候着，她做免费的身体成分分析后再做另外一个。

可可紧张地脱了鞋袜，握住冰冷的机器，做了一项又一项她都不知名的测试。只知道有身高体重和肺活量，而三分钟后，立马拿到测试单，教练看了看以科学数据告诉可可："女生163，55kg就是太胖了，并且体脂超标，很危险。"

"怎么才163，我明明165啊……"可可看着单子，对健身房的测试仪表示怀疑。

"重要的不是身高，而是体脂。正常女性体脂率在25%~28%，体脂率应保持在正常范围。若体脂率过高，就可视为肥胖。肥胖则表明运动不足、营养过剩或有某种内分泌系统的疾病，而且常会并发高血压、高脂血症、动脉硬化、冠心病、糖尿病……"

可可听着这段生硬的话，心里有点抵触，但是听教练继续说："你这个虽然在健康范围内，但是已经是最高的临界值了。"

"其实我很健康的，没有什么问题，只是最近加班太多，过来活动活动。"可可摆了摆手，不想接受这个什么身体危险的建议。

"您不能这么想，谁不希望有个好身材呢？你看看，您也就25吧，不能这么放弃自己。看新闻了吧，袁姗姗靠马甲线重回娱乐圈，小S辣妈第三胎产后身材依旧完美……"教练一边说着，一边撩起T恤，指了指自己的腹肌。

站在外面的杨小树看到教练撩衣服，马上敲敲窗玻璃，用嘴唇示意可可问她怎么了。

教练看到后，把门打开，又引导小树进来，让可可稍等。

可可站在外面，低头看了看自己长年累月坐着而累积起来的小肚子，果然教练的一番话是对的，这还没结婚的自己和这些励志的明星比起来就是"堕落者"。转而看看健身房里的"小蛮腰"们，"真的太胖了，我练一练也来不及了……"

杨小树轻松地举着自己的体测单，可可一看，"你这是男人吗？肺活量这么低。可是你体脂率也是正常的。"轻轻叹了一口气。

教练对他们两个说，其实他们都需要将靠自我意志和自我约束进行的轻量跑步活动变为在专业人士指导下进行高强度肌肉训练项目，至少坚持三个月或者半年。

“半年啊，时间太久了。我希望迅速，教练，有速成的办法吗？”可可低头看着薄薄的三指宽的宣判自己“超标”的单子，又陷入了苦恼里。

“健身哪有速成，你看看我，这是练了八年的结果，现在还每天至少两个小时坚持。”教练也经历过太多这种抱有侥幸心理只想速成的学员，深知只有以身作则才会吸引她们的加入。但是他没想到，可可并不是买他账的主。

杨小树看出可可的犹豫，以为她是在乎私教的费用太贵，就打了圆场：“教练，先这样好了，我们都是老熟人了，她先用着我的卡，健身两次被你迷住了可能就办了。”

教练哈哈大笑，也没有再勉强。

出了健身房，小树问可可去哪顺路送她回去，而她吐吐舌头，说想联系一下范范来接她，在公司门口等一会儿。于是小树也没再提工作的事情，就先走了。

小树刚走，她听到了“莎莎蔓莉美容会所”美容师热情洋溢的声音：“姐，什么时候过来敷敷脸、按按摩啊？我们这里又来了新的高科技美容项目，您要不要来试试呢？会员最近有活动，充值2000块，还送产品呢。您当初订购的那一套就剩几次了，趁着这次机会，还是再买点。特别是那个高科技项目，可以为您打造成标准美人，您来的时候，可以免费给您提供脸型测评……”

可可实在不愿打击任何服务业人员的积极性，耐心地把电话搁在一旁，等她说完，很温柔地说：“不好意思，我最近很忙，有时间我一定会提前打电话预约。”

挂上电话的可可突然想到了一个妙招：“对，美容院！”过程不重要，结果才比较重要，瘦了才是目的。

于是，她忘记了自己说要约范范的事情，为了奖励自己在健身房的辛劳，去家家乐超市买了两个苹果三根黄瓜啃了啃作为晚饭。

但是在下肚的瞬间，胃里可能突然受凉，嗝地抽动了一下。

## 第十章　浮城迷雾

回到家后，将健身房的衣服丢进洗衣机，她又踏上了体重计。

看到结果的可可，心里又凉了一半。已经节食了三天，外加两天只吃了几个水果，还去健身房运动出汗，她的身体脂肪居然还是如此“顽强”地不离不弃。

她把体重计上的电池抠下来，然后咬了咬，认为万一是体重计没电了出现错误的计量结果也行，但是依旧如此。

可可低头看看自己的四肢，肚子，大腿，这些属于她自己一部分的各个部位，然后拿出右手不断掐着自己的身体。

她不明白，为什么有的人无论吃多少东西，都不会变胖。更有甚者，在网络上直播吃100块巧克力，40个三明治，一顿饭吃6斤等等依旧保持在50kg以内，而她即使一顿饭吃一两米饭，还是会长在身上。所谓体型，所谓的腰围、大腿的粗细、脸颊、下巴的轮廓等，全部都是脂肪。

从什么时候开始，这么害怕看到自己？

当初到新的环境后她也是热情满满。

虽然天天加班，但是一直灵感不断。她从一开始写一百个字的方案，做到写五百字的，从五百字的写到一千字的，直至可以负责一期节目脚本的撰写。

那时做的是健康类节目，每天昼夜颠倒的她，把健康是什么挂在嘴边却全然不顾，也依旧像打了鸡血。可是每次自己的方案都会被斥责不够新颖、有趣，她就撕掉重来，然后又加班。

好几回她都认为自己应该把夏天的薄被子带到公司来，甚至就住在公司不要回家，以防节目主持人或者嘉宾需要临时和她沟通计划。而那些琐碎的端茶倒水、鸡毛蒜皮她做起来腿都很勤快，她认为能认识新的朋友长见识，都要她做无可厚非。有时候不是因为节目方案有问题，而是嘉宾和主持人服务得不到位，王木可也会遭到一阵痛批，但是她坚信“在骂声中成长”。以致她恍恍惚惚之中，总是能听到有人叫她做事。

而她一直处于随时要站起来奔跑的状态里。

那个时候，Lily不想每天再做一些很“低级”的娱乐搞笑，就央求可可帮她从网上找一些段子手不痛不痒的信息，配合着一些并不专业的自称喜剧演员

的人的表演。

更是将她头疼的协调小品演员表演彩排，处理他们机票、带不带助理、住哪家酒店的事宜交给可可办。

王木可当初不怕苦点累点，哪怕需要赔上上万次笑脸。她心里想着，只要一直留在公司，肯定会有长进，起码能在混个脸熟之后，只要陪一千次笑脸就足够了。

有一次，在办公室加班惊醒，看到大老板突然站在眼前，以为是幻觉。揉了揉眼睛，发现那个人还在，于是慌慌张张地站了起来，碰倒了泡好却没有喝的咖啡，而那些咖啡正好顺着桌子边沿留到了老板的西装上。在那三秒之中，她恨不得自己会排山倒海、隔山打牛，反正随便一个什么武功能把老板用掌力拍走的技巧，而不是静静地张大嘴巴看着那些棕黑色的液体爬上老板的衣袖。

她如惊弓之鸟，慌慌张张：“不好意思，真的对不起，您把外套脱下来，我帮您送去干洗店处理。”老板很大度地说了“没关系”，她还是过意不去，上去就要自己动手脱掉老板外套，搞得老板还有点羞红了脸。而直属领导从办公室出来正好看到后，立马制止了她的行为，老板还帮忙她开脱：“刚来的小姑娘，很有热情嘛，好好工作。”本来可能要交代的事情也没有再说，带着自己的外套就走了，回过头来叮嘱了一句，太累就回去休息。

王木可那会儿觉得虽然搞得一团乱，但好歹工作热情得到了肯定。还是有点小得意。可老板转身一走，她立马被直属领导不由分说一顿批评，说她工作能力不行。

而她没有反驳，自己加班工作正是怕被人说能力不行而弥补，但是直属领导未免也太苛责了。她一肚子委屈，快要掉泪的时候，又和自己说：“加油，可可！这是鞭策，一定要化悲愤为动力，做给他们看。”

一年后王木可转正，写策划、拍摄、录制、剪小片、合成完片，她一点点地见到了加班的成效，被调进了策划部。她刚开始还颇有洋洋得意的心情，得意自己是一个喜欢自我安慰的人，保持乐观时常有的姿态，而王木可就是靠着每一次小小的喜悦支撑着破碎不堪的生活。她就像是“多年的媳妇熬成了婆”，可以对付新来的“小媳妇”了，但是很快便沮丧地发觉自己还是“小媳妇”。因为之后并没有再来新的实习生。

有时她甚至还要在一个工作日里做好正式员工搭配实习生的所有工作。她转正后熬的通宵比高中、大学时去网吧、去唱K还要多得多。

她很想要求助于周围的同事，但是不知不觉地就陷入了“办公室政治”的泥潭里，在工作之余还没整明白自己应该站在哪一队。

而Lily说：“年纪轻轻就把自己浪费在赔笑脸上可不行，一定要防止脸上起皱纹。尤其是眼部肌肤，过了25岁再保养完全来不及。”于是，在Lily的预见下，王木可的未来荒谬而可悲。

可可却知道，她没有说走就走的实力以及出去闯荡一番的积累。

在这个大城市的小角落，但凡还得交房租，她就不能轻易辞职。况且她还有想要成为央视导演的梦想。

作为一个老实人，以工作为轴心，一天上了20个小时的班，也只有4个小时回家睡觉，却在支撑不住偶尔瞌睡打盹的时候，被老板发现，不点名批评；而同事只不过是回来取个包裹，被看在眼里也是另一番景色，点名表扬。

但她在乎的不是自己加多少班，而是同事们都会以会议上的评判为标准，来试图打压她日渐成熟的工作。

虽然她有时心底觉得想要稍稍有点妥协，不要硬撑，可是毕竟“人活一口气”，她要证明自己的理想总有发光发热的那一天。

经受了那么多冷嘲热讽的可可，没想到最后栽到了自个儿的身上。

听到教练宣判“体脂超标”的可可，被公司领导批评的可可，深刻地怀疑自己的梦想是不是早已被抛到了方便面盒子里，混合着调料的味道不知所终。

夜里，她好几回都梦见自己也站在摄像机面前，然后被无数的镜头盯着，拍出来她不堪的样子，呈现在大屏幕上，唯唯诺诺。

她在屏幕里有着巨大的丑陋的身躯，周围都是嘻嘻哈哈的人群，朝她丢鸡蛋扔白菜。仔细一看这些人全都是尖嘴獠牙，不知是戴着面具还是发生了变异，对着她有的哭、有的笑、有的在抱怨，其中好几张就是她接待过的嘉宾

的脸。

一待看清她便忍不住毛骨悚然地大声尖叫，从梦中陡然惊醒过来。

从电视节目改版以来，她的身份经由幕后转向了台前，从幕后策划转为电视综艺节目晚会主持人。她认真地查阅书籍、杂志、新闻，以及通过网络查找博客，还将不同主持风格做了整理。但第一期节目录播之后，反响不好。

后来只是听Lily谈起，观众给她留言，评论节目里的她根本不像主持人那般专业，笑起来总是有肥嘟嘟的肉，也不知道PS一下。

她委屈地不明白为什么都要追求“瘦”，为什么总是嘲笑“胖”，一个综艺搞笑节目为什么也是以“颜值”为出发点，她并不是那档节目的笑料。

大半夜里，她第一次在做了噩梦之后，再一次主动打开电脑，查看网友留言，来面对更惨烈的人生。

“主持人怎么胖成那样了？忍不住觉得一身肥肉的人很恶心。”

“这是结婚生了小孩后像吹气球一样鼓起来然后复出的主持人吗？！”

“穿着高跟细带凉鞋，总让人担心鞋跟随时会断，然后脚上的肉把凉鞋上的细带撑开，肉都挤出来，好难看啊！”

“这样胖胖的一身肥肉，给人感觉很乡下，很不精致，生活很不轻松的感觉，很糟糕、不敬业。不想见到她！”

“真心觉得养一身肥肉的人对自己特没要求，特没自尊。拜托那位小姐，请自重。”

“换那个瘦主持人，很漂亮火辣，给人古灵精怪很有活力的感觉！换人！”

“一个出现在镜头里的人，糟蹋自己好吗？糟蹋观众好吗？”

王木可没有勇气一条一条将这些留言读完。

她不知道这些给她留言的人都是一副什么身材，难道各个都符合A4腰，小V脸，iPhone 6腿，或者人人都是50kg以下？

或许这里面有的男人养一身膘，啤酒肚子秃头顶，但是依旧不妨碍他躲在电脑后面评价着努力排出好节目的可可。

“现在的流行是什么？非得对女人的身材要求那种不可能的瘦到变态的程度？要求，要求，标准，标准，这个社会对女人要求太多了，女人们却也不对男人们提要求，女人们反倒是苛责女人们。”

“所有人都合起伙来，Lily，教练，网友……沆瀣一气。”

可可在没出这档节目前，总是正能量快乐小天使，甚至认为去T台走猫步都没问题，然而，她没想到有这么多人想要对她的人生指手画脚。

他们就戴着有色眼镜，从外面宣判可可“死刑”，也不要走进她的内心。

可可当了电视编导以后，完全打乱了享受美食的机会，其实每一次交方案的背后，都是一个不按时吃饭的黑眼圈。

于是，她的手边总是会放着一些零食，可能嚼着花生米为了解闷，可能含着水果糖，为了镇静，吃过一个面包之后，还想要一片巧克力或者一个卤蛋。

她也想听妈妈的话，按时吃饭，但是工作不允许。

反而现在要求她必须“集美貌与才华于一身”。

而在这种评价下，她认为自己太蠢了。她讨厌自己的“实诚”。

她总是以为公司里其他人也在忙忙碌碌，大家都一样，自己前脚后脚不着地也算不了什么，可能自己吃苦耐劳的人生就是像其他同事一样。

但是有一次开会王木可发现有点不对劲。她为了编辑新一期的节目“健康生活”中“如何烹饪秋葵”的一节，已经从早上五点工作到晚上十一点，有点撑不住了，想回去睡几个小时再回来。

恰好看到按时六点下班的Lily，匆忙回办公室拿自己忘记带回家的淘宝快递，她打了声招呼，心里还暗自调侃了一句，快递里不是新出的化妆品就是换季的连衣裙，啧啧，也没见专门为了工作回来一趟。

第二天下午两点的工作例会上，她听到老板说：“近期有的同事加班很辛苦，半夜十一点半还在公司加班，为了鼓舞士气，特为其放假一天，好好休息，身体是革命的本钱。而有的同事刚开始热情高，之后却有点低迷，再接再厉。”听了这话，可可一个白眼翻给了自己，首先后悔自己昨天没有再支撑半个小时，其次后悔早上的闹钟被按下去了，没醒过来，而她匆匆来上班时，正好和老板乘的同一电梯。

但是当初她给自己的总结是，做坏事一定会被抓住，不要有任何“投机取巧”的心思。

现在想想，自己从那时候起，就应该和Lily学习。

杂乱无章的办公桌和一堆无论如何也处理不完的修改方案都是毛毛雨，不重要。

真正可怕的是，“独善其身”没有用，人人都有一张嘴巴。

第九天，她陷入了牙疼。

她渐渐发现，不只是四个虎牙，其他的牙齿也开始变得锋利。她在“自我反省”中趴在打湿了一半的枕巾上再次睡着。

## 第十一章　镜像之屏

新的一天，窗外一片灰蒙蒙的。

远处的空气好像浓稠的牛奶，把世界都浸润在里面。只有不远处一点橘色的灯火透过浓浓的雾照到窗边。一米开外的地方似乎什么都看不清了，雾霾遮蔽下的世界看上去那么扑朔迷离。

雾霾就好像一堵墙，把你与远处的世界分开，让你不知道另一边发生了什么，又觉得像打翻了一瓶白色的墨水，墨水在空气中溢散开去，周身似乎都沾满了墨水，感到裸露的皮肤有一点黏乎乎的感觉。肺里总觉得装着些什么，想呼出去却又呼不出去，全身不舒服。

而在这种天气里，王木可如灵魂出窍一般，她清楚地看到自己在磨牙。她被牙齿折磨得辗转反侧，却睁不开眼睛。

太久不吃粮食类的食物，她变得敏感。

初春还未到清明节，但是暖气已经停了。家里的温度已经降到了10度以下，微冷。半梦半醒之间她意识游离，睡不着并且又醒不过来时最适合“游走”。似乎回忆着大半宿做过的六七个毫无来由的梦，又似乎在编织着新的梦境。她裹了裹被子，让自己感受到一些温暖，驱散凉意。她蜷缩着，保持睡觉时右侧卧的状态，鼓励自己起码要等到闹钟响起，然后起床，接下来才是按部就班。被时间刻度安排好分分秒秒的日程表，才是完美生活的度量衡。

她想象着今天的天气，如往常一样，纠结挑选哪一件衣服。她在脑海中比划着那伫立在房间西南角一个小小衣橱里的所有衣物：如果穿裙子配丝袜，还是有点冷；如果穿羊毛大衣配靴子，会被人嘲笑还在过冬天；如果穿牛仔外套和牛仔裤，太不庄重。

穿什么都是个问题，如果像花蝴蝶一样，自带时装就好了。

她在半睡半醒之间，不断用舌头与牙齿做着斗争，试图让舌头以母亲般的包容和柔软抚平躁动不安有着无限活力调皮捣蛋的牙齿儿子。

距离上一次去看牙科医生，已经很久远了。那时候，她的确长了两颗智齿，而其中一颗疼到她的脸庞肿大。

医生当时告诉她，智齿是人类进化的残余物——由于智齿生长在牙槽骨的末端，现代人类的牙槽骨由于进食越来越精细化而在长度、宽度、强度上不同程度的退化，从而导致其无法提供足够的供智齿萌出的空间，这样智齿在萌出时往往会因为空间不足而造成异位萌出等现象，会引发剧烈的疼痛。因此建议对于萌出异常或者不对称萌出的智齿及早进行预防性拔除。

虽然她没懂医生术语叠加的含义，却还是打了麻药，在医生和护士助手温柔的声音中，拔掉了右侧的那颗智齿，而坚决不再拔掉左侧的。

可能一颗牙齿，真的是上天赐给我的“智慧”也说不定。她没有相信医生那种“进化悖论”之类的怪谈。

但是，从她的虎牙开始生长之后，她渐渐地发现自己总是不对劲。时常坐立不安，烦躁，很难静下心来。

而可可知道，它们在划破她的舌头两侧，它们想要咬住她的舌头不松开，它们甚至还试图咬掉她两颊内侧的鲜肉，她喝水，依旧渴，再喝，还是渴。

她很想有个人能来陪陪她，认真地听她说话，理解从她口里说出的每一个字，但是别人都太忙了，忙一些她也经常在忙而没有任何意义的事情，但是没

有人听她说她的牙齿在发生着的带给她折磨的痛感和她皮肤的不舒服。

《小王子》开篇写道，飞行员圣埃克苏佩里6岁的时候画了一只在蟒蛇肚子里被消化着的大象，而其他人看到的却是那顶不规则的帽子。他想要说明白蟒蛇如何咀嚼大象，诉说着大象的呻吟和骨头被咬断的痛苦，没有人在乎。

而她既不是飞行员，没有属于自己的飞机，更没有可以对话的小王子。

王木可敲了敲混沌的头，起身刷牙。让这不安分的牙齿，能够有些安慰。她没空理会自己并不清晰的头脑，既然成为了影视时尚组的成员，可可在节食之余，仍然还是配合工作。

楼下水果店买了两个橙子后，她叫了滴滴打车，不想在这种坏天气里依旧靠拥挤不堪的地铁出行。况且，她怕地铁里的某个人就是网上给她留言的“恶人”。

她不想见到地铁上那么多不说话，隔在手机后面的人。

她到了公司发现，Lily破天荒比她来得早。

“可可，田总定了咱们第一期的节目是《改头换面》，动用私人关系，邀请了两位整容美女来介绍自己的经历和变美之后的人生改变。这是她们的联系方式，你呢，负责接待她们一下安排好时间，这两天顺便写写主持词。我呢，负责好好做个SPA，美美地出现。电视时尚节目呢，一定要有娱乐性，节目风格要轻松幽默、参与互动，向观众传递一种生活理念和女性身体形象的媒介认同。”

王木可一听这个安排想反驳“主持词你不会自己写？！”但还没回答，Lily这时扬着头，扭着臀，一扭一扭走了，又一摇一摆地带着一位摄影师拿着资料夹走进了拍摄室。

可可看着手中的两张拍立得照片，对比对比，脱口而出：“这难道不是姐妹吗？”

两位美女同样的一字眉，比常人大几倍的大眼睛，上镜立体的五官，精致的小V脸，白皙的皮肤。“这下有机会见识什么是真实的‘整容脸’了。”

这种节目，王木可完全就是“信手拈来”。

早年做了那么多电视访谈，正是通过主持人和嘉宾之间互动，在节目中调

侃、吹捧，营造出轻松、自在又生活化的谈话状态。

这次的节目，无非就是将内容换成美容、塑身等经验，嘉宾们顺带着在节目中分享花边新闻，使观众们在八卦娱乐中，暂时忘却自己紧张生活，忘掉身心疲惫，不知不觉进入这场“合谋的幻觉”。

她找出之前的访谈文案，半个小时修改之后，给Lily交了一稿。

但是Lily摇摇头：“你这样写，大家不会照着我们的电视时尚节目做的。我们就要用娱乐化的形式向观众传递女性身体形象自我塑造的途径，必须‘寓教于乐’。”她看了可可有点凸起的小腹和不够修长的小腿：“我们就是要让像你这样的女性改变，变得更加时尚和美丽，追随潮流，为女性打造完美身体的参照系。使收看的女性受众永远走在时尚前沿，同时也为女性受众提供消费引导。”

然后又靠近可可耳边故作神秘：“要不田总花钱请那两个‘网红’来会亏本的。”

“如果是这样的节目形式，和很多卫视推出的《女人我最美》《美丽俏佳人》《我是美人》等形式雷同，我们再做，只不过是‘姐妹篇’而已，没有任何独创性。”

可可做节目不想走其他人的旧路老路，但是Lily就只想吸人眼球：“要求不用太高，我们请的美女自然就会有收视率的。电视时尚节目向受众传递的就是一种如何修饰身体的理念，青春靓丽的名演员及模特的参与，足够为电视受众制造身体偶像的啦。不用担心。早点联系她们，说点好话，让她们来彩排比较重要。”

可可想努力露出一个“我保证完成任务”的笑，但是没有成功，依旧面无表情。她需要留着为数不多的笑容，以防面对嘉宾们也是一副臭脸。

“大家好，都见过了吧。可可，快，准备茶水。这两位是现在大红大紫的著名影视公司网络剧签约演员。”Lily笑得千娇百媚，示意两位“网红”及摄影师入座。

可可见到摄影师大川的眼睛直勾勾地盯着这两位“靓女”。

靓女们嘟嘟嘴，低头浅笑，其中一位卧蚕妹先开口："我是欣欣，接拍了咱们公司投资拍的第一部网络剧《咖啡少女》，饰演女一号。"说完不忘停顿一下，似乎期待有人可以给她报以热烈的掌声回应。而另外一位"苹果肌少女"说："我是鹿鹿，也是这部剧的女一号。"

王木可看到她们的样子，难以想象自己什么时候也能如此傲娇地"昂首挺胸"，而不是赔礼道歉，自惭形秽。

Lily说，接下来可可需要陪着她们一起对台词或者提供相应的服务。

脑海中，可可努力塑造出一个人，扮作知心姐姐，在耳边劝慰自己："王木可，你能撑过去，你早就知道，调来这个部门就是一件苦差事，结局不是A就是B，不伺候Lily已经很好了，只是两个陌生人而已，没关系。"

两姐妹一脸漠然，过了半分钟，摄影师大川开口说：你妆花了。王木可尴尬地抽出一张纸巾，拿出手机屏幕作为临时的镜子，擦擦不自然的妆容。

欣欣穿着短裙，拉着大川的衣角，移到了他的面前，眼睫毛上下翻飞，拿出一个小本子，语速飞快地说道："我最近参考了好多资料呢，其实也是做功课了对不对，我替你省了好多事儿哦，王小姐。"

可可不明白，她为什么非得在对自己说话的时候，冲着大川撒娇。

"摄影师先生，拍的时候一定要把人家拍得美美的哦。我想要那种，既梦幻又知性的光晕，我不想让别人觉得我只是一个花瓶一样的演员，虽然这部剧找到了世界上最适合我的角色，然后又顺理成章地签了约，虽然都没错啦，但是你知道么，哎呀人家不想太简单，对吧，来参与电视节目就是想要有一点点挑战。"

可可察觉自己可能处于饥饿状态，大脑供不上营养了。只觉得有人自身后用沙锤猛击了后脑壳一下，耳畔响起了嗡的一声。

完全听不懂这个娇滴滴的"芭比娃娃"在说什么。

而另一位又接着说道："您看我的影视剧吧，结局那里，我和男主终于相拥在一起，这时，天地交融，风起云涌，大片云朵散开，流星雨下了起来……并且深情对望。"

王木可已经能够预见到今后的工作，比让她上刀山下火海还要难。

她坚持听了一个小时两位美女的意见和要求后，依旧没有说到节目的正题。

她们最后还建议可可，如果有需要，她们可以帮忙联系可靠的整形机构给可可提供优质放心服务的好医师。

可可终于忍不住去求救杨小树。那两位小姐那一腔娇嗲中带着乡土气息的山寨台湾腔，脑海中回荡着她们的声音，王木可不断想起她家楼下卖鸭脖子的大姐。

整个下午，她不得安宁。她们就是笑意晏晏，光彩照人，连脚踝都闪闪发亮，但整个就是让可可觉得很不爽。

杨小树听完可可的指控和抱怨，头微微仰着，嘴角露出一抹笑："你啊，最近的神经太敏感了，也有可能是嫉妒她们的美色。回去好好洗个澡，像之前一样吃饭休息，没心没肺地多好。现在吧，你满身都是嫉妒的味道。可可，要是继续工作，还是和那两个妹子好好合作一把，起码耳濡目染说不定也变美了，她们提携你，混个角色演一演，总好过一直做苦逼的文案。"

可可啼笑皆非，这一刻真是好荒诞。"你帮我申请试试吧。"

她不知道是自己的奋斗目标选错了，还是人生本就是个讽刺。

她本不想随波逐流，一屁股坐在时针的箭头上，跟着它一圈一圈走，但是，自己奈何什么办法都没有。

王木可下班后，晚风吹得撩人心魄。

她走在街道上，车依次缓缓滑过；老头坐在树下藤椅上，摇着蒲扇，和小卖部俏模样的大妈以夕阳红的方式打情骂俏；姑娘们穿着短裙一脸正气匆匆地沿着路边走过；树木沉默地摆动，发出齐刷刷的声音，那声音真让人心动；云朵此刻真是像李可描述的一样，目的明确地向天际线卷动，然后再层层翻转开。

路面上刚洒过水，路灯下泛着湿漉漉的光，她本来想回家，洗个澡，喝杯温牛奶，好好睡一觉。但是却听见身后路边摊上光着膀子，肚腩肉堆成一团的老爷们正劝自己媳妇儿多吃点儿饭："你吃点儿肉啊！你别看这肉肥，可它肥而不腻，就像我，胖而不蠢。"

她听到"肥""腻"这一类词，简直想要吐，但是碍于这么多双眼睛的注视，她忍了忍。她希望早晚有一天，她的生活里不再有惊喜和打击，每天接踵而来的大事小事，都把它们统称为遭遇，兵来将挡、水来土掩，不再具备任何情感上的意义。

她跑向拐角处，却发现是"酒吧一条街"。

看着那些西装笔挺神色正经一口一口喝着马丁尼的人目不转睛地看着跳钢管舞的年轻小妞，她想去问他们，穿上了几万块一身的名牌，你们就可以明目张胆地盯着人家姑娘的大腿看吗?

她想问那些浑身香气四溢眼神飘忽不定一笑便整整齐齐露出8颗小白牙的迎宾礼仪们，你们怎么面对这些老男人天天陪酒陪笑，进化成今天这副无坚不摧的模样的?她站着发呆的时候，被一个五十多岁的老外用蹩脚的中文搭讪，手中摇晃着一杯黄色泛着泡沫的啤酒。她转过脸来，老外看了她一眼，礼貌性地举起酒杯，又离开了。可可望着老外的背影，本来准备好的拒绝搭讪和勾引的话还没来得及说。

她走过人声鼎沸，歌舞升平的闹市，只能自言自语。

无论李湘的主持功底多么深厚，但是只要她一胖就只被认为不敬业；无论张惠妹的嗓音有多么高昂，只要一胖，就会被指责没有节操。

## 第十二章　爱与黑暗

回家的地铁上，王木可趺趺撞撞倚在门边，看着玻璃里映出的自己的脸，苍白臃肿，面无表情，那真不是一张讨人喜欢的脸。

她看看反光里的自己，都不单单只是蓬头垢面，温和点形容，镜子里的人是个姿色不佳的吸毒妇女，全身上下，只剩下眼袋还算丰满。她回想起白天那个"网红脸"，内心的小恶魔噌噌出现。

她听到Lily和她们的对话，网红们说："其实，变美很容易的。整形技术那么发达，双眼皮、隆鼻、注射额头、太阳穴、眉弓、卧蚕、填鼻唇沟、丰苹果肌、造下巴，隆胸、溶脂等等。这一套做下来肯定比那两个像双胞胎一样的人强。"而Lily却说自己没有勇气做风险这么大的事情："人家怕痛！"

地铁里温柔的女声广播开始报站，王木可昏昏沉沉终于到站。一出站却发现外面下起了雨，且越下越猛，她从来没有随身带伞的好习惯，一个箭步，也不管三七二十一，浑身上下被淋得通透。

变得更美，仿佛是一张通行证。

大街上虽然来来往往的人，有着各式不同的身材和面孔，但无疑并不是所有人都会认为美丽是个多选项，而是有着标准答案的唯一项。

它就是"网红脸"搭配"魔鬼身材"。

肤白、小V脸、大眼睛、大长腿，没有毛发，体重50kg以内，有马甲线，有腰窝，36D以上的胸围，有一技之长会唱歌跳舞钢琴画画且富二代男朋友温柔体贴，时不时出国旅个游、拍个照。

洗热水澡的时候，她脑海中不断回忆着鹿鹿的话："上帝创造了女人的一张脸，女人又给了自己一张脸，一张脸是女人天生的，一张脸是女人塑造的。其实整容和化妆品差不多，都是戴了一副面具遮蔽了所有瑕疵，塑造了一张俊美、靓丽的脸庞。"

可可没想到自己的体重问题还没解决彻底，又被告知还需要有标准的一张脸。

睡梦中，她看到自己拨通了两个"网红妹"的电话，联系了医生，把她送进了美容整形的手术室。而她进手术室之前，正在向医生要求全麻。医生告诉她："全身麻醉可能危害大脑，损坏记忆，甚至因麻醉而断开的神经会连接困难。"

"请让我一无所知地手术。"可可恳请主治医生考虑她的要求。"但是全麻你醒来后会更痛苦。"医生始终建议她的手术只要局部麻醉就可以。

"没事，您开单子吧，Lily会帮我交钱。预约了您这个大忙人亲自手术，

我放心。”可可看似很酷地举起自己鲜红的钱包摇了摇，脸上滑过一丝丝悲伤。

Lily连她的梦境也都参与了进来。

躺在手术台上的可可，随着麻药的力量，意识渐渐模糊。

但是睁开眼睛的她发现，丛斌就在床畔等着她，而杨小树又为她争取到了节目总监的岗位，她不仅做策划并且亲自主持了自己一手创办的节目，自己再也不用听从Lily的指使或者做那两个“小妖精”的跟屁虫。

但是，范范却突然来到病房，扯开她的脸，露出血淋淋的伤疤。

可可受惊，一睁眼，以为看见的就是人生的岔路口和新篇章。

没想到还是这个饿了十天依旧没有呈现出“完美身材”的她本人。

她有一瞬间，希望梦境里的那些人就围绕在她的身旁。她需要他们的关爱，她需要得到认可，她需要将她的不安全感找到一个妥帖的安放处。

这个快到上了发条的城市，给了她巨大的不安。她很怕被落下，而不知前路不知方向。

更严重的是她居然又梦到了丛斌。那个在范范之前让她念念不忘的男人。

其实督促可可要进行减肥的，不仅仅是工作，更重要的是她自卑。

无处可逃的情感自卑。

她和范范的感情一直都是个问题，她和这个“百依百顺”的范范的感情只是不温不火地相处着，而她心里另外藏了一个更深的人，一个让她第一次有“自卑”心理的人。

关于爱是什么，王木可曾经也深感怀疑。但认识丛斌的那一天，她毫不怀疑“一见钟情”，一眼万年。

她一直以来的动力，除了工作，就是想要让自己完美地站在她心心念念的男人面前，能够自信地对他说“我爱你”，甚至能够自如而不加掩饰地褪掉自己的衣衫，而不至于遮遮掩掩。

丛斌是王木可来这个城市之后，第一家内容公司的创意总监，比可可年长7岁。那时候，可可大学刚毕业，人生地不熟，工作流程也并未了解，每天闷

头苦做，也不得要领。

传媒领域的工作，尤其是电视编导，前期、中期、后期几乎都是各自为政，没有人带领这个初来乍到的女孩子，没有人愿意牺牲自己本来就少得可怜的时间而插手别人的困境。

但是可可进来公司的第一天就发现了他，一个经常加班，但是衣着发型从来不乱的人，而他的身上总是混合着烟草和香水的味道。

大冷天加班到晚上十一点满头大汗，因为不会使用一个新安装的剪辑软件而痛苦不已，急得快哭出声来。

办公桌在她斜对面的丛斌却因工作完成正准备关灯锁门，却发现了手足无措的可可。

“怎么啦？”

“我……您能不能帮我下载一个正确版本的合成软件。我尝试了无数次，却永远无法运行。”可可的眼神“梨花带雨”。

“新来的？”作为一名绅士，丛斌又把刚关上的灯打开，走到她桌旁。

“您好，我叫王木可。”可可伸出右手想要行“握手礼”，但丛斌没有看到，径直走向了电脑。

“你这台电脑太旧了，网卡的线路接触不良，我调试看看，你先用着，然后去设备处换一台电脑吧。”他解开衬衣的扣子，又挽起袖子，然后从主机后面扯出一堆线，边摆弄着边说：“哦，新来的别让他们欺负你。”

他没有称呼她的名字，也没有说自己叫什么名字。

之后，她偷偷摸摸地走到他的办公桌找了一张名片，丛斌。可她自从得知后一点也不敢轻易叫这个名字。

那时候，她的喜欢是还在晓得她自己的感情之前。

如同胡兰成在《民国女子》里写张爱玲的名字，“对人如对花，虽日日相见，亦竟是新相知，何花娇欲语，你不禁想要叫她，但若当真叫了出来，又怕要惊动三世十方。”

可可不敢“惊动三世十方”，却总是在不经意间打量他，他有时穿了新的格子衬衫，白的底色，紫色和黑色交织下衬托出他严肃中的一点魅惑。

可可见到他的第一面，就从丛斌的身上见到了温暖而闪亮的光。关于爱，可可不敢轻易用这个字眼。而喜欢却占满了她的心田。从第一次见到一个抽烟而不讨厌的男人开始，就知道，他会不一样。

从小成长的环境里，爸爸是不抽烟的，这给她留下了一个特殊技能，但凡五米之内，有人抽烟，她就有点受不了，离得太近，甚至都会有窒息的感觉。

而见到丛斌的那个下午，她不仅没有从正在徐徐吐着烟圈的他的身上，闻到烟味，反而闻到淡淡的香水的味道。那种味道有点类似香水的味道，轻轻悠悠地顺着可可鼻孔里的嗅觉捕捉器，一直蔓延，直至包裹着可可的每一处记忆细胞。

可可在和丛斌熟识之后，问过他，“你用的什么香水啊？”

但是丛斌一脸茫然，“大男人用什么香水。”可可以为他是不好意思说出自己也用香水的事实，于是，自己去很多商场的专柜一楼，试图找出这是哪一个品牌的香水的味道。

但总是无功而返，或者，她闻多了也试不出哪款是他的味道。但只要他出现，那股味道就随之而来，有那么一种可可马上就能识别的独一无二的味道。

可可不仅喜欢他的味道，也喜欢他的打扮和穿着。他总是穿着干净的衬衣，干净的带着折痕的熨烫过的裤子。所有的钱都一丝不苟地整齐地摆在钱包里，而其他的文件杂物会摆在更大一点的皮包里。她喜欢这种干净利落，一丝不乱的样子。

那时，可可并没有什么特殊的才艺，所以为了引起丛斌的注意，她常常主动加班。不论是做表格、打印嘉宾名单、协调节目顺序，任何活动都帮忙做。但是他没发现，只有他说的一切，可可做起来才丝毫不觉得繁琐和单调无味。

可可总是会坐在他对面的空桌子旁，偷偷打量他。

办公室里的烟圈一直没有消散，他不知不觉地抽了一支又一支烟。而可可在烟雾缥缈里，看着他的脸渐渐清晰又模糊，他刮胡子留下的胡茬，他眉毛时而皱起时而舒展开来，那些烟雾就像他身上淡淡的香味一样，让可可仿佛置身

另外一片世界。

戴着眼镜的他今天眉头紧锁，看来确实烦心事不少；平常规整的扣上扣子的衬衣袖口也被解开，挽在小臂处；嘴里叼着一根蓝色烟蒂的烟，吞云吐雾。当抽过的烟灰随着重力掉到身上时，他却敏感地将它抖落，而不让灰烬沾到任何一份文件或自己的西裤上。看着他写着报告的样子，可可心里突然很暖。

走到他旁边，拿起茶叶沉到水底的杯子，给他续了一杯水。看着透明玻璃杯中散开的茶叶，打着旋，升起又下沉。

她悄悄地，一句话都没说，就这么陪伴着他加班，加班。

有一次当丛斌终于抽尽了最后一支烟，关上电脑时，已经晚上十一点多了。他这才想起自己对面还坐着可可。有一搭没一搭聊天，得知他们是半个老乡后，可可更加欢喜。他们从那之后，交谈便多了。朝夕相处一段时间，成为了熟悉彼此习惯的人。

妈妈从老家邮寄过一箱火锅的锅底还有麻辣牛肉，回公司时她带去给周围同事尝鲜，他也会抢过去两包，并叫上可可到他家做客，尝尝他的手艺。

他们也相约一起吃饭，可可盼啊盼却并未有所进展。

公司一档"老式访谈节目"渐渐濒临下台，向全公司征求文案，力图做最后一次让它"起死回生"的努力。

可可初来乍到，并没有受公司节目形式的限制，"初生之犊"为问答式的访谈设计了恰到好处的样片小片添加其中，正好被领导选中，指定可可和丛斌合作此项目。

于是，她拼尽全力，铆足劲头，策划访谈节目的方案，节目最终获得通过，播出后获得一致好评。

加班之后，刚好一起走出办公室，一道坐着电梯，他们不再谈论天气、新闻乃至社会头条，而是很安静地感受彼此的呼吸，可可心满意足，感觉彼此之间的气氛十分私密。她和丛斌并肩走着，时常满脸通红。

夜里11点，走出办公室才发觉饥肠辘辘，丛斌提议："不如去外面吃点东西再回去，我请你。"

因为他总是看她约了同事几次吃饭而不得后，只是不停地吃一些零食胡乱对付生活。

可可很高兴：“好，去哪都行。”

她心里默默念叨：“关键的不是吃什么而是和谁去吃。”

那是他们两个第一次出去吃饭，重庆小面。她至今还记得自己在饭桌上手足无措又慌张不已的样子。可可第一次发觉他们离得这么近，不是距离的近，办公室隔着二十公分的距离已经是足够近了，但是那中间隔着“千山万水”和无数同事的目光，而现在，他们面对面，没有任何人打扰。她可以光明正大地吃饭聊天。

那天很晚了，饭馆里的人也不多，临近打烊的老板娘也自顾自清算着账目，他们俩就那么四眼相对坐了半分钟。然后，他起身又出去了一趟，回来时，手里又拿了一包烟。

“你怎么总是抽烟啊。”可可见他拿出打火机，又试图在等菜的过程中点燃一支。

但是丛斌没解释。

而当饭菜上了桌子时，他示意可可先吃着，一定坚持把烟抽完，然后抖抖已干净到“一尘不染”的衣服，似乎一定要有某种仪式性的动作，才开始吃饭。

在饭馆昏暗的灯光下，可可继续一边夹着菜一边用余光观察他，他的头发不像一般男生喜欢散落着炸毛一般，也不像中年男士梳个分头，而是把所有头发都规整梳到后面。

可能是用了男士发胶固定住了，可能长年累月他的头发就是顺着这样的纹理生长。

它们旺盛而不随意，它们黑亮而富有色泽。因为细微的头发丝，她突然觉得自己离他很近，比办公室里面对面还要近。这一分钟的时间里，他好像完全属于她一个人。

但一阵铃声打破了可可这一分钟的幻想。

“刚忙完，在外面吃饭。嗯，我会早点回去。”

现实却是，他比她大7岁，而且有未婚妻。她远远地听到了那个女人的声音。他在她面前大大方方接电话的样子及语气中那不耐烦的声音都让可可的心一紧。

吃着饭的过程里，她问他：“你几乎每天都加班，回家太晚不要紧吗？”

“没事，我自己住。”他给可可夹了鲜嫩的带着油脂的五花肉，“我女朋友在艾汝岛，不在市里。”

可可心里念着，艾汝岛，哦，这是“异地恋”了。

“已经订婚了。”他不愿意多说。可可猜测，工作可能是他的借口。她一大口吞下去面，露出了满脸的笑容。并且她似乎发现，从斌的心情也好多了，他并不深的笑纹和法令纹也渐渐舒展开来。

于是，他又点了一支烟。

她爱他抽烟的动作，他修长白皙的手指，从狭小的烟盒里灵巧地夹出一根烟，在桌子上敲一敲，将烟丝弄散。

烟雾缥缈中，她静静地等待，想象着用这支烟点燃烟花的样子。

## 第十三章　心灵焦灼

后来，可可居然有机会见到他的女朋友。

儿童节的时候，她准备了一只小铁皮青蛙，八零后经典回忆玩具，从网上淘宝特意买来的，另外为了免运费，还订购了竹蜻蜓、木质小陀螺。她买了包装盒和彩带，仔细包起来。

可可下班后，一抬头看他不在，给他发了短信，“晚上有事情吗？”

她抚摸着礼盒包装纸那处凹凸不平的地方，心想着自己应该重新包的，留这么一处不完美的地方，万一他在拆的时候蹭到手可如何是好。

“叮”的一声，“我在外面吃饭。”

“哦，我没事，你忙吧。”可可在这条信息后面还加上了一个笑脸。摸着礼盒的手不知如何是好，放在门口又怕别人拿走，不放下她又怕没有合适的机会再送过来。

她涌上一阵委屈，不仅仅是自己的惊喜失败，还有没有见到面的忧伤。她没有多少理由可以来见他，而节假日存在的意义，可能就是给平常不敢联系的她一点机会。她也委屈节日不单单是为了王木可一个人开放的，其他人也借用节日之名，或放松休息或约会聊天。

她只是在刻舟求剑，不愿意向前。想到这儿觉得自己不能自作多情，她将彩带提起来，“还是拿着走吧，就当我没来过。”

但正当这时，她的电话铃声响了起来，是他打过来的。

“喂，你忙吧，我正要走了。”她没等第二声就接起电话，“先声夺人”显得轻快而洒脱。

“你还在办公室那边？等我一会儿，回去接你。”

她把“你不是还在外面有事吗？”那句话吞下去，轻轻地回应了一声“嗯”。

如果感情有大喜大悲，那么一定是在恋爱的时候，每个时刻因为所喜欢的人的一丝丝变化，都会兴起不同的快乐。她从来没有这么清晰地感受到，自己的心会为着某一个人而起起落落。可可在脑海中念了无数遍，“等我一会儿，回去接你。”她沉浸在软绵绵的粉红棉花糖里站不稳脚跟。

他站到面前时她还傻愣着，看到盒子，轻声问了句：“那是什么？”

“儿童节礼物。”她蹦跶地站起来，“我本来打算带回去自己留着玩了。”

“我都成老人了，还过什么儿童节。”他这么说着，却接了过去托在左手上，然后用右手摸了摸她的头。“谢谢。”

一股莫名的颤抖从他手落到可可头上的地方蔓延，让她不知所措。之后就上了他的车，到达吃饭的地点，他解释说刚刚其实在半路接到的可可短信，在快到了的时候又折返了回去。可可心想绅士果然很有风范。

可是可可远远就看到，已经有个人用手托着下巴望着窗外坐在饭桌前，一个短发的瘦瘦的女人。丛斌介绍她是未婚妻蒋婷婷，然后也很大方地介绍说王

木可是他同事。

她从来没有听过丛斌说了这么多的话，一时间有点混乱，也不知道是失望还是高兴，只是很本能地微笑着，可可并没有准确地记住她脸的样子，更不记得吃了什么。但是，她可以保证，她没有嫉妒，反而她认为这个女人长得很漂亮，腰细胸大脸小身长，丛斌和她很般配。

饭后，她坚持要自己打车回家，但是他依旧说送她。蒋婷婷也说，要送。

于是，可可看着那个本来是她坐着的副驾驶座位有了另外一个女人。而她只能打开后排座位的门。

她后来回想起来，和蒋婷婷相处得很不错。路上堵车遇见远处的商场起火这种小概率事件她都记得，两个人还感叹了一阵。

但那天她在小区外面下车后，走了很长很长的路，一句话也没对外人说，看起来没有喜悦和悲伤。这种结果本来是可可始料未及的，但自从看到了他的“正牌女友”后，她却变得非常骄傲又非常胆怯。

并且开始审视之前她并没有注意到的身边围绕着的一群女同事。

那个34D的薇薇，还有长腿的大宁，打扮入时、会流利说英语、日语、韩国语的小美。而这些人对她也热情起来，邀请她一起去购物、健身，她的心里有不可言说的希望以及失望。逛商场时，她看到三个女孩子试衣服，而自己没有好身材；吃饭时，她看着她们优雅地吃几口蔬菜沙拉，而自己却一扫而光；甚至平常谈论的化妆品，以及科技潮牌，她都不懂。

她越来越觉得自己的身材圆圆滚滚，透过同事们，她发现了自己的差距。回想起这些，她有时候也会不断怀疑自己，认为丛斌即使从她们之中另觅新欢，他也不会对个子不高、身材不好的自己有兴趣。

于是，她进入了无休止的自我折磨之中。

三个月后，可可辞职跳槽到了现在这家公司。她主动回避了丛斌以及“莺莺燕燕”们，她面对自己依然动心却得不到的绅士，她的自信心没有建立起来，一味认为自己并没有任何“竞争优势”。

在新的环境下，她遭遇了工作能力并不如她但却“言听计从”“猛烈追

求”的范范。出于想要“疗愈”的目的，她答应了，可是，她在埋怨范范各种行为时的“参考标准”就是丛斌。

可可反省着，自己是否也被这个光怪陆离的世界搞得不明方向和是非。

她有时候偷偷流泪，“我觉得我已经努力了，但有些东西并不是努力就会有结果，需要时间吧，我真的很尽力了。”

“也许是有一段时间没有去回忆了，每当触碰起来就会有一种心痛在那。”长久以来的暗恋和自卑，被可可用柔弱的外表坚强伪装起来。

她的自卑在来到新的公司之后通过拼命工作有所治愈，可如今反弹力度更是强大。比在丛斌面前，比在自己喜欢的人面前更大的自卑渐渐袭来。

为了获得一份安全的归属，她可以放下身段、放下高傲，只为获得对方的认可和爱意。可是当她不断放弃、不断屈尊后，仍然无法获得一份强有力的肯定，无法化被动为主动，无法游刃有余地掌控他们之间的关系。这一切都让她惶惶然，为此找不到自信也找不到慰藉，找不到一份让她脚踏实地的爱的保障。

拼命想要握住的沙，眼睁睁看它从指缝滑下。

## 第十四章　别无选择

第十天，熬过了身体上的不适，克服了怕冷、无力、饥饿感加大的阶段，可可反而陷入了更严重的心情烦躁。今天本该来的大姨妈也没有按时到访。对食物有依赖感的人，其减肥效果最终是反复的，体重忽重忽轻会导致内分泌的失调。

大脑不停地告诉她，“我要吃东西”，而意志却给了她一巴掌，“饿着，只有饿着。”

她看着十天还是毫无任何变化的自己，深感太慢了。

她去厕所时，不慎望见洗手间的镜子。那里面的自己，苍白憔悴，眼窝深陷，脸色蜡黄，头发干枯。她照着镜子，不忍心再看第二眼，这个糟糕透顶的

皮囊。

所有的自卑和沮丧清清楚楚地显露。

她宁愿给自己罩上一层面具，在生活这场紧张、疲惫又绚丽多彩的舞台剧上“浓妆艳抹、粉墨登场”。

她即使讨厌吃快餐、开快车、走快步、行色匆匆、争分夺秒谋项目、心急火燎拼业绩，但是，生活就是这么快速的节奏，她只能被裹挟着，无暇停留。

而她的减肥大业也不可能再慢慢来了。必须跟上步伐，快马加鞭。

她在床上翻滚着，挣扎着，磨蹭了一个多小时后，终于还是从自己的包里找出了网红妹硬塞给她的那张整形医院的名片。

——第三军区总医院第一附属医院整形康复中心黄永新主任医师

趴在窗台，望着窗外依旧灰黑的天气，太阳在厚厚的云层后微微发亮。可可又花费了半个小时小心翼翼编辑了一条咨询短信，说明自己是由于欣欣和鹿鹿的介绍联系黄主任，希望预约时间具体详谈。五分钟后就接到了一个甜美女声的接待，说自己是黄医师助理，约可可十点到医院605室见面。

做了决定之后，她便开始慢慢穿衣服、洗漱，在不怎么精神的眼眶下仔细描了眼线，将扎起来的头发散下来。走在路上，她依旧不希望露出自己的脸，有风吹过，她的头发自然可以起到保护作用。然后在衣柜里找出了一件浅粉色的格子大衣，这个季节穿似乎有点热，但是这几天没有吃饭的缘故，她总是会冷。她拢了拢衣领，对着镜子涂了西瓜红的唇彩，抿了抿，露出疲惫的笑容。

她终于换上了一套有颜色的衣服。穿戴整齐以后，她锁门离开。她记得很清楚，向左扭三圈，一圈，两圈，三圈，拔出。

大街上的行人，依旧不是灰色，就是黑色，在这样的雾霾天里，灰黑色的确耐脏。

她时间充裕，于是选择了公交车出行。等了很长时间要坐的321路才来，她随着很多人一起挤上车，门口一个戴口罩的长发大波浪女子穿着细尖的高跟鞋，差一点踩到她的小脚趾。她叫了一声，对方没有道歉，自顾自“笃笃笃”地走了，可可叹了口气，就算了。她东倒西歪地扶着窗边的扶手，看着公交一站一站地开着，摇晃地经过着她本该十分熟悉但是却极其陌生的街景。

貌似处处都一样，随处可见的依旧是持续推销的美貌，唯一的不同就是模特衣服的颜色。似乎就是无数的欣欣或者鹿鹿。王木可东张西望了四站，就闭起了眼睛。

标准，基于比例、平衡与和谐的美学，逃都逃不开。可可以为闭上眼睛就可以不再见到，却不知这些形象早已深入她的心里，无论如何也忘不掉。

到了医院六楼，她就听到601室正在进行助理护士的岗前培训：

“以脸型为例，脸部黄金比例是1/0.819；完美下颌角角度为116°；额骨与下颚骨角度比例是1/0.678。这些从西方舶来的数字公式还可以转化为形象的、更便于消费者测量的‘三庭五眼’，则横向以眼睛为单位划分为五等分，竖向从发际、眼睑、鼻翼到下巴分成三等分；等分的脸型符合美。”

“完美肤质则有五大标准：美白、无斑痕、无皱纹、紧致、有弹性。”

而她听到的这几句，让她更加慌乱。显然她的脸型和皮肤并不符合标准。

在可可驻足的一分钟里，马上就有一位引导她走到605室，她看着墙壁上张贴的各种标准美人像以及身体解剖图，手掌渐渐有一层细汗。于是，她将格子外套脱下来，搭在自己的腿上。

“您是王木可小姐是吧？”一位穿着白大褂的，四十多岁戴眼镜的男子“满面春风”笑着对可可打招呼，行握手礼。

“您好，黄医生？”她站了起来，将衣服拐在左手，然后蹭蹭右手上的汗液，将右手伸过去。

“是的。请坐。看王小姐的身材其实还可以，只是为了追求完美体形，四肢稍微、稍微超出标准，属于局部肥胖，可以进行抽脂手术。”黄医生依旧微笑着，坐在位置后就敲打着键盘。

可可有点惊讶，不过是打个招呼的过程里，黄医生居然就可以下结论。她小心翼翼地问：“手术有没有风险？需要多长时间？”

黄医生停止“啪啪”敲打的声音，直视着可可的眼睛：“抽脂手术对医生和医疗环境的要求都相当严格，必须在消毒标准特别严格的手术室里进行。

相信王小姐也看了我们医院肯定是正规医院，都有数百例成功经验。手术过程呢，只需要一两个小时，手术简单安全，不用吃药不用开刀，只是通常在手术部位脂肪层附近开一两个小洞，将插管插入脂肪层，然后运用抽脂机的负压把脂肪吸出来就可以了。”

他喝了一口茶水，看可可犹豫不决，又继续说：“当然啦，任何手术都有一定的风险。最近由美国美学外科学会经过数据统计，现在在抽脂手术过程中出现的死亡案例是每47415例出现一例，最近一个皮肤病学的调查发现抽脂过程中引发的临床并发症的发生率是0.7%。发炎概率小于百分之一，出现橘皮组织小于千分之一。所以，出现危机情况的可能性特别小。”

可可抓紧了手里的外套，“那么，对以后的生育会不会有影响？”她担心回去后没有办法和范范还有爸妈交待。

“只去掉多余的脂肪就好了，会保留一厘米的脂肪层，不然手感也会不好。”黄医生还哈哈大笑，似乎认定可可担心得太多。“并且，抽脂手术只是抽吸出多余的脂肪细胞，因此是不存在反弹问题，当然，这个前提是指手术后要保持良好的生活习惯。”

“那我多久可以工作？医生，我，我几乎没有可以休假的时间……”可可一方面有意愿，但是又害怕恢复期被指指点点。

“不用担心，量少术后就可以随时离开，如果愿意观察，在这住一晚也可以。或者你穿上塑身衣在家按照注意事项休息。这几乎是最快速又安全达到效果的手术。我们这肯定是按照最标准的数值给你严格执行的。”

可可盘算着，她可不信医生“没有痛苦、立等可走”这种谎话，但是她承认，如果可以短时间里，比饿21天能够更有效地达到标准，她愿意承担相应的痛苦。

如果，不做到这一步，她回去之后，无法想象自己能否再坚持11天。

黄医生示意护士小姐带可可去做相应的体检，签订知情书及相应的交费。

她跟医生进了准备室。换衣服，换鞋。医生和护士都穿深绿色手术服，戴着口罩和帽子。

医生给她拍了前后左右的照片作为以后的对比。然后在腿上按照脂肪和肌肉生长的方向和轮廓画出了一条条的线，并且作了标注。

而进手术室的时候，可可就开始有些怕。当时已经有些想逃出来了，但还是一直在忍着。越怕话越多，一直跟护士和麻醉师在聊天。

心理压力很大。两个护士开始给可可消毒，凉凉的。

她想逃。心里有点不祥的预感。

可是为了能变得瘦一点，她又忍住了。

一个护士给可可打静脉点滴麻醉，并安慰她不要怕疼，可护士小姐却还是紧张得手忙脚乱，针插进去，药水没及时插上，滴了三大滴血。看到血涌出后，可可反而心里平静了。

医生说，不要低头看了，会晕的。

她苦涩地一笑。麻醉师给可可吸上了氧气，把两只针管里的液体慢慢推进划线的部位，然后说，觉得不舒服可以提前告诉她。她没有选择全身麻醉，一针下去不知不觉马上睡着的手术，而只是选择了局部麻醉，她要清醒地知道自己付出了什么代价。

可下一秒，她马上觉得痛。这辈子没那么痛过。

大概是在手臂下侧，也就是通常所说的有蝴蝶袖的地方开始。在局部放大范围的情况下，约呈椭圆形地在手臂的下方打了二十几针的麻醉剂。

医师大概为了要让手术快速进行，所以麻醉针下得并不温柔，每一针都痛彻心扉。尤其是越接近腋下或是手臂外侧的地方，更是痛到几近昏迷。

可可甚至还可以听到医师说，要下刀开刀口了。脑中的一根弦立马绷紧，清醒着听着医生说要在手臂上割一个洞，然后插管子进去抽脂，她想象着这种画面，浮现出恐怖片的女鬼。

虽然麻药渐渐起了作用，但是医师在抽的途中居然问可可要不要看真空管中滚动的液体脂肪。可可在医生话音刚落的瞬间，就感到头晕了。

但是她看到的并不是丛斌或者Lily，既不是工作也不是爱情，那种种在她梦里演示过的场景一个也没有出现。

而浮现出来的是奶奶的家。那片童年的果园和流水潺潺的小河。可可意识残留的最后一瞬间想到，已经太久没有联系过爷爷奶奶了。

## 第十五章　归去来兮

可可童年时期，由于父母在重庆工作都很忙，于是把她送到山清水秀的北方小村庄里的奶奶家长大。陪伴她的有可爱的小朋友、清澈的河水、疼爱她的乡下邻居……

她健康快乐地成长着。

从小到大，凡是第一次见到可可的人，都会不由自主地发表一句感叹：这娃娃长得真好！第一次和可可一起吃饭的人，尤其是妈妈们，总会很羡慕地赞叹：这娃娃吃饭太乖了！吃得多香啊！

如果说出她实际年龄，大人们更会由衷地惊叹：真的啊？简直不像！看起来起码要大两三岁呢！这时候，可可有意无意就会显示出害羞又得意的样子，吃饭更加卖力。

他们总是认为，小孩子当然要胖乎乎才可爱，才不会生病，才会有精神玩。

爷爷奶奶从来不会规定几点需要定闹钟起床，日出而作日落而息；没有车水马龙的街道，爷爷用小推车带她去果园，用突突的拖拉机带她去集市。

经历过饥饿困苦的爷爷奶奶，把所有一切的好吃的都留给了她。奶奶最常说的就是，“多吃点，别饿着”。

王木可在乡下长大，那里山清水秀，草长花香。一个临近江边的小村庄。

整个中国的地图用1：200公里的比例尺可以看清，而奶奶家要调到1：200米才可以。这意味着，要不断放大不断放大，放大到无法再扩展的一张电子地图的最末端才可以发现一个名字，藏歌。

那里是王木可小时候的天堂。夏季，在奶奶拿着盆去河边洗衣服的时候，她穿着小短裤戴着帽子，提着一个玻璃瓶子，一唱一跳地跟着奶奶去河边抓

鱼。那些游动的小鱼儿，可不是可可的对手，她总是会安静地等待在河边的浅水区，静静地看着水底小鱼儿们的动态，直到自己和周围环境融为一体，她才会伺机而动。就像一只精明的小猎豹。在奶奶洗衣服的时间里，她的玻璃罐里会装满小手指肚般小小的鱼。她会举得高高的，尽量不让自己的走路动静颠簸到那些小鱼儿，将它们带回家。除了摸鱼，石头下面还有一些田螺。进入再深一点的区域，大约没过大腿根部，弯下腰，搬起一些缓流处沉到下方带点苔藓或水草像头颅般大小的石头，拿出水面时，总会见到一张一合的想要“装死”的田螺。多翻出几块石头，一顿酱爆田螺就会妥妥地满足一家人。

而爷爷总是会找来一根长长的竹竿、以铁丝弯成一个圆圈，然后套上硬一点的塑料布，带她去抓知了。或者带她去山上捕捉蚂蚱、去地里找豆虫。有时候，会在收割的麦田里挖出一个坑，给她烤烤这些刚抓到的“野味”，或者土豆和红薯。有时候，会让她在刚犁好的地里赤脚踩踩刚播下的种子。

从小她便是“野”着长大的。她的朋友们几乎也都是这些花鸟虫鱼。所以，她嘀嘀咕咕会将一些话告诉它们。

阳春三月，爷爷奶奶家的屋檐下，会有一些小燕子来筑巢，它们一点一点衔来泥和麦秸秆，可可会好奇地盯着它们筑巢，但几天没留神看，它们的窝就造好了。可可会问奶奶为什么小燕子要来咱们家住？奶奶会说燕子们也快生宝宝了，它们也希望和小朋友一起玩。

于是，可可会很盼望新朋友的到来。

并且还会管住奶奶家的猫咪咪，让它们乖一点，别总是要去房顶试图抓小燕子。

她操心的事情特别多，北屋奶奶家的狗下小崽子了，门前的鸡需要喂食了，果园里的苹果熟了，菜园里的黄瓜应该摘了……

每天忙忙碌碌，快乐似神仙。那时候，她傻傻地以为，她可以一辈子都这样天真地生活。

没有人告诉她，什么是美。她以为，那湛蓝的天、清澈的水、调皮的猫咪，哪怕笨拙的猪圈里的刚出生的小猪都是美丽的。

视线可及之处，满眼全是大面积的绿色，绿色之中，开着星星点点的野花，那种野花是白色的，开得很肆意很张扬，显出一派豁然大度的姿态。

可可忘记从什么时候开始，和家人明明很亲近，却越来越不知如何交流、如何表达，渐渐封闭自己，出现情感交流的障碍。

原因呢？她不懂。

她只是失落，为了求学远赴他乡，反把他乡认作故乡。为了更高更快反而忽略掉了自己的家人和那些生活的经验与记忆。

她的痛苦常常会在自己去商场逛街买衣服时放大，每当遭到服务员白眼后，她都会忘记曾经的天真美好，转而埋怨家人的“纵容”。

商场服务员恨不得只有S码的小号衣服，而当你要了M码，她们就会十分不乐意地满脸鄙夷，不是马上微笑去帮忙找适合尺寸的衣服而是先说这件衣服很贵。言下之意是看你这副样子就买不起。

每当这时，她就会脸红，即使不是自己的错误，她依旧会觉得是做了很见不得人的事情。如果鼓起勇气，试了那件M号的衣服，却并不满意时，服务员小姐更是会从鼻孔里哼出看不见的气流，仿佛早就知道你是一个又穷又没有身材的loser。

从什么时候开始，服务员不是“以顾客为上帝”，而是以你花不花钱买几件衣服为主，重要的也不是顾客穿着满不满意，而是自己可以提成多少。

她曾抱怨过自己生在农村，一门心思逃离家人和家乡，而她现在每天沉浸在石头耸立的建筑中，忘记了什么才是真实，忘记了妈妈说过，生活的标准是快乐。

就像现在，她也不想相信，自己躺在手术台上是真实发生的事情。

即使打了麻药，可可也清晰感受到针管刺透她皮肤时的疼痛。她清晰地看到，抽出来的脂肪呈金黄色，像她之前爱点的果粒橙一样。

“以后去买衣服不会遭到歧视了……”

她清晰地看到，抽出来20ml，接着又20ml。

“以后我有机会上镜，也不会被骂得很惨了……”

她一直数着护士从医生手里不断接过来的针管。

“收视率不高，今后不会从我的身材找原因了……”

她闭气眼睛，感觉身体有点酸。

“以后可以自信地面对丛斌，骄傲地站在他面前……”

她想漂亮地站在家人面前，笑眯眯地说出自己的工作成就，而不是埋怨妈妈总是做那么多可口的饭菜，让她无法减肥保持身材。她想念妈妈在饭桌上每天王婆卖瓜自卖自夸的态度，爸爸会吃光饭桌上的最后一口，爷爷虽然老了，耳背，但能吃二十多个饺子，奶奶总是给可可留着十几个大鹅蛋。

她要谢谢杨小树一直以来的照顾以及曾经对自己工作的要求，陪她去过的酒吧和流过汗水的健身房，在他的鼓励、鞭策和督促之下完成了“蜕变”。

虽然Lily爱臭美又刻薄，但是今后的她们应该可以好好相处，同创收视率新高，向田老板争取年终红包和欧洲福利游。

她好想在结束后对范范说声对不起，“曾经我生病时，你握着我的手趴在床边陪我到天亮，那会儿我应该吻你的。其实，我也希望给你生个宝宝。”

在浑身疼痛的过程中，王木可才发觉，这花花世界这么大，自己连十万分之一都没有享受。

她希望每一天都对自己更好，对别人更真实，不再压抑，不再虚伪，温柔诚实。

但突然，她听到护士小姐喊了一句，“出血了！”她感受到护士的慌乱，猛地一下将呼吸器套到了鼻翼和口腔上。

黄医生并没有说，脂肪血栓是最常见的一种并发症，有四分之一的死亡就是因为脂肪进入血管，进入人体血液循环，于是堵塞肺动脉而发生的。

麻药在身体中发生作用，血液中的异丙酚含量渐渐从峰值降了下来，麻醉的效用让身体如坠雾中，器官和器官之间都有了隔膜，如果醒来，王木可一定会狠狠吐上一顿。

手术台上的无影灯发出让所有阴影都消失的光，王木可脸颊的轮廓似乎要在光中消融。强光穿过眼睑，闭着眼睛的王木可在黑暗中看见星光。

她听到睡梦中站在橱窗边抱着芭比娃娃的小女孩呼喊她的名字，可可看到了她长大后的样子——四肢修长，清新动人，身材完美。

手术室仪器的警告声渐渐急促，平躺着的木可好像回到了童年，进入了奶奶口中的那个传说，身体之外是医疗器械的金属光泽，没有任何阴影的光明，而木可的身体，陷入了绝对黑暗，唯有一条河，发着光，流向自己，王木可，一步一步走进光河之中。

她微笑着，周围一切嘈杂的声音都消失了。

深山林中，唯有蝉鸣鸟叫，流水潺潺。

## 评论：A4腰与病态美学

生活是小说的最佳源泉，真实的力量始终在小说艺术中发挥着重要作用，在《黄金标准》中可以时刻感受到这种真实。在这篇小说中，叙事从形式上尽可能简化，与现代小说中支流丰富、意象丛生的“道路小说”不同，作者每一步都在大路上将情节向前推进；也不同于民间立场和寻根遗响，故事的情节设定，语言的表述状态，都聚焦于最普通和典型的现代都市。这种真实更像是一种真实与想象交合的成真，聚焦着普通大众对于都市年轻人工作生存状态的想象，具有对社会现象级问题的体察。

追求“iPhone腿”“A4腰”“网红脸”的女孩群像在小说中频繁出现，简洁地勾勒出当下社会中年轻女性面临的想象困境，社会大众给予她们“理想形象”的空间非常局促，这也是作者在反复描写的问题。通过典型化的现实，通过每一种符号背后所代表的价值取向、每一个人物形象背后隐藏的社会群体，小说呈现出微缩社会的寓言性。亦如美剧《欲望都市》文本中对于女性身体大胆另类的呈现，反映的也是女性的身体焦虑和生存困境。

小说所涉及的题材从不同侧面和角度接触到社会和人生的重大课题，透露出时代特有的气息。作品中有苦闷，也有浮躁，有感伤，也有悲怆，但不能忽视作品中提出的社会人生问题。从历史的脉络看，颇具“为人生”问题小说的

特点，关心民众生活，包含了作者真诚的人道主义情感，从艺术格局、创作方法、表现手法等倾向现实主义，拥抱、透视和剖析社会问题。小说中对于大众文化符号的应用让读者能迅速地感受到时代气氛，无论是茱莉亚·罗伯茨的八卦还是美容整形，通过符号性的表述为故事搭建起最简洁易懂的环境。

小说通过故事创作、情节编织来展现现实。在现实主义小说中，越成功的作者，越难以把控人物最终的命运走向。正如同托尔斯泰无法决定安娜的生死，只能任由她走向铁轨一样。在当代社会的病态审美之下，《黄金标准》中的主人公必然也无法逃脱被病态美学与病态美学经济所吞噬的命运，走向“毁灭”。同样的，作者在面对巨大、强力的现实逻辑时，笔下人物的命运从出生就已经注定。人物与情节成为现实的代言，作者行走其中，用故事的结局为这种现实脚注上自己的态度，这也是作者对“女性意识”的思考和探索。当社会中的女性身体被消费主义、男性视角审美不断压抑、异化时，文学是否能够如实记录这场暗涌与浪潮，主人公所代表的悲剧人物，是否能通过文学表达，为现实人生带来某些启示，这些都是作者希望通过小说传递给读者的。

小说贵在真实。真实需要技艺和雕琢，方能成为社会的记录，留存下来。小说塑造了走向不归路的王木可，但诉求的却是真正独立、自信、积极追寻自身价值和生命意义，同时勇敢追求身体愉悦的都市女性形象。希望挑战传统男权文化中对女性身体的控制，病态地追求“标准美”会带来失去自我甚至失去生命的后果。小说中的悲剧人生，代表了当今社会女性生活中面临的问题，和自身审美的潜在危机，对这些黑暗、病态的呈现，是小说写作的意义。《黄金标准》为当今社会流行的A4腰与病态美做了一张速写，小说背后时代的警钟已经敲响，让人反思警惕。

（谌幸）

## 7. 矿工往事

张哲茜-15级专硕

### （一）

一阵一阵的蝉鸣，一夜一夜的蝉鸣。人们在夏夜中很难安睡。

蚊子飞来飞去，嗡地一声钻过来，好像在耳边，又好像在额头上，小柱子扬手一拍，没打死蚊子，却把自己打醒了，索性翻个身，把原本盖在身上的被单儿压到身下去，一只手搭到了旁边母亲的胸脯，柱子娘睡觉浅，这一扑腾就给惊醒了，她把儿子的手放下，再把压在他身下的被单儿拽上来盖好，然后闭上眼睛。她听到小柱子咂巴咂巴嘴，半梦半醒地说："娘，渴了。""苗儿比你还渴呐，都没水喝。"柱子娘心里想。

"娃儿要喝水？"柱子爹突然轻轻地问，柱子娘回过身悄声说："今天打的水喝完了，没水喝，明早我去打。""你说明天能下雨不？""老天爷才知道哇。"小小的屋子里安静了，那是无奈的沉默。去年上秋种的小麦，因为今年冬天又冷又旱，眼看着颗粒无收，就指望着春天种的苞米了，如果水分充足，收成好，也还能对付着一家五张嘴，可谁想到，这年苦夏连月无雨，庄稼地已经开裂，附近水井的水位越来越低，地不解渴人要饿，可老天爷偏偏无视人间的苦楚，就是不给胶东大地一点点生活的希望。

小柱子的大名儿叫郭德义，这是他爹郭全请隔壁万老秀才取的名字，之所以叫小柱子，是北方农村习惯给孩子取个低贱的小名儿，据说这样做孩子才能有大出息。郭全家现在住着五口人，郭全的老母亲、郭全夫妻俩、二女儿兰叶和唯一的儿子小柱子。小柱子是家里的宠儿，郭全是郭家的独苗，二十七岁才娶上妻，妻子的肚子偏偏不争气，连生了两个女儿，小柱子降生前的一年里，郭老太没什么好脸色，郭全很埋怨自己，也有些埋怨妻子，家里的气氛总是很生分。小柱子的降生给这个家带来了久违的欢乐。后来大女儿出嫁了，嫁给了同村的庄户人家，整个村子就是这样邻家嫁娶、亲上加亲，最终形成的庞大家族。

生活就这样过着，并不带有期待，也未全然绝望，外部世界风云变幻，什么清政府被推翻了，日本人占领青岛了，袁世凯称帝了，日本人建立伪满洲国了，中日开战了，对于这些消息，久居在乡村的农民是不甚在意的。他们仅仅以最直观的感觉来评价他们所生活的世界——上缴的粮食越来越多，自己的土地不得不一块块卖给庄家大户，最后只能去大户家里扛活，就算这样，还是饥一顿饱一顿——世道是越来越艰难了。

小柱子一天天长大，转眼十四岁了，那个只知道在田间地头疯跑的小崽子，长成了一个有些肌肉和力气，能帮家里干点杂活儿的少年，逐渐担当起家中长子的责任来。郭全守着自己的一亩三分地，看着儿子节节拔高的身体，总还是欣慰的。但这几年的粮食吃紧了，自己又还欠村里几个大户家粮，不好再开口贷了，他想到把兰叶嫁出去，一是可以省口饭，二是可能赚一份聘礼。但郭全寻摸了一圈村里的年轻小伙子，人好的家穷，拿不出聘礼，富裕的又看不上穷庄户的女儿，也就暂时把这事儿放下了。

“那就只能卖地了。”郭全跟妻子说。“再跟南头的老郭家借点粮吧，都是本家。”妻子不想卖地，卖了地，人也就没了依靠，只能靠给东家扛活儿，有活儿没活儿东家说的算，风里来雨里去，不安稳。郭全心一横："还是卖地吧，这些年粮食上缴越来越多，年成好的时候也剩不下多少。以后扛活儿虽然累，但我还年轻力壮，柱子也渐渐长大了，我们要是找了好东家，包吃住的，俩人挣的工钱还能余富点儿给家里。死守着家里那一亩三分地，白浪费了我们两个大老爷们儿的力气。"郭全的妻子不再争辩，从炕头垛子下抽出一块砖，往里面掏了掏，掏出了一个颇精致的长方形漆盒，打开盒子，轻轻地拿出了一张边缘已经有些破烂发黄的纸，宝贝似的捧给丈夫，这便是地契了。郭全慢慢将纸展开铺在床上，夫妻俩一起望向那张纸。

他们虽然不识字，却知道这张纸的分量跟家里的几亩地是一样的，纸面虽然发黄，但上面的字依然清晰，郭全缓缓将纸折好，还放在那个小漆盒里，说："再熬一阵，上秋多少收点粮以后，我叫上万老秀才做个见证人，还是把地卖给李家吧，总跟他们家贷粮，李广善信佛，心善，也不抠。"

一个半月后，一间宽敞的堂屋，桌椅都是黄花梨木的，甚少雕花，显得古朴大气。

李广善坐主座，眼睛半闭半睁，手里盘着一串沉香木念珠，万老秀才和郭全坐宾座。李广善乜斜着两个人，以为又是跟往常一样来贷粮的，也不甚留意，想着曾经也贷给郭全不少粮食和钱，算是尽了自己的一份善心，能记上几笔功德，可郭全老是还不上，借贷年年积压，李广善也不太乐意了，正想着不如找个借口推脱了此事，这时，郭全先开口了："李老爷，郭全往日受了您大恩，借粮过活，这几年粮食收成不好……"李广善突然打断他接上话："是啊，我那片好地也遭了灾，差点给毁了，但这税，该缴还得缴，今年怕是日子难过喽。"说完，皱着眉低头看着手上的念珠。

郭全没听出这话外之音，倒是万秀才懂了个中滋味，便接上话："李善人，郭全今天不是来借粮的。他想卖地。平时您老总是接济他，这事儿他第一个就想问问您老意思。"李广善抬起眼皮，似笑非笑地看着郭全，嘴里"唔"了一声，心里已经盘算起来，郭全家的地离水近，又平整，跟自己家的地正好能连成片，想着想着，嘴角满意地向上一扬。万秀才回头看着郭全，稍稍扬了一下脸，示意郭全拿出地契。李广善看郭全从一个漆盒中拿出了一张破纸，一边呈到他面前，一边说："这是我家的地契，一共六亩，您老看着给个价。"李广善用食指和拇指捏起地契的一角，抬手一抖，地契飘摇地在空中展开，他用另一只手托起地契，认真端详了一阵，向里屋喊了一句："拿纸笔和算盘来！"下人抬来了一张小桌，李广善噼里啪啦打了一阵算盘，嘴里嘟囔着："按现在的土地市价，你这六亩旱地，虽然有点在山坡上，我就都给算平整的旱地，你家这地嘛，中等，每亩十五元，共计九十元；之前你跟我借的折合三十五元钱，说好一年六分利，至今共欠五十六元，现在给你三十四元。算准了就签了契约吧。"郭全、李广善和万秀才分别签了字。签完字，李广善露出了笑模样来，盯着郭全突然问了一句："郭全老弟，我们家缺一个伺候老娘的丫头，你们家兰叶儿愿意吗？"郭全也是一愣，正想答话，万秀才说："善人，兰叶儿还没长齐，粗手粗脚，不好使唤，我和郭全就先告辞了。"出去后，万秀才拉着郭全的手说："这李善人惦记你们家兰叶儿，我听说他家曾经赶出来好几个怀孕的丫头，可千万别让兰叶来这做活儿。"郭全默默点点头。

拿到了银元，郭全把这些叮叮当当的生计放在原来装地契的漆盒里，回家路上看着昨天还劳作的土地，今天已然不再属于自己了，心里滋味很复杂，但毕竟家里暂时没有了口腹之忧，所欠的粮债也还了一大半，前路渺茫的焦虑失落，混杂着些许心安和卸下担子的轻松。郭全让万秀才先回家，自己坐在地头上，双眼失神，直到太阳落山才回家。

卖了地之后，郭家开始了省吃俭用的拮据生活，郭全跑了几个大户，都说长工足够了，也暂时不需要短工，眼看着卖地的钱都要花完了，家里的各项家用都见底了。小柱子常常听爹妈在夜里唉声叹气地唠嗑，白天的饭吃得越发少了。郭全看着兰叶儿在家吃白饭，有时候有点生气，想直接把她送到李善人家里，但又怕被赶出来后还是自己丢人，也就作罢了。

九月十五，村里人都去白水镇赶大集。郭全给小柱子拿了几个钱去集市置办点家用和吃食，郭全让家中这个唯一的儿子去经经事儿，托了自己的大女婿一路上照拂着点。小柱子从前都是跟爹一块儿去，这次没有爹陪同，他显得有些兴奋，也有些紧张，毕竟是一个“艰巨”的任务，而且集上有太多好吃的好玩的，要是剩点钱，自己还能买点喜欢的东西。小柱子头天晚上把家里要置办的物什来回念叨了几遍，终于确认自己不会忘记，第二天起了个大早，背着一只灰黑色的小布兜，装上午饭要吃的干粮，准备和姐夫去集上了。临走前，柱子娘千叮咛万嘱咐，一遍遍叨念着要买的东西，让小柱子先办正事儿，别老卖呆儿，钱省着花……

小柱子总觉村里的生活很单调乏味，男女老少都是抬头不见低头见，他特别喜欢去赶集，因为十里八村的乡亲们都赶这趟集，南来北往的商人也常常聚集在这趟集上，集上每次都有新鲜的面孔、新鲜的玩意儿，一个十四岁的少年，对外部世界的一切都充满了好奇。集市离村子有些远，但小柱子由于兴奋，丝毫不觉得累，一路上哼着不知名的小曲儿，蹦蹦跶跶地走了半晌，方才到了集市。

今年虽然年景不好，但秋天集市依旧是热闹非凡，卖水果的、卖糕点吃食的、卖粮油米面的、卖衣衫布料的，卖其他日杂百货的……有的推着板车，有的搭起棚子，有的挑着扁担，每个摊位前都是人头攒动，有的人不带钱，就把自家产的东西直接换了别家的东西，只要双方商定数目不起争执，买卖就成了。小柱子还不是成年人的身板，在人堆里显得很小，钻来钻去，总能挤到各个摊位的最前面。姐夫一个不留神就拉不住小柱子了，只好跟着他挤来挤去，到哪儿都能引起人群的一阵涌动和不满。晌午过了，小柱子的肚子有些饿，就吵着要吃东西，姐夫让他吃早晨带的干烙饼，他老大不情愿，对面就是刚炸好的外酥内软的大麻花！香甜的麻花气味悠悠地飘逸过来，小柱子看着手里的干烙饼，咽了一口口水，啃了起来。姐夫趁着吃饭的工夫教训了小柱子几句：“柱子啊，你可别逮哪钻哪了，集上人多，一不留神走散了可咋办，先把正经东西置办完了，剩了钱让你买俩零嘴儿回去。早点买完早点回，天黑山路不好走了。”小柱子也没答话，自顾自地啃着饼。

远处突然响起了三声清脆的铜锣声，引得人们都朝声音的方向望去，只见不知道什么被围得水泄不通，喜欢看热闹的人也都纷纷向着铜锣声的方向走过去。小柱子正吃着饼呢，听见声音马上一激灵，顺着人流看过去，刚想起身，一只胳膊被姐夫死死钳住："你去凑什么热闹！快吃！"小柱子装作低头吃饼的样子，趁姐夫不留神，挣脱他的手臂一溜烟跑远了，姐夫只得把没吃完的烙饼往布兜里胡乱一塞，起身追了出去。

## （二）

"哎！谁是山东人？山东人过来！给你们放几天假，你们可以回家一趟，看看家人，路费矿上出，顺便给你们派点活儿，工钱照付，干得好额外有赏！"张连义听了这话，从椅子上站起来，拉了拉衣服，慢悠悠地走到大把头旁边，背着手跨着腿地站着。接着大把头又叫唐山人、徐州人和其他一些地方的人出来。一排十几个人站定，大把头对着旁边的日本军官说了一句日语，意思是人齐了。日本军官双腿开立，双手交叉，抵着一把立在面前半人高的步枪的枪口，冲着大把头点了点头，说了一个短促有力的"好"，大把头对面前的十个人说：

"大家为矿上卖力干活多年，大仓先生非常感谢大家，现在想让大家回趟家，看看亲人，宽解大家的乡愁。大家也知道，咱们公司最近又开了几个新矿坑，加上有些工人吃不得苦，跑了，他们也就赚不得钱。还请大家回家的时候啊，帮着矿上招些年轻人，亲戚邻居的吆喝吆喝，这是带乡亲们发财，是好事儿啊。至于赏钱，公司这边议定了，只要能招来人，路费全免，招一个人给五块钱，上不封顶。"

有人就问了："招他们来做啥工？"

大把头说："新来的工人嘛，自然是先从采矿挖煤这些事做起，总不能一来就跟大家一样做小把头吧，得先锻炼个一两年，以后当了把头才能服众，大家说是不是这个理儿？"

张连义嘴角抽搐了一下，鼻子里发出轻轻一"哼"，右脚在地上蹭了蹭，歪斜着脖子问大把头："要是招过来的人也吃不得苦，跑了咋办？"大把头对

着日本军官耳语了几句，日本军官叽里咕噜说了一大堆，大把头频频点头用日语说“是”，然后回过身对着这排人说：

“连义提的这个问题很关键，招人的目的还是要扩大生产，咱们这么大的公司，维持生产还得靠铁规矩。刚才森田先生说了，谁招的人，就编到谁的工队里，要是一周之内逃跑了，把头得负全责，赏钱交还，还得交上这个人几天的食宿费用；要是两周之内跑了，公司和把头各付一半损失；超过两周跑了的，把头不用负责，全部损失由公司承担！同时，森田先生承诺，公司会加紧建设防护设施、增派监工人手，大家辛苦这阵子，公司不会亏待了大家的。”这排人开始交头接耳地算着账，骚动了一阵子后，默认了这个提议。

张连义所在的煤铁公司在中国东北，这片土地下有着非常丰富的煤铁资源，虽然早在汉代就已经被发现，但由于挖掘方式古老、生产水平低下，一直没能得到有效开采。清朝末年，政府已然风雨飘摇，连祖先发迹的这片土地也无暇顾及了，19世纪末到20世纪初，这片土地名义上的主人是清政府，但实际上的控制者，先是俄国，后为日本。日俄战争后，日本以胜利者的身份接管了俄国在东北的大部分特权，而大仓喜八郎作为当时日本著名的企业家来东北慰问关东军，并顺利地拿到本溪湖地区的煤炭开采权，在这里建立了本溪湖煤铁公司。中国的矿产资源就这样转化成了关东军的军火库与日本财阀的金库。

张连义和大把头拿着伪造的中华民国人口身份证明，一同坐上了回乡的火车，这大把头名为陪同招工，表达公司对雇员的重视，实际上负有监视张连义的任务，大把头和小把头虽然都是中国人，但大把头的心是向着公司管理层，也就是日本人的。九一八事变之后，公司管理层的中国人一律被解雇，但为了能够更好地奴役中国劳工，日本人从工人中选出一部分伪满人当大把头，组织他们学习日语，日本人对大把头们照顾有加，除了工资待遇优厚，还允许大把头们在公司里吃日本人的饭堂，与小把头的工人饭堂相比，这里不仅食物丰盛，还象征着一种公司地位——中国人所能达到的最高待遇，公司还秘密地要求直接管理大把头的日本员工尽力拉拢这些大把头，大把头们常常被上司邀请到专供日本人休闲娱乐的赌场、妓院，甚至是烟馆。大把头们大多出身贫苦，

一旦享受到了特权，便渐渐地“饮水思源”“忠心护主”了，同时，那些不忠心的大把头要么莫名其妙地消失无踪，要么就去最艰苦的矿坑工作，还要受到“特殊照顾”，没几天人就被送到矿区医院，然后就再也出不来了。

这工厂中把头的等级分四种，二把头是由大把头雇佣的，像张连义这样的小把头又是由二把头雇佣的，张连义手下还有“拉杆的”，“拉杆的”是最小的工头，手里拿着一把尺子或鞭子，用来教训工人们的。这年夏天，趁着全国各地闹旱灾，各个大把头就开始琢磨着到旱灾严重的省份去招工，已经接连派去不同的省份几批了，也招了几千人过来，以前都是由二把头下去招人，随着日本侵略军在中国战场上受到牵制，军方对于煤铁资源的需求也日益扩大，因而亟需矿工进行开采和冶炼，所以这一次就让很多小把头去各个地方招工，单把小把头放回家，矿上又不放心，所以针对那些单身的小把头，矿上就会派大把头或者二把头去监视他们，大把头就这样跟着张连义回去招工。

为了限制张连义的人身自由，大把头以统一管理花销为名，代为“保管”张连义身上的钱，张连义也不在意，因为他根本没想逃跑，他能跑哪儿去呢？十六岁时和父亲被征募为国军，临行前母亲已经病重，参军后与父亲被分配到不同的部队，早就断了联系，二十八岁时战败，他被日本人俘虏，送去东北，从矿工做成了小把头，一直也没娶妻生子，他早就没什么家人了。那他为什么要回家探亲呢？自然是为了多赚几个钱，他有一个隐秘的愿望，赎一位在洋街妓院里面的女子——小莲，他孤身一人太久，那小莲用些许柔情就让他不可自拔地付出一腔热忱，他们私订终身，张连义就开始用尽一切办法攒钱，从矿工身上搜刮钱，也因此在矿工中得了个“张扒皮”的称号，但他不在乎，各人自扫门前雪，硝烟弥漫的战场上，尘土飞扬、随时可能塌陷的矿坑中，他都挺过来了，他对生活的欲望又重新燃了起来，小莲就是其中一种欲望。

张连义将脸别向窗外，正盘算着自己的积蓄和这次需要招多少工、挣多少钱，想得出神。忽然感觉小臂被人拍打了一下，接着便听到大把头说：“连义呀，想啥呢？哥问你话呢。”

“啊？我没听见，咋了？”

“我问你家在哪，有几口人，从济南怎么去？”

“噢，烟台，我也不知道，好几年没回去了。”

“那这样，到地方了咱们先把正事给办了，多招些人，然后一起陪你回家探亲，就说是你手下的工人，在乡里乡亲面前你也有面儿不是？”大把头嘴上这么说，心里却想着招完工，找个借口就别让张连义回家了，早点拉回矿上干活，免得夜长梦多。张连义没有答话，大把头以为他不同意，又戳了一下他：“你看行不？”张连义恹恹地回答：“行，都听你的。”

换了三趟车，折腾了三天两宿，终于到达了青岛，因为大把头是伪满人，手里拿着大仓本溪湖煤铁公司的证明文书，又会日语，所以两个人也就被日本人看作“良民”。青岛有煤铁公司设置的招工所，他们在招工所外面摆了个摊位，接连几天都没什么人报名，张连义对大把头说：“还是去村镇里面招人，这几天我听人说今年本地收成不好，没准有吃不起饭的农户，咱们匀他们点安家费，不怕他们不来。”大把头同意了，于是他们租借了一辆马车，正好车夫也要回烟台去，让他们便宜搭了个顺风车。二人又置备了一些吃食，收拾好行装，马车就往烟台方向去了。

一路上，三个人有一搭没一搭地聊着天，大把头跟车夫说：“老哥，我俩是打北边儿来的，在那边的矿上工作，我俩是矿工，这次公司给我们放假，回家探探亲。”车夫一听十分感兴趣，便问起了二人工作的情况，大把头添油加醋地把矿厂工作的轻松、生活的便利和优渥描绘了一番，还特意强调了工资——自然也是比实际翻了倍的。张连义在旁边似听非听，面无表情，偶尔怔怔地出神。

初秋天气骤凉，张连义和大把头衣衫单薄，清早便感觉到阵阵寒意，问车夫还有多久能到下一个镇上，好去买点衣服。车夫回答说：“我赶车走的小路，过晌午就能到白水镇，今天正好是九月十五，镇上有集，十里八村的乡亲都来赶集，集上东西多着嘞！又便宜又好。”大把头听了这话，顿时有了个主意，在车里悄悄地对张连义说：“连义兄弟，赶上好事了，集上人多，咱们摆个小摊吆喝吆喝，没准能招来几个人呢。”张连义恰好也这么想，两个人一拍

即合，谋划了起来。车夫挥鞭的频率加快了，马蹄扬着尘土，急急地向着白水镇的方向奔去。

晌午了，日头高挂，这毒老虎在秋天发挥着它最后的威力，车里的两个人便不觉得那么冷了。慢慢地，车子也不那么颠簸了，大把头掀开车窗帘子，窗外没有了金黄色的田野和树木，换成了一排排高矮不齐的土房，家家屋顶都冒着炊烟，再往前走，大把头看到了人群影影绰绰，车夫喊了一声："二位兄弟，集市到嘞，下车走着吧。不是要买衣服吗。"两人这就下了车。张连义对车夫说："老哥，我们俩可能要在这稍耽搁一会儿，我们厂子吧，还需要更多的工人，这儿人多，我们想问问有没有乡亲们想跟我们一起去干的。要不您在这儿先歇歇？等我们一等？"车夫说："行，我也逛逛，一会儿还在刚才下车那地方见吧。"

大把头和张连义拿着前几天在青岛市摆摊时候做的红底黑字的招工布告，寻摸了一处货摊的十字路口，人流最密集的地方，就决定在这里吆喝起来，但在这人声嘈杂的集市上，要引起注意并不容易，张连义眼尖，看到不远处有个简陋的戏台子，但没人唱，就知道这个江湖戏班子在吃中饭呢，他便跟大把头说，让他去借个锣来。锣借到了，张连义又跟旁边两个小摊贩借了俩小凳子，他把大红布告展开，双手扯着两角，大大的"招工"二字就显露了出来，大把头看准了时机，用尽力气向那锣锤去，"锵、锵、锵"的三声，周围的人都吓了一跳，回过身看他们，以为是江湖上卖艺的兄弟，有识字的，看到布告上的"招工"顿时感兴趣了，人们聚集过来，越聚越多，大把头配合着锣声喊道："招工嘞！乡亲们过来看看，招工嘞！"紧接着又是一阵锣和一段吆喝。张连义看到人越来越多，便将大红布告举过头顶甩了甩，又向其他的方向展示了一下，人群中窃窃私语起来，"这俩人哪里来的？""干啥的？""招工？招什么工？给多少钱？""不知道啊。没听清。""还没说呢，光喊着招工。"大把头看人也聚集得差不多了，和张连义俩人站上了小凳子，这就比人群高出一头半去，让外围的人们也能看清楚状况。

## （三）

小柱子和姐夫凑得晚，只能在人群外围看热闹，远远地看见两个人的头从人群中露出来，然后一个人举起手里的一张红纸，上面的字看不清，问身边的人，也是一头雾水，所以就干瞪着眼伸长了脖子往人群里面看，他太小，不一会就只能看到前面人的后背和头了。

大把头又敲了一声锣，喊了一句："乡亲们！请安静一下！我们是来招工的！"人群中有人早就等得不耐烦了，接了一句："知道哇，喊了半天，你们招什么工？"大把头冲着人群嘿嘿一笑，然后亮起嗓门大声地说："乡亲们，我们兄弟俩在矿厂工作，工资挺高，这次是回乡探亲来了，现在矿厂缺人手，我们兄弟俩呀，就想带老乡们去发发财。"人们还是半信半疑的表情，张连义接着大把头的话说："老乡们，我们是山东烟台人，我叫张连义，这是我哥张连贵，几年前我哥俩从家里逃荒去了北边，进了工厂，一开始，每个月拿一个银元……"周围的老乡们听了眼睛一下子瞪大了，都在心里盘算着一年挣多少，张连义故意顿了一顿，见成功地引起了大家的兴趣，便继续说道："后来干了没几年，我们就成了小工头了，现在每个月赚的钱比之前翻了几倍了，喝的水呀，都是自来水，从水管里流出来的，干净！工厂包吃包住，一日三餐呀，吃的都是大米白面，两菜一汤，管饱！咱们工人们有个顺口溜，叫'楼上楼下，电灯电话，大米白面，牛羊鸡鸭，工资够花，还能养家！'"大把头本以为张连义平时不声不响，谁知道之前在马车上用来骗车夫的那套说辞就这样被张连义听去了，又绘声绘色地跟这些没什么见识的老乡们讲了起来，还编了一段顺口溜，以前怎么没发现张连义有这编瞎话的能耐呢？大把头索性就不说话了，只是偶尔点着头，表示赞同。

底下的人们一边听张连义讲，一边交头接耳、窃窃私语，后面扒着前面的人问，"啥是电话呀？""不知道啊，可能跟电报差不离吧？""真有这么好的活计吗？""看他俩油光水滑儿的，生活应该真挺滋润的吧。""是啊，听他说真不赖啊，咱们就是年景好的时候，也不敌他们挣得多呀。""他们不是招工吗？我干脆跟他们走得了，不受东家那窝囊气。”“说不干就不干了，那东家不得找人拿你啊？”“我偷偷跑呗，光棍一个，一人吃饱，全家不饿。”人群中又有人问了：“那你们还招几个工啊？你看我行不？”“对呀，我行不？”“你看我行不？”张连义发现自己的瞎话儿奏效了，但还不知道下一步该怎么办，便望向大把头，示意大把头接个话儿，毕竟大把头才有一定的决定权和自主权，自己无论是工钱上还是招工安排上都做不得主，还是不提这个为好。这张连义不吭声则已，一吹牛就能说得天花乱坠，但在大事上却很有分寸，大把头以前只知道张连义被称为“张扒皮”，以为他就是贪婪，没有过多关注过他，对他总是半冷不热的，这次一同回乡招工，一路上又以为他不过是个呆子，直到刚才开始招工，大把头才发现张连义这个人有点意思。

里面说得热闹，外面的小柱子和姐夫也是干着急听不清，小柱子回头跟姐夫说：“我挤进去听听是啥，一会儿咱俩还在刚才吃中饭那个地方见。”小柱子身量小，人又机敏，一钻就钻进人缝中去了，按照他在集市上的挤人法子，也生生从外面挤到半中间的地方了，这时候那两个露头出来的人说的话，他也就能听清了。只听那个拿锣的说：“乡亲们，大家要是报名，每个人有三块钱的安家费，在东北做工，给的是奉天票，跟银元差不多！但要跟公司签个契约，咱们国有国法，公司有公司的规定。还有哇，毕竟厂子在东北，家里人让去不让去，还得回家商量商量，这样吧，我们兄弟俩今天就在白水镇住下了，明天一早，还在这边，想报名的人直接把行李干粮拿上，跟我们去青岛坐车。”那个拿着红纸的又说：“乡亲们，咱们回家也跟周围的邻里乡亲们说说这个事儿，这是个好事儿，绝不会坑了大家，大家把能干活的都拉过来，咱们人越多，生产搞得越好，挣得越多！”

人群中前面的人开始向后散去，后面的人不明就里还往前走着，小柱子跟旁边的人打听刚刚说什么，旁边的人简单地回答了两句：“招工呢，去东北，一个工给三块钱。”小柱子问得详细一点儿，旁边的人也答不上来，所以他继续向前挤。大把头和张连义在这里喊得久了，嗓子眼发干，手臂发酸，便从凳子上跳下来坐着。人们看他俩下来了，知道是说完了，往外散去，人流推搡着小柱子，有人不满地说："别往里挤了，说完了，走了走了。"小柱子站定后，又见缝挤了进去，到了大把头和张连义面前。两人刚想歇歇喝口水，发现一个少年人站在面前，打量了一会儿，感觉这少年人身板单薄，面色有些发黄，看起来不够强壮。小柱子问他们："两位大哥，招什么工？"大把头刚要说话，张连义抢先说："你小孩儿我们不招，快回家去吧。"小柱子不依不饶："我替我姐夫和我爹问一句，到底啥工？"张连义又说："矿工，累着呢。"小柱子感到疑惑，明明是这两个人要招工，为啥自己问的时候这答话的大哥听上去不太想招呢。他便转过脸问大把头："大哥，能给多少钱？"大把头说："一个工三块钱安家费，你想去吗？小孩儿我们也招，活给你分配少点。生活条件可好了，楼上楼下，电灯电话，大米白面，牛羊鸡鸭，工资够花，还能养家！回去告诉你爹和你姐夫，要是想去，明天收拾好行李来这报名啊。回去吧。"小柱子"嗯"了一声，转身去找他姐夫去了。大把头低声说："这顺口溜，挺好记啊。"

等小柱子走远了，张连义跟大把头说："这么点儿小孩儿，瘦得跟芦柴棒子似的，能干什么活儿，别让他去。"其实，张连义的心里是很可怜这个少年的，看到他就想到当时自己也是那么大，和爹离开家，之后生活遭际的种种，一瞬间就浮现了出来。张连义是从矿工做上来的小把头，每天都在采矿现场，工人们的苦他很了解，甚至他自己也是工人们苦楚的一部分，他太了解矿工所受到的待遇了，虽然为了自己能够多挣两个钱，他可以昧着良心欺骗这些素昧平生的老百姓，但对于这个身上有着自己影子的少年，张连义不忍心把他拉进苦海。大把头不知道张连义的身世，自然也就不知道他心里的种种想法，只顾着多招几个矿工，更好地在他的日本"主子"面前显示自己的能力。大把头指着小柱子的背影跟张连义说："他那样看起来也不小了，咱们矿工不嫌多，多招多赚嘛不是？"接着把手搭在张连义的肩膀上。张连义没吭声，轻微地却很厌恶地抖了一下肩，拿过大把头手中的锣，起身向借锣的戏台子走了过去。

回来后，两个人又去找之前拉他们过来的车夫，跟车夫说不去烟台了，要留在这里招工，带到青岛去，他们给车夫一些钱作为赔偿，车夫之前听了大把头的哄骗，也想跟他们去做矿工，张连义劝阻了他：“老哥，你还是先把车赶回家，我们这次没工夫回去探亲了，可能过几个月还会回来一次，那个时候你再跟我们去吧。”大把头发现张连义又一次劝人不去做工，心里不乐意了，送走车夫之后，对张连义严厉地说：“连义兄弟，你这是在招工吗？咋老劝人别来，我再跟你说一遍，工人不嫌多！一个工人给你五块钱呢！”张连义皱着眉，低沉地说：“知道了。”再不愿跟大把头多说一句话。

## （四）

小柱子探听到确切的消息之后，便去找姐夫，把事情跟姐夫说了一说，俩人在集上开始置办物什了。乡下人心直嘴快，刚刚听到的招工的消息、工厂的生活环境、工资待遇这些事儿马上添油加醋地在集市传开了，小摊贩们也在相互传话，小柱子和姐夫从各个货摊又多多少少听到了一些更加细节的描绘，人们就快把那个遥远的矿厂说成工人的天堂了，大家都在相互询问你去不去，他去不去，好像都迫不及待了。

日头偏西，家离得远的小摊贩，也都开始准备撤摊回家了。小柱子和姐夫买好了东西，姐夫又拿了自己的钱给小柱子买了个大麻花吃，俩人就往家里赶，太阳快落山的时候，两人到了家。柱子娘做好了简单的饭菜，大女儿也过来了，一家人便热热闹闹地吃了起来。郭全扒拉两口饭，问小柱子：“柱子，今天去集上，看到啥好玩的没？”小柱子由于傍晚路上吃了个大麻花，不太饿，心思正不在吃饭上，一听这话来了精神，开始滔滔不绝地讲起他在各个小摊看到的新玩意儿，说起了一只军用望远镜，能把十几米开外的东西看得清清楚楚，然后就说到了晌午有人在集上招工的事情。小柱子把大把头告诉他的话和从各个小摊贩那里听来的话跟父亲学了一遍，最后说：“爹，你带我去做工吧，挣得可多哩。”郭全没把小柱子说的话当回事儿，向自己的女婿求证道：“有这么回事吗？”大女婿嘴里一口饭还没咽下去，急急地回答说：“爹，有这事，招工那俩人看起来是实在人，钱给得又多，很多老乡都想跟他们走。厂

区那边的生活比咱这好多了。我要不是还有地，我就跟他们走了。一年到头多挣俩钱儿花花。”郭全没再细问了，但心里还是半信半疑的。

从卖了地以后，郭全各处打听，总没有合适的工，这一向大户家里的地都佃出去了，自己家眼看就要“坐吃山空”了，也不能全靠妻子给大户人家做针线活儿洗衣服维持生计啊，郭全心里很急，晚上听儿子和女婿说的这事，倒是有些心动，这些年背井离乡的人很多，有逃荒的，逃兵役的，有欠债逃跑的，有的听说在远方活得滋润着呢，也有很多出去之后就再没了音信。

郭全想着这事，蹲在家大门口抽烟，同村的牛大力路过，招呼着他：“老全哥，吃完饭啦？”郭全一边应声，一边把耳朵上别的烟递给他，用自己的烟点着，俩人有一搭没一搭地聊着，说起郭全最近没找到什么营生，牛大力问道：“今天没去集上吗？”“没有啊，我让柱子去的。”牛大力略带神秘地笑笑说：“哥，今天集上有人招工，说是给三块钱安家费，去了每个月给一个银元，我准备明天就去报名，我听说老赵也想去呢，你一起去不？”郭全重重地吸了一口烟，说：“我再合计合计吧。”

农村人睡觉早，吃完饭洗完碗就收拾床铺准备睡觉了，秋天晚上已经很凉了，但他们一家还盖着夏夜盖的被单儿，把衣服搭在被单上，才稍微暖和一点，夜风透过纸糊窗户的缝隙溜进来一阵，人还是感觉凉飕飕的。柱子娘想着今年小柱子的棉袄棉裤怎么办，小柱子这两年噌噌地长，衣服一年大一号，往年都是在边角的地方补一截，棉花不够用，衣服就做得薄点，总还能对付过冬。

郭全还在想着招工的事，便又详详细细地问了小柱子一遍，之后和妻子合计起来了。小柱子觉得这是个赚钱的机会，他又早就在村子里待腻了，想去外面闯闯看看，少年人的热血一旦被激发出来，混合着强烈的好奇心、不懂事的倔劲儿和无知无畏，他对爹说：“爹，咱俩去挖矿，家里少两个人吃饭，娘再做做活计，咱们爷俩寄回来点钱，家里就好过了。”郭全活到现在，没出过山东地界，他本是一个安土重迁的人，但现在家里生活快维持不下去了，再这样熬下去冬天怕是真的要断粮……脑子里正乱着，柱子娘说话了：“他爹，

树挪死，人挪活，没地了，生活就不安稳，你带小柱子出去闯闯，要是那边能安顿下来，再把我们娘仨接过去。家里我们娘仨，饭量小，我和兰叶一起找活计做，能对付。娘我也会照顾好的，你放心。”郭全望向自己的妻子，久久没说话，他很少这样凝视自己的妻子，她嫁过来快二十年了，从一个年轻的俊俏媳妇儿慢慢被生活熬得过早衰老，她从一个外来者变成了这个家的一部分，往后，她将是这个家的支柱。妻子细细的皱纹和丝丝的白发，郭全从没有看得这么仔细，甚至有些想流泪，妻子被郭全看得有些不好意思了，微笑着低下头掸了掸丈夫身上粘的一片白灰。又过了一会儿，郭全下定决心似的说：“柱子他娘，收拾包袱吧，明天我带柱子去看看，合适的话我们就去了，家里交给你，我们一定多干活挣钱，尽快把你们接过去享福。”

第二天一早，柱子娘又早早起床，给爷俩儿烙了很多张饼，让他们带在身上吃，还把家里剩下的一半钱都交给他们，郭全从钱袋里又拿了一大半出来，放在妻子手中，说：“听说那边吃住都是工厂包，用不上什么钱，你们留着用吧。”老中少三个女人站在家的门口，送别家中的男人，合计着半年一年的要回家看看，柱子娘想把爷俩送到村口，郭全心里很不是滋味，摆摆手跟她说：“回去吧，我们俩大老爷们儿，不用送。”柱子娘搂了一下小柱子，眼睛顿时就湿润了，她抹了一把眼睛跟小柱子说：“在外面听你爹的话，别贪玩，长点出息，啊！”小柱子没体会过“离别”滋味，他只记得当年大姐出嫁，娘和大姐也是哭作一团，那时候他不理解，又不是远嫁，就在一个村子里，隔着一条河，想见也就见了，他觉得女人总是喜欢叽叽歪歪的。现在轮到他了，想到每天不能见到娘，不能和二姐一起跑跑闹闹，不能听着奶奶唠唠叨叨讲古，不能唬着姐夫给他买大麻花吃，他鼻子一酸，就哭了。郭全看他们娘儿个都抹眼泪，拉拉小柱子说：“男子汉哭啥，走吧，晚了再赶不上了。”爷俩就这样离开了家，走远了，还回头瞅了瞅，挥挥手。走到村口，发现一起同去的还有八九个乡邻，这一村的人就向着白水镇出发了，晌午的时候，一行人就到了镇上。

## （五）

大把头和张连义这一天起得很早，借了张小方桌，把招工的大红纸展开，一边铺在桌上，用石头压好，垂在桌子前面，摆好纸笔、红印泥、准备好契约，等着人来报名。说来奇怪，一上午来报名的人并不多，也就十来个人，大把头让报完名的人去一片空地上坐着等。张连义百无聊赖，翻来覆去地看契约上的人名和红手印。

这契约是一张大纸，上面密密麻麻地写着几排字，有中文有日文，下面就是一排人名，每个人名上都有一个红红的指印。

因为早饭吃得早，还没到中午，两个人肚子都有些饥了，大把头给张连义点儿钱，让他去买两个煎饼，再买一包烟。俩人一个吃着煎饼，一个抽着烟，都是百无聊赖的样子。大把头抽完了一根烟，转头问张连义："老弟，你说咱们能招来多少人？"张连义从揽下这个差事，就开始计划着要招多少人，虽说招上一百人心里不大有底，但总得有个六七十他这一趟才跑得值，他的小莲还等着他去赎救呢，想到这里，他兀自摇摇头。大把头以为张连义的意思是不知道，也就没再跟他搭话了。从公司出发之前，日本人派了任务，说山东这次怎么也要招七十人回去，招到人，让招工所给公司拍电报，公司就与青岛这边的军事长官联络，请日军派一车皮把工人直接送回东北，不然公司是没法派车过来的，划不来，大把头面对现在的情况也有些犯愁了，想着可能要求着军队派两个人去抓工了，抓到谁算谁。张连义默默啃着自己的煎饼，干巴巴的噎人。

晌午的时候，太阳毒了起来，晒得两个人直冒汗。大把头"腾"地站起来，左腿抬起重重地踩在凳子上，掐着烟的左手搭在大腿上，地上已经满是烟头。张连义埋头趴在桌子上，想小睡一会儿，这时，他突然感觉到桌子晃了一下，接着就听见有人问："是你们招工吗？"自己的肩膀被急速地拍了几下，他抬起头，看到约莫二十来个人围了上来，大把头忙说："是是是，乡亲们，来登记、按手印，就给你们发安家费，然后去后边的空地上等我们。"张连义和大把头忙活着登记报名人的信息，姓甚名谁、多大年纪、家住哪里、家里几

口人、主要营生等等，然后让这些人在契约上按下了手印，按照之前说好的每个人给了安家费，这些人拿了没见过的奉天票之后乐呵呵地在空地坐下，开始吃自己带的干粮。

小柱子拉着郭全，找到昨天看热闹的地儿，看见了张连义，便走过去说：“二位大哥，我来报个名。”张连义正在数着有多少人报名，听这说话声有点熟悉，抬起头看到了昨天的少年，上来就说：“小孩儿回家去别捣乱，跟你说了不要童工。”大把头一下扯住了张连义，对着郭全说：“这小娃长得俊，多大了？”郭全回答说：“十四啦。”大把头两个嘴角被面部肌肉拉扯开，说：“十四啦，那不算童工，赶以前十四都娶媳妇儿啦，你们是过来这报名的吧，上这来，叫啥啊？”郭全和小柱子报完了名字，大把头看之后没有报名的人了，就跟他俩聊了起来，他跟小柱子说：“你爹比我大不了几岁，往后哇，跟我叫叔，你爹就是我大哥了。我带你们爷俩去享享福。”小柱子点了点头，又站到张连义旁边看那份契约，他并不识字，只是看着上面一个一个人名和红指印好玩儿，张连义问他：“认字儿不啊？”小柱子摇摇头，张连义指着郭德义三个字说：“看，这是你的名儿，这个念‘郭’，这个念‘德’，这个念‘义’，我叫张连义，咱俩名里都有个‘义’字儿。这个字念‘全’，你爹就是‘郭——全’。”小柱子便指着另一个人说，这个人叫“全义”。

大把头跟郭全说：“老哥，这娃脑子活，跟俺们干，以后有大出息。他呀太瘦啦。”郭全望着小柱子，欣慰地笑着说：“今年地里遭了灾，粮不够吃，这娃立事，吃得少。”大把头说：“我们当年从村子里逃出来，也是因为遭灾，后来去了东北，过上了好日子呀。”“你们哪年离家的呀？”大把头一愣，编不下去了，便用胳膊肘拐了拐身边的张连义，问他：“太久了，我倒忘了，老弟，咱们逃荒出来是哪一年来着？”“民国十七年。”张连义头也没抬地回答着，还在教小柱子认其他人的名字。

下午，又陆陆续续来了几个村子的人报名，到了傍晚，大约已经有近一百人报名了，大把头这才觉得满意了一些，勾着张连义的肩膀笑嘻嘻地说：“连义兄弟，这下有咱俩赚的了。”张连义心里合计能拿多少钱，脸上也终于有点

笑意了，但他一看到小柱子，脸又沉了下来。

这天晚上，这九十多人就在空地上暂时歇脚，第二天一早，他们就浩浩荡荡地出发去青岛了，农村人平时山路走习惯了，脚力好，又因为人多，有说有笑的，几十里路一天就走完了，到青岛城门口的时候，太阳刚刚落山。

守城门的日本兵自然是不让这么多人一起涌进城的，任凭大把头和张连义怎么说，拿出几块钱来贿赂他们，也还是不放行，二人只能跟招来的工人说明情况，工人里有人就不乐意了，喊着："凭啥嘞，咱们走一天又饿又累，不进城怎么吃饭睡觉？"说着就要去跟日本兵理论，身边的几个人围住了他，不让去惹事。张连义跟大把头说："他们进不去城，咱俩能进去，买点吃食带出来吧。"大把头脸一阴："这么多人得买多少，我看他们都自己带着干粮呢，用不着我们操心，咱俩进城给公司拍电报，让他们派车来，顺便吃点，我也饿完了。"张连义说："不行，你看那边那两个就没带干粮，走了一天，总得给点吃的，买个窝窝头又没多少钱，不给，他们怕是要逃了。"这句话一下子就点醒了大把头，哪能为了省两个窝窝头钱而少赚两个人头钱呢，也太不划算了，于是他嘱咐郭全看着点这帮人，就和张连义进了城。

两个人先是去招工所报告了招工情况，并请招工所向公司拍了电报，估摸着今天不会收到公司的回信了，去买了几十个窝窝头，之后就去了旁边的小酒馆，点了两壶酒，四个小菜，大把头挺开心的，一杯接一杯，张连义情绪也不错，偶尔和大把头碰个杯，两人合计着如果顺利，这一两天也就能把工人送去工厂了，自己这趟差事也没白做。大把头心里还想着不让张连义回家，让他跟着车直接回东北去，于是提了一杯酒，敬张连义："连义兄弟，这次能招这么多人，你功不可没，可这么些人，回去的路上还得我们照看着，要不你这次先别回家了，以后有机会，我跟上面说，专门给你放个探亲假，你看行不？"张连义看着大把头举着酒杯，心里知道他早就计划好没让自己回家，反正自己不介意，这里顺水推舟，也算做个人情了，于是把杯一举，跟大把头碰了一下，说："成，全听老哥的。"又吃了一会儿，大把头借着酒劲儿跟张连义说："兄弟，以前吧，哥对你没什么了解，这次出来，感觉你这人啊，心善，不像工人们说的那样啊。”张连义嘴角一歪，笑了笑没答话，低头往嘴里扔了个花生米。大把头又继续说：“这些工人，你可得看住了，该收拾就得收拾，不然他们专欺负你，要是跑了，咱俩这一趟十来天，也就白整了。你不在工人中立威，以后怎么提拔你？等你当了大把头，去日本人的酒馆、窑子里逛逛，那才美呢。”张连义不敢喝醉，他怕喝醉了说出些不该说的话，留人口实，以后容易被穿小鞋，所以就哼哼哈哈地答应着大把头。两个人吃完饭喝完酒，天也就黑透了，提着窝窝头，歪歪斜斜地走出了城。

大把头有点晕晕乎乎的，一睁眼，天都大亮了，一起身，浑身酸疼，好像昨天摔了一跤还是怎么着，摔得直接睡了过去，这一夜地上又硬又凉，真是遭罪。他揉揉眼睛，发现张连义坐在他旁边抽烟，他扶着张连义肩膀慢慢站起身，冲他说：“兄弟，去招工所看看有没有回信儿。”于是两个人又进了城，守城的日本兵都认识他们了，给了两支烟就让进了。到了招工所，公司那边的确回信了：“今晚5点有车回，城西十五里，车长早川陇。”

九十多个人顺着城外的铁路走了约莫十五里，就停下了，大把头让他们在这等车，有的人实在饿得够呛，跟大把头要吃的，大把头说：“再挺会儿，上了火车就有饭吃了。”下午五点，果然有一辆黑铁皮车停靠了，看起来是个四面封得严严实实的货车。从前面的车厢里车先下来一个留小胡子的日本人，和一队日本兵，日本兵把最后三节车厢的锁打开，竟然从这“货车”的车厢里钻出一个个男人来，他们争先恐后地下车找地方解手，日本兵就端着枪看着他们。等他们回去之后，两个日本兵上车将一个拖出来，直接抬到远处的野地里，那个人一直没什么反应，看起来是死了。其实，这车是一辆闷罐车，仔细看，车厢上部有五六个拳头大小的小孔，就是用来透气的。跟着大把头和张连义报名的这九十多个人中，有胆子大的，走近车厢往里面望去，刺鼻的气味随着车厢中外涌的人们散逸出来，那是混合着汗味、浓重的体味和烟叶味的骚臭，这胆子大的人捂着鼻子，还在向这铁皮包裹的车厢里张望，只见棚顶虽然挂着两盏昏黄的油灯，车厢里却依然昏黑，只能通过夕阳照进去的光看到里面的人盘着腿或支着腿坐着，有的躺着，但都看不清人的脸。

大把头走到那个长官样儿的日本人面前，恭恭敬敬地用日语问道：“是早川车长吗？”那日本人点点头，大把头便拿出自己和张连义的身份证明、接到的电报和与工人们签订的契约，早川不能完全看懂电报和契约，但身份证明上是有日文的，知道是今天要拉的工人，便用日语跟大把头叽里呱啦说了一通，大把头半弓着身子，头微微低着，一副毕恭毕敬的体态，频频点头。接着，大把头跟自己带来的那些工人说：“乡亲们，我们就上这趟火车，给大家分配在9号车厢，大家就上去吧，上去之前先解个手，下一站远着呢，中间要是想撒尿就麻烦了。”大把头和张连义把包括郭全和小柱子在内的九十多个工人都安排到车上后，请日本兵把车门锁上了。他们两个人跟着日本兵上了另一节车厢。

这趟车本来是要将青岛的日本兵运往东北的，前三节放满了武器弹药，第四节到第八节坐满了日本兵，第九节开始就坐着要拉去东北工作的工人。原来在车上的，都是一些俘虏，一直被关在监狱里，后来东北矿厂缺人了，大仓喜八郎凭借自己在日本皇军系统内的关系，从山东的日据监狱里“借”来了这些俘虏，他们管这种人叫“特殊工人”，正好这几天路过，就让大把头和张连义带来的这些自由工人搭了个顺风车。张连义和大把头就跟着日本兵坐在第八节里面。虽然是一辆闷罐车，但第四节到第八节车厢内部要比后面几节干净得多，一是因为人少，有长椅给军人们坐，灯也亮了一些，地上为了隔凉还架了一层木板；二是有竹席子搭起来的简陋的厕所，整体显得很干净，虽然还是有人们身上的各种味道，但因为可以不用把门锁得严严实实，大家每隔一两个小时轮着坐到门口通风换气，所以条件还不算差。

小柱子和郭全坐上了火车，这一车厢里的人基本上一辈子生活在村子和镇上这两个地方，没有出过远门，更没有坐过火车，虽然感觉条件艰苦点，但还是觉得很新鲜，甚至有点兴奋。这闷罐车一节能装一百五十人，九十多个人坐着还是很宽敞，所以每个人能有一块地方躺下。车厢底部也是铁皮，很凉，人们都把自己带来的衣服敞开铺在身下面，郭全怕小柱子着凉，又拿了自己两件衣服给他铺上，自己身下就只剩一件衣服铺着了。

随着“呜——”的一声，火车摇晃了起来，小柱子躺在地上，清清楚楚地听到车轮、轴承和铁轨相互咬合碰撞的声音，“哐当、哐当、哐当”，很清脆，新的声音经验涌进他的世界里，他想起了家里的鸡叫狗吠、蝉声蛙鸣、哞哞的牛、咩咩的羊，还有母亲一声声地唤着：“小柱子，回家吃饭啦！”想到这里他便有些饿了，就拉拉父亲的衣服说：“爹，我饿了。”郭全翻了翻自己的布兜，发现饼就剩四个了，他合计了一下，就算两个人一天吃一个饼，也才只能吃四天，不知道四天能不能到，能少吃一口就少吃一口吧，就跟小柱子说：“今天不都吃了一个饼吗，睡觉吧，睡了就不饿了，明天再吃。”说着就躺下了，怕小柱子冷，用手搂着儿子，闭上了眼睛，听到很多人肚子咕噜咕噜叫，当然也包括他自己的，因为他一天没吃东西了。

小柱子睡得不踏实，总醒，火车一拐弯，他就感受到头或者脚被什么东西拉扯着，车厢里人们大多睡了，火车的声音好像被放大了，越来越响，自己也越来越饿，饿得睡不着，他索性不睡了，大睁着眼睛看头顶昏黄的油灯，又看到阴影中偶尔有一两只烟头发出些微的火光，身边的爹大概已经睡熟了吧，连身子都没翻一下。小柱子虽然跟着大人们走了一天，也很疲乏，但在这样陌生的环境中睡觉，还是第一次，有些认床。另外，他很讨厌火车的声音，单调的、千篇一律的、冷冰冰的声音，这时候他才发现，他一直以为小山村的生活乏味单调，以至于有些想逃离，但上了火车，才真正体会到拘束的滋味，他只得寄希望于东北的工厂，希望那里有很厚的褥子垫在身子下面，有足够多的白米饭和馒头，有糖葫芦和大麻花，这样想着想着，终于进入了梦乡。

郭全做了一个长长的梦，梦见他和小柱子上山捡煤球，一人背着一个大麻袋，满地都是煤球，一会儿就把背着的麻袋装满了，小柱子喊着饿，他拿出了两个白面馒头，一人一个吃起来，很香很软，下了山把煤球交给了大把头，大把头笑意盈盈，连声称赞，给他们一大袋子银元，郭全拿着钱大喊道：“柱子娘啊，咱有钱了，你快来啊。”柱子娘好像听见了似的，从远远的地方走过来，拉着兰叶和郭全的娘，但三个人走了一会儿就站着不动了，郭全着急跑了过去，兜里的钱叮叮当当撒了一地，他又回身捡钱，总是捡一些就掉得更多，

钱掉的声音越来越大，叮叮哐哐的，越来越大，他忽然一下子就醒了。透过出气口，他发现外面已经天光大亮，小柱子蜷缩在他身边，还在睡着。

闷罐车就这样开往东北，中途仅仅停了天津和山海关两站，车厢里的气味越发浓重刺鼻了，因为车每天只停一次，每次都是一个士兵扔进来一桶水和一桶窝窝头，人们一哄而上，有时候抢不上一口水喝，窝窝头大多数都是馊了的，工人们又渴又饿，对着来送水和食物的士兵表达不满，但日本兵听不懂他们在说什么，看工人们情绪激动就拿枪口对着他们叽里呱啦乱叫一通，偶尔还冲天上放两枪，工人们也不敢有什么进一步举动了。他们渐渐开始骂起了张连义和大把头，猜测自己被这两个人卖给日本人了，但停车时下车方便的人们说他们看见了张连义和大把头，猜测也许他们和日本人是一伙儿的。后来人们也不猜测这些了，开始憧憬起工厂生活，都认为到了工厂就好了，有吃有穿有钱挣，以后再也不坐火车了，就雇马车走。人们在煎熬中度过了这段路程，却不知道等待他们的是什么。

## （六）

随着“呜——”一声长鸣，火车慢了下来，最后停靠在了终点站——本溪湖车站。当把车厢门打开的时候，人们以为就是中途的停靠站，没有都出来。张连义走到第九节车厢门口，把身子往里探，着实被车厢里刺鼻的气味熏了一下，便冲着车厢的方向大声喊：“山东来的老乡，下车了，到工厂了！”

车里的人这才陆陆续续地出来，拿着自己的大包小裹，由于几天都吃不好，水又不够喝，一个个面容憔悴而疲惫，有的人站都站不稳了。小柱子本来就是里面最小的，现在越发显得瘦弱了，他望了望四周，都是连绵起伏的山，再细细看去，山上一块一块光秃秃的，好像人身上的伤痕。旁边有工人用手推车推着煤，到了火车边上再用铲子把煤一下下铲到车上，除了端着枪巡逻的日本兵之外，还有几个不干体力活的人，手里拿着一个小鞭子，不时抽打一下地面，也偶尔抽打着干活的工人，嘴里不知道在念叨什么。张连义看着最后一个人下了车，工人们虽然看上去东倒西歪，但没死人，大把头好像在自言自语地说：“这帮工人不错，命硬！”

张连义让工人们站成几排，等着进一步的指示。后几节车厢的特殊工人被日本兵催促着下车列队，前几节车厢的日本兵也拿好武器下车列队了。这一趟车，拉过来了六七百日本兵和五百多个工人。负责招工的日本人森田过来了，先是跟早川车长互敬军礼，然后说了几句，接着走到日本军队前面，说了几个简短的词语，听起来像是某些军事指令，这些日本兵留下了一队人，其他的一排接一排跑步离开了。剩下的这队日本兵手持长枪，枪头拴着刺刀，每个人站在一排人最右边。山东来的工人没有看过这阵势，有点害怕，虽然满肚子疑问，但谁也不敢多说话。小柱子怯怯地拉着郭全的手，郭全的手攥得更紧了。

大把头看到森田先生过来了，赶紧拉着张连义迎上去，用日语汇报了一大段，还不时用手指着从山东带来的工人们，森田先生看着那群人，眼镜片反着光，让人看不清他的小眼睛，嘴角的弧度慢慢变大，然后用兴奋的声音跟大把头说话，还拍着大把头的肩，并冲着张连义竖了个大拇指。大把头又频频鞠躬，然后回身跟张连义说：“森田先生夸你办事得力呢，快谢谢森田先生。”张连义也学着大把头的样子鞠了一躬。

又过了一会儿，有人拿来了一个大布袋子，里面哗啦啦的，大把头拉扯了一下张连义，两个人便接过布袋子，从里面拿出一个个小小的数字牌分发给工人们，“01008”“01566”“01823”……这些数字牌并没有一定的顺序。郭全拿到了“01668”，小柱子拿到了“01145”。发完了数字牌，大把头站在工人前面开始说话了：“各位工友，以后你们就是本溪湖煤铁公司的工人了，刚刚发给你们的数字牌，现在别在身上，以后上工都要戴着，每天会有人记录你们的出勤情况，按上工天数给钱，以后管事的不会叫你们的名字，只会喊你们的号码。咱们厂子大，规矩严格，大家按规矩做事，就有钱赚，不按规矩做事，就要罚钱，听明白了吗？”

那些特殊工人原本就是俘虏，知道日本人和他们的狗腿子对待俘虏的残酷做法，都不敢说什么，但山东来的工人们并不知道，有一两个胆子大的，开始抱怨了起来："咱们都饿完了，啥时候给吃饭啊？"大把头没想到会有人说话，这让他在日本人面前很不好看，他狠狠地说："咱们厂子吃饭是有时间规定的，没到饭点儿，谁也不许吃饭！以后讲话之前要举手报告，让你说你再说，这是第一次，再有一次，就挨罚！"郭全感觉不认识这个大把头了，之前在报名的时候，大把头一直和颜悦色地跟他拉着家常，亲热得像一个大哥似的，怎么一到厂子，这性子变得暴躁了呢。郭全扫视了一下周围的状况，也看到了小柱子刚才看到的那一幕，心里发毛，涌起一种不祥之感。接着，大把头让工人们跟着排尾的日本兵走，工人们就被分别带到了不同的地方。张连义跟着这些被自己和大把头骗来的山东工人，远远地走在他们后面。

郭全和小柱子这些被诱骗来的工人们被日本兵带着走过厂区，路上随时都能看到牵着狼狗的日本兵在巡逻，厂区里工作的工人们大多是枯瘦的，面部黝黑，他们推着小推车，扛着工具、石块或者不知名的什么东西，穿衣服的身上衣服破破烂烂，还有更多人袒露着上身，光着的脊背上有一些暗红色的疤痕，胳膊肘、肩膀上也都是吓人的伤疤，旁边穿着稍微好一点的人，手里拿一把长尺子，看着哪个工人腿脚慢了，上去照着他们的后背或者头就来一尺子，嘴里还骂骂咧咧的："他妈的，快点走！找死啊！"尺子抽打在皮肤上啪、啪的声音听得人心惊，可那些被打的工人却都不吭声，似乎这只是家常便饭一样。一个扛着石头的工人为了躲这一尺子的抽打，身子稍微歪了一下，结果重心不稳，石头就这样从肩膀上滑了下来，正好砸在他的右脚上，他"啊"的一声坐到地上动不了了。这时那个想打他没打着的工头拍手大笑起来，然后一步上前给了他一脚，他身子一栽歪，用手护住头，工头接着又像报仇似的，狠狠地在他的背上打了几下，边打边说："妈的，让你躲，我抽死你。"看这个工人不起来，又踢了一脚："起来，想偷懒？"那个被石头砸了脚的工人连滚带爬地站起来，但却没法走路了，走两步又扑倒在地上，工头揪住他衣服的后脖领往上提，提不动，又是一脚把他踹翻了身，大声问道："你起不起来！磨洋工是吗？"路过的其他工人就像没看见这一幕似的，没人去拉这个工头，也没人扶起那位工人，最后工头看这个工人实在干不了活，就叫另外两个正在用手推车

送煤的工人把他抬走了。山东来的工人看到了这一幕，心里都开始发毛了，隐隐地发觉自己上了当。

小柱子尤其害怕，轻声问郭全："爹，那个人怎么这么坏？怎么没人拉着点？那不给打死了吗？"郭全没看小柱子，嘴里却在跟他对话："少问少说话，以后干活留心点。"郭全已经完全知道，自己上当了，来了一个不把人当人的地方，一心想着有机会一定要逃出去。这批工人被带着走了很久，一路上看到很多工头对工人的残忍施暴，有两个脾气火暴的人想冲出队里去帮挨打的工人出气，被旁边的人拉住了低声说："那边日本人牵着狗过来了，别犯傻。"

这队人被带到了他们要住的地方，这是一间间连成一片的很小的土房子，屋顶搭着茅草，边角处露出一些破旧的瓦片来，窗户是纸糊的，一阵风过来，又撕开了个口子，在这里住的人管这叫"臭油房"。张连义快走了几步，开始给这些工人们分配房子，每五个人住一间，并且叫他们第二天早晨六点听号声准时集合上工。这些工人看到这么破旧的房子，跟原来招工来的时候说的一点都不一样，他们把这一路上的不满都发泄出来了，郭全同村的牛大力上来一步就揪住了张连义的衣领子，跟他说："你骗咱，这地方哪像你说的那样？"张连义知道自己的谎话早就兜不住了，现在必须露出凶狠的一面来，以后这些工人都是归自己管理的，就像大把头说的那样，不立威，以后工人都不服管。想到这里，张连义拼尽力气一脚把牛大力踹倒在地上，牛大力虽说力气不小，但因为几天没吃饱，人很虚弱，这一脚又实实地踹在肚子上，他整个人蜷缩着倒下去，这些工人们看到这个场景便一起向前涌，想要殴打张连义，日本兵看这边一片混乱，又叽里呱啦地说了什么，然后冲天上开了一枪，这些人也算是听惯了日本人往天上放枪，所以都没在意，继续把张连义围在中间，开始你推我搡地打他，那个日本兵看到人们乱了，竟然对其中一个人的大腿开了一枪，那人"啊呀"一声，捂着腿直直地倒下去，这一枪吓到了在场的工人，遏止住了人群的骚乱，解救了张连义，有几个人蹲下去查看中枪者的伤势，大腿流血不止，他们便冲着张连义喊道："还有没有王法了！"张连义拉拉刚才被人扯

来扯去的衣服，面无表情，冷冷地说："这是东北，日本人就是王法。别再闹了，吃亏的是你们。"说着叫了两个工人把伤员抬到矿区的小医院去了。

小柱子第一次看到有人中枪，先是惊呆了，手不停地发抖，直往郭全身后躲，郭全没有参与殴打张连义，远远地站着，看到有人中枪，心里一紧，但没有上前查看，只是闭上了眼睛，他感觉自己好像掉进了一个陷阱，谁又能来救他们呢？他能怪小柱子、自个儿的女婿还是牛大力呢？他们都在这个陷阱里了。他脑子很乱，感觉血直往头上涌。对，要怪就怪那两个招工的，他们昧着良心赚黑钱，竟然还帮着日本人坑害自己的老乡！早知道不应该带小柱子过来，他还这么小，郭全后悔得心揪着疼。

工人们不敢再闹了，一个接着一个进了臭油房，郭全拉起倒在地上的牛大力，把他搀扶进屋里的炕上。屋里面乱七八糟的，墙壁又黑又油，进门就是砖石砌的炕，上面铺着破烂的草席子，炕旁边就是煤炉子，地上放着一条长椅、一只水壶、一盏油灯，这就是全部的家当了。小柱子跟郭全说："爹，这地方还不如家里，又埋汰又臭。"他把"我想回家"四个字咽了下去，他知道十有八九是回不成家了。郭全把行李往炕上一放，一屁股坐在炕沿上，把小柱子拉到自己身边说："柱子，咱们被那两个黑心工头骗了，这地方是好进不好出，外面都是日本兵和狼狗看着咱们，逃跑肯定要吃枪子儿，先在这做工吧，能吃饱以后再想办法。"牛大力想到有人因为自己吃了日本人的枪子儿，一拳打在炕上说："那两个杀千刀的，我逃走之前要打死他们。"郭全听了这话说："大力兄弟，这话就只能在屋里说说，千万别出去乱说，保命要紧。"这天又没有饭吃，几个人身上的干粮早就吃完了，带着两个钱又不知道去哪里买，只能空着肚子，夜里，五个人挤在一个小炕上，翻身都难，带着绝望和莫名的恐惧睡去了。

## （七）

第二天早晨，他们是被号声惊醒的，就像三声长长的迅猛的嘶吼，拉扯

着每一个人的耳膜。小柱子很希望一切是一场梦，他揉揉眼睛，希望能看到母亲，看到窗外成片的苞米地，看到家里墙上挂着的那幅不知道是哪一年贴的年画，可他眼前出现的，只有漆黑的四壁和昨天那些吓人的场面。他想起身，胳膊感觉到一阵刺痛，破烂的竹席子上的一根刺扎到了他的胳膊里，他扒着胳膊肘，把刺拔出来，把流出的那一点血珠随意地用手抹去，就下床了。

张连义带着几个“拉杆儿”的过来了，一人手里拿着一把尺子和一个小皮鞭。等工人们站定了，张连义清点了一下人数，发现除了昨天送去小医院的那个受伤工人，还有两个人没出来，便问是谁，没有人答话，张连义就让他们按照住的房间五个人一组站好，然后走到了只有三个人的那一组面前，问道：“你们同屋的呢？”“不……不知道。”张连义把手里的小鞭子一甩，一下子就抽到了其中一个人的腿，那个人一激灵，刚要蹲下捂腿，直接被张连义揪住了衣领：“我再问一遍，你们同屋的呢？”“早晨醒来就没看见……”“他们昨天回去说什么了？”这被打的工人自然不敢说他们在屋里骂张连义，但他又怕张连义再踹他或者抽他，就招了：“他们说……要跑……”张连义用鼻子哼了两声，说：“跑？能跑出去吗？”接着让工人抬来两具烧焦的尸体，对着新工人们说：“这两个人昨天晚上逃跑，被厂矿防盗用的高压电网电死了，你们都识相点，安安生生干活拿月钱。想跑，就算逃得了日本巡逻队和狼狗，也逃不出这电网去。”接着他指着远处的电网说：“那些铁丝网都是通了电的，看见上头这电线没？别找死。”原来昨天夜里正轮到张连义值班，他多了个心眼儿，来这边瞅一眼自己招进来的工人，就发现两个人逃跑，他没追上，看着两个人冲着电网方向去，他就放慢脚步了，这两个人以为那就是普通的铁丝网，其中一个人刚一碰上身上就开始颤抖着冒烟，另一人去拉他，也跟着颤抖起来，撞上了旁边的电网，张连义就这样看着两个人被烧焦了，这种场面每天夜里都在发生，张连义见得多了，心也就硬了。

接着，他把这些工人分成不同的小队，大部分送去工作最辛苦的采矿课，小柱子和郭全就被分配在这里，其余分别去了搬运课、冶炼课等等，各个工头带着自己的一队工人去了矿上，每个人被发了一件皱皱巴巴的工作服，上面印

着01的标记，还有一双鞋子，破破烂烂的，有的底儿都掉了，工人们管这鞋叫“水袜子”。第一天下矿，这些新来的工人们什么都不会做，于是工头让其他的老工人教他们干活，自己也亲自下矿监视工人们。

郭全和小柱子就这样做起了矿工，每天要干十二个小时活儿，晚上六点才能下班，有时候甚至干到八九点，住在臭油房里，上工前，有窝窝头给工人送来，每人每个月要交伙食费，工人们临走前带几个窝窝头上工吃，窝窝头是用橡子面做的，蒜头大小，干涩难以下咽，窝窝头的眼儿中放上几个咸豆子，用毛巾包着别在腰上，这样人体的温度还能让窝窝头不至于太冷。想吃咸菜，那得从把头那里花高价买，把头开了小商店，里面有豆腐、咸菜、白面馒头、面条什么的，郭全和小柱子买过几次，眼看身上的钱都要用没了，也就只能干噎窝窝头。矿工们喝水只能喝从井里打上来的水，因为在矿区，地下水常常被污染，打上来的井水也是浑浊苦涩的，工人们只能先放一放，等杂质沉淀了再喝，有时候太渴，也就顾不上了。这样的生活一开始是很苦的，后来只能慢慢适应了，适应了用橡子面和冻土豆充饥、身上挨两鞭子挨两脚，适应了身边总有人干着活就晕倒然后被抬走，适应了每天都会出现的新面孔。小柱子越发黑瘦了。

从山东来的工人到矿上工作一个月了，除了一开始跑掉的那两个以外，其他的都没跑，有一两个身体不好干不动活儿，干着干着晕倒了，不知道被人抬到什么地方去了，臭油房中空了的位置很快就有源源不断的新矿工补进来。

一天早上，张连义来给大家开工资了。他手里握着一把奉天票，旁边的一个监工手里拿着工人们的上工记录簿。张连义清了清嗓子，开了腔：“工友们也来矿上一个月了，今天给大家发工资，咱们公司有规定，每名工人每个月有十块钱，伙食费每个人每月五块，大家也知道，你们从家过来的火车是公司包的，要花钱，每天给你们洗工作服，都要花钱，这些钱公司出一部分，大家也得出一部分，这么算下来，这个月每人有一块二的工资。第一个月大家住不用花钱，算公司包住，但下个月开始，每个人要租床位，一整个屋子租下来，一个月五块钱，一个床位一个月一块钱，如果住不起，可以去住工人集体宿舍，不用钱，或者去住工人村，一个月两毛就行。我念到号的工友过来领钱吧。”

一个月一块多，连大米白面都买不起，工人们心里苦，却无法改变现实，更无法逃离这个地方。

臭油房已经算是工人们能住的最好场所了，之前工人挣得还算多的时候，一家子住一间房也是常事，尤其是有的房间重新修整收拾，可以很舒适，有的小把头都住在这里，后来日本人为了攫取更多的利益，在占领东北后大肆降低工人的工资，工人们渐渐就住不起了，一茬又一茬工人住进来，又因为没钱搬出去，这里就没人打扫整理，墙、窗子、煤炉子都破败不堪了。而所谓的集体工人宿舍，被人称作“大房子”，是几十个人住在一个大房子里面，炕的长度不到十米，但要睡三十个人，所以先进来的可以住在炕上，后进来的只能睡在地上或者吊铺，里面几乎什么都没有，夏热冬冷，鼠虫遍地乱窜。工人村的条件也很简陋，就是用草席子搭建的一个个窝棚，没有床，就在里面铺点稻草，夏天地面很潮，人睡在地上很容易生疮。被骗到东北的工人，几乎都是像郭全一样破产的农民，本来就一穷二白，如果租住条件稍微好一点臭油房，这一个月就别想剩什么钱了，他们大多数选择去了“大房子”里面。

郭全带着小柱子住进了“大房子”。小柱子正是长身体的时候，就在这个工人的魔窟中遭了罪，郭全每天都会把自己的窝窝头分给小柱子几个，隔三差五还会跟监工买一些咸菜，他知道要是长期吃不到盐，人就头晕没力气，干矿工的活儿，要是精神头不够或者力气不够，很容易出事故，就算出了事故想逃命，也得有力气才行。干活儿的时候他不能时时刻刻看着小柱子，只能每天叮嘱他好好保护自己。很多生病的矿工受不了监工的毒打、一刻不停的工作和望不到前途的生活，矿井下面自杀的事件时有发生，一个工人甚至因为病重还被逼上工一怒之下砍断的自己的手指罢工。但郭全一直跟小柱子说，留得青山在，不怕没柴烧，熬吧，熬吧，他自己其实也并不知道熬到哪天是个头。

## （八）

张连义在自己的小屋里数着钱，他这趟差事跑得值，就算和大把头两个人分，他也一下子赚到了接近一年的工资，大把头特意叫人把钱送来。这一个月，数张连义带回来的人逃跑得少，这一定就是管理有方了，日本人一直跟各个大把头强调生产效率的重要性，但工人跑得越多，这产量就越低。从山东回来以后，大把头觉得张连义有点个性，是个能说会道又用脑子的人，而且有最大的弱点——贪财，这样的人很好摆弄。大把头想提拔提拔他，但张连义要是不表示表示，自己也没这义务去跟管着张连义的二把头李志提这事。张连义不是不想当二把头，一个月能多挣不少钱，但这事并不容易，一是他不会拍马屁，从去山东一路就看出来了，这么好的机会，他都没抓住；二是这事风险很大，哪个二把头想让手下人提拔上来跟自己平起平坐呢，如果向上爬的心思太过明显，被管理自己的二把头知道了，那日子可就不好过了，轻则悄悄地减少你手中的权力，重则随便捏个什么罪名就解雇，或者送回去当工人了，所以小把头们都得表现得愚笨点、安分点，如果不能保证自己立时三刻当上二把头，一般小把头不会冒着“赔了夫人又折兵”的风险。

“一共九百二十七块。”张连义反复数着那一叠皱皱巴巴的纸币，然后自言自语起来。小莲也算是洋街妓院里上等的女子，年轻白净，听她自个儿说赎出来要一千块，现在还差着七十三块钱，本来再攒个大半年就够了，但张连义却特别想赶紧把小莲接回来，他向小莲许下承诺已经快两年了，小莲已经对他不像一开始那样热情了，她听了太多忘情时说着要帮她赎身的谎话，他越感觉到小莲的心寒，就越拼命攒钱，平时，张连义没什么抽大烟喝酒赌博的不良嗜好，他经常亲自去监视工人，哪个把头也没有他下井下得频，他但凡看到工人有一点小错误都要罚钱，还巧立各种名目压榨工人的工资，他跟工人说，把一部分工资变成食物发放给他们，结果一块钱就换了每人每天多三个窝窝头，因病旷工的工人罚得更多，所以很多工人都要带病上工，为了防止工人们逃跑，夜里他经常值班去巡逻，搞突击，就连不在规定时间内上厕所也要罚钱。

就是靠着这些，张连义攒够了九百多块钱，最近不知道为什么，每每看到小柱子，他总是想起自己，总是想有个家，有个亲人，所以对于赎回小莲的渴求越来越强烈了。他想着想着，趁着晚上的时候，去跟别的小把头借钱，有几个兄弟凑在一起耍色子赌博，张连义在他们身后看了一会儿，然后趁机搂着一个刚赢了钱的小把头说："兄弟，今天发财了呀，借我两个钱花花，我这月工资花完了，下个月拿了工资就还你。"那个小把头玩得正兴起，说："连义老哥，听说你这次去招了不少工，没给你发几个赏钱？""嗨，哪有几个钱，发完买点好酒，抽点好烟，去耍一耍就没了。借哥点，改天请你喝酒。"这小把头从那一叠钱中抽出两块钱给张连义，张连义哭笑不得，拍拍他肩膀说："谢谢嘞兄弟！"接着他又去其他的赌桌，跟熟识的小把头借钱，有的小把头手气臭，钱都输光了，撵张连义走，有的听说张连义从山东招工得了赏钱，本就十分嫉妒，所以也找个借口不借给他，张连义忙活了一晚上，也就只借到了不到十块钱。

他捏着借到的几张纸票子，想了想，只能去雇他干活的二把头李志那里借，向上级借钱，说是借，其实就是高利贷。从张连义招工回来后，李志心里就不太舒坦，因为他也出去跑了一大圈，连抓带骗招的人也没有张连义这一次去山东招的多，而且招来的人从上了东北的火车开始就不停地逃跑，到现在都不剩几个人了，自己忙活来忙活去，几乎是没赚到钱，在大把头面前，他的办事能力是远远被一个小把头张连义盖过了，他又不好直接把张连义解雇，这样小把头就没劲头干活儿了，他自己也就更没法赚钱，所以他平时并不会表现出什么，工作还是按部就班地做，只是每次看到张连义心里总是憋着一股劲儿，他故意显示出和别的小把头很好的样子，经常带着别的小把头去吃喝玩乐，有时候在巡视张连义手下工作队的时候抓两个磨洋工的工人，在对小把头训话时拿来说事儿。张连义很聪明，他有种"枪打出头鸟"的感觉，所以平时巡视得就更勤了，对李志也更加恭敬谨慎，还常常送些烟酒，后来慢慢地这事也就过了。张连义跟李志借钱，也是没办法，小把头们的态度他也见识了，别的二把头平时没有特别多的往来，没法开口，开了口也不一定借得到或者利息尤其高，所以只能跟李志借了。张连义既然要向李志借这七十块，就得说明原因，他便一五一十地说了自己想娶妻的事，李志意外地爽快，直接拿出了八十块钱说："兄弟，也该成家了，这八十块钱你先拿去用吧，不着急。"张连义连忙点头称谢："李把头，咱们还是按照规矩，月利5分，我半年内还清，借我纸笔，我给你打个白条。"于是张连义就写了一张白条："张连义，于康德七年十一月五日向李志借捌拾元，月利伍分，半年内还清，若未还清，则到期后按月利……"他抬头瞅了瞅李志，李志喃喃地说："月利八分吧，不，七分吧。"张连义提笔写了"月利捌分"，然后自己签了名字，又按了红指印，李志也签名按指印了。

拿着钱，张连义起身就去了洋街的妓院，当晚就把小莲赎了回来。此后，小莲每天在家做做家务，大门不出二门不迈，跟着张连义有模有样地过起了日子。张连义觉得自己什么都有了，干活儿也没以前那么卖力了，晚上也不像以前那样抢着去巡夜，只是天天往家里跑。

李志也感受到了张连义的改变，就找了个借口去张连义家看看情况，张连义不在家，小莲正在做饭，李志看着小莲的背影，虽然是穿着棉衣棉裤，但还是能感受到她窈窕的腰肢，联想起她之前是妓女，李志微微地呼吸急促起来，轻轻咳嗽了两声，小莲吓了一跳，转过身，双手掐着衣襟，疑惑地望着李志，李志没想到小莲这么白净，脸、露出来的脖颈和手臂，白面似的，他有些看呆了，恍惚中听见有人问"找连义吗？"他感觉自己有些失态，便"啊"了一声，这时候张连义正好从门外进来，看见屋里有个男人，心中一阵疑惑，又看是李志，以为是找自己的要债来了，可一想，还没到半年期限呢，就拍了拍他肩膀说："哥，啥事儿？""没啥，来看看，听说最近你小日子过得红火，今天可没下井巡查吧？"张连义一听，这是来问罪了，赶忙说："我看最近工人们都安分，我们那些都是新挖的掌子面，放不下那么多人，我就没下，老哥没吃饭吧？一起吃点。"李志瞥了一眼小莲，点点头。

三五道菜做得有滋有味，张连义和李志喝了几盅小酒，俩人都有些微醉。李志举着酒盅，指着小莲冲张连义说："兄弟啊，有福气，娶了个好媳妇儿。"又转脸跟小莲说："弟妹，你知道不？连义可是借钱把你赎回来的。"小莲颔首微笑了一下，李志看到了，本来因为醉而红的脸这下更红了，张连义以为李志这是在提醒他别忘了欠债，就跟李志碰了下杯："哥……哥你对我有恩啊，钱我攒够了尽快还你！”李志一口酒干了说：“兄弟，我不是这个意思，我就是羡慕你啊。我有钱我都没地儿花，不知道给谁花。”

吃完了饭，李志就走了，回去的路上，他迷迷糊糊地念叨着“小莲……真俊啊……”

从那以后，李志就和张连义走得近了，他常带着张连义去矿区外面逛，偶尔也去赌上一两把，因为张连义一直欠着李志的钱，也不好拒绝，所以只得跟着他去。一天晚上，俩人在酒馆喝了许多酒，闲聊着、划拳，李志故意地灌了张连义很多酒，张连义实在没法推辞，只好一杯接着一杯，喝得醉醺醺的。李志趁机把张连义带去了烟馆，张连义一直非常拒绝抽大烟，因为他见过很多小把头抽大烟不仅把身体抽垮了，还把钱抽光了，但自己今天喝醉了，整个人没力气地躺在炕上，李志一边往他嘴里送着烟管，一边还悠悠地在他耳边说：“兄弟，试一口，不会上瘾的，抽完可舒坦了，浑身有力气，老精神了！”张连义的手越往外推，李志的手就越往里送，张连义迷迷糊糊地吸了两口，一种奇异的快感在体内乱窜，他咳了两下，竟然拽住了烟管又吸了两口，身体里的血液好像先凝滞住又突然冲开，直往头上涌，整个人都麻酥酥的，身体开始变轻，李志把烟管放到他手里，然后走了出去。等到那阵快感一消失，张连义又抽了两口，那种轻盈又回来了，就这样一口两口，张连义抽完了一小袋大烟，晕晕地睡过去了。

第二天一早，张连义被人扒拉醒了，他有点蒙，不知道自己在哪里，看清了烟馆的装潢，又看见自己身边有一杆烟枪，顿时脊背发凉，他失魂落魄地走出了烟馆，回了家，小莲担心地问他一夜去了哪里，他摇摇头没有答话。

## （九）

转眼就到了冬天，郭全和小柱子在工厂里也待了两三个月了。一天夜里，郭全想出去方便。“大房子”里有一个规定，凡是矿工出去方便，都要在门口脱掉上衣，以防止逃跑。郭全走到门口，一股冷风冲了过来，他发现外面正扑簌簌地下着鹅毛大雪，雪已经积到脚踝了，原来门口站岗的“棒子队”也不知道去了哪里，“棒子队”是负责监视工人的，连工人们方便时也要陪同前往，但郭全实在憋得急了，又觉得太冷，他一推门，门锁哐当一下掉在地上，往外探探头，发现也没有巡逻的人，便穿着衣服偷偷地跑到房后去解手了。当他想着偷偷溜回来的时候，突然一片强光刺进了眼睛，他下意识地闭上眼，接着就听见狼狗的叫声、“站住”的呵斥声和迅疾的脚步踩在雪上的咯吱咯吱的声音。二把头李志提着手电筒走了过来，后面跟着两个日本兵牵着一只狼狗。郭全心里一紧，呼吸急促了起来，直直地站定了。

李志看起来喝了不少酒，走路有点晃晃悠悠的，帽子也戴歪了，走到郭全面前仔细打量了一下，问道：“你谁啊？”一嘴酒气就喷到了郭全的脸上，郭全轻轻别过头说：“01668。”“住房子里的，不懂规矩？把头是谁？”“张连义。”“他小子的人，没规没矩的！”然后他向门口瞥了一眼，像是自言自语地说：“连个站岗的都没有？净等着工人跑呢？”然后又冲着郭全喊道：“把上衣脱了。”郭全脱了上衣，二把头又叫把里面的单衣也脱了，郭全就这样光着膀子站在雪中，李志拿起手中的小鞭子，冲郭全后背就是一鞭，“啪”的一声，脊背上便出现了一道红印子，接着，一鞭、又一鞭，脊背上的印子越来越红，没有人说话，只有狗偶尔叫一两声。

打累了，终于歇了手，郭全的眉毛上结了一层霜，那是疼得流汗又太冷结冰的缘故，本来要出来方便，结果挨了打没憋住，一只裤腿子湿透了。这时候那两个本来该看着大房子的“棒子队”成员不知道从哪里冒出来了，天冷，他们偷懒去喝了两杯热酒，走之前以为把门锁上了，结果回来看到这景象，以为是有人撬锁逃跑，马上把大门锁了。李志准备跟着两个日本兵离开，临走时转身对郭全说：“这么喜欢待外边儿，今天就别回去了，在这待着。”小把头走了之后，两个看门的人对郭全一阵拳打脚踢，边打还边说：“想跑？还敢撬锁？明天把你送到矫正院去！”郭全不知道矫正院是什么，但他知道如果自己被送走，小柱子就没人照看着了，所以他不断地哀求：“两位工头，我只是出来上个厕所，没想到门没锁，天冷我就没脱衣服，我没想跑……我错了，我以

后再也不了……别把我送走……求求你们……”

小柱子睡睡觉翻了个身，感觉宽敞了不少，再摸摸身边，摸到了一个人，那人一下把小柱子的手甩开了，小柱子感觉不是父亲，便睁开眼，没看到父亲，就从窗户往外看，外面很黑，他便溜到门口，听到门外有声音，很像父亲，还有骂人的声音，他晃了晃门，门是锁上的，两个守门的听到门有动静，便向里面喊：“谁啊大半夜不睡觉，找死？”小柱子喊着：“爹！爹！你在外面吗？”守门的说：“小崽子，滚回去睡觉！不睡觉，拉出来一起打。”郭全怕连累了小柱子，就冲门里面喊：“柱子啊，回去吧，爹没事，回去吧，听话……”小柱子不敢再晃门，躲在门后面抹眼泪。

第二天早晨，守门的一开门，发现里面一个小孩儿栽歪了出来，那是小柱子。守门的把小柱子踢醒了，向里面喊着：“上工了，都起来。”小柱子一钻，就钻出了房门，守门的没拽住他，看他跑到了郭全那边。郭全在门外冻了一夜，嘴唇发紫，身上鞭子抽打过的地方，流出的点点血迹都凝固了，小柱子拿了掉在地上的衣服披在郭全身上，要把他带进屋子里去，郭全刚想迈一步，眼前一黑，倒了下去，几个工友正往外走，看见了连忙过来把郭全背进了屋。

郭全这一夜又挨打又受冻，人都奄奄一息了，躺在床上五天都没起来，不上工就不给发窝窝头吃，小柱子只能自己少吃点，把窝窝头给郭全吃，郭全就这样躺了五天，不得不上工了，拖久了，一是小柱子每天都要吃不饱，自己又没工钱了，二是监工看人不能干活了就会给拉到矿区医院去，说是矿区医院，矿工们也称它为“小西天”，人进去了，十有八九是出不来的，病重的，还没死就会被拉到死人堆里自生自灭。

## （十）

张连义真的染上了烟瘾，一开始是隔几天犯一次，瘾上来了，整个身子又痒又酸，在床上翻来覆去，他抓着自己，抓出了一道道血印子，他不停地喝凉水，用凉水洗脸，把半个身子都浸到凉水缸里，人冻得发抖，却还是扼制不住强烈的感觉，小莲见过的烟鬼多了，知道张连义是犯烟瘾了，又见他折腾自个儿，心里不忍，抱着张连义说："连义哥，你去抽点吧，抽点吧。"有时候托隔壁的小把头买点烟回来，这样张连义犯病的时候，她就立马把烟点上，张连义抽了几口，人好些了，接着却发疯似的把烟枪扔远，骂着小莲："你是盼着我死吗，还给我烟抽！"但一会儿瘾又上来，只能再抽两口。这样反反复复几次，张连义也不再抗拒了，他也开始自己去买些大烟，隔三差五抽两口。

鸦片烟是很贵的，张连义本来收入就不算多，还欠着债，自己的钱很快就花完了，跟左右邻居小把头们也借不到几个钱，只能再去跟李志借，来来回回半年内，就欠下了李志二百多块了。李志也不直接跟他要，常常趁他不在家，来跟小莲算账，说张连义欠了他多少钱，如果小莲跟自己走，这笔钱就一笔勾销，有时候他还对小莲动手动脚，小莲拒绝后，他又威胁小莲，不让告诉张连义，小莲便不敢说，只能每次吃着哑巴亏，便常常埋怨起张连义花钱大，不知节用了。

一天早晨，张连义看着小莲做的粥饭太稀，没有几粒米，抱怨了起来，小莲低着头怯怯地说："家里快没米了。""没米了去买啊！""钱也快花完了，你还有半个月才开工资，得省着点。""烟还有吗？"——现在对张连义来说，烟已经成为一项生活中必不可少的开销，小莲说："还有一点点，你这阵子少抽些吧。""老子以前犯烟瘾可是你让我抽的！"张连义自从染上大烟后，脾气变得暴躁了不少，酒也开始喝得多了，有时候为了赢两个钱还去赌一赌，昨晚上赌完，手气不好全输光了，今天自然气更不顺了。小莲也想到昨天张连义赌钱输了，就顶撞了张连义两句："那你喝酒、耍钱呢！可不是我让的！""别上脸啊！"张连义一摔碗筷，拿起衣服就走出了家门，饭一口没吃。

今天正赶上他下井监工，刚下了井便觉得肚子饿了，自从染上了烟瘾之后，张连义的身体也越发虚弱了，以前监工都是站着走来走去，现在只想找个地方坐下，还特别容易犯困，所以他找了一个地方坐下来闭目养神。有个本地的雇佣工人看到他来了，便跑到他面前，拍拍他请求道："张把头，我想请两天假回家结婚，就两天，扣我双倍工钱也行。”张连义被人打扰了休息，听到“结婚”两个字，突然想到了早晨的事情，气又腾地上来了，一甩手里的鞭子说道：“最近新开了掌子面，人手不够，不行。”这工人由于是自由工人，家又在本地，平时工厂对他约束不到，这下子言语也有些冲：“凭啥不让我结婚！老子不干了。”张连义一把拽住他，两人大有要干仗的趋势，二把头李志正好也今日下井视察，看到这个场景，抡起手边一只镐头就过来了，矿工们把两个人拉开，李志对着那个要请假结婚的工人说：“你敢打把头？”那工人理直气壮地说：“我要请两天假回家结婚，他不让！”李志听到这“结婚”二字，又看到张连义，心里自然就联想起了小莲，气也上来了，李志为人更加心狠手辣，不然也不能当上二把头，管理几百人，他顺手扬起一镐，砸到了那名工人的头上，说了一句：“你还想结婚，我先让你发昏！”在场的工人惊呆了，尤其是小柱子，他正站在那个工人旁边，这一镐头下去，血直接溅到他身上，他吓得一屁股坐到了地上，那个工人也直直倒下去，血流了一地。李志把镐头一扔，跟旁边的工人说：“把他抬到乱坟岗去吧，你们都给老子安分点。”张连义平时虽然见惯了死人，但这是第一次见李志杀人，心里也有些震惊，看到小柱子吓得起不来，伸手拉了一把，小柱子站起来把张连义的手甩开，跑到郭全身后去了。张连义向地上抽着鞭子驱赶着工人，让他们继续干活，一下子没注意抽到了血泊中，甩了自己一身血滴子。

张连义欠的债越滚越多，他开始想方设法从工人身上盘剥，死亡工人的丧葬费，公司每人赔偿十元，经过三层把头，层层盘剥一半，到工人家属手里也就只剩一两块钱了，张连义能从每个人身上抽个一两块钱；有时候从死去工人的身上搜刮出几块钱或者一些值钱的东西来；有时候又想方设法少给手下的监工和工人一些工资，用更不值钱的橡子面窝窝头和臭盐豆来抵，提高咸菜的价格等等方法，不一而足。但他作为小把头，一是对上级要有孝敬，二是对手下要有赏钱，他抽烟越凶，家里的亏空就越大，拆了东墙补西墙，生活已经开始渐渐变得有些艰难了。

李志就是在这时候，拿着欠条去张连义家要钱了。

张连义坐在家里，小莲站在他身后，李志将欠条拍在桌面上，冷冷地说："兄弟，你这钱也欠了我大半年了，预备啥时候还？"张连义说："哥，再宽限几天吧，工资快发了。"李志没有宽限的意思，皱着眉说："你这大半年陆陆续续欠了我快三百了，你那些工资，再有半年不吃不喝不抽烟也还不上，这利滚利到时候怕是利都不够还了。"李志把张连义拉去抽大烟这事儿，一直都是张连义的心结，但他却敢怒不敢言，今天李志提起这事了，张连义倔脾气就上来了："二把头，你拉我去抽大烟，害苦了我，要是不抽烟，我早就还完了，现在，没钱。"李志嘴角一抽，说："兄弟，两条路，一是我解雇你，你去别的小把头手下，过矿工日子，每个月不拿钱，啥时候还完啥时候算。这二嘛……"李志抬眼盯着小莲，嘴里跟张连义说："你把你老婆给我，债就清了，我再多给你一百块。你这老婆一千块赎回来，也跟你过了快一年，就算折旧了……"

张连义听到这话整个人就呆住了，觉得浑身的血液直往头顶涌，一下起身双手揪住了李志的脖领子，怎么难听怎么骂。李志用手掐住张连义的手腕，不屑地说："张连义，你找死？"接着往前一用力，把张连义的手拽开，再用胳膊抵住张连义的脖子，把他向后压，张连义的头和身子重重地撞在身后的墙上，这就打起来了，小莲在旁边拉架，身上挨了几拳，看张连义因为身子虚挨了李志重重的几拳，鼻子嘴里一起流血，小莲开始拉李志，无法阻止，便哭着求他停手，两个人就这样从炕上打到地上，李志一直占上风，最后就变成了张连义挨着拳打脚踢，李志顺手抄起旁边的一只水壶，正要向张连义的头砸去的时候，小莲一下扑过去，用身子挡在张连义和水壶之间，然后对着李志声嘶力竭地说了一句："我跟你走。"李志终于停手了，从兜里掏出一百块钱，扔到地上用脚踩着蹭给张连义，踹了踹他说："钱和欠条我留下了，人归我。"拉着小莲就出了门。张连义倒在地上奄奄一息。

## （十一）

郭全和小柱子一晃在矿厂也生活了一年半了，虽然工作很艰苦，但饥一顿饱一顿总还能应付，甚至一年到头也能吃上一两顿好的，除了住的不如家里，其他并没有比家里差许多，只是凭借现在的生活条件，不能把家里人接过来罢了。他们俩平时不惹事，也不喜欢和别的工人聊天，就闷闷地干着自己的活儿，不磨洋工。从郭全上次被教训了之后，他们爷俩越发守规矩，很少请假，一年到头竟也能攒下来点钱了。

小柱子因为营养缺乏和劳累，长得又瘦又小，看着怪可怜的，有时候下井，别的工人偶尔帮衬着一两把。他们最近开得这个掌子面，又深又窄又难挖，有几个洞人得躺着挖煤，还没挖出煤来，脸就被土盖住了，只得在有限的空间抖落抖落再继续，所以工厂特意加派了一队工人专门挖这个难挖的掌子面，而郭全这几天都被派到搬运课去临时帮忙，把头看小柱子身量小，适合在这挖，就留下了。小柱子还没挖两块煤就吃了满嘴土。有个工人看小柱子挖得辛苦，监工一直在催，就差没薅着小柱子打了，那工人趁监工去别的坑道视察时候主动过来帮忙，虽然人小在洞里面灵活，但不得法，挖得就慢，那个工人钻进去，三两下就挖一块，不多会儿就挖了一小筐。出来后，他一边用余光看着监工回没回，一边和小柱子有一搭没一搭地聊天。

监工不回来，工人们能稍稍自由点，那个帮小柱子干活儿的工人身穿印有“01”号码工作服，拉着小柱子坐下了，问他几岁了，小柱子说：“十五。”说着作势要继续干活，那人直接把小柱子手里的镐头抢下来，说：“监工不在，别给日本人干活了。”小柱子看着他，点点头。那人跟小柱子说：“小孩儿，你知道咱们挖煤干什么吗？”小柱子摇摇头。“要去炼钢，炼了钢，给日本人拿去造飞机、大炮、坦克，然后来打我们中国人。咱们不应该帮着日本人打中国人，你说是不是？”小柱子点了点头，那人又继续说：“小孩儿，你怎么会来这里做工？”“被骗来的，说这里……好。”“嗯，咱们这些人不是被骗来的普通老百姓，就是被抓来的抗日军民。日本人黑心，给他们当狗腿子的中国人的良心也没了。”小柱子在大房子里不是没听过别人骂日本人、骂工头，他自己在心里不知道骂了他们几百遍几千遍了。但骂归骂，如果不给他们干活儿，自己被打死、饿死、冻死，甚至进了医院也会被治死，死的方法太多种，想活着却只有一条路——干活，干活了，不但不打你，还给你钱，与死相比，这似乎是一种巨大的恩赐了。那人继续说："你爹今天没来？"小柱子突然有点警惕，这人对他的事为什么这么清楚？他没答话，反而问了句："你谁啊？"那工人笑了笑，脸上的皱纹很深，皱纹里布满灰尘，眼睛却发亮，他对小柱子说："我叫王永泰，你叫我王叔就行，我是特殊工人。刚来这挖矿的时候，看见你天天跟一个男的一起，是你爹吧？"小柱子听说他是特殊工人，点点头。郭全总是教导小柱子，不要和别人多说话，所以小柱子一般答话就是点头摇头，王永泰感觉监工差不多回来了，就站起来，拉起小柱子说："干活儿吧，别让给他们抓着。"

这座矿山集中营里的特殊工人成分复杂，有八路军、国民党中央军的俘虏，也有山西、河北等地抗日的百姓，中条山战争后又被运送来一大批。这王永泰工作服上的"01"标识着他是普通百姓，但他实际上是在抗日百姓家里伪装成百姓的八路军战士，被俘后一直没有暴露自己的身份，进了煤矿之后，也隐藏起了自己的真实身份，便于在普通工人中进行活动。他们一个大房子内部的八路军都被一种特殊的感情联结在一起，王永泰平时不能明目张胆地和被俘的八路军战士聊天，只能靠上厕所、井下工作或者没人监视的时候说一两句话。他们一致认为，应该在井下工作时，抓住一切机会向工人们宣传抗日思想，尽可能组织工人与日本人和把头们斗争，破坏矿区的生产，工人人多，只有团结起来才能释放力量，日本人和把头作威作福太久了，也该让他们得点教训了。

有一天，王永泰偷偷地问小柱子："柱子，你想跑吗？""跑哪儿去？""哪儿都行，只要离开这里，在这里只能一辈子给日本人干活，跑出去，你能娶妻生娃，能过好日子。""出去也只能种地，在家里一年到头也是饥一顿饱一顿。""那……你想当兵吗？""当兵？""对，听说过八路军吗？他们虽然吃不上大米白面，但总比咱们橡子面窝窝头和冻土豆子强多了，战友感情好得像亲兄弟似的……"说到部队，王永泰有点激动，小柱子听到他这话，脑子里竟然回响起了当时招工时大把头说的"楼上楼下，电灯电话，大米白面，牛羊鸡鸭，工资够花，还能养家……”他们就是被这个谎言骗来的，小柱子对王永泰说的话也并不全信，就问：“你怎么知道？你是当兵的？”“嗅，我也是听人说的。”王永泰很想告诉小柱子自己就是八路军战士，但他终究没有说。

连着几天，只要把头和监工不在，王永泰就拉着小柱子聊天，井下的工人们也都不干活，有一个人负责在坑道口放哨，一看把头来了就发出信号，工人们再一齐开始干，小柱子就渐渐地跟着他们一样磨洋工，把头们觉得工人们挖得太少，便监视得紧一些，工人们就不得不干了，可一旦监视得不紧了，工人们又开始磨洋工，把头回来便骂工人们，工人们直接开始顶撞把头，说这个坑难挖。有一次把头急了，打了一个工人几鞭子，几个工人就围上来对着把头拳打脚踢，把头以前对付的大多是老实巴交的农民，这些工人中大部分是军人，跟农民性子不同，把头挨了几次打，以后下坑总是带着个扛刺刀步枪的日本人。

有一次李志下坑巡查，王永泰看李志走近了，突然拽住身边一个人的衣领子说：“你挖煤刨我脚干啥？”旁边那个人也不示弱：“上次你铲煤，煤灰扬我身上，我还没找你算账。”结果俩人你一拳我一脚地打起来了，旁边的工人都不干活去拉架了，一群人不可开交，李志往这群人身上抽着鞭子，被打的人毫无反应，但外围的人突然像躲着什么似的往二把头身边闪，那人群中心的人也就压过来了，结果李志就被莫名其妙地牵扯到这个群架的中间，身上密集地挨了好几拳好几脚，连滚带爬地走了，他走了之后，这群人马上住手了，王永泰看着坑道远方，露出了一丝微笑。小柱子不明白，问王永泰：“王叔，你们这是干啥？”王永泰说：“小孩儿，我们打的就是他。”可这一天，这群特殊工人没供应饭食。

一天快要下工的时候，一个日本兵按照惯例下井巡查，检视一圈后才能让工人出井，监工和把头这天提早下工出去喝酒了，所以矿井里只留了这个日本兵。这日本兵有些瘦小，可能因为嫌重没带步枪，只有把手枪别在腰间，在井下的坑道里悠闲地走着。王永泰拉着旁边的工人，悄声说：“收拾一下这小鬼子。”等着日本兵走过去，王永泰从后面先锁住日本兵的两只胳膊，另一个工人开始抢夺他腰上的枪，这日本兵想哇哩哇哩叫，被一个工人一镐头砸了脸，竟然就死了。工人们心里开心，但又不知道怎么处理。王永泰说：“埋了他，往深埋，他们找不着。”一个人在井口望风，其他几个人开始挖一块开采后又填平了的地面，把日本兵埋了进去。王永泰手里拿着枪，几下就把枪拆成了几个部分，给了几个工友分别藏在身上。

此后，其他的一些工队也常常传来有落单的日本兵失踪的消息，日本兵渐渐便不敢下井巡查了，日方只好增派巡查的人手，才渐渐没有了失踪的事件。

## （十二）

这天是农历三月十一，小柱子的生日，爷俩下了工，郭全去小商店给小柱子买了一把糖，又买了两个白面馒头、豆腐和咸菜，趁着还没宵禁，爷俩在大房子旁边的不显眼的一块空地上蹲了下来，小柱子狼吞虎咽地吃着馒头，一边吃一边说：“爹，你也吃一个，真好吃。”郭全摇摇头说：“你吃吧。”又摸着小柱子的脑袋说：“柱子啊，过了今天就十六了，再不是小孩儿家了，多吃点，长力气好干活。”小柱子还没咽下嘴里的东西，就呜呜呀呀地说：“爹，我王叔说了，不要给日本人干活，能不干就不干。”郭全听了一头雾水：“什么王叔？”小柱子把嘴里的东西咽了下去，说：“就你去搬运课那几天，井下有个工人，叫王永泰，对我可好了，还领着工人打二把头呢。”“他打把头，把头不治他啊？”“人家有招……”小柱子就把假打架的事儿跟郭全描述了一遍。“王叔还跟我说，要带咱们逃出去。”“你别跟他们胡闹，安分点！被抓住了可要枪毙！”郭全想起了来矿区第一天有人逃跑被电死，之后有人逃跑被抓回来，日本人强迫他们看枪毙的场景，他当时一直捂着小柱子的眼睛，小柱子没有直面那些血腥场景，郭全可是每每想起都心有余悸。

小柱子这天吃得饱饱的，甚至还有点发胀，晚上睡觉时翻来覆去，在这初春夜里，天气还有些寒，小柱子受了点凉，他一趟一趟地起夜，拉肚子，按规

定一去就要脱衣服，这夜里来来回回折腾了好几次。第二天早晨，一个日本兵直接闯进大房子里，对着工人们叫："你们的，上工！"还用枪托挨个扒拉着矿工。原来这外面下着大雨，哗啦哗啦的，晨起的号声听不真切，日本兵就来叫人了。小柱子由于昨夜受了凉折腾的，身子虚，肚子还不舒坦，而且有点发烧，看着大雨，如果出去干活，没准就会病倒了，郭全便不让他去上工了，小柱子躺下炕上，郭全把本来要带走的三个窝窝头留了一个给他，对他说："睡会儿吧，睡饱了就好了，肚子舒坦点再吃，啊！"又帮小柱子跟监工请了假。

早春天气又下着雨，早晨六点钟，天还是黑的，但这些矿工就要下井去开始一天十二个小时的工作了。外面下着雨，这井下也越发闷了，郭全总觉得喘不上气来，干一会儿就哼哧哼哧的，满头大汗。当郭全正在用镐头刨着煤的时候，突然井下停电了，所有的灯都灭了，工人们都停下了手里的作业，顿时周围变成了一片寂静的漆黑，只剩一些人头上的矿灯幽暗地发着光，黑暗就像一张网密密地包围了身体，人越发感觉胸口堵得慌了。工人们平时也遭遇过几次停电事故，这比起冒顶那种可能会死人的都算是小事故，他们都比较镇静，这时候也干不了活儿了，监工感觉时间也差不多到了中午，索性就让工人吃起了午饭，这样来电了再干活，不耽误事儿。郭全从腰中摸出了毛巾包着的两个窝窝头，熟练地打开，就着盐豆啃了起来，又用毛巾擦了擦脸和后脖颈。

工人们窸窸窣窣地吃完了饭，还是没通电，就近的工人摸索着坐到一起，开始闲聊起来，没有矿灯的人在黑暗中凭借声音，也大概能分辨出跟自己说话的人是谁。牛大力摸索到郭全身边，压低声音说："老哥，小柱子十六了吧？就让他一直在矿上干活？"郭全说："在这干着吧，跑出去了也只能回家种地，地都没了。"牛大力神神秘秘地说："哥，我听说外面有东北抗日联军，我想逃出去当兵，回来打死小日本，打死这些把头。"郭全拉了牛大力一下说："可别胡说，再让把头听见了揍你。"郭全就是这样，一老本实、逆来顺受，几乎不会反抗加诸其身的一切暴力，总是听天由命，他生活中的两次主动选择，一是卖地，二是带着小柱子离开家来到东北做矿工，事实证明这都是再错误不过的选择，于是他便放弃了生活的主动权，向命运投降了。

又过了不知道多久，郭全和牛大力等一批工人听到了井口扇风机鼓风的声音，呼呼地传到寂静的坑道中，他们知道这大概是要来电了，风送进来，那种黑暗的桎梏总归稍稍松懈下来了，郭全摸了摸身边的镐头，准备等灯亮起来就开始干活了。又过了一小会儿，不知道从哪里突然传来一声炸裂般的巨大声响，地面剧烈地摇晃了一下，石块掉落下来，大部分人头顶的矿灯都被砸碎了，郭全以为是冒顶了，赶紧用手护住头靠着对坑道的记忆往墙边走，但石块没有继续掉落。矿坑里的工人都有些慌神，不知道发生了什么，慢慢地根据声音往一堆儿聚集起来。不一会儿，他们闻到了浓重的烟味儿，郭全用潮乎乎的毛巾遮挡住口鼻，然后随着工人们一起趴下，在黑暗中向着坑口的地方走去。但由于地下坑道复杂，他们又是第一次来这个坑进行作业，不熟悉路线，在黑暗中横冲直撞，总是碰壁，咳嗽声在坑道里来回地回响着。他们走了很久，也不知道走到了哪里，感觉烟稍稍小了一些，摸着四面墙都像是不能前进了，很多工人已经走不动直接倒下了。

突然，郭全听到了一些脚步声和叫喊声，远远地有点点亮光正在向他们走过来，矿山救护小队终于下井了，救护小队看到了郭全这一队工人，赶紧迎上来，但他们并没有指引工人出坑或者抬他们出矿坑，而是挨个儿工人打量了起来。郭全感觉有一道强光刺痛自己的眼睛了，从断电开始，他已经近乎失明四个小时了，冷不防遇上强光，闭了眼还是觉得眼珠要胀开。那救护员是个日本人，抬起他的下巴仔细打量了一下，就和旁边的小队员说了句什么，然后把这些工人丢下继续往旁边走。

又过了一会儿，这个救护小队从巷道深处抬出了一个人，抬着他走过郭全这一队工人，郭全已经有点体力不支躺倒在地上，近乎昏厥了，他本能地伸出手去拉一个救护员的腿，那救护员踉跄了一下，回头看了眼，就蹬了一下腿，骂了句：“八嘎！”然后这个救护队就走了。郭全想，跟着救护队走的方向，一定能出坑，但他现在几乎走不动，只能靠爬，很快，救护队员头顶的灯光就走远了，再次消失在黑暗了，郭全一直向前爬着，爬着……

煤铁公司的采探所长藤井渡和保安课长山下寿终于在事发近五十分钟后来

到了矿坑，做出了一个残忍的决定——停止对矿井下送风，以防止火势蔓延，造成更大的损失。几个主要冒烟的矿坑口的送风设备停止了运转。当时煤矿最高负责人、公司炭业部长金泉耕吉随后赶到了，他先去看了值班室的出勤情况，到了事故现场，马上要求继续往井下送风，因为他的亲戚、二坑的坑长上野健二还在井下，他给救护队发出了“活要见人，死要见尸”的搜救命令。救护队就顺着送风通道和回风通道向下寻人，终于寻到了已经休克的上野，立刻抬了出去——这就是刚才郭全遇到的救援队所抬出去的人。经过矿区医生的紧急抢救，上野很快苏醒了。

上野被抬出去之后，藤井和山下又向金泉提出，停止送风，井下的火势已经很大，如果继续通风，井下的火势还会蔓延，再引发其他的爆炸，损失的就不仅仅是这五个矿坑了，工人没了还可以再招，矿破坏了就没法完成大仓先生和关东军的原料订单了。金泉点了点头，跟旁边的人说了句什么，等所有的搜救小队出了井口，井口的送风机就停止了转动，距离井口最近的巷道被用装着砂石的麻袋密密地封死，井口也被牢牢地堵住了。

郭全越来越爬不动了，因为他感觉自己根本无法呼吸，每呼吸一口气，都闻到刺鼻的气味，一咳嗽，就更上不来气，头越来越涨，眼睛辣得流泪，两只眼皮慢慢变沉、再变沉，意识开始有些模糊了，他脑子里想的是幸好小柱子今天没有下井，这就算是老天爷保佑了，他希望还能遇到一队救护人员，把自己抬出去、拖出去，他要紧紧抓住他们的腿，怎么出去都行，但前面就是一团漆黑，什么都没有。郭全爬不动了，艰难地翻了个身躺了下来，拼尽力气扯下嘴上绑着的毛巾，眼睛慢慢地合上了，脑海中最后的场景定格在家人送他和小柱子走的那个早晨，郭全嘴里喃喃地说着：“柱子，凤芝，兰叶，娘……”

## （十三）

大爆炸发生的时候，王永泰和其他十三个人正在一个独头掘进的工作面里面干活，巨大的声音在封闭的空间里被放大了数十倍，他们感受到耳膜的刺痛和大地的摇晃，眼睛一黑，有那么十几分钟好几个人都失去了意识。王永泰感觉鼻子下面和脸颊一阵刺痛，一下惊醒了过来，被几个工友扶起来，他的意识聚焦了回来，跟工友说："爆炸了，赶紧往外走！"走出了长长的巷道，他突然感觉到一阵浓烟，呛得人喘不上气，四下漆黑，借着矿灯微弱的光，眼前也是一片迷雾，什么都看不清。这些人只得又退回到工作面中，幸好巷道弯弯曲曲又很长，烟进来的少，他们就在工作面里等着，生或死的来临。

雨丝细细的，越来越小了，人甚至不太能感受到，尤其是内心被一些巨大的情绪充斥的时候。五个矿坑还在冒烟，灰黑色的烟柱滚滚地向上升腾。烟柱旁边有一个混凝土架子，架子上挂着个人，有救援队的成员向上攀爬，用绳子绑着那个人顺下来，医生检查了一下那个人的气息和脉搏，摇摇头。井口有很多呼天抢地的矿工家属，作势要往井下冲，被日本兵和把头们拦住，"孩子他爹啊……""爹……""大壮……""哥！哥……"呼喊名字的声音此起彼伏，"为什么封住井口！""咋不下去救人！""让我下去救人……"人们看到所谓的"救援"方式后，已经失去了理智。那些拦住家属的士兵和把头的衣服被拉扯破了，脸上手上都被抓出了伤痕。另一边，一队日本兵搬来许多铁丝网，安插在距离出事故的坑口大概五十米远的地方，并迅速地通上了电，雨丝崩到电网上，溅起了火花。那些后赶过来的亲属，有些由于太过激动，拦不住，直接触上了电网——惨不忍睹，这样几次后，那些失去亲人的人们才远离电网和出事的矿坑，蹲着、坐着或者跪在地上大声号哭。

雨渐渐停了。矿坑周围的人们的哭声也渐渐停了。没有日光，天黑得很快。有人报告说已经不冒烟了，可能井下火已经熄灭了。救援小队把一个井口打开，下去顺着电车道走，边走还便喊人，看看有没有人需要"救助"。

不知道过了多久，王永泰他们准备再次向出口移动，他们在巷道里隐隐约约地听见了说话的声音，赶紧加快脚步走了出去，正遇上了救援队，救援队看他们完好，就给他们两把手电，派一个队员指引着他们从最近的出口出去。他们一路上看到无数的死状可怖的尸体，一辆运煤的矿车被炸翻了，煤崩得到处都是，被掀翻的一节车厢下面，露出了一个人的上半身，头顶的一滩血迹已经

干了，颜色深重发黑。他们的脚不断踢到一些残肢、烧焦的躯干，有一两个工人直接干呕了起来。

小柱子在大房子里听说煤矿爆炸了，立刻挣扎着起来，奔向出事的煤矿，他爹下井了！今天下井了！他看到痛哭的妇女老少，整个人呆呆地向电网走去，忽然他被一个男人拉住了手臂，那男人说："小孩儿，那是电网。"小柱子指了指里面："我爹……"然后一下子瘫倒在地，哭了起来。不知道过了多久，他突然看到十几个人从坑里走出去，他眼尖，发现他们是工人打扮，好像燃起了新的希望似的"腾"一下站起来，他不敢靠近电网，但眼睛直勾勾地盯着几个矿坑，他希望自己的爹也能从一个矿坑走出来。但是接下来，再也没有竖着走出来的工人了，一个个都是横着被抬出来的尸体。

夜幕降临，搜救工作已经停止了，有两个矿坑受到爆炸的影响小，工人们都出来了，有家属的看到自己的家人活着，冲上去紧紧地相互拥抱，带着巨大的劫后余生的激动。其他三个坑直接受到了爆炸的影响，生还者寥寥。那些还没看到自己亲人的家属们，带着绝望缓缓地离开。除了把守的日本兵，事故现场已经没什么人了。

小柱子最后一个离开，这时一个人走过来，是张连义，他还记得小柱子，这个身上有自己影子的小孩儿。张连义今天没下井，算是逃过一劫，他一直在坑口阻拦家属，现在又狼狈又疲惫地想回家去。他看到失魂落魄的小柱子，突然想起了小柱子的名字，便叫了一句："郭德义！"小柱子平时听惯了别人叫小名，对自己的大名不敏感，进了矿山之后，被叫得更多的便是自己的号码，所以听到自己的大名没反应。张连义快走了几步，拉住他，说："郭德义，我叫你呢。"小柱子抬起头看到张连义，下意识地一甩手，他心里一直认定这是一个坏人，不想跟他有接触。张连义看到小柱子眼睛肿肿的，脸哭花了，明白了什么，轻轻地问："你爹他……死了？"小柱子没摇头也没点头，只是茫然地看着他，张连义忽然就感觉到一阵心酸，说不出话，小柱子趁他愣神的时候，走了。

"死了……死了？我爹死了？"小柱子脑海中一直反反复复回响着张连义

的那句话，昨天他还给我买馒头吃，今天早晨他还跟我说话，死了？再也……不会跟我说话了，再也……见不到了。小柱子离开家以后，大部分时候还是在郭全身边，父亲是他唯一的依靠，他们爷俩虽然辛苦，但也苦中作乐。现在这个依靠突然没了，心里整个像被掏空了一样，绝望而茫然，小柱子哭了一夜。

第二天早晨，工人们全部停工了，被分编成一个一个抬尸体的小队，下到三个矿坑里面开始抬尸体。由于罹难工人数量巨大，矿山一下子人手稀缺，像小柱子这样瘦小的工人也被迫要来搬运尸体。

距离爆炸中心点较近的罹难者是被炸死的，早已粉身碎骨，工人们只能收拾一些残臂断肢，更多的罹难者是被烟熏死的，身体还比较完整，工人们一车又一车地搬运了上来，把尸体运送到一个距离矿井坑口不远的新挖的大坑里面，这大坑有八十米长，八十米宽，专门用来放尸体，被工人们称为“万人坑”。

小柱子和另一位工人，抬着一块长方形的薄木头板进入坑道，坑道口处的尸体就是被烟熏死的、比较完整的尸体，他们大多口鼻上绑着一条黑乎乎的毛巾，有的张大着嘴，有的双手死抠着地面。他们搬了两个坑道口的，把头让他们往里面走走，两个人便走得更深了一些。小柱子低头走路，发现正前面有一个死人，不像其他人，他手里握着黑毛巾，向前伸展，头枕在手臂上，身子弓着，看不清脸，小柱子轻轻用脚踢了一下他的肩膀，马上就感觉到头皮发麻——因为那人正是郭全。郭全闭着眼睛，微微张着嘴，像在熟睡。小柱子一下子跪在郭全的尸体面前，哭喊着：“爹……”他把郭全别在胸前的“01668”号码牌取下来，紧紧攥在手里。

运送了没几天，井下的尸体便开始腐烂了，黏在地上，最后已经分不清个数，工人们就胡乱地搬运着，一车拉三四个。一开始，公司还给每个罹难者提供了一副薄棺木，后来死人实在太多，棺木又太占空间，索性就让工人们直接把死难者往万人坑里扔下去，矿工们一共挖出了一千多具可辨识的尸体。到了第十天，坑道基本上被清理干净了，但还有很多人在爆炸时被掩埋在煤堆、石堆和土堆里面，实在挖不出来，坑道里通风又不是很好，一片腐烂的臭气，矿工根本无法下井继续作业。日本人想到用刺激性的气味来掩盖，于是拉过来几大桶酒，就直接往井下灌，酒的酸辣味一下去，非但没有减弱尸体的腐臭，反而让坑道的混合气味更加刺鼻难闻，井口的鼓风机又呼呼地向井下吹了十天，矿厂才勉强恢复了生产。

出了这么大的事故，自然有人要担责任，于是公司的炭业部长今泉受到了一年罚薪资的百分之十的处分，就算是这样的处分，也不是因为煤矿的安全措施和劳动保护不足，不是因为救援方法错误，更不是因为死亡人数重大，而仅仅是因为二十九名日本福冈煤矿学校的实习学生也被熏死在矿井之下，公司必须给他们的家人一个交代罢了。后来，日本人在埋葬大爆炸死难者万人坑旁立了一块墓碑，上面写着“永垂不朽殉职产业战士之碑”。夏天来了，墓碑旁边杂草丛生。

## （十四）

大爆炸之后，小柱子他们住的房子里，一大半就空了，和他一起来的老乡、同住接近两年的工友，大部分在同一天殉难了，小柱子已经完完全全是孤零零的一个人了，他变得越来越沉默，不和任何人说话。张连义就把自己手下所剩的工人们聚合在一个大房子里，于是一批新的工人被安排进小柱子所在的这座大房子里住，其中就有王永泰，这批工人起初被看管得很严，上工下工都有人押送，平时日本兵经常冲进房间突击检查，有人在吊铺睡觉，就要把上吊铺的梯子拿掉，以防止逃跑。日本兵又在这些特殊工人住的大房子外面加了一层小电网，由于小电网的区域很小，所以每个大房子门口就不设看守，只在电网周围设看守和巡逻队。

小柱子和王永泰之前有过几面之缘，王永泰在搬尸体的时候看到小柱子在他爹的尸体面前哭，于是对他更是照顾有加，常常把自己的窝窝头分给他一两个，上工前都会嘱咐小柱子注意安全。有的时候拉小柱子和几个人工友一起聊天，这些工人的生活就只有上工、睡觉、再上工，所以聊天的话题基本上都不出哪个工人又被把头惩罚了，哪个工人被日本人拉去折磨了，哪个工人生病了还没死就被拉走扔到死人堆里了等等。王永泰看时机成熟了，跟小柱子说："柱子，你爹本不该死的。"小柱子一愣，爹的死状立刻浮现在眼前。他不明白王永泰是什么意思，用疑惑的神情望着他。"当时大爆炸，他根本没被炸着，本来能活着出来，日本人怕火势变大，封了矿井口，他是在井下被烟熏死的。"小柱子半晌没说出话。

夏天的时候，大房子里蚊虫肆虐，夜里燥热难耐，让人睡不好觉。最近也不知是怎么了，很多工人都上吐下泻的，一开始工人们以为是水和吃食闹的，但大家吃一样的喝一样的，有的工人就没事，病倒的工人越来越多了，能上工的工人越来越少，把头来到大房子里看生病的工人面色蜡黄，软弱虚脱，几乎下不来炕，也实在没法强迫他们去干活。过了几天，整个大房子里面的人都开始有了同样的病症，接着就开始大批地死人，日本人让工人将病死的人抬出去，而后这些搬运工人就又患病了，再后来工人们就听说他们患的是"霍利拉"，是传染病，没病的工人就被拉到旁边的一些大房子里，这座大房子里住着的就都是病人了，日本人又给大房子上了锁，每天只定时送些稀食过来。接着所有的病人都被抬进这所大房子里，不给治疗，只能等待死亡，有的人还没死，奄奄一息着，就被抬到另一座万人坑里扔下去了。

小柱子和王永泰搬离原来这座大房子的时候都没有患病，但搬到另一所的时候，小柱子突然开始上吐下泻，接着就是高烧不退，同住的工人都怕是传染病，让把小柱子抬出去，王永泰心知只要抬到那座满是病人的大房子里，就只剩下等死了。他之前在部队行军时，也遇到过生霍乱的村子，当地百姓没条件治疗，就是躺在床上休息，结果竟然自己好了。于是他和小柱子就搬到炕头，跟别的工人隔离开来，跟把头说小柱子只是受了寒有点发烧不能上工，由他照顾小柱子的饮食起居。王永泰求着把头让小医院的大夫给了两片退烧药，他上工前给小柱子留一两个窝窝头，又把浸了冷水的毛巾搭在小柱子头上，但晚上下工回来，发现小柱子总也不吃饭，问他，说太干咽不下去，喂一口水，喂一口窝窝头又给吐出来了。王永泰知道病了不吃饭不行，至少要吃些稀食，于

是，他用自己的一件冬衣换了一斤小米，每天下工之后熬米汤给小柱子喂下。吃了药过了一两天，小柱子的烧就退了，又过了十天，小柱子终于有了些气色，说话声音也不再干哑，渐渐也能吃一些干食了。从这以后，小柱子和王永泰就亲如父子了。

这次霍乱过后，特殊工人的反抗斗争越来越激烈，从一开始的磨洋工、打把头、装病不下井，到围攻落单的日本兵、在修铁路时破坏铁路，再到更多、更大规模的逃跑行动，日本兵和把头都深感对付起那些曾经经过军事训练的特殊工人力不从心。公司怕在特殊工人的煽动下普通工人也会开始闹事，按照“以华制华”的思路，制定了一个分化瓦解特殊工人的工作方法，就是用新的组织形式将特殊工人划分成不同等级，享受着不同程度和自由和不同待遇的工资。

特殊工人被分为辅导工人和直系工人，选择两名被俘国民党军官做辅导工人中队部的中队长，又将这些工人划分为十几个小队，选出小队长和文书来管理工人出勤、分配物资和各把头的工资计算；直系工人大多为年轻人，直接接受日本人的管理，作为挖煤和掘进人才来进行培养。王永泰由于有着普通百姓的身份，识字，以前做过账房，懂些算数，就被征去当小队长兼任中队文书了，他负责的小队正是张连义手下的工人。王永泰希望能通过这些工作，给工友找到更多可逃跑的时机。

这特殊工人被分成小队后，实行“连坐制”，小队长承担起了大部分监工的工作，如果有一个工人逃跑，那小队长就要受到处罚，这样以小队长来监视工人，减轻了把头的工作。对王永泰来说，这意味着特殊工人受到的监视更大了，逃跑更难了，除非整个小队一起跑，不然在大房子里有跑的倾向就会被小队长发现，要是自己的小队跑了人，自己这个中队文书肯定也不用当了，所以王永泰的心思就只能转向改善工人待遇上，并且私下让那些值得信任的积极反日的工人先少安毋躁，不要暴露。

这天，到了张连义手下工人发工资的时候了，王永泰作为文书自然来与张连义进行核准。算定了每个工人发六元钱，张连义好像自言自语地说：

“这工人的住宿费和伙食费每个月要扣五块钱，所以这个月每个工人一元钱。”王永泰说：“哎，慢着，张把头，这住在大房子里可是免费的，至于这伙食费一个月五元，怎么算的？”“公司就是这么规定的。”“那一个月五元钱，一天就是一毛六，这么多钱，怎么还给工人吃橡子面窝窝头？吃冻土豆？吃臭盐豆？”张连义一时语塞，王永泰接着说：“我以前真是不知道伙食费有五块钱，这橡子面窝窝头张把头真应该吃吃，根本咽不下去，既然伙食费这么高，以后就加点高粱米吧，往橡子面里掺点，再做些高粱米粥，你看怎么样？”“你没有这个权力！”“我就是个建议，这个建议我也可以跟中队长和日本人提，如果他们同意了，你还能不同意吗？”“他们未必就会同意！”“你知道日本人最在意的是什么吗？”“什么？”“煤炭产量。”“那又怎么了？”“如果工人吃不好，不管是真没力气还是装没力气，都没人干活，这是一；日本人组建辅导工人队为什么？张把头没发现，现在对特殊工人的看管，可比以前松多了吗？看管松了，待遇又差，他们能不跑吗？这是二。要么不干活，要么逃跑，产量上不去，日本人不就白组建辅导工人队了？他们能饶了大把头吗？到时候怪罪下来，张把头怎么向上面把头交代？”张连义望着王永泰的眼睛，看不出里面是笑意还是寒意，他知道现在公司的体制是把头制和队部系统双线管理，把头不能像以前一样肆意盘剥工人了，掺高粱米就高粱米吧，少掺点，粥稀点，花不了几个钱，张连义也就妥协了。

第二个月发工资，王永泰又来和张连义一起核算了。这次王永泰先开了口：“张把头，我问了我们中队长，没说公司有规定伙食费一个月五块钱，说是让把头按照自己的伙食标准算，上个月的发完也就算了，今天咱们算算这一个月伙食费到底多少钱？工人吃了多少粮？各多少斤？按市价折合一下。”张连义突然像明白了什么似的，拉着王永泰的手说：“永泰啊，这样，我一个月呢多给你10块钱，这伙食费今天也就不用算了，我这粮是手下工人统一分配，我也不知道你们小队分多少粮。”王永泰笑着拨开了张连义的手说：“张把头，我的工资是中队部给发的，够花了。我这人以前做过一段时间账房，最见不得数上出错，要不下个月您记录一下工人吃了多少粮，咱们算算伙食费？”“王永泰，你别欺人太甚啊！你懂不懂规矩？我就该白干活不拿钱吗？”王永泰仍然很平静地说：“没钱谁能白干活，工人能吗？”张连义上个月听了王永泰一番说辞，以为这次又是这一套工人没钱就不干活的逻辑，便说：“你别又拿这话吓唬我，不干活我抽死他们，抽死了我再去抓一批过来，有的是招！”王永泰感觉到了张连义的气急败坏，换了一副诚恳的口气说：“张把头，我这是为你好，你也知道，现在各个小队的工资都要汇总上报，别的把头给工人开两块钱，你开一块钱，你们又不出活又跑了人，你觉得上头会怎么看待你？”张连义又被这一席话噎住了，只能又一次妥协了：“永泰老哥，我是真的没法单独算这个小队的伙食费，我那粮都是手下所有的工人一起分配的，算不清的，既然别人都开两块钱，以后我也开两块钱好了。”

## （十五）

自从特殊工人改制之后，工人们的工资确实高了一些，但把头们的收入变低了，张连义和其他几个同样不堪此苦的小把头，合计着在北山开一两个窑子，在矿区多开几个小卖部，这样还能多一笔进账填补特殊工人改制以来收入的减少。王永泰也不想再逼张连义了，因为他不知道张连义的底线在哪里，上一次张连义的过度反应让他有点谨慎了，如果和张连义撕破脸，对两个人都没什么好处，他不当文书，就不能搜集有用的情报，不能帮着工人说话，不能拉拢身边的人，不能找寻时机组织工人们进行反抗斗争和逃跑，所以他也开始对张连义和和气气的，俩人没再红过脸。但在张连义的心里，王永泰始终是一根刺，纠缠他、威胁他，他又敢怒不敢言，李志是自己的顶头上司，让自己窝囊了一次必须得咬咬牙忍了，这王永泰以前是个特殊工人，现在也不过就是个文书，也敢给自己窝囊气受，张连义觉得心里十分不平衡。

“连坐！对，让他连坐！”张连义突然想到了一个好办法。于是他在井下监工的时候，指着一个工人说：“你，跟我到上面去搬点东西。”那个工人随着他上去后，他一把搂住那个工人，工人吓得一哆嗦，张连义似笑非笑，对工人说："兄弟啊，在这干多久了？""三……三年了。""成家了没？""还没……""你帮我办点事，办好了，摘掉特殊工人帽子，给你点钱，你就能在这成家了。""啥事？""你们小队里，有人计划着逃跑吗？"那工人以为是在考验自己忠不忠诚，就说："以前有几个工人总是在一起嘀嘀咕咕，不知道寻摸啥嘞，现在没有了，这三四个月工资翻了一倍，看管又不那么严了，谁还想着跑啊？谁跑我也不跑，这多好。"张连义从鼻子里发出"哼"的一声，说："我看他们心里想跑，嘴上不说。你回去帮我试探试探，谁想跑你撺掇撺掇，然后他跑了我再给抓回来示众，也让这帮工人长点记性！就这事，给你十块钱，干不？"这工人一听十块钱，是自己大半年工资，马上点头，张连义又说："我今天把你叫出来，你得吃点苦头，回去在他们面前骂我，这样劝人逃跑才像样嘛。"工人一愣，张连义松开了搂着他的手，说了句："对不住了，忍着点！"扬手一鞭子，没抽工人的背，反而抽到了脖颈，再一鞭子抽到了脸上，这鞭子劲儿大，加上鞭子粗糙，工人脸上擦破了皮，见了点血，这经常教训工人的把头，一鞭子下去能打成什么样，心里有数，张连义打了两下马上收手，工人带着脸上的伤回到了矿井。

晚上下工，就有工友询问这位脸上带伤的工人怎么回事，这工人说自己因为干活不力，挨了打，顺便骂了张连义几句。这样的事情发生了几次，那工人便表达出想逃跑的意思了，趁着王永泰不在的时候，拉着一两个原本就对日本人和把头不满的工人计划着要跑。而另一方面，那工人借着"添新伤"的机会向张连义汇报了工人的逃跑时间，张连义就特意选在那个夜里在大电网和小电网之间值班巡逻。

夜里，三个身影闪出了大房子，偷偷地钻到院子一角，岗亭探照灯照不到的黑暗处，一个人手里拿着根很长的木头棒子，扒拉开了靠近地面的一段电网，又从地下挑出了一段电网，这电网本来就有破损，以前有出来上厕所的工人发现了之后便偷偷地虚掩着埋到了地下，日本兵就没有发现这个漏洞。接着，另外两个人就开始在电网被拔出来的地面用脚蹬踹，用手刨，想要挖出一个小坑，然后钻出电网去，他们大概忙活了有半个小时，虽然地面只是被刨出

了一个较浅的小坑，但那个挑着电网的人一直催促道："应该可以了，快点，一会儿巡逻队要来了。"那个身量较小的人试着从电网下面爬出去，距离他身子上方三十厘米左右，就是通了高压电的电网，而他与电网之间的距离，仅仅靠一条木棍维持着，他匍匐前进，用胳膊肘和膝盖迅速地磨蹭地面，头，肩、背、腰、大腿、小腿、脚依次通过电网，他冒了一身冷汗，过去了之后长长地舒了一口气。第二个人开始钻了，这个人骨架大一些，那用木棒支着电线的人更用力地向上抬，但电网确实抬不动了，第二个人学着第一个人的样子向前爬，等到快过了小腿的时候，可能是因为太急于钻过去，小腿往外一用劲儿，正触上了电网，他大叫了一声，手向前够，整个身子颤抖起来，那个用木棒支电线的人吓得丢下了手里的木棒，那一排电网就有更多的触点落到了正在钻的那人身上，冒出了电火花。

远处传来了狼狗的声音、脚步的声音和"谁！站住"的叫嚷声，扔掉木棒的人马上掉头往大房子跑去，几步就跑进了屋子里，呼哧呼哧地喘着气，扒在门上听外面的动静。只听见外面狗吠声混杂着喊叫声："抓住他！别让他跑了！"接着就是一阵扭打的声音，拳打脚踢的闷声。刚跑进屋里的这个吓得腿一软，挪不动步了。接着就是由远及近的脚步声，他连滚带爬地上了床，扰得旁边人骂了一句，然后门就被踹开了，所有工人都被粗暴地从炕上赶到院子里。

院子里，探照灯将地面照得雪白雪白，工人们站定了。张连义拉着一只狼狗，旁边是一个双手反绑跪着的工人。王永泰对于今夜有人要逃跑毫不知情，看到这个场景有些震惊。张连义直接喊了句："王队长、李队长、赵队长，你们出来一下，认认这是谁队里的人？"王永泰站到工人面前，弯腰看了一眼说："是我们队的工人，01457，朱大贵。""那边还有一个电死了的，是谁？"烧焦的尸体放在工人们面前时，那些半夜被叫醒还迷迷糊糊的工人们终于清醒了，开始查看身边都有谁不在，接着队伍里就发出声音"张明远哪去了？"被张连义听到了，叫道："张明远在吗？"没人应答，张连义不说话了，望向三个队长，王永泰开口了："是我们队的人。"张连义嘴角牵起了一

抹冷笑，眉头还是皱着的："王队长，我的工人都要跑光了，你是咋照看他们的？这事我得向中队和二把头说道说道。"

朱大贵没有供出他们一同逃跑的第三个人，只说有两个人逃跑，说完后被绑到了柱子上，日本兵用刺刀在他的两条大腿捅了两个窟窿，张连义把牵着狼狗的手松开，这矿区的狼狗吃惯了人肉，对血腥的气味很敏感，直接向朱大贵冲了过去，这夜就在朱大贵的惨叫中结束了。

王永泰终于受到了连坐的处罚，中队文书和小队长都不能再当了，但张连义仍然让他回去当矿工，一是王永泰也算是壮劳力，夜里死了两个工人，不想再少一个了；二是留在自己的工作队里，平时可以随心所欲地折磨他，好好报报以前的仇。王永泰不当小队长之后，工人们的窝窝头里就不再掺高粱米了，也没有高粱米粥喝了。

## （十六）

"柱子，你想逃走吗？"王永泰再一次向小柱子提出了这个问题。上次问过这个问题后，小柱子开始亲眼见证大批量的死亡，在瓦斯大爆炸的春天和霍乱横行肆虐的夏天里，他经历了失去父亲的伤痛、染病时在鬼门关的徘徊。管他的把头张连义由于长期抽大烟面皮干枯，眼眶凹陷，脸颊已经没有了饱满的肌肉，像一个鬼魅，但那些抽打在他身上的鞭子一声比一声响。"想。"小柱子这次给出了一个十分肯定的回答，顿了顿，他的气息又弱了下去："但怎么跑呢？""后天晚上，跟我走。"

王永泰做中队文书那会儿，另外两个文书都是敌占区的抗日居民，后来为了工作方便，中队长让三个人在中队部吃住，只是偶尔回小队，王永泰兼任小队长，回去得频繁一些。王永泰通过与另外两个文书的深入接触，和他们为工人说话做事的行为，确定了二人是可以信赖的工友，三个人秘密地成立了一个党的小组，由于无法与外面的东北抗日联军取得联系，他们只能在工人中自发活动，拉拢一些公司职员，有日伪人员，也有日本人。

太平洋战场的失利让一些日本人产生了强烈的厌战情绪，吉冈森南就是其中一个。他是一位懂汉语的日本雇员，所以被安排在公司机关大楼的传达室工作，王永泰送一些资料文书每次来都要登记，有什么事情、送给谁东西都要请吉冈代劳，这样一来二去两个人就熟了起来，经常谈论战争形势、人性善恶，王永泰喜欢给吉冈讲述革命根据地的生活，人们的关系，吉冈总是听得津津有味。吉冈很有正义感，同情工人，听到王永泰述说工人的遭遇后，很不满公司对工人的盘剥，大爆炸时公司的行为令他感到羞耻，加上他哥哥在太平洋战场战死，他更加深刻地体会到战争对两国人民所造成的伤痛。他常常向王永泰表示，希望能够尽自己的力量帮助中国工人。

王永泰不做中队文书了，又将回到原来受到严密监视的生活了，他借着交接中队文书工作的机会，和另外两位文书又进行了几次长谈，决定组织一次最大规模的逃跑行动。这阵子公司对于工人的监视又紧了起来，到处都是牵着狼狗的巡逻队，所以近期要按兵不动，尽量不组织逃跑和破坏行动，按照以往的经验，这样的看管大概两个月就会松懈下来，于是行动就定在了约两个月之后的日本节日——天长节这天。

工人一安分，把头和日本人都清闲了不少，果然又开始纵情声色——抽大烟、逛窑子、喝酒赌博，夜里执勤巡逻也不那么兢兢业业了，总是巡完前半夜就找个地方睡觉去。时机差不多成熟了。

天长节——日本天皇生日这天，按照惯例，公司放假，矿山集体停工，巡逻的人和看管的人今天尤其少。工人一年到头只有几天休息时间，特殊工人休息时也就是待在小电网内的大房子里或者院子里，自由工人可以在大小电网之间移动。除了几个人数不多的巡逻队在空旷的厂区一圈一圈地走着。“嘭”“啪”“哗啦”……大房子里面的工人听到外面有响声，从屋子里出来，端着枪看守大房子的日本兵也一起挤到院子中，看着远方的天空正绽放着的烟火。小柱子有些湿润的眸子里反射出烟火的五光十色来，这是苦涩、艰辛、单调的生活里虚假而遥远的缤纷色彩。小柱子忽然很想家，很想爹，离家多少年，就断绝音讯多少年，不知道家里的娘、奶奶和姐姐怎么样，以前郭全和小柱子平时很少和别的工友讲话，但只要有山东来的工人，郭全就会去问问老家的情况，听说遭灾了、闹饥荒了、打仗了，郭全就只暗暗叹气，不知道家里的女人们能不能挺过去。无声地流泪，小柱子没有伸手去擦拭，只是用力地吸了一下鼻子。

王永泰站在小柱子身边，搂紧了他。从郭全死后，王永泰就一直在小柱子身边，他很像父亲，却又和郭全完全不一样，王永泰自己也不知道为什么会对这个小孩儿格外关照，也许是因为他又瘦又小让人可怜，也许是因为小孩儿心思纯净聊起天来更真诚，也许是因为他真不想这样小的孩子待在黑暗的矿井里卖苦力最后力竭而死。他自言自语又像在跟小柱子说话似的，用低得几乎听不到的声音说了一句：“来了。”

小柱子便望向电网门，只见一个工人打扮的人到小柱子这座大房子的小电网这边来了，看电网门的日本兵自然不让他进，他也没想进，只是拿来了好几瓶酒，冲着日本兵说着日语中“酒”的发音，指了指瓶子，从电网下面的空隙中小心地用木头棍子塞过来，然后鞠个躬就走了。日本兵拿到酒打开一闻，浓厚的醇香便勾动起他们嘴角的笑意来。

烟花放完了，工人们也都三三两两地回到大房子里，准备休息，第二天开始又要上工了，很快，大房子周围就安静了下来，夜也安静了下来，人们熟睡了。

岗楼的看守警和日本兵偷偷溜下来，围坐在岗楼底下，开了那几瓶好酒，正好人手一瓶，发生了点争执，有个日本兵怕被发现，其他人都劝他，说今天本来就是假期，让他们站岗不公平，快点喝不会被发现，几个人喝着酒不时抬头看看，防止被巡逻队看到。他们也不敢长时间地聚在岗楼下面，迅速地把酒喝完了，还各归各位。这酒很烈很醇，他们又喝得急，人也有点醉得站不稳，日本兵索性就坐在地上抱着枪杆子迷迷糊糊地睡一阵、醒一阵。岗楼上的士兵眼睛盯着发白的地面，一会儿眼皮就打架了，但这个士兵不敢真睡过去，站着闭一会儿眼睛再睁开。这似乎是许许多多平常夜晚中的一个。

## （十七）

王永泰碰了碰小柱子，小柱子睁开了眼睛，他发现已经有很多工人都醒了，他们站在屋子里，轻手轻脚，偶尔有低声交谈的声音。有几个人每人在身上摸出一块金属制品，其中一人把这些一个安到另一个上，屋子里只能听见“咔咔”的声音，安装完毕，这是一把小小的手枪。王永泰从炕下面的洞里扒出了两颗子弹。安在手枪里。

接着，王永泰趴在小柱子耳边轻轻地说：“一会儿灯一灭，你就跟着大伙跑，不要在最前面，也不要在最后面，不要管我。就往外跑。不要说话。”然后王永泰一翻身下了床，走到门口把门轻轻打开，发现外面电网门口站着的两个士兵已经半昏睡着，岗楼下面还倚着一个抱着步枪用帽子盖住脸睡觉的警卫，岗楼上面的人晃晃悠悠不知道是醒着还是睡着。

王永泰找准时机，溜出了大房子的大门，跑到岗楼下面迅速地向上爬，那楼上的日本兵听见有上楼的脚步声，以为是下面的来换班，就没注意，王永泰从后面一下捂住日本兵的嘴，勒住他的脖子，把他放倒，这样在下面的人就看不到岗楼里发生了什么。接着大房子里又冲出来六七个人，每两个人奔向一个日本兵，一人捂嘴勒脖子，一人抢他手里的步枪，今天站岗巡逻的人本来就少，上岗的又喝了小酒，自然不敌两个工人，很快就被缴了械，远处站岗的日本兵发现了这边的变故，冲天空放了两枪，举枪就往歪歪斜斜的电网大门处跑。

那群最早冲出来的工人手里已经有了三把步枪，冲着日本兵放枪，一下打死了一个，然后躲在岗楼后面，以岗楼作为掩体放枪。枪声在寂静的夜里显得尤为凄厉，不一会儿就听见了巡逻队的狼狗叫声。岗楼后面躲藏的几个工人就要被两面夹击了。

突然，毫无征兆地，小电网内四个角岗楼的探照灯都熄灭了，各个大房子门口的灯也熄灭了，路灯全部熄灭了，整个厂区陷入一片黑暗。黑暗中突然有人大喊了一声：“断电了！赶紧跑啊！快把大门打开！”于是又是一阵枪声，

枪声凌乱、脚步凌乱，人们的喘息声和心跳声都凌乱了。

小柱子听见有人喊“赶紧跑”就被左右工人裹挟着往门外跑，一片漆黑，他们只能靠着有限的记忆与视觉向前走，工人们并没有走向大门的方向，他们知道军队在向大门方向胡乱放枪。他们走向了刚刚被攻下的岗楼后面，躲开了拿着手电筒乱照的巡逻队。这岗楼后面的一段铁丝网早就被剪断了，这是有工人偷偷在白天电网没电的时候剪的，工人们拿着各式各样的工具把电网的破口刨得更大，一个挨着一个往外钻，过了很久日本的矿山警卫队才发现工人们从另一处逃离小电网了。这批工人逃离小电网后，迅速向下一个电网冲去，他们是分散着跑的，这样也分散了追赶他们的兵力。

小柱子被王永泰拉着往前跑，心不停地在颤抖着，混乱的夜，混乱的脚步和混乱的枪声，他觉得自己可能不知道迈出哪一步后就再也迈不动下一步了，小柱子在这里几年，就只听说过一两个跑出去的，其他的都被抓回来喂了狼狗，但事已至此，跑毕竟还能活，就算希望很渺茫，被抓却一定只有死。跑出小电网就更容易隐蔽起来了，一排排臭油房和苦力村的草棚提供了很好的藏身之所。王永泰拉着小柱子一直迂回着往前走，小柱子知道走到底就是一层电网，他们第一天来到这里，就有人在这被电死。

日本军队狼狗狂吠的声音惊扰了整个矿区。到处都能看到工人被狼狗咬住裤腿子不放，或者被一个日本兵一下子打中身上的弹孔汩汩冒血，或者被双手反绑由日本兵推搡着向前走的场景。王永泰和小柱子还没有被抓到，他们躲在了两个土房之间的一个柴火垛子下面。

这次逃跑的工人有几十个，比以前那些次多了很多，由于是后半夜，一时间不能纠集全部的矿山警卫队，只好临时抽调不当值的小把头和值班人员参与到搜捕工作当中，于是吉冈就被随便编进了一个小队，他们的小队正负责搜查工人宿舍区的土房这一片。吉冈挨个夹道顺着跑，正跑到王永泰和小柱子所在的这条两座房子之间的窄路上。小柱子看到有人拿着手电筒过来了，倒吸了一口气，一下子被王永泰堵住了嘴，王永泰拿出了在大房子里组装的那只手枪。吉冈看到了柴垛旁有人，他不想抓工人，于是就把手电关上了，这条路又变得

黑暗。吉冈走过柴垛，留下一句："我不抓你们，快跑吧。"转身想往回走。王永泰感觉声音很耳熟，猛然反应过来"吉冈？"吉冈愣住了，问："你是谁？""王永泰。"于是，黑暗中有人拉住了王永泰的胳膊："跟我来。"王永泰扯着小柱子一齐站了起来。

吉冈带着王永泰和小柱子走出这条窄路，先探探头，没发现手电光，就带着他们去电网，到了电网面前，跟他们说："现在矿区都断电了，不知道什么时候来电，赶紧爬出去。"这段电网是安在一人多高的墙上面的，墙面光秃秃的，没处着手，王永泰蹲下拉过小柱子，让他骑到自己的脖颈上，说："我先站起来，你再踩我肩膀爬过去！别出声。"然后把手枪交给小柱子："拿着！"小柱子用嘴叼着枪，他很瘦弱，所以王永泰很轻松地就把他送到墙上，电网在墙上绕着一个一个的大圈，小柱子顾不得尖利的铁丝划破自己的胳膊、脸和腿，整个人奋力地向外钻出去，然后又扒住墙头跳了下去。

听不见高墙上窸窸窣窣的声音了，吉冈和王永泰估摸着小柱子已经跳了过去。接着，吉冈也学着王永泰的姿势蹲了下去，说："王大哥，上吧。"忽然地，整个矿区的灯都亮了起来。"那边的！谁！干什么的！"吉冈和王永泰被发现了。王永泰知道自己跑不掉了，就算能攀上墙壁，也无法穿过电网，所以他对吉冈说："我跑不了了，到时候就说你抓的我！"吉冈愣了愣，一时不知道该说什么："王大哥……"王永泰双手背到身后，说："快抓住我的手，揪住我的衣领把我绑起来。别让他们发现你在帮我。保护好自己，以后继续帮中国工人。"吉冈撇了撇嘴角，说："你死了，我怎么……""八路军被俘战士，都可以信赖。"吉冈默默点点头，照着王永泰说的话开始绑他。王永泰扭了一下脸，冲着身后说："我记得你一直说，想为你的民族赎罪。"吉冈的声音很低沉："我想为人性的恶赎罪。"王永泰说："你是好人。"吉冈把王永泰绑好了，声音又沉又冷："我现在正在和他们一起犯罪。"

几道刺目的手电光、狼狗和人的叫喊声一起迅速地冲到了二人面前，王永泰转过了头，好像透过墙壁，看见小柱子的身影消失在黑暗里。

（完）

## 评论：历史记忆与人性批判

小说叙述的是发生在二十世纪上半期的中国东北地区的故事，以抗日战争为背景，聚焦于底层百姓的生与死，在血与泪之中勾勒着历史记忆与人性之恶。

小说故事性很强，在明白晓畅的叙事中读者接收着作者传达出来的信息。然而，值得注意的是，这篇小说有着很强的历史事实与原型作为支撑，如果以虚构来理解这篇小说的话，那么必然会导致削弱小说关联历史事实的维度。作者曾在一篇“创作谈”中指出小说的事实取材：1942年的本溪湖煤矿瓦斯大爆炸是一次震惊中外的矿难。矿难发生时，有数千名工人被困井下，而日本管理者赶到矿难现场，竟然为减少因矿井火灾而造成的损失下令停止向井下送风并堵住井口，据说，当时窒息而死的矿工就有一千多人，但最后公司内部通告却说仅有几十人死于矿难，根据一位研究者的调查，这个数字根本不可能是真实数字，日方在通报死亡人数时仅一个县就隐瞒了1000多人。矿区的安全设备极其缺乏、安全隐患严重、工作条件差是导致这次矿难的根本原因，而日方罔顾人命的处理方式是这次矿难死亡人数巨大的直接原因。后来日方在埋葬死难矿工的万人坑旁边竖立了一块碑，上面写着“永垂不朽殉职产业战士之碑”——这是多么虚伪的“死后哀荣”。除了矿难，矿区经常霍乱横行，日方将所有的患病者放在一处隔离，不是积极救治，而是任其发病死亡，甚至不待病人死亡就将其送至“万人坑”。被抓捕或诱骗至东北当矿工的人们十之八九的结局都是死亡。显然，小说对郭全、小柱子、王永泰等人故事的叙述包含着具有历史揭露意味的反思。

小说的出色之处在于反思的完整性：不仅有对中国历史真实遭遇的反思，也有对具有普遍意义的人性之恶的反思。也正是后者开启的人性之维，使得作者冲破了民族主义的视野，而关注到了日方的复杂性。王永泰最后为了保护一位日本人而选择牺牲自己，这位日本人在历史上也有原型。作者曾在“创作谈”中指出，这是一位姓吉冈而不知名的日本青年，他富有正义感，被特殊工人赵仲林所争取，多次暗中帮助中国劳工，在日本战败后，加入了八路军并参加了解放战争。在本篇小说中，他把这一人物写成帮助小柱子成功逃亡的关键人物，以此来说明，侵略国的人民同样也为战争付出了沉痛的代价，无论是亲人的牺牲，还是个人内心的道德罪感，都令吉冈为人性之恶而深深忏悔和反思，也让他在当时的历史环境下，做出了自己的价值选择。二十世纪前半期的中国底层百姓生活史浸透了血与泪，但小说不仅叙述着血泪史，也在双重意义上完成着历史反思：一方面反思日本对中国带来的伤害，另一方面反思人性之恶。在此意义上，小说在现实主义笔法中展现了较为丰沛的反思力。

（朱兆斌）

# 跋

金永兵

呈现在读者面前的这两本北京大学中文系创意写作优秀作品选，其实只编辑了前三届创意写作专业同学的一部分作品，编好已经很久了，本来想一次编辑四本，争取涵盖六届同学的优秀作品，算是一个阶段培养成果的总结，但是因为各种原因，后面三届的作品未能来得及编辑，只能留待以后弥补遗憾了，这两本集子的出版也因此被延迟了。这两本集子先作为代表吧，算是对于为创意写作付出的老师们和现在已经工作在大江南北的创意写作的毕业生们共同记忆的一个记载。创意是一种思维习惯，写作是一种生活方式，希望我们的二百多名创意写作毕业生无论从事什么职业，都能够在自己的人生中享受创意写作所带来的幸福与快乐！下面把这个专业创办初期，2015年8月我发表在《人民日报》的一篇题为《为文化产业培养创意“写家”》的思考放在这里（发表时略有删改），作为对创设这个专业过程的一个记录与纪念。

国内一些重要高校陆续开设创意写作（Creative Writing）专业，引发人们越来越多的关注和讨论。这是一件好事，通过质疑、辨析、讨论，可以促进大家对这一新的人才培养专业的思考。据有关报道，自1936年美国艾奥瓦大学创立第一个创意写作工作坊以来，至今在美国已经有超过700个创意写作相关专业点和工作坊，由还处在创作中的作家们担任教职，学员也多是作家，这种相对成熟的作家教作家的模式被视为“世界上从未有过的对当代作家最大的文学支持体系”。

目前在国内，围绕创意写作专业最大的争论仍是写作是否可以教，作家是否能被培养。传统的中文系基本上都不以培养作家作为自己的学科培养目标，目前国内各大学创意写作专业的设定绝大多数也都不以培养专业作家为主要方向和目的。所谓“伊挚不能言鼎，轮扁不能语斤，其微矣乎”，任何富有创造力、想象力的工作都不可能依靠标准化的课程训练来实现，文学艺术这种格外依靠才情和天分的创造性活动更是难以言传，这已然是共识。

如此一来，文学创作或创意写作专业存在的意义究竟是什么？我以为，其一，它可以成为传统作家成长的平台。虽然作家成长是非常复杂的个人化的事情，无通用模式可循，但写作能力却有一个养成的过程，写作技巧是可以而且必须经过不断练习才能获得的，专业训练非常有必要。马克思在谈到拉斐尔时指出，拉斐尔和其他任何一个艺术家都一样，其艺术创作所达到的水平是“受到他以前的艺术所达到的技术成就……等条件的制约”的。同时，人才成长需要环境和平台，专业是人才集聚、培养和交流的重要平台之一。丹纳说过，无论何时我们都不能忘记，“艺术家的工作还有同时代的人协助”，艺术家们“观念的成熟与成形也需要周围的人在精神上予以补充，帮助发展”。一个有志于文学的青年可以在创意写作的平台上遇到很多真正懂得和理解文学的同道和良师益友，他/她在这里除了获得优秀作家的指点，技巧的习得，文化和思想的修养，精神气象、品味格调的陶冶，更能于同行的相互切磋中不断提高。

其二，也是最有现实针对性的一点是，创意写作专业为文化创意产业培养优秀的“写家”。当下我国文化创意产业迅猛发展，但专业化高端创意人才面临巨大缺口，培养高素质的实用性人才是创意写作相关专业的当务之急。众所周知，国内几档颇受欢迎的电视娱乐节目，其创意版权竟然是从国外购买来

的。由于历史原因，中国的科学技术目前还达不到世界一流，这是可以理解的，但是，一个人口众多的国度，竟然连娱乐创意也需要引进版权，似乎有些说不过去。至于说我国电影、电视、动漫等缺少好的剧本，这更是经常被业界谈起的大问题。最近国内比较叫座的几部电影，其剧本故事大多是来自流行的网络文学或动漫，而这些恰恰是传统作家所不屑的。当代大众媒体的发展，“互联网+”的文化工业生产方式，从根本上改变了传统文艺生产方式和消费方式，为创意产业发展提供了前所未有的机遇。我国文化创意产业门槛低，从业者甚众，但是，这里往往是技术精英多于文化创意精英，兴趣爱好多于专业训练，因此，整个文化创意产业大而不强，既赶不上欧美，也赶不上日韩。我国消费市场大，文化创意产业门槛低，低端的文艺产品也能存活，却没有什么竞争力，不但无法走出国门，一旦文化产品的国内保护被取消，也将难敌国外同类产品的竞争。无论人们接受或者不接受，文化创意产业发展的强大需求客观存在，发展的趋势不可改变，国人不做努力，外国产品自然会占领市场。如果没有高素质的专业人才，这竞争从何谈起?

如果说，所有的艺术本质上都带有诗性，那么，创意写作亦然，也必须植根于传统文学写作，传统文学对人情人性的理解与把握，传统文学写作在想象、虚构、情感、结构等方面的能力都是其创造力的源泉，二者并不相违。但是，创意写作更侧重的则是类型化写作。一件创意文化产品往往不是由一个人独立完成，创意写作作为创意文化生产的一个重要环节，其个人的创造性很大程度上要纳入一个生产的流程之中，需要在这样的整体框架中来考量。这确实是一个与市场、技术、资本结合得更为紧密的“机械复制时代的艺术生产”，很可能不再拥有传统艺术那迷人的“灵韵”。但是，面对消费者，这里同样也可以实现“普及与提高”的写作辩证法，也同样可以实现传统文学的“文以载道”之功，它更加生活化，与人们的日常生活更紧密地结合在一起，它带给这个社会的是可持续的发展，是高品质的文化生活，能够影响和塑造社会中更多数人的公民人格。如果说，传统文学标志着一个时代文化的高度，那么，创意写作则决定着时代文化的基本格局、状貌和品味。一个小小的创意写作专业能

够具有如此大的作用，既不会妨害现有教育体制中学术人才的培养和传统文学的发展，又能够满足人们不断增长的社会文化需求，满足人们对于美好生活的需要，服务于国家文化战略，实在是值得去做一些努力和探索的。

以北京大学创意写作专业为例，我们的人才培养目标就是具有深厚专业基础、高水平写作能力和出色创意才华的高层次的应用型写作人才。写作能力的培养是核心，这点毋庸置疑。而强调“深厚专业基础”，是因为在我们看来，深厚的文学文化专业基础无论对于作家而言，还是对于创意产业的从业者而言，都是厚积薄发、可持续发展的竞争力之根本，这是任何人无法拿走或取代的。否则，只有娴熟的技巧而没有与之匹配的才华、涵养和人文情怀，有知识没文化，最终只会沦落为替外国创意产业做外包服务，只能去搭架子、做包装，却不能进入核心的研发、创造环节，长此以往，将导致中国文化创意产业“空心化”。至于创意才华的培养，我们目前探索的重点是学生动手实践能力的培养，既通过案例教学让学生了解创意写作的奥秘，打开眼界，也积极地将行业内实际在做的具体工作项目引进课堂教学，让学生参与其中，在实战中提高动手本领。

创意写作的特殊性决定了这一专业必须充分尊重学生兴趣，走个性化培养之路。每个学生都有自己不同的兴趣爱好和职业规划，有的希望实现作家梦，有的渴望成为网络写手，有的希望做电影电视或动漫的编剧，还有的希望从事媒体、广告或文化策划。因材施教，尊重每个人的特点，培养出适合各种不同文体要求的优秀的“写家”，使得学生们毕业后不管从事什么职业，都具有实践力、厚基础，有个性、有品味、有格调，这才是我们所期待的文化创意人才。当然，这里的难点和挑战都在于我们所提供课程的选择性是否足够丰富，我们对学生的特点是否足够了解。我觉得有点儿像专业运动队，每个队员各有各的发展特点和专长，同时又有一些基本的规范和要求；也如艺术体操，是一种既标准化而又非常个人化的舞蹈。

无论如何，创意写作刚刚起步，筚路蓝缕，殊为不易，需要社会多一些关怀、支持和耐心，这是一项为了更有质量的当代中国文化发展而刚刚展开的事业。